Das Buch
Şten, ein junger Krieger und Rebell, wird von seinen Feinden dem Wald übergeben – in einem Käfig ausgesetzt in einem Land, dessen wilde Natur von dunklen Geschöpfen durchstreift wird. Verzweifelt versucht er zu entkommen, steht doch neben seinem Leben auch die Freiheit seiner Freunde und womöglich des ganzen Landes auf dem Spiel. Als mit Einbruch der Nacht riesenhafte Wesen, Ungeheuern gleich, auf der nahen Lichtung erscheinen, erstarrt Şten – es sind Trolle, Bestien mit blutigen Hauern und Feinde der Menschen. Doch bevor es zu einem tödlichen Kampf kommt, macht Druan, der Anführer der Trolle, dem jungen Rebellen einen ungewöhnlichen Vorschlag: Şten soll die Trolle in die Welt der Menschen führen. Denn die Trolle brauchen Hilfe – eine unbekannte Macht bedroht ihr Volk, geheimnisvolle Magie lässt uralte Gänge und Höhlen der Trolle einstürzen und stärkt ihre Erzfeinde, die Zwerge. Şten ahnt, wer hinter diesen Geschehnissen stecken könnte, tragen sie doch die Handschrift auch seines Feindes. Hilft er den Trollen, könnte sich auch sein Schicksal wenden. Und so macht er sich gemeinsam mit Druan und dessen unberechenbaren Trollkumpanen auf die gefährliche Reise zu der Quelle des Bösen. Nur wenn Menschen und Trolle sich verbünden, kann eine Zeit der Finsternis verhindert werden ...

Der Autor
Christoph Hardebusch, geboren 1974 in Lüdenscheid, studierte Anglistik und Medienwissenschaft und arbeitete anschließend als Texter bei einer Werbeagentur. Sein Interesse an Fantasy und Geschichte führte ihn schließlich zum Schreiben. Seit dem großen Erfolg seiner *Trolle*-Romane – *Die Trolle* wurde ausgezeichnet mit dem deutschen Phantastik-Preis 2007 für das beste deutschsprachige Roman-Debüt – ist er als freischaffender Autor tätig. Er lebt und arbeitet in Speyer.

Mehr zu Autor und Buch unter:
www.hardebusch.net

CHRISTOPH HARDEBUSCH

DIE TROLLE

Roman

Originalausgabe

WILHELM HEYNE VERLAG
MÜNCHEN

Verlagsgruppe Random House FSC-DEU-0100
Das für dieses Buch verwendete FSC®-zertifizierte Papier
Super Snowbright
liefert Hellefoss AS, Hokksund, Norwegen.

9. Auflage
Originalausgabe 04/2006
Redaktion: Angela Kuepper
Copyright © 2006 by Christoph Hardebusch
Copyright © 2006 dieser Ausgabe by
Wilhelm Heyne Verlag, München,
in der Verlagsgruppe Random House GmbH
www.heyne.de
Printed in Germany 2013
Umschlagillustration: Thomas von Kummant
Umschlaggestaltung: Nele Schütz Design, München
Karten: Andreas Hancock, Animagic
Satz: Buch-Werkstatt GmbH, Bad Aibling
Druck und Bindung: GGP Media GmbH, Pößneck

ISBN: 978-3-453-53237-3

Schwarz und einsam will mein Weg mir scheinen
Den nur kennt, wer selbst ihn auch bereist
Schert sich der Tod, wer bald um mich wird weinen?
Kalter Gräber Finger umklammern meinen Geist

                        Saltatio Mortis, *Sehnsucht*

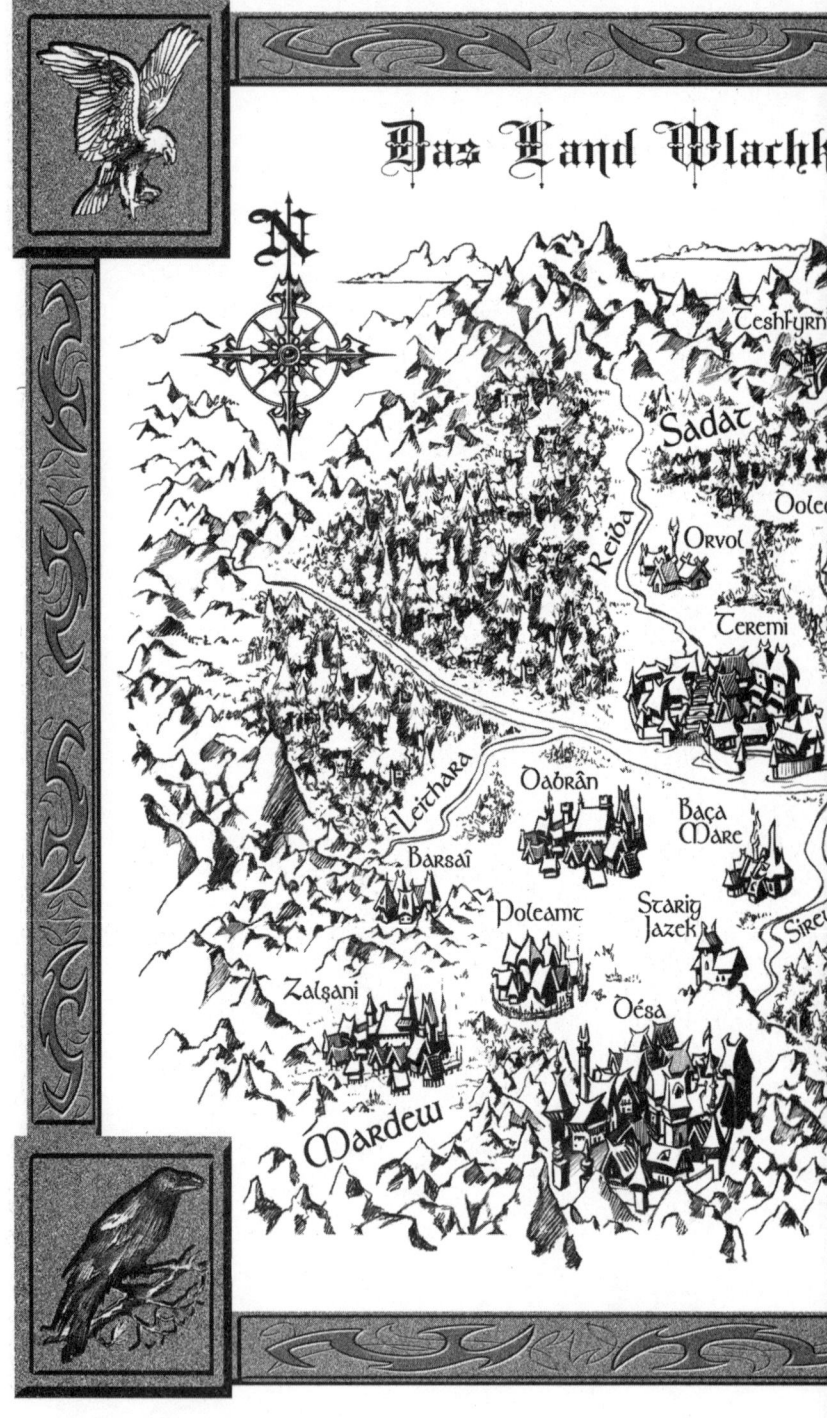

...ch genannt Ardoly

Erköl-Pass
...dliche Sorkaten
Die drei Schwestern
Čireva
Turduj
Tesharak
Feghin
Valedoara
Vara
Bračaz
...hveig
Südliche Sorkaten

A. HANCOCK

Dramatis Personae

Trolle
Anda
Druan
Pard
Roch
Turk
Zdam

Wlachaken
Freie Wlachaken
Aurela Dan	Schankmaid und Rebellin in Teremi
Cartareu	Heiler in Désa, Vater von Livian
Costin Kralea	Maler und Rebell in Teremi
Cron	Stammesführer aus dem Mardew
Danae	Späherin aus dem Mardew
Eregiu Amânaş	Voivode von Zalşani und Vater von Mihaleta
Flores cal Dabrân	Söldnerin aus Teremi, Schwester von Şten cal Dabrân
Giorgas	Schuster und Rebell in Teremi
Ionna cal Sareş	Herrscherin im Mardew, Sitz in Désa, auch genannt die *Löwin von Désa*
Istran Ohanescu	Rebell in Désa
Leanna cal Paşcali	Rebell in Désa
Linorel cal Doleorman	Hafenarbeiterin und Rebellin in Teremi
Livian	Heilerin in Désa, Tochter von Cartareu
Natiole Târgusi	Rebell aus dem Mardew
Neagaş	Rebell aus dem Mardew
Octeiu	Rebell in Teremi
Reza	Verwalter in Désa

Şten cal Dabrân	Rebell, Bruder von Flores cal Dabrân
Tamoş	Späher und Rebell aus dem Mardew
Vangeliu	Geistseher

Geiseln in Teremi

Cipriu	Geisel an Zorpads Hof
Leica cal Poleamt	Geisel an Zorpads Hof
Mihaleta Amânaş	Geisel an Zorpads Hof, Tochter von Eregiu Amânaş
Suhai	Geisel an Zorpads Hof
Viçinia cal Sareş	Geisel an Zorpads Hof, Schwester von Ionna cal Sareş

Historische Personen und andere

Ana cal Dabrân	Mutter von Şten und Flores, verstorben
Carein	Majordomus in Dabrân, verstorben
Iliaş	Historischer Held
Larea	Wirt in Teremi
Léan	Historische Königin
Peres	Historischer Held, auch genannt *der Tänzer*
Petriu	Treidler
Radu	Historischer erster König, auch genannt *der Heilige*
Sitei cal Dabrân	Vater von Şten und Flores, verstorben
Tirea	Historischer letzter König
Traia	Jägerin in Teremi

Masriden

Hof von Zorpad Dîmminu

Avram	Waffenmeister in Teremi
Bàjza	Majordomus in Teremi
Hernád	Händler in Teremi

Imreg	Sonnenmagier in Starig Jazek
Kóvasz	Diener von Hernád in Teremi
Lájos	Sonnenpriester in Starig Jazek, Lángor
Matyás	Söldling in Teremi
Pájòs	Sonnenpriester in Starig Jazek
Tamlós	Sonnenpriester in Starig Jazek
Zorpad Dîmminu	Herrscher über den Sadat, Sitz in Teremi

Andere Höfe
Bankóth	Gesandter in Désa
Gyula Békésar	Herrscher über das Čireva, Sitz in Turduj
Laszlár Szilas	Herrscher über das Valedoara, Sitz in Bračaz
Maiska	Kriegerin in Turduj

Historische Personen und andere
Arkas Dîmminu	Historischer König
Mikás	Historischer Sonnenpriester

Szarken
Hof von Zorpad Dîmminu
Ezro	Soldat von Hernád in Teremi
Házy	Csiró von Dabrân
Mirela	Zofe in Teremi
Sciloi Kaszón	Untergebene von Zorpad in Teremi
Szàrbed	Heilerin aus Baça Mare

Andere Völker
Hesoates	Historischer Poet aus dem Dyrischen Imperium
Sargan Vulpon	Abenteurer aus dem Dyrischen Imperium

Zwerge

Ansprand, Sohn des Anthar	Schlachtenmeister
Bodvarr, Sohn des Balldor	Historischer Held, *Elfenschlächter*
Erko, Sohn des Elkoin	Arachnidenmeister
Goldulf, Sohn des Gripert	Krieger, Anführer 3. Kompanie
Gunvolf der Gerechte	König unter dem Berge
Hrodgard, Sohn des Haldigis	Kriegsmeister des Kleinen Volkes
Larnard	Schmiedemeister
Olging, Sohn des Orild	Arbeiter
Reccard, Sohn des Rotald	Gesandter des Königs
Tainelm, Sohn des Timold	Krieger, Anführer 2. Kompanie

Elfen

Ruvon	Jäger im Norden des Landes

Prolog

In den Eingeweiden der Welt, weit unter dem Land, herrschten ewige Wärme und Dunkelheit. Endlose Tunnel und Höhlen zogen sich durch die Knochen der Berge und boten unzählige Verstecke.

Keine grausame Sonne, die den Leib verbrannte, beherrschte hier die Tage, und dennoch gab es Wärme, um die peinigende Kälte zu vertreiben, die von dem Dunkelgeist Besitz ergriffen hatte. So konnte er träumen und schlafen und seine Schmerzen vergessen. In den Traumgesichten sah er das Land, dessen Schicksal untrennbar mit dem seinen verwoben war und das seine Macht durchdrang. Manchmal war sein Schlaf ruhig und friedlich, dann wieder störten Bilder von Blut und Tod seine Ruhe und peinigten ihn. Früher sangen die Menschen für ihn, besänftigten seinen Geist, linderten die Schmerzen mit ihren Gesängen, doch diese Zeiten waren längst vergangen.

Weit über dem Dunkelgeist schritten die Sonnenjahre voran und Jahreszeiten wechselten im ewigen Spiel. Menschen lebten und lachten, weinten und vergossen Blut. Kinder wuchsen heran und starben. In den Tiefen der Berge schürften Zwerge und lebten Trolle, doch sie mieden den Ort seiner Ruhe und fürchteten seine Macht.

Kriege drangen in seine Träume, oder waren es seine Träume, welche in die Kriege drangen? Seit dem Verrat und der nachfolgenden Flucht aus der Welt war sein Geist zerbrochen, und der Dunkelgeist vermochte in den Scherben seiner Wahrnehmung keinen Sinn mehr zu erkennen. Sein einziges Ziel war Vergessen, denn die Erinnerungen brachten Schmerzen und Trauer. Alle Gefühle hatten ihn verlassen, außer dem Zorn und der Pein, deren Stimmen die einzigen waren, welche noch in der Dunkelheit seines Verstandes flüsterten.

Doch selbst im Schlaf drangen Teile der Welt an sein Bewusstsein, und ein neuer Gesang ertönte aus menschlichen Kehlen. Dieser sandte feurige Finger, die sich um den Dunkelgeist legten und seinen Leib vor Schmerz erbeben ließen. Der Druck dieser Finger ließ nur einen Ausweg, nur eine Flucht zu, und so folgte der Gepeinigte diesem Weg, schrie seine Qualen in die Dunkelheit hinaus und ließ das Gestein, das Fundament des Landes selbst, unter seiner Macht erzittern. Höhlen brachen in sich zusammen, Tunnel stürzten ein, und harter Fels begrub Dutzende von Trollen unter sich. Denn auch wenn der Verstand des Dunkelgeistes zersprungen war, so waren die Kraft und die Verbindung zu dem Land zwischen den Bergen geblieben.

Mit dem Schrei verhallten auch die Schmerzen, und die Träume beruhigten sich, doch unaufhaltsam glitt das Wesen aus den Tiefen des Schlafes und des Vergessens empor in die Welt von Sonne und Wind und Regen, und sein Atem durchdrang mit neuer Kraft Erde, Wald und Stadt, Mensch, Elf und Tier.

1

Der Wald lag in den Abendstunden ruhig da. Kaum ein Tier war zu hören, während die letzten Strahlen der Sonne durch sein Blattwerk drangen. Mächtige, moosbewachsene Bäume ragten Dutzende von Schritten in die Höhe, und zwischen ihnen bildeten Büsche und Farne ein undurchdringliches Unterholz. Als die Hufschläge des Reitertrupps schließlich verhallten, kehrten auch die alltäglichen Geräusche des Forstes zurück und erinnerten Şten an die vielfältigen Gefahren, die sein Leben bedrohten.

Vergeblich rüttelte er an den dicken Eisenstangen seines Käfigs. Natürlich gaben sie nicht nach. *Alles in allem haben meine Feinde gute Arbeit geleistet,* ging es Şten durch den Kopf.

Auch wenn er aufrecht sitzen konnte, solange er die Beine herausbaumeln ließ, war der Käfig eng und unbequem und schaukelte bei jeder Bewegung. Die kalten Stangen drückten sich gegen Ştens nackte Haut und gruben sich schmerzhaft in sein Fleisch. Zu eng waren sie, als dass er hätte hindurchschlüpfen können, doch ohne Frage würde das Maul eines Wolfes oder die Tatze eines Bären ihn erreichen können.

Marczeg Zorpads Krieger hatten die Eisenkonstruktion sorgfältig überprüft und den schweren Bolzen mit Hammerschlägen in der Verankerung verkeilt. Ohne Werkzeug war es unmöglich, den Eisenstift zu entfernen und die kleine Tür zu öffnen. Die Kette, mit welcher der Käfig an dem dicken Ast befestigt war, war ebenso fest und zuverlässig geschmiedet. Auch der Baum war gut ausgewählt, ein altes starkes Eichengewächs, an dessen Stamm feuchtes Moos emporwuchs. Dieser Baum hatte noch viele Jahrhunderte Leben vor sich und würde noch weiter wachsen, wenn Şten schon lange in dem

Käfig verrottet war. Die Freiheit war nur zwei Schritt unter ihm, und sie leuchtete im Abendlicht verlockend grün, doch Şten hätte in seinem Käfig statt den zwei Schritt auch hundert hoch hängen können, denn der Boden blieb für ihn unerreichbar.

Wenn er bedachte, dass Zorpad das Aussetzen eines Mannes in den düsteren Wäldern seiner Heimat von Ştens eigenem Volk, den Wlachaken, übernommen hatte, so konnte er durchaus die Ironie seiner ausweglosen Lage erkennen. Die Idee aber, den Verurteilten in einen Metallkäfig zu stecken, stammte natürlich von den Masriden. Früher hatte man die Verbrecher einfach mit festen Stricken an die Bäume gebunden. In den alten Tagen war dies eine Art Gottesurteil gewesen, und nicht wenige Lieder seines Landes erzählten von jenen, die durch Glück oder Geschick dem sicheren Tod entkommen und zurückgekehrt waren, um Rache zu nehmen an jenen, die ihnen den Tod hatten bringen wollen.

Şten lachte bitter auf. Die neuen Herren des Landes wollten allemal sicherstellen, dass die Götter ihre Urteile im Sinne der Masriden fällten. Oder besser gesagt ihr Gott, denn sie verhöhnten die alten Geister des Landes und unterdrückten den Glauben an diese, wo immer sie auf ihn stießen.

Ohne fremde Hilfe würde Şten sich aus dieser Falle nicht befreien können, und so tief im Wald verborgen würde ihn niemand finden, bevor er starb. Das grobe Hemd, das sie ihm als einziges Kleidungsstück gelassen hatten, bot wenig Schutz vor den Elementen. Hinzu kamen die Auswirkungen der Folter, die Şten nicht gerade widerstandsfähiger gemacht hatten. Er konnte sich gut vorstellen, wie er aussah, nur mit dem schmutzigen Leinenhemd bekleidet, überall grün und blau geschlagen, das lange, dunkle Haar strähnig und verfilzt, das schmale Gesicht von Erschöpfung, Schmerz und Schlafmangel gezeichnet.

Vermutlich sehe ich jetzt schon aus wie ein wandelnder Toter, dachte Şten und grinste finster.

Es schien tatsächlich an der Zeit zu sein, sich mit dem Gedanken an den Tod abzufinden. Schnell verdursten würde der junge Krieger nicht, dazu war es zu feucht, und vermutlich würde es in den nächsten Tagen mehr als genug regnen. Wenn er also nicht verhungerte, würde ihn eine der unzähligen Gefahren der dunklen Wälder das Leben kosten.

Auf der Flucht vor den Häschern des Marczegs der Masriden war Şten oft tief in den Wald eingedrungen, und er wusste mehr als genug über den dunklen Forst. Viele Geschichten, die man sich nachts an den Feuern erzählte, waren natürlich Ammenmärchen, aber unter all dem Aberglauben verbarg sich auch ein Körnchen Wahrheit. Es gab gute Gründe, den Wald zu meiden, und je tiefer man sich hineinwagte, desto gefährlicher wurde es. In den lichtlosen Tiefen schlichen Kreaturen durch das Unterholz, denen man besser aus dem Weg ging. Wölfe und Bären, die den Städtern und Bauern solche Angst einjagten, wirkten gegen diese geradezu harmlos. Schlimmere Dinge als Tiere, die ohnehin die Nähe der Menschen eher mieden, bedrohten den Wanderer im Herzen des Forstes. Und in der Nacht kamen diese Kreaturen aus ihren Löchern gekrochen auf der Suche nach Opfern und Beute.

Die spitzohrigen *Vînai* waren gnadenlose Jäger, die Mensch und Tier aus bloßer Freude am Töten mit ihren zielsicheren Pfeilen spickten. Sie duldeten keinerlei Eindringen in ihre Länder im Herzen des Waldes. Neben ihnen gab es die verfluchten *Zraikas*, die in eine fremde Gestalt schlüpfen konnten und mit ihren tödlichen Reißzähnen und Klauen kaum zu besiegen waren. Von anderen dämonischen Kreaturen hatte Şten nur gehört, doch auch in den geflüsterten Geschichten mochte durchaus ein Körnchen Wahrheit stecken. Vermutlich würde er es schon bald herausfinden. Er lachte freudlos, als er daran dachte, dass diese Bekanntschaft wohl eine kurze und äußerst unerfreuliche werden würde.

Inzwischen war die Sonne gänzlich hinter den Bergen verschwunden und beleuchtete nur mehr die niedrig hängenden Wolken am Himmel. Zusammen mit dem letzten Licht der

Sonne schwand auch Ştens letzte Hoffnung auf Rettung. Wenige würden es wagen, nachts in die Wälder einzudringen, selbst wenn sie denn überhaupt wüssten, dass Şten noch lebte.

Immerhin ist es hier ein wenig gemütlicher als in Zorpads Kerkern, dachte Şten grimmig und versuchte eine bequemere Sitzposition zu finden, doch irgendwie schien er überall blaue Flecken zu haben. *Vielleicht finde ich heute Nacht ja sogar etwas Schlaf, immerhin prügeln seine Häscher nicht mehr auf mich ein.*

Aber an Schlaf war kaum zu denken, auch wenn Şten von den Entbehrungen der letzten Tage und den Verhören stark erschöpft war, denn zu unbequem war sein luftiges Gefängnis. Dazu kreisten seine Gedanken unablässig um seine Freunde und die Gefahren, die ihnen drohten.

Mit der Dunkelheit drangen mehr und mehr fremdartige Geräusche an seine Ohren, Tiere schrien, das Laub raschelte, und immer wieder erhaschte Şten aus den Augenwinkeln eine Bewegung. Die einsetzende Dunkelheit verwandelte den Wald, die Bäume erhoben sich als dunkle Schatten, und zwischen ihnen herrschte schon bald Finsternis, die alle möglichen Schrecken verbergen mochte. Zunächst schien noch der Mond, doch dann türmten sich dunkle Wolken am Himmel auf. Bald schon konnte der Wlachake nur noch wenige Schritt weit sehen, was das nächtliche Spektakel der Waldtiere noch unheimlicher machte. Aber schließlich gewann die Erschöpfung Oberhand, und Şten verfiel in düstere Träume, die von einem Unwetter beendet wurden.

Eiskalter Regen weckte ihn, und der grollende Donner ließ ihn zusammenzucken. Kalte Winde zerrten an seinem Leinenhemd und trieben den Regen fast waagerecht vor sich her. Innerhalb weniger Augenblicke war Şten vollkommen durchnässt und fror erbärmlich.

Immer wieder schlugen Blitze in der Ferne ein, erhellten die Landschaft für einige Augenblicke, gefolgt von mächtigen Donnerschlägen. Şten konnte sich nicht erinnern, jemals einen solch wütenden Sturm erlebt zu haben. Vielleicht lag es aber auch nur an seiner unbequemen Warte, die ihn dem Zorn der Elemente schutzlos auslieferte. Der schwere Eisenkäfig schaukelte im Wind, der Ast knarrte bedrohlich, und es kam Şten so vor, als werde er sogleich zu Boden stürzen. Doch die starke Eiche hielt und würde wohl zur letzten Ruhestätte für Şten cal Dabrân werden.

Mutlos kauerte er sich zusammen und schlang die Arme um den Oberkörper, um sich ein wenig zu wärmen. Vielleicht würde er schon in dieser Nacht erfrieren, denn zu dem Regen gesellten sich jetzt auch noch eisige Hagelkörner, die ihn schmerzhaft trafen.

Niemals seine Heimat wiedersehen, seine Familie, seine Freunde ... Verzweiflung überkam ihn und raubte ihm die letzte Kraft aus den müden Gliedern. So saß er da, während das Unwetter um ihn herum tobte. Er musste an Flores' warnende Worte bei ihrem letzten Treffen denken, die er so leichtfertig in den Wind geschlagen hatte. Seine letzten Worte seiner Schwester gegenüber waren absichtlich verletzend gewesen, und nun würde er sterben, ohne sie wieder gutmachen zu können.

Ein Knacken, das sogar das Rauschen der Bäume im Wind übertönte, ließ ihn aufschrecken. Hastig suchte er mit Blicken die kleine Lichtung ab, doch in der Dunkelheit konnte er wenig erkennen, bis ein gezackter Blitz über den Himmel zuckte und den Wald für einen Augenblick erleuchtete. Grelle Nachbilder tanzten durch Ştens Blickfeld, mehrere riesige, menschenähnliche Gestalten, die auf der Lichtung standen. Es dauerte einige hämmernde Herzschläge lang, bis sich seine Augen wieder an die Dunkelheit gewöhnt hatten, Herzschläge, in denen er sich einredete, dass er sich getäuscht habe, dass dort in der Nacht nichts gewesen sei.

Und dann sah er sie, schwarze Schatten vor der Dunkelheit des Waldes. Vier, nein fünf, fast doppelt so groß wie ein Mann, mit mächtigen Schultern und langen, muskulösen Armen. Wie von Sinnen vor Angst warf sich Şten gegen die

Stangen des Käfigs, um ihnen zu entkommen. In der Finsternis sah er eines der Ungeheuer auf sich zugehen. Verzweifelt versuchte Şten von dem Wesen wegzukommen, doch es war unmöglich. Hilflos musste er zusehen, wie der Schatten sich näherte, bis die Kreatur kaum eine Armeslänge entfernt stehen blieb. Obwohl der Käfig sicherlich zwei Schritt über dem Boden hing, war es dem Monstrum ein Leichtes hineinzuspähen. Wieder zuckte ein Blitz über den Himmel, wieder war die Lichtung für einen Herzschlag in Licht getaucht.

Abgrundtiefe Furcht erfüllte Şten, als er das ebenso massige wie hässliche Haupt sah. Der Kopf war grob menschlich, doch die Linien des Gesichts verliefen nahezu gerade, und die hohen Wangenknochen und das kantige Kinn wirkten wie in Stein gemeißelt. Sein Magen zog sich zusammen, als er die Augen sah, die sich unter knochigen Brauen verbargen, während die Ohren viel zu klein für den riesigen Kopf schienen. Die Stirn war flach und seltsam gefurcht, und darüber ragten fingerdicke, hornige Auswüchse auf, die Şten in Ermangelung eines besseren Wortes als *Haare* bezeichnete. Zudem wölbten sich zwei mächtige, lange Hörner von der Stirn über den Schädel, was dem Monstrum ein dämonisches Aussehen gab. Am Furcht einflößendsten jedoch war das Maul der Kreatur, breit und mit vollen Lippen, hinter denen gewaltige Hauer wie die eines Ebers zum Vorschein kamen, als es sie hämisch zurückzog.

Unfähig, sich zu rühren oder gar etwas zu sagen, starrte Şten auf die albtraumhafte Erscheinung. Sein Herz schlug schmerzhaft schnell, als das Monstrum mit einer der riesigen Pranken nach dem Käfig griff und ihm einen Stoß versetzte, der Şten durch Mark und Bein fuhr. Schließlich beugte es sich nach vorn, und Şten konnte ein Schnaufen hören, als wolle es in der Dunkelheit seine Witterung aufnehmen. Nach einer schier endlosen Zeit wandte sich das Wesen ab und stapfte zurück zu seinen Gefährten.

Der Regen dämpfte die Geräusche, die es von sich gab, aber Şten vernahm raue Laute, die tief aus der Kehle kamen.

Bevor er sich einen Reim auf diese Ungeheuer machen konnte, kehrte eines zu ihm zurück, ergriff ohne viel Federlesens die Eisenstangen des Käfigs und rüttelte an ihnen. Şten wurde von einer Seite auf die andere geschleudert und schlug schmerzhaft gegen die harten Gitterstäbe. Verzweifelt klammerte er sich fest, bis das Monstrum von dem Käfig abließ und ihn musterte.

»Sprichst du?«, fragte es unvermittelt. Die Worte klangen kehlig, aber verständlich. *Bei allen Geistern, das Geschöpf spricht meine Sprache!*

Für einen Herzschlag lang war Şten zu überrascht, um zu antworten, doch als das Wesen wieder nach dem Käfig griff, beeilte er sich zu bejahen: »Ja! Ja, ich kann sprechen.«

»Gut. Was tust du hier?«, grollte die tiefe Stimme über die Lichtung.

»Äh. Sterben? Ich bin gefangen und soll hier verrecken«, antwortete Şten.

»Gefangen? Von wem?«

»Sein Name ist Zorpad.«

»Zorpad? Wer ist Zorpad?«

»Er ist ein Mensch. So wie ich auch.«

»Wir wissen, was Menschen sind«, sagte das Wesen mit donnernder Stimme.

»Zorpad ist der Herr dieses Landes. Oder zumindest wäre er das gern«, sagte Şten rasch.

Sein Gegenüber legte misstrauisch den gewaltigen Kopf schief. »Nicht so schnell«, knurrte es. »Gibt es noch mehr Menschen hier? Oder bist du allein?«

»Ich bin allein.«

Diesmal wandte das Wesen sich an seine Begleiter und brüllte quer über die Lichtung: »Er ist allein«, was diese veranlasste, sich zu nähern und sich neugierig um den Käfig herum aufzubauen. Plötzlich war Şten von einer Hand voll gewaltiger Kreaturen umgeben, die ihn neugierig musterten. Ihre hässlichen Schädel näherten sich dem Käfig, und die dunklen Augen wanderten über Şten, als sei er ein Stück Vieh auf dem Markt. Einige von ihnen schnüffelten an dem Käfig, und Şten konnte ihren beißenden Atem riechen. Andere berührten die Eisenstangen und stupsten Şten mit ihren dicken Fingern an, deren harte Nägel wie Krallen geformt waren. Der Regen prasselte auf ihre Leiber und lief in Strömen an ihnen herab, doch die Nässe und Kälte schienen ihnen nichts auszumachen.

»Wo ist der Herr des Landes?«, erkundigte sich der bisherige Sprecher.

»In seiner Burg, bei Teremi. Was, bei allen Dunkelgeistern, seid ihr?«, entfuhr es Şten.

»Wir sind Trolle!«, entgegnete das Wesen stolz und richtete sich zu seiner vollen, beeindruckenden Größe auf, während Şten der Schrecken in alle Glieder fuhr. Seit vielen Jahren hatte man keine Trolle mehr gesehen, und inzwischen hieß es, dass sie ausgestorben seien – oder vielleicht sogar, dass sie niemals mehr als Legenden gewesen seien. Jetzt aber standen sie vor ihm, Kreaturen, die albtraumgleich aus finsteren Geschichten zurückgekehrt waren.

Schlagartig fiel Şten die Legende von Peres dem Tänzer ein, der glaubte, einen riesigen Troll getötet zu haben, nur um dann festzustellen, dass dieses gewaltige Monstrum trotz des Schwertes in seinem Schädel noch lebte. Und das Tänzer, dessen Ruf als Schwertkämpfer legendär war, erschlug und schließlich mit Haut und Haaren verschlang. *Menschenfresser!*, dachte Şten entsetzt. *Da wären selbst die grausamen Vînai besser gewesen, denn ihre Pfeile brachten wenigstens ein rasches Ende.*

»Töten wir ihn«, sagte der Troll in diesem Augenblick und griff mit den Klauen nach dem Käfig.

»Warte«, widersprach ein anderer und legte dem Sprecher die Hand auf die Schulter. Für einen Augenblick schwebten die gewaltigen Pranken wie der leibhaftige Tod vor Ştens Augen, dann ließ der Troll die Arme sinken.

»Wie heißt du?«, fragte sein Lebensretter.

»Şten cal Dabrân ist mein Name.«

»Ich bin Druan. Erzähl mir von dem Herrscher, Zorkad?«
»Zorpad. Was soll ich sagen? Er ist nicht der wahre Herrscher, dies ist nicht sein Land, und ...«
»Lass uns endlich weitergehen. Die Sonne geht bestimmt bald auf«, unterbrach der erste Troll, ohne Ştens Worten auch nur die geringste Beachtung zu schenken.
»Wir müssen mehr erfahren«, entgegnete Druan ungerührt, bevor er sich wieder an Şten wandte: »Herrscht dieser Mensch über die ganze Oberwelt?«
»Nein, nur über dieses Land.«
»Wer herrscht über den Wald?«
Mühsam zuckte Şten mit den schmerzenden Schultern: »Ich weiß nicht. Die Vînai vielleicht? Die Elfen?«
»Er ist nutzlos. Töten wir ihn«, meldete sich der erste Troll wieder zu Wort, den Şten von Mal zu Mal unausstehlicher fand.
Das andere Monstrum setzte zu einer Erwiderung an. »Wir wissen nichts über die Oberwelt, Pard. Vielleicht kann uns der Mensch doch nützen.«
»Dann lass mich mit ihm reden, mir wird er schon alles sagen«, knurrte der erste Troll und ließ die gewaltigen Muskeln spielen.
»Möglicherweise kann ich euch eher helfen, wenn ihr mir genau sagt, was ihr wissen müsst«, warf Şten ein, bevor die Geschehnisse einen üblen Verlauf für ihn nehmen konnten. »Lasst mich heraus, dann helfe ich euch.«
Einen Augenblick zögerte der Troll namens Druan, dann nickte er langsam. »Wir nehmen dich mit.«
»Bist du verrückt, Druan?«, donnerte ihn einer der anderen Trolle an. »Wir sollen einen Menschen mit uns herumschleppen?«
»Wir können ihn immer noch töten«, antwortete Druan lässig, »wenn uns seine Antworten nicht gefallen.«
»Ich zerquetsche ihn jetzt!«
Der Schreihals legte die langen Arme um den Käfig und begann zu drücken. Ungläubig sah Şten, wie die dicken Metall-

stangen sich unter dem Griff des Trolls verbogen und ihm immer weniger Platz ließen. Dann jedoch gab es einen harten Schlag, und Şten wurde umhergeschleudert. Als er wieder wusste, wo oben und unten war, sah er einen der Trolle als massigen Schatten über einem anderen aufragen, der am Boden lag.

»Druan hat gesagt, dass wir ihn mitnehmen!«, brüllte der stehende Troll seinen Gegner an.

Allein der trommelnde Regen durchdrang die Stille, die auf das Geschrei folgte, während Şten ungläubig zu den Trollen hinübersah. Dann nickte der am Boden Liegende und sagte: »Ja, Pard«, bevor er sich mühsam aufrappelte. Der größte der Trolle, ein wahres Monstrum, schien demnach Pard zu heißen.

Verwirrt schaute Şten zu Druan, der sich unbeteiligt an dem gewaltigen Kopf kratzte. Bevor Şten etwas sagen konnte, fragte der Troll ihn: »Bist du ein Magier?«

Wenn ich einer wäre, dann würde ich kaum noch in diesem lausigen Käfig sitzen, dachte Şten. Laut sagte er: »Nein, ich bin kein Magier.«

»Gibt es Zauberer unter euch?«

»Ja, sicher ...«

»Dann sag mir, wo ich sie finden kann!«

»Sprichst du von den Geistsehern oder dem Albus Sunaş der Masriden?«

»Masriden? Was soll das sein?«

»Menschen. Zorpad ist einer von ihnen. Ein Volk, das über die Berge kam.«

»Und dieses Alb... Albas...«, stammelte Druan.

»Albus Sunaş«, unterbrach ihn Şten. »Das sind die Priester des Masriden-Gottes. Sie glauben an das Licht der Sonne und an das Feuer.«

»Magier, die Sonne und Feuer verehren?«, fragte Druan mit zusammengekniffenen Augen.

»Ja. Sie zwingen den Menschen ihren Glauben auf, aber viele verehren die alten Götter und Geister weiterhin.«

»Sag mir, wo ich eure Zauberer finden kann.«

Verwirrt überlegte Şten, warum diesen Wesen an Magie gelegen sein könnte, doch ihm fiel beileibe nichts ein. Zugleich war er sich sicher, dass Unwissen oder gar Schweigen seinen Tod bedeuten würde, also antwortete er rasch: »Nun, in Teremi gibt es sicher welche.«
»Wo ist dieses Ter... Tera...?«
»Teremi. Richtung Süden, wohl einige Tage zu Fuß durch den Wald«, erwiderte Şten.
Mit einem bösartigen Funkeln in den Augen schlug der riesige Pard vor: »Töten wir ihn und brechen auf.«
Druan nickte ungerührt und wandte sich dann ab.
»He! So wartet! Was soll das? Ich habe euch alles erzählt!«, rief Şten.
»Eben. Wir brauchen dich nicht mehr«, entgegnete Pard kaltblütig, während ein anderer an den Käfig herantrat und nach Şten griff. Verzweifelt rüttelte dieser an den Gitterstäben.
»Doch! Ihr braucht mich! Ich kenne den Weg!«, widersprach der junge Krieger, aber das schien den Troll wahrhaftig nicht zu beeindrucken. Wieder legten sich gewaltige Pranken um die Stangen, die schon deutlich verbogen waren, und drückten sie enger und enger zusammen.
»Ihr kennt Zorpad nicht! Und seine Soldaten, seine Krieger! Sie lassen euch niemals in die Stadt, sie werden euch töten!«, schrie Şten, um das Quietschen des gepeinigten Metalls zu übertönen.
»Warte«, sagte Druan und legte Pard eine Hand auf die Schulter, »wie viele Krieger?«
»Hunderte! Zorpad ist ein mächtiger Mann. Er hat viele Männer und Frauen unter Waffen«, antwortete Şten hastig.
»Du sagst, du kannst uns helfen? Wie?«, fragte der Troll scharf.
»Ich weiß, wie man ungesehen nach Teremi hineinkommt. Und lebendig wieder heraus.« *Obwohl ich beim letzten Mal nicht allzu erfolgreich war,* fügte Şten in Gedanken hinzu. Aber das musste er den Trollen ja nicht gleich auf die Nase binden.

Wieder überlegte Druan eine Weile, bevor er sich an seine hünenhaften Begleiter wandte: »Wir nehmen ihn doch mit.«
Sofort brach ein Tumult unter ihnen aus. Offenbar waren zwei der Trolle mit Druans Vorschlag nicht einverstanden und weigerten sich, ihm zu gehorchen. Ihr Brüllen donnerte durch den Regen, doch schließlich setzte sich Druan durch.
»Wir nehmen den Käfig mit. Wir brauchen den Menschen vielleicht noch. Wir können ihn immer noch loswerden, wenn wir müssen.«
Einer der Trolle, der die Idee dennoch für schlecht hielt, machte seinem Unmut am Rande der Lichtung Luft. Şten konnte in der Dunkelheit wenig erkennen, doch die gewaltigen Schläge und die umherfliegenden Holzstückchen zeugten von der immensen Kraft des Monstrums. Ungläubig beobachtete Şten, wie ein Baum von den Fausthieben so zertrümmert wurde, dass er schließlich mit einem Krachen umfiel. *Vielleicht war es doch gar nicht so schlecht gewesen, hier gefangen zu sein,* dachte der junge Wlachake, als der Lärm wieder verklungen war.
»Hol ihn runter, Pard«, befahl Druan, woraufhin der größte der Trolle sich mit einem düsteren Blick näherte und abschätzend den Metallkäfig besah. Bevor der Wlachake reagieren konnte, legte Pard die mächtigen Arme um die Konstruktion und zog. Das Metall der Kette knirschte, aber es war der Ast, der den gewaltigen Kräften des Trolls zuerst nachgab. Mit einem ohrenbetäubenden Bersten zersplitterte das Holz. Zwei mal riss Pard noch an den Käfigstäben, was Şten beinahe den Magen umdrehte, bis der Ast schließlich vollkommen abbrach und auf den nassen Waldboden fiel. Achtlos ließ der Troll den Käfig den letzten Schritt bis zum Boden fallen, und Şten konnte gerade noch die Beine einziehen, bevor sie auf den Boden schlugen. Der Aufprall fuhr ihm durch Mark und Bein und sandte scharfe Schmerzwellen durch seinen Körper.
Eingeschüchtert sah Şten auf die Stäbe des Käfigs, die sich unter dem Griff von Pard weiter verbogen hatten. Dieses Monstrum, dieser *Troll* hätte den Käfig mitsamt dem mensch-

lichen Inhalt wohl einfach zerquetschen können. Aber wenigstens spürte Şten jetzt den feuchten, weichen Waldboden durch die Gitterstäbe, was ihm eine Spur von Wirklichkeit in diesen Albtraum brachte. Er sah zu Druan empor, der nun über ihm aufragte: »Und nun?«

»Jetzt gehen wir.«

Damit packte Pard die Reste der Kette, drehte seine Schulter unter diese und wuchtete sich den Käfig auf den Rücken, bevor er sich in Bewegung setzte. Die grobe Haut des Trolls schabte über die Eisenstäbe, als er ein- oder zweimal nachfasste, bis er einen sicheren Griff fand. Obwohl der Käfig fraglos so schwer war, dass Pferde ihn an dem Baum hatten hochziehen müssen, bereitete es Pard offenbar kein Problem, ihn samt Inhalt hochzuheben und gar mit sich herumzutragen.

Für lange Zeit konnte Şten wenig mehr sehen als die breiten, grauen Schultern und die seltsamen Hornauswüchse auf dem Kopf des Trolls, die er zuerst für Haare gehalten hatte, die aber bei näherer Betrachtung mehr wie dünne Weidenruten wirkten. Der Regen prasselte weiter auf die seltsame Gruppe nieder, doch jetzt war Şten nah genug an dem Troll, um dessen Geruch zu bemerken. Der Gestank der Kreatur war heftig und durchdringend, und er erinnerte Şten an ein wildes Tier.

Hin und wieder schob sich einer der massigen Trolle in sein Blickfeld, doch zumeist sah Şten nichts als Finsternis und die Umrisse der Bäume vor dem Himmel, die bedrohlich über ihm aufragten. Wieder fragte sich der Wlachake, ob er womöglich doch nur träume. Doch dann stapften die Trolle durch einen schnell fließenden Fluss, und das eisige Wasser, das über Ştens Beine spritzte, ließ ihn spüren, dass dies kein Traum war, aus dem er aufwachen konnte.

2

Der Gestank von Blut und Tod erfüllte die Kavernen, aber wenigstens war das Stöhnen der Verwundeten verstummt. Mit grimmiger Zufriedenheit betrachtete Hrodgard, Sohn des Haldigis, was sich ihm in der großen Höhle darbot. Überall auf dem Boden lagen Trolle, die von seinen tapferen Kriegern getötet worden waren. Hier hatte der hitzigste Teil des Gefechts stattgefunden, hier hatten seine Feinde eine letzte Verteidigungslinie aufgestellt, um den Angehörigen ihres Stammes, die nicht kämpfen konnten, die Flucht zu ermöglichen. Wie ein Erdrutsch waren die Zwerge über die wenigen, bereits schwer angeschlagenen Verteidiger hergefallen, aber die verfluchten Trolle hatten mit einer Zähigkeit und Verbissenheit gekämpft, die ihresgleichen suchte.

Die Krieger des Zwergenvolkes hatten jeden einzelnen Gegner in der großen Höhle getötet. Noch hatten die Späher keine Meldung gemacht, was darauf schließen ließ, dass sie bisher keine Spur gefunden hatten. Sonst hätten sie längst das Heer davon in Kenntnis gesetzt, damit die Krieger die geflohenen Trolle verfolgen und stellen konnten … Der Gedanke verscheuchte Hrodgards Zufriedenheit und ließ ihn innerlich fluchen, denn sein Plan hatte nicht den gewünschten Erfolg gehabt.

Das letzte Auflehnen der Trolle hier in der Höhle hatte die Zwerge zu viel Zeit gekostet und dem restlichen Stamm die Flucht ermöglicht. Wären die Zwergenkrieger zeitig durch die Linie der Trolle gebrochen, dann hätten sie den Stamm ein für alle Mal ausrotten und den Krieg in diesem Teil der Berge beenden können.

»Kriegsmeister?«, erklang die Stimme eines Zwerges, der auf ihn zukam. Aus den Gedanken gerissen, sah Hrodgard auf und erkannte Tainelm, den Anführer der Zweiten Kompanie und Veteranen zahlloser Schlachten.

»Was ist, Tainelm?«

»Wir haben die Verwundeten in die oberen Gänge gebracht und versorgen sie dort, wie Ihr befohlen habt. Allerdings haben unsere Späher dort Spuren von Trollen gefunden. Anscheinend wurde eine Gruppe von dem Rest abgetrennt und bewegt sich nun in die höheren Ebenen«, berichtete der altgediente Krieger.

»Wie viele?«

»Eine Hand voll vielleicht, wohl nicht mehr als fünf.«

»Nimm die besten Krieger deiner Kompanie und jage sie, Kampfmeister Tainelm. Finde und vernichte sie vollständig«, befahl Hrodgard. »Ich werde das Ende dieser Pest in meinen Tunneln noch erleben!«

»Jawohl, Kriegsmeister. Und noch etwas …«, fuhr Tainelm fort.

»Ja?«

»Die Späher der Ersten Kompanie haben Wohnhöhlen entdeckt. Sie sind verlassen, wie nicht anders zu erwarten war, aber es wurden zwei Kinder gefunden.«

»Trollgezücht?«

»Ja, Kriegsmeister.«

»Schlagt dieser Brut die Schädel ein und nagelt die Leichen an die Wände der tieferen Gänge. Wenn die Trolle wiederkehren, sollen sie nur sehen, was sie hier erwartet. Was sie alle erwartet!«

»Jawohl, Kriegsmeister«, erwiderte Tainelm und sagte dann mit einem angedeuteten Lächeln auf den Lippen: »Es war ein großer Sieg!«

Mit einem knappen Nicken entließ Hrodgard seinen Untergebenen und betrachtete die verstreuten Leichen seiner Erzfeinde. Die meisten der Kreaturen waren mehr als doppelt so groß wie er selbst. Seine Krieger hatten die Bestien regelrecht in Stücke gehackt – der einzige Weg, um sicherzugehen, dass ein Troll auch wirklich tot war. Wenn man es versäumte, ihnen den Kopf vom Rumpf zu trennen, so geschah es nicht selten, dass sie sich plötzlich wieder erhoben und selbst im Sterben noch Zwerge angriffen.

Kein großer Sieg, dachte Hrodgard beim Anblick der verstümmelten Gefallenen, *denn einige Gegner sind entkommen. Aber wir werden sie finden, und dann löschen wir ihr Volk endgültig aus. Jeden Mann, jede Frau, jedes Kind!*

3

Nach einer Zeitspanne, die Şten nahezu endlos erschien, erreichten die Trolle das Ziel ihres Marsches: eine Höhle, die sich in der Flanke eines Hügels verbarg. Im Innern dieser Höhle stellten die Trolle den Käfig auf dem unebenen Boden ab. Immer noch zitterte Şten vor Kälte, auch wenn er nun nicht mehr dem Wind und dem Regen ausgesetzt war. Doch der kalte Boden unter seinen Füßen und die kühle Luft auf seiner nassen Haut ließen ihn frösteln.

Einer der Trolle näherte sich dem Käfig und sah den Menschen neugierig an. Şten bemerkte, dass er lediglich ein Horn trug; das linke war dicht über der Haut abgebrochen. Die Bruchstelle sah jedoch alt aus.

»Du frierst?«

»J-ja«, antwortete Şten gepresst.

»Du hast so dünne Haut«, wunderte sich der Troll.

»Für gewöhnlich trage ich angemessenere Kleidung, aber man dachte wohl, ein Sterbender brauche keine warmen Sachen mehr«, brachte Şten zwischen klappernden Zähnen hervor.

Ein weiterer Troll gesellte sich zu ihnen und musterte Şten. In der Dunkelheit der Höhle konnte der Wlachake zuerst nicht feststellen, welcher es war, doch als er sprach, erkannte Şten Druan.

»Wir brauchen Feuer«, beschied er.

»Das ist schlecht. Man wird uns sehen«, erwiderte der riesige Pard.

»Dann gehen wir tiefer in die Höhlen, noch haben wir Zeit. Wir haben den Menschen nicht mitgeschleppt, dass er jetzt an der Kälte krepiert.«

Şten war sich nicht ganz sicher, was er von dieser Aussage

halten sollte, doch schon wurde sein eisernes Gefängnis wieder angehoben. Die Trolle trugen ihn tiefer in die Höhle hinein, weg von dem Eingang, und setzten ihn dort ab.

»Bei dem Wetter ist es schwierig, ein Feuer zu machen. Alles ist n-nass«, merkte Şten bibbernd an, doch die Trolle scherten sich nicht um ihn.

Druan kniete nieder und kümmerte sich im Dunkeln um das Feuer; wenig später sprangen Funken durch die Finsternis. Schon bald loderte eine kleine Flamme auf trockenen Reisighölzchen. Kurz darauf kehrte einer der Trolle mit einem Arm voller Holz wieder, das Druan geduldig sortierte und von dem er schließlich die besten Stücke auf das Feuerchen legte. Trotz aller Mühe entstand ein beißender Rauch, aber die Wärme, die Şten erreichte, machte die tränenden Augen wett.

Jetzt, im flackernden Schein des Feuers, konnte Şten nur zu gut erkennen, in welche Gesellschaft er geraten war. Jeder der fünf Trolle maß gut und gerne drei Schritt. Der größte von ihnen, den die anderen Pard nannten, überragte seine Gefährten noch um mehrere Spannen. Die Kreaturen wirkten massig, mit mächtigen Muskeln unter der groben grauen Haut. Ihre rohe Kraft hatte er bereits zu spüren bekommen, und bei dem Gedanken daran wurde ihm flau zumute. Hier und da wuchsen Horn- und Knochenplatten auf ihren Leibern, und bis auf den einhornigen Troll, der wohl irgendwann einmal eine unangenehme Begegnung mit einer Steinwand gehabt hatte, wuchsen jeweils zwei gebogene, glatte Hörner aus den niedrigen Stirnen, die bis hinter die Ohren ragten. Die Hauer der Trolle aber waren noch Furcht einflößender und ließen ihn an die grauenhaften Geschichten denken, die man sich in Wlachkis an den Herdfeuern erzählte.

Die Nägel der Kreaturen waren lang und kräftig, wie Klauen, teilweise gesplittert und vor allem schmutzig. Vielleicht bildete der Wlachake es sich nur ein, aber an Pards Klauen schienen Reste von getrocknetem Blut zu kleben. Rasch wandte er den Blick ab, doch dann siegte die Neugier, und er besah sich die Leiber der Trolle genauer.

Grob genähte Lederbahnen spannten sich um die Oberkörper, hier und da trug einer eine Art Gürtel, an dem einfaches Werkzeug und Beutel hingen. Waffen sah Şten nicht, aber nach der Demonstration ihrer schieren Kräfte war er sich nicht sicher, ob diese steinernen Ungeheuer ihre Feinde nicht viel eher mit bloßer Faust niederzustrecken und sie dann mit ihren Reißzähnen zu zerfetzen pflegten.

Trotz alldem benötigten die Trolle Hilfe. Sie kannten dieses Land, kannten die Menschen nicht. Was mochte sie hierher geführt haben? Woher kamen sie wohl, und warum hatten sie ihre Heimat verlassen? Alles Fragen, auf die Şten noch keine Antwort wusste – ein Zustand, den er schleunigst ändern sollte, wenn er am Leben bleiben wollte.

Nachdenklich betrachtete er die Trolle, die sich abseits des Feuers niedergelassen hatten und sich leise unterhielten. Hin und wieder warf der eine oder andere ihm einen Blick zu, der in Ştens Augen von purer Mordlust sprach.

»Gib mir Fleisch, Roch«, sagte der riesige Troll zu dem einen, der nur ein Horn hatte, woraufhin dieser in einem seiner Beutel wühlte und ein rohes Stück Fleisch zum Vorschein brachte, das nach Verwesung roch. *Das Einhorn heißt also Roch,* stellte Şten fest und merkte sich den Namen.

»Wir müssen bald jagen«, äußerte Roch. »Unsere Vorräte sind fast zu Ende.«

»Wieso?«, fragte Pard und warf einen schnellen Blick in Ştens Richtung. »Wir haben genug bei uns.«

Gequält starrte Şten den Troll an. *Sind es wirklich Menschenfresser, wie in den alten Geschichten? Haben sie mich gar als* Futter *mitgenommen?*

»Nein, Roch hat Recht, Pard«, warf Druan ein. »Wer weiß, wie lange wir noch suchen müssen.«

»Wir finden schon was, so schwer kann das ja nicht sein«, grummelte Pard.

»Meinst du Essen oder …«, erkundigte sich Druan und ließ den Satz verklingen, ohne dass sich Şten einen Reim auf dessen Bedeutung hätte machen können.

»Ich meine Essen. Hier laufen doch überall Viecher rum.«

»Klar, Pard denkt immer nur ans Futter«, lachte einer der anderen Trolle, was ihm einen bösen Blick von dem großen Troll einbrachte. »Ach, halt's Maul, Anda!«

»Warum sollte ich?«, reizte der kleinere Troll ihn weiter.

»Weil es sonst was drauf gibt!«, knurrte Pard und ließ die gewaltigen Muskeln spielen.

»Anda kann nichts dafür, dass du so verfressen bist«, mischte sich ein weiterer Troll ein, den Şten bisher noch gar nicht reden gehört hatte, und Roch stimmte in sein Lachen ein.

»Ich bin größer und stärker als ihr alle«, grollte Pard. »Für jeden Zwerg, den ihr umhaut, töte ich drei. Natürlich brauche ich mehr Fleisch als so eine schwache Brut wie ihr!«

Der Ausbruch des massigen Trolls löste allgemeine Heiterkeit aus, und selbst Şten musste über die Frotzeleien grinsen, doch dann wurde ihm erneut klar, dass er sich in der Gewalt von mächtigen, gefährlichen und vor allem fremdartigen Wesen befand. Er konnte nicht wissen, ob ihre Worte freundschaftlich oder todernst gemeint waren. Als er sich des ganzen Ausmaßes seiner bedrückenden Lage bewusst wurde, schwindelte ihm.

War es wirklich erst ein paar Nächte her, dass er mit Flores im Wirtshaus gesessen hatte und sie ihn einen Narren gescholten hatte? *Wenn sie mich jetzt sehen könnte, dann wäre ihr einmal mehr klar, dass sie Recht hatte,* dachte Şten. Gefangen genommen von Zorpads Schergen, zum Tode verurteilt, im Wald ausgesetzt und ausgerechnet von Trollen gerettet. Obwohl »gerettet« wohl kaum das richtige Wort war. *Ich muss sie davon überzeugen, dass ich in der Lage bin, ihnen zu helfen. Und bei der ersten sich bietenden Gelegenheit verschwinden.*

Ihn schauderte, als er daran dachte, wie sich die gewaltigen Arme Pards um ihn gelegt hatten, um das Leben aus ihm herauszuquetschen. Mit einem unbehaglichen Blick auf die Trolle kauerte sich Şten in die Ecke des Käfigs, um wenigstens ein bisschen Ruhe zu finden, auch wenn das in seiner jetzigen Lage nicht gerade einfach war. Aber schließlich übermannte ihn die Erschöpfung, und er fiel in einen unruhigen, von Albträumen geplagten Schlaf.

Als er erwachte, stand die Sonne bereits am Himmel. Zumindest war ein schwacher Schein zu erkennen, der die Höhle in ein graues Zwielicht tauchte. Es dauerte einige Herzschläge, bis Şten sich dessen gewahr wurde, wo er sich befand und in welcher Gesellschaft.

In seiner jetzigen Lage konnte er keine wirkliche Verbesserung zu den Kerkern unter Zorpads Feste erkennen. Auch wenn er nicht misshandelt wurde, schmerzte sein ganzer Körper von der unbequemen Lage, in der er die Nacht verbracht hatte. Inzwischen waren die Käfigstäbe durch die wiederholte Gewalteinwirkung der Trolle so verbeult, dass sie ihn ins Fleisch drückten, egal, wie er sich auch drehte. Nahm man dazu all die blauen Flecken und sonstigen Wunden, die ihm Zorpads weithin gerühmte Gastfreundschaft in der vergangenen Woche eingetragen hatte, so gab es sicherlich mehr als genug Grund, um sich zu beklagen. Zudem war das Feuer ausgegangen, und die Höhlenluft fühlte sich eisig auf der Haut an.

Andererseits musste er wohl schon für die kleinen Segnungen dankbar sein. Immerhin schienen die Trolle noch zu schlafen, wie Şten mit einem schnellen Blick in ihre Richtung feststellte, also galt es keine Zeit zu verlieren. So leise wie möglich probierte er aus, wie stark die Festigkeit des Käfigs unter den Pranken der Kreaturen gelitten hatte, wurde jedoch von der soliden Handwerkskunst seiner Feinde enttäuscht. Noch immer hielten die Stäbe ihn sicher gefangen. Blieb nur der Bolzen, der die kleine Tür verschloss ...

Tatsächlich, der Metallstift schien sich ein wenig gelockert zu haben. Die Tür war leicht aus den Angeln gebogen und hatte dabei den Bolzen ein kleines Stück aus seiner Fassung gezogen. Noch hielt er den Käfig fest verschlossen, aber Şten hoffte, dass etwas mehr Druck ihn so weit verdrehen würde, dass er herausspränge.

Nur mit bloßen Fingern vermochte der junge Krieger nichts auszurichten, also sah er sich um und entdeckte nach einigem Suchen schließlich einen Stein in seiner Nähe. Mit ein wenig Anstrengung gelang es ihm, den Stein mithilfe seines Fußes näher zu rollen, bis er ihn zu fassen bekam. Hastig versuchte er, den Bolzen mit dem Stein aus der Fassung zu drücken, was allerdings keinen Erfolg brachte. Schließlich sah er keine andere Möglichkeit, als auf den Bolzen einzuschlagen – es sei denn, er überließ sich der Gefahr, von den Trollen abgeschlachtet zu werden.

Şten klopfte das Herz bis zum Hals, denn er wusste, dass es ihn das Leben kosten konnte, wenn die Trolle aufwachten und seinen Fluchtversuch entdeckten. Und schließlich ging es nicht nur um sein Leben, auch das seiner Freunde stand womöglich auf dem Spiel, wenn er Zorpad richtig verstanden hatte …

Immerhin schienen die riesigen Wesen über einen gesegneten Schlaf zu verfügen, denn auch als Şten beherzt auf den Bolzen einschlug, rührten sie sich nicht. Nachdem der Metallstift sich nach einigen anfänglichen Erfolgen wieder verkeilte, ließ Şten alle Vorsicht außer Acht und schlug fest zu, bis das kleine Stück Metall seinen Widerstand aufgab und sich endlich wieder bewegte.

Die Schläge hallten durch die Höhle, und dennoch schienen die Trolle es nicht zu hören. Verunsichert ließ Şten das Werkzeug sinken und beobachtete die massigen Leiber, die reglos auf dem Steinboden lagen.

Nicht der kleinste Muskel der riesigen Kreaturen bewegte sich, ja, Şten war sich nicht einmal sicher, ob sie überhaupt noch atmeten. Alarmiert sah er sich um, ob womöglich irgendwo ein Feind lauerte, der die Trolle im Schlaf gemeuchelt hatte, doch die Höhle lag friedlich da im einfallenden Sonnenlicht.

Schließlich zuckte er mit den Schultern und machte sich wieder an die Arbeit. *Eine Sorge weniger,* dachte er grimmig, *zumindest, wenn ich diesen Dämon von einem Bolzen loswer-*

den kann. Tatsächlich zeigten seine Bemühungen Erfolg, denn Stück für Stück, Ruck für Ruck trieb er den Stift mit starken Schlägen aus seiner Fassung. Endlich hatte er den Bolzen so weit in die Löcher gedrückt, dass er versuchen konnte, ihn auf der anderen Seite herauszuziehen. Seine schmerzenden, kalten Finger wollten ein ums andere Mal keinen Halt finden, bis er auf die Idee kam, einen Streifen seines Hemdes abzureißen und den Stoff um den Kopf des Bolzens zu wickeln. So konnte er an dem Stift wackeln und ziehen, während er zwischendurch immer wieder mit dem Stein von der Seite gegen das kleine Stückchen Metall schlug, um es weiter zu lockern.

Nach einer schier endlosen Zeit fiel der Gegenstand seiner Bemühungen mit einem leisen Klirren auf den felsigen Boden. Şten schickte ein Dankgebet zu den Geistern und wollte die Tür aufklappen. Doch zu seiner Verzweiflung hatte diese sich innerhalb ihres Rahmens verkeilt und ließ sich nicht einen Fingerbreit bewegen. Wütend wollte Şten gegen die widerspenstige Tür treten, doch er hatte zu wenig Platz in dem Käfig, um auszuholen. Als sein Rütteln auch keinen Erfolg zeigte, warf er sich mehrmals gegen die Stäbe der Tür, bis ihm ein grausamer Schmerz in die Seite fuhr. Doch es war hoffnungslos: Die Tür saß fest.

Verzweifelt schlug er die Hände über dem Kopf zusammen. *Wenn das keine Ironie ist, was dann? Irgendetwas bringt die verfluchten Trolle um, und ich sitze hier fest, um ihnen für die Ewigkeit Gesellschaft zu leisten.* Kurz fragte er sich, was diejenigen wohl denken würden, die irgendwann über die sterblichen Überreste der seltsamen Gruppe stießen. *Vermutlich halten sie mich dann für das sorgfältig verpackte Abendessen,* dachte Şten, worüber er trotz seiner misslichen Lage grinsen musste.

Infolge all der Anstrengungen der letzten Stunden fühlte er sich schwindelig, und er beschloss, sich einen Augenblick lang auszuruhen, um sich dann ruhig und mit gestärkter Kraft aufs Neue der vermaledeiten Tür zu widmen. Ohne es zu wollen, übermannte ihn die Erschöpfung, und er schlief schon nach wenigen Atemzügen ein.

Erst als die Schatten in der Höhle immer länger wurden, erwachte der junge Krieger. Im Dämmerlicht sah er, dass sich nichts verändert hatte; noch immer lagen die Trolle regungslos einige Schritt von ihm entfernt, und die Tür saß immer noch so fest wie zuvor. Wenigstens würde der Tod ihn hier schnell ereilen, wenn er sich nicht doch noch befreien konnte, denn Wasser gab es in der Höhle keines.

Mit diesem Gedanken im Hinterkopf untersuchte Şten erneut den Käfig auf verborgene Schwachstellen, konnte jedoch keine finden. Die einzige Möglichkeit zur Flucht schien in der Tür zu liegen. *Immerhin gibt es hier ja sonst nicht viel zu tun,* dachte Şten und machte sich seufzend wieder ans Werk.

Plötzlich hörte er aus den Tiefen der Höhle ein Geräusch, ein leises Kratzen, gefolgt von einer Art lang gezogenem Stöhnen. Verunsichert hielt er inne und lauschte in die Dunkelheit hinein, die weiter hinten in der Höhle herrschte. Die Sonne musste bereits wieder untergegangen sein, denn nun erreichte kaum noch Licht diesen Teil der Kaverne. Şten horchte auf; kein Zweifel, da war es wieder, dieses Kratzen und Scharren, als krieche ein schwerer Leib über Stein.

Womöglich stammte es von der Kreatur, welche den Trollen zum Verhängnis geworden war? Voller Panik blickte Şten zu den bewegungslosen Körpern hinüber. Er vermochte sich nicht vorzustellen, welche Bestie diesen mächtigen Wesen derart schnell und leise den Garaus machen konnte, und er war auch nicht gerade erpicht darauf, es herauszufinden.

Hastig schlug er weiter auf den Rahmen der Tür ein, bis er abrutschte und sich zwei Finger der rechten Hand quetschte. Fluchend ließ er den Stein fallen und schüttelte die schmerzende Hand. Zwischen gemurmelten Verwünschungen hörte er wieder dieses Geräusch, sehr viel näher mittlerweile. Aber so sehr Şten seine Augen auch anstrengte, er konnte in der Finsternis nichts erkennen. Gebannt starrte er voraus ins

Dunkle. Nach einer Weile glaubte er eine Bewegung auszumachen. Oder vielleicht gaukelte ihm auch nur sein überreizter Geist etwas vor? Nein, ohne Frage, in den Schatten näherte sich eine gedrungene Gestalt, die langsam über die Steine kroch. Bevor sie jedoch aus dem Dunkeln ins Zwielicht kam, hörten die Bewegungen abrupt auf. Auch die Geräusche verstummten, und so sehr Şten sich bemühte, etwas zu erkennen, blieb das Wesen doch in der Dunkelheit verborgen.

Zäh verstrichen die Augenblicke, während Şten sich zwang, ruhig zu atmen, und wieder nach dem Stein griff. Zumindest würde er nicht kampflos untergehen, auch wenn ein Stein nicht gerade eine zuverlässige Waffe darstellte. Schließlich verschwand auch der letzte Lichtschein vom Eingang der Kaverne, und Şten fand sich in völliger Dunkelheit wieder. Unbewusst spannte er die Muskeln an, da er mit einem Angriff rechnete. Stattdessen hörte er einen lauten und langen Fluch aus der Richtung der tot daliegenden Trolle: »Verfluchte Zwergenscheiße! Ich habe euch gesagt, dass wir zu nah am Eingang sind!«

Verwirrt spähte Şten zu den Trollen hinüber, deren Stöhnen und Fluchen ihm sagte, dass er zu früh von ihrem plötzlichen Ableben ausgegangen war. Dann fiel ihm erneut das Wesen ein, das sich tiefer in der Kaverne verbarg, und er rief zu den Trollen hinüber: »Etwas ist hinten in der Höhle!«

Sofort verstummten die riesigen Wesen, und Druan fragte: »Was meinst du, Mensch?«

»Ich habe Geräusche gehört, ein Kratzen, und auch etwas herumschleichen gesehen«, antwortete Şten.

»Zdam, du machst Feuer«, befahl Druan, und kurz darauf tanzten Funken durch die Dunkelheit. Endlich entzündete sich der Rest des Holzes, der inzwischen getrocknet war, und die Höhle wurde in den flackernden Schein der Flammen getaucht. Aufmerksam blickte Şten sich um, doch er konnte noch immer kein fremdes Wesen sehen. Mit einer für ihre Größe überraschenden Gewandtheit verteilten sich die Trolle und schlichen leise tiefer in die Höhle.

Plötzlich stieß Druan ein Knurren aus, und der Rest der Trolle rannte zu ihm. Dort beugten sie sich über etwas, vermutlich die Kreatur, die Şten gehört hatte. Die massigen Leiber versperrten ihm die Sicht, doch nach wenigen Herzschlägen schleppten die Trolle eine Kreatur zum Feuer. Zu seinem Erstaunen erkannte Şten einen weiteren Troll, dessen dicke Haut von vielen Wunden aufgerissen war, aus denen dunkles Blut auf den Steinboden tropfte. Die anderen Trolle legten ihn behutsam neben das Feuer, und einer von ihnen – Anda? – untersuchte die Verletzungen. Zunächst glaubte Şten, dass der Troll tot war, doch wieder erwies sich seine Vermutung als falsch. Mit einem tiefen Stöhnen schlug er die Augen auf, blickte wild um sich und packte schließlich Druan an der Schulter: »Sie kommen! So viele!«

Das trieb die Trolle sofort auf die Beine. Pard lief mit dem einhornigen Roch und dem schweigsamen Zdam tiefer in die Höhle, während Anda sich nahe dem Eingang postierte. Druan hingegen blieb bei dem Verwundeten knien und fragte: »Was ist geschehen?«

Aber der Verletzte rang nur röchelnd um Worte und griff hilflos mit den Pranken in die Luft, als wolle er einen unsichtbaren Gegner zu fassen bekommen.

»Druan, was geht hier vor sich?«, fragte Anda besorgt vom Höhleneingang her.

»Weiß nicht. Aber die Wunden stammen von Klingen und Hämmern!«, erwiderte der Troll grimmig.

»Zwerge!«

»Ja. Verfluchtes Pack, wie konnten sie ...«, begann Druan, doch mit einem düsteren Blick auf Şten brach er ab.

»Diese Beben?«, mutmaßte Anda, aber Druan zuckte mit den Schultern.

»Er war mit den anderen in der großen Höhle. Wenn er gekämpft hat, dann haben alle gekämpft«, stellte er fest.

»Du meinst, es gab eine große Schlacht?«

»Ja. Und wir haben verloren. Ob es ihre Äxte waren oder die klaffende Erde oder das flüssige Feuer, ich weiß es nicht.«

»Der Zorn der Erde muss aufhören! Sonst wird alles zu spät sein!«, meinte Anda mit drängender Stimme.

»Wir müssen mehr erfahren«, stimmte Druan zu und sah Şten durchdringend an, der sich fragte, was wohl wirklich zwischen den Zwergen und den Trollen vorging.

»Hier sind wir nicht sicher«, bemerkte Anda.

»Wir waren unvorsichtig. Wir haben zu nah am Ausgang gelagert. Am Tage hätten die kleinen Bastarde kommen können!«

»Tiefer in den Höhlen ist es sicherer«, stimmte Anda ihm zu.

Verwirrt überlegte Şten, was es mit all dem Gehörten auf sich haben konnte. In den alten Legenden waren die Trolle unter die Berge gewandert, weil sie ein Volk der Dunkelheit waren, grausam, böse und ohne Gnade. Ein Volk, das in ewiger Finsternis leben wollte, so wie ihre Herzen finster waren. Aber vielleicht gab es ja noch andere Dinge, welche die Trolle von der Oberfläche vertrieben hatten …

Wie tot hatten sie dagelegen und waren erst erwacht, als die Sonne unterging. In den alten Liedern und Sagen hieß es, dass Trolle sich zu Stein verwandelten. Vielleicht war es ja das Licht, das diese Veränderung bewirkte, überlegte Şten. Wenngleich die liegenden Gestalten nicht wie versteinert gewirkt hatten, sondern einfach nur leblos. Aber es war gut zu wissen, dass die gewaltigen Trolle offensichtlich auch Schwächen hatten.

Sollten sie am Tage tatsächlich zu Stein werden, dann konnten sie ihn nicht an der Flucht hindern, falls er diesen verfluchten Käfig jemals öffnen konnte. Dabei fiel ihm ein, dass Stein und Bolzen noch sehr wertvoll für ihn sein konnten, falls die Trolle wieder aufbrachen und ihn mitnahmen. Also schob er sich den Stein vorsichtig unter das Hemd und griff unauffällig nach dem Bolzen, den er ebenfalls unter seinem spärlichen Gewand verbarg. Als Waffen gegen die Trolle würden sie ihm kaum von Nutzen sein, aber vielleicht konnte er sie weiter als Werkzeug hernehmen.

Nach einiger Zeit kam Pard zurück und teilte Druan mit, dass sie keine Verfolger gesehen hatten. Während Druan sich wieder neben den Verletzten kniete, trat Pard zu dem Käfig und sah Şten kalt an: »Du wirst dafür bezahlen!«

Verwirrt wollte Şten fragen, was der Troll meinte, doch schon griffen die Pranken des Monstrums nach ihm. Die Faust des Trolls traf den Käfig, sodass Şten wie eine Puppe umhergeworfen wurde, wobei er mit der Schläfe gegen die Eisenstangen stieß. Bunte Lichter tanzten vor seinen Augen, und in den Ohren erklang ein lautes Rauschen. Dann schüttelte er den Kopf und sah wieder klar. Vor dem Käfig standen Druan und Pard einander gegenüber, die Fäuste geballt und die Zähne gefletscht. Obwohl Pard auch den für Ştens Verhältnisse riesigen Druan um Hauptlänge überragte, wich der kleinere Troll nicht zurück und hielt dem wütenden Blick seines Gegners stand.

»Zwerge, Menschen, alles das gleiche Pack!«, brüllte Pard. Neugierig kamen die anderen Trolle, angelockt durch den Tumult, wieder zurück von ihren Posten.

»Ihn brauchen wir noch«, antwortete Druan gefährlich ruhig.

»Wir sollten sie alle zerquetschen! Jeden Einzelnen!«

»Das können wir nicht.«

»Du willst nur nicht! Die Menschen helfen den Zwergen! Sie müssen sterben!«, schrie Pard. »Und es wird mir Spaß machen, das Leben aus ihnen zu prügeln!«

»Die Zwerge sind viele, die Menschen sind viele. Ohne Hilfe werden sie uns töten«, entgegnete Druan.

»Er ist ein Mensch! Einer von ihnen!«

»Die Herrscher der Menschen haben ihn ausgesetzt. Er verdankt uns sein Leben. Deshalb wird er uns helfen.« Druan sah Şten an, und Pard folgte seinem Blick mit Mordlust in den Augen. »Nicht wahr, Mensch?«

»Ich heiße Şten«, antwortete der junge Krieger. »Und noch haltet ihr mich im Käfig wie Vieh.«

»Wir können dir nicht trauen, Mensch, wir wissen zu wenig. Aber wenn du uns hilfst, dann lassen wir dich leben und frei«, versprach Druan.

Pard blickte ihn hasserfüllt an, sodass Şten dem Troll nach dem Mund redete. »Gut. Ich helfe euch.«

»Siehst du?«, wandte sich Druan an Pard. »Wir haben nichts zu verlieren, wenn wir ihn mitnehmen.«

Für einen Augenblick schien es, als wolle der andere widersprechen, doch dann fügte er sich und drehte sich fluchend um. Über seine Schulter hinweg sagte er: »Verrate uns, Mensch, und ich reiße dir den Kopf ab!«

Angesichts der Tatsache, dass dies wohl keine leere Drohung war, musste Şten schlucken. Die Trolle waren bekanntermaßen gewalttätig, brutal und gewissenlos, und er war ihnen ausgeliefert. Doch solange er am Leben war, bestand Hoffnung auf Flucht oder Rettung. Jetzt musste er allerdings herausfinden, was die Trolle eigentlich suchten.

»Druan?«

»Ja?«

»Es würde uns beiden helfen, wenn ich wüsste, was ihr von mir wollt«, eröffnete Şten das Gespräch. Druan zögerte und blickte den Menschen unter seinen wulstigen Brauen hervor wachsam an. Dann sagte er: »Wir kennen dein Land nicht. Wir suchen nach Magiern.«

»Aber warum?«, fragte Şten.

»Wir führen Krieg gegen die Zwerge, schon seit vielen Generationen. Stets sind sie auf der Suche nach Metall und anderen Schätzen im Fels. Sie graben unablässig tiefer und tiefer, dringen in unsere Höhlen ein, töten unsere Beute, greifen uns an. Wir kämpfen gegen sie. Bislang konnten weder sie noch wir die Überhand gewinnen. Sie sind viele, aber wir sind stärker. Sie tragen Metall, unsere Haut ist trotzdem dicker. Doch seit einiger Zeit geschehen seltsame Dinge. Stollen sind eingestürzt, in denen sich Trolle aufhielten, oder der Boden hat gezittert. Aus den Tiefen ist glühender Fels emporgestiegen. Wo wir die Zwerge vorher besiegen und vertreiben konnten, tötet uns jetzt ihre verfluchte Magie.«

»Zwergische Magie? Das klingt seltsam, ich habe niemals von Zwergen gehört, die Magier sind«, warf Şten ein.

»Oh, das sind sie auch nicht. Wir haben einen gefangen und befragt. Die Zwerge haben keine Zauberer. Sie bekommen die Magie von euch, von den Menschen.«

Ungläubig starrte Şten den Troll an. Er war kein großer Kenner der arkanen Künste, aber es war augenfällig, dass die Vorkommnisse, wie Druan sie beschrieb, nicht von einem einzelnen Magier erzielt werden konnten. Also redete der Troll gewiss nicht bloß von einem Söldling, der den Zwergen bei ihrem Krieg gegen die Trolle half, sondern von vielen menschlichen Verbündeten. Die Masriden …

Was kann das für ein Pakt sein?, fragte er sich. In Ştens Kopf wirbelten die Gedanken umher, und es fiel ihm schwer, sich zu konzentrieren. Hunger, Durst und klamme Kälte taten ihr Übriges, doch je mehr er über das soeben Gehörte nachdachte, umso klarer wurde ihm, dass er so schnell wie möglich in die Zivilisation zurückkehren musste, um herauszufinden, was da vor sich ging. Innerlich verfluchte er die Trolle ein weiteres Mal dafür, dass sie ihn festhielten, auch wenn er ihnen die Neuigkeiten überhaupt erst verdankte.

In Gedanken versunken bemerkte er nicht Druans abschätzenden Blick und wurde durch dessen Frage vollkommen überrascht: »Du wusstest nichts davon, aber es bedeutet dir etwas, nicht wahr?«

»Nun ja. Das sind wirklich Neuigkeiten. Irgendwer hilft den Zwergen, nur kann ich nicht sagen, wer.«

Druan kniff die Augen zusammen, und Şten wurde sich mit einem Mal der Tatsache bewusst, dass dieser Troll weitaus schlauer war, als er anfänglich angenommen hatte. Er konnte ihm nicht vertrauen, also war es ratsam, Vorsicht walten zu lassen und nicht zu viel preiszugeben.

»Du wirst mir später mehr über dein Volk erzählen, Şten«, sagte der Troll, als hätte er Ştens Gedanken gelesen, bevor er sich abwandte und wieder zu dem am Boden liegenden Troll trat, der sich nun nicht mehr rührte.

»Ich habe Hunger und Durst, ich brauche etwas Wasser. Und Kleidung«, teilte Şten mit.

»Fleisch haben wir bald mehr als genug, und Anda holt gerade Wasser. Kleidung gibt es keine, bis wir wieder aufbrechen und mehr Menschen treffen«, antwortete Druan, ohne ihn anzusehen. Dann rief er den großen Troll zu sich. »Hier ist es unsicher, Pard. Nimm die anderen und geh tiefer in die Höhlen hinein. Schau nach, ob ihr Verfolger finden könnt.«

»Wir werden die kleine Brut zermalmen«, stieß Pard zwischen zusammengebissenen Zähnen hervor.

»Vielleicht wurde er ja verfolgt«, antwortete Druan mit einem Blick auf den toten Troll. »Wenn das so ist, müssen wir die Zwerge zuerst entdecken.«

»Das werden wir. Ich habe schon zu lange kein Zwergengenick mehr gebrochen! Ich werde ihnen die Schädel einschlagen, die Arme aus dem Leib reißen, sie zu Mus zerquetschen!«

»Wir bleiben hier, falls sie kommen. Sie verfolgen einen Verwundeten, sie werden nicht allzu viele Krieger schicken. Wir werden seinen Tod rächen!«, entschied Druan.

Pard nickte wütend. Abrupt drehte er sich um und ging tiefer in die Höhle hinein, nicht jedoch ohne vorher mit der Faust gegen die Felswand zu schlagen, wobei fingerdicke Gesteinssplitter in alle Richtungen flogen. Die anderen drei Trolle folgten ihm, während Druan sich wieder neben den Gefallenen kniete und ein beinernes Messer aus einem seiner Gürtelbeutel zog. Zu Ştens Entsetzen rammte er das Messer in die graue Haut des Trolls und begann, diesen aufzuschneiden.

»Was tust du da?«, rief Şten erschüttert.

Druan drehte sich zu ihm um und antwortete: »Er ist tot.«

»Solltest du ihn dann nicht begraben?«

»Nein. Warum?«

»Um seinen Geist zurück in die Erde zu führen. Und damit keine Aasfresser sich an ihm gütlich tun können. Aus Respekt.«

»Wir nehmen die besten Teile mit.«
»Ihr wollt ihn doch nicht etwa fressen?«, fragte Şten voller Abscheu.
»Natürlich«, entgegnete Druan ungerührt.
»Ihr Geister! Das ist ja widerlich!«
»Er würde es mit mir oder dir genauso machen. Wir haben keine Zeit zu jagen. Wir lassen doch nicht gutes Fleisch zurück«, erklärte der Troll, während sich das Messer in das Fleisch des Toten grub. Immer noch fassungslos, drehte sich Şten um, damit er das grausige Schauspiel nicht mitverfolgen musste. Er hatte Menschen getötet, hatte Folter erlebt, Hinrichtungen und andere Grausamkeiten gesehen, doch wie der Troll so selbstverständlich über der Leiche seines Freundes kniete und diesen ausnahm wie einen Hasen, das ließ Şten speiübel werden. *Wo bin ich hier nur hineingeraten?*, fragte er sich, während er versuchte, die makabren Geräusche auszublenden, die hinter seinem Rücken von Druans blutiger Arbeit kündeten.

4

Tief in den Gebeinen der Erde erstarrte Sargan, als er den lauten Schritt von schweren Stiefeln durch die Gänge hallen hörte. Gewandt drückte er sich in eine Nische, verbarg die winzige Blendlaterne in der Hand und lauschte. Die Echos machten es ihm schwer, den Lärm zu orten. Zu seiner Erleichterung wurde das Geräusch nun stetig leiser, aber selbst nachdem es verklungen war, harrte Sargan noch einige Herzschläge mit dem Rücken an der Felswand aus, bevor er seinen Weg fortsetzte.

Das Licht der Laterne reichte kaum fünf Schritte weit, aber Sargan hatte sie mit Bedacht gewählt. Die Bewohner der Tunnel führten gewiss größere Lampen mit sich, die er früher erkennen konnte als sie die seine. Andererseits waren die Zwerge gerissen und schlau, und es mochte durchaus sein, dass sie Wachen ohne Licht postiert hatten, um Eindringlinge wie ihn zu entdecken. Dann würde Sargan alle Vorsicht wenig nützen, aber diesem Problem konnte er sich immer noch stellen, wenn es auftrat. Ganz ohne ein Licht wären die unterirdischen Tunnel und Höhlen jedenfalls ein unüberwindbares Hindernis, denn sie bildeten ein gewaltiges Labyrinth, in dem man sich leicht verirren konnte.

Ihre wichtigsten Routen hatten die Zwerge mit Reliefs verziert, die ihre Steinmetzen kunstvoll in die Wände geschlagen hatten. Somit war es Sargan immerhin möglich, sich grob zu orientieren. Leise schlich er weiter durch unbekannte und feindliche Gänge, die Nerven bis zum Äußersten angespannt.

Überraschenderweise war es hier unten verhältnismäßig warm, ganz entgegen den Geschichten über die kalten Tiefen, welche man sich in Sargans Heimat erzählte. Dieser Umstand hatte sich als sehr glücklich für ihn herausgestellt, denn nachdem er den Fluss durchquert hatte, der von zahlreichen klaren Gebirgsgewässern gespeist wurde und dementsprechend kalt war, hatte er schon befürchtet, umkehren zu müssen. Er konnte es nicht riskieren, ein Feuer zu entfachen, um sich aufzuwärmen. Nicht, dass er überhaupt genug brennbares Material gefunden hätte. Aber je tiefer er in die Höhlen vordrang, desto angenehmer wurde es. Vielleicht wärmten die Schmiedefeuer der Zwerge ja sogar die Berge.

Leider war der Weg durch den Fluss die einzige Möglichkeit gewesen, die Sargan gefunden hatte, um ins Innere des Gebirges zu gelangen. Das gewaltige Tor, das die Zwerge in die Felswand geschlagen hatten und das zu ihrem unterirdischen Reich führte, war so gut wie immer geschlossen und wurde nur geöffnet, um die Handelskarawanen des Kleinen Volkes hinein- oder herauszulassen. Nach fast zwei Dutzend Tagen, in denen er das Tor beobachtet hatte, war sich Sargan sicher gewesen, dass es für ihn dort kein Hineinkommen gäbe, zu gut wurde das Portal bewacht und zu gewissenhaft waren die Zwerge bei der Kontrolle der Wagen.

Ein glücklicher Umstand hatte ihn auf den Fluss aufmerksam gemacht: Vor wenigen Wochen waren Trümmer eines zerschmetterten Bootes und die aufgeblähte Leiche eines Zwerges durch den nahen Ort Ercyra getrieben, und Sargan hatte davon erfahren, als er sich mit Proviant versorgt hatte.

Nach einigen Überlegungen hatte er den Entschluss gefasst, sich den Fluss genauer anzusehen. Am Ende des Sommers führte der Magy wenig Wasser mit sich, was sich mit den Regenfällen im Herbst wieder ändern würde. Im Winter war der Fluss zu kalt, und es trieben gefährliche Eisschollen auf seiner Oberfläche, während im Frühjahr die Strömung, deren urgewaltige Wut Felder und zuweilen gar ganze Dörfer verschlang, noch weiter anschwoll. Nur im Sommer ließ sich der breite Strom – die Lebensader des umliegenden Landes – gut befahren. Also hatte Sargan die Gunst der Stunde genutzt und die wenigen Habseligkeiten in gefettete Tierhäute verpackt, von denen er hoffte, dass sie dem Wasser standhielten.

Die anderen Menschen in Ercyra hatten gescherzt, dass der tote Zwerg wohl beim Baden ertrunken sei; schließlich sei dies ja eine äußerst ungewohnte Handlung für das Kleine Volk. Aber Sargan vermutete nach wie vor, dass mehr dahintersteckte. Die Zwerge waren im Umland nicht sehr beliebt, denn auch wenn sie mit ihren Waren begehrte Handelsgüter lieferten, die den Händlern Reichtum und Wohlstand brachten, so empfand man sie wegen ihres überheblichen Gehabes hintertrieben und gierig. Aus eben diesem Grunde hatte die bäuchlings durch das Dorf treibende Leiche eher grimmige Erheiterung als Entsetzen oder gar Mitgefühl ausgelöst.

Für Sargan war es ein Leichtes, alles über die Zwerge in Erfahrung zu bringen, was die einfältigen Dörfler wussten. Zugegeben, es war nicht gerade viel, aber in seiner Position war er mit allem zufrieden, was er bekommen konnte. Danach hatte er sich ein schmales und leichtes Boot gekauft und war flussaufwärts gepaddelt, was sich angesichts der Strömung als ein sehr mühseliges Unterfangen erwiesen hatte. Dennoch hatte er schließlich den Austritt des Magy aus dem Berg erreicht und war aufs Geratewohl in den gähnenden Schlund gefahren.

Die Strömung war hier gewaltig, denn der Fels zwang den Fluss in ein enges Bett, und seine Fluten schossen nur so dahin. Mit einem gewöhnlichen Ruderboot wäre es unmöglich gewesen, in die Höhle einzudringen, aber der schlanke Einsitzer hatte es Sargan ermöglicht, die gefährliche Enge hinter sich zu bringen. Tiefer im Berg verbreiterte sich die Kaverne, und die Wasser flossen etwas ruhiger dahin. Und dann hatte Sargan rudernd die Stelle erreicht, die bewiesen hatte, dass seine verrückte Idee mit dem bootsfahrenden Zwerg nicht ganz so verrückt gewesen war, wie er selbst gedacht hatte.

Vor ihm hatte ein gewaltiges, metallenes Gitter aus dem Magy geragt. Irgendwer hatte es so in den Fels eingelassen, dass es Schiffe und Boote blockierte, aber den Fluss ungehindert fließen ließ. Die Stangen des Gitters waren aus bestem Zwergenstahl, so dick wie Sargans Oberarm, und die Lücken, die sie ließen, maßen vielleicht einen Schritt im Durchmesser. Die ganze Konstruktion war ein ungeheures Meisterwerk, das Sargan in der Dunkelheit hatte staunen lassen.

Hoch über ihm, außerhalb des kleinen Lichtkreises seiner Laterne, verschwanden die Gitterstäbe wohl ebenso im Fels, wie auf beiden Seiten und vermutlich auch am Grund. Wie auch immer das Kleine Volk dies vollbracht hatte, das Ergebnis war imposant. Aber für Sargan, den weniger die Handwerkskunst der Zwerge interessierte als vielmehr, was hinter dem Gitter lag, hatte das Tor nur ein Hindernis dargestellt, das er zu überwinden hatte.

Schnell hatte er sein Boot an den Stäben festgebunden und sich seiner Kleidung entledigt. Das eiskalte Wasser hatte ihn aufkeuchen lassen. Mit ein wenig Anstrengung hatte er sich durch eine Lücke im Gitter gezwängt, der Göttin Agdele, der Herrin der Erde und Mutter der Welt, für seine geringe Größe und drahtige Statur gedankt und war an der Felswand entlang gegen den Strom geschwommen. Ohne Boot hätte sich das Vorankommen noch sehr viel schwieriger gestaltet, und schon bald hatte er aufgeben wollen, als er schließlich einen Sims ertastet hatte, der in den rauen Fels geschlagen worden war. Eine kurze Erkundung hatte ergeben, dass der Sims am Fluss entlang tiefer in den Berg hineinführte. Also war er zu seinem Boot zurückgeschwommen, hatte sich seine Sachen auf den Rücken gebunden und den Strick vom Boot gelöst. Es mochte sein, dass die Erbauer des Gitters hin und wieder hierher kamen, und dann durften sie nichts Verdächtiges finden.

In der vollkommenen Dunkelheit und an den Stahlstreben hängend wie eine Spinne, hatte er sich im Stillen gefragt, ob er von allen guten Geistern verlassen sei, dass er sich derart auf sein Glück verließ. Aber zum Umkehren war es längst zu spät gewesen, und so hatte er sich in die Fluten gestürzt und war unter Aufbietung all seiner Kräfte wieder zu dem Sims geschwommen, auf den er sich hustend und keuchend hinaufgezogen hatte.

Jetzt schlich er leise durch die schier endlosen Gänge des Kleinen Volkes, wie ein Dieb im Hause seines Opfers.

Obwohl die verzierten Wände von erlesener Kunstfertigkeit sprachen und schön anzuschauen waren, fehlte hier doch jedes Anzeichen von den ungeheuren Schätzen, welche die Zwerge angeblich horteten. Wenn man den Geschichten Glauben schenkte, dann verbargen die Zwerge ihre Reichtümer ohnehin in gewaltigen Kavernen, in denen ein Mann bis zum Haupt und tiefer in Gold versinken konnte.

Andererseits erzählte man sich auch von den Wachen, den Fallen und all den anderen tückischen Gefahren, mit denen das Kleine Volk seine Kostbarkeiten beschützte. Unter dem Berg gab es viele Geheimnisse zu ergründen, und das Wissen um diese Geheimnisse war einerseits wertvoll, andererseits aber auch tödlich.

Der sagenhafte Reichtum der Zwerge rief allseits Neugier und Neid hervor, und so wurde einem jeden gutes Gold geboten, der die Mysterien des Kleinen Volkes zu lüften vermochte. Die Zwerge aber pflegten jeden gnadenlos zu jagen und zu töten, der zu viel über sie wusste. Der mögliche Gewinn war gewaltig, das Wagnis allerdings auch.

Wieder ertönten Geräusche, wieder versteckte sich Sargan, diesmal in einem kleinen Seitengang, und wartete ab, bis die Stimmen und Schritte verklangen. Er war sich inzwischen sicher, dass sich diese Gruppe Zwerge tiefer in den Berg hineinbewegte, und so folgte er ihr vorsichtig. Keiner wusste zu sagen, was das Kleine Volk mit ungebetenen Gästen anstellte, denn noch niemals war ein Eindringling aus den Kavernen zurückgekehrt, um von den Geheimnissen zu berichten.

Irgendwann wurde der Sims zu einer flachen Treppe, die nach oben führte, fort von den rauschenden Wassern des Magy. Am oberen Ende der Treppe fand Sargan eine Öffnung zu einem Gang, und in Ermangelung anderer Möglichkeiten nahm er diesen. Nun irrte er durch die Gänge und Höhlen, stets wachsam und auf der Hut. Seinem Gefühl nach führte der Weg ihn eher ein wenig aufwärts, doch sicher war er sich nicht.

Noch war er überzeugt davon, dass er den Rückweg durch die dunklen Gänge wieder finden würde, denn sein Gedächtnis war in diesen Dingen exzellent. Und sobald er unsicher zu werden drohte, konnte er kleine, nahezu unsichtbare Markierungen am Fels anbringen.

Ein weiteres Geräusch ließ ihn erstarren, doch dann erkannte er das Rauschen von einem Wasserlauf, der irgendwo vor ihm zu entspringen schien. Geduckt schlich er weiter, darauf achtend, dass die Lampe schräg gegen den Boden gerichtet war und so wenig wie möglich strahlte. Tatsächlich, das Geräusch wurde lauter und lauter, und schließlich sah er einen fahlen Lichtschein um eine Biegung des Ganges scheinen. Schnell löschte er die Laterne und schlich behutsam weiter. Noch auf dem Sims am Fluss hatte er sich das Gesicht mit einer Paste eingerieben, die er zuvor im Dorf aus Asche und Fett hergestellt hatte. Dies sowie die weich fallende dunkle Kleidung und die verschnürte graue Gugel, mit der er sein rotes Haar bedeckte, machten ihn im düsteren Zwielicht fast unsichtbar.

Jedes einzelne seiner Besitztümer und Werkzeuge war sorgfältig verstaut und, wo es nötig war, mit Tuch umwickelt, sodass es keinen unnötigen Lärm machte, wenn er sich bewegte. Außer einem langen Dolch trug er keine Waffen, denn sie würden ihm sowieso nichts nutzen, sollten die Wachen der Zwerge ihn entdecken.

Ein kurzer Blick um die Biegung zeigte ihm eine große Kaverne, an deren Wänden vielleicht ein Dutzend handtellergroßer Feuerschalen angebracht war. Auch hier waren die Wände mit Reliefs verziert, aber man hatte sich zusätzlich die Mühe gemacht, den Boden mit einem aufwändigen Mosaik zu versehen. Einzelheiten konnte er nicht erkennen, aber es schien sich um konzentrische Kreise zu handeln, die von einem Bildnis in der Mitte ausgingen.

Was seine Aufmerksamkeit vor allem beanspruchte, waren zwei Zwerge, die im Raum standen und sich leise unterhielten.

Scheinbar hatten sie Sargan nicht bemerkt, denn sie fuhren unbeirrt in ihrem Gespräch fort.

»… ist Hrolv einfach hinten geblieben, als es gegen die Trolle ging, und deshalb ist ihm nichts passiert. Das hat mir mein Kusin erzählt«, hörte Sargan einen von ihnen sagen.

»Hrolv ist ein bartloser Schwächling! Zu nichts zu gebrauchen, außer um die Latrinen zu putzen. Aber der Kriegsmeister wird das schon noch merken, und dann kann die kleine Kröte was erleben«, entgegnete der andere ergrimmt.

»Ich hoffe, meine nächste Einheit besteht aus besseren Kriegern!«

Fürs Erste konnte sich Sargan aus diesen Worten keinen Reim machen. Er riskierte einen weiteren Blick und sah sich die Zwerge genauer an. Es waren gewiss keine einfachen Wachen, dafür waren ihre Rüstungen zu aufwändig und die Verzierungen auf den Schilden zu kunstvoll. Beide waren gut anderthalb bis zwei Köpfe kleiner als er, der unter seinesgleichen nicht gerade ein Riese war. Der eine hatte dunkles, braunes Haar, das zu einem dicken Zopf geflochten war und ihm bis auf den Rücken fiel; der andere hatte sich das hellere Haar kurz geschoren. Aber beide trugen lange, dicke Bärte, die mit Lederschnüren umwickelt waren. Bärte in verschiedensten Formen waren neben der Größe das bekannteste Merkmal des Kleinen Volkes, und soweit Sargan wusste, waren sie innerhalb ihrer Gesellschaft auch ein Zeichen von Reichtum und Macht. Leider konnte er nicht ergründen, was die umwickelten Bärte im Einzelnen bedeuteten, denn dies war ein weiteres gut gehütetes Geheimnis der Zwerge.

Der Rest der Erscheinung machte deutlich, dass es sich bei den Zwergen um angesehene Krieger handeln musste. Beide trugen matt glänzende Arm- und Beinschienen, deren Ränder mit Silber beschlagen waren. Ein langes feines Kettenhemd schützte den Körper von der Schulter bis zu den Hüften. Unter der Panzerung trugen sie weiches dunkles Leder und ebensolche Handschuhe an den Händen. Der Langhaarige stützte sich auf eine reich verzierte Axt und hatte den

Schild in den Rücken geschoben, während der andere sich auf seinen Schild lehnte und eine bösartig aussehende kurze Doppelaxt in einer Schlaufe am Gürtel trug.

Sargan erspähte auf der anderen Seite der Höhle einen weiteren Ausgang – ein niedriges Portal, das allerdings geschlossen war. Zudem gab es im Augenblick kaum eine Möglichkeit, dorthin zu gelangen, denn auch wenn der Raum nur spärlich beleuchtet war, so bot er doch keinerlei Nischen, um sich zu verstecken. Plötzlich hob einer der beiden Zwerge den Blick, und Sargan zuckte zurück. Mit pochendem Herzen drückte er sich an die Mauer und wartete ab, doch es ertönten keine Schritte.

Eigentlich blieben dem ungebetenen Gast nur zwei Möglichkeiten: entweder konnte er zurückschleichen und hoffen, dass er einen anderen Weg fand, oder aber er konnte abwarten, wobei es jederzeit geschehen mochte, dass sich von hinten weitere Zwerge näherten und ihn zusammen mit den beiden vor ihm in die Zange nahmen. Aus dem Portal auf der anderen Seite der Kaverne erklang das Rauschen des Flusses, der einzige Hinweis auf seinen Aufenthaltsort. Sargan verspürte wenig Lust darauf, wieder in die finsteren Gänge zurückzukehren, also machte er es sich halbwegs gemütlich und behielt die beiden Zwerge im Blick, die sich seiner Anwesenheit nicht bewusst waren und ruhig weiterredeten.

Es erschien ihm, als ob er eine Ewigkeit gewartet hätte, doch schließlich öffnete sich das Portal, und ein weiterer Zwerg trat in die Kaverne. Der Neuankömmling trug keine Rüstung, sondern eine dunkle, reich bestickte Robe und hatte einen langen grauen Bart. Obwohl Sargan sich sehr anstrengte, konnte er nicht verstehen, was gesprochen wurde, was wohl auch an dem verstärkten Rauschen lag, das durch die halb geöffnete Tür drang. Nachdem einige Sätze gewechselt worden waren, packten die Zwerge ihre Waffen und Schilde und stapften zum Portal. Als sie hindurchgegangen waren, fiel es krachend wieder zu. Sargan eilte durch die Kaverne zu der Tür hin.

Aus nächster Nähe erkannte er die Kunstfertigkeit, mit der die steinerne Tür bearbeitet und verziert worden war. Intarsien aus glitzernden Metallen waren in den Stein eingelegt und glänzten im flackernden Licht. Sargan zwang sich, den Blick von dem handwerklichen Wunder abzuwenden, und presste das Ohr an den kaum wahrnehmbaren Spalt zwischen Pforte und Wand, um zu lauschen.

Außer dem allgegenwärtigen Rauschen des Wassers konnte er jedoch nichts hören. Sachte drückte er gegen die Tür, die sich jedoch nicht im Mindesten bewegen ließ, was Sargan einen lautlosen Fluch entlockte. Zweifellos gab es eine Möglichkeit, das Tor von dieser Seite aus zu öffnen, aber die Zwerge waren allgemein für ihre Fähigkeit bekannt, verborgene Mechanismen und Schlösser zu bauen.

Bevor er in den Berg aufgebrochen war, hatte sich Sargan eingehend mit den Künsten der Zwerge beschäftigt und sich auch einige der Arbeiten angesehen, die sie für die Menschen angefertigt hatten. Nun inspizierte er die Wand und die Tür. Die verschlungenen Verzierungen auf der Tür schienen aus gewissen Blickwinkeln Schriftzeichen darzustellen, doch sie ergaben nur Unsinn und wiesen keinesfalls darauf hin, wie das Portal zu öffnen war. Sargan zog die Handschuhe aus und fuhr mit den Fingerkuppen über den glatten, bearbeiteten Fels, der ihm den Zugang zu den inneren Hallen der Zwerge verwehrte. Doch er fand keinerlei Spuren eines Öffnungsmechanismus und war bereits nahe daran zu verzweifeln, als er hinter der Pforte leise Schritte vernahm. Ein rascher Blick sagte ihm, dass es unmöglich sein würde, die Höhle zu durchqueren, bevor der Neuankömmling das Portal erreichte. Also presste er sich direkt neben der Tür an die Wand und erstarrte.

Mit einem leisen Knirschen öffnete sich das Portal nach innen, und der Zwerg in der kostbaren Robe betrat erneut den Raum. Ohne nachzudenken, schlich sich Sargan an der Wand hinter dem Zwerg durch das Portal. Zwei schnelle, atemlose Schritte brachten ihn hinter die Tür, die sich wie von Geisterhand langsam schloss. Keine Schreie, kein Alarm, anscheinend hatte der grauhaarige Zwerg ihn nicht bemerkt. Geschwind blickte Sargan sich in dem Raum um, den er soeben betreten hatte. Dies war ohne Zweifel eine Eingangshalle, deren gesamte Länge von etwa zwanzig Schritt mit Feuerschalen ausgeleuchtet war. In einer Nische auf der rechten Seite saßen zwei Zwerge an einem Tisch und redeten, doch sie hatten Sargans Eindringen noch nicht bemerkt.

Lautlos und ohne scheinbare Hast schob er sich einige Schritte weit bis zu einem breiten Pfeiler, hinter der er Schutz suchte. Schnelle Bewegungen hätten nur die Aufmerksamkeit der beiden Wachen auf sich gezogen, also ließ sich Sargan Zeit beim Betrachten der neuen Umgebung und bei der Planung seines weiteren Vorgehens.

Er befand sich hier in der sprichwörtlichen Höhle des Löwen. Hatte er in den felsigen Gängen noch die Möglichkeit gehabt, bei einer Entdeckung zum Magy zu fliehen, dessen Strömung ihn schnell zurück in die äußere Welt getragen hätte, lag nun ein geschlossenes Portal zwischen ihm und der Freiheit. Ab jetzt würde jeder Fehler unweigerlich den Tod bedeuten.

Kurz zögerte Sargan, doch dann besann er sich seiner Fähigkeiten und seiner Erfahrung, die ihn mehr als einmal in ähnlichen Situationen geholfen hatten. Der Gedanke brachte ihn dazu, ein schnelles Gebet an Agdele zu richten. Besonders gläubig war er eigentlich nicht, aber während er sich tiefer und tiefer in den Berg vorarbeitete, beschlich ihn das Gefühl, die Nähe der Göttin spüren zu können. Überdies war ihm jede Hilfe willkommen.

Von seinem Versteck hinter dem Pfeiler aus sah Sargan sich um. Gegenüber dem Portal tat sich ein Gang auf, der aus der Halle führte. An der Decke schien es Luken zu geben, vielleicht zur Belüftung oder zur Verteidigung der Vorhalle, das konnte er nur erraten. An den Wänden reihten sich Alkoven, in denen übergroße Bildnisse von Zwergen gemeißelt worden waren. Nur die zwei Nischen nahe dem Portal waren leer; augenscheinlich waren sie für Wachposten gedacht. Zum Glück für Sargan war lediglich eine der beiden besetzt. Sein Blick fiel erneut auf die Wände. In sechs oder sieben Schritt Höhe erkannte er eine Reihe schmaler Öffnungen, vermutlich Schießscharten. Anscheinend diente die Halle dem Zweck, mögliche Eindringlinge aufzuhalten und aus der Sicherheit anderer Räume zu bekämpfen. Dies war natürlich nur eine zweite Verteidigungslinie, oder vielleicht auch nur die dritte oder vierte, denn durch seine kleine Bootstour hatte Sargan die Hauptpforte in der Flanke des Berges umfahren und damit die eigentlichen Verteidigungsanlagen der Zwerge links liegen gelassen.

Aber all seine Überlegungen nutzten ihm nichts, er musste weiter, denn irgendwann würden gewiss weitere Zwerge eintreffen, und dann stünde er hier trotz seines Pfeilers wie auf dem Präsentierteller. Entschlossen glitt er von Pfeiler zu Pfeiler und behielt dabei stets die Wachen im Blick. Zu seinem Glück, denn plötzlich trat die Wache aus der Nische nach vorn, blieb suchend stehen und schickte sich dann an, einen Rundgang zu machen.

Sargan konnte den Blick des Kriegers beinahe körperlich fühlen, doch anscheinend war er von dem Pfeiler verdeckt. Als der Bewaffnete sich abwandte, brachten drei schnelle Schritte Sargan in die vorübergehende Sicherheit des Ganges.

Verwirrt darüber, dass es hier kein Tor gab, das Feinde aufhalten konnte, sah Sargan nach oben und blickte direkt in armlange Metallspitzen, die aus der Decke ragten. Anscheinend konnten die Zwerge einen ganzen Block aus Stein hinabsenken oder wohl eher fallen lassen. Eine äußerst wirksame Methode, den Weg zu blockieren und Angreifer in der tödlichen Falle der Vorhalle zu fangen ... Mit einem anerkennenden Nicken schlich Sargan weiter.

Dieser Tunnel war breit genug, um zwei Wagen nebeneinander passieren zu lassen, und wie die Eingangshalle mit Feuerschalen beleuchtet, die in regelmäßigen Abständen nahe den Wänden standen. Das Licht war einerseits angenehm für Sargan, andererseits war ihm klar, dass die Zwerge sich nur dann die Mühe machen würden, die Schalen ständig nachzufüllen, wenn der Tunnel häufig begangen wurde.

Ein sanfter Luftzug zog durch den Korridor, und das Rauschen von Wasser war bald wieder deutlich zu vernehmen. In schnellem Tempo durchquerte der Eindringling den Gang, immer auf unbekannte Geräusche achtend, doch das Glück blieb ihm hold.

Vielleicht war es inzwischen Nacht, und ein Großteil der Zwerge schlief? Sicher war Sargan sich nicht; in der ewigen Dunkelheit unter dem Berg hatte er jegliches Zeitgefühl verloren. Lediglich die Tatsache, dass er zweimal Hunger bekommen und von seinen Vorräten gegessen hatte, ließ ihn ahnen, wie viel Zeit vergangen war, seit er das Gitter entdeckt hatte.

Plötzlich näherten sich Schritte, diesmal von vorn. Den Geräuschen nach handelte es sich um einen einzigen Zwerg. Hastig sah Sargan sich um, doch es gab kein Versteck, keine Fluchtmöglichkeit, außer, in die Wachhalle zurückzukehren und zu hoffen, dass er sich in aller Eile vor den Wächtern und einem dritten Zwerg verbergen konnte.

Kaltblütig entschied Sargan, dass dieses Wagnis ihm zu hoch sei. Also näherte er sich stattdessen einer Biegung im Gang, um die er herumspähte. Tatsächlich marschierte ein einzelner Zwerg auf ihn zu, gerüstet mit einem Kettenhemd, Helm und Schild, der einen breiten Kriegshammer auf der Schulter trug. Sargan versuchte die Schwachstellen der Rüstung einzuschätzen, bemerkte die ungeschützte Kehle und die Tatsache, dass dieses Kettenhemd nicht ganz bis zu den Knien des Kriegers reichte. Hinter dem Zwerg entdeckte Sargan einen kleinen Eingang in einen Nebentunnel und fluchte innerlich, denn hätte er diesen erreicht, bevor der Zwerg kam, hätte er sich ganz einfach verstecken können.

So jedoch lauerte er hinter der Ecke des Ganges und sprang vor, als der Zwergenkrieger diese gerade umrundete. Mit kalter Berechnung schlug Sargan dem überrumpelten Zwerg mit den Knöcheln gegen den Kehlkopf und trat nach dessen rechtem Knie. Röchelnd stürzte der Krieger zu Boden, wobei seine metallenen Rüstungsteile mehr Lärm machten, als dem Menschen lieb sein konnte.

Rasch kniete er sich auf die Brust des Zwerges, der schwache Abwehrversuche mit den Armen machte, hieb ihm den Ellbogen ins Gesicht und ließ zur Sicherheit noch die andere Faust folgen. Schnell überzeugte er sich davon, dass sich im Augenblick niemand näherte, dann packte er den bewusstlosen Zwerg an den Armen und schleifte ihn zu dem kleinen Seiteneingang. Noch einmal kehrte er danach zurück, um den Kriegshammer zu holen.

Der Gang, in dem er beides deponierte, war schmal und unbeleuchtet, und es war Sargan ein Leichtes, den Zwerg bis in die Finsternis zu ziehen. Schnell überlegte er, wie er weiter vorgehen sollte, und entschied sich dann, erst einmal den Fluss zu suchen. Wer mochte ahnen, wann der Zwerg vermisst werden würde? Und der Magy erschien Sargan zurzeit als die einzige Erfolg versprechende Fluchtroute, falls das Verschwinden des Zwerges zu früh entdeckt werden würde.

Mit gezogener Klinge beugte er sich über den Zwerg. Doch statt ihn zu töten, fesselte und knebelte er ihn lediglich. *Ich bin einfach zu gutmütig*, dachte Sargan, als er dem Zwerg noch einen harten Tritt gegen den Kopf verpasste, um sicherzugehen, dass er schön lange schlafen würde. Sodann schlich er wieder in den Haupttunnel zurück und lauschte, konnte jedoch keine Geräusche ausmachen, die auf weitere unliebsame Passanten hindeuteten.

Nach einigen hundert Schritt endete der Gang unvermittelt und gab die Sicht auf ein erstaunliches Schauspiel frei. Eine riesige Kaverne öffnete sich vor dem Menschen, die von zahllosen, gewaltigen Feuerschalen erhellt wurde. Sicherlich zwei Dutzend Schritt unter Sargan floss ein breiter Fluss durch den Berg, von dem er annahm, dass es der Magy war. Flussabwärts zur Linken war ein weiteres mächtiges Gitter in den Fels eingelassen, rechter Hand verlor sich der Fluss in der Dunkelheit einer Höhle.

Unterhalb der Öffnung des Tunnels befand sich ein breiter Sims, zu dem eine Treppe hinabführte. Die fünf breiten, flachen Schleppkähne, die an diesem Sims angelegt lagen, machten klar, dass es sich um eine Art Kai handelte. Auf dem Kai stapelten sich Kisten, Fässer, Ballen von Tuch, Säcke und jegliche sonstige Art von Behältnis. Zwischen den Waren eilten eifrige Zwerge umher, die offensichtlich damit beschäftigt waren, die Frachtkähne zu beladen.

Mit einem lauten Rumpeln kam ein Eselswagen aus einem Eingang unterhalb von Sargan gefahren. Sogleich eilten die Zwerge herbei, um den Wagen zu entladen und die Kisten neben einem der Boote zu stapeln. *Seefahrende Zwerge,* dachte Sargan erstaunt. Obwohl seit dem Fund des ertrunkenen Zwerges klar war, dass sich die Zwerge trotz ihrer Abneigung gegen Wasser unter Tage auch mittels Booten fortbewegten, war es doch etwas anderes, diesen Umstand mit eigenen Augen zu sehen.

Natürlich würde eine solche Geschichte kaum jemand glauben, aber sie ergab durchaus einen Sinn. Irgendwie mussten die Zwerge größere Mengen an Materialen und Waren durch das Innere des Berges befördern. Es gab kaum Handel mit dem Land Ardoly, das jenseits der Bergkette der Sorkaten lag, auf allen Seiten eingeschlossen von majestätischen Höhenzügen. Die wenigen Pässe waren gefährlich und schwer begehbar, und die langen und harten Winter schnitten das Land oft vollkommen von der Außenwelt ab. Wenn es eben nicht die Zwerge gäbe, deren Monopol auf den Handel mit Ardoly und seinen Gütern so manchem Handelshaus ein Dorn im Auge war …

Sargans Versteck war auf Dauer nicht sicher, denn jederzeit mochte ein Zwerg den Gang entlangkommen oder von dem unterirdischen Hafen die Treppe erklimmen; also machte sich der Mensch langsam und vorsichtig an den Abstieg.

Es war eine heikle Angelegenheit, auch wenn die Aufmerksamkeit der Hafenarbeiter vom Kleinen Volk ganz auf die Boote und ihre Ladung gerichtet war. Doch die Schatten waren auf der Treppe tief und dunkel, und Sargan war ein Meister darin, sich ungesehen zu bewegen. Am Fuße der Treppe angekommen, verbarg er sich hinter einem Kistenstapel und beobachtete das Treiben genauer.

In all dem geschäftigen Durcheinander ließ sich doch eine Ordnung erkennen. Von den Booten waren anscheinend Waren entladen worden, die jetzt am Kai für den Abtransport auf den Karren bereitgemacht wurden. Währenddessen luden andere Trupps von Arbeitern Kisten und Fässer auf die bereits entladenen Boote. Einige Augenblicke lang wunderte sich Sargan, wie die Frachtkähne wohl entgegen der Strömung des Flusses angetrieben wurden, doch dann entdeckte er eine mächtige Kette, die vom vordersten Boot knapp über der Wasseroberfläche in die Dunkelheit des Tunnels verschwand. Wie auch immer diese Kette bewegt wurde, es war an sich schon eine unglaubliche Leistung, eine Art Treidelpfad in den harten Fels des Berges zu schlagen.

Das hinterste Boot war offensichtlich fertig beladen, denn eine Gruppe von Zwergen machte sich daran, eine große Plane über der Ladung festzuzurren. Als das gewachste Tuch zu ihrer Zufriedenheit befestigt war, wandten sie sich dem nächsten Frachtkahn zu – als plötzlich von der Spitze des Zuges her ein Schrei ertönte. Sofort stürzten mehrere Arbeiter zu dem ersten Boot, um zu sehen, was die Aufregung bedeutete. Offenkundig hatte sich etwas in den schweren Gliedern der Kette verfangen, und mehrere Zwerge bemühten sich, das Hindernis daraus zu befreien. Schließlich konnte Sargan erkennen, wie ein großer, schleimiger Körper aus dem Wasser gehoben wurde, wohl ein Tier, das nun von den bärtigen Arbeitern umringt und untersucht wurde.

Schnell ergriff Sargan die Gelegenheit, die sich ihm da bot. Lautlos huschte er zum Heck des letzten Kahns und sprang über die Reling. Mit ein paar Handgriffen öffnete er die Knoten, welche die wasserfeste Plane hielten, und glitt in den Frachtraum.

Es war sehr eng, aber Sargan gelang es, ein Fass ein Stück

zur Seite zu schieben, sodass er auf einigen Stoffballen Platz fand. Notdürftig verknotete er das Seil wieder mit der Reling und machte es sich bequem. Er schloss die Augen und lauschte angestrengt den Geräuschen des Be- und Entladens.

Als das Boot mit einem Ruck ablegte, spähte er unter der Plane hervor. Direkt vor ihm sah er die festen Stiefel eines Zwerges, der mittels einer langen Stange den Kahn vom Kai wegschob. Wieder ging ein Ruck durch das Boot, und dann hörte Sargan vom Bug her ein langsames, aber stetiges Klacken. Vermutlich war dies der Mechanismus, mit dem die Frachtkähne vorwärts bewegt wurden. Immer noch von der Findigkeit der Zwerge beeindruckt, erlebte Sargan, wie die fünf Frachtschiffe Fahrt aufnahmen und sich gegen die Strömung stemmten. Obwohl das Wasser auch hier eine ordentliche Kraft zeigte, beschleunigten die Boote stetig, bis sie schließlich ihre Reisegeschwindigkeit erreicht hatten, die der eines gewöhnlichen Treidelzuges in nichts nachstand.

Hin und wieder hörte er die Schritte der Zwerge an Deck, vernahm ihre Stimmen, die Kommandos von der Spitze des Zuges wiederholten, lachten oder sich unterhielten. Einmal glaubte er sogar, Trommelschlag zu hören, aber der Lärm des unterirdischen Flusses und der Mechanismen übertönten fast alle anderen Geräusche. Das Plätschern des Wassers und das rhythmische, metallische Klacken machten Sargan müde, und da er wenig tun konnte, außer auszuharren, schloss er die Augen. Seine Finger umklammerten seine Waffe jedoch auch im Schlaf.

Zweimal wurde er noch wach, als die Boote anhielten und am vorderen Ende des Zuges hektische Betriebsamkeit entstand, aber sonst war die Reise durch den dunklen Tunnel friedlich. Schlaftrunken fragte er sich, wohin ihn die Fahrt wohl letztendlich bringen würde, doch dann sank er hinab in seine Träume.

5

Einen weiteren Tag verbrachten die Trolle und ihr menschlicher Gefangener in der Höhle, jedoch tiefer in die Kaverne zurückgezogen, um sich dort vor den Strahlen der Sonne zu schützen. Die Trolle hatten sich dagegen entschieden, noch in dieser Nacht weiterzuziehen, und stattdessen die Höhle erkundet. Şten kam es so vor, als wollten sie geradezu auf die Krieger des Kleinen Volkes treffen, doch alles blieb ruhig, und sie fanden keine Spuren von Zwergen.

»Die kleinen Bastarde trauen sich wohl nicht so weit aus ihren Löchern«, knurrte Pard düster. Deutliche Enttäuschung zeigte sich auf seinen Zügen, als klar wurde, dass niemand dem verwundeten Troll gefolgt war.

Der einhornige Troll, Roch, gab einen derben Fluch von sich.

Offensichtlich sind die Trolle wirklich erpicht auf einen Kampf, dachte Şten, *wenn sie für die entfernte Möglichkeit eines Kampfes ihre ansonsten so eilige Reise unterbrechen, nur um dem Kleinen Volk eine Falle zu stellen.*

Diesmal schliefen die Trolle bloß, während draußen die Sonne über das Firmament wanderte, und lagen nicht wie tot auf dem Boden. Ihr lautes Schnarchen zeigte Şten deutlich den Unterschied zum vergangenen Tag, ein Umstand, den er sich nicht erklären konnte.

Stets hielt eines der riesigen Wesen Wache und beobachtete die Tunnel, die offensichtlich weit in die Tiefen des Berges hineinführten. Şten selbst fand kaum Schlaf. Zwar hatte er von dem Wasser getrunken, das ihm Druan angeboten hatte, doch von dem Fleisch des toten Trolls nahm er nichts, so sehr sein Magen auch knurrte. Er fühlte sich rastlos; zu viele Gedanken kreisten in seinem Kopf, und nur wenige davon waren erfreulich. Durch die Wacht der Trolle konnte er auch keine weiteren Versuche unternehmen, sich aus dem Käfig zu befreien. Also beschäftigte er sich mit den Erinnerungen und Fragen, die in seinem übermüdeten Verstand kreisten.

»*Wlachkischer Abschaum*«, *hörte Şten seinen Peiniger sagen,* »*ein rascher Tod ist viel zu gnadenvoll für dich. Aufs Rad sollte der Herr dich flechten lassen! Mitten in Teremi, auf dem Marktplatz, wo deine Schreie gut zu hören sind. Das würde deinen Spießgesellen eine Lehre sein!*«

Der Sprecher, ein bulliger Mann mit eisgrauem Haar und nur einem Auge, landete bei diesen Worten mit seiner behandschuhten Rechten einen Schlag in Ştens Magen. Der Schmerz nahm dem jungen Wlachaken den Atem. Kaum hatte er sich davon erholt, ließ sein Peiniger auch schon die Linke auf seine Rippen krachen. Şten hatte weder die Möglichkeit, sich zu schützen, noch sich zu verteidigen, da seine Handgelenke in eisernen Halterungen an der Wand steckten. In nicht allzu ferner Zukunft, das konnte er spüren, würden ihm die Sinne schwinden.

»*Bald, schon bald, werden wir mit dir und deinesgleichen endgültig aufräumen*«, *verkündete der Einäugige finster und hob erneut die Faust zum Schlag.* »*Wenn wir erst das neue Eisen haben, wird ...*«

»*Halt! Das genügt*«, *gebot eine befehlsgewohnte Stimme, die, wie Şten wusste, Zorpad gehörte, dem Herrn der Feste, in deren Kellern er festsaß. Bis eben noch hatte Zorpad schweigend beobachtet, wie sein Untergebener Şten zusammenschlug.*

Der ältere Krieger ließ den Arm sinken. »*Ja, Herr*«, *sagte er unterwürfig.*

Gegen seinen eigenen Willen empfand Şten beinahe so etwas wie Dankbarkeit dem Masriden gegenüber, der ihn wohl gerade davor bewahrt hatte, dass ihm sämtliche Knochen im Leib gebrochen wurden. Doch seine Freude währte nur kurz.

»Steckt ihn in den Käfig. Und dann bringt ihn dahin, wo die Wälder am tiefsten sind, und überlasst ihn den Krähen«, sagte der Masriden-Marczeg mit gleichmütiger Stimme. Dann richtete er das Wort an den Wlachaken:

»Şten cal Dabrân, du wirst in diesem Käfig verrotten, und niemand wird dich je wieder zu Gesicht bekommen. Und schon bald wird sich auch niemand mehr an dich erinnern, was wohl das Ende eurer jämmerlichen Rebellion bedeuten wird.«

Şten konnte hören, wie sich die schweren Schritte des Marczegs entfernten ...

Erst auf der Fahrt in die Wälder, die Şten in seinem Käfig auf der Ladefläche eines Karrens verbrachte, fielen ihm die Worte des einäugigen Schlägers wieder ein: Wenn wir erst das neue Eisen haben ...

Die Stimme des Mannes war voller Bedrohung gewesen, und Şten hätte zu gern gewusst, welchen neuen Schlag Zorpad gegen die Wlachaken plante ...

Trolle, Zwerge, Zorpad – all diese seltsamen Vorkommnisse konnten kein Zufall sein, schienen irgendwie miteinander verbunden. Doch Şten war einfach nicht in der Lage, diese Verbindung herzustellen.

Erst in den frühen Abendstunden driftete sein Geist in einen unruhigen Schlaf. Nach viel zu kurzer Zeit wurde er von den Trollen geweckt, die wieder ein Feuer entzündet hatten und das Fleisch des Toten darin brieten, während sie sich laut unterhielten. Der Geruch des brutzelnden Fleisches ließ Şten das Wasser im Munde zusammenlaufen, aber die Erinnerung daran, von wem es stammte, verdarb ihm den Appetit. Wieder schwor er sich, so bald wie nur möglich die Flucht zu wagen und diese Ungeheuer zu verlassen.

Unvermittelt hob einer der Trolle den Kopf und schnüffelte.

»Schlinger!«, flüsterte er aufgeregt, was sofort Bewegung in die Gruppe der Trolle brachte. Erstaunlich behände für seine Masse sprang Pard auf, drückte sich an die Felswand und bewegte sich langsam tiefer in die Höhle hinein. Die anderen griffen sich brennende Holzscheite aus dem Feuer und verteilten sich.

»Was ist?«, fragte Şten verwirrt.

»Ein Schlinger, vielleicht auch eine ganze Rotte«, wisperte der Troll. »Der Blutgeruch lockt sie an.«

Zwar wusste Şten nicht, was ein Schlinger sein sollte, aber es klang nicht gut, und der Wlachake saß in seinem Käfig fest, das willkommene Appetithäppchen für jedes Raubtier oder Ungetüm, dessen Pfoten schmal genug waren, um durch die Käfigstangen zu greifen. Krampfhaft hielt Şten seine einzigen Waffen – den Stein und den Bolzen – unter dem Hemd verborgen.

Aus den Tiefen der Höhle erklang ein leises Geräusch, wie ein Schmatzen, dann warf sich Pard plötzlich nach vorn und schrie: »Oh nein, wirst du nicht!«

Ein tiefes Grollen antwortete dem Troll, der aus Ştens Blickfeld gesprungen war, dann brüllte Pard und taumelte zurück in den Feuerschein. Wie in einer zärtlichen Umarmung hielt der gewaltige Troll ein wahres Monstrum an sich gedrückt, das ihm mit großen Klauen über die Schulter kratzte und lange Fangzähne in seine Brust bohrte.

Erst als der Troll das Tier mit einem Schrei in einer Drehung von sich warf, sodass es vollständig im Licht landete, konnte Şten erkennen, dass es eine gewaltige Raubkatze war. Von Kopf bis Schwanz maß sie sicherlich drei oder vier Schritt, und ihr Fell war von einem dunklen, fleckigen Grau. Jetzt erkannte Şten das Tier als eine Höhlenkatze, die er zwar noch nie gesehen hatte, die aber als Wappentier berühmt war.

Sofort ging es in eine geduckte Angriffshaltung, bereit zum tödlichen Sprung, und entblößte fingerlange Reißzähne, die im Feuerschein glänzten. Wieder fauchte es, und wie zur Antwort beugte Pard sich nach vorn, spannte die gewaltigen Muskeln an und brüllte zähnefletschend zurück. Gebannt beobachtete Şten das Schauspiel, das aus einer anderen, wilderen Welt als der seinen zu stammen schien. Von hinten warf

Druan seine behelfsmäßige Fackel auf die Raubkatze, die fauchend herumfuhr, was Pard nutzte, um sich auf sie zu werfen. Seine mächtigen Arme schlossen sich um den muskulösen Leib seines Gegners, und er schien mit aller Kraft zu pressen. Wie von Sinnen kratzte das Raubtier mit den Hinterbeinen über Pards Bauch und hinterließ tiefe Schnitte, aus denen dunkelrotes Blut troff. Aber den Troll schien das nicht zu kümmern.

Mit einem Schrei ließ er sich auf seinen Feind fallen und begrub die Raubkatze unter sich. Im flackernden Feuerschein schienen die Kämpfenden zu verschmelzen, doch schließlich setzte sich Pard auf, den Leib des Raubtiers zwischen den Beinen und das Maul in den gewaltigen Pranken. Ungeachtet der blutigen Wunden, die Krallen und Fangzähne gerissen hatten, zwang der Troll den Rachen der mächtigen Katze weiter und weiter auf. Die massigen Muskelstränge an seinen Armen traten hervor, und er stöhnte hörbar, bis es plötzlich laut krachte und die Katze erschlaffte.

Triumphierend legte Pard den Kopf in den Nacken und heulte seinen Sieg in die Nacht hinaus, während Şten angesichts der Urgewalt des Trolls schluckte. Die anderen kamen heran, besahen sich den Kadaver und klopften Pard auf die Schulter, woraufhin der Troll antwortete: »Sie wollte die Leiche fressen, aber nicht mit mir!«

Während sich einer der Trolle um Pards Wunden kümmerte, fragte Şten Druan: »Warum habt ihr ihm nicht geholfen?«

»Es war nur ein Schlinger, keine Rotte. Zudem noch ein sehr kleiner. Pard wäre beleidigt gewesen, wenn wir ihm geholfen hätten. Er ist ein Krieger«, beantwortete Druan die Frage, bevor er die Überreste der Katze packte und nach hinten zu dem toten Troll warf.

Wenig später brachen sie auf. Diesmal trug ein anderer Troll den Käfig auf dem Buckel. Auch dieser Troll roch wie ein ganzer Zwinger voll nasser Hunde, aber Şten war sich sicher, dass er selbst inzwischen kaum angenehmer duftete, weshalb es wohl nicht angeraten war, sich zu beschweren.

Als sie aus der Höhle traten, sah er, dass der Himmel klar war, mit einem großen, gelblichen Mond hoch über den Wipfeln der Bäume. Das Unwetter des letzten Tages hatte sich ausgetobt. Jetzt war die Luft frisch und klar, und die beißende Kälte war verschwunden.

Die Trolle schritten zügig voran; ihre breiten Füße walzten eine Schneise durch das dichte Unterholz. Nachdem sie die Höhle ein ganzes Stück hinter sich gelassen hatten, gesellte sich Druan zu Şten und sah ihn fragend von oben herab an. Der Troll überragte den Käfig um gut anderthalb Schritt, und Şten kam sich wie ein Kind vor, das von Erwachsenen beobachtet wird.

»Erzähl mir mehr von deinem Volk.«

»Was willst du wissen?«, fragte der junge Krieger vorsichtig zurück.

»Gibt es viele von euch?«

»Nun ja, ich weiß nicht, wie viele Menschen es gibt. Nicht einmal, wie viele es in meiner Heimat gibt. Aber man sagt, dass allein in Teremi viele tausend Menschen leben. Und in der Fremde soll es Städte geben, die allein hunderttausend Menschen zählen«, berichtete Şten.

»Das sind viele«, gab Druan nachdenklich zurück, wobei Şten sich nicht sicher war, ob der Troll die Zahlen überhaupt verstand.

»Warum bist du in dem Käfig?«

»Weil ihr mich nicht herauslasst«, erwiderte Şten ungehalten, wobei er in Gedanken hinzufügte: *Und weil die verfluchte Tür klemmt.*

»Nein. Warum hat dein Volk dich eingesperrt?«, wiederholte Druan, wobei er den Vorwurf einfach ignorierte.

»Der Herr über Teremi gebietet über viel Land und die Menschen, die dort leben. Er hat mich einsperren und im Wald aufhängen lassen.«

»Aber warum?« Der Troll ließ nicht locker. Wieder einmal

dachte Şten, dass die ungeschlachte Kreatur keinesfalls so dumm war, wie er anfänglich angenommen hatte.

»Zorpad Dîmminu ist ein grausamer Tyrann, der das Volk unterdrückt und knechtet. Er tut alles, um seine Macht zu bewahren. Ich bin sein Feind, deshalb will er mich tot sehen«, fuhr Şten fort, wobei er tief in sich die Wut und den Hass auf die Masriden und ihre Anführer aufflackern spürte.

»Du hast seinen Zorn geweckt. Warum hat er dich nicht einfach getötet?«

»Weil es so Sitte ist. Der Tod in den Wäldern gilt als ebenso sicher wie ein Dolch in der Brust«, antwortete der Wlachake bitter.

»Warum bist du sein Feind?«

Das war eine schwierige Frage. Auf keinen Fall wollte Şten dem Troll zu viel erzählen, durfte aber andererseits auch nicht dessen Wohlwollen aufs Spiel setzen. Er war sich nur allzu sicher, dass Druan das Einzige war, was zwischen Şten und der tödlichen Umarmung der anderen Trolle stand. Also entschied er sich für eine Halbwahrheit: »Meine Eltern starben durch Zorpads Hand. Oder durch die seiner Gefolgsleute, das macht keinen Unterschied. Ich bekämpfe die Usurpatoren, seit ich ein Schwert führen kann.«

»Die was?«, fragte Druan verwirrt.

»Die Eindringlinge.«

Eine Weile schwieg Druan, während er wohl über das eben Gehörte nachdachte. Şten hingegen schaute sich eingehend um, denn er hoffte, irgendwann in eine Gegend zu kommen, in der er sich auskannte. Doch noch befanden sie sich zu tief in den Wäldern. Um ihn herum war nichts zu sehen als uralte Laub- und Nadelbäume und dichtes Unterholz. Manchmal war eine Bewegung zu erkennen, wenn eines der kleineren, nachtaktiven Waldtiere einen Stamm hinaufhuschte, aber das geschah eher selten. Was sicherlich auch an dem nicht gerade leisen Marschieren der Trolle lag, deren Schritte weithin zu hören waren und die sich auch gar keine Mühe machten, sich unauffällig zu bewegen.

Nach einigen Stunden harten Marsches machten die Trolle Rast und verzehrten etwas von ihrem Proviant; den Käfig mit ihrem menschlichen Begleiter stellten sie in ihrer Mitte ab. Diesmal bot Druan Şten ein wenig gräuliche Paste an, die angeblich aus Pilzen hergestellt wurde. Zuerst war der Mensch misstrauisch, doch dann überwältigte ihn der Hunger, und er kostete vorsichtig davon. Ohne Frage, der Geschmack war dumpf und erdig, doch Ştens Verlangen nach Nahrung war so groß, dass er die Paste schließlich gierig herunterschlang. Dazu trank er noch ein paar Schlucke Wasser, und schon bald erwachten seine Lebensgeister aufs Neue. Auch sein Mut kehrte zurück, und er begann Pläne zu schmieden, wie er entkommen könnte. Als Erstes würde er Kontakt zu seinen Freunden und zu Fürstin Ionna aufnehmen ... wenn zwischen ihm und der Freiheit nicht noch das kleine Problem mit dem Käfig und den fünf Trollen gestanden hätte.

Mittlerweile hatte Zorpad sicherlich verkünden lassen, dass Şten tot war. Seine Mitkämpfer und Freunde würden es glauben, da sie miterlebt hatten, wie er in Teremi gefangen genommen worden war. Auch Viçinia würde es glauben ... Allein schon der Gedanke an sie war schmerzhaft. Wer konnte wissen, wie es ihr in Teremi erging, während er hier von Trollen festgehalten wurde?

Vor seinem geistigen Auge sah er sie vor sich, als sie sich von ihm verabschiedet hatte. Ruhig, gefasst, ohne ihm ihre Angst zu zeigen. Und er musste von Sinnen gewesen sein, sie gehen zu lassen.

Bevor er den Gedankengang weiter verfolgen konnte, wurde der verbeulte Käfig wieder angehoben, und es ging weiter. Diesmal marschierten Druan und Pard etwas hinter den anderen Trollen her und schienen aufgeregt etwas miteinander zu besprechen. *Vermutlich schlägt Pard mal wieder vor, mich zu zerquetschen,* dachte Şten verdrossen. Aber er wusste, dass es nicht mehr lange dauern würde, bis die Sonne aufging, und diesmal hatten die Trolle keine Höhle, in der sie sich verbergen konnten. Vielleicht würden die Trolle erneut wie tot daliegen, und dann hätte er einen ganzen Tag lang Zeit, um sich aus dem Eisenkäfig zu befreien.

Doch bevor es so weit war, kehrte Anda zurück, die vorausgelaufen war, und berichtete: »Weiter vorn gibt es keinen Wald mehr. Da ist eine große, freie Fläche. Und ich habe Rauch gerochen!«

Sofort brach zwischen den Trollen Streit aus, was das zu bedeuten habe. Pard beendete die Auseinandersetzung mit einem rüden »Ich gehe nachsehen« und verschwand zwischen den dicken Baumstämmen. Şten kam es so vor, als ob eine schier endlose Zeit verging, bevor er zurückkehrte.

Die anderen setzten sich auf den weichen Waldboden, starrten in den wolkenlosen Nachthimmel und warteten, bis Pards Gestalt sich endlich aus der Dunkelheit schälte. Mit der Hand deutete er auf einen Punkt jenseits der Waldriesen: »Dort stehen Häuser. Daher kommt der Geruch nach Rauch.«

Druan wandte sich an Şten: »Was ist das? Eine eurer Städte?«

»Nein. Ich weiß nicht genau, wo wir sind. Sie hatten mir die Augen verbunden, als sie mich in den Wald brachten, aber eine Stadt kann es eigentlich nicht sein. Vielleicht ein Dorf oder ein Waldbauernhof«, antwortete Şten.

»Gut. Gehen wir hin«, sagte Pard grimmig.

»Nein, wir sollten uns verstecken. Die Sonne geht bald auf«, warf einer der anderen Trolle ein. Es war der mit dem abgebrochenen Horn, den Şten insgeheim *Einhorn* nannte.

»Unsinn! Wenn sie uns tagsüber finden, Roch, dann töten sie uns«, gab Pard zurück.

»Vor allem wenn der Schreihals hier dabei ist«, fuhr der Troll mit einem bösen Blick auf Şten fort.

»Dann drehen wir ihm eben den Hals um«, antwortete Einhorn. Da die Trolle den Vorschlag ernsthaft zu erwägen schienen, warf Şten hastig ein: »Ihr wisst doch gar nicht, was das für ein Gebäude ist. Vielleicht ist es eine Kaserne.«

Als er bemerkte, dass die Trolle ihn nicht verstanden, fügte er hinzu: »Ein Haus für viele Krieger.«

»Er hat Recht«, mischte sich Druan ein, »wir sollten es herausfinden. Wenn es nur ein Gebäude ist, dann können dort aber nicht viele Menschen sein.«

»Schlagt doch einfach einen Bogen darum und geht weiter«, schlug Şten vor, in der Hoffnung, den Tag in der Nähe einer menschlichen Ansiedlung verbringen zu können.

»Nein, Pard hat Recht. Sie könnten uns am Tag finden. Wir schauen es uns an«, bestimmte Druan, und die Trolle erhoben sich. Fieberhaft überlegte Şten, ob er vernünftige Einwände vorbringen könnte, aber es wollten ihm keine einfallen. Die Geister allein wussten, was die Trolle bei einem kleinen Hof anrichten würden. Und selbst bei einem Dorf konnte es wohl nur ein blutiges Massaker geben, wenn Pard kein Einhalt geboten wurde. Hastig rief er Druan zu sich und sagte: »Seid vorsichtig. Lasst mich reden.«

»Warum?«

»Die Menschen werden Angst vor euch haben …«

»Das ist doch gut«, unterbrach ihn Druan.

»Nein! Das ist schlecht. Wenn sie Angst haben, dann greifen sie euch vielleicht an«, erwiderte Şten.

»Dann werden wir sie töten«, sagte Druan ungerührt.

»Habt ihr noch nicht genug Feinde?«

»Was meinst du damit?«

»Wollt ihr euch denn noch mehr Gegner auf der Oberfläche schaffen?«, fragte Şten verzweifelt. Druan schaute dem jungen Krieger direkt in die Augen. Die graue Haut auf der Stirn des Trolls zog sich um die Hornplatte zusammen. Offenbar dachte er angestrengt nach. »Nein. Aber wir können den Menschen nicht trauen.«

»Bei allen Geistern, halte Pard zurück. Lass ihn kein Blutbad anrichten. Ich werde euch nicht helfen, wenn es so weit kommt!«

»Dann werden wir dich eben auch töten.«

»Ich sterbe lieber, als dass ich zusehen muss, wie ihr wehrlosen Menschen etwas antut«, sagte Şten bestimmt.

»Du stehst für deine Leute ein«, antwortete Druan und betrachtete Şten, wie es schien, plötzlich mit einem Quäntchen Respekt; nachdenklich begab er sich an die Spitze der kleinen Gruppe. Aufgrund der Position des Käfigs konnte Şten weder sehen noch hören, was dort vor sich ging, aber er hoffte, dass seine Worte genug Eindruck gemacht hatten.

Am Rand des Waldes machten die Trolle Halt und stellten den Metallkäfig ab. Tatsächlich sah Şten vor sich einige kleine Felder und vielleicht hundert Schritt entfernt den dunklen Schatten von Gebäuden. An einen großen Stall schmiegte sich ein kleineres Wohnhaus. Daneben stand ein winziger Verschlag, und das Ganze war von einer brusthohen Mauer umgeben.

Es handelte sich um einen der wenigen einsamen Höfe, deren Besitzer den Gefahren des spärlich besiedelten Landes trotzten. Die Gegend hier war immer noch hügelig, und die Bauern hatten einen Teil des Waldes gerodet, um Felder anzulegen und zu bestellen. Vermutlich betrieben sie auch die eine oder andere Köhlerhütte und stellten Brennmaterial her, das sie gegen Waren eintauschten, die sie nicht selbst fertigen konnten. Ohne Frage handelte es sich um Menschen von Ştens Volk, um Wlachaken, denn das Leben in der Wildnis war gefährlich und entbehrungsreich, und es galt, die alten Wege zu kennen und zu achten, um im Einklang mit dem Land zu überleben. Die Masriden hingegen wollten das Land mit Feuer und Schwert zähmen; zwar erlitten sie so manchen herben Rückschlag, aber sie waren beharrlich und ließen das Land wie auch das Volk bluten.

Wichtiger aber noch als die Tatsache, dass auf dem Gehöft Wlachaken lebten, war, dass es irgendwo eine Straße oder zumindest einen Weg geben musste, der Şten zurück in die Zivilisation führen konnte.

»Erklär es uns«, forderte Druan nach einigen Augenblicken.

»Es ist ein Gutshof. In dem kleineren Haus wohnen die Menschen. Rechts ist der Stall, dort werden die Tiere gehalten. Es sind einfache Menschen, Bauern. Sie sind keine Gefahr«, antwortete Şten.

»Wie viele?«

»Alles in allem höchstens ein Dutzend. Eine Familie, vielleicht ein paar Tagelöhner.«

»Ein Dutzend!«, knurrte Pard verächtlich und stand auf, »das ist keine Gefahr. Lasst uns gehen.«

Mit diesen Worten stapfte er in Richtung Bauernhof. Die anderen Trolle folgten ihm widerspruchslos, wobei diesmal Druan den Käfig trug. Vorsichtig umfasste Şten die Tür, um zu prüfen, ob sie während des langen Marsches vielleicht lockerer geworden war; dann hätte er im höchsten Notfall aus dem Käfig entkommen können, um den Bauern beizustehen. Doch er war nach wie vor gefangen. Innerlich verfluchte er das Schicksal, das ihn in diese Lage gebracht hatte. Er verfluchte Zorpads Schergen, die ihn ausgerechnet da aufgehängt hatten, wo die Trolle entlanggekommen waren, die Trolle selbst, die ihn mitschleppten, und die Masriden, die überhaupt für alles Unglück verantwortlich waren.

Aber es half nichts; unaufhaltsam näherten sich die Trolle dem Hof, bis sie direkt vor der Mauer standen, die aus einfachen, aufeinander geschichteten Feldsteinen errichtet worden war. Ohne große Mühe trat Pard gegen die Mauer, woraufhin sie auf einigen Schritt Länge zusammenbrach. Grinsend schritt der riesige Troll über die Überreste hinweg; seine Gefährten folgten ihm. Irgendwo in der Nähe des Stalls begann ein Hund zu bellen, woraufhin mehrere andere Hunde einstimmten. Die Trolle verteilten sich um die Gebäude und schauten sich neugierig um.

Gerade als Şten sich fragte, warum die Bewohner noch nichts von dem Lärm mitbekommen hatten, öffnete sich die Tür, und ein dunkelhaariger Mann, der sich offenbar hastig ein Hemd übergezogen hatte, trat auf den Hof. In den Händen hielt er eine lange, einhändige Sense. Gewöhnlich diente die scharfe Klinge dazu, Getreide zu schneiden oder Unterholz im Wald zu entfernen, aber zugleich gaben die Geräte auch passable Waffen ab, und ihr Besitz war den Bauern natürlich trotz dieser Tatsache erlaubt.

»Wer ist da?«, rief der Mann mit fester Stimme, doch dann erblickte er Pard, der auf ihn zukam.

»Ihr Geister!«, entfuhr es dem Bauern, und er wurde kreidebleich, was Şten dank des Mondlichtes gut erkennen konnte. Mit erhobener Sense wich der Mann zurück, wovon Pard sich jedoch nicht beeindrucken ließ.

»Tu ihm nichts!«, rief Şten verzweifelt, während er wild an der Tür des Käfigs rüttelte. Mit einem geradezu dämonischen Grinsen entblößte Pard seine Hauer und ballte die Fäuste. Druan ließ den Käfig unsanft zu Boden gleiten und rief: »Pard!«

Wütend brüllte der große Troll auf, was der Bauer nutzte, um durch die Tür in das Innere des Hauses zu fliehen. Mit einem Knall schlug die Holztür zu, und Şten konnte hören, wie der Mann in der Stube nach seiner Familie rief.

»Ich habe doch gesagt, wir tun ihnen nichts!«, wies Druan Pard zurecht.

»Das Menschlein wollte mich angreifen. Ich hätte ihn schon nicht kaputtgemacht!«, gab Pard bissig zurück, warf aber unter Druans Blick die Hände in die Luft und rief: »Es ist nur ein Mensch!«

»Pass lieber auf, dass sie nicht davonlaufen«, befahl Druan und wandte sich an Şten: »Sag ihnen, dass sie rauskommen sollen. Dann werden wir ihnen nichts tun.«

»Versprichst du das?«

»Sag es ihnen, oder ich lasse sie von Pard rausholen«, entgegnete Druan hart.

Hin und her gerissen überlegte Şten einen Augenblick, aber er sah keine andere Möglichkeit. Entweder würde er tun, was Druan verlangte, oder die Trolle würden die Sache selbst in die Hand nehmen. Und Şten konnte sich nur zu genau vorstellen, was geschehen würde, wenn Pard sich darum kümmerte.

»He! Ihr da!«, rief er schließlich. »Mein Name ist Şten cal Dabrân! Euch wird nichts geschehen, wenn ihr freiwillig herauskommt!«

Eine Weile herrschte Schweigen, doch dann antwortete eine Männerstimme: »Şten ist tot, Zorpad hat ihn erwischt und aufknüpfen lassen!«

»Gefangen wurde ich, aber tot bin ich nicht. Ich wurde gerettet, von meinen Begleitern hier. Sie werden euch nichts tun, wenn ihr freiwillig rauskommt«, erwiderte der Wlachake.

Wieder dauerte es, bis die Antwort erfolgte: »Komm herein, dann können wir reden.«

»Das geht nicht. Um der Geister willen, kommt raus, sonst holen sie euch!«

Irgendwo in dem Haus fing ein Kind an zu weinen, und noch immer bellten die Hunde in ihrem Zwinger. Schon glaubte Şten, dass die Bauern sich weigern würden, doch dann öffnete sich die Tür. Heraus trat der Mann, immer noch mit der Sense in der Hand, und sah sich um. Als er Şten erblickte, runzelte er misstrauisch die Stirn: »Du bist in einem Käfig!«

»Danke, aber das wusste ich schon. Die Tür klemmt, wir brauchen Werkzeug«, erwiderte der Krieger schnell. »Kommt ihr raus?«

Offensichtlich verwirrt nickte der Mann und rief seine Familie zu sich. Langsam und schüchtern traten drei weitere Männer, zwei Frauen sowie zwei Jungen und zwei Mädchen aus dem Haus. Verängstigt stellte sich das Grüppchen zusammen. Das kleinere der beiden Mädchen hielt sich am Rock einer der beiden Frauen fest, während einer der Jungen laut schniefte. Als Druan sich erhob und langsam näher trat, schrie eine Frau vor Entsetzen auf.

»Vergiss dein Versprechen nicht!«, rief Şten ihm hinterher, doch der Troll reagierte nicht. Inzwischen kamen die anderen Kreaturen ebenfalls zur Vordertür des Hofes und sahen sich die kleine Gruppe Menschen an, die Şten ihnen ausgeliefert hatte. Druan baute sich vor ihnen auf und sagte: »Wir werden euch nichts antun, wenn ihr genau das macht, was wir euch sagen.«

»G-gut«, antwortete der Mann zögernd. »Ich habe Werkzeug im Haus.«

»Werkzeug? Wir brauchen kein Werkzeug. Bleibt einfach hier stehen. Und seid endlich ruhig«, entgegnete Druan unwirsch. Eine der Frauen bemühte sich, die Kinder zu beruhigen. Ohne sich weiter um die Menschen zu kümmern, trat der Troll gebückt durch die Tür und sah sich im Innern des Hauses um. Nach einer Weile kam er wieder und wandte sich an Pard: »Da sind überall Löcher in den Wänden. Es ist nicht sicher.«

»Verfluchter Rotz! Wir können so nicht hier bleiben«, entfuhr es dem größeren Troll.

»Doch. Lass mich nachdenken«, antwortete Druan, wandte sich dann aber an Roch, den einhornigen Troll: »Sorg dafür, dass dieses Gekläffe aufhört.«

Ohne zu zögern, lief Roch hinter das Haus zu dem Zwinger, während Druan zurück zu Şten kam: »Wir haben ein Problem. Das Haus ist nicht sicher. Das Haus daneben …«

»Der Stall«, unterbrach ihn Şten.

»Der Stall hat auch überall Löcher. Wir können hier nicht den Tag verbringen.«

»Umso besser. Dann gehen wir einfach weiter«, sagte Şten erleichtert.

»Wir haben nicht mehr genug Zeit. Sie könnten uns am Tag einfach finden, wenn wir rasten und uns niederlegen. Glaubst du etwa, sie ließen uns in Ruhe?«, fragte Druan ungläubig.

»Nein, ich fürchte nicht. Hör zu, Druan: Lass mich aus dem Käfig, und ich werde euch am Tag beschützen. Sie tun euch nichts, wenn ich da bin«, schlug er vor.

»Möglich. Ich kann dir vielleicht trauen, aber Pard wird das niemals. Das geht also nicht«, antwortete Druan ruhig und fuhr fort: »Dann bleibt nur eines.« Sein Gesichtsausdruck verhärtete sich, und er sah Şten an: »Es tut mir Leid.«

»Nein! *Nein!* Wir finden eine Lösung!«, schrie Şten auf.

In diesem Augenblick steigerte sich das Gebell der Hunde

zu einem frenetischen Kläffen, bis plötzlich ein schmerzerfülltes Jaulen ertönte, das abrupt abbrach. Das lang gezogene Winseln, das von der Angst der Hunde kündete, dauerte nur wenige Herzschläge an, dann war bloß noch das unterdrückte Schluchzen der verstörten Kinder zu hören. Entsetzt warf sich Şten mit aller Kraft gegen die Tür und schrie: »Druan! Dein Wort! Gib mir mehr Zeit!«

Endlos langsam schienen die nächsten Augenblicke zu verrinnen, doch dann drehte Druan sich um. »Gut. Finde eine Lösung. Ich gebe dir Zeit.«

»Danke, Druan.« Erleichtert sah Şten den Troll an und sagte: »Bring mich zu ihnen. Wir finden einen Weg.« Leise fügte er hinzu: »Und wenn nicht, dann müsst ihr mich auch töten.«

Wieder wurde Şten mitsamt dem Käfig emporgehoben und zu den Menschen getragen. Fieberhaft überlegte er, wie er die Trolle zufrieden stellen konnte, ohne dass dabei jemand zu Schaden kam. *Warum bin ich noch am Leben? Weil ich sicher verwahrt in einem Käfig sitze. Die einfachste Möglichkeit wäre es also, die Bauern tagsüber ebenfalls einzusperren, damit die Trolle sich nicht bedroht fühlen,* schoss es ihm durch den Kopf.

»Seid gegrüßt«, hob er an. »Mein Name ist Şten cal Dabrân. Ich bin der Mann in dem Käfig«, sagte er mit einem Zwinkern zu den Kindern. Dann wandte er sich an den Familienvorstand: »Guter Mann, habt ihr einen Keller?«

»Nein, es gibt keinen Keller.«

Şten stutzte. »Nicht mal einen Vorratskeller?«

»Nein!«, erwiderte der Mann nervös und warf einen Blick über die Schulter zum Haus. Misstrauisch sah Şten ihn an und winkte ihn dann mit der Hand zu sich. Als der Mann neben dem Käfig kniete, zischte Şten ihm ins Ohr: »Sie werden deine ganze Familie töten, Mann! Sie wollen euch einsperren, nur so fühlen sie sich sicher. Wenn das nicht geht, dann kann ich euch nicht helfen!«

Flehentlich sah ihm der Bauer in die Augen. »Herr, bitte, steht uns bei. Meine Kinder, meine Frau!«

»Sei leise! Du erschreckst sie noch mehr. Ich will euch ja helfen. Also, habt ihr einen Keller?«, fragte Șten drängend.

»Ja, hinten im Haus. Ein kleiner Keller, in dem wir unser Essen lagern«, antwortete der Mann niedergeschlagen.

»Warum nicht gleich so? Dachtest du, es ginge nur um deine Vorräte?«, fragte Șten.

»Ich ... wir ... ich hatte es versprochen«, stotterte der verängstigte Bauer.

»Was versprochen? Wem?«, hakte Șten nach.

»Dem anderen Mann«, entgegnete der Bauer und wandte den Blick ab.

»Meine Güte, Mann, hör auf, dich zu winden, und sprich ein klares Wort. Wie soll ich dir helfen, wenn du dich so anstellst?«

»Sein Name ist Natiole Târgusi«, gab der Bauer sich geschlagen.

»Nati ist hier?«, entfuhr es Șten.

»Ja. Ihr kennt ihn? Dann seid Ihr wirklich Șten cal Dabrân?«

»Natürlich bin ich das! Was dachtest du denn, Mann?«

»Natiole sagte, dass Ihr tot seid, Herr«, antwortete der Bauer entschuldigend.

»Wir haben nicht mehr viel Zeit«, unterbrach Druan das Gespräch.

Șten nickte und sagte: »Es ist noch jemand im Haus. Es gibt einen Keller, dort könntet ihr die Familie einsperren, bis der Tag vorüber ist.«

Zdam, der Troll, der beinahe beständig schwieg, ballte die mächtigen Fäuste vor Wut. »Noch jemand im Haus?«

»Ich wusste, dass die Menschen uns täuschen würden!«, brüllte Pard.

»Nein! Es ist jemand, der sich vor anderen Menschen versteckt. Er konnte nicht wissen, dass ihr hier des Weges kommt!«, entgegnete Șten zornig.

Mit einem Schulterzucken winkte Druan Pard ab und ging neben Șten in die Hocke. »Dann lass uns diesen Keller ansehen. Was genau ist das?«

»Ein Keller ist eine Art Loch im Boden, mit einem Deckel drauf. So eine Art unterirdisches Zimmer.«

»Zimmer?«, wiederholte Druan verwirrt. »Egal, komm mit!« Er packte den Käfig an den Resten der Kette. Hin- und herschwingend wie ein Pendel, wurde Şten in das Gutshaus getragen. Es gab lediglich einen großen Raum, der sehr dunkel war, nur schwach erhellt von der Glut im großen Steinofen an der Seitenwand. Es roch nach Rauch und menschlichen Leibern. Überall am Boden lagen Schlafmatten verstreut.

Innerhalb des Hauses konnte Druan wieder aufrecht stehen, auch wenn er sich tief bücken musste, um durch die Eingangstür zu treten. Zwar musste er aufpassen, dass sein Kopf nicht an einen der rußgeschwärzten Querbalken des Daches stieß, aber da kein zweites Geschoss eingezogen war, blieb genug Platz. Durch die offene Tür wehte ein kühler Luftzug in das Haus, aber noch war es im Innern angenehm warm.

Schnell sah Şten sich um und fand bald, was er suchte. In der Nähe der Feuerstätte lag ein großes Fell auf dem Boden. Şten hatte sich oft genug an ähnlichen Orten versteckt, um zu vermuten, dass sich der Eingang zum Vorratskeller unter dem mottenzerfressenen Pelz befand. Mit ausgestrecktem Finger wies Şten auf die Stelle, und Druan trug ihn gehorsam dorthin. Vorsichtig hob Şten das Fell an. Tatsächlich befand sich darunter nicht nur einfach gestampfte Erde wie im Rest des Hauses, sondern eine kleine, krude gezimmerte Falltür.

»Lass mich reden, Druan. Ich kenne ihn«, bat Şten den Troll, der ihm zunickte.

»Nati! Hörst du mich?«, rief Şten und lauschte.

»Şten? Bei allen Dunkelgeistern, bist du es wirklich?«, kam die Antwort von unten. »Solltest du nicht tot sein?«

»Die Berichte von meinem Ableben waren stark übertrieben«, antwortete Şten mit einem Lachen.

»Du verfluchter Mistkerl, wir haben gesehen, wie sie dich weggeschleppt haben! Wie bist du davongekommen?«

»Warte ab, du wirst nicht glauben, was ich zu erzählen habe. Komm erst einmal raus. Aber erschrick nicht!«

»Ich kann nicht, die Falltür ist zu hoch. Die Leiter muss oben sein«, rief Natiole.

Nach kurzem Umsehen fand Şten einen nicht sehr dicken Baumstamm, der so eingekerbt war, dass er als einfache Leiter dienen konnte. Mühelos hob Druan zuerst die Falltür hoch und senkte dann den Stamm in das finstere Loch.

»Hast du gehört? Man kommt dort unten nicht ohne Hilfe raus«, beeilte sich Şten zu dem Troll zu sagen. Grunzend nickte die Kreatur, trat zwei Schritte von dem Eingang weg und hockte sich hin.

»Warum soll ich nicht erschrecken?«, fragte Natiole, während er die grobe Leiter erklomm.

»Weil ich nicht allein bin«, antwortete Şten trocken, als sein Waffenbruder den Kopf aus dem Loch steckte. Beim Anblick von Druans massiger, kniender Gestalt entkam Natiole ein derber Fluch. Beinahe wäre er wieder hinuntergefallen, doch Şten Käfig stand nah genug an dem Kellereingang, sodass der Wlachake seinem Freund eine helfende Hand reichen konnte.

»Aus welcher Hölle hast du diesen Dämon geholt? Und warum, bei allen Geistern, steckst du in einem Käfig? Was geht hier vor?«, fragte Natiole fassungslos.

»Lange Geschichte. Das ist Druan. Druan, Natiole«, erwiderte Şten mit einem Grinsen, bevor er ernst fortfuhr: »Druan ist ein Troll. Ein echter, leibhaftiger, verfluchter Troll. Draußen warten noch mehr von ihnen. Sie gedenken den Tag hier zu verbringen.«

Natürlich wollte Natiole aus dem Keller klettern, aber Şten winkte ab. Der Wlachake hoffte, dass sein Freund bewaffnet war, und gedachte zu vermeiden, dass die Trolle das sahen. Also zwinkerte er ihm verschwörerisch zu und sagte: »Bleib gleich drin. Die anderen werden auch eingesperrt. Die Trolle fürchten euch.«

»Fürchten uns? Meine Güte, das Ding ist riesig«, erwiderte Natiole, woraufhin Druan knurrte und sich erhob.

»Wirklich riesig«, sagte Natiole voller Ehrfurcht.

»Ja. Steig wieder hinunter, wir reden später. Vertrau mir«, beschwor Şten seinen Waffenbruder. Nach kurzem Zögern stieg Natiole in den Keller hinab.

Druan rief die übrigen Bewohner des Hofes zurück ins Haus und schickte sie nacheinander in den Keller. Den Familienvater hielt Şten kurz auf: »Ist sonst noch jemand auf dem Hof? Ich kann nur denen Sicherheit versprechen, die den Trollen gehorchen und in den Keller gehen.«

»Nein, Herr, wir sind alle hier«, antwortete der Bauer leise und mutlos.

»Viel Platz ist da unten nicht mehr«, warf Pard ein, als der letzte Mensch hinabgestiegen war und die Leiter wieder an der Wand lehnte, »aber das geht schon irgendwie.« Mit diesen Worten packte er den Käfig und versuchte ihn in das Loch zu versenken. Doch die Eisenkonstruktion war zu groß für den Kellereingang und blieb stecken.

»Lass gut sein, Pard. Er ist ja im Käfig«, sagte Druan, der sich bereits auf eine der Matten gelegt hatte.

Fluchend ließ Pard den Käfig zu Boden fallen und schloss die Falltür. Dann setzte er sich auf die Bretter, die gefährlich unter der Last knarrten, und grinste zufrieden. »Mal sehen, ob die Menschlein mich hochbekommen, wenn sie es versuchen.«

»Nicht mal ich kann deinen fetten Arsch hochheben«, antwortete Roch, was einen allgemeinen Heiterkeitsausbruch unter den Trollen auslöste. Pard funkelte Roch böse an, fiel dann jedoch in das Gelächter ein. Kurz vor Sonnenaufgang lief Anda noch einmal hinaus. Nach kurzer Zeit kehrte sie wieder und hielt triumphierend zwei große, pelzige Hundekadaver an den Schwänzen hoch. »Frühstück!«

Während die Trolle noch darüber spekulierten, ob die Hunde zu alt und sehnig waren oder gut schmecken würden, lehnte Şten sich zurück und legte die Hand auf den Stein unter seinem Hemd. Das Haus hatte mehrere Fenster, die zwar mit Läden verschlossen waren, aber sicher nicht vollkommen lichtdicht sein würden. Wenn seine Theorie über den Schlaf der Trolle stimmte, so bedeutete dies, dass die Trolle den ganzen Tag über unfähig waren, aufzuwachen. Ein Tag würde ihm genug Zeit geben, um einen Plan zu schmieden und sich zu befreien. Und dann würde er überprüfen, ob Trolle im Licht tatsächlich zu Stein wurden oder ob eine scharfe Klinge ihnen nicht einfach den Garaus machen konnte. Mit einem wölfischen Grinsen saß er in seinem Käfig und erwartete voller Vorfreude den Tag, während die Trolle scherzten und lachten. Von unten war kein Laut zu hören, aber Şten war sicher, dass sein Freund Natiole ebenso Pläne schmiedete wie er selbst.

6

Mit der aufgehenden Sonne kam tatsächlich der todesähnliche Schlaf über die Trolle, die sich im Raum verteilt hatten. Sobald die ersten dünnen Lichtstrahlen durch die Fensterläden fielen, sanken sie in sich zusammen und schienen gar mit dem Atmen aufzuhören. Als Şten das sah, machte er sich an die Arbeit.

Druan hatte ihm zuvor etwas Essen von den Vorräten des Hofes sowie einen Tonkrug voll Wasser hingestellt. Derart gestärkt sah sich Şten das Problem der klemmenden Tür noch einmal genauer an. Diesmal schlug er mit dem Stein auf die Scharniere ein, um diese ein wenig zu lockern.

Der Lärm, den er dabei produzierte, blieb im Keller nicht unbemerkt, und schon bald meldete sich Natiole zu Wort: »Şten! Was passiert da oben?«

»Ich versuche aus diesem verfluchten Käfig rauszukommen!«, entgegnete Şten.

»Was ist mit den Trollen?«, fragte sein Freund.

»Sie schlafen wie Tote, nichts scheint sie zu wecken. Ich glaube, es ist das Sonnenlicht.«

»Ha! Das solltest du keinesfalls dem Albus Sunaş erzählen. Sonst kriegt man noch endlose Predigten über das göttliche Licht am Himmel von ihm zu hören«, scherzte Natiole.

»Gib mir etwas Zeit, wir reden später. Erst einmal muss ich diese Tür aufbekommen«, erklärte Şten, während er nach wie vor die Türangeln mit gezielten Schlägen bearbeitete. Es war ein hartes und mühseliges Unterfangen. Der Stein, nun gesplittert und mit sichtbaren Gebrauchsspuren, war nicht das ideale Werkzeug. Immer wieder glitt Şten ab und fügte sich so einige Schnitte und Quetschungen an den Händen zu, doch er dachte nicht ans Aufgeben.

Nach einer ganzen Weile kam es ihm so vor, als zeitigte seine Arbeit Erfolg. Die Scharniere hatten sich leicht nach außen gebogen, und tatsächlich, die Tür saß jetzt lockerer als zuvor. Diese Entdeckung beflügelte Şten geradezu und ließ ihn mit frischem Mut seine Anstrengungen verdoppeln. Schließlich lehnte er sich so weit wie möglich zurück und trat mit aller Kraft gegen die Stäbe der Tür. Viel Platz war dafür nicht, aber wenigstens bot ihm der Käfig Halt, damit er Druck auf die Tür ausüben konnte. Als diese schließlich mit einem lauten Krachen aufflog, seufzte Şten vor Erleichterung.

Mit schmerzenden Gliedern kroch er aus dem Käfig und genoss es für einen Augenblick, sich hinzulegen und endlich der Länge nach auszustrecken. Aber noch war sein Werk nicht ganz vollbracht.

Vorsichtig stand er auf, wobei er sich am Käfig festhalten musste, da seine Beine schwach waren und zitterten. Die paar Schritte bis zum Fenster hätten ihn beinahe wieder zu Fall gebracht, aber er erreichte eben noch die Wand und stützte sich dort ab. Dann öffnete er die Fensterläden, um sicherzugehen, dass die Sonne in den Raum schien.

Das Ganze wiederholte er bei den anderen Fenstern. Jeder Schritt, den er tat, ließ ihn sicherer auf den Beinen werden. Erst dann begab er sich zu dem regungslosen Pard und sah auf dessen massige Gestalt hinab. Wütend verpasste er dem Troll einen Tritt in die Seite. »Mich zerquetschen? Du verdammte Bestie, dafür wirst du noch bezahlen!«

Mit aller Kraft versuchte er, den Leib des Trolls von der Falltür wegzuzerren, doch das Monstrum war zu schwer für ihn. Erst mit Hilfe einer Schaufel, die er als behelfsmäßigen Hebel gebrauchte, gelang es Şten, Pard so weit von den Brettern zu rollen, dass er die Falltür anheben konnte. Aus dem Loch starrten bleiche Gesichter zu ihm empor, auf denen sich die Angst abzeichnete, doch Şten lächelte ihnen zu: »Keine Sorge, es ist sicher, sie schlafen tief und fest.«

Mit diesen Worten schob er die einfache Leiter zu dem Loch und ließ sie vorsichtig hinab. Zunächst kam Natiole hinauf, die Hand am Knauf seines Dolches. Er umarmte Şten nach einem schnellen Blick auf die bewegungslosen Trolle.

»Meine Güte, Şten, du siehst furchtbar aus. Und du stinkst wie Ziegenmist!«

»Versuch nicht, mir zu schmeicheln. Ich weiß, ich weiß. Ich brauche dringend ein Bad«, erwiderte Şten mit einem Blick an sich hinab, »und frische Kleidung wäre auch nicht schlecht.«

Lachend stimmte Natiole ihm zu. Das Versteckspiel im Keller schien ihm nicht viel ausgemacht zu haben. Sein langes, hageres Gesicht war schmutzig, und die kurzen dunklen Locken waren ungekämmt und verfilzt, aber die hellen Augen strahlten so lebendig wie immer unter den dichten Brauen hervor. Offensichtlich hatte er seit dem letzten Treffen mit Şten das Gewand ebenfalls nicht wechseln können, denn noch immer trug er die leinene Reisekleidung eines einfachen Händlers, die mittlerweile dreckig und zerschlissen war. Vor allem aber trug er an seinem breiten Schwertgürtel einen langen Dolch und ein Schwert. Während die beiden Kampfgefährten den Kindern aus dem Keller halfen, fragte Natiole mit einem Blick auf die blauen Flecken an Ştens Armen und Beinen: »Waren das diese Bestien?«

»Nein«, winkte Şten ab, »das waren Zorpads Schergen. Obwohl ... die Hände habe ich mir an der dreimal verfluchten Tür blutig geschlagen, und ein paar Wunden an meinem Rücken stammen von den Gitterstäben.«

»Ich hätte nicht geglaubt, dich noch einmal lebend wiederzusehen. Bevor ich geflohen bin, sagte Linorel, dass Zorpad verbreiten lässt, du seist tot«, erzählte Natiole.

»Nein, sie haben mich nur gefangen genommen. Ich habe einige unschöne Tage als Zorpads Gast verbracht, dann haben sie mir die Augen verbunden und mich in den Wald geschafft. Futter für die Krähen.«

»Und ich habe schon damit gerechnet, in jedem Dorf zwischen hier und Teremi weinende Mädchen anzutreffen, denen dein hübsches Gesicht irgendwann mal den Kopf verdreht hat.«

Der Jüngere schnitt eine Grimasse. »Das ist wohl kaum mein größtes Problem.«

»Alle werden dich für tot halten.«

»Ja. Das ist ein Vorteil, den ich zu nutzen gedenke«, gab Şten zurück.

»Alle«, wiederholte Natiole viel sagend.

»Ich weiß, Nati. Ich muss dringend hier weg. Wie lange war ich außer Gefecht? Eine Woche?«

»Länger«, antwortete Natiole und schien kurz zu überlegen. »Heute ist der elfte Tag nach dem Überfall in Teremi.«

»Und was hat dich in diese Einöde verschlagen?«, meinte Şten, nachdem er kurz über Natioles Antwort nachgesonnen hatte.

»Seit dem Überfall auf dich ist Teremi nicht mehr sicher, für keinen von uns, also bin ich von dort verschwunden. Und da Zorpads Leute gerade ziemlich umtriebig sind, habe ich versucht, mich so unsichtbar wie nur möglich zu machen.«

Unterdessen war die gesamte Bauernfamilie aus dem Keller geklettert. Bis auf den Familienvater trugen alle noch ihre Schlafgewänder und sahen sich furchtsam in dem Raum um.

Şten übernahm sogleich das Kommando: »Zieht euch an. Schnell, schnell!« Dann packte er den Vater am Arm: »Schaff sie fort von hier. Hast du einen Wagen?«

Eingeschüchtert nickte der Mann.

»Gut. Spann deine Tiere davor, pack etwas zu essen ein, und dann brecht auf. Fahrt ins nächste Dorf, erfindet eine Geschichte, aber verschweigt, was hier geschehen ist«, wies Şten ihn an.

»Ja, Herr.«

»Wie heißt das nächste Dorf? Wo, bei den verfluchten Dunkelgeistern, bin ich hier eigentlich?«

Bei dem Fluch zuckte der Bauer zusammen, vermutlich war er abergläubisch und fürchtete sich vor der Erwähnung der Dämonen, aber dennoch antwortete er: »Orvol, Herr.«

Şten konnte sich dunkel an den Namen des Ortes erinnern. Auch wenn Orvol kaum mehr als ein kleiner Flecken war, gab es hier einmal im Jahr einen Pferdemarkt, der über die Grenzen des Dorfes hinaus bekannt war.

»Sehr gut. Verschwende keine Zeit und fahr auch weiter, wenn es dunkel wird. In einem Dorf seid ihr sicher. Aber vergiss nicht: kein Wort!«

Erneut nickte der Bauer, und Şten wandte sich wieder an Natiole: »Nati, erzähl mir genau, was geschehen ist.«

»Ich weiß es auch nicht so genau. Nach dem Überfall von Zorpads Soldaten haben sich alle verstreut.«

»Wen hat es sonst noch erwischt?«, fragte Şten und versuchte, sich gegen schlechte Nachrichten zu wappnen.

»Nur dich. Der Rest kam davon. Offenbar warst du ihnen sehr wichtig.«

»Ha! Glück muss man eben haben«, erwiderte Şten grimmig.

»Du hast dich eben besonders beliebt gemacht«, meinte Natiole lachend, woraufhin Şten eine säuerliche Miene aufsetzte.

»Hose«, sagte er unvermittelt und ging zu dem Bauern hinüber, der zwischen den Trollen vorsichtig seinen Besitz zusammensuchte.

Nach kurzer Zeit trug Şten eine einfache Stoffhose und hatte das lange Haar nach hinten zu einem Pferdeschwanz gebunden. Eine schlichte Lederjoppe vervollständigte seine Garderobe. Von Natiole ließ er sich den Dolch geben, den er in das Seil steckte, das ihm als Gürtel diente.

»Gibt es sonst noch Neuigkeiten?«, fragte er seinen Freund, während er sich über den wehrlosen Druan beugte und ihn sich genau ansah.

»Keine guten«, antwortete Natiole finster, woraufhin Şten ihn fragend anschaute.

»Im Barsaî-Tal kam es zu einem Gefecht. Bojar cal Barsaî hat sich mit seinen Getreuen in der Burg über dem Pass verschanzt«, begann Natiole.

»Die ist uneinnehmbar, solange man genug Vorräte hat«, warf Şten ein.

»Offenbar nicht. Zorpad hat sie zusammen mit einigen Verbündeten gestürmt.«

»Das kann nicht sein!«, entfuhr es Şten.

»Doch. Es ist wahr, leider. Der Bojar wurde geköpft, seine Leute sind entweder geflohen oder gefangen.«

»Verrat?«, fragte Şten entsetzt.

»Niemand weiß es. Obwohl ...«

»Hm?«

»Es gab Gerüchte. Angeblich haben die Masriden das Tor gebrochen. Ich weiß nicht wie, aber so wurde es mir erzählt. Die Kunde stammt wohl aus dem Munde einer von Bojar Barsaîs Kriegerinnen.«

»Das ist unmöglich, Nati. Ich kenne die Feste, ich war schon dort. Es gibt nur einen schmalen Zugang über die Kluft, die Burg thront hoch über dem Tal. Die Mauern sind stark und hoch. Das Tor ist aus dem besten Eichenholz, beschlagen mit Eisen, und dahinter kommt ein eisernes Fallgitter. Selbst wenn jemand das Tor bricht, wären sie hilflos im Torhaus gefangen.«

»Ja. Trotzdem ist es ihnen gelungen. Die Kriegerin erzählte, dass ohne Vorwarnung das gesamte Torhaus in sich zusammengestürzt sei«, berichtete Natiole.

»Die Burg steht auf festem Fels«, erwiderte Şten überrascht. »Meinst du, es war Magie im Spiel?«

»Wer weiß?«

»Verflucht! Was, im Namen der Geister, geschieht hier eigentlich? Erst findet Zorpad unseren Treffpunkt, dann erzählen seine Folterknechte von ihren bevorstehenden Siegen. Kurz darauf tauchen diese Ungeheuer hier auf und faseln von Zwergen, und jetzt das! Irgendetwas geht hier vor sich, und wir müssen erfahren, was das ist«, sagte Şten aufgebracht.

»Du hast Recht. Aber erzähl mir erst einmal, wie es dir ergangen ist. Was ist mit den Kerkermeistern vom alten Zorpad? Sind das freundliche Gesellen?«, fragte Natiole mit einem Zwinkern. Schnell gab Şten einen Bericht über die Geschehnisse seit ihrer Trennung vor mehr als zehn Tagen ab.

Auch wenn er nur die wichtigsten Ereignisse weitergab, redete er doch eine lange Zeit, denn einiges war in dieser kurzen Zeitspanne geschehen, was Natiole wissen musste. Am Ende waren sich beide einig, dass zu viele seltsame Dinge gleichzeitig passierten, als dass es sich um Zufälle handeln konnte. Und es schien ihnen lebenswichtig herauszufinden, wie all das zusammenhing.

Erst durch die Bauern, die ihre Besitztümer zusammengerafft hatten und bereit zum Aufbruch waren, wurden die beiden Kämpfer aus ihren Überlegungen gerissen. Die Familie hatte sich versammelt, bis auf den älteren der beiden Jungen, der mit bleichem Gesicht neben einem der toten Hunde kniete und weinend dessen blutiges Fell streichelte. Sanft fasste Şten den Jungen, der vielleicht gerade einmal vierzehn, fünfzehn Sommer gesehen hatte, an der Schulter und drehte ihn zu sich um. »Ihr müsst aufbrechen.«

Mit grimmiger Miene richtete der Junge sich auf und nickte.

Im Stillen dachte Şten: *Sei froh, dass es nur ein Hund war,* aber er erwiderte das Nicken und sprach den Vater an: »Gut, dann verliert keine Zeit. Sichere Wege. Und erinnere dich an meine Worte«, mahnte Şten den Vater noch einmal, bevor die Sippschaft auf den alten Wagen stieg und die beiden Ochsen antrieb, die sie davorgespannt hatten. Eine Zeit lang sah Şten ihnen nach, wie sie durch den Sonnenschein fuhren, bis Natiole ihn erinnerte: »Şten, es ist Zeit.«

»Ja, lass uns unser Handwerk tun. Viel erwartet uns, mein Freund, doch zuerst gilt es ein paar Ungeheuer zu töten.«

»He! Denkst du, dass sie Lieder über uns singen werden? Die Trollschlächter könnte man uns nennen«, schlug Natiole vor. Damit gingen sie in das Haus zurück und näherten sich Druans lebloser Gestalt. Mit einer fließenden Bewegung zog Natiole sein Schwert und reichte es Şten, der die Klinge für einen Herzschlag vor sein Gesicht hob und betrachtete, bevor er sich auf die breite Brust des Trolls kniete und die Spitze des Schwertes in dessen Kehlgrube drückte.

Obwohl Druan sich nicht rührte, wirkten seine großen

Pranken, die Hörner und die vorstehenden Fangzähne beeindruckend und gefährlich genug. Die Haut des Trolls war grau und grob und fühlte sich unter Ştens Fingern sehr rau an. Mit der linken Hand packte Şten den Schwertgriff, während er mit der Rechten den Knauf umfasste. Während er sich bereitmachte, sein ganzes Gewicht auf die Waffe zu verlagern, sah er in Druans Gesicht. *Auch du wolltest deinem Volk helfen*, dachte der junge Krieger, *aber ihr seid finstere Kreaturen und verdient den Tod.* Dennoch zögerte er, bis Natiole ihn schließlich fragte: »Was ist los?«

»Ich kann nicht«, antwortete Şten plötzlich. Er veränderte seine Haltung und hielt Natiole das Schwert entgegen.

»Nimm es zurück«, sagte er leise.

»Was? Warum? Das sind doch Trolle, Menschenfresser!«

»Ich weiß«, entgegnete Şten niedergeschlagen.

»Warum willst du sie dann nicht töten?«, fragte Natiole entgeistert.

»Vielleicht, weil ich das Gefühl habe, dass es falsch wäre, sie jetzt zu töten«, antwortete Şten zögerlich, ohne sich selbst über seine Gründe vollkommen im Klaren zu sein.

»Meine Güte! Es sind Ungeheuer! Du hast es mir selbst erzählt. Wenn du nicht gewesen wärst, hätten sie die ganze Familie des Bauern ohne zu zögern abgeschlachtet und wahrscheinlich gefressen!«

»Möglich. Aber sie haben es nicht getan, Nati. Ich glaube, dass sie hauptsächlich sich selbst retten wollen.«

»Nein, es sind Kreaturen der Dunkelheit, aus Albträumen geboren. Sieh sie dir an«, Natiole deutete mit der Hand auf die Leiber der Trolle, »sie sind böse und gefährlich.«

Unglücklich ließ Şten den Blick schweifen. Er konnte Natiole schlecht widersprechen, die Trolle waren tatsächlich böse und auch gefährlich. Aber er wurde dieses nagende Gefühl in seinem Hinterkopf nicht los, welches ihm sagte, dass es ein Fehler wäre, sie zu töten.

»Hör zu«, fing er an, »du hast selbst gesagt, dass unheimliche Dinge in diesem Land vor sich gehen und dass wir zu wenig darüber wissen. Ich habe mich entschieden. Ich werde die Trolle jetzt nicht töten, bevor ich nicht herausgefunden habe, was ihre Anwesenheit hier zu bedeuten hat.«

Sein Freund wollte ihm widersprechen, aber Şten hob abwehrend die Hände und sagte: »Lass mich ausreden. Wir trennen uns wieder. Geh du zurück nach Teremi. Du kannst den Wagen noch einholen und dann im Dorf übernachten. Ich bleibe hier bei den Trollen. Sollte sich etwas ändern, kann ich sie ja immer noch töten.«

»Bist du verrückt geworden? Hast du einen Schlag auf den Kopf bekommen? Du willst freiwillig hier bleiben, bei diesen … diesen Dingern?« Natiole war so aufgebracht, dass er zu schreien angefangen hatte.

»Ja. Ich meine nein, ich bin nicht verrückt. Vertrau mir, Natiole.«

Der zweifelnde Blick seines Gegenübers sagte Şten zwar, dass sein Freund ernstlich an seinem Verstand zweifelte, aber dann stieß Natiole einen tiefen Seufzer aus und zuckte mit den Schultern: »Gut. Du musst wissen, was du tust. Dein Schädel ist sowieso viel zu dick, als dass so ein kleines Tröllchen ihn einschlagen könnte. Aber nimm das hier.«

Mit diesen Worten öffnete er seinen Schwertgürtel und reichte ihn Şten: »Du wirst ihn brauchen. Vermutlich mehr als ich. Und verdammt noch mal, sei vorsichtig, um der Geister willen. Vor allem nachts, wenn diese Dinger wach sind!«

»Danke. Ich glaube, ich kann mit ihnen reden. Wenn nicht, dann verschwinde ich so schnell ich kann. Und löse das Problem am nächsten Tag. Sie hinterlassen deutliche Spuren, sie würden mir nicht entkommen«, versprach Şten seinem Waffenbruder.

»Natürlich, du bist ja so verdammt vernünftig«, erwiderte Natiole säuerlich, doch dann umarmte er seinen Freund und sagte: »Pass auf dich auf, Şten cal Dabrân. Flores reißt mir den Kopf von den Schultern, wenn dir etwas passiert, was ich verhindern könnte. Nicht, dass es ein großer Verlust wäre.«

»Meinst du nun mich oder deinen Kopf?«, scherzte Şten,

wurde dann aber ernst: »Danke. Sichere Wege, Nati. Sorg dafür, dass nur die richtigen Leute erfahren, dass ich noch lebe.«
»Versprochen, Şten. Sichere Wege.«
Ohne sich noch einmal umzudrehen, trat Natiole aus dem Haus in das Sonnenlicht und lief den Weg entlang hinter dem Wagen her.

Einige Augenblicke lang stand Şten einfach nur da und starrte auf die Tür, dann seufzte er und sah sich um. Die Trolle würden nicht gerade begeistert sein, wenn sie erwachten, und es würde besser sein, sich auf ihren Zorn vorzubereiten. Sobald Druan verstand, dass er ihnen ein Angebot machen wollte, würde er sich hoffentlich einsichtig zeigen, aber Şten konnte sich nur allzu gut vorstellen, wie Pards Reaktion ausfallen würde.

Die Versuchung, dem mächtigen Troll eine Lektion zu erteilen, während er hilflos im Sonnenlicht lag, war groß, doch Şten trotzte ihr. Stattdessen schritt er das Haus und den Hof ab. Dabei nahm in seinem Kopf der Gedanke Form an, wie er bei Einbruch der Nacht die Verhandlung mit den Trollen aufnehmen sollte.

Sobald er einen Plan entwickelt hatte, begab er sich sogleich an die Arbeit. Über den Verschlägen für die Tiere des Hofes hatte der Bauer eine Decke eingezogen, auf der er Stroh und Futter lagerte. Dort bearbeitete Şten mit dem hölzernen Stiel einer Heugabel so lange die Verbindungswand zwischen Stall und Haus, bis er ein Loch geschaffen hatte, das groß genug war, um dadurch den Wohnraum beobachten zu können, während man recht gemütlich im Heu lag. Anschließend kümmerte er sich um die Tiere und gab ihnen Futter, das hoffentlich ein paar Tage ausreichen würde.

Erst danach gönnte er sich ein opulentes Mahl aus den zurückgelassenen Vorräten der Bauern. Ein geräucherter Schinken aus der Vorratskammer ließ ihm das Wasser im Munde zusammenlaufen. Und mit einem frischen Laib Brot verzehrt, kam es Şten so vor, als habe er niemals eine bessere Mahlzeit genossen.

Er saß mit seinem Essen auf der Türschwelle des Hauses und beobachtete die Sonne, die allmählich am Horizont versank und den Hof in ein warmes rotes Licht tauchte. Bunt gefärbtes Laub wurde von schwachen Windböen über den Hof getrieben. Die Szenerie war so friedlich, dass es ihm gänzlich unwahrscheinlich vorkam, dass sich in seinem Rücken mehrere schlafende Trolle befanden. Und doch brauchte er sich nur umzudrehen, um die gewaltigen Umrisse ihrer Körper zu sehen. Warum war er bei ihnen geblieben? Mit einem Mal kam ihm sein Vorhaben alles andere als klug vor. *Pass nur gut auf dich auf, Natiole,* dachte er, *damit du wenigstens die Geschichte von dem Narren, der mit den Trollen umherzog, erzählen kannst. Während besagter Narr vermutlich längst in einem Trollmagen endete ...*

Seufzend erhob sich Şten und wischte sich die letzten Krümel vom Hemd. Natiole hatte mit seiner wenig schmeichelhaften Bemerkung über seinen Körpergeruch wohl durchaus Recht gehabt. Mit einem Seitenblick zur untergehenden Sonne beschloss er, dass ihm noch genug Zeit für ein kurzes Bad blieb.

Wenig später schrubbte sich Şten in der gemauerten Einfassung, die den Brunnen des Hofes umgab, mit dem eiskalten Wasser den Schmutz der vergangenen Tage vom Körper. Ein Eimer voll klarem Wasser, den er sich über den Kopf schüttete, weckte seine Lebensgeister und brachte Ordnung in seine Gedanken. Vielleicht machte er sich falsche Hoffnungen, aber er glaubte tatsächlich, dass er mit den Trollen verhandeln konnte, zumindest mit Druan. Und wenn nicht, so würde er alles daransetzen zu fliehen und sie zu verfolgen, bis er eines ihrer Tagesverstecke fände. Dann bliebe ihm noch immer Zeit genug, um die Angelegenheit zu bereinigen.

Sobald er sich abgetrocknet und angezogen hatte, machte er es sich in seinem Versteck über den blökenden Schafen und meckernden Ziegen bequem und wartete darauf, dass die Trolle erwachten.

7

Längst hatte Sargan jegliches Zeitgefühl verloren; er vermochte nicht mehr zu schätzen, wie lange er schon als blinder Passagier durch die dunklen Tunnel fuhr.

Die Fahrt war mehrfach unterbrochen worden, und jedes Mal hatten die Zwerge irgendwelche Arbeiten verrichtet, doch niemals hatten sie an einem Hafen Halt gemacht. Sargans Position am Heck des letzten Bootes erlaubte ihm keinen sonderlich guten Blick auf die Geschehnisse vorn am Treidelzug, und so war er sich nicht sicher über das, was während dieser Pausen vor sich ging. Dazu kam, dass die Zwerge nur wenig Lichter an den Booten befestigt hatten; schon die Felswände verloren sich in der Dunkelheit.

Einmal genehmigte sich der heimliche Passagier ein frugales Mahl aus seinem Vorrat, um den Hunger zu stillen, doch ansonsten lag er fast regungslos auf den weichen Stoffballen und döste vor sich hin. Auf allen Booten schienen Zwerge zu sein, vermutlich um diese mit den langen Stangen, die sie bei sich führten, von den Wänden abzustoßen und im Notfall den Kahn zu steuern.

Gerade als sich Sargans Magen wieder meldete, endete die Ruhe. Die Zwerge liefen umher und verständigten sich mit lauten Rufen. Vorsichtig spähte er unter der Plane hervor und sah, dass der Zug in eine große, gut ausgeleuchtete Höhle einlief. Unter den Besatzungen der Frachtkähne brach hektische Betriebsamkeit aus, als diese langsam in Richtung Kai glitten. Dicke Taue wurden an den Steg geworfen, und an Land ließen andere Zwerge gepolsterte Säcke zwischen Boot und Kaimauer hinab, um die Stöße zu dämpfen. Sanft rieb das Boot, auf dem Sargan sich verbarg, an der Mauer und kam dann zum Stillstand.

Zunächst blieb er ruhig liegen und wartete ab, bis die Mannschaft den Kahn verlassen hatte. Sodann äugte er durch den schmalen Spalt zwischen Deck und Plane hervor. Die Zwerge machten sich soeben daran, die Schleppkähne zu entladen.

Jetzt ist es wohl an der Zeit zu gehen, dachte Sargan, denn er hatte das deutliche Gefühl, dass er die Gastfreundschaft des Kleinen Volkes bereits zu lange in Anspruch genommen hatte. Vermutlich würden sie sehr unwirsch reagieren, falls er sich noch an Bord befände, während sie die Plane lüfteten. Unglücklicherweise herrschte auf dem Kai geschäftiges Treiben, weshalb es erst einmal nur einen Weg von Bord gab – ins Wasser.

Leise öffnete Sargan die Knoten der Plane und glitt dann in einem unbeobachteten Augenblick über die Reling in die Wasser des Magy, dessen Kälte ihm fast den Atem raubte. Mit einigen kräftigen Schwimmstößen erreichte er den Rand des Kais ein Stück hinter dem letzten Boot und hielt sich dort fest. Der Steg spendete ein wenig Schatten, weshalb sich Sargan recht sicher war, dass man ihn in dem dunklen Wasser und mit der dunklen Paste auf dem Gesicht nur schwer würde entdecken können.

Aber weniger die Zwerge als vielmehr die Kälte des Flusses wurde rasch zu einem Problem. Solange noch entladen wurde, konnte Sargan sein nasses Versteck nicht verlassen, doch langsam wich das Gefühl aus seinen Gliedern, während er nahezu unbeweglich ausharrte.

Vor seinem inneren Auge sah er sich bereits flussabwärts treiben, sollten seine kalten Finger irgendwann bald den Halt verlieren. Schließlich würde seine Leiche durch Ercyra geschwemmt werden, so wie die jenes unglücklichen Zwerges, dessen Tod Sargan erst hierher geführt hatte.

Dann aber stapelten die Zwergenarbeiter am Ende des Kais die ersten Kisten auf, und schon entstand dort ein wahrhaftes Labyrinth von Waren und Gütern. Völlig unterkühlt zog Sargan sich auf die Kaimauer und brachte sich hinter einem großen Stapel von Stoffballen in Deckung. Seine Zähne klapperten ganz erbärmlich, und in diesem Augenblick der Schwäche wünschte er sich nichts sehnlicher, als einfach liegen zu bleiben. Doch er war sich sicher, dass es seinen Tod bedeuten würde, wenn er sich nicht schleunigst aufwärmte. Mit dem Dolch schnitt er ein Loch in den Stoffballen und zog etwas grobes Tuch heraus, mit dem er sich notdürftig abtrocknete. Um möglichst wenig verwertbare Spuren zu hinterlassen, stopfte er das Tuch wieder zurück und spähte dann vorsichtig aus seinem Versteck hervor.

Auch an diesem Hafen gab es eine Treppe, die nach oben führte, und auch hier schien niemand diese zu nutzen – ganz im Gegensatz zu den drei scheunentorgroßen Portalen, durch die in steter Folge von kleinen Eseln gezogene Wagen kamen, die mit Gütern beladen wurden und dann umkehrten. Obwohl die mächtigen Torflügel weit geöffnet waren, gab es dort kein unbemerktes Durchkommen; also beschloss Sargan, den Aufstieg über die Treppe zu wagen. Zitternd beobachtete er eine Weile die Arbeit der Zwerge, um ein Gefühl für ihren Rhythmus zu bekommen. Dabei kam ihm das Gleichmaß des Kleinen Volkes zugute, denn das Ent- und Beladen folgte einem Muster, das Sargan nun ausnutzte, als er in einem günstigen Augenblick die Treppe hinaufhastete und am oberen Absatz in einem beleuchteten Tunnel verschwand.

Auch hier hatten die Zwerge kunstvolle Arbeit geleistet und jede Handbreit der Wände und der Decke mit Reliefs verziert. Auf dem Boden befand sich ein Mosaik, das verschlungene Linien in verschiedenen Farben zeigte. Zum Glück gab es wieder Lichtschalen in regelmäßigen Abständen.

Immer noch zitternd, schlich Sargan durch den Gang, aber je weiter er sich vom Fluss entfernte, desto wärmer wurde die Luft, und er hatte nicht länger das Gefühl, bald erfrieren zu müssen.

Schließlich erreichte er einen größeren, fünfeckigen Raum, von dem vier weitere Tunnel abgingen. In den Ecken des Raumes standen Statuen von Zwergenkriegern in voller Rüstung, jede über drei Schritt groß, die grimmig auf den Eindringling herabsahen. Unbeirrt wählte Sargan einen Gang und begab sich weiter in die Tiefen der Berge. Vermutlich befanden sich die belebteren Flügel der unterirdischen Feste unterhalb seiner Position, denn dorthin wurden auch die Waren verbracht, die mit den Frachtkähnen ankamen. Ohne einen Plan von den Stollen und Räumlichkeiten musste Sargan sich auf sein Glück verlassen und einfach nach Gefühl durch die Gänge wandern.

Erst nach einer weiteren Kreuzung hörte Sargan wieder Geräusche, diesmal das leise Murmeln von mehreren Stimmen. Vorsichtig schlich er weiter, bis er zu einem Portal kam, das in einen größeren Saal führte. Die Decke verlor sich in den Schatten, ebenso wie die Säulen, die sie stützten. Aber zwischen ihnen liefen etwa ein Dutzend Zwerge umher, die offensichtlich damit beschäftigt waren, die Ladungen Erz von zwei großen Eselswagen zu sortieren. Offensichtlich wurde hier das abgebaute Erz untersucht und in verschiedene Fässer verpackt.

Wieder nahm sich Sargan die Zeit, die Zwerge zu beobachten und die Abläufe der Arbeit genau zu studieren. Nach welchen Kriterien sie das Erz dort sortierten, konnte er nicht erkennen, aber schon bald hatte er ein Gefühl für den Rhythmus, in dem die Zwerge sich bewegten. Sobald einer der beiden Karren geleert war, verschwand er durch ein Portal weiter hinten im Saal in einen breiten Gang.

Kurz darauf fuhr aus einem weiteren Eingang ein leerer Wagen herbei, begleitet von einem Trupp Zwerge, die mit lauten Rufen die vollen Fässer auf die Ladefläche des Wagens hoben, diesen wendeten und dann aus Sargans Blickfeld verschwanden.

Umkehren kam nicht in Frage, schließlich verfolgte er ein Ziel. Also huschte er von einer Säule zur nächsten und von Schatten zu Schatten, um die große Halle zu durchqueren. Die Zwerge behielt er dabei stets im Auge.

Die Arbeiter trugen einfache, robuste Kleidung aus dickem

Wollstoff und Leder in Grau- und Brauntönen. Hand um Hand nahmen sie das Erz aus dem Wagen, besahen es sich und warfen es dann in eines der bereitstehenden Fässer.

An der letzten Säule seines Weges hielt Sargan inne und holte tief Luft. Noch ein Augenblick der Aufregung, dann hatte er den Saal durchquert und befand sich im Gang, der von der Halle wegführte. Der Fels war hier weniger kunstvoll bearbeitet, nur ein Muster aus verschlungenen Linien zog sich an der Wand entlang. Leise folgte Sargan dem Verlauf des Ganges; bald schon vernahm er lautes Klopfen und Hämmern und gelangte zu einer weiteren großen Halle.

Hier waren etliche Zwerge emsig damit beschäftigt, das Erz zu bearbeiten. Aus mehreren Eingängen fuhren Wagen in die gewaltige Halle und entluden ihre Fracht, nur um sodann in die Tunnel zurückzukehren und Nachschub zu holen. Dutzende von Zwergen liefen dazwischen umher, trugen Fässer zu verschiedenen Lagerplätzen oder verluden sie auf Wagen.

Eine Weile beobachtete Sargan das Treiben, dann entdeckte er neben den großen Pforten für die Wagen einen kleineren Durchgang, der durch eine Tür verschlossen war. Vorsichtig schlich er an der Wand entlang, bis er zu dem Durchgang kam, und schlüpfte durch die Tür. Der Tunnel dahinter war zur Gänze behauen und verziert.

Nach einigen Dutzend Schritten sah er eine Gestalt im Gang vor sich, was ihn sogleich in der Bewegung erstarren ließ. Bei näherem Hinsehen erkannte er einen Zwerg, der sich an einer der Feuerschalen zu schaffen machte. Ein Grinsen breitete sich auf Sargans Gesicht aus: Ein einzelner Zwerg, dessen Aufgabe das Nachfüllen von Öl in die Lampen war, stellte ein ideales Ziel dar.

Vorsichtig zog er sich zurück und warf einen Blick auf die nächste Feuerschale in seiner Nähe. Tatsächlich war sie nur noch zu einem gutem Viertel gefüllt; demnach würde der Zwerg wohl in seine Richtung kommen. Lautlos schob Sargan sich an der Wand entlang, bis er die Feuerschale noch gerade eben erkennen konnte, und legte sich auf die Lauer.

Nach einer kurzen Wartezeit stapfte der Zwerg näher und hantierte sodann umständlich an der Schale herum. Er war einfach gekleidet – eine braune Hose und ein ebensolches Hemd, um das er einen breiten Ledergürtel geschlungen hatte. An den Füßen trug er jedoch ein Paar sehr schöner weicher Lederstiefel. Der blonde Bart war recht kurz, und auf den Kopf mit dem schulterlangen gelockten Haar hatte er eine einfache runde Mütze gesetzt, die aus dem gleichen Stoff wie das Hemd gefertigt war. Von Zeit zu Zeit bewegte er die Lippen, so als führe er ein lautloses Zwiegespräch mit sich selbst.

Gespannt beobachtete Sargan den brummelnden Zwerg, dann eilte er geräuschlos zu der kleinen Gestalt. Noch im Laufen zog er seinen Dolch. Dann war er auch schon dicht hinter dem Zwerg, der gut anderthalb Köpfe kleiner war als er selbst, und schlug ihm mit voller Wucht den Knauf der Waffe knapp hinter dem linken Ohr an den Schädel.

Mit einem Seufzen fiel der Zwerg nach vorn, wobei er um ein Haar die Feuerschale mit sich gerissen hätte. Nur ein schneller Griff von Sargan hielt die Schale und ihren gefährlichen Inhalt an ihrem Platz.

Unter ihm wand sich der rothaarige Zwerg stöhnend am Boden, was bei der Härte und Genauigkeit des Schlages durchaus beachtlich war. Sargan kam nicht umhin zu bemerken, dass Zwerge wohl genauso hart im Nehmen waren, wie es ihnen gemeinhin nachgesagt wurde. Aus diesem Grunde beugte er sich über seinen gefallenen Feind und schlug noch einmal zu. Diesmal erschlaffte der Zwerg und blieb ruhig liegen.

Schnell blickte Sargan sich im Gang um. Notfalls hätte er den Lampenauffüller an Ort und Stelle befragt, doch das Glück blieb ihm hold, und er entdeckte ein Stück weiter den Gang hinab eine Kreuzung, von der zwei Tunnel abgingen. Geschwind zog er den Bewusstlosen in den ersten der Tunnel und kehrte zurück, um alle Spuren des Überfalls zu beseitigen. Sodann huschte er in den Nebengang und kümmerte sich um den Zwerg. Rasch riss er dessen Hemd in Streifen und fesselte und knebelte ihn damit. In einem dunklen Abschnitt des Ganges kippte er ihm Lampenöl ins Gesicht, um ihn aufzuwecken, was die erhoffte Wirkung hatte. Panisch würgte der Zwerg und robbte auf dem Rücken vor Sargan davon, doch dieser packte ihn am Gürtel und zog ihn zurück.

»Schon mal Verbrennungen gesehen? Ach, entschuldige, du füllst ja die Feuerschalen auf. Natürlich kennst du Verbrennungen«, eröffnete Sargan das Gespräch. Dann holte er Feuerstein, ein wenig Zunder und seine kleine Laterne aus seinem Umhängebeutel und machte sich daran, sie zu entzünden. Verwirrt sah der Zwerg sich um und versuchte etwas zu sagen, doch der Knebel hinderte ihn daran. Seelenruhig wartete Sargan, bis ein Funke auf den Zunder übersprang, und hielt dann eine kleine Flamme am Leben, die er an den Docht der Blendlaterne hielt.

Dabei tat er so, als beachte er den verängstigten Zwerg gar nicht, der immer lauter brummte und sich wild hin und her warf. Erst als die Lampe zu seiner Zufriedenheit brannte, wandte er sich dem Zwerg zu, blendete ihn mit dem Licht und zwang ihn damit, die Augen abzuwenden.

»Böses Zeug, dieses Öl. Brennt unglaublich heiß und ist schwer zu löschen. Wasser hilft da gar nicht«, belehrte er den Zwerg ruhig. »Oh, verstehst du mich überhaupt? Einfach nicken, falls du meine Sprache kennst.«

Das frenetische Kopfnicken sagte dem Menschen, dass der Zwerg die Handelssprache zumindest verstehen konnte, was sehr gut war, denn Kherak, das Zwergische, war nicht gerade Sargans Stärke; obwohl er es gut verstehen konnte, machte ihm die harte und kehlige Aussprache schwer zu schaffen.

»Du bist hier in meiner Gewalt, Freund«, fuhr Sargan mit ruhiger Stimme fort, »also sollten wir einige grundsätzliche Dinge festlegen. Ich werde dir gleich den Knebel abnehmen. Schreist du, so werde ich dich einfach anzünden wie eine Fackel. Selbst wenn man dich findet, bevor du zu einem Häuflein Asche verbrannt bist, wirst du dir wünschen, du wärst gestorben. Verstanden?«

Entsetzt starrte der Zwerg ihn an, bis Sargan sagte: »Einfach nicken.«

Hastig nickte der Gefangene, woraufhin Sargan ihm den Knebel aus dem Mund nahm. Hustend rang der Zwerg nach Luft, und Sargan ließ ihn gewähren. Dann fragte der Zwerg mit rauer Stimme: »Wer bist du?«

Aber Sargan schüttelte nur den Kopf und hob den Finger: »Nein, nein, ich stelle die Fragen. Also, wer bist du, und was tust du?«

»Mein Name ist Olging, Sohn des Orild. Ich kümmere mich um die Lichter in den mittleren Gängen«, antwortete sein Gefangener verzagt.

»Na, darauf können wir doch aufbauen, Olging, Sohn des Orild. Ich werde dir jetzt einige weitere Fragen stellen. Sollte ich das Gefühl haben, dass du mich belügst, dann werde ich dich bestrafen. Ich denke, ich fange bei deinen Füßen an«, sagte Sargan locker, was den Zwerg dazu brachte, von ihm wegzurutschen. Entsetzen stand in seinen Augen, aber wieder kam er nicht weit, bevor der Mensch ihn zurückschleifte.

»Keine Angst, solange du ehrlich bist, hast du wenig zu befürchten«, erklärte Sargan mit einem Zwinkern, bevor er mit den Fragen begann. »Wohin führt dieser Gang?«

»Zu den Wohnhallen der Arbeiter der mittleren Stollen«, antwortete der Zwerg prompt.

»Gut. Wo ist der Ausgang?«

»Welcher?«

»Ah, es gibt also mehrere?«

»Ja, drei, aber nur ein großes Portal.«

»Sehr gut, du denkst mit, das gefällt mir.« Sargan grinste, worauf sein Gefangener das Gesicht wütend verzog. »Du kannst nicht entkommen, Mensch, bald schon wird es hier von unseren Kriegern wimmeln!«

Mit hochgezogenen Brauen legte Sargan den Finger an die Lippen und schaute bedeutungsvoll auf die kleine Flamme in der Laterne. Schluckend folgte Olging seinem Blick und verstummte.

»So ist es brav. Also, ein Plan der Tunnel wäre nicht schlecht, gibt es so etwas in der Art, mein Freund?«

»Ja, schon, aber nicht hier.«

»So. Und wo bekomme ich dann, was ich suche?«, fragte Sargan freundlich.

»In den Gemeinschaftshallen«, erwiderte der Zwerg.

»Wo finde ich die?«

»Hier den Gang entlang und dann weiter durch die Wohnhallen. Aber da kommst du nicht durch, Mensch, da sind überall Zwerge«, erklärte Olging.

»Nun, das ist wohl eher mein Problem als deines, aber danke für deine Sorge um mein Wohlergehen. Ich werde dir jetzt die Fesseln an einer Hand abnehmen, und du wirst mir die umliegenden Gänge und Hallen aufzeichnen. Eine falsche Bewegung, und du brennst. Wäre schade um das Pergament, also tu nichts Unvernünftiges.«

Vorsichtig öffnete Sargan einen der Knoten, was Olgings rechte Hand befreite, und reichte dem Zwerg ein Blatt Pergament und einen Kohlestift aus seinem Umhängebeutel. Zufrieden sah er zu, wie der Zwerg einen Plan anfertigte, als plötzlich aus dem Gang hinter ihm Schritte ertönten. Sofort schnellte Sargan nach vorn und drückte dem verblüfften Olging die Spitze seines Dolches an die Kehle. Bewegungslos erstarrte das ungleiche Paar, doch die Schritte näherten sich immer noch, und dann ertönte eine unsichere Stimme: »Hallo? Olg?«

Mit weit aufgerissenen Augen sah der Zwerg zu Sargan, welcher mit gefletschten Zähnen nickte.

»Äh, ja?«, rief Olging in den Tunnel hinein.

»Ach, hier bist du, ich hatte dich schon gesucht. Ich bin mit dem tieferen Abschnitt fertig.«

»Hm, ich brauche noch etwas, ich komme nach«, antwortete der Zwerg mit zittriger Stimme.

»Stimmt was nicht bei dir? Brauchst du Hilfe?«

»Nein!«, schrie Olging fast und fuhr dann ruhiger fort: »Äh, nein, schon gut. Ich will nur kurz allein sein. Geh schon vor.«

»Na gut. Wir sehen uns dann«, rief der andere. Seine sich langsam entfernenden Schritte ließen sowohl den Zwerg als auch den Menschen erleichtert aufatmen.

»Gute Arbeit, Freund, du hast deinem Kumpan das Leben gerettet«, meinte Sargan.

»Was willst du?«, fragte Olging verzweifelt.

»Das Übliche, Reichtum, Macht, Frauen; was es so alles Hübsches gibt«, erwiderte Sargan leichthin.

»In unseren Stollen gibt es für dich nur den Tod!«, drohte der Zwerg, doch Sargan machte nur eine wegwerfende Handbewegung. »Mag sein. Wieder einmal: mein Problem.«

»Wirst du mich töten?«, fragte Olging leise.

Sargan sah ihm in die Augen: »Nur, wenn du mich dazu zwingst.«

Innerlich lachte der Mensch darüber, dass er ein so leichtes Opfer gefunden hatte. Einen Lampenanzünder, um der Göttin willen, einen einfachen Arbeiter und keinen der überall gefürchteten Zwergenkrieger in ihren glänzenden Rüstungen.

Die ganze Welt dachte, dass unter den Bergen nur schwer bewaffnete und gerüstete Zwerge marschierten, ständig bereit, ganze Heere von Eindringlingen zu vernichten. Aber Sargan war schon vor seinem Ausflug ins Innere der Berge klar gewesen, dass es auch noch andere Zwerge geben musste, Bauern, Köche, Schneider und natürlich Lampenanzünder. Vielleicht waren die Zwergenkrieger wirklich so hart gesotten wie ihr Ruf; aber all die anderen waren ebenso leicht einzuschüchtern wie einfache Menschen und dementsprechend leicht zur Zusammenarbeit zu bewegen.

»Erklär mir bitte deinen Plan«, bat Sargan höflich und beugte sich zu dem Zwerg hinab, der bereitwillig die Lage der umliegenden Tunnel preisgab. Gerade als er begann, sich ein Bild von dem Stollensystem zu machen, das die Zwerge in den Fels getrieben hatten, hörte er wieder Schritte, diesmal jedoch von mehr als einer Person. Hastige, schwere Schritte, wie von beschlagenen Stiefeln. Bevor Sargan reagieren konnte, ertönte eine diensteifrige Stimme: »Genau hier. Er klang so komisch.«

Eilig packte Sargan die verstreuten Habseligkeiten ein und richtete sich auf. Der Zwerg zu seinen Füßen blickte ihn flehentlich an, und Sargan hob entschuldigend die Schultern. Bevor der entsetzte Olging etwas Dummes tun konnte, trat Sargan ihm mit der verstärkten Spitze seines Stiefels vor die Schläfe. Diesmal rechnete er mit der beachtlichen Konstitution der Zwergs und hielt den Fuß noch einen Augenblick erhoben, bereit, Olging mit einem zweiten Tritt schlafen zu schicken, doch der Zwerg sackte auch so in sich zusammen.

Mit ein wenig Glück würde der bewusstlose Lampenauffüller kaum mehr als mörderische Kopfschmerzen davontragen. Es hatte jedenfalls wenig Sinn, ihn zu töten, also lief Sargan schnell fort von den Schritten, die sich nun deutlich näherten.

Die Zeit des geheimen Eindringens war endgültig vorüber. Schon ertönte ein lauter Alarmschrei in dem Gang, und bald würde die Nachricht von dem Eindringling sich im ganzen Stollensystem verbreitet haben.

Leise neugierige Zwerge und deren bewaffnete Freunde verwünschend, rannte Sargan durch die Korridore, deren Anordnung er sich von Olgings Skizze eingeprägt hatte. Soweit er es verstanden hatte, befanden sich in diesem Abschnitt die weniger benutzten Stollen, denn hier waren die Flöze und Erzadern schon lange erschöpft. Dennoch gab es Verbindungen zu den Haupthallen, und die musste er suchen, denn nur dort würde es Ausgänge geben. Jetzt musste er schnell und entschlossen handeln. Gab er den Zwergen genug Zeit, so würde es ihnen ein Leichtes sein, überall Wachen zu postieren und ihm den Fluchtweg abzuschneiden.

Im Laufschritt durchquerte er mehrere dämmerige Tunnel und Hallen und erreichte schließlich eine Verbindungstür, die Olging erwähnt hatte. Nach einigen atemlosen Augenblicken des Lauschens öffnete Sargan diese vorsichtig und fand dahinter einen hell erleuchteten, aber verlassenen Raum. Inzwischen wunderte es ihn nicht mehr, ständig brennende Feuerschalen zu sehen, wenn er auch immer noch rätselte, woher die Zwerge die gewaltigen Mengen an Brennöl bezogen, die sie dafür benötigten. Und wie sie verhinderten, dass der Rauch die Luft verpestete. Aber für derartige Überlegungen war jetzt kaum der richtige Augenblick.

Nachdem er zwei weitere kleine Hallen durchquert hatte, verließ ihn sein Glück endgültig. Bei der Umrundung einer Ecke rannte er in eine Wache, die dort postiert stand und die er nicht gehört hatte. Polternd gingen Mensch und Zwerg zu Boden, doch auch wenn es Sargan gelang, schnell wieder auf den Beinen zu sein und davonzulaufen, hallte hinter ihm der gellende Alarmschrei des Zwerges durch die Stollen, der sogleich von anderen Kehlen aufgenommen wurde. Verzweifelt hastete Sargan weiter, stieß einen überraschten Zwerg zu Boden, der mit einem großen Korb aus einer Tür trat, setzte über einen niedrigen Tisch hinweg und fand sich Auge in Auge mit einem Dreier-Trupp axtschwingender Zwerge wieder, die geschlossen auf ihn vorrückten. Schlitternd kam er zum Stehen und hastete sodann durch eine Tür in einen anderen Raum, hinter sich die schweren Schritte seiner Verfolger. Wie im Fluge ging es durch eine Serie von Wohnräumen, von denen er nur verschwommene Eindrücke gewann, bis er in einer Sackgasse landete. Der letzte Raum, durch dessen Tür er gerade geeilt war, hatte nur diesen einen Ausgang, und als er sich nach Luft schnappend umdrehte, sah er schon ein gutes Dutzend Zwerge auf sich zurennen. Mit letzter Kraft schlug Sargan die Tür zu und rückte eine Kommode davor, die an der angrenzenden Wand gestanden hatte.

Wild blickte er sich in dem kleinen Raum um, der offensichtlich einem Zwerg als Wohnstatt diente. Bett, Tisch, eine Truhe, viel gab es nicht, was ihm helfen konnte. Ein dumpfes Poltern von der Tür machte ihm klar, dass er keine Zeit hatte, um einen genialen Plan zu schmieden, der ihn aus dieser Todesfalle befreien würde. Gerade, als das erste Axtblatt durch die Türe brach, fiel Sargans herumirrender Blick auf ein schmales Loch in der Decke. Ohne zu zögern schob er die Truhe darunter, kletterte hinauf und sprang hoch. Zum Glück war die Decke hier deutlich niedriger als in einer menschlichen Behausung, und so erreichte Sargan die Öffnung. Seine tastenden Finger fanden einen schmalen Spalt, in den er seine Hand krallte. Mit reiner Willenskraft zog er sich hoch. Ohne auf den Lärm, die Schreie, Flüche und Verwünschungen seiner Verfolger zu achten, verkeilte er die Füße und arbeitete sich langsam nach oben. Gerade wollte er den Zwergen, die inzwischen in den Raum gedrungen waren, noch eine hübsche Beleidigung auf Kherak zurufen, da vernahm er von unten das Klacken einer Armbrust. Ohne seine wertvolle Atemluft auf höhnische Worte zu verschwenden, beeilte er sich, hastig weiter nach oben in den Schacht zu kommen.

Zu seiner Erleichterung gelangte er nach einigen Schritt an eine Abzweigung. Schnell robbte er in den waagerecht verlaufenden Schacht zu seiner Linken und brachte sich aus der Schusslinie. Ein, zwei Bolzen flogen durch den Schacht und prallten klappernd von den Wänden ab. Die Fehlschüsse entlockten den Zwergen unter ihm düstere Flüche, während Sargan auf dem Bauch lag und nach Luft schnappte.

8

Der Weg zurück in die Wohnhallen war lang und mühselig für die Zwergenkrieger, denn obwohl in den tieferen Lagen bereits nach Erz geschürft wurde, waren doch viele Tunnel und Gänge nicht verbunden, sodass das Heer etliche Umwege in Kauf nehmen musste, um dem König höchstselbst Bericht über ihren Sieg über die Trolle erstatten zu können. Und so war der Marsch weitaus länger, als es dem Kriegsmeister Hrodgard gefiel. Trotz seiner düsteren Stimmung versuchte er gegenüber seinen Untergebenen aufgeräumt und voll guten Mutes zu erscheinen. Dennoch verblieb für ihn ein bitterer Nachgeschmack, denn auch wenn sie etliche Trollkrieger getötet hatten, so waren doch einige entkommen, und damit blieb die Wurzel des Übels bestehen.

Solange die Brut der Trolle existierte, würde Hrodgard sie jagen und vernichten. Seine Hoffnung, den Stamm auf einen Schlag mit Stumpf und Stiel auszurotten, von den Bälgern bis zu den Ältesten, war an der Standhaftigkeit und Verbissenheit der zwei Dutzend Trolle gescheitert, welche die Flucht ihres Stammes mit dem eigenen Leben erkauft hatten. Innerlich fluchte Hrodgard darüber, doch seine Leute waren noch vom Hochgefühl des siegreichen Kampfes erfüllt, und er wollte ihnen keinen Grund geben, an sich zu zweifeln. Irgendwann würden die Späher schon eine Spur der Trolle finden, und dann konnte Hrodgard wieder ausziehen und beenden, was vor so langer Zeit begonnen worden war.

Nun aber zogen sie erst einmal in die beleuchteten Wohnhallen ein und wurden von den Daheimgebliebenen begrüßt. Die Kunde vom Sieg des Heeres erfüllte schon bald sämtliche Hallen der Zwerge, und Reccard, Sohn des Rotald, Gesandter des Königs unter dem Berge, begrüßte und beglückwünschte sie, auch wenn der stattliche Zwerg sicherlich wusste, dass ihr Erfolg nur ein Teilsieg war.

Kurz bevor es zu einer Besprechung im kleineren Kreis der Meister kam, ertönten überall in den Gängen und Stollen die Alarmhörner. Fluchend warf sich Hrodgard den Umhang über die Schulter, ergriff seine Axt und rannte zum Ursprung des Signals, gefolgt von seinen Kriegern.

Wie sich bald herausstellte, war die ganze Aufregung durch einen Eindringling verursacht worden, einen Menschen, den die Wache in einem Schlafraum eingekesselt hatte.

Sobald er dort ankam, übernahm Hrodgard das Kommando und ließ die Tür aufbrechen. Doch der verfluchte Mensch zwängte sich bereits durch einen Luftschacht, und seine zappelnden Beine verschwanden in der Decke, noch bevor die Krieger ihn erreichen konnten.

»Bringt die Armbrüste nach vorn! Wird's bald!«, brüllte der Kriegsmeister, doch bis ihm endlich eine gespannte Waffe gereicht wurde, war der Mensch bereits außer Sicht. Wütend warf der Veteran die kostbare Armbrust auf den Boden und wandte sich an seine Kampfmeister, die jeweils eine Kompanie unter sich hatten. »Findet ihn. Postiert Wachen an allen Ausgängen dieses Teils der Luftschächte. Ich will ihn lebend, ich will ihm eigenhändig die Haut vom Leib ziehen! Los!«

Sofort stürmten die Untergebenen aus dem Raum, um die Befehle des Kriegsmeisters zu befolgen, dessen gewaltigen Zorn sie fürchteten. In die Freiheit würde der Mensch nicht entkommen, denn am oberen Ende der Schächte würde ihn die eine oder andere Überraschung erwarten. Beim Gedanken daran musste Hrodgard grinsen, doch seine hämische Befriedigung wich rasch der Erinnerung daran, dass er bald Bericht erstatten musste. Dann würde er sein Versagen bei der Ausrottung des Trollstamms zugeben müssen und bestätigen, dass die tieferen Flöze mit den begehrten Erzen immer noch nicht sicher genug waren, um Arbeiter dorthin zu schicken.

Wie lange müssen wir diese verfluchten Biester denn noch jagen, bis wir endlich die uns bestimmten Schätze der Steine in Besitz nehmen können?, fragte sich der Kriegsmeister, aber er kannte die Antwort: *Bis kein Troll mehr am Leben ist. Erst wenn der letzte Troll in seinem eigenen Blut verreckt, werden wir frei sein, uns das zu holen, was uns zusteht!*

9

Von seiner erhöhten Position im Stall aus behielt Şten das Innere des Bauernhauses mitsamt den regungslosen Trollen im Auge. Die letzten Strahlen des Tageslichts fielen durch die geöffneten Fenster, aber schon bald würde die Sonne untergegangen sein. Dann würden die riesigen Trolle erwachen und feststellen, dass sowohl ihr Gefangener als auch die anderen Menschen entkommen waren. Das würde sie nicht gerade erfreuen, aber Şten hoffte, dass letztlich ihre Vernunft siegen würde. Oder besser, dass Druans Vernunft siegen würde. Den anderen Trollen traute er in dieser Hinsicht nicht allzu viel zu. Pard hatte zu häufig auf Ştens Tod bestanden, als dass der Wlachake eine sonderlich hohe Meinung von ihm haben konnte. Roch, Anda und Zdam waren schweigsamer, und von daher konnte Şten sie weniger leicht einschätzen. Das würde sich ändern, wenn er erst einmal mit ihnen verhandelt hatte. Aber bis dahin galt es, ihren Zorn zu überleben.

Es würde dauern, bis die Trolle Şten entdeckten, aber wenn sie ihn töten wollten, sah es nicht gut für ihn aus. Der junge Krieger war sicher, dass er zwar vom Hof entkommen und sich in den Wald schlagen könnte, aber er hatte selbst gesehen, wie schnell die Trolle sich bewegten, auch wenn sie schwerfällig und behäbig wirkten. Außerdem war er nicht sicher, ob er sie im dichten Unterholz würde abhängen können. Auch hatte er bemerkt, dass ihre Nasen weitaus feiner waren als sein eigener Geruchssinn. Möglich, dass sie ihn wie eine Rotte Bluthunde verfolgen würden, gleichgültig, wie gut er seine Spuren verwischte.

Auf der Flucht vor seinen Feinden hatte Şten mehr als einmal den Wald als Versteck genutzt, um sich zu verbergen, und er hatte auch schon Jäger mit Hunden abgeschüttelt, aber er vermutete, dass die Trolle sich als tödlichere Verfolger herausstellen konnten. Vor Mord schreckten sie jedenfalls nicht zurück, nicht einmal davor, Mitglieder ihrer eigenen Rasse mit Genuss zu verspeisen.

Mit diesen Gedanken kamen erneut Zweifel an seinem Plan in Şten auf, und er fragte sich, ob es nicht doch besser war, die Trolle zu erschlagen, solange sie verwundbar waren. Wer konnte schon ahnen, was sie noch für Gräueltaten anrichten würden, wenn er ihnen das Leben schenkte?

Auf der anderen Seite hatten die Trolle ihm das Leben gerettet, zaudernd zwar und kaum um seinetwillen, aber dennoch fühlte der junge Krieger sich ihnen verpflichtet. *Wenn es sein muss, kann ich sie später töten,* dachte Şten. Mit einem Schaudern machte er sich klar, dass er soeben dasselbe über die Trolle gedacht hatte, was auch Druan über ihn gesagt hatte. *Verdammt, ich bin nicht wie sie.*

Die Zeit kroch dahin. Schließlich verschwand das Sonnenlicht, und die Trolle regten sich.

Unbewusst griffen Ştens Finger nach dem Griff seines Schwertes, und er spannte die Muskeln an, jederzeit bereit aufzuspringen. Doch zunächst sahen die Trolle sich nur verwirrt um und gähnten, bis Andas Blick auf den leeren Eisenkäfig fiel.

»Er ist weg!«

Sofort kam Bewegung in die Gruppe. Fluchend sah Pard auf den offenen Keller, aus dessen Einstieg die Leiter ragte. Die anderen blickten wild umher und suchten nach den Menschen. Nur Druan blieb einigermaßen ruhig und untersuchte den Käfig. Pard hingegen machte seinem Ärger Luft und brüllte laut auf, bevor er mit beiden Fäusten gegen die mit Lehm verputzte Wand schlug. Brocken flogen umher, und zu Ştens Entsetzen bebte die gesamte Häuserwand. Ein weiterer krachender Hieb ließ einen Teil der Wand in sich zusammenfallen, wobei Tragbalken splitterten und Steine zu Boden donnerten. Das Hausdach im hinteren Teil sackte ab und stürzte ein, als das Gebälk ohne die Außenwand das Gewicht nicht mehr tragen konnte. Mit einem ohrenbetäubenden Getöse polterten Balken, Steine, Lehm und hölzerne Schindeln zu Boden. Eine gewaltige Staubwolke erhob sich, aus der sich schließlich hustend und röchelnd Pard schälte. Die anderen Trolle beobachteten belustigt, wie er sich den Staub aus dem Gesicht wischte und dann angewidert auf die Überreste des Daches starrte. »Bah! Was schichten sie Steine auf, wenn die so einfach einstürzen?«

»Der Käfig war nicht fest verschlossen. Er muss ihn geöffnet haben, und dann hat er die anderen befreit. Ganz so schwer ist dein Hintern wohl doch nicht, Pard«, erklärte Druan ruhig.

»Diese Kröte! Wenn ich ihn finde, dann breche ich ihm jeden Knochen in seinem mageren, madigen Leib!«, schwor Pard wütend, was Şten nicht unbedingt beruhigte. Gerade eben hatte der gewaltige Troll mit zwei Hieben eine Hauswand zum Einsturz gebracht, die gebaut worden war, um den stärksten Stürmen zu trotzen. Beindicke Dachbalken waren auf ihn niedergestürzt, doch er zeigte sich davon nicht im Geringsten beeinträchtigt.

»Wohin ist er wohl gelaufen?«, fragte Pard bösartig, aber Druan winkte ab.

»Die wichtigere Frage ist: Warum leben wir noch?«

Das war Ştens Stichwort, doch Pard kam ihm zuvor: »Weil er ein kleiner, ängstlicher Mensch ist!«

»Nein!«, rief Şten von seiner erhöhten Warte aus. »Weil ich mit euch reden wollte!«

Sogleich reagierten die Trolle. Pard und Roch liefen geduckt zur Tür, während Anda und Zdan nach hinten liefen, wo jetzt ein beachtliches Loch in der Wand klaffte. Wieder war es nur Druan, der sich nicht beeindrucken ließ und sich aufmerksam umsah. Bevor der Troll Şten jedoch entdecken konnte, redete dieser weiter: »Ihr braucht Hilfe, und ich habe versprochen, euch zu helfen.«

»Dann geh zurück in deinen Käfig!«, rief Pard unwirsch von unten.

Druan aber hob beschwichtigend die Hände. »Warte ab, Pard.« An Şten gewandt, fuhr er fort: »Was willst du?«

»Ich will reden. Ich habe euer Vertrauen nicht gebrochen, nun bitte ich euch, meines zu achten«, antwortete Şten.

»Die anderen Menschen ...«, meinte Druan fragend, doch Şten unterbrach ihn: »... sind in Sicherheit. Aber sie werden niemandem von euch erzählen. Ihr seid also ebenso sicher.«

»Woher sollen wir wissen, ob du die Wahrheit sagst?«, fragte Druan.

»Nun, ihr müsst mir schon vertrauen. Ich habe euch meine Hand entgegengestreckt.«

»Wenn ich dich finde, Menschlein, dann nehme ich deine Hand. Und behalte sie«, fiel Pard ein.

»Tja, das ist keine gute Antwort«, gab Şten zurück, »so kommen wir nicht weiter.«

»Warte«, sagte Druan und rief die anderen Trolle zu sich. Nach einer kurzen Beratung schaute Druan auf und sagte: »Du kannst dich zeigen, wir werden dir nichts tun. Wir müssen reden.«

»Ja, das müssen wir«, stimmte der Krieger zu und erhob sich langsam. Schnell kletterte er die Leiter hinab und öffnete die Tür zwischen Wohnhaus und Stall. Der Lärm und der Geruch der Trolle hatten die Tiere aufgeschreckt und nervös gemacht, und jetzt liefen sie in ihren Verschlägen hin und her und blökten ängstlich. Auch Şten war nervös und wischte sich den Schweiß von den Händen an der Hose ab.

Er hatte dem Tod schon mehr als einmal ins Auge geblickt, hatte Gefechte und Scharmützel überlebt. Stets war er sich seiner Fähigkeiten und seines Könnens sicher gewesen. Mit dem Schwert war er vielleicht nicht so überragend wie Flores, aber er führte durchaus eine tödliche Klinge. Doch all das würde ihm hier wenig nützen; er war sich völlig sicher, dass er sich schwer täte, sich auch nur gegen einen einzigen Troll zu behaupten. Trotzdem durfte er jetzt keine Angst zeigen, denn er wollte den Trollen beweisen, dass sie ihn trotz ihrer Größe und Kraft brauchten. Sie waren wenige und kannten die Länder an der Oberfläche nicht. Also trat er hoch erhobenen Hauptes in das Wohnhaus – oder was davon übrig geblieben war.

»Brav, Menschlein«, sagte Pard böse und ließ die Fingerknochen knacken, »jetzt zeige ich dir, was Schmerzen sind!«

Geschmeidig zog Şten Schwert und Dolch und hielt sie abwehrend vor sich. Doch Pard kam nicht näher, sondern grinste nur breit: »Angst?«

»Lass das, Pard. Ich will mit ihm reden«, fiel Druan ein, und Şten atmete auf. Ebenso schnell, wie er sie gezogen hatte, verschwanden Schwert und Dolch wieder in ihren Scheiden.

»Du, Mensch«, begann Druan, »bist frei und hast Waffen aus Metall.«

»Die dir nichts nützen werden …«, fiel Pard ein, schwieg aber, als Druan ihm einen düsteren Blick zuwarf.

»Was willst du?«, fragte Druan.

»Ich helfe euch, wie ich es versprochen habe. Aber ich begleite euch freiwillig und auf meinen eigenen Füßen, nicht in einem Käfig. Ihr versprecht, nein, ihr schwört auf alles, was euch kostbar ist, dass ihr auf meinen Rat hört, wenn es um Menschen geht. Keine Toten, kein Blutvergießen, es sei denn, dass ihr euch selbst schützen müsst. Oder dass ich es für richtig halte.«

»Sehr großzügig von dir«, erwiderte Druan mit lauernder Miene, »aber wo ist für dich der Gewinn?«

Şten überlegte. »Zum einen werdet ihr nicht sinnlos meine Leute töten, nur weil sie euch im Weg stehen. Ich kann andere, bessere Möglichkeiten für euch finden, zum Ziel zu kommen.« Er zögerte, unschlüssig, wie viel von seinen Gedanken er den Trollen anvertrauen sollte. Dann sprach er jedoch weiter. »Zum anderen geschehen in diesem Land merkwürdige Dinge. Ich glaube, dass diese Vorkommnisse irgendwie mit euch verbunden sind. Ich muss herausfinden, wie. Wenn ihr auf meinen Vorschlag eingeht, können wir uns gegenseitig helfen.«

»Ich traue ihm nicht«, teilte Pard unmissverständlich mit und ballte die Fäuste. »Ich sage, wir brechen ihm das Genick und suchen ein neues Menschlein, das nur redet, wenn ich Fragen stelle.«

»Angst, Pard?«, fragte Şten kalt und zwang sich zu einem abfälligen Lächeln. Die Reaktion fiel aus wie erwartet: Pard brüllte auf und kam auf ihn zu. Doch Druan, auf dessen Eingreifen Şten gesetzt hatte, schaute nur unbeteiligt zu. Fluchend zog der Krieger seine Waffen und duckte sich unter Pards erstem Schlag weg. Aus der Hocke riss er sein Schwert hoch und traf den Troll mit einem harten Schlag am Bauch, aber die scharfe Klinge drang nur wenige Fingerbreit ein. Verblüfft stellte Şten fest, wie zäh und widerstandsfähig die Haut des Trolls war, fest genug, um den für einen Menschen sicherlich tödlichen Streich zu einer leichten Wunde zu machen. *Wie können die Zwerge gegen solche Wesen im Kampf bestehen?*, fragte er sich erschüttert, doch dann schnellte der Fuß des Monstrums vor, und Şten musste sich mit einer verzweifelten Rolle in Sicherheit bringen. Mit erhobenen Waffen kam er geduckt wieder auf die Füße, doch sein Gegner war ihm nicht gefolgt, sondern hatte sich nur gedreht und fuhr sich mit der Hand über den Bauch, um dann die von seinem eigenen dunklen Blut benetzten Finger anzusehen. Mit einem mörderischen Blick auf Şten leckte Pard sich das Blut von den Fingerkuppen.

»Genug jetzt«, befahl Druan, doch Pard schüttelte wild den Kopf: »Nein! Er muss dafür bezahlen!«

»Denk nach, wir brauchen ihn! Und er uns. Es wäre dumm, diesen Kampf zu Ende zu führen«, redete Druan auf den riesigen Troll ein. Obwohl dieser gerade keine Anstalten machte, Şten anzugreifen, ließ ihn der Wlachake nicht aus den Augen.

»Vielleicht hast du Recht«, gab Pard schließlich widerstrebend zu und ließ die Fäuste sinken.

»Vielleicht ja, vielleicht nein, aber wir haben kaum eine andere Wahl«, erwiderte Druan.

Şten beeilte sich einzuwerfen: »Wenn ich es gewollt hätte, dann wärt ihr jetzt alle tot, vergesst das nicht. Ihr könnt mir vertrauen. Ich denke, das habe ich heute bewiesen.«

Mit einem abfälligen Grunzen ging Pard zurück zu den anderen Trollen. »Kein Vertrauen, Mensch. Aber du hilfst uns, und das genügt Druan. Aber verrate uns«, drohte er, »und ich werde dich zu Mus zerquetschen.«

»Gut«, antwortete der Wlachake, ohne auf die Herausforderung einzugehen. »Dann sollten wir Vorräte einpacken und von hier verschwinden. Ich weiß jetzt, wo wir uns befinden und welcher Weg noch vor uns liegt.«

»Wohin gehen wir, um die Magier zu finden?«, fragte Druan.

»Wir gehen nach Teremi. Von hier aus führt ein Weg bis ins nächste Dorf, Orvol. Dort folgen wir der Straße.«

Bis auf Pard, der Şten immer wieder böse Blicke zuwarf, schienen alle Trolle mit der neuen Lage einverstanden. Schnell waren einige Vorräte eingepackt und in den Beuteln verstaut. Şten bastelte sich aus einer Decke und einem Stück Seil eine Tasche zusammen und packte etwas getrocknetes Obst, einen Laib Brot sowie Käse und einen Ring scharfe Salami ein, deren Fund er als gutes Omen betrachtete.

Als er sah, dass Anda sich an den beiden Hundekadavern zu schaffen machen wollte, hielt er sie auf. »Lass sie. Im Stall gibt es Schafe und Ziegen. Tötet ein oder zwei davon, wenn ihr Fleisch braucht.«

Stirnrunzelnd sah Anda zu Druan, der nickte. Sobald Şten Kontakt zu seinen Gefährten aufnehmen konnte, musste er dafür sorgen, dass die Bauern für ihre Verluste entschädigt wurden. Das Haus ließ sich vermutlich schnell wieder aufbauen, aber das Loch, das fünf hungrige Trolle und ein mindestens ebenso hungriger Mensch in den Viehbestand und die Vorräte gerissen hatten, würde spätestens im Winter spürbar werden. Denn die riesigen Wesen hielten sich keineswegs zurück, sondern stopften sich die Taschen und Beutel mit allerlei Leckerbissen voll. Dann kehrte Anda auch noch mit jeweils zwei toten Schafen und Ziegen unter den Armen zurück, über die sich ihre Gefährten sogleich hermachten, um sie unter großem Gejohle auszunehmen. Innerhalb weniger Minuten hatten sie die saftigsten Stücke Fleisch herausgetrennt, in Stoff eingewickelt und in den Tiefen ihrer Beutel verstaut.

Achselzuckend wandte Şten sich an Druan. »Wir sollten aufbrechen. Die Bauern werden niemandem hiervon erzählen, aber trotzdem könnte jemand durch Zufall vorbeikommen. Wir sollten unser Glück nicht auf die Probe stellen.«

Der Troll nickte und trieb die anderen zur Eile an. Hastig schulterten sie ihr Gepäck und machten sich bereit zum Aufbruch. Belustigt musterte Şten die Gruppe Trolle und fragte sich nicht zum ersten Mal, wo er da hineingeraten war. Seine Erheiterung legte sich, als er Pards finsteren Gesichtsausdruck sah. Keine Frage, der riesige Troll hätte den Menschen lieber tot als lebendig gesehen. Aber für den Augenblick bestand ein wackeliges Bündnis zwischen Mensch und Troll, und Şten hoffte, dass es noch eine Weile lang halten würde. Und dass er derjenige sein würde, der es auflöste, und zwar dann, wenn er noch im Vorteil war. Mit diesem tröstlichen Gedanken setzte er sich in Bewegung und schritt durch das Loch in der Wand hinaus in die Nacht.

Zunächst folgten sie dem Weg zum Dorf, doch dann führte Şten die Trolle wieder in den Wald, wo sie sich parallel zum Weg bewegten, damit sie nicht aus Versehen auf Menschen trafen.

»Was ist mit Zwergen?«, fragte Druan unvermittelt und riss Şten damit aus seinen Gedanken.

»Was soll mit denen sein?«

»Gibt es viele bei euch?«

»Nein. Man trifft sie nur selten. Die meiste Zeit leben sie wohl in ihren unterirdischen Festungen. Manchmal kommen ihre Handelskarawanen in die Städte, aber sie bleiben nie für lange Zeit«, antwortete Şten. Da er ebenso wie Druan mehr über die bärtigen Kämpfer erfahren wollte, stellte er eine Gegenfrage: »Warum führt ihr Krieg gegen die Zwerge?«

»Sie dringen in unsere Stollen ein. Ich weiß nicht ... sie hassen uns und wir sie. Es ist schon immer so gewesen.«

»Schon immer?«

»Solange wir denken können«, antwortete der Troll. »Die Zwerge sind viele«, fuhr Druan fort, »viel mehr als wir. Sie wühlen in der Erde, sie graben und schlagen Stollen in den Fels. Sie kriechen durch die Gebeine der Welt wie Maden durch Fleisch, immer auf der Jagd nach wertvollen Erzen und Steinen.«

»Ja, so kennen wir sie«, fügte Şten verschmitzt hinzu, wunderte sich innerlich aber, denn bei seinem Volk waren die Zwerge nicht eben für ihre große Anzahl bekannt. Eigentlich sagte man ihnen eher das Gegenteil nach, nämlich dass sie wenige waren. Verwirrt fragte sich Şten, ob es tatsächlich so wenige Trolle gab oder ob unter der Oberfläche so viel mehr Zwerge lebten, die von den Menschen niemals gesehen wurden.

»Es sind gierige kleine Bastarde«, Druan spuckte abfällig aus, »und sie hassen uns. Was nicht weiter schlimm ist, denn wir hassen sie auch.«

»Aber warum sucht ihr die menschlichen Magier?«

»Der Zwerg, den wir gefangen genommen haben, hat viel erzählt«, sagte Druan voll grimmiger Freude. Şten hingegen spürte einen Schauer seinen Rücken hinablaufen. Ohne Frage, er konnte sich gut vorstellen, dass jemand, den Pard befragte, viel erzählen würde. »Er hat uns verraten, dass es Menschen sind, die ihnen helfen. Menschen, die die Sonne als Gott verehren.«

Dafür kam eigentlich nur eine Organisation im gesamten Land Wlachkis in Frage. »Der Albus Sunaş«, sagte Şten entschieden. »Die Sonnenmagier.« *Und damit die Masriden*, fügte er in Gedanken hinzu, *denn der Orden würde schwerlich eine solche Aufgabe ohne die Kriegsherren aus den Ländern jenseits der Berge auf sich nehmen.* Laut sagte er: »In Teremi werdet ihr mehr als genug von den Sonnenpriestern finden. Fast alle Masriden glauben ihren Lehren.«

Es bereitete dem Wlachaken einige Gewissensbisse, dass er den Trollen nicht die ganze Wahrheit sagte, aber es musste sein. Der Albus Sunaş hatte sich seit dem Einfall der Masriden überall im Land verteilt, die Klöster des Ordens waren wie Pilze aus dem Boden geschossen. In fast jedem Dorf gab es einen Schrein und in manchen Städten sogar mehrere Tempel. Informationen über den Orden hätten die Trolle allerorts bekommen können, doch nach einigem Nachsinnen fiel Şten eine Begründung ein, warum sie ausgerechnet nach Teremi gehen mussten, die er fast selber glauben konnte: »Dort gibt es einen großen Tempel. Die Stadt ist das Zentrum des Albus Sunaş. Wenn man irgendwo etwas herausfinden kann, dann dort.«

Druan nickte und fragte dann bedächtig: »Du bist kein Masride?«

»Nein. Ich bin Wlachake!«, antwortete Şten und blickte dem Troll gerade in die Augen.

»Was ist der Unterschied?«

»Das hier ist unser Land. Wlachkis. Seit ewigen Zeiten. Die Masriden kamen erst vor wenigen Generationen. Sie überfielen uns, töteten unsere Kinder, unsere Krieger, ja selbst den Kralj, unseren König. Sie verwüsteten das Land, verbrannten Städte, plünderten Dörfer. Ihre verfluchten Reiter hetzten alle, die sich ihnen widersetzten, zu Tode. Seitdem beherrschen sie Teile meiner Heimat, sitzen in unseren Städten und Burgen. Sie haben selbst dem Land einen anderen Namen gegeben: Ardoly, das Land des Waldes. Nur noch wenige der alten Teras sind im Besitz ihrer rechtmäßigen Herrscher«, erzählte Şten und spürte, wie er sich mehr und mehr in Rage redete.

»Teras?«, fragte Druan nach.

»Das sind Provinzen. Unsere Provinzen, unser Land. Einst gab es fast zwei Dutzend von ihnen. Der Herr oder die Herrin eines Tera saß im Rat des Kralj. Jetzt kontrollieren die Wlachaken nur noch vier der Teras. Der Rest ist in den dreimal verfluchten Händen der Masriden.«

»Und Zorpad ist einer von ihnen?«

»Zorpad ist einer, der Mächtigste. Seine Vorfahren haben das größte Stück Land an sich gebracht, als die Masriden ihre Kriegsbeute verteilten.«

»Klingt nach Pard, der nimmt sich auch immer das größte Stück«, lachte Druan, was den Troll dazu brachte, sich umzudrehen.

»Was?«

»Schon gut, wir reden nur übers Essen«, antwortete Druan, bevor er Şten weiter ausfragte. »Du bist ein Krieger? Du kannst mit diesen Metallwaffen umgehen, nicht wahr?«

»Ja. Meine Familie besaß früher einmal Land, man hat mich seit meiner Kindheit im Umgang mit Waffen unterrichtet.« Beinahe zärtlich berührte er den Knauf des Schwertes: »Eines Tages werden unsere Schwerter die Masriden aus unserem Land vertreiben, und wir werden unser Geschick wieder selbst bestimmen. Bis dahin kämpfen wir.«

»Gut. Das bedeutet, dass ich dir vertrauen kann, solange unsere Feinde die gleichen sind«, sagte Druan zufrieden. Wortlos nickte Şten und hing dann wieder seinen düsteren Gedanken nach – Erinnerungen an endlose Tage von Krieg, Leiden und Tod und an all jene, die er verloren hatte, allen voran seine Eltern. Seine Mutter war bei der Verteidigung Rabensteins gestorben, und Sitei cal Dabrân war als Rebell und Hochverräter hingerichtet worden. Als er alt genug war, um den Kampf gegen Csiró Házy aufzunehmen, den Mann, der seine Eltern verraten hatte, war er nach Norden in seine Heimat zurückgekehrt. Mit Gleichgesinnten hatte er sich durch die Wälder geschlagen, auf einsamen Gehöften und in schmutzigen Gassen versteckt und alles getan, um den Masriden und ihren verfluchten Helfern zu schaden. Schon bald hatten die Menschen von seinen Taten erzählt, und irgendwann hatte er sogar in einer schäbigen Kaschemme ein Lied über sich gehört.

Irgendwann würde er Frieden finden, aber dieser Tag würde erst kommen, wenn die letzten Masriden für ihre Verbrechen bezahlt hatten. Bis dahin würde er kämpfen. Falls ihn nicht der Tod vorher ereilte, wie so viele seiner Freunde und Verwandten.

»Erzähl mir mehr von den Sonnenmagiern«, meinte Druan und riss Şten so aus seinen finsteren Grübeleien.

»Ich weiß nicht viel über sie. Sie kamen mit den Masriden, mit Feuer und Schwert. Sie sagten, dass die Geister, die wir verehren, Dämonen seien, nicht mehr als dunkle Höllenkreaturen, und dass alle die Sonne verehren sollen, den Spender des göttlichen Lichtes und des Feuers. Damals loderten überall im Land die Scheiterhaufen, auf denen sie die ›Ungläubigen‹ verbrannten – jene also, die nicht bereit waren, den alten Geistern abzuschwören. Sie nehmen nur Männer in ihre Reihen auf, und sie sind alle Magier. Ihre Macht und ihr Einfluss sind groß. Diejenigen, welche die alten Wege gehen, werden immer noch wie Verbrecher behandelt. Nur wenige Geistseher sind übrig geblieben, und sie müssen sich verbergen«, erklärte Şten.

»Kennst du welche von ihnen?«

»Natürlich, wir hatten einen Priester am Hof in Dabrân, und in der nahen Stadt haben sie einen Tempel gebaut. Der Priester war ein verknöcherter alter Mann, der mich und meine Schwester unterrichten sollte und uns immer mit dem Gehstock geschlagen hat, wenn wir auf seine Fragen keine Antwort wussten. Bis unser Vater ihm sagte, dass er jeden Schlag zu spüren bekäme, den er uns verpasste. Der Vorbs hat ihm nicht geglaubt, bis unser Vater ihn vor allen Mitgliedern des Hofes gezüchtigt hat«, erzählte Şten mit einem Lächeln.

»Vorbs? Hieß er so?«, fragte Druan nach.

»Nein. So nennen wir die Sonnenpriester. Es ist ein alter Name, früher war ein ›Vorbs‹ einfach nur jemand, der zu viel Unsinn redet, ein Schwätzer. Doch dann kamen die Priester und predigten von ihrem heiligen Sonnenlicht. Weil sie so viel redeten, nannte man sie Vorbs. Aber nicht offen, denn sonst trifft einen der Zorn der Masriden!«

»Was ist mit dem Sonnenlicht? Warum dienen sie ihm?«, hakte Druan nach.

»Sie sagen, das Sonnenlicht sei der Spender und Quell allen Lebens. Das Göttliche zeige sich nur in der Reinheit und Erhabenheit des Sonnenlichts. Vermutlich wisst ihr das nicht, weil ihr nicht in der Lage seid, es zu sehen, aber man kann nicht in die Sonne schauen, ohne zu erblinden. Jedenfalls nicht lange. Das ist das Zeichen der Göttlichkeit, behaupten die Priester; wir unvollkommenen Wesen werden von ihr geblendet. Ich weiß nicht, ob sie damit Recht haben, denn ich folge den alten Lehren meines Volkes. Aber eines ist sicher: Der Albus Sunaş ist mächtig, und seine Anhänger sind mächtig. Sie können die Kraft von Licht und Feuer beschwören. Ihr Glaube ist stark.«

»Glauben viele von deinem Volk an die Sonne?«

»Zumindest behaupten sie es. Es nicht zu tun ist gefährlich. Woran glaubt ihr Trolle?«, fragte Şten unvermittelt.

»Wir glauben an die Gebeine der Welt, in denen wir leben«, antwortete Druan kurz angebunden.

»Das ist alles?«, erkundigte sich Şten ungläubig.

»Ja«, schnappte Druan unwirsch, was den Wlachaken zu der Erkenntnis brachte, dass es wohl besser war, diesen Gesprächsfaden nicht mehr aufzugreifen, auch wenn er Druan nicht glaubte. Bevor er jedoch etwas anderes fragen konnte, zischte Zdam von vorne: »Hier ist etwas. Irgendwas riecht komisch.«

Gerade als Şten genauer nachfragen wollte, ertönte eine melodiöse Stimme aus dem Unterholz: »Das Einzige, was hier komisch riecht, bist du, Troll!«

Alarmiert sah Şten sich um. Elfen hatten ihm zu seinem Glück gerade noch gefehlt!

10

Nach einem kurzen Augenblick der Erholung versuchte Sargan, sich in der ihn umgebenden Finsternis zu orientieren. Ohne Zweifel war er in das Be- und Entlüftungssystem der Zwerge gelangt, was erst einmal eine freudige Entdeckung war, denn irgendwo mussten diese Schächte ja an die frische Luft führen. Wieder einmal dankte er der Göttin für seine schlanke Statur, denn ein etwas breiterer Mensch wäre unrettbar in dem Schacht stecken geblieben. Es war nicht das erste Mal, dass er in beengten Verhältnissen klettern musste, also machte er sich zuversichtlich auf den Weg. Vermutlich würde es den Zwergen schwer fallen, ihm zu folgen, denn trotz ihrer geringen Größe hatten sie doch eher breite Schultern und Brustkörbe. *Hauptsache, sie haben keine Hunde oder ähnliche Viecher,* dachte Sargan, der sich bei dem Gedanken unangenehm an eine seiner weniger erfolgreichen, aber dafür umso schmerzhafteren Unternehmungen erinnert fühlte.

Nachdem er eine Weile vorwärts gerobbt war, erreichte er einen weiteren nach oben führenden Schacht und machte sich an den beschwerlichen Aufstieg. Solange er hinaufkletterte, konnte er nicht allzu falsch liegen. Früher oder später mussten die Belüftungstunnel an die Oberfläche führen. Unter der Erde zu bleiben hatte für ihn wenig Sinn, solange die Zwerge in Alarmbereitschaft waren und wussten, dass es einen Eindringling gab. Also galt es erst einmal die Stollen zu verlassen; danach konnte er immer noch weitersehen. Ein leichter, beständiger Luftstrom wies ihm den Weg, und je höher er kam, desto kühler wurde es in den Tunneln.

Das Klettern war äußerst anstrengend, und es war ein großes Glück für Sargan, dass es in regelmäßigen Abständen

Querschächte gab, in denen er sich ein wenig ausruhen konnte. Dieses Belüftungssystem war eine weitere Meisterleistung der Zwerge, auch wenn es jetzt einem ihrer Feinde zugute kam.

Wegen der beengten Verhältnisse konnte er nicht ausholend greifen, sondern musste stets die Schultern verkeilen, dann die Füße anziehen und sich langsam abstoßen, wobei er jedes Mal in Gefahr geriet abzustürzen, wenn er die Schultern lockerte. Bald schon schmerzte sein ganzer Körper, aber er gab nicht auf, sondern arbeitete sich Ruck für Ruck, Schritt für Schritt nach oben in Richtung Freiheit.

Nach einer schier endlosen Zeit erspähte er einen Lichtschimmer über sich, der mit jedem Stück, das er weiter erklomm, heller wurde. Angespornt von diesem hoffnungsvollen Anblick, raffte er all seine Kraft zusammen und kletterte schwungvoll weiter. Das Licht wuchs beständig, und schon bald konnte er ein kleines Stück blauen Himmel erkennen, über den einige Wolken zogen. Unterdessen hatte der Luftzug an Stärke gewonnen, sodass Sargan kühle, frische Luft ins Gesicht blies.

Der einfallende Sonnenschein schuf ein schummriges Dämmerlicht, in dem Sargan einige Schritt unterhalb der Öffnung eine Nische erkannte, in der er erst einmal zu rasten beschloss, bevor er das letzte Stück des Aufstiegs bewältigte.

Erst als seine tastenden Finger an der Kante der Nische in eine seltsame klebrige Masse griffen, änderte er seinen Plan. *Was, bei der Göttin, ist das?*, fragte er sich angeekelt und zog sich sehr vorsichtig empor. Noch immer war das Licht nicht stark genug, um Einzelheiten erkennen zu können, doch die Wände schienen hier von einer dünnen Schicht desselben klebrigen Materials bedeckt zu sein. Verwirrt sah Sargan sich um und überlegte, ob dies wohl eine Maßnahme der Zwerge war, vielleicht um Getier und Schmutz aus ihren Schächten fern zu halten. Auch der Boden war von der Substanz bedeckt, die ihn zwar nicht vollständig an der Bewegung hinderte, aber doch die Sohlen seiner Stiefel nur unwillig wieder freigab. Falls dies eine Falle für Ungeziefer war, dann funktionierte sie recht gut, denn im düsteren Licht sah Sargan mehrere Kadaver von kleinem Getier an den Wänden hängen. Gerade wollte er weiterklettern, als ein leises Kratzen ihn herumfahren ließ. Hektisch spähte er in das Zwielicht.

Dort ... eine rasche Bewegung, die ebenso schnell wieder im Schatten verschwunden war, wie er sie gesehen hatte. Langsam zog Sargan seinen Dolch und ließ dabei die gegenüberliegende Ecke des Raumes nicht aus den Augen. Deswegen wurde er auch von der Kreatur überrascht, die kopfüber an der Decke blitzschnell auf ihn zukam. Fluchend warf er sich zur Seite und hieb mit der Klinge nach ihr, ohne sie jedoch zu treffen. Aufgrund des dämmrigen Lichts und der rasenden Geschwindigkeit, mit der sich das Geschöpf bewegte, hatte er nur einen flüchtigen Blick auf das Wesen werfen können, doch es hatte eindeutig zu viele Beine, als dass Sargan sich damit anfreunden könnte. In den Schatten der Ecke raschelte es erneut, und so zog er sich bedächtig rückwärts gehend zurück.

Gerade als sein Fuß das Loch des Belüftungsschachts fand, sprang die Kreatur ihn an, und nur ein beherzter Sprung zur Seite rettete Sargan vor der großen Spinne, die ihn aus acht kalten, starren Augen musterte, während sie langsam an der Decke kreiste. Entsetzt starrte Sargan auf das Tier, dessen mit schwarzen Haaren besetzter Leib sicherlich eine Elle oder mehr im Durchmesser maß. Dazu kamen die kräftigen, ebenfalls behaarten Beine und zwei große, gefährlich aussehende Mandibeln. Bei jeder Bewegung machte das Untier leise, kratzende Geräusche. Unvermittelt sprang es wieder vor, und auch wenn Sargan dem Biss der Spinne entgehen konnte, so fuhr doch ein hartes, raues Bein über sein Gesicht und riss ihm die Wange auf. Es fühlte sich an, als würden Dutzende von Nägeln über seine Haut gezogen, und er schrie auf, erfüllt von Schmerz und Ekel. Aber ihm blieb keine Zeit, sich um die Wunde zu kümmern, denn das Spinnenbein grub sich in sein Hemd, und er wurde nach vorne gerissen, direkt auf die feucht glänzenden Mandibeln der Riesenspinne zu.

Nur ein verzweifelter Hieb mit dem Dolch – der zwar sein Ziel verfehlte, die Spinne aber dazu brachte zurückzuspringen – rettete ihn vor dem Biss, der sicherlich dank des Giftes tödlich gewesen wäre. Doch jetzt hatte Sargan den Halt verloren. Bevor er das Gleichgewicht wieder fand, stolperte er in die Öffnung des Schachtes und stürzte in die dunkle Tiefe.

Verzweifelt stemmte er sich gegen die rauen Felswände, um den Fall zu bremsen, und schrie auf, als das Gestein erst seine Kleidung und dann die Haut aufscheuerte und er sich Oberarme und Beine blutig rieb. Schließlich hatte er sich so weit gefangen, dass er keuchend und stöhnend mitten im Schacht hing. *Nein, Sargan,* dachte er sarkastisch, *sie werden schon keine Hunde haben. Natürlich nicht, die brauchen sie auch nicht, weil sie verfluchte Monsterspinnen haben, du Idiot!*

Vorsichtig betastete er seine Wunden und verzog das Gesicht, als er das Blut spürte. Er warf einen grimmigen Blick nach oben, doch dann kam ihm ein Furcht einflößender Gedanke: Konnte dieses Vieh am Ende durch die Schächte kriechen?

Angestrengt lauschte er, konnte über sich jedoch keinerlei Bewegung oder Geräusch wahrnehmen. Einen Augenblick überlegte er, ob er wieder hinunterklettern sollte, um einen anderen Ausgang aus dem Belüftungssystem zu finden, doch dann entschied er sich dagegen. In seinem Zustand würde jede lange Kletterpartie zur Qual werden, und er konnte nicht wissen, ob die anderen Ausgänge nicht ähnlich gefährlich waren wie dieser hier. Also musste er an der Spinne und ihren Netzen vorbei. Zum Glück waren diese anscheinend nicht stark genug, um einen Menschen festzuhalten, sonst wäre das Ganze noch schlimmer ausgegangen.

Während er darüber nachdachte, kam ihm plötzlich ein Bild aus seiner Kindheit in den Sinn: seine Mutter, die einen wertvollen Kerzenstummel entzündete, um die Spinnennetze in den Ecken ihres winzigen Zimmers zu verbrennen. Das

Bild zauberte ein finsteres Lächeln auf seine Lippen. Entschlossen kletterte er ein ganzes Stück hinauf, bis er in Sichtweite der Nische verharrte. Dann stemmte er sich mit den Schultern und Beinen in eine feste Position und kramte mit einer Hand in seinem umgeschnallten Beutel, bis er Lampe, Feuerstein und Zunder zu fassen bekam. Umständlich hantierte er mit dem Feuerstein, bis es ihm gelang, den Zunder zu entfachen und den Docht der Laterne zu entzünden. Dabei verbrannte er sich wegen der Enge empfindlich die Finger. Leise fluchend ließ er den glimmenden Zunder fallen und verstaute seine Gerätschaft bis auf die Lampe, die er vorsichtig in einer Hand hielt.

Der restliche Aufstieg war qualvoll, aber mit eiserner Willenskraft schob sich Sargan Stück für Stück näher an die Freiheit. Als er sich erneut knapp unterhalb der Öffnung befand, öffnete er die kleine Tür der Laterne und hielt die flackernde Flamme an die klebrige Netzmasse. Sofort leckte eine Flammenzunge an der Wand empor, und kurz darauf erfüllte ein helles Licht den engen Schacht.

Vorsichtig ließ Sargan sich ein wenig hinab und wartete einen Augenblick ab. Über ihm knisterte das Feuer, und dann hörte er noch einen anderen Laut, eine Art schrilles Kratzen, das jedoch mit den Flammen erstarb, die genauso schnell wieder verschwanden, wie sie aufgelodert waren. Beißender Rauch erfüllte den Schacht, und Sargan musste husten und würgen, aber hier oben war der Luftzug so stark, dass der Qualm bald abgezogen war.

Behutsam kletterte er wieder nach oben, bis er die Nische erreichte und sich vorsichtig über die Kante zog. Die Wände waren rußgeschwärzt, überall am Boden konnte man jetzt verbrannte Knochen und andere Überreste der Spinnenbeute sehen.

In der Ecke lag ein beinahe bemitleidenswertes zuckendes Ding, das einmal die Spinne gewesen sein mochte.

»Warst wohl zu dick, um noch rauszukommen, was? Tja, zu viele harmlose Kletterer gefressen, nehme ich an«, sagte

Sargan hämisch und begab sich an den letzten Rest des Aufstieges.

Als er endlich das Tageslicht erreichte, blieb er trotz der Kälte, die hier herrschte, eine ganze Weile einfach nur schwer atmend liegen. Erst dann richtete er sich auf und besah sich das Ausmaß der Verwüstung. Die Kleidung hing ihm in Fetzen vom Leib. Die Teile, welche die Kletterpartie überstanden hatten, waren von seinem Sturz arg mitgenommen. An Armen und Beinen hatte er schmerzhafte, verbrennungsähnliche Wunden, die voller Dreck waren. Überall klebten eklige Spinnenfäden, er war von Kopf bis Fuß von Schmutz bedeckt und fühlte sich insgesamt, als wäre er zwischen die mächtigen Mühlsteine einer Kornmühle geraten. *Alles in allem bist du ganz schön ramponiert. Eigentlich bist du zu alt für diesen Mist,* dachte Sargan spöttisch.

Dann sah er sich um, um herauszufinden, wo er sich eigentlich befand. Offenbar war er irgendwo in Ardoly herausgekommen, hoch auf der Flanke eines Berges. Hier lag noch Schnee in den Schatten der Felsvorsprünge, und die Vegetation beschränkte sich auf Moose und wenige Büsche, die sich in den harten Boden krallten. In einem Tal einige hundert Schritt unter ihm lag ein kristallklarer, das Sonnenlicht spiegelnder See.

Das Gelände bot wenig Deckung, und irgendwann würde das Kleine Volk sicher auf die Idee kommen, Patrouillen auszusenden, die nach dem Eindringling suchten; spätestens, wenn der Geruch von gebratener Spinne durch ihre Hallen zog.

Trotz seiner Verletzungen und der unangenehmen Lage, in der er sich befand, musste Sargan grinsen. Er machte sich daran, die Wunden notdürftig zu versorgen, damit er möglichst bald aufbrechen und einen Vorsprung gewinnen konnte, falls die Zwerge aus ihren Höhlen kamen.

11

Mit gezogenen Waffen suchte Şten den Wald ab, konnte in der Dunkelheit jedoch kaum etwas erkennen. Neben ihm stand Druan, der mit leicht gerunzelten Brauen ebenfalls in die Nacht starrte, während Pard von vorn rief: »Pah, Elfen!«

Als Antwort ertönte ein helles Lachen zu ihrer Linken, gefolgt von einem Pfeil, der wenige Fingerbreit vor Pard in den Boden schlug.

Der große Troll blieb ungerührt stehen und spuckte verächtlich auf das Geschoss. »Zeig dich, Elflein«, rief er herausfordernd.

Erneut erklang das Lachen, diesmal jedoch von ihrer rechten Flanke. Verblüfft wirbelte Şten herum, die Waffen zur Abwehr erhoben, konnte aber immer noch keinen Elfen sehen. Aus dem Mundwinkel fragte er Druan: »Was tun wir jetzt?«

»Es ist nur einer«, antwortete der Troll leise, »wir warten ab, was er will.«

»Was ich will, Troll?«, fragte der Elf. Diesmal schien der Sprecher irgendwo hinter ihnen im dichten Unterholz zu sein. Natürlich kannte Şten viele Geschichten über das Geheime Volk, aber trotzdem war er darüber erstaunt, dass der Elf Druans Flüstern auf diese Entfernung gehört hatte. Seine Ohren mussten außergewöhnlich gut sein.

»Das ist unser Land und unser Wald, Troll. Hier lautet die Frage nicht, was ich will, sondern was die Fremden wollen, die meinen Forst mit ihrem Gestank verpesten«, erklang die Stimme des Elfen wieder.

»Wir wollen in die Stadt der Menschen«, erwiderte Druan ruhig, und Pard fügte grimmig hinzu: »Und nichts wird uns aufhalten!«

Wieder dieses höhnische Lachen. »Große Worte aus einem großen Maul!«

»Ich kann dich riechen, Elf«, drohte Pard, »und wenn ich dich riechen kann, dann kann ich dich auch finden!«

»Ja, ja, Troll, und wenn du mich finden kannst, dann kannst du mich fressen, nicht wahr?«, entgegnete der Elf. »Aber bist du dir da ganz sicher?«

Plötzlich tauchte eine Gestalt neben Pard aus den Büschen auf, und Şten wirbelte herum. Bevor er jedoch überhaupt in der Lage war, zu reagieren, war das Wesen schon einmal um Pard herumgetänzelt und wieder in der Finsternis verschwunden.

»Der ist verflucht schnell«, zischte Şten, und Druan nickte zustimmend. Vorne fluchte Pard ausgiebig und beschrieb ausführlich den Stammbaum des Elfen, in dem es seiner Meinung nach eine größere Anzahl an Hunden, Maden und ähnlichen Kreaturen gab.

Mit einem Seufzen erhob Druan wieder die Stimme: »Ich frage noch einmal: Was willst du von uns? Wir haben dir nichts getan.«

»Und ich frage noch einmal: Was wollt ihr hier? Fünf Trolle und ein Mensch? Das müssen seltsame Zeiten sein, in denen solche Gruppen durch mein Land reisen.«

»Wir wollen in die Stadt der Menschen«, antwortete Druan und fragte Şten leise: »Wie heißt die noch mal?«

»Äh, Teremi«, antwortete dieser leicht verwirrt.

»Teremi«, gab Druan die Information weiter.

»So, so, Teremi. Das ist kein Ort für Trolle«, ertönte die Stimme zu ihrer Linken.

»Nein, da hast du Recht. Aber wir müssen trotzdem dorthin«, erwiderte Druan. »Wirst du uns in Frieden ziehen lassen?«

Verdutzt sah Şten den Troll an. So respektvoll hatte er die riesigen Kreaturen noch nie erlebt. Sonst schienen sie sich nicht besonders darum zu kümmern, was andere Wesen wünschten.

»Ich weiß nicht, Troll. Eure Geschichte ist voller Lücken und Fragen. Wer kann ahnen, welches Unheil man auf sich lädt, wenn man euch gewähren lässt?«, antwortete der unsichtbare Elf.

»Ich kann dir genau sagen, was du auf dich lädst, wenn du mir im Weg stehst«, rief Pard, der immer noch sehr verärgert wirkte. »Zuerst breche ich dir die dürren Stelzen, die du Beine nennst, und lasse dich vor mir davonkriechen! Dann ...«

»So erbost, Troll?«, verhöhnte ihn die Stimme des Elfen. »Ich verlange nicht mehr, als ihr von mir fordern würdet, wenn ich in euer kaltes Reich treten würde.«

»Es ist warm bei uns«, erwiderte Druan trocken.

»Siehst du, Troll? So wenig ich dorthin gehöre, so wenig seid ihr unter dem weiten Himmel willkommen. Was werdet ihr tun, wenn die Sonne aufgeht?«

»Wir werden uns verstecken. Wir müssen nach Teremi. Nur dort können wir Antworten finden!«, erklärte Druan, beinahe verzweifelt.

»Und welche Fragen könnten einem Troll so wichtig sein?«

»Tritt uns gegenüber und lass uns von Angesicht zu Angesicht darüber sprechen«, forderte Druan.

»Das kann jetzt leider nicht sein. Doch ich werde bald zurückkehren, um sowohl Fragen zu stellen als auch Antworten von euch zu fordern!«

Mit diesen Worten kehrte wieder Stille ein, und Şten fragte sich, ob der Elf sich noch in ihrer Nähe aufhielt oder ob er tatsächlich verschwunden war.

Druan aber sagte: »Er ist weg. Vermutlich holt er mehr von ihnen. Erzähl mir, was du von den Elfen weißt, Şten. Mein Volk hat schon lange keinen Kontakt mehr zu ihnen.«

»Ich weiß nicht viel über die Vînai, die Jäger, wie wir sie nennen. Sie leben in den undurchdringlichsten Tiefen der Wälder, und sie dulden keine Fremden. Sie sind schnell, lautlos und tödlich. Manchmal kommen sie in die Dörfer und tauschen Pelze gegen andere Waren, aber zumeist bleiben sie verborgen. Es heißt, dass sie mit den Geistern des Waldes sprechen können und den Wald selbst beschützen. Oder dass der Wald sie beschützt, wer weiß? Manche Menschen, die nahe am Forst hausen, geben ihnen Geschenke, stellen ihnen Gaben hin, um sie wohlgesonnen zu stimmen. Gerade Köhler oder Holzfäller tun das, weil sie Angst vor den Pfeilen und beinernen Messern der Vînai haben. Angeblich töten sie aber nur die Frevler, die zu gierig sind und dem Wald Schaden zufügen. Ich weiß nicht ... Ich halte vieles von dem, was man erzählt, für Märchen und Legenden. Aber eines ist sicher: Sie sind sehr gefährlich!«, erklärte Şten.

»Und sie reden viel!«, warf Pard ein, doch Şten schüttelte den Kopf: »Eigentlich nicht. Zumindest nicht, dass ich davon je gehört hätte.«

»Wie auch immer«, meinte Druan, »wir müssen weiter. Und wir brauchen ein sicheres Versteck für den Tag. Der Elf wusste von dem Sonnenlicht.«

Mit einem zustimmenden Brummen setzte sich Pard an die Spitze ihrer kleinen Gruppe und führte sie weiter. Zweifelsohne würde der Elf bis zum Morgen warten, wenn er Übles im Schilde führte, denn am Tag war selbst ein einzelner Feind bereits eine große Gefahr für die Trolle. Und nach der kleinen Vorführung eben war Şten nicht sicher, ob er die hilflosen Trolle würde beschützen können, falls der Elf ihnen an den Kragen wollte. Zu schnell und leise war er aufgetaucht und wieder verschwunden, als dass Şten ihn hätte aufhalten können.

Während des weiteren Marsches sprach keiner von ihnen viel, alle schienen ihren eigenen Gedanken nachzugehen. Erst als Mitternacht schon lange vorbei war, rief Zdam, der ein Stück vorausgelaufen war, ihnen etwas zu: »Da ist ein Fluss.«

»Das wird die Reiba sein, die fließt in der Nähe von Orvol«, teilte Şten den Trollen mit. »Irgendwo weiter flussabwärts muss es einen kleinen Wasserfall geben, aber ich war noch nie dort. Wir können dem Flusslauf folgen und in der Nähe einen Lagerplatz suchen.«

Tatsächlich stießen sie nach kurzer Zeit auf den Fluss, dessen Bett den Wald teilte. An dieser Stelle war der Fluss schon knapp ein Dutzend Schritte breit, was Şten vermuten ließ, dass er sehr bald in den Magy münden würde, den mächtigen Strom, der das Land wie ein Schwerthieb in zwei ungleiche Hälften teilte. Wenn sie den Magy erreichten, waren sie an ihrem Ziel angekommen, denn Teremi lag an seinen Ufern, genau dort, wo die Reiba in den Strom mündete.

Die Reiba hatte sich tief in das Land gegraben, und ein Abstieg zum Wasser selbst machte keinen Sinn, denn die Ufer waren steil und boten nur wenig Halt. Aber parallel zum Fluss fanden die Trolle schnell einen gangbaren Weg, dem die Gruppe folgte.

Auf der Reiba fuhren zuweilen Fischerboote, weshalb Şten den Trollen riet, sich etwas abseits zu halten. Kurz vor Sonnenaufgang jedoch fand Roch bei der Suche nach einem geeigneten Versteck für den Tag eine Höhle knapp über der Wasseroberfläche in einer der moosbewachsenen Felswände, um die sich der Fluss wie eine Schlange wand.

Nach einer kurzen Untersuchung stellte sich heraus, dass die Höhle wohl tief genug war, um den Trollen Schutz zu bieten, vor allem, da das Flussbett an dieser Stelle sehr tief lag und nur wenig Licht zwischen den Felsen auf das Wasser fallen würde. Der Abstieg zu der Höhle war in der Dunkelheit sehr mühselig, aber die Trolle erwiesen sich als überraschend geschickt, und ihre scharfen, harten Nägel und starken Hände fanden überall im Gestein Halt.

Şten selbst war es seit seiner Kindheit gewohnt, in dem bergigen Land über Stock und Stein zu klettern, und er bewältigte die Kletterpartie ohne größere Schwierigkeiten.

In der Höhle angekommen, schichteten die Trolle ein wenig Holz auf, das Pard auf seinen Rücken gebunden und hinuntergeschleppt hatte. Dann entzündeten sie ein kleines Feuer, um sich zu wärmen. Dankbar setzte sich Şten zu ihnen und ließ die Hitze auf sich wirken, bis seine Kleider dampften. Als die Trolle begannen, das Ziegenfleisch zu verzehren, schnitt sich Şten einen Streifen von Druans Anteil ab und briet ihn sich über dem Feuer. Beim Anblick des knusprigen Fleisches lief ihm das Wasser im Mund zusammen, auch wenn die Trolle sich lauthals über die in ihren Augen schlechte Behandlung eines guten Stückes Fleisch beschwerten.

Entgeistert erwiderte Şten: »Aber ihr habt doch selbst Fleisch gebraten, das Fleisch von ...«

»Ja, zähes und starkes Troll-Fleisch muss gebraten werden, aber zartes Zicklein? Manches kann man mit Feuer besser machen, anderes nicht«, antwortete Roch gelassen.

Kopfschüttelnd machte sich Şten daran, sein Fleisch ordentlich zu braten, und achtete nicht weiter auf die Trolle, welche die ganze Zeit Scherze über den schwachen Magen von Menschen machten.

Tatsächlich schien es eine Ewigkeit her zu sein, dass der Krieger warmes Essen zu sich genommen hatte, woran sein Magen ihn mit lautem Knurren erinnerte. Zusammen mit einer Hand voll Dörrobst und einem Stück Brot ergab das Ziegenfleisch ein Mahl, das der hungrige Wlachake wahrhaft fürstlich fand.

Dann rollte er sich in eine Decke, die er vom Bauernhof mitgenommen hatte, und streckte die müden Glieder aus. Trotz des harten Felsbodens überkam ihn schnell die Erschöpfung, denn aus Angst, dass er den Sonnenuntergang verschlafen könne, hatte Şten es am letzten Tag nicht gewagt, die Augen zu schließen. Dementsprechend forderte sein Körper jetzt, was ihm zustand, und Şten fiel in einen tiefen, traumlosen Schlaf, aus dem er frisch und ausgeruht in den frühen Abendstunden erwachte.

Ein wenig schlaftrunken blickte er sich um und sah die Trolle, die sich ganz in die Tiefe der Höhle zurückgezogen hatten und dort nahe dem Feuer schliefen. Nur Zdam war wach und nickte Şten zu, der grüßend die Hand an die Stirn hob. Dann trat er aus der Höhle und sah sich um. Tatsächlich war es in der Kluft zwischen den Steinen schon fast finster, auch wenn er oben an den Felsnadeln noch hellen Sonnenschein erkennen konnte.

Obwohl der Fluss schon beinahe vollständig im Dunkeln lag, entledigte Şten sich am Höhleneingang seiner Kleider, um ein Bad zu nehmen. Das Wasser war klar und kühl, aber nicht zu kalt. Mit kräftigen Zügen schwamm er zu einem Felsen in der Mitte des Flusses, den der Strom zu einem beinahe gleichmäßigen Block geschliffen hatte. Die Strömung zerrte träge an seinem Körper, doch er zog sich auf den gewaltigen Steinbrocken, wo seine Zehen Halt auf dem glitschigen, von Algen bewachsenen Boden suchten. Prustend schüttelte er sich das Wasser aus den Haaren, streckte sich aus und genoss die letzten wärmenden Sonnenstrahlen.

Sein Blick fiel auf seine Arme und Beine, wo die Male und Verfärbungen, die er als Andenken an Zorpads Gastfreundschaft mitgenommen hatte, sich bereits gelblich verfärbten. Bald würde ein farbenfrohes Muster seinen Körper bedecken, eine verblassende Erinnerung an die Brutalität seiner Häscher.

Noch immer stellte er sich die Frage, was der Einäugige in Zorpads Kellern mit seinem Satz »Wenn wir erst das Eisen haben ...« gemeint haben könnte. Zorpad hatte nicht gewollt, dass sein Lakai weitersprach, das war klar. *Und das, obwohl er mich danach hat in einen Käfig verfrachten lassen.*

Irgendwann würden die Flecken und Verfärbungen auf seiner Haut verschwinden, doch die lange weiße Narbe, die sich links über die Rippen zog, hob sich deutlich von seiner braunen Haut ab. Diese Erinnerung an die Masriden würde er sein Leben lang behalten. Als er die Wunde davongetragen hatte, war es beinahe einem Wunder gleichgekommen, dass er überlebt hatte. Zumindest hatte Viçinia, die sich wochenlang um ihn gekümmert hatte, das später behauptet. Sie hatte jedoch auch behauptet, dass der Heiler ihn den anstrengendsten Patienten genannt habe, den er je behandelt hatte. Was zeigte, dass sie gewiss auch übertrieben hatte, was seinen damaligen Zustand anging. Die Erinnerung an ihren gespielten Zorn und die echte Sorge um ihn ließ ihn lächeln.

Der Wald an den Ufern wirkte ruhig und friedlich, Vogelstimmen klangen durch die milde, frühherbstliche Abendluft, und zwischen den Klippen jagten die ersten Fledermäuse über dem leise gurgelnden Wasser hin und her. Eine Weile sah Şten dem unbekümmerten Treiben zu und gestattete sich, all seine Sorgen und Nöte für den Augenblick zu vergessen. Dann jedoch kehrte er in die Wirklichkeit zurück und dachte darüber nach, wie er die Trolle am besten nach Teremi bringen konnte.

Die Masriden hatten ihre eroberte Stadt im Lauf der Jahrzehnte ausgebaut, und inzwischen beschützte eine wehrhafte Mauer den größten Teil Teremis. Die Trolle durch die Tore einschmuggeln zu wollen war vermutlich ein zu gewagtes Unterfangen. Wohl oder übel würden sie den Magy überqueren müssen, denn Zorpads Hauptstadt hatte einen Hafen, in dem zahlreiche Schiffe und Boote lagen. Dort mochte es eher möglich sein, die Trolle in das Innere der Stadt zu schaffen. Oberhalb von Teremi war der Fluss so breit und flach, dass es in den wasserarmen Monden manchmal eine Furt gab, durch die man den Flusslauf einfach überqueren konnte. Aber die Regenfälle der letzten Wochen hatten die Zuflüsse des Magy gespeist, so wie die Reiba hier, sodass der Magy gewiss mehr Wasser führte.

Blieben die Fähren ... aber wie sollte der Wlachake die fünf Trolle auf eines der breiten Boote schmuggeln? Es war ausgeschlossen, dass sie offen mitführen, das würde viel zu viel Aufmerksamkeit erregen. Dann gab es noch die Flusskähne und Fischerboote; möglicherweise ließ sich eines davon kaufen oder zur Not stehlen, denn Geld hatten sie schließlich keines bei sich.

Vielleicht sollte er die Trolle auch einfach irgendwo in einem Versteck zurücklassen und allein nach Teremi gehen? Doch Şten war sich sicher, dass die Trolle diesen Plan verwerfen würden, so vernünftig er auch sein mochte.

Er war tief in Gedanken versunken, als plötzlich ein Stein vor ihm in den Fluss platschte und Wasser zu ihm aufspritzte.

Fluchend richtete sich der junge Krieger auf die Fersen auf und warf dann einen vorsichtigen Blick nach oben. Auf dem Felsen gegenüber stand ein Baum, eine alte Weide, die sich in das spärliche Erdreich gekrallt hatte, und zwischen den herabhängenden Ästen der Weide sah Şten undeutlich eine Gestalt, die halb von den Zweigen verborgen war.

»Sag deinen großen ungewaschenen Freunden, dass wir sie hier oben erwarten, wenn die Sonne schläft«, ertönte die Stimme des Elfen durch den Spalt. Von einem Augenblick zum nächsten verschwand er, als wäre er nie da gewesen. Zunächst strengte Şten noch seine Augen an, aber als er sicher war, dass es nichts mehr zu sehen gab, schwamm er zur Höhle zurück.

Während er sich wieder ankleidete, sagte er zu Zdam: »Der Vînak war draußen. Er sagt, sie warten auf euch, wenn die Sonne untergegangen ist.«

Bis auf ein unbestimmtes Brummen konnte er dem Troll jedoch keine Antwort entlocken. Gereizt fragte sich Şten, ob Zdam so schweigsam war, weil er noch weniger Worte kannte als die übrigen seiner monströsen Begleiter.

Der Aufstieg, an den sie sich machten, sobald die Trolle erwacht waren, fiel Şten leichter als der Abstieg, da sein Körper mit jeder Nacht Schlaf und jeder Mahlzeit wieder zu seiner alten Stärke und Ausdauer zurückfand. Auch die Trolle erreichten schnell die Kante des Felsens, wo sich die Gruppe erst einmal vorsichtig umsah. Der Vînak hatte von mehreren Elfen gesprochen, und auch wenn dies vielleicht eine Lüge gewesen war, so mussten sie doch mit einer ganzen Gruppe von Spitzohren rechnen. Prüfend sog Pard Luft in seine Nüstern und nickte zustimmend: »Sie waren hier; wie viele, weiß ich nicht.«

»Kannst du den Spuren folgen?«, fragte Şten leise.

Beinahe beleidigt sah der riesige Troll ihn an. »Kannst du in den Wald scheißen?«

»Schon gut, schon gut«, erwiderte Şten säuerlich, aber der

Troll hatte sich schon abgewandt und führte die Gruppe vom Fluss fort und tiefer in den Wald hinein. Nach einigen Dutzend Schritten sahen sie nicht weit entfernt ein kleines schwaches Licht, wie von einer niedrig brennenden Flamme. Und tatsächlich, als sie sich vorsichtig näherten, brannte auf einer Lichtung ein rauchloses Feuer. Behutsam näherten sie sich, bis aus dem Wald wieder die Stimme des Elfen ertönte: »Wie ich hörte, mögt ihr Menschen euer Fleisch verbrannt, deshalb das Feuer. Ich habe das hier für euch.«

Mit diesen Worten wurde eine Hand voll Kaninchenkadaver auf die Lichtung geworfen, die offenbar sorgfältig gehäutet und ausgenommen worden waren. Hinter ihnen her schritt der Elf, diesmal langsam, und trat schließlich mitten in den Feuerschein.

Es war das erste Mal, dass Şten einen Elfen sah, und er besah sich das fremdartige Wesen genau. Auf den ersten Blick unterschied ihn nicht viel von einem Menschen, nur war er kleiner als die meisten und von schlankerem Wuchs. Gekleidet war er nur in eine lockere, lederne Hose, die ihm von der Hüfte bis knapp unter die Knie reichte. Im flackernden Schein des Feuers konnte der Wlachake erkennen, dass die Hose aus verschiedenen Lederflicken zusammengenäht worden war und dass die Nähte alle mit kleinen gestickten Mustern verziert waren.

Augenfälliger als die Kleidung – oder besser, ihr Fehlen – war der Oberkörper des Elfen, denn auf seiner Brust und den Schultern prangte ein großes Hautbild. Obwohl er sich Mühe gab, die verschlungenen Linien zu erkennen, konnte Şten kein wirkliches Motiv ausmachen. Vielmehr handelte es sich um große, dunkle Flächen und Konturen, die in seltsamen Bögen und Wirbeln über die Haut liefen und den Umrissen der Muskeln folgten. Das Ganze ergab ein verwirrendes, seltsam faszinierendes Bild, das den Blick des Betrachters gefangen hielt. Schon oft hatte Şten die Hautbilder gesehen, die von den Bilderstechern der Masriden angefertigt wurden und die inzwischen auch bei den Wlachaken beliebt waren, aber dies hier war anders, nicht so dunkel und künstlich, sondern auf eine Weise an die Haut des Elfen angepasst, dass es wirkte wie ein natürlicher Teil von ihm. Es zog sich vom Bauch aus über die Brust und die Schultern bis zu den Ellenbogen hinab, und Şten war sich recht sicher, dass der Rücken des Elfen ähnlich verziert war.

Dazu trug der Vînak sein schwarzes, langes Haar, das selbst im spärlichen Licht schimmerte, offen und nur von einigen Zöpfen gebändigt.

Am fremdartigsten aber war das Antlitz, dessen scharf geschnittene Züge Neugier ausdrückten. Unter dünnen Brauen sahen zwei mandelförmige, unergründliche Augen hervor. Die Ohren waren lang und spitz und standen ein wenig vom Kopf ab, was gemeinsam mit den hohen Wangenknochen den raubtierähnlichen Eindruck verstärkte, den der Elf auf Şten machte. Die Haut des Gesichts war ebenso wie die des Körpers gebräunt und erschien dennoch sehr fein und glatt. Außer den Augenbrauen und Kopfhaaren konnte Şten keine weiteren Haare erkennen, weder am Leib noch am Kinn.

Offensichtlich hatte der Elf seine intensive Musterung bemerkt, denn mit einem spöttischen Grinsen fragte er: »Entspreche ich deinen Erwartungen, Mensch?«

Şten hatte sich inzwischen von dem Schock erholt, einem Elfen direkt gegenüberzustehen, und antwortete gelassen: »Ich hatte dich mir größer vorgestellt.«

Darauf lachte der Elf melodisch und hob die Hände: »Enttäuschungen sind ein Teil des Lebens.« Sodann wandte er sich an die Trolle: »Seht her, ich komme unbewaffnet und mit Geschenken.« Er deutete auf die Kaninchenleiber, die im saftigen Gras der Lichtung lagen. »Werdet ihr Frieden halten, während ihr esst?«

»Ja«, sagte Druan kurz und setzte sich an das Feuer. Die anderen Trolle taten es ihm gleich, bis auf Roch, der die Kaninchen holte und sie verteilte. Der Elf wartete, bis alle einen Platz am Feuer eingenommen hatten, bevor er sich ebenfalls niederließ. Mit gekreuzten Beinen setzte sich auch Şten und nahm einen spitzen Stock, der neben dem Feuer lag, um den Kaninchenkadaver aufzuspießen und das Fleisch zu braten.

»Mein Name ist Ruvon«, hob der Elf an und nickte bei jedem Namen, als Druan die kleine Gruppe vorstellte.

»Dies hier ist das Land meines Stammes, über dessen Grenzen ihr ohne unser Einverständnis getreten seid.«

»Das wussten wir nicht«, erwiderte Druan, »wir wollten nur den Menschen aus dem Weg gehen.«

»Sehr löblich«, schmunzelte Ruvon, »aber warum seid ihr überhaupt aus den Gebeinen der Welt emporgestiegen?«

»Wir sind auf der Suche nach Magiern«, antwortete Druan.

»Magier? Meint ihr die neuen Menschen, die von jenseits der Berge stammen?«

»Vielleicht. So genau wissen wir es nicht, deshalb suchen wir ja.«

»Sie werden euch kein Glück bringen. Sie haben die wenigen Menschen vertrieben, die noch Achtung vor der Welt hatten. Nun sind nur noch die Eisenträger da, deren Waffen und Werkzeuge unheilbare Wunden in die Wälder und die Erde reißen.«

»Du meinst die Masriden«, mischte Şten sich ein, doch der Elf zuckte nur mit den Schultern: »Dieser Name bedeutet mir nichts. Aber«, wandte er sich an die Trolle, »diese Magier verehren die ewige Sonne als Gott. Glaubt ihr, dass ausgerechnet ihr bei ihnen Freunde findet?«

»Wir suchen keine Freunde, wir suchen jemanden, den wir zerquetschen können«, fauchte Pard.

»Wir suchen die Magier, die unsere Feinde sind«, sagte Druan mit einem bösen Seitenblick zu dem großen Troll.

»Ihr sucht Feinde, die ihr nicht kennt«, stellte der Elf fest.

»Ja. Jemand greift uns mit Zaubern an. Wir wollen wissen, wer und warum«, erklärte Druan.

»Und dann?«, fragte Ruvon neugierig, und Şten schien es, als richteten die Ohren des Elfen sich ein wenig auf.

»Dann sorgen wir dafür, dass es aufhört«, beantwortete Druan die Frage, und alle Trolle nickten grimmig.

»Nun ja, diese Sonnenanbeter zu finden sollte nicht allzu schwierig sein, immerhin wachsen ihre Häuser überall wie Pilze aus dem Boden«, stellte Ruvon trocken fest.

»Überall?«, fragte Druan nach, und Şten wurde es ein bisschen unbehaglich zumute, als er den misstrauischen Ton in der Stimme des Trolls vernahm. Doch Ruvon nickte nur, und Druan ließ die Sache auf sich beruhen.

»Und dieser Mensch hier?«, erkundigte sich der Elf unvermittelt.

»Er hilft uns, er ist unser Führer.«

»Menschen helfen Trollen? Es sind in der Tat seltsame Zeiten, die wir erleben. Das Land verändert sich«, meinte der Elf nachdenklich. Dann entblößte er seine kleinen, ebenmäßigen Zähne zu einem Lächeln. »Aber jetzt solltet ihr erst einmal essen.«

So aßen sie schweigend die Kaninchen. Şten hatte während des Gesprächs kaum auf das brutzelnde Fleisch geachtet und suchte nun nach genießbaren Bissen. Die Trolle hingegen verschlangen die rohen Fleischstreifen mit sichtlichem Genuss. Der Elf aß nichts, sondern beobachtete lediglich seine Gäste bei der Mahlzeit. Immer wieder dachte Şten, aus den Augenwinkeln eine Bewegung im Wald zu erkennen, aber wenn er genauer hinsah, konnte er nichts erblicken. Der Stamm der Vînai war wohl in der Nähe, blieb aber verborgen. *Wie viele mögen es wohl sein,* überlegte Şten, *und warum bleiben die Trolle angesichts dieser Gefahr so ruhig?*

»Was meintest du damit: Das Land verändert sich?«, fragte Şten nach, um sich von den wandernden Schatten abzulenken, die er zwischen den Baumstämmen zu sehen glaubte.

»Kannst du es nicht spüren, Mensch? Hier im Wald? Oder auf euren Wiesen und Feldern?« Er sah Şten prüfend an und schüttelte dann den Kopf. »Nein, vermutlich nicht.«

»Das Leben hat sich verändert«, stellte Şten fest, »jetzt herrschen Krieg und Tod.«

Ruvon nickte. »Alles wird anders. Wir verändern uns mit dem Land. Manche mehr, andere weniger.«

Ebenfalls nickend dachte Şten, dass es an der Zeit sei, die Masriden zu vertreiben und dem Land wieder Frieden zu geben.

Der Elf jedoch erhob sich und sprach: »Ihr könnt gehen, wohin es euch beliebt. Auch wenn wir wenig über eure Suche wissen, so kann es doch nicht schaden, wenn jemand den neuen Menschen Einhalt gebietet.«

Damit drehte er sich um, ohne ein weiteres Wort zu verlieren, und verschwand im dichten Buschwerk des Waldes.

Auch die Trolle machten sich zum Aufbruch bereit, und Şten folgte ihnen. Nachdem er einen Schluck aus dem Wasserbeutel getrunken hatte, gesellte er sich zu Druan und fragte den Troll: »Dein Volk kennt die Elfen?«

»Natürlich«, antwortete dieser einsilbig.

Doch der Krieger ließ nicht locker: »Aber ihr seid keine Feinde?«

»Nein. Wir haben schon lange keiner der Spitzohren mehr gesehen. Aber selbst in alten Zeiten, als wir noch an der Oberfläche lebten, blieben sie im Wald und wir in den Bergen und Höhlen.«

»Wieso seid ihr in die Tiefen gezogen?«

Als Antwort wies Druan zum Himmel.

»Die Sonne ... Mein Volk kennt noch Legenden über euch, aber ihr müsst schon seit vielen, vielen Jahren fort sein«, überlegte Şten laut.

»Ja, vermutlich. Ich weiß das nicht, ich kenne nur alte Geschichten«, gab Druan rüde zurück, was Şten als Aufforderung verstand, den Troll nicht weiter mit Fragen zu belästigen.

Stattdessen überlegte er, wie wohl der vorsichtige Friede zwischen Trollen und Elfen dereinst zu Stande gekommen war. Beide Rassen waren gnadenlose Jäger, und in mancher Beziehung ähnelten sie eher den Tieren der Wildnis als zivilisierten Lebewesen. Vielleicht verstanden sie sich deshalb, auch wenn Şten gedacht hätte, dass es kaum zwei Völker geben könnte, die unterschiedlicher waren.

Außer natürlich Zwergen und Elfen; aber deren Abneigung

gegeneinander war ja längst sprichwörtlich. Zum Glück gab es zwischen deren Lebensräumen kaum Berührungspunkte, weshalb es auch nur selten zu Auseinandersetzungen oder gar Kriegen kam. Eine der Waren, die Zwerge von den Menschen kauften, war Holz. Man sagte, dass sie sich aus Angst vor dem Zorn der Elfen nicht in die Wälder trauten. Und die Menschen zogen Gewinn daraus, denn die Zwerge benötigten Holz in großer Menge, vermutlich für ihre Minen und Bingen, die ja so gewaltig und schön sein sollten, dass man sie sich in seinen kühnsten Träumen nicht ausmalen konnte.

Aber trotz ihres immensen Reichtums verlangten die Zwerge nach immer mehr und führten aus diesem Grund Krieg gegen die Trolle. Elfen, Zwerge, Trolle … Als wenn Şten nicht schon genug Probleme gehabt hätte, dass auch noch all diese fremdartigen, unergründlichen Wesen in sein Leben treten mussten und alles noch komplizierter machten, als es schon war. Kopfschüttelnd stapfte der Wlachake hinter Druans breitem Rücken durch den nächtlichen Forst.

12

»Unseliges Pack!«, brüllte Hrodgard die drei vor ihm knienden Zwerge an. »Wie ist es möglich, dass der Mensch entkommen konnte?«

»Meister«, begann Goldulf, Sohn des Gripert, der Kampfmeister der Dritten Kompanie, aber Hrodgard unterbrach ihn donnernd.

»Keine Entschuldigungen, Kampfmeister! Das stinkt so faul wie Trollmist, *meine* Gänge riechen nach Trollmist, und das kann ja wohl nicht wahr sein!«

»Offenbar gab es an diesem Ausgang kein Gitter, Herr. Wir haben die anderen Luftschächte überprüft, und bei fast der Hälfte fehlten die Gitter, Herr!«

»Das ist eine unglaubliche Schweinerei!«, dröhnte der Kriegsmeister. Mit finsterem Blick fixierte er seine Untergebenen und deutete auf den Ausgang des Schachtes. Noch immer konnte man den Geruch von verbrannten Haaren und Fleisch riechen, der die Krieger hierher geführt hatte.

»Sorgt dafür, dass dieser unglaubliche Mangel behoben wird! Schafft mir Handwerker herbei, die unsere Tunnel wieder sicher machen! Und dieser Gang hier wird geschlossen, seine Position ist kompromittiert.«

»Jawohl, Kriegsmeister!«, riefen die drei Kampfmeister gleichzeitig.

»Findet heraus, wer für die Gitter zuständig ist. Schlagt ihn in Ketten und bringt ihn in die Opferhallen. Ich werde ihm das Herz eigenhändig aus dem Leib reißen, um die Götter von Fels und Stein wieder gnädig zu stimmen, die wir durch unsere Fahrlässigkeit erzürnt haben«, befand Hrodgard grimmig und sah zu, wie seine Untergebenen aufsprangen und den Berg hinab zum Eingang in die Stollen liefen. Zurück blieben nur der Kriegsmeister und seine zwölf Leibwachen, die mit stoischer Miene die gesamte Besprechung verfolgt hatten. Mit einem letzten Blick auf die gut getarnte Öffnung des Luftschachtes wandte Hrodgard sich ab und befahl seinen Kriegern, ihm zu folgen. »Wir kehren zurück.«

Auf dem Weg zum oberen Tor der unterirdischen Stadt Tesharak überlegte Hrodgard, was die jüngsten Ereignisse zu bedeuten hatten. *Ein Mensch dringt in meine Tunnel ein, schnüffelt überall herum. Kam er aus dem Osten oder dem Westen? Hat ihn dieser Zorpad gesandt? Menschen! Einen Spion zu schicken sähe ihnen ähnlich!*, dachte der Kriegsmeister.

Hrodgard wäre es wahrlich am liebsten gewesen, wenn die Trolle endlich ein für alle Mal vom Antlitz der Berge getilgt wären und die Zwerge Schluss mit den unbotmäßigen Geschäften mit Menschen machen könnten. Aber leider hatte der König entschieden, dass dies der einzig gangbare Weg im Krieg mit den verfluchten Trollen war, und die ersten Erfolge gaben seinem Herrn Recht, auch wenn es Hrodgard gar nicht schmeckte, auf die Hilfe von *Menschen* angewiesen zu sein. *Wartet nur ab, bis die Trolle vernichtet sind,* dachte der Zwerg bei sich, *dann werden wir uns um euch und um eure bartlosen, kümmerlichen Krieger kümmern*. Zu viele Kreaturen begehrten den Reichtum seines Volkes, zu viele waren von Neid zerfressen. Es war Hrodgards Aufgabe als Kriegsmeister, alle Feinde der Zwerge abzuwehren, und es war sein Ziel, sie endgültig auszurotten.

Ohne die Wachen am Eingang auch nur eines Blickes zu würdigen, betrat der Kriegsmeister die Hallen seines Volkes. Seine Leibwache mit den verzierten Rüstungen und den stolz getragenen Bannern sorgte dafür, dass gewöhnliches Volk nicht im Weg herumstand, wenn der oberste Krieger der Zwerge durch die Tunnel schritt. In seinem Kopf spielte Hrodgard verschiedene Möglichkeiten durch, doch er kam immer nur zu einem Ergebnis.

»Kündige mich beim König an und bitte um eine Audienz mit dem Rat«, befahl er einer Wache. Dann wandte er sich an den Anführer seiner Leibgarde: »Wir müssen uns vorbereiten. Vielleicht war dieser menschliche Eindringling nur ein Dieb, vielleicht aber war er auch ein Späher für ein ganzes Heer. Zieht die Truppen aus den tieferen Gängen ab, sichert die Eingänge zu den unteren Ebenen. Und sagt den Kriegern, dass wir vielleicht an der Oberfläche kämpfen müssen. Bringt mir die Katapultmeister und die Ballistenmeister.«

Ohne zu fragen, wurden seine Befehle ausgeführt, und Hrodgard setzte sich auf eine harte Steinbank, um die Antwort des Königs auf sein Audienzgesuch abzuwarten. Wenn die Feinde seines Volkes einen Krieg wollten, dann würde er ihnen einen Krieg geben. *Und wenn ich jede menschliche Ansiedlung niederbrennen muss, diese Kreaturen werden ihre schmutzigen Finger nicht auf die Schätze meines Volkes legen!*

13

Mit angehaltenem Atem ließ Sargan die Zwerge passieren und beobachtete die Krieger des Kleinen Volkes aus seinem Versteck heraus. Als er seine Verfolger kurz zuvor auf dem Pfad weiter unten entdeckt hatte, hatte er innerhalb weniger Augenblicke einige Felsenbrocken vor den Steinüberhang geschoben, um sich ihren Blicken zu entziehen.

Besonders aufmerksam gingen die Zwerge bei ihrer Suche nach ihm nicht vor, aber sie bewiesen ihre geradezu sprichwörtliche Ausdauer und Beharrlichkeit. Schon längst hatte Sargan die höheren Gebirgslagen hinter sich gelassen, aber immer noch blieben ihm die Zwerge auf den Fersen.

Der Trupp, der den gewundenen Pfad emporkam, bestand aus einem halben Dutzend Zwergen, alle gerüstet, allerdings für ihre Verhältnisse eher leicht. Sie trugen Kettenhemden, hölzerne, stahlverstärkte Schilde, Äxte und Hämmer. Sie machten genug Lärm für ein ganzes Dutzend Krieger, doch die Gefahr bestand nicht in der einen Patrouille, sondern in der schieren Anzahl von Trupps, die die Flanke des Berges absuchten und Sargan immer wieder in Deckung zwangen. Nach einem Blick auf die weitereilenden Krieger und den Stand der Sonne entschied er sich, die Nacht unter dem Vorsprung zu verbringen, der zumindest ein wenig Schutz vor Wind und Wetter bot.

Also rutschte er noch ein Stück tiefer zwischen die Felsen und stellte sich auf einige kalte, ungemütliche Stunden ein. Seine Ausrüstung war nicht gerade großzügig bemessen, da er nur das Allernötigste eingepackt hatte. Vor allem seine Essensrationen würden ihm früher oder später ausgehen, auch wenn das feste dunkle Brot in dem Wachspapier die Strapazen des Schwimmens und Kletterns erstaunlich gut überstanden hatte und kaum feucht geworden war. Allerdings war es selbst in bester Form nicht gerade ein Gaumenschmaus, und so war Sargans Abendmahlzeit im letzten Licht der Sonne alles andere als ein Festbankett.

Danach bemühte er sich, es sich so bequem wie möglich zu machen, und schloss die Augen. Die Anstrengungen der letzten Tage machten sich sofort bemerkbar, denn innerhalb kürzester Zeit war er eingeschlafen.

In den späten Stunden der Nacht wurde Sargan von einem Heulen geweckt, das, wie er hoffte, von einem Wolf stammte. Bevor er aufgebrochen war, hatte er sich gut über Ardoly informiert, und so wusste er, dass es gerade in den Wäldern durchaus schrecklichere Kreaturen als nur wilde Tiere gab. Im Augenblick konnte er sich damit jedoch nicht weiter beschäftigen, denn im Licht der Sterne wollte er den weiteren Abstieg wagen und vielleicht sogar die Sicherheit der Baumgrenze noch vor Anbruch des Tages erreichen. War er erst einmal in den mächtigen Wäldern Ardolys verschwunden, würde das Kleine Volk ihn niemals finden.

In der Dunkelheit war die Kletterpartie, die am Tage sicherlich kein Problem darstellte, schwierig und gefährlich, da Sargan den Pfad mied, der sich an die Flanke des Berges schmiegte, und einen direkteren Weg suchte, um die Suchtrupps der Zwerge zu umgehen.

Das Gelände war wohl besser für Bergziegen als für Menschen geeignet, aber Sargan schaffte es dennoch, die ersten, verkrüppelten Bäume zu erreichen, die schließlich von einem richtigen, wenn auch noch lichten Wald abgelöst wurden. Erleichtert stahl sich Sargan zwischen den Stämmen in Richtung Tal davon, bis er den Pfad wiederfand.

Da er sich recht sicher war, dass er den Zwergen, falls sie ihn so weit verfolgten, im Wald ohne Probleme entkommen konnte, blieb er auf dem Weg, ließ aber in seiner Vorsicht nicht nach. Bald erreichten die ersten Strahlen der Sonne den Boden und tauchten den Wald in goldenes Licht. Wie Finger griffen sie zwischen den Bäumen hindurch und beleuchteten den sanften Nebel, der sich am Waldboden wand. Vögel zwitscherten, hier und dort konnte der Mensch eine Bewegung ausmachen – kleine, huschende Schatten, die so schnell wieder verschwanden, wie sie auftauchten. Doch die Ruhe und der Frieden waren nicht für ihn bestimmt, das war Sargan bewusst, denn noch immer floh er vor Feinden, die seinen Tod wollten, und Ardoly war zudem ein Land voller unbekannter und urtümlicher Gefahren.

Zwar waren die Kenntnisse über das Land der Masriden und Wlachaken, die er erhalten hatte, gewiss lückenhaft und teilweise veraltet, aber alle Berichte waren sich einig, dass Ardoly ein düsteres Land war, anders als die zivilisierten Länder des Ostens, aus denen Sargan stammte. Hier schien die Zeit stehen geblieben zu sein, was auch daran liegen mochte, dass es kaum Kontakt zwischen Ardoly und seinen Nachbarn gab. Selbst zu den besten Zeiten waren die Pässe gefährlich und kaum begehbar, und die harten Winter begruben jede Möglichkeit, mit der Außenwelt in Berührung zu kommen, unter endlosen Schneemassen.

Einzig die Zwerge hatten einen Weg, Waren und Nachrichten durch das Gebirge zu transportieren, und Sargan hatte nun ihr Geheimnis gelüftet. Doch das allein würde seinen Auftraggebern nicht ausreichen; er musste mehr über die Beziehung der Zwerge zu den Herrschern, Händlern, Reichen und Mächtigen des Landes herausfinden. Aus diesem Grunde war es vonnöten, dass er sein weiteres Vorgehen überdachte. Es war an der Zeit, die Flucht zu beenden, das Heft wieder in die Hand zu nehmen und einen Plan zu schmieden, wie er mehr in Erfahrung bringen konnte.

Trotz seiner anfänglichen Befürchtungen kam Sargan gut voran. Entweder suchten die Zwerge so tief im Tal nicht nach ihm, oder er hatte seine Verfolger einfach abgehängt. Überall an dem Pfad konnte er die Bemühungen des Kleinen Volkes erkennen, den Weg freizuhalten. Büsche und Sträucher waren gestutzt, Bäume gefällt und sonstiger Bewuchs entfernt.

Der Weg war wenig mehr als ein Karrenpfad, aber Sargan nahm an, dass die Zwerge hier ähnliche Gefährte wie unter Tage benutzten, weshalb er vollkommen ausreichte. Irgendwo würde dieser Karrenpfad entweder auf eine Straße oder auf eine Ansiedlung treffen, und von dort aus konnte Sargan weiterziehen. Es war ihm nicht bekannt, dass die Zwerge in Ardoly Siedlungen außerhalb ihrer Hallen unter den Bergen unterhielten, also war es wahrscheinlich, dass der nächste Ort von Menschen bewohnt war. Dort würde er mit einer entsprechenden Tarnung und einer guten Geschichte halbwegs unauffällig auftreten und sich auch wieder mit Ausrüstung und Nahrung eindecken können. Mit ein wenig Glück konnte er dort sogar nach den Verbindungen forschen, die das Kleine Volk in Ardoly pflegte. Blieb nur der Weg durch den uralten Wald des Landes, dessen Gefahren er trotzen musste.

Natürlich lag die kleine Stadt am Magy, dessen Fluten hier schon viele Dutzend Schritt breit waren, bevor sie in den Kavernen unterhalb der östlichen Sorkaten verschwanden. Von seiner Warte aus beobachtete Sargan das Treiben in der Stadt, die in einer weit gezogenen Biegung am Nordufer lag, und sah zu, wie ein großer Frachtkahn den Strom hinunterkam und träge zu einem der Kais trieb, wo er anlegte und sogleich entladen wurde. Der Anblick erinnerte den Menschen an die Szenen, die er unter den Bergen in den geheimen Häfen des Kleinen Volkes gesehen hatte, auch wenn die Beteiligten hier Menschen waren und keine Zwerge. Kurz fragte er sich, weshalb die Zwerge nicht einfach mit Kähnen von dieser Stadt aus losfuhren, sondern erst den mühseligen Weg mit den Karren auf sich nahmen, aber da er darauf keine zufrieden stellende Antwort fand, kümmerte er sich wieder darum, mehr über die Siedlung herauszufinden.

Wenn ihn sein Gedächtnis nicht trog, dann musste das Turduj sein, eine der größeren Städte des Landes und Stammsitz von Gyula Békésar, dem mächtigsten Fürsten des östlichen

Ardolys. Über die Probleme der Masriden untereinander und ihren Konkurrenzkampf um die Krone des Landes gab es zahlreiche Berichte in Dyria. Der Herr über Turduj war ein Mitglied des so genannten Triumvirates, dessen Mitglieder das Land unter sich aufgeteilt hatten, wenn man einmal von den wenigen unwirtlichen Gebieten absah, die noch von Wlachaken beherrscht wurden. Der mächtigste Fürst war Zorpad Dîmminu, der den Westen fast zur Gänze beherrschte. Seine beiden Rivalen Gyula Békésar und Laszlár Szilas saßen im Osten des Landes. Soweit Sargan wusste, gab es ein brüchiges Bündnis zwischen Laszlár und Gyula, die allein kaum gegen ihren starken Nachbarn Zorpad hätten bestehen können. Allerdings würde dieses Bündnis wohl nur so lange halten, wie eine Bedrohung von Zorpad ausging, denn jeder der drei Fürsten beanspruchte den Thron über ganz Ardoly für sich, weil sie jeweils von einem anderen Sohn des letzten und einzigen Masriden-Königs abstammten, der je über Ardoly geherrscht hatte.

Es war ein empfindliches Gleichgewicht, das seit zwei Jahrhunderten herrschte und das erst vor wenigen Jahren durch Zorpads siegreiche Feldzüge ins Wanken geraten war. Und irgendwo gab es auch noch die freien Wlachaken, die seit ihrer Unterwerfung im Jahre 732 nur darauf warteten, die fremden Herren wieder aus ihrem Land zu vertreiben. Alles in allem eine komplizierte und gefährliche Lage, die das ohnehin geplagte Land weiter beutelte.

Aber Sargan hatte eine Aufgabe zu erfüllen, und durch reines Beobachten würde ihm dies kaum gelingen. Also machte er sich auf den Weg und schlug einen weiten Bogen um die Stadt, damit er sie durch ihr westliches Tor betreten konnte.

»Halt!«, befahl die Torwache wie erwartet, und Sargan blieb stehen und sah die junge Frau an, die ihn mit wachen Augen misstrauisch musterte. Ihre Rüstung war von guter Machart, metallene Platten, die auf dickes Leder genäht waren, und sie trug einen kleinen Schild und einen Speer sowie einen Helm aus Leder, der ihr helles Haar fast gänzlich verbarg. Das einfache Bildnis auf dem lederbespannten Schild zeigte den Greifen, das Wappentier des Hauses Békésar. Anders als im Imperium, wo die Kunst der Heraldik gepflegt wurde, gab es in Ardoly kaum mehr als krude Bilder auf den Bannern und Schilden, mithilfe derer die Soldaten Freund und Feind erkennen konnten. Doch Sargan behielt seine abwertende Meinung über die Menschen und das Land hier lieber für sich und lächelte die Wache an.

»Wer bist du, und was ist dein Begehr?«, verlangte die Wache von ihm zu wissen, offensichtlich von seinem mitgenommenen Äußeren alarmiert. Also gab er ihr die Antwort, die er sich auf dem Weg zurechtgelegt hatte: »Mein Name ist Sargan von Masya, ich bin ein wandernder Gelehrter und Schreiber.«

»Soso, ein Schreiber. Aus Mastia? Nie gehört …«

»Masya. Das liegt östlich von hier. Im Dyrischen Imperium«, fügte Sargan bedeutungsschwer hinzu.

»Aus dem Imperium? Holla!«, rief die Wache aus und schaute Sargan mit neuem Respekt an, nur um sich dann zu besinnen und ihn zu fragen: »Habt Ihr Waren dabei, mit denen Ihr handeln wollt, Herr?«

»Nein, mein einziges Handelsgut ist meine Schrift, und die muss ich doch nicht verzollen, oder etwa doch?«, erwiderte Sargan mit einem gewinnenden Lächeln und breitete die Hände aus.

»Nein, natürlich nicht. Wie seid Ihr nach Ardoly gelangt, Herr?«, fragte die Bewaffnete respektvoll.

»Über den Erköl-Pass. Es war eine wahre Tortur, kann ich Euch sagen. Deshalb auch meine wenig standesgemäße Erscheinung. Zudem stürzte ich unweit von hier von einem Fels hinab, weshalb ich mich wohl neu einkleiden muss«, antwortete Sargan mit einem Lachen, in das die Frau einfiel.

»Ja, die Pässe sind gefährlich!«, sagte sie zustimmend. »Seid willkommen in Turduj!«

»Habt Dank. Vielleicht könnt Ihr mir noch eine Unterkunft empfehlen, wo ich meine geschundenen Knochen ein wenig ausruhen kann?«

»Die besten Herbergen liegen am Marktplatz. Dort könnt Ihr eigentlich ohne Sorge jedes Quartier nehmen.«

»Und wo kann ein Reisender seinen Durst löschen? Wo geht Ihr hin, wenn Euer anstrengender Dienst vorbei ist? Ich nehme doch an, dass eine Dame wir Ihr die besten Orte für ein wenig Geselligkeit kennt«, flachste Sargan mit einem Zwinkern, was zu seiner Freude die Wache erröten ließ.

»In den *Weißen Bären*. Das ist gar nicht zu verfehlen, immer in Richtung Hafen vom Marktplatz aus, dann seht Ihr schon das Schild«, erklärte sie hastig.

»Vielleicht mit einem weißen Bären darauf? Sehr gut, vielen Dank, meine Dame. Vielleicht trifft man sich ja dort.«

»Ach, vielleicht solltet Ihr in der Feste vorsprechen. Weil Ihr aus dem Imperium kommt«, empfahl die Gerüstete, und Sargan nickte zustimmend, obwohl er sicher nicht vorhatte, seine Anwesenheit irgendwo offiziell anzukündigen. Dennoch lächelte er der Gardistin noch einmal zu, als er durch das Tor in das geschäftige Treiben der Stadt eintrat.

In seiner Heimat hätte man die Hafenstadt eher ein Städtchen genannt, denn die wenigen mehrgeschossigen Häuser drückten sich ebenso an den schmutzigen Boden wie der Rest der Gebäude, welche zum größten Teil einfache Fachwerkskonstruktionen waren. Die Straßen waren breit, aber schlammig und nicht gepflastert, und man verfügte hier über keine Kanalisation. Der Weg zum Marktplatz war schnell gefunden, und dort gab es tatsächlich eine Hand voll Gasthöfe, von denen Sargan sich einen aussuchte.

In weiser Voraussicht hatte er in seine Kleidung Münzen eingenäht, bevor er nach Ardoly aufgebrochen war, was ihm jetzt gute Dienste leistete, auch wenn es Zeit kostete, den misstrauischen Wirt davon zu überzeugen, dass die fremdländische Währung einen Wert besaß. Schlussendlich zahlte Sargan viel zu viel, aber wenigstens hatte er ein Dach über dem Kopf.

Nach seiner merkwürdigen Reise unter den Bergen hindurch genoss er es, endlich wieder unter Menschen zu sein und das zu erkunden, was man hierzulande unter Zivilisation verstand. Ein heißes Bad und ein warmes Essen später änderte er seine Meinung dahingehend, dass die Menschen in Ardoly nur einfach rückständig und unzivilisiert waren und nicht unglaublich rückständig und vollkommen unzivilisiert.

Obwohl er während des Essens im Schankraum darauf achtete, schien sich niemand über Zwerge zu unterhalten, also machte Sargan sich auf, erst einmal Kleidung zu kaufen, denn er hatte wenig Hoffnung, dass man die Fetzen, die er am Leibe trug, jemals wieder herrichten konnte.

Mit einfacher Reisekleidung am Leib fiel er auch sehr viel weniger auf, vor allem wenn er seine für Ardoly ungewöhnlichen roten Haare unter einer Lederkappe verbarg. So verändert, begab er sich schließlich zum *Weißen Bären* und bestellte einen Krug Wein, der sich sogar für seinen verwöhnten Gaumen als halbwegs trinkbar herausstellte. Still beobachtete er die Gäste, die wohl zum größten Teil Wlachaken waren, und wartete darauf, dass die Samen, die er am Stadttor gesät hatte, Früchte trugen.

Gerade als er enttäuscht aufgeben und ein anderes Opfer suchen wollte, öffnete sich die Tür, und herein kam die junge Frau von der Wache, diesmal ohne Rüstung und nur mit einem langen Dolch bewaffnet. Mit einem breiten Grinsen winkte Sargan ihr zu und rief sie an seinen Tisch.

»Ihr seid tatsächlich meinem Rat gefolgt?«, fragte sie scherzhaft, und Sargan nickte: »Selbstverständlich. Mir war bewusst, dass Ihr Euch gut auskennen müsst. Zudem hoffte ich natürlich … nein, das ist ungebührlich.«

»Was?«, fragte die Blonde neugierig, während sie einen Krug von dem starken Gemüsebier orderte, das man hierzulande trank.

»Ich hoffte, Euch wiederzusehen«, erklärte Sargan, während er die Augen niederschlug. »Dabei kenne ich doch nicht einmal Euren Namen!«

»Maiska.«

»Maiska. Wie schön«, flüsterte Sargan und lächelte wieder.

Auch sein Gegenüber lächelte, und der Mann dachte, dass er es auch hätte schlechter treffen können. Obwohl Maiska ein wenig zu groß für seinen Geschmack war, hatte sie doch gerade Glieder und ein offenes, freundliches Gesicht. Ihr Haupthaar war kurz, bis auf einen Streifen am Hinterkopf, und es war hellblond. Ihre Nase war vielleicht etwas zu breit und die Zähne ein wenig zu klein, aber sie war keineswegs hässlich, auch wenn sie natürlich nicht mit den edlen Damen konkurrieren konnte, die Sargan von den Höfen Dyrias kannte. Dennoch war ihr Anblick angenehm, was bei dem, was er plante, eine deutliche Erleichterung war.

Also lächelte er sie wieder an und fragte sie vorsichtig aus, wobei er darauf achtete, dass ihr Becher stets gefüllt war und sie keinen Verdacht schöpfte. Recht schnell war sie von dem dickflüssigen, herben Bier berauscht, und Sargan spielte ihr vor, dass er ebenfalls angetrunken war, auch wenn er nur an seinem Wein nippte. Die meisten Dinge, die sie zu erzählen wusste, waren eher langweilig und von keinem großen Interesse für Sargan, aber so manche Eigenart ihres Postens am Tor stellte sich als durchaus aufschlussreich dar.

In einem geeigneten Augenblick ergriff er ihre Hand und zitierte dann ein Gedicht, einen Klassiker des großen Poeten Hesoates, der damals die Schönheit der Kaiserin besungen hatte. Natürlich kannte die Masridin weder den Poeten noch sein Werk und war von der Wortgewalt ihres Verehrers begeistert.

Mit einer nicht mehr ganz zielsicheren Bewegung griff sie in sein Haar: »Haben viele Männer in Dyria solche Haare?«, fragte sie.

»Nein, ich bin auch in meiner Heimat etwas Besonderes«, gab er grinsend zurück und nahm ihre Hand in die seine. »Du aber bist in deiner Heimat eine Schönheit«, murmelte der Dyrier, während er ihr tief in die Augen blickte. »In deinen Augen kann ein Mann sich für immer verlieren.«

Als sie leise lachte, führte Sargan ihre Hand zu seinen Lippen und küsste sanft ihre Finger. Geschickt drehte er ihre

Hand herum und ließ die Lippen langsam über die Innenfläche wandern. Zärtlich küsste er den Ansatz ihrer Finger, und dann schnellte seine Zunge hervor und glitt zwischen Daumen und Zeigefinger, was sie aufstöhnen ließ. Es bedurfte nur noch weniger, heiser geflüsterter Worte, um sie dazu zu bewegen, ihn zu seiner Unterkunft zu begleiten.

Lachend schritten sie durch die dunklen Straßen, bis sie Sargans Herberge erreichten, wo er sie geschickt in sein Zimmer im Hinterhaus schmuggelte. Gerade hatte er ein kleines Öllicht entzündet und wandte sich zu ihr um, da begann sie auch schon, ihn wild und leidenschaftlich zu küssen. In ihrer berauschten Erregung hatte sie Schwierigkeiten mit den Knöpfen an seinem Wams, aber er half ihr geschickt und stöhnte, als ihre Lippen über seine Brust und den Bauch glitten. Mit einem Ruck riss er ihr das Mieder von den Schultern und strich mit der Zunge über ihre nackte Haut. Seine Lippen fanden ihre Brüste, und sie vergrub die Hände in seinem Haar. Sanft drehte er sie um und schob sie auf sein Lager, wo sie in verschlungener Umarmung Liebkosungen austauschten, bis sie sich von ihren Beinkleidern befreite und Sargan auf sich zog. Im Halbdunkel betrachtete er ihren festen Leib und lauschte ihrem lauten Atem, während er ihren Hals küsste. *Manchmal hat die Arbeit auch ihre guten Seiten*, dachte Sargan, als er in sie eindrang.

Maiska lag noch immer in seinen Armen; im Schlaf ging ihr Atem ruhig und regelmäßig. Abgelenkt streichelte Sargan ihren Rücken, während er über sein weiteres Vorgehen nachdachte. Nach ihrem Liebesspiel war Sargan noch im Hemd in den Schankraum geschlichen und hatte etwas Wein gestohlen. Zwar hatten sie einiges wieder ausgeschwitzt, aber der schwere Rote hatte Maiskas Zunge weiter gelockert, und sie hatte ihm bereitwillig alles Mögliche erzählt. Natürlich ahnte sie nicht, dass ihre Informationen für ihn wertvoll waren; ihr selbst erschienen die ständigen Wachdienste am Tor der Stadt langweilig.

Soweit Sargan es verstanden hatte, trafen regelmäßig Karawanen des Kleinen Volkes in der Stadt ein, verkauften Waren, die sie entweder selbst hergestellt oder aber von außerhalb Ardolys bezogen hatten, und kauften dafür im Gegenzug örtliche Erzeugnisse, vor allem Holz und Nahrung. Die Stadt selbst war zu einem Knotenpunkt geworden, denn der größte Teil des Handels in Ardoly lief über die Flüsse und insbesondere über den Magy, der das Land durchquerte und durchgängig schiffbar war.

All dies waren keine Neuigkeiten für Sargan gewesen, auch wenn die Informationen sein Wissen über die Zwerge ergänzt hatten. Aber die Gardistin hatte weitererzählt und unvermittelt doch noch etwas Eigentümliches erwähnt. In letzter Zeit nämlich war der Handel schleppender verlaufen als bisher. Dies erweckte Sargans Aufmerksamkeit, denn die Zwerge mussten ihre Geschäfte ja in den wenigen Monden des Jahres abwickeln, in denen das Wetter es ihnen erlaubte, Handelskarawanen auszusenden. Die Frage war also, warum das Kleine Volk nicht das milde Wetter ausnutzte.

Eine Antwort auf diese Frage würde er nicht in seiner Kammer finden; aber für den Augenblick genoss Sargan einfach die Nähe und Wärme der Masridin, die friedlich in seinen Armen schlief, ohne etwas von seinen Absichten zu ahnen.

Einige Tage darauf strich Sargan lässig durch die Gassen und näherte sich dem Hafen. Dort gab es direkt an dem größten Kai ein Haus, das die Zwerge für ihre Geschäfte und die Zwischenlagerung der Waren nutzten, wie er im Gespräch mit dem Wirt erfahren hatte. Ohne ein besonderes Interesse an dem Gebäude zu bekunden, das sich bei der ersten Inspektion als eine richtiggehende Festung entpuppt hatte, betrat Sargan den Kai und fragte einen der dort herumlungernden Hafenarbeiter nach den Schiffen, die den Magy hinauf Richtung Teremi fuhren. Aus dem Augenwinkel heraus aber beobachtete Sargan das Lagerhaus, dessen dicke graue Mauern sicherlich ein Dutzend Schritt und mehr in die Höhe ragten.

Erst im oberen Drittel der Mauern gab es Öffnungen, die allerdings mehr Schießscharten als Fenstern ähnelten und zudem noch vergittert waren. Zum Hafen hin führte ein großes, zweiflügeliges Tor; ein ebensolches war auch auf der anderen Seite des Gebäudes zu finden. Neben Ersterem fand sich eine einfache kleine Tür, deren Holz mit Eisen beschlagen war. Selbst ein Heer hätte Probleme, dieses Haus einzunehmen, doch glücklicherweise hatte Sargan nicht vor, mit Gewalt einzudringen.

Seiner Erfahrung nach wies selbst die beste Festung Schwachstellen auf. Jetzt galt es, diese zu finden und auszunutzen. Dabei durfte er sich allerdings nicht allzu auffällig benehmen, also dankte er dem Hafenarbeiter für die Informationen, die gänzlich an ihm vorübergegangen waren, und suchte sich in der Nähe des Lagerhauses eine Gaststätte. Tatsächlich fand er eine Kaschemme, von der aus er das Bauwerk im Blick behalten konnte. Bei billigem, saurem Wein stellte er sich seufzend auf eine lange Wartezeit ein.

Wenigstens meine Nächte sind angenehm, dachte er, denn Maiska besuchte ihn häufig in seinem Zimmer, wenn ihr Dienst es ihr erlaubte.

Es dauerte drei Tage, bis Sargan schließlich Glück hatte. Ein Frachtkahn kam den Strom hinab und legte am Kai an, woraufhin die Arbeiter sogleich mit dem Entladen begannen. Doch anders als beim letzten Boot wurden einige der Waren diesmal zu dem Lagerhaus des Kleinen Volkes gebracht, wo ein Offizieller des Hafens mit wichtiger Miene das Tor aufschloss und die Lagerung der Kisten und Fässer beaufsichtigte. Plötzlich in Eile geraten, bezahlte Sargan seinen Wein, verließ die Kaschemme und näherte sich unauffällig dem Gebäude. Es war keine große Ladung, die in die Lagerhalle geschafft wurde, weswegen ihm nicht viel Zeit blieb, also wartete er auf eine günstige Gelegenheit und schlüpfte dann um das Tor herum in das Zwielicht des Gebäudes. Rasch duckte er sich hinter einen Stapel von Kisten und huschte dann tiefer hinein, bis er sicher war, aus dem Blickfeld der Hafenarbeiter verschwunden zu sein.

Über das Verlassen des Lagerhauses machte er sich wenig Sorgen, zur Not konnte er die Tür oder eines der Fenster mit Gewalt öffnen und danach in der Stadt untertauchen. Erst einmal zählte nur, dass er den Geheimnissen des Kleinen Volkes wieder ein Stück näher gekommen war.

Der Verwalter hatte nach Beendigung der Arbeit sogar noch einen Rundgang gemacht, aber Sargan war es leicht gefallen, ihm aus dem Weg zu gehen. Nun saß er im Halbdunkel, denn durch die schmalen Fenster direkt unter dem Dach kam nur wenig Licht in die Halle. Neugierig warf er einen Blick auf die Bestände des Lagers. Wie er schon vermutet hatte, handelte es sich hauptsächlich um Holz in verschiedenster Ausführung, vom einfachen Brett bis zum ganzen Stamm, und um Nahrung, die auf die eine oder andere Art unverderblich gemacht worden war. *Zumindest muss ich nicht hungern,* dachte Sargan belustigt, als er Fässern voll geräucherter Fische entlangging. Zu seinem großen Erstaunen war dies jedoch schon alles, was er hier vorfand. Keine Unterkünfte, keine Aufzeichnungen, das ganze Gebäude bestand nur aus einer einzigen großen Halle.

Eigentlich hatte Maiska ihm erzählt, dass die Zwerge nicht in Herbergen schliefen, wenn sie in die Stadt kamen, sondern immer in diesem Lagerhaus. Dennoch konnte er keinen Ort finden, der sich dafür eignete, sich niederzulegen, was ihn verwirrte. Möglicherweise schliefen die Zwerge in mitgebrachten Decken auf dem Boden, aber das erschien Sargan doch sehr abwegig. Dennoch war er sich sicher, dass es keinen geheimen Raum gab; die Mauern waren zwar dick, aber an jeder Außenwand waren Fenster, die Licht hereinließen, also konnten keine doppelten Wände eingezogen worden sein. Über sich sah Sargan die Balken, die das Dach trugen; auch dort gab es kein Versteck.

Dann fiel es ihm wie Schuppen von den Augen. So nahe an

der Wasserfront würde kein Mensch auf die Idee kommen, einen Keller zu errichten, aber ein Zwerg dachte da wohl anders.

Eine gründliche Suche brachte Sargan tatsächlich Erfolg, denn in einer ungenutzten Ecke bemerkte er eine aufklappbare Fliese in dem gepflasterten Boden, unter der sich ein Ring verbarg. An diesem konnte man eine unscheinbare Falltür öffnen. Vorsichtig hob Sargan die schwere Tür hoch und spähte in die Dunkelheit. Dieses Mal hatte er keine Laterne dabei, also fertigte er sich aus einem kleinen dünnen Brett und einigen Tüchern eine behelfsmäßige Fackel, die er in Lampenöl tränkte, welches in einer Reihe kleiner Fässer im Lagerhaus bereitstand. Den Zwergen für ihre Voraussicht dankend, tippte Sargan sich an die Stirn und stieg die Treppe hinab.

Besonders aufregend war der kleine Keller nicht. Offensichtlich hatten die Zwerge sich hier einige Kammern eingerichtet, in denen sie schlafen konnten, wenn sie in der Stadt waren. Ein Raum mit Tischen und Bänken und ein Arbeitsraum rundeten die Einrichtung ab.

Sehr vorsichtig durchsuchte Sargan zuerst die Schlafräume, konnte aber nichts Besonderes finden. Trotzdem war er auf der Hut, denn man sagte dem Kleinen Volk ja nach, dass sie gefährliche Fallenbauer waren. Der größte Raum des Kellers bot vielleicht einem Dutzend Zwerge Platz und war, genau wie der Rest, mit einer sehr niedrigen Decke versehen, die einem etwas größeren Menschen als Sargan sicherlich so manche Beule am Kopf beschert hätte.

Auch hier gab es nichts zu finden; alles war fein säuberlich aufgeräumt und geputzt. In dem kleinen Arbeitszimmer jedoch wurde der Eindringling fündig, denn dort lag eine feste Kladde mit vielen, ordentlich beschriebenen Seiten auf dem Tisch. Neugierig blätterte Sargan die Aufzeichnungen durch und stellte fest, dass hier offenbar verschiedene Personen Listen über Gegenstände und Warenlieferungen führten, die in Turduj gelagert und gehandelt wurden. Die kleine, schwer zu lesende Schrift der Zwerge mit ihren vielen, gleichförmigen Buchstaben erschwerte Sargan die Aufgabe. Nach einer Weile aber konnte er sich immerhin ein grobes Bild vom Umfang des Handels zwischen Zwergen und Menschen machen. Tatsächlich waren die Lieferungen in diesem Jahr geringer als in den vorherigen Jahren, aber zufrieden stellte Sargan fest, dass es wohl noch einen zweiten Ort gab, der von den Zwergen mit Material beliefert wurde. Anscheinend war ein nicht unerheblicher Teil der Güter für Teremi bestimmt, und als Sargan las, worum es sich dabei handelte, runzelte er die Stirn.

So wie es aussah, belieferte das Kleine Volk den Herrscher von Teremi im großen Stil mit verschiedensten Waren, die allesamt einen deutlichen Zusammenhang aufwiesen: Kriegsgerät.

Schnell blätterte Sargan die Pergamente durch, konnte aber keinen Vermerk über Gegenleistungen finden. Zudem lief, wie zwei Eintragungen am Rand der jüngsten Tabelle belegten, ein großer Teil des Handels mit Teremi direkt über einen Pfad von den Bergen zur Stadt selbst. Nur Erzeugnisse aus dem Land jenseits der Sorkaten gelangten über Turduj ins Land.

Verwirrt überdachte Sargan, worauf er da gestoßen sein mochte. Auf der einen Seite ließ der Handel der Zwerge mit Turduj und dem Osten des Landes nach, gleichzeitig verschiffte das Kleine Volk mehr Waren aus dem Imperium über den Magy nach Teremi in den Westen. Zu all dem kamen wohl noch Güter aus den Schmieden der Zwerge, vor allem Waffen und Rüstungen, direkt aus den Sorkaten nach Teremi. Das passte zu Sargans Informationen, dass die Zwerge vermehrt Kriegsgüter in Dyria beschafften; aber dass sie diese in Ardoly weiterverkauften, war ihm unbekannt gewesen.

Es schien, als bereite Zorpad, der Herrscher von Teremi, einen Kriegszug vor, was sicherlich, wenn man die Geschichte des Landes bedachte, nicht ungewöhnlich war. Aber dass die Zwerge eine solche Menge an eigens geschmiedeten Erzeugnissen veräußerten, das war seltsam. Sonst war das Kleine Volk bekannt dafür, Fremden gegenüber misstrauisch und verschlossen zu sein, und es war stets darauf bedacht, seine Waren und Güter nur in geringer Menge zu verkaufen. Außerdem ließen die Aufzeichnungen der Zwerge die Antwort auf die Frage vermissen, womit Zorpad all diese Waren bezahlte. Bei den anderen Einträgen war jeweils penibel die Summe oder der Gegenwert in Waren angegeben, den die Zwerge erhalten hatten, nur bei den Lieferungen nach Teremi fehlten diese.

Ein schneller Blick überzeugte Sargan davon, dass dies erst seit wenigen Monden der Fall war; vorher hatte Zorpad offensichtlich seine Schulden mit gutem Gold oder anderen Waren beglichen, wie jeder andere auch. *Womit bezahlst du deine Krone?*, fragte sich Sargan, als er die Kladde einsteckte und sich wieder in das Lagerhaus begab. Denn dass die Waffen nur zu Verteidigungszwecken gedacht waren, daran glaubte er keinen Augenblick. Nein, Zorpad würde versuchen, mit seinen Kriegern die Macht über ganz Ardoly an sich zu reißen, um sich zum König zu krönen, wie es einst sein Vorfahr getan hatte.

Mit ein wenig Werkzeug, das die Zwerge hergestellt hatten und das er in einer der Kisten fand, war es ihm ein Leichtes, die Tür von innen zu öffnen, indem er die Scharniere abschraubte. Der Einbruch würde keinesfalls unentdeckt bleiben, aber das war Sargan gleichgültig; schließlich wusste das Kleine Volk ja bereits von dem Eindringling, der in seinen geheimsten Angelegenheiten herumschnüffelte.

Während Sargan langsam durch das nächtliche Turduj schritt, machte er bereits Pläne für sein weiteres Vorgehen. Bald schon würde er die Stadt verlassen müssen, um nach Westen zu reisen. *Es wird Zeit, mich von Maiska zu verabschieden. Vermutlich werde ich sie sogar vermissen*, dachte der kleine Mann wehmütig. *Außer, es gibt in Teremi auch so schöne Torwächterinnen,* fügte er grinsend hinzu.

14

Şten fand, dass es an der Zeit sei, mit den Trollen wieder tiefer in den Wald einzudringen. Wenn sie weiter in der Nähe der Reiba wanderten, würde sie das unausweichlich in die Nähe von Orvol führen, und das war eine Aussicht, die ihm nicht unbedingt behagte.

Es würde schon schwer genug werden, die Trolle nach Teremi hineinzuschmuggeln, aber dort hatte er wenigstens Verbündete und war nicht vollkommen auf sich gestellt. In Orvol hingegen kannte er kaum eine Menschenseele, und er wusste auch nicht viel über den Ort. Zudem vermochte er nicht einzuschätzen, wie weit es ihm gelingen würde, die Trolle in Gegenwart anderer Menschen zu kontrollieren. Dementsprechend war es weitaus sicherer, wenn sie einen weiten Bogen schlugen und diesem Problem vorerst aus dem Weg gingen.

Doch Druan schien andere Pläne zu haben. »Stimmt es, dass die Sonnenmagier überall sind?«, fragte er Şten, kaum dass sie im Wald einen Hohlweg erreicht hatten, der ihnen ein rasches Vorankommen sicherte.

Die unerwartete Frage ließ Şten zögern, bevor er antwortete: »Nun ja, sie versuchen, das ganze Land zu kontrollieren. Sie bauen Schreine und Tempel, wo immer sie wollen.«

»Warum müssen wir dann nach Teremi? Gibt es keinen näheren Ort?«

»Doch, Orvol. Das ist nicht weit von hier«, antwortete Şten und fuhr hastig fort: »Aber ich glaube nicht, dass wir dort viel erfahren können. Es ist ein kleines Dorf. Dort geschehen keine wichtigen Dinge.«

Druan bedachte seine Worte mit einem wortlosen Brummen und ging eine Weile schweigend weiter. Schließlich schien er jedoch einen Entschluss gefasst zu haben: »Ich will mir dieses Dorf ansehen.«

»Warum? Das bringt uns in unnötige Gefahr«, erwiderte Şten schnell.

»Wir wissen so wenig über euch Menschen. Ich will mir ein Bild machen.«

»Das kannst du auch in Teremi, ohne dabei deinen Hals sinnlos zu riskieren«, schlug Şten vor.

»In Teremi werden wir doch auch nicht willkommen sein, oder?«, fragte Druan.

Innerlich fluchte Şten über den Dickschädel des Trolls und dessen gutes Erinnerungsvermögen. Was immer die alten Geschichten über Trolle zu berichten wussten, sie schwiegen über deren Beharrlichkeit. Und darüber, dass es Trolle wie Druan gab, die schlau und gerissen oder vielleicht sogar mehr als das waren.

Die anderen Trolle waren auf ihre Art und Weise nicht dumm, aber Druan begriff und lernte scheinbar mühelos, und seine schnelle Auffassungsgabe machte es Şten tatsächlich schwer, ihn so zu beeinflussen, wie es zunächst seine Absicht gewesen war.

»Du willst nicht nach Orvol? Warum nicht?«, fragte Druan unschuldig.

Der junge Krieger entschied sich für die Wahrheit: »Es ist mir zu gefährlich. Für euch, für die Menschen dort und für mich. Du bist vielleicht vernünftig, aber was ist mit den anderen? Wenn die Menschen euch entdecken, dann werden sie Angst bekommen. Und dann …«

Şten ließ den Satz unvollendet, aber Druan verstand: »Du denkst, die anderen würden deine Leute angreifen.«

»Ja. Und ich würde mich dann gegen euch stellen, das weißt du«, sagte Şten leise.

Zu seiner Überraschung grinste Druan breit. »Ich weiß das. Und wir respektieren es, selbst Pard, auch wenn er es nicht zugeben würde.«

Der große Troll vor ihnen drehte sich bei der Erwähnung

seines Namens um und musterte sie finster. »Was ist mit mir?«

»Nichts«, antwortete Druan, und Şten fügte noch hinzu: »Wir sprachen nur gerade von dem Respekt, den wir dir zollen.«

Misstrauisch sah Pard sie an, doch ihre Miene verriet ihm nichts, also sagte er: »Verdammte lose Zungen. Eines Tages könnt ihr sie zusammenknoten und ein Seil draus machen. Du bist schon ein halber Mensch, Druan, ständig am Schwätzen!«

Mit einem dröhnenden Lachen winkte Druan ab, doch Ştens Laune hatte sich durch den kleinen Schlagabtausch mit dem riesigen Troll nicht verbessert.

»Du machst dir viele Sorgen, Şten«, sagte Druan. »Vielleicht zu viele?«

Fragend sah Şten den Troll an.

»Die Dinge geschehen, wenn sie geschehen«, erklärte Druan gelassen.

»Nur, wenn man sie geschehen lässt. Mir ist es lieber, wenn ich die Dinge selbst in die Hand nehmen kann.«

»Warst du deshalb in dem Käfig?«, erkundigte sich Druan verschmitzt.

»Ich weiß nicht, was das alles soll«, entgegnete Şten, plötzlich gereizt. »Ich halte einen Abstecher nach Orvol für gefährlich. Was gibt es da mehr zu sagen?«

»Und ich will es sehen. Zur Not gehe ich eben ohne dich dahin«, stellte Druan streitlustig fest. Wütend starrte Şten ihn an und überlegte sich, dass die Trolle noch mindestens einen Tag irgendwo im Wald schlafend verbringen würden, bis sie Orvol erreichten. Zeit genug, um seine seltsame Verbindung zu ihnen ein für alle Mal aufzulösen. Doch Druan überraschte ihn ein weiteres Mal. »Was ist, wenn wir allein gehen?«

»Ihr wollt ohne mich gehen? Was soll daran besser sein? Dass ich eure Schandtaten nicht mit ansehen muss?«, entgegnete Şten abfällig.

»Nein, ich meine wir, du und ich«, erwiderte Druan, ohne auf die Beleidigung einzugehen.

Verblüfft dachte Şten über den Vorschlag nach. Von den fünf Trollen in seiner Begleitung war Druan ohne Frage der einsichtigste. Natürlich hatte er einen sturen Kopf, aber er verstand, dass die Trolle sich auf gefährlichem Gebiet bewegten und auf Hilfe angewiesen waren. Vermutlich würde er auf Şten hören, und ein einzelner Troll war bei weitem nicht so gefährlich wie diese ganze Rotte hier, deren Gemüter sich nur allzu leicht erhitzten.

»Also gut«, gab Şten nach, »wenn du dir das Dorf nur ansehen willst, dann könnten wir die Gegend zusammen erkunden. Aber du solltest tun, was ich dir sage. Und wir halten Abstand.«

»Klar«, antwortete Druan schulterzuckend und wandte sich ab. Şten marschierte allein weiter, und es gingen ihm viele Fragen durch den Kopf, unter anderem die, wer hier eigentlich wen manipulierte.

Diesmal fanden sie kein geeignetes Versteck für den Tag, was bei den Trollen einigen Ärger auslöste. Es kam zu einer langen Diskussion zwischen Pard und Druan, bei der Pard immer wieder darauf bestand, dass Ştens Nützlichkeit vorbei sei und man ihn dementsprechend loswerden sollte.

Der Wlachake konnte sich gut vorstellen, was der riesige Troll darunter verstand, aber ihm blieb wenig übrig, um sich zu verteidigen, außer daran zu erinnern, dass er die schlafenden Trolle schon einmal verschont hatte. Pard und die anderen waren nicht zufrieden damit, ihm vertrauen zu müssen, und Şten konnte es ihnen nicht verübeln, schließlich war er für die grauen Riesen ein Fremder. Aber schließlich setzte sich Druan durch.

Im dichten Unterholz suchten sie Schutz vor dem Wetter und möglichen neugierigen Blicken und legten sich auf den harten Boden. Hier war der Wald etwas lichter, aber dennoch kaum begangen von den Menschen, die nicht weit von dieser Stelle wohnten.

Diesmal beobachtete Şten die Trolle ganz genau, denn er wollte herausfinden, was mit ihnen geschah, wenn die Sonne aufging. Der Anblick war jedoch wenig spektakulär: Sobald die ersten Strahlen sie berührten, erschlafften ihre Körper, und die Gesichtszüge entspannten sich. Danach wirkten sie völlig leblos, ein Eindruck, der durch die grobe graue Haut noch verstärkt wurde. Es wunderte Şten nicht, dass die Legenden besagten, die Trolle würden im Licht zu Stein werden, denn so wie sie dalagen, unbeweglich, massiv und fahl, wirkten sie eher wie Statuen als wie lebendige Wesen.

Doch solche Überlegungen hielten ihn nicht lange wach; zu anstrengend war die Nacht gewesen. Eine bleierne Müdigkeit überkam ihn, seine Gedanken verwirrten sich, und schon schlief er ein, ungeachtet der Wurzeln in seinem Rücken.

Seine Träume waren düster und voller Gewalt. Menschen schrien vor Schmerzen in einer Nacht, die nur von flackernden Fackeln erhellt wurde. Der Wlachake selbst kämpfte in der Dunkelheit gegen gesichtslose Feinde, deren Klauen seinen Körper mit Frost erfüllten, wo immer sie ihn berührten. Schließlich wurde er überwältigt und fiel zu Boden, während die Flut der Angreifer über ihm zusammenbrach wie eine eiskalte Welle und ihn zu ersticken drohte. Verzweifelt rang er nach Luft, doch nichts als Kälte drang in seine Lungen.

Mit wild schlagendem Herzen erwachte Şten und sah sich um. Es dauerte einige Atemzüge, bis er sich gefangen hatte und wusste, wo er war. Die Trolle lagen unverändert im Schatten einer mächtigen Rotbuche. Die Sonne war weiter über das Firmament gewandert, es musste schon fast Abend sein. Im Norden türmten sich Wolkenberge an den Hängen der Sorkaten auf, Vorboten von Regen, der wohl bald niedergehen würde. Im Süden hingegen war der Himmel noch klar und strahlte in einem tiefen, geheimnisvollen Blau.

Irgendwo dort lag Ştens Heimat, Dabrân, eine einst wohlhabende kleine Stadt voller weiß getünchter Fachwerkhäuser, deren spitze Dächer auch im härtesten Winter dem Schnee zu trotzen vermochten. Über dem Tal thronte die

Burg Rabenstein, in der Şten und Flores zur Welt gekommen waren.

Nun wurde die kleine Baronie von einem Untergebenen Zorpads mit eiserner Hand regiert. Als er an den Csiró Házy dachte, flammte in Şten all die Wut auf, die ihn seit vielen Jahren begleitete. Eines Tages würde er erleben, wie der Hund von dem Thron gestoßen wurde, den er sich durch Verrat und Lüge angeeignet hatte. Blut klebte an den Händen des Szarken Házy, und mit Blut würde er für seine Schuld bezahlen.

Zusammen mit seinem Blick wanderten jedoch auch Ştens Gedanken weiter in den Süden. Im Mardew, dem Hochland, das sich an die südlichen Sorkaten schmiegte, saß wohl jetzt irgendwo Ionna cal Sareş, die Herrin über den letzten freien Teil von Wlachkis, mit ihren Beratern an einem Tisch und brütete über den Karten. Vielleicht hatte die Kunde von Ştens Tod sie schon erreicht, vielleicht auch nicht, sicher war nur, dass ihr die Hände gebunden waren, solange Zorpad die Geiseln in seiner Gewalt hatte.

Nach der mittlerweile berühmten Herbstschlacht, bei der Ionna zwar Zorpads Heere geschlagen und zurückgetrieben hatte, aber sich dennoch dem Herrn von Teremi hatte ergeben müssen, damit ihr Volk im Winter nicht verhungerte, hatte Zorpad als Zeichen des guten Willens und als Unterpfand die Schwester seiner gefährlichsten Feindin sowie die Angehörigen anderer Widerständler als Geiseln mit nach Teremi genommen. Damals war es die einzige Lösung gewesen, denn weder hatte Zorpad hoffen können, seine Feinde im Hochland schnell durch Waffengewalt zu besiegen, noch hatten die Wlachaken genug Vorräte gehabt, um den Krieg auf Dauer fortzusetzen.

Ohne den Waffenstillstand hätten Not und Krankheit grausige Ernte unter den erschöpften Kämpfenden gehalten, und so hatten die Wlachaken Zorpads Angebot angenommen. Seitdem herrschte ein brüchiger Friede im Land, den nur Rebellen wie Şten brachen, die keine Familie mehr hatten, welche man bedrohen konnte. Offiziell verdammte Ionna cal Sareş die Aktivitäten der Wlachaken, die sich weiterhin auflehnten, doch unter der Hand unterstützte sie diese, wo sie nur konnte, ohne dabei ihre Schwester und die anderen Geiseln zu gefährden.

Viele Leute sagten, dass die Schwestern Ionna und Viçinia unterschiedlicher nicht sein könnten, die eine harsch und hart, die andere weich und sanft, doch diese Leute kannten sie nicht. Şten wusste, dass Viçinia unbeugsam und von einer tiefen Stärke erfüllt war, die sich jedoch anders als bei Ionna nur selten zeigte. Wo ihre Schwester durch die Annahme der Macht und der Herrschaft gezwungen war, Willensstärke öffentlich zu demonstrieren, damit die starrsinnigen Wlachaken ihr folgten, konnte Viçinia es sich leisten, mehr Freundlichkeit und Verständnis an den Tag zu legen.

Mit einem Lächeln erinnerte der junge Krieger sich daran, wie gut sich die so ungleich scheinenden Schwestern ergänzten. Selten hatte jemand ihnen im Streit oder bei Verhandlungen das Wasser reichen können. Als engste Vertraute ihrer Schwester und als Unterhändlerin an den verschiedenen Höfen der Wlachaken und Masriden hatte Viçinia mehr als viele andere am Gelingen der Rebellion gearbeitet. Und in den Tagen der Herbstschlacht hatte sie sich gerüstet und war mitgezogen, um für jeden Fußbreit Boden zu kämpfen und notfalls zu sterben. *Zorpad hat eine kluge Wahl getroffen,* dachte Şten, *er hat Ionna und der Rebellion einen furchtbaren Schlag versetzt, als er uns Viçinia nahm.* Vor allem aber hatte der Masride Şten direkt ins Herz getroffen, denn seit er zum ersten Mal in ihre dunklen Augen geblickt und ihr Haar betrachtet hatte, das sich wie flüssiges Kupfer über die Schultern ergoss, hatte er sein Herz an Viçinia cal Sareş verloren.

Er hatte einige Jahre in Désa verbracht, ein heimat- und elternloses Mündel, auch wenn ihn das niemand hatte spüren lassen. Stets in ihrer Nähe, stets gewahr, wie wenig er ihrer jemals würdig sein konnte ... Zahlreiche Pflichten hatten ihn abgelenkt, die Ausbildung hatte viel Zeit in Anspruch genommen, und dennoch hatte er nicht aufgehört, sich nach Viçinia zu sehnen. Wann immer er ihr zufällig begegnet war, hatte ihr Lächeln seinen Tag erhellt.

Auch als er den Kampf gegen die Masridenherrscher aufgenommen hatte, war er immer wieder an Ionnas Hof zurückgekehrt, heimlich und verborgen, damit Zorpads Agenten ihn nicht entdeckten und dem Herrscher von Teremi einen Grund gaben, aufs Neue in den Krieg zu ziehen. Und jedes Mal, wenn Şten nach Désa gekommen war, hatte er Viçinia wiedergesehen. Seine Stellung am Hofe war mit den Jahren gewachsen, mit den Taten, die er vollbracht hatte, und bald war er ein enger Berater der Löwin von Désa und einer ihrer verlässlichsten Kundschafter geworden. In gleichem Maße, wie Ionnas Vertrauen in ihn gewachsen war, so war im fernen Teremi das Kopfgeld gewachsen, das Zorpad auf ihn ausgesetzt hatte.

Schließlich hatte der Masriden-Marczeg sich stark genug gefühlt, um endlich den Versuch zu wagen, sich auch den letzten Rest des Landes Wlachkis einzuverleiben. Im vergangenen Spätsommer hatte er seine Truppen zusammengezogen und das Mardew angegriffen. Şten war mit den Truppen in eine verzweifelte Schlacht gezogen. Doch das Glück war ihm hold gewesen, und er war inmitten der Kämpfe auf seinen Erzfeind Csiró Házy getroffen. Der Szarke war jedoch von einer gut gerüsteten Leibwache umgeben gewesen, und Şten und seine Mitkämpfer hatten nur dank schierer Willenskraft zu ihm durchdringen können. Als Şten endlich das Schwert gegen Házy erhoben hatte, hatte er bereits aus vielen Wunden geblutet, und in einem ungeschützten Augenblick hatte ihn die Klinge des Szarken in die Seite getroffen. Wären seine Freunde ihm nicht zur Hilfe geeilt, hätte dies sein sicheres Ende bedeutet.

Es war Natiole gewesen, der ihn aus dem Getümmel gezogen und ihn am Ende der Schlacht schwer verletzt und fiebernd nach Désa zurückgebracht hatte. An die beschwerliche Reise und ihre Ankunft auf der Burg hatte Şten keinerlei Erinnerungen. Er war erst wieder in Ionnas Feste zu sich gekommen.

Ein leises Gespräch, das Prasseln des Feuers, aber auch die Schmerzen in seiner Seite, all das war nur gedämpft und wie aus weiter Ferne zu ihm gedrungen. Der Heiler, ein mürrischer alter Mann, der ungern viele Worte machte, hatte ihm einen bitteren Kräutertrank eingeflößt, der seine Gedanken hatte schwer werden lassen. Bevor er wieder eingeschlafen war, hatte er jedoch Viçinia erblickt, die ihn beruhigend angelächelt hatte.

In den folgenden Wochen, die er auf dem Krankenlager verbracht hatte, hatte er Viçinia besser kennen und noch mehr lieben gelernt. Dabei hatte er festgestellt, dass sie nicht nur ebenso unnachgiebig wie ihre Schwester sein konnte, sondern auch über einen feinen Spott verfügte, mit dem sie sein Herz wie mit feinen Nadelstichen getroffen hatte. Aber wenn er in ihre Augen geblickt hatte, hatte er dort endlich einen Spiegel seiner eigenen Gefühle zu entdecken geglaubt. Und dann hatte er davon erfahren müssen, dass sie als Geisel nach Teremi gehen sollte.

Ştens Blick streifte den Horizont. Bald würde die Sonne untergegangen sein. Die Erinnerung an den Abschied von Viçinia war noch immer so frisch, als wäre sie eben erst gegangen ... Das erste Licht des Tages hatte die Zinnen in ein blutiges Rot getaucht. Es roch nach dem nassen Laub, das über Nacht auf den Steinboden gefallen war, und nach dem Rauch der Holzfeuer, der aus den Häusern emporstieg. Der Schnee war in diesem Jahr zu früh gekommen; weiße Flocken wirbelten durch die kalte Luft auf dem Wehrgang, wo Şten mit Viçinia stand.

»Ich hoffe, es ist nicht noch kälter im Norden«, meinte sie mit einem Schaudern. Ein weiter Mantel aus schwerem blauem Stoff hüllte sie ein, und Şten konnte unter der weiten Kapuze kaum ihre Züge erkennen. Er hatte nicht viel Zeit, um das in Worte zu kleiden, was er ihr so dringend sagen wollte.

Im Hof wartete bereits ihre Eskorte, um sie sicher nach Teremi zu geleiten. Im Stillen verfluchte er die Krieger, die auf ihre Rückkehr harrten. Und sich selbst, weil es ihm so schwer fiel, sich auszudrücken. Bei allen Geistern, lieber hätte er in diesem Augenblick gegen ein halbes Dutzend Masriden gekämpft.

»Du wolltest mich sprechen?«, fragte sie sanft, als er einige Augenblicke schweigend verstreichen ließ.

Er schluckte. »Ich ... ich habe mich noch nicht bei dir dafür bedankt, dass du mich gerettet hast«, begann er vorsichtig.

Er ahnte ihr Lächeln mehr, als dass er es sah. »Wenn du dich unbedingt bedanken willst, dann lieber bei Cartareu. Er hat dich mit seinen Mixturen am Leben erhalten.«

Bei der Erinnerung verzog Şten angeekelt das Gesicht. »Zwischenzeitlich habe ich mich gefragt, ob es das wert ist«, meinte er leichthin. Viçinia musste lachen, und mit einer Handbewegung strich sie sich die Kapuze aus der Stirn. Jetzt konnte Şten ihr direkt in die dunklen Augen sehen, aber das machte es ihm nicht leichter.

»Du wirst mir fehlen, wenn ...«, begann er, doch sie hob abwehrend die Hand.

»Nicht, Şten. Bitte, tu nicht so, als ob du mich nie wiedersehen würdest«, sagte sie eindringlich.

»Ich werde dich wiedersehen«, erwiderte er schnell. »Du wirst nicht für immer in Teremi bleiben. Dafür werde ich sorgen.«

Diese Worte ließen sie wieder lächeln. »Gut. Meine Schwester braucht dich jetzt dringender als jemals zuvor. Wenn das Frühjahr kommt, müsst ihr für einen neuen Angriff gewappnet sein. Ihr dürft euch nicht davon aufhalten lassen, was an Zorpads Hof geschieht. Vergiss das nicht.«

Er nickte, obwohl er ihr nicht zustimmen konnte.

»Leb wohl, Şten.« Mit diesen Worten wandte sie sich einfach zum Gehen und ließ ihn oben auf den Zinnen zurück. Erst im Hof drehte sie sich noch einmal um und hob die schmale, weiße Hand, um ihm zu winken.

Ohne darüber nachzudenken, zog er die Lederhandschuhe aus, die er getragen hatte, und warf sie zu ihr hinunter.

»Falls es im Norden noch kälter ist.«

Er konnte ihr Gesicht nicht erkennen, da sie die Kapuze wieder aufgesetzt hatte, aber sie fing die Handschuhe geschickt auf.

»Sichere Wege, Viçinia«, rief er ihr hinterher, aber er vermochte nicht zu sagen, ob sie ihn noch gehört hatte.

Şten wandte den Blick zum Himmel. Die Wolken waren näher gekommen. Damals hatte er sich verflucht, weil er nicht den Mut gehabt hatte, einfach vor ihr auf die Knie zu gehen und ihr zu gestehen, was er fühlte. Und seitdem war sie in Zorpads Hand. Die Monde nach ihrem Abschied waren furchtbar für ihn gewesen, und schließlich war ihm klar geworden, dass er mit ihr sprechen musste, sie befreien, wenn es irgend möglich war.

Also war er gemeinsam mit Natiole nach Teremi gereist, mitten in die Höhle des Löwen. Dort hatte er andere wlachkische Rebellen getroffen und mit ihnen einen Plan geschmiedet, wie sie in Zorpads Feste eindringen könnten. Doch bevor sie diesen in die Tat hatten umsetzen können, war ihre Zusammenkunft von Soldaten entdeckt worden. Die meisten Rebellen hatten fliehen können, doch Şten hatte sich der Truppe mit dem Schwert in der Hand entgegengestellt. Trotz eines erbitterten Kampfes hatte er letztendlich keine Aussicht gehabt, gegen die Übermacht zu bestehen, und war schließlich doch noch in die Burg gekommen, allerdings als Gefangener, dessen Tod sicher schien. *Tja, Zorpad, hier bin ich wieder, zurück aus der Hölle, in die du mich schicken wolltest,* dachte Şten böse lächelnd. *Ich bin hier, um es dir heimzuzahlen, und eine Hand voll Dämonen habe ich dir auch gleich mitgebracht!*

Als die Sonne fast gänzlich verschwunden war, regten sich die Trolle wieder. Trotz der Tatsache, dass Şten ihnen ganz offensichtlich nichts angetan hatte, warf Pard ihm böse Blicke zu. Die anderen jedoch wirkten ebenso ausgeschlafen wie zufrieden, und nach einem kurzen Mahl machten sie sich wieder auf den Weg. Damit begannen auch Druans Fragen aufs Neue.

»Erzähl mir von deinen Feinden, Şten.«

»Was willst du wissen?«

»Woher stammen sie?«

»Das weiß ich nicht so genau. Sie kamen jedenfalls eines Tages über die beiden östlichen Pässe der Sorkaten. Ein ganzer Heereszug mitsamt Dienern, den verfluchten Szarken, die meisterliche berittene Bogenschützen abgeben. Der Weg ist selbst im Sommer, wenn die Pässe frei und leichter zu passieren sind, nicht gerade einfach. Sie fielen in die östlichen Teras ein, und ihre schwere Reiterei erwies sich bald als unaufhaltsam. Unser König in Teremi berief alle Adligen mit ihren Soldaten zu sich. Jeder, der eine Waffe führen konnte, folgte dem Aufruf«, erzählte Şten die Geschichte, die er in seiner Jugend so oft gehört hatte.

»Sie kamen einfach so über das Gebirge?«, fragte Druan erstaunt.

»Ja, einfach so. Wie gesagt, ich weiß nicht, woher sie stammten. Ihr Heer drang entlang des Magy immer weiter nach Westen vor, plündernd und brandschatzend. Auf den Feldern östlich von Teremi, die man heute Knochenfelder nennt, stellte sich Kralj Tirea I. den Masriden. Die Schlacht tobte den ganzen Tag über. Die Truppen meines Volkes verteidigten die Furt über den Iames, während die Masriden auf ihren gepanzerten Pferden gegen sie anritten. Schließlich durchbrachen sie unsere Reihen an der linken Flanke, und der Kralj selbst führte seine Leibwache in die Bresche, um sie zurückzutreiben.« Şten hielt inne und stellte sich die Schlacht vor, die so lange vor seiner Geburt stattgefunden und das Leben von so vielen verändert hatte. Vor seinem inneren Auge erschien das legendäre Bild, wie sich Tirea der Flut der Masriden entgegenstemmte. Aber Druan riss ihn aus seinen Gedanken.

»Was geschah dann?«

»Tirea wurde erschlagen. Die Legende besagt, dass es der Anführer der Masriden selbst war, Arkas Dîmminu, dessen Nachkomme Zorpad Dîmminu ist. Unser König ertrank in den Fluten des Iames, und unser Land starb mit ihm. Die Masriden schlugen unsere Truppen in die Flucht. Die Moral der Kämpfer zerbrach, als das Banner des Königs fiel. Teremi kapitulierte kampflos und wurde beinahe vollständig niedergebrannt. Die Überlebenden der Schlacht flohen in den Südwesten und verschanzten sich im Hochland«, fuhr Şten fort.

»Und jetzt ist Zorpad ihr König?«, bohrte Druan weiter.

»Nein. Kurz nachdem Arkas sich zum König von Ardoly krönte – so nennen sie das Land –, wurde er vergiftet. Seine drei Söhne, von denen einer der Ahn von Zorpad ist, stritten sich um das Erbe, und die Masriden führten untereinander Krieg. Mein Volk war zu geschwächt, um die Gunst der Stunde zu nutzen. Aber die Masriden konnten sich nicht einigen, keiner der Söhne war stark genug, um seinen Anspruch auf die Krone durchzusetzen. Niemand ist König in diesem Land. Aber Zorpad ist der mächtigste der Masriden. Es gibt noch zwei andere Häuser, die zusammen mit dem Haus Dîmminu über einen Großteil des Landes herrschen, doch Zorpad hat durch seine Skrupellosigkeit und Grausamkeit mehr Macht an sich gerissen, als die anderen beiden zusammen haben. Gemeinsam stehen sie gegen ihn, aber sollte er sie je trennen können, dann wird er König werden.« Druan nickte wortlos, und Şten fuhr fort: »Noch stehen wir zwischen Zorpad und der Krone. Solange die Gefahr der Rebellion in der Luft schwebt, kann er sich keinen Bruderzwist erlauben. Und eines Tages wird er an seiner eigenen Gier verrecken!«

»Wird Zorpad euch alle töten, wenn er siegt?«

»Vermutlich nicht. Mich natürlich und einige andere. Aber wir sind ja auch seine ganz speziellen Freunde. Wieso fragst du?«

»Uns werden die Zwerge alle töten, jeden Einzelnen, wenn sie uns besiegen«, erklärte Druan.

»Dann sollten wir das wohl besser verhindern, was?«, fragte Şten augenzwinkernd.

»Und auch, dass dieser Zorpad König wird«, antwortete der Troll.

»Wenigstens müsste ich das nicht mehr erleben, obwohl der Bastard mich vermutlich genau deshalb bis kurz nach der Krönung am Leben ließe«, flachste Şten. Bevor Druan etwas darauf antworten konnte, hob er das Haupt und schnupperte.

»Ja, Menschen«, warf Roch ein. »Nicht allzu weit. Viele.«

Beeindruckt sah Şten Druan an, der nickte. »Feuer und der Geruch von vielen Menschen an einem Ort. Der Wind hat sich gedreht und trägt ihren Gestank zu uns.«

Gerade wollte Şten eine bissige Bemerkung über den Körpergeruch der Trolle machen, als Druan fortfuhr: »Şten und ich werden uns das ansehen. Ihr wartet am besten in der Nähe. Aber seid vorsichtig.«

Sofort brach ein Tumult aus, als die anderen Trolle heftig widersprachen. Besonders Pard war mit dem Plan nicht einverstanden. »Das ist Schwachsinn, Druan! Entweder wir gehen alle – oder keiner!«

»Nein. Die Gefahr ist groß. Es ist im Gegenteil Schwachsinn, alles aufs Spiel zu setzen«, erwiderte Druan ruhig.

»Warum willst du dann dorthin, wenn die Gefahr so groß ist?«, ereiferte sich Pard.

»Weil ich die Menschen sehen will. Ich will ihre Häuser sehen, will sie riechen und sie verstehen.«

»Und wir sollen hier wie Pilze im Wald rumstehen?«

»Wir sind nicht lange fort«, antwortete Druan.

»Vor Sonnenaufgang sind wir wieder da«, fügte Şten hinzu.

»Halt dich da raus, Mensch!«, schrie Pard den jungen Wlachaken an. »Hier reden Trolle!«

»Pard, ich gehe zu den Menschen«, stellte Druan sachlich fest.

»Dann gehe ich auch! Du gehst nicht allein«, erwiderte

Pard, und die anderen Trolle nickten. Druan seufzte: »Doch. Şten sagt, dass es nicht ungefährlich ist. Also gehe ich allein mit ihm, damit ihr weitersuchen könnt, falls etwas schief geht.«

»Der will dich doch nur hinterrücks umbringen!«, heulte Pard geradezu verzweifelt.

»Das hätte er heute am Tag tun können, wenn er es gewollt hätte«, belehrte ihn Druan. Verwundert fragte Şten sich, warum Pard so aufgebracht war, dann dämmerte es ihm. Der gewaltige Troll hatte Angst! Ohne Druan war ihre Lage wesentlich schlimmer, denn dieser schien als Einziger die Oberfläche und ihre Bewohner zumindest ansatzweise zu verstehen. Vermutlich fühlten die Trolle sich ohne ihn noch verlorener, als sie es jetzt schon waren.

Wütend stieß Pard die Luft aus, dann blickte er Druan kalt an. »Also geh. Aber es ist keine gute Idee. Daran wirst du noch denken.«

»Ich finde euch hier wieder?«, fragte Druan ungerührt. Die Trolle nickten und machten es sich wieder bequem. Wortlos führte Druan Şten in Richtung des Dorfes, das er in der Ferne riechen konnte.

Schon bald übernahm jedoch der Mensch die Führung und brachte das ungleiche Paar so nah wie möglich im Schutz der Bäume an das Dorf heran, das an drei Seiten von Feldern umgeben war. Nur im Westen floss die Reiba ruhig dahin und trieb eine große Wassermühle an, die im Augenblick aber nicht in Betrieb war. Die beiden beschlossen, sich von Süden zu nähern, da der Wald dort weiter an das Dorf heranreichte. Deshalb mussten sie einen großen Bogen schlagen, da sie ursprünglich von Norden kamen. Schließlich lagen sie kaum fünfzig Schritt entfernt vom Dorf in der Dunkelheit des Waldrandes, und Druan betrachtete mit großen Augen die Ansammlung von kleinen, geduckten Häusern, die ihm vermutlich groß und eindrucksvoll erschien. Şten hingegen beeindruckte das Dorf keineswegs; er versuchte vielmehr den Troll zu überreden, möglichst bald wieder aufzubrechen.

Doch dann ertönte plötzlich Hufgeklapper, und auf der Straße erschien eine kleine Gruppe Reiter, vielleicht ein halbes Dutzend, die im Galopp Richtung Orvol ritten. Eine einzelne Laterne beleuchtete ihnen den Pfad, aber dennoch war es gefährlich, im Dunkeln so schnell zu reiten. Für Şten war klar, dass nur eine Gruppe so offen einreiten würde. *Masriden*, dachte er grimmig.

15

Die Feste Remis thronte über der Stadt und schien trotz ihrer massiven Bauweise nach dem Himmel greifen zu wollen. Vor ewigen Zeiten hatten unzählige Arbeiter den Hügel aufgeschüttet, auf dem sie errichtet worden war. Die mächtigen Mauern umschlossen fast die gesamte Anhöhe in einem gestreckten Oval und wurden allein von den Türmen überschattet. Vor allem der Bergfried, das höchste Gebäude, ließ die Festung so eindrucksvoll erscheinen. Die zahlreichen Türme auf den Mauern, die den Verteidigern im Kampf eine Rückzugsmöglichkeit bieten sollten, wirkten neben dem Bergfried eher klein, auch wenn sie noch einmal gute zehn Schritt über die Mauern hinausragten.

Wegen der dunklen Färbung des Gesteins, aus dem die Feste errichtet worden war, und den zahlreichen Verteidigungsanlagen, welche die neuen Herren in den letzten Jahrhunderten hinzugefügt hatten, wirkte Remis stets düster und bedrohlich, selbst an einem sonnigen, klaren Tag wie diesem. Die Banner, die von den Türmen des Torhauses hingen, flatterten in der Brise, und auch Viçinias langes rotes Haar und ihr dunkler Umhang wehten in dem Nordwind, der die Kälte der Berge mit sich brachte. Trotz des dicken Samtstoffes auf ihrer Haut fröstelte die junge Frau, aber sie versuchte, es sich nicht anmerken zu lassen, während sie auf die Stadt hinunterschaute.

Am Fuße des künstlichen Hügels lag ein tiefer Graben, durch den die Erbauer der Burg einen Seitenarm der Reiba geleitet hatten. Nur zur Stadt hin, deren eigene Mauer sich den Hügel hinaufwand und sich mit den Mauern der Feste verband, hatten die Masriden den Graben zugeschüttet. Im Lauf der Jahre war die Stadt bis an den Fuß des Hügels gewachsen, und als man sie mit einer Wehranlage befestigt hatte, hatten die Erbauer die ehemals frei stehende Burg in die Verteidigungsanlagen einbezogen. Die Masriden waren alles andere als großartige Architekten gewesen, als sie in das Land eingefallen waren, aber sie hatten sich schnell an die Städte und Burgen von Wlachkis gewöhnt und deren Baumeister und Steinmetzen für sich arbeiten lassen. Die vormals runden Bauwerke der Wlachaken waren den eckigen Bauten der Masriden gewichen, und von ihren Spitzen und Dächern wehten die Fahnen des Reitervolkes und verkündeten deren Herrschaft.

Lärm tönte vom Burghof zu Viçinia hinauf, die beobachtete, wie einige junge Männer gerade das Kriegshandwerk erlernten. In ihren schweren Rüstungen mussten sie sicherlich furchtbar schwitzen, denn ihr Ausbilder trieb sie unablässig gegeneinander an, schritt durch ihre Reihen und kritisierte sie für ihre Fehler. Außer einigen abgehackten Sätzen konnte Viçinia nicht viel verstehen, aber sie hatte schon genug dieser Übungsstunden miterlebt, um zu wissen, dass Avram, der Waffenmeister ihres so genannten Gastgebers, seine Untergebenen mit beißendem Spott und wüsten Beschimpfungen traktierte. Die Zunge des alten Kriegers war ebenso gefürchtet wie seine Klinge, von der er Gebrauch machte, wenn seine Schüler ihm allzu schwer von Begriff erschienen.

Der alte Veteran zahlloser Gefechte und Scharmützel war an der Seite seines Herrn in die Herbstschlacht gezogen und hatte dort das linke Auge durch einen Axthieb verloren. Die Inbrunst, mit der er seine Feinde hasste, war schon legendär, und er ließ keine Gelegenheit aus, der Hand voll Wlachaken am Hof seine Abneigung zu demonstrieren. Ohne Zorpads schützende Hand wären die Geiseln wohl schon lange ihm oder seinen Gleichgesinnten zum Opfer gefallen, von denen es in den Mauern der Burg mehr als genug gab. *Wie lange noch, Zorpad? Wann wirst du sie nicht mehr zurückhalten?*, dachte Viçinia, wurde jedoch jäh in ihrem Gedankengang unterbrochen.

»Ein schöner Tag, nicht wahr?«

Verstimmt über die Störung blickte sie sich um und sah Sciloi Kaszón, die sich ihr unbemerkt genähert hatte. Sciloi, die gemeinhin als rechte Hand Zorpads galt, obwohl sie bei Hofe kein besonderes Amt bekleidete, hatte die unangenehme Angewohnheit, immer dort aufzutauchen, wo sie am wenigsten erwünscht war. So wie jetzt, weshalb Viçinia kurz überlegte, sie zu ignorieren, sich dann aber doch dagegen entschied.

»Klar und kühl, Nemes Sciloi«, antwortete sie, wobei sie darauf achtete, den Titel *Nemes* zu betonen, der ihr als Adelige zustand. Offiziell mochte die schwarzhaarige Szarkin keine Macht haben, aber sie genoss das Ohr ihres Herrn, und dessen Wort war Gesetz. Aus diesem Grunde war es klug, sie nicht unnötig gegen sich aufzubringen.

»Ihr genießt den Ausblick?«, wollte die drahtige, kleinere Frau wissen. Viçinia sah zu ihr hinab und musterte das schmale Gesicht. Trotz des offenen Lächelns der Szarkin blieben die Augen kalt und hart.

»Ich genieße den Wind und die Sonne«, erwiderte sie dann und wandte sich ab, um das Gespräch zu beenden, doch Sciloi ließ sich davon nicht beirren.

»Ihr seid häufig auf den Mauern. Ich verstehe Euch.«

Verwirrt sah Viçinia die Frau an. Es war keine Frage, dass sie viele Stunden auf den Zinnen verbrachte. Die Enge der Zitadelle und ihrer Gemächer trieben sie geradezu ins Freie. Überdies traf man in den Eingeweiden der Feste unweigerlich auf die Herren der Burg. Auf den Mauern aber, die jetzt, da kaum mit einem Angriff zu rechnen war, nur wenig patrouilliert wurden, konnte Viçinia ein wenig Ruhe und Abgeschiedenheit finden.

Zudem boten die Mauern einen grandiosen Ausblick auf Teremi und den mächtigen Magy. Der Fluss, der das Land Wlachkis durchströmte, war an dieser Stelle schon im Sommer viele Dutzend Schritt breit, während er im Frühjahr zur Schneeschmelze um das Doppelte anschwoll. Zu ihren Füßen floss die Reiba durch die Stadt, bevor sie in den Magy mündete, so wie fast alle Flüsse des Landes.

Einst hatte Teremi aus zwei Dörfern zu beiden Seiten der Reiba bestanden, aber schon vor langer Zeit waren sie zusammengewachsen, und jetzt überspannten sieben breite Brücken den Fluss, sozusagen als Zeichen der Zusammengehörigkeit der beiden Stadtteile. Die Brücken waren wahre Meisterwerke, welche die Namen ihrer jeweiligen Erbauer trugen.

Hier auf den Zinnen, fernab vom Rest der Welt, konnte Viçinia für eine kurze, kostbare Zeit frei sein. Sobald sie ins Innere der Burg hinabstieg, war sie wieder eine Gefangene, eine Geisel am Hof ihrer Feinde.

Konnte es sein, dass Sciloi sie wirklich verstand, ja sogar mit ihr fühlte? Forschend sah Viçinia noch einmal in die hageren Züge, doch dann schalt sie sich innerlich einen Narren. Als Zorpads Vertraute empfand Sciloi genauso viel Verständnis für Viçinia wie diese für sie. Die listige Szarkin suchte lediglich nach einer Lücke in Viçinias Abwehr, um ihren Geist mit neuen Lügen zu vergiften. Niemals würde die Wlachakin Sciloi trauen können, und niemals würde sie dieser Person ihr Herz öffnen, so sehr sie sich auch nach jemandem sehnte, mit dem sie ihre Gedanken teilen konnte.

Der Kontakt untereinander war den Geiseln streng verboten, und sie trafen sich nur bei offiziellen Anlässen unter den stets wachsamen Augen ihrer Wächter. Manchmal gelang es ihnen zwar, Botschaften auszutauschen, aber aus Furcht vor Entdeckung waren diese Briefe zumeist kurz und unpersönlich. So war Viçinia auf sich allein gestellt. Daran gewöhnt, sich mit ihrer Schwester in allen Dingen zu beraten, war die Einsamkeit eine schmerzliche Erfahrung. Genau diese Lage wollte Sciloi wohl ausnutzen, was Viçinia in dem Augenblick erzürnte, als sie die Absicht der anderen Frau erkannte.

»Ihr versteht mich? Wo ich doch sonst so unverstanden bin?«, erwiderte sie dementsprechend bissig. Wie zur Antwort verfinsterten sich Scilois Züge, doch die kleine Frau setzte rasch wieder eine nichts sagende Miene auf und verneigte sich gekonnt.

»Verzeiht, wenn ich Euch zu nahe getreten bin. Ich wollte lediglich eine Unterhaltung beginnen, um den infernalischen Lärm zu übertönen, den Avram dort unten veranstaltet.«

Ob sie es wollte oder nicht, aber nun musste sich Viçinia ebenfalls entschuldigen: »Der Lärm ist es, der meine Stimmung verdirbt. Ich hoffe, Ihr könnt mir meine überhasteten Worte vergeben.«

Nachdem nun beide ihre ebenso formellen wie falschen Entschuldigungen vorgebracht hatten, kam Sciloi auf den Grund zu sprechen, der sie auf die Zinnen geführt hatte. »Mein Herr wünscht Eure Anwesenheit. Er wird zu Gericht sitzen.«

»Ein Gericht?«, wunderte sich Viçinia. »Wisst Ihr, warum er dabei nach mir verlangt?«

»Nach all seinen Gästen, werte Viçinia cal Sareş. Ihr müsst Euch nicht allzu sehr eilen, es ist noch genug Zeit, um Euch vorzubereiten. Und nun entschuldigt mich, ich muss die Botschaft noch anderen überbringen«, erklärte die Szarkin mit einer weiteren Verbeugung und wandte sich ab. Stirnrunzelnd blickte Viçinia ihr hinterher, als sie die hölzerne Treppe hinabstieg, die in den Burghof führte. Mit einer fließenden Bewegung strich Sciloi sich das kurze Haar nach hinten und nickte Avram grüßend zu, bevor sie durch eine schmale Seitentür in den Ostflügel des Haupthauses trat, wo die Gemächer der Geiseln lagen. Noch einige Augenblicke lang genoss Viçinia den kühlen Wind, dann folgte sie der Szarkin.

Ein Wächter in einer Lederrüstung und mit einem Schwert an der Seite stand in dem dämmerigen Zwielicht des Ganges, der zu ihrer Unterkunft führte. Er nickte der jungen Frau knapp zu, als sie vorüberging. Kurze Zeit später betrat Viçinia die dunkle Kemenate, die man ihr zugewiesen hatte.

Sofort eilte Mirela an ihre Seite, die ebenso ihre Dienerin wie ihre Wächterin war. Natürlich spionierte die Szarkin für Zorpad und würde alles tun, was dieser verlangte.

Geschickte, schlüpfte Viçinia in ein angemessenes Kleid aus schwerem grünem Stoff und verharrte ruhig, während die Dienerin es zuschnürte.

Zorpad behandelte Viçinia nicht schlecht, besser als die anderen Geiseln auf jeden Fall, das war ihr durchaus bewusst. Sie brauchte ihr Gemach mit niemandem außer Mirela zu teilen und konnte es oft für einige Stunden am Tag verlassen. Natürlich verdankte sie diese Annehmlichkeiten der Tatsache, dass der brüchige Friede hauptsächlich von ihrer Schwester abhing.

Trotz der kleinen Vergünstigungen sehnte sie sich zurück in die Freiheit. Gerade jetzt im Herbst, wo die Winde kälter bliesen und sich die alten Gemäuer der Burg niemals richtig erwärmten, vermisste sie das Mardew und Désa. Zudem war ihr nur zu bewusst, dass die Gunst Zorpads jederzeit enden konnte. Sobald der Marczeg eine Möglichkeit sah, Viçinias Schwester zu besiegen, würde er keinen Augenblick zögern, die Geiseln umbringen zu lassen. *Nein, vermutlich wird er es sogar mit seinen eigenen Händen tun,* überlegte die Wlachakin grimmig.

Umso wichtiger war es herauszufinden, was Zorpad plante, denn dass sich ein neuer Sturm zusammenbraute, davon war Viçinia überzeugt. In den vergangenen Tagen und Wochen hatte sie ihre Gemächer kaum verlassen dürfen, und ihre Wächter hatten strikter als sonst darauf geachtet, dass sie keinerlei Kontakt zur Außenwelt hatte. *Es gibt keinen Rauch ohne Feuer,* dachte sie. *Ich muss unbedingt herausfinden, was das zu bedeuten hat.* Vielleicht hing nicht nur ihr eigenes Leben, sondern auch das ihrer Verwandten und Freunde davon ab.

Während Mirela ihr das lange Haar auskämmte und zu einem dicken Zopf flocht, überlegte Viçinia, wie sie ihren Häschern zumindest zeitweise entgehen konnte, um Zorpads Geheimnisse zu lüften.

Vorerst aber blieb ihr nichts anderes übrig, als zu warten, bis man nach ihr schickte. Von draußen hörte sie, wie Pferde in den Hof ritten und Kutschen ankamen, doch das schmale Fenster in ihrem winzigen Zimmer ging auf einen fast ebenso kleinen Innenhof hinaus und bot keine Möglichkeit nachzusehen, wer dort in die Feste kam.

Ihr Blick fiel auf ein Paar abgegriffener Lederhandschuhe, das in der noch geöffneten Kleidertruhe lag – eine Erinnerung an Şten cal Dabrân, den sie vor beinahe einem Jahr auf den Zinnen von Désa zurückgelassen hatte. Oft genug hatte sie sich seitdem gefragt, wie es ihm ergangen sein mochte.

Sie kannte Şten, seit er zusammen mit seiner Zwillingsschwester in das Mardew gekommen war, ein magerer Junge mit schwarzen Augen auf der Flucht vor dem Mann, der seine Eltern getötet und sein Land gestohlen hatte.

Damals war sie noch ein halbes Kind gewesen, das Ionna so gut wie möglich von der Wirklichkeit des Krieges hatte abschirmen wollen. Der scheue Junge aus dem Norden hatte ihr oft kleine Geschenke gebracht – Blumen, seltsame Steine, aus Holz geschnitzte Vögel.

Als Şten erwachsen geworden war, war er nach Dabrân zurückgekehrt, um gegen Csiró Házy zu kämpfen, der ihm alles genommen hatte. Viçinia hatte miterlebt, wie seine Augen hart geworden waren und sein Blick gehetzt, aber auch, wie Ionna mehr und mehr ihr Vertrauen in den jungen Mann gesetzt hatte, jedes Mal ein wenig mehr, wenn er aus dem Norden zurückkehrte.

Natiole Târgusi hatte oft augenzwinkernd von ihren Taten berichtet; allerdings hatte Nati eine Vorliebe für dramatische Übertreibungen, und so hatte der hübsche Şten in seinen Erzählungen mindestens ebenso viele Masriden erschlagen wie Jungfrauen das Herz gebrochen.

Viçinia selbst hatte in jener Zeit immer öfter die eigenen Fähigkeiten für den Krieg ihrer Schwester eingesetzt. Wo Ionnas Schwert nichts hatte ausrichten können, hatten ihre Verhandlungen oft das erwünschte Ergebnis erbracht.

Als sie beinahe zwanzig Sommer gezählt hatte, war Ionna eines Tages zu ihr gekommen und hatte sie gefragt, ob sie sich nicht vorstellen könne, einen der jungen Adeligen zu heiraten, die sich so offenkundig um sie bemühten. Aber Viçinia hatte nur gelacht. »Ich habe ebenso wenig Verlangen danach, mir einen Mann zu nehmen, wie du.«

Und dann war die Herbstschlacht gekommen, der Krieg, den sie beinahe gewonnen und doch verloren hatten. Sie erinnerte sich noch allzu gut an den Augenblick, als sie Natiole erblickt hatte, der den bewusstlosen Şten in die Halle von Désa getragen hatte. Damals wäre beinahe etwas in ihr zerbrochen. Cartareu, der Heiler, hatte nur bedauernd den Kopf geschüttelt: »Ich glaube nicht, dass dieser hier überleben wird.« Aber Viçinia hatte ihn nicht aufgeben können. Mit derselben Sturheit, mit der ihre Schwester ihre Kämpfe ausfocht, hatte sie sich um Şten gekümmert, seine Verbände gewechselt, ihm alle paar Stunden die Tränke des Heilers eingeflößt und seine brennend heiße Haut gekühlt. Und ihre Mühen waren belohnt worden. Schließlich hatte selbst der Heiler zugeben müssen, dass er sich geirrt hatte.

Während Şten sich langsam erholt hatte, hatte Viçinia entdeckt, dass er nicht allein der getriebene Kämpfer war, nicht nur der landlose Rebell, auf dem die Hoffnungen seiner Leute ruhten ...

Ein Klopfen an der Tür riss sie aus ihren Gedanken, und sie begab sich in den Flur, wo ein gerüsteter Soldat auf sie wartete. Sie würdigte ihn keines Blickes, sondern ging mit hoch erhobenem Kopf durch den langen Korridor, der sie zur Verbindungstür zum Haupthaus führte.

In den Teilen der Feste Remis, die von den Masriden selbst bewohnt wurden, hatten Zorpads Vorfahren die uralten Wandgemälde der Wlachaken mit Wandteppichen verhüllt, die ihre eigenen Taten und ihre eigene Geschichte erzählten. Doch hier, im selten benutzten Ostflügel, der für gewöhnlich den Bediensteten aus dem niederen Volk vorbehalten war, hatte sich niemand diese Mühe gemacht. Durch die jahrzehntelange Missachtung waren manche der Bildnisse rissig geworden, Farben waren ausgebleicht, und hier und da hatten die Masriden Stücke aus den Mosaiken und Fresken gebrochen, doch noch immer konnte man die Kunstfertigkeit erkennen, mit der diese Flure einst gestaltet worden waren.

Unter den wachsamen Augen der Helden und Könige ihres Volkes schritt Viçinia neben ihrer Wache her. Zu ihrer Rechten erschlug Radu der Heilige den Dunkelgeist und befreite den Weißen Bären aus der Gewalt des Dämons. Der Legende nach war Radu mit dem Haupt der Kreatur und dem Segen des Weißen Bären vor die versammelten Führer der Clans getreten, deren Fehden und Kriege das Land zerrissen hatten, und hatte von ihnen die Einheit der Wlachaken gefordert, während er das blutige Haupt des Dunkelgeistes in ihre Mitte warf. Niemand hatte es gewagt, sich dem Helden zu widersetzen, und so hatte er als erster Kralj, als erster König, über das geeinte Wlachkis geherrscht.

Irgendjemand hatte dem Bildnis von Radu auf dem Thron aus Eichenholz den Kopf abgeschlagen und es durch eine krude Zeichnung eines Schweins ersetzt. Die Schändung des Bildnisses tat Viçinia im Herzen weh, wie immer, wenn sie daran vorbeiging. Doch die Taten des legendären ersten Königs würden niemals vergessen werden, egal, was die Masriden dem Volk antaten, das sie unterworfen hatten.

Zur Linken zeigte die Wand die lange Abfolge von Königen, die über Wlachkis geherrscht hatten; ihre Abbilder waren allesamt auf die eine oder andere Art ihrer Würde beraubt worden. *Sie töten uns, unsere Leiber; aber schlimmer noch, sie töten unsere Seelen und rauben uns unsere Geschichte,* dachte die junge Frau erzürnt. In den Gesängen und Geschichten würde Radu stets fortleben, doch all die Könige, deren Namen nicht in aller Munde waren und deren Taten nicht mehr geehrt wurden, würden dem Vergessen anheim fallen.

Genau das wollten die Masriden erreichen, das war ihr Ziel. Der Albus Sunaş unterdrückte den alten Glauben und verfolgte die Geistseher und heiligen Männer und Frauen ohne Gnade, jagte und verbrannte sie. Währenddessen untersagten die Masriden dem Volk die eigenen Lieder, Geschichten und Legenden. Jene, die ihr Erbe hochhielten und ehrten, erwartete der Tod. Schon mancher Wlachake war deswegen öffentlich hingerichtet worden.

Die Priester des Albus Sunaş erzählten dem Volk von ihrem eigenen Gott, von der glorreichen Geschichte und den Taten der Masriden und ihrer Helfer, der Szarken.

Verbittert dachte Viçinia an den Tag ihrer Ankunft in Teremi zurück. Sie hatte es gehasst, Désa verlassen zu müssen, und sie hatte sich vor der ungewissen Zukunft in Zorpads Hand gefürchtet, aber dennoch hatte es sie mit Vorfreude erfüllt, Teremi zu sehen, die alte Hauptstadt ihres Volkes. Und natürlich Burg Remis, den Stammsitz der Könige von Radus Geschlecht. Der Winter hatte das Land schon mit eisiger Kälte überzogen und auch Teremi fest in seinen frostigen Klauen gehalten.

Die verschneite Stadt hatte einen friedlichen Eindruck auf Viçinia gemacht, die rauchenden Kamine, die Menschen, die von der Ferne wie kleine bunte Punkte vor dem weißen Hintergrund wirkten. Sie war von dem Anblick der Stadt geradezu gebannt gewesen und hatte versucht, so viele Bilder wie möglich aufzunehmen, als sie mit einem Schlitten auf das Nordtor der Burg zugehalten hatten. Dort hatte sie die gnadenlose Wirklichkeit wieder eingeholt. Über dem Tor, direkt neben Zorpads dunkelrotem Banner mit seinem Wappen – dem schwarzen Adler vor der goldenen Sonnenscheibe –, waren die geteerten Schädel von fünf Männern und Frauen aufgespießt gewesen. Später hatte sie erfahren, dass es sich um eine Gruppe gehandelt hatte, die in einem Gasthaus in Teremi ein altes Lied über Königin Léan gesungen hatte, die, um ihren Liebsten aus den Klauen der Elfen zu retten, allein in den Dunkelforst gegangen war und dort allerlei Gefahren überwunden hatte. *In Ardoly bringen die Legenden der Wlachaken den Tod,* hatte Viçinia cal Sareş damals gedacht.

Seitdem hatte sie nie wieder vergessen, dass sie nicht mehr in Wlachkis weilte, sondern nun in Ardoly war, im Herrschaftsgebiet von Zorpad Dîmminu, dem Nachkommen des Königsmörders.

Ohne auf ihre Wache zu achten, stieß Viçinia die zweiflügelige Tür auf, die den Ostflügel vom Hauptgebäude trennte, und trat ein. Der Soldat bemühte sich, mit ihr Schritt zu halten.

In dem Vorsaal hingen gewebte Teppiche von den Wänden und erzählten die Geschichte des Reitervolkes. Direkt gegenüber dem Haupteingang hing ein gewaltiger Wandteppich, der Tirea zeigte, welcher unter dem Schlag von Arkas vom Pferd in die Fluten des Iames stürzte. Das Bildnis stellte den Sieg der Masriden über die versammelten Heere der Wlachaken dar.

Die beiden Gerüsteten, die in der Halle Wache standen, ließen Viçinia grußlos passieren. Auch sie würdigte die beiden keines Blickes, als sie nach rechts in den kurzen Gang abbog, der zum großen Saal führte.

Vor dem Portal standen zwei weitere Wachen, die ihr in den Weg traten und sie aufhielten. Einer der beiden öffnete das Tor einen Spalt und sprach mit einer Person dahinter, die sich beim Heraustreten als Bàjza entpuppte, Zorpads Haushofmeister, der in den vollen Ornat seiner gehobenen Position gekleidet war. Über der schwarzen Hose trug er ein dunkelrotes Hemd und darüber eine goldbestickte Brokatweste in Zorpads Farben. Mit der für ihn üblichen vollendeten Höflichkeit verbeugte sich der grauhaarige Mann.

»Seid gegrüßt, Herrin Viçinia cal Sareş. Man erwartet Euch bereits. Erweist mir die Ehre, Euch ankündigen zu dürfen.«

Huldvoll nickte Viçinia, auch wenn sie beide wussten, dass die wohlgesetzten Worte keine wirkliche Bedeutung hatten. Als Geisel tat Viçinia, was ihr geheißen wurde. Dennoch gaben sich die Masriden wie Bàjza den Anschein von Höflichkeit und Zivilisation, der allerdings nur so lange halten würde, bis ihr Herr Zorpad dessen überdrüssig würde.

Mit einer eleganten Drehung schritt der Haushofmeister in den großen Saal und kündigte die eben Eingetroffene an: »Viçinia, Prinzessin von Sareş, Voivodin von Olaş, Voivodin der vereinten Voivodien von Albiu und Iasu, Herrin über Aradea und Bojarin von Corsut!«

Als Viçinia nach Aufzählung ihrer gesamten Titel mit erhobenem Haupt in den Saal trat, verstummten die meisten Gespräche, und viele Blicke wanderten zu ihr.

Mit seinen fast zwanzig Schritt Höhe war der Thronsaal gigantisch. Die hohe Decke wurde durch zwei Reihen von reich verzierten Säulen gestützt. Zwischen diesen Säulen tummelten sich die Würdenträger des Hofes und der Stadt, während an den Wänden jeweils eine Reihe von schwer gerüsteten Wachen postiert war. Viçinia aber richtete ihre Augen allein auf den Mann, der auf dem Eichenthron Platz genommen hatte.

Zorpad Dîmminu, Nachfahre des Arkas und Herrscher über Ardoly, hatte sich in die Farben seines Hauses gekleidet. Die Gewänder waren aus den erlesensten Stoffen und von den besten Schneidern des Landes gefertigt. Doch weder die prunkvolle Kleidung noch die eiserne Krone auf seinem Haupt verdeutlichten Zorpads Anspruch auf den Thron, auf dem er saß. Vielmehr waren es die Macht, die er ausstrahlte, die Augen, deren Blick Menschen in die Knie zwingen konnte, sowie die Aura gnadenloser Grausamkeit, die ihn wie ein finsterer Mantel aus Schatten einhüllte. Trotz ihres Status als Geisel war Viçinias Platz aufgrund ihrer Titel in der Nähe des Throns, und so schritt sie quer durch den Saal, eine gelassene Ruhe vortäuschend, die sie nicht empfand. Aber sie würde eher ihre Finger einzeln opfern, als den Masriden die Genugtuung zu geben, ihre wahren Gefühle zu zeigen. Sie hielt den Blick starr auf den Thron gerichtet und näherte sich Zorpad, der sie belustigt musterte.

Seine hellen blauen Augen blieben unverwandt auf die junge Frau gerichtet und verfolgten jede ihrer Bewegungen, wie ein Raubtier seine Beute verfolgen mochte. Unter anderen Umständen hätte Viçinia den Masriden vielleicht sogar gut aussehend genannt, aber die Kälte seiner Augen ließ sie frösteln. Dennoch wandte sie den Blick nicht ab und hielt dem seinen stand, was ihn dazu brachte, noch breiter zu lächeln.

Erst als sie ihren Platz erreicht hatte, wandte sie den Blick von Zorpad ab und sah sich um. Hinter dem Thron, fast gänzlich verdeckt, stand Sciloi, wie nicht anders zu erwarten war. Die anderen wlachkischen Unterpfänder waren auf der anderen Seite des Saales zwischen zwei Säulen versammelt, jedoch von Soldaten flankiert, die schon den Versuch eines Gesprächs unterbanden.

Eingehend betrachtete Viçinia die versammelte Menge und stellte überrascht fest, dass nahezu jeder Würdenträger, den sie kannte, anwesend war, die Hauptleute der Krieger unter Zorpads Befehl ebenso wie die wichtigen Bürger der Stadt Teremi. Erstaunt blickte sie zu Zorpad, der eben seinen Haushofmeister zu sich gerufen hatte und sich flüsternd mit diesem unterhielt. Viçinia musterte den Kriegsherrn, der das weißblonde, bereits mit Grau durchzogene Haar nach Mode der Masriden kurz geschoren trug, bis auf eine Locke am Hinterkopf. Unter den feinen Gewändern verbarg sich eine kräftige, muskulöse Gestalt. Es war bekannt, dass Zorpad ein mächtiger Krieger war; in der legendären Herbstschlacht hatte er seine Truppen selbst ins Feld geführt und unter seinen Feinden eine blutige Ernte gehalten.

Man erzählte sich, dass er immer wieder in den Forst ritt und dort die Kreaturen jagte, vor denen die einfachen Menschen Angst hatten – Zraikas und andere Schrecken. Allerdings umgaben zahlreiche Legenden den Herrscher von Teremi, den die Wlachaken den Schwarzen Fürsten nannten, und Viçinia war sich nicht sicher, wie viele Gerüchte auf wahren Begebenheiten beruhten.

Mit einem Ruf nach Stille des Haushofmeisters begann das Gericht und unterbrach die Gedankengänge der jungen Frau. Als Ruhe eingekehrt war, hob Zorpad die Stimme.

»Meine Untertanen, geliebtes Volk und geehrte Gäste«, begann er mit einem Blick zu Viçinia, der bei den Anwesenden Erheiterung auslöste, welche jedoch rasch verging, als Zorpad mit kalter Stimme weitersprach. »Ich habe Euch zusammengerufen, damit Ihr Zeuge der Gerechtigkeit werden könnt, die ich heute walten lasse. Führt ihn herein!«

Sofort flog das Portal auf, und zwei Soldaten schleppten einen Mann in den Saal, der schlaff in ihren Griffen hing. Als sie nur mehr einige Schritte von der Stufe zum Thron entfernt waren, ließen sie ihr Opfer würdelos fallen und stellten sich steif daneben auf. Wie stets, wenn Zorpad Gericht hielt, fürchtete Viçinia zuerst, dass es Şten sein könnte, der in die Fänge des Kriegsherrn geraten war. Doch auch heute war es ein anderer, der da am Boden lag, ein Fremder.

»Dies hier ist Tudaş aus Teremi. Vor wenigen Tagen wurde er mit einigen anderen dabei ertappt, wie er ein Komplott gegen die Krone schmiedete. Seine Spießgesellen fanden schnell ihr gerechtes Ende, doch er wurde von meinen treuen Untergebenen festgenommen. Nun will ich verkünden, was mit ihm geschehen soll«, erläuterte Zorpad mit fester, tiefer Stimme.

Sofort kam Bewegung in den Saal. In Erwartung des Urteils reckten die Anwesenden ihre Häupter nach vorne oder versuchten sogar, näher an den Thron zu gelangen, ohne dabei die Rangordnung zu verletzen.

Ihr Geier, dachte Viçinia angewidert und betrachtete den fast bewusstlosen Rebellen, dessen Schicksal besiegelt war. Aus Erfahrung wusste sie, dass er keine Gnade zu erwarten hatte.

»Er wird auf dem Marktplatz von Teremi vor die Pferde gespannt und geviertteilt«, fuhr Zorpad fort. »Sein Haupt wird über den Toren der Stadt aufgehängt, um die Bürger daran zu erinnern, wem sie Treue schulden. Ebenso werden seine Glieder in die vier Himmelsrichtungen meines Reiches gesandt, damit auch jene Untertanen, welche fern von Teremi wohnen, sich stets bewusst sind, dass nur meine Gnade und mein Wohlwollen sie beschützt. Dies ist mein Wille und ...« Plötzlich verstummte er. Während alle Augen auf ihn gerichtet waren, trat Tudaş, in den plötzlich wieder Leben gekommen war, der Wache links neben ihm vor das Knie, sodass der

Mann mit einem Aufschrei ins Taumeln geriet. Bevor der andere Wächter reagieren konnte, hatte der junge Mann bereits dessen Dolch aus dem Gürtel gezogen und rammte die kurze Klinge dem Soldaten in den Hals. Stöhnend und blutend sank der Gerüstete zu Boden, während Tudaş sich aus dessen Griff wand und in Richtung Thron sprang.

Menschen schrien, Wachen stürmten nach vorn, wurden aber von den Würdenträgern behindert, die vor ihnen standen. Aus dem Augenwinkel bemerkte Viçinia Sciloi, die ein kurzes Schwert zog und sich bereitmachte, ihren Herrn zu verteidigen. Mit wildem Gebrüll warf sich der Rebell auf Zorpad, der sich vom Thron erhoben hatte. *Stirb*, dachte Viçinia flehentlich, ohne an die Folgen für sich selbst zu denken. Doch Zorpad fing den tiefen Stoß des Dolches kaltblütig mit der behandschuhten Rechten ab und schlug mit der geballten Linken auf den Unterarm seines Gegners. Mit einem Schmerzensschrei ließ Tudaş den Dolch fallen, und Zorpad ergriff die Kehle des jungen Mannes. Unter dem eisernen Griff des Masriden ging der Wlachake würgend in die Knie. Sciloi kam neben dem ungleichen Paar hinter dem Thron hervor, griff jedoch nicht ein, sondern grinste nur niederträchtig und wandte den Blick Viçinia zu, die sich erhoben hatte und nur noch wenige Schritte entfernt stand. Als die Szarkin Viçinia sah, schüttelte sie unmerklich den Kopf und hob ihr Kurzschwert leicht an. Verzweifelt sah die Wlachakin an ihr vorbei auf Zorpad und den Rebellen.

»Du willst mich töten? Du wertloses Stück Fleisch?«, fragte Zorpad eiskalt, während Tudaş mit offenem Mund vergeblich nach Luft schnappte und verzweifelt auf den Arm seines Peinigers schlug.

»Soll ich dich hier und jetzt töten?«, wollte Zorpad wissen und schien seinen Griff ein wenig zu lockern. Unartikulierte Laute drangen aus der geschundenen Kehle des Rebellen. Mit angewidertem Gesichtsausdruck warf der Masride den Mann nach vorn, sodass Tudaş über die Steinplatten rutschte und dann keuchend liegen blieb.

»Schafft ihn fort und vollstreckt das Urteil!«, befahl Zorpad seinen Soldaten. »Und nehmt diese beiden Unbrauchbaren gleich mit. Schafft sie in den Kerker, ich entscheide später, was mit ihnen geschehen wird.«

Mit einem Blick auf die schwer verletzte Wache, die mit zuckenden Beinen in einer rapide anwachsenden Blutlache lag, fügte er hinzu: »Falls es ein Später gibt.«

Dann sah er missmutig auf die blutende Wunde an seinem rechten Unterarm und presste mit der Linken ein Stück seines Umhangs darauf. Erst danach wandte er sich wieder an die Versammlung, die totenstill dastand, wie betäubt von dem grausigen Schauspiel.

»Nun ist meine Ankündigung unterbrochen worden. Eine Schande. Wie dem auch sei, so wie diesem Verräter dort wird es allen ergehen, die mich und die meinen nicht achten. Und es gibt noch eine freudige Nachricht: Der weithin gesuchte Schurke, Räuber, Mörder und Vergewaltiger Şten cal Dabrân wurde gefasst und vor Tagen dem Wald übergeben. Inzwischen dürfte sein Leib den Krähen zum Fraß dienen.«

Entsetzt hörte Viçinia die Worte, auch wenn ihr Verstand sich weigerte, sie zu verstehen. Die Welt schien plötzlich fern zu sein, und alles Blut wich aus ihrem Kopf. Ihr schwindelte, und ein Rauschen erfüllte ihre Ohren, das sogar das aufgeregte Stimmengemurmel im Saal übertönte.

Das Einzige, was sie noch verstand, waren Zorpads letzte Worte, als er den Raum verließ: »Bringt die Dame Viçinia zu mir, sobald dieser Kratzer hier versorgt ist.«

16

Die mächtige Königshalle erstrahlte im Glanz unzähliger Öllampen, deren Flammen die Luft erhitzten und Hrodgard zum Schwitzen brachten. Tausende der metallenen Lichtspender hatten die Diener entzündet, sodass sich ihre Lichter in all den wundervoll gearbeiteten Rüstungen und Waffen spiegelten, die von Scharen von Lakaien unablässig auf Hochglanz poliert wurden. Allein schon mit den Stücken, welche hier in der Königshalle Lögmadhers ausgestellt wurden, hätte man ein ganzes Heer ausrüsten können. *Und welch ein Heer!*, dachte Hrodgard ehrfurchtsvoll.

Zu seiner Linken hingen die Schilde und Äxte der fünf Brüder an der Wand, mit denen die berühmten Krieger den Eingang der Blutigen Halle zwölf Tage und zwölf Nächte gegen die anstürmenden Horden der Spitzohren verteidigt hatten.

Rechts stand die Schuppenrüstung von Bodvarr, Sohn des Balldor, den die Skalden noch heute den *Schlächter der Elfen* nannten. Sein Hammer, der bei der Schlacht von Teshveig verloren ging, hatte beim Tod des Helden angeblich neunhundertundzwölf Kerben, eine jede ein Zeichen für einen erschlagenen Elfen. Und so ging es weiter, jede Rüstung, jede Waffe ein Zeichen für die Macht und die Triumphe der Zwerge, jedes Stück von erlesener Qualität und makelloser Schönheit. Selbst die ältesten Reliquien seines Volkes wirkten, als wären sie erst vor wenigen Stunden aus den Essen gezogen worden, um den Feinden der Zwerge Tod und Vernichtung zu bringen.

Seit seinen jüngsten Tagen hatte man Hrodgard von den Taten seiner Ahnen erzählt, und inzwischen kannte er die Geschichten und Legenden zu jeder Waffe und zu jeder Rüstung in der Halle Lögmadhers. Wie im Traum schritt er zwischen den Zeugnissen der großen Taten seines Volkes einher, langsam auf den gewaltigen, vergoldeten Granitthron zu, auf dem der König unter dem Berge saß. So wie Hrodgard, Sohn des Haldigis, einer langen Ahnenreihe von Kampf- und Kriegsmeistern entsprungen war, so hatten seit den vorältesten Zeiten die Vorfahren von Gunvolf dem Gerechten auf dem Felsenthron gesessen und über das Geschick der Zwerge in allen Städten der Tesh-Berge bestimmt, welche die Menschen Sorkaten nannten. Mit gesenktem Haupt näherte der oberste Krieger sich seinem Herrn und kniete zu Füßen des Thrones nieder, der den Zwerg sicherlich um das Doppelte überragte.

Einst war der Thron aus einem mächtigen Block Granit geschnitten worden, und später dann, als die Zwerge reich und mächtig wurden, mit einer Schicht reinsten Goldes überzogen worden. Die Reliefs auf Rücken- und Armlehnen zeigten den Exodus der Zwerge und ihren Einzug in die Hallen unter den Tesh-Bergen. Der Thron war glänzend poliert und von wunderschöner Kunstfertigkeit, ebenso wie die ornamentierte Rüstung des Königs, in deren dunkles Metall silberne Runen eingelegt waren, die im Licht der Lampen schimmerten.

»Erhebe dich, Hrodgard, Sohn des Haldigis«, sprach der König, dessen langer brauner Bart mit zahlreichen Silberfäden durchflochten war, und der Kriegsmeister kam dem Befehl nach.

»Dein Zug gegen die Pest in den unteren Stollen war ein großer Erfolg, wie man mir berichtet hat. Ich bin zufrieden mit dir, Kriegsmeister.«

»Danke, mein König«, erwiderte Hrodgard demütig. »Leider waren wir nicht vollkommen siegreich. Ein Teil des Troll-Gesocks konnte uns entkommen und ist in die Tiefen der Erde geflohen.«

»Bedauerlich, aber das ist nicht mehr zu ändern. Meine Berater und Gesandten ...«, sagte der König mit einer Geste in Richtung der Gruppe des Rates, die neben dem Thron versammelt stand, »versichern mir, dass die Menschen ihren Teil unserer Abmachung einhalten werden. Laut dem Fürsten Zorpad wird es nicht mehr lange dauern, dass ihre Bemühungen Erfolg zeigen, und dann werden die restlichen Trolle in ihren Verstecken vernichtet werden.«

»Können wir den Menschen trauen, mein König? Vermutlich hat man Euch schon darüber in Kenntnis gesetzt, dass wir einen Eindringling in unseren Hallen hatten«, erklärte der Kriegsmeister zornig. »Einen Menschen!«

»Ja, das hat man mir berichtet. Aber ich habe auch vernommen, dass du bereits alle Maßnahmen ergriffen hast, um unsere Stollen zu beschützen.«

»Ich habe die Krieger zurückgezogen, um auf einen Angriff vorbereitet zu sein. Die unteren Ebenen werden versiegelt, sodass die Trolle nicht eindringen können. Unsere Hallen sind sicher«, stimmte Hrodgard zu.

»Ich vertraue dir, Kriegsmeister. Du solltest am besten wissen, wie man unsere Interessen schützt. Ich gebe dir vollkommen freie Hand in diesen Dingen. Enttäusche mein Vertrauen nicht!«

»Nein, mein König«, versicherte der Kriegsmeister mit gesenktem Haupt, um dann hinzuzufügen: »Wenn die Menschen tatsächlich die Trolle auch in den Tiefen der Erde vernichten, dann können wir uns auf andere Feinde konzentrieren.«

Der König unter dem Berge nickte zustimmend, doch sein Blick wanderte zu den Mitgliedern des Rates, und Hrodgard wusste, dass er entlassen war. Als er, in seiner Rüstung schwitzend, den langen Weg an den Schätzen seines Volkes vorbei zurückging, lächelte er finster. *Was immer auch geschieht, wir werden vorbereitet sein. Sollen die Trolle in der dunklen Tiefe eingehen und ihr finsteres Volk ein für alle Mal ausgerottet werden,* wünschte der Kriegsmeister, *denn die Stollen unter den Bergen sind unser!*

Die Königshalle barg die kostbarsten Kleinodien der Zwerge, und dank des Vertrauens seines Königs konnte der Kriegsmeister nun alles tun, was nötig war, um diesen Reichtum zu beschützen.

Und lieber werde ich, Hrodgard, Sohn des Haldigis, alle Gänge mit Blut voll laufen lassen, als diesen Krieg zu verlieren!

17

Aus dem Schutz der Bäume beobachtete Şten, wie die Berittenen zwischen den hölzernen Häusern des Dorfes anhielten und von den Pferden stiegen. Hier und da sah man in den Häusern hinter Fensterläden Lichter erscheinen, deren dünne Strahlen wie Finger in die Nacht griffen, aber es öffnete sich keine Tür, und niemand empfing die Reiter. Das wunderte Şten nicht, denn in langen Jahren der Unterdrückung hatte das einfache Volk gelernt, dass es besser war, zu schweigen, wegzusehen und nicht aufzufallen. Doch die sechs Fremden ließen sich davon nicht beeindrucken, sondern führten ihre Pferde zu dem größten Haus weit und breit, banden die Tiere dort fest und klopften fordernd an die Tür.

»Was geschieht dort?«, fragte Druan flüsternd. Ebenso leise antwortete Şten: »Ich weiß es nicht genau. Die Reiter müssen Masriden sein, oder vielleicht auch Szarken. Aber was sie in Orvol wollen, kann ich dir nicht sagen.«

»Szarken? Den Namen hast du schon einmal erwähnt. Erklär mir, was er bedeutet.«

»Die Szarken kamen mit den Masriden. Ein anderes Volk, das ihnen dient. Sie sind die Peitsche in der Hand ihrer Herren«, antwortete Şten grimmig. In diesem Augenblick öffnete sich die Tür, und eine Gestalt winkte die Reiter in das Gebäude. Irgendetwas ging dort vor, und es juckte Şten in den Fingern, sich in das Dorf zu schleichen und herauszufinden, was geschah. Aber das würde bedeuten, den Troll allein zurückzulassen.

Also begnügte der Wlachake sich damit, weiter zu beobachten. Nach einer Weile kam ein Junge hinter dem Haus hervor und führte ein weiteres Pferd zu den anderen, die dort angebunden waren.

Sodann öffnete sich die Tür des großen Hauses, und eine Gruppe von Menschen trat heraus. Vor dem Lichtschein, der aus dem Haus fiel, konnte Şten lediglich ihre Umrisse erkennen, aber es waren mehr als sieben, da war er sich sicher. Doch dann gesellte sich eine weitere Person zu ihnen, die eine Laterne trug, und Şten fluchte unterdrückt, als der Kerzenschein auf die nächtlichen Reisenden fiel. Im Licht der Lampe hatte er das Gesicht des Mannes in ihrer Mitte erkennen können.

»Was ist?«, fragte Druan überrascht.

»Das ist Nati! Die Schweine haben ihn erwischt«, erwiderte Şten gepresst.

»Nati?«

»Der Mann aus dem Keller der Bauern. Mein Freund«, erklärte Şten und sah sich um. Der Karrenweg, der vom Dorf in Richtung Süden führte, tauchte zu ihrer Rechten in den Wald ein. Einige Dutzend Schritt links von ihnen gurgelte leise die Reiba. Jetzt hieß es schnell handeln oder gar nicht. Bevor er jedoch einen Plan fassen konnte, fragte Druan: »Und was nun?«

»Ich muss ihn da rausholen. Warte hier«, sagte Şten und wollte sich erheben, doch die schwere Hand des Trolls legte sich auf seine Schulter.

»Nein, ich komme mit«, erklärte Druan ruhig, was Şten erneut fluchen ließ. Aber ihm lief die Zeit davon, und er konnte nicht hier herumsitzen und mit einem Troll streiten, der ebenso stur wie groß war. Also sprang der junge Krieger auf und lief geduckt in Richtung des Weges. Außer seinem Schwert und dem Dolch hatte er keine Waffen dabei. Mit einem Bogen hätte er die Gruppe um zwei oder drei Feinde dezimieren können, aber so konnte er nur hoffen, dass ihm ein Überraschungsangriff gelingen würde. Allerdings blieb ihm nicht viel Zeit, aus dem Hinterhalt anzugreifen, denn soeben hatten sich die Reiter mitsamt ihrer Laterne wieder auf den Weg gemacht. Wenigstens ritten sie jetzt langsamer, vermutlich, weil sie einen gefesselten Gefangenen bei sich hatten.

Schnell entschied sich Şten für einen Baum, der nahe am Weg stand, und versteckte sich mit gezogenen Klingen dahinter. Mit einer Bewegung der Dolchhand wies er Druan an, sich ebenfalls zu verstecken, was dem großen Wesen sichtlich schwerer fiel als ihm selbst. Schließlich duckte sich Druan ein ganzes Stück weiter auf der anderen Seite der Straße in das Unterholz.

Gebannt verfolgte Şten, wie das dünne Licht der Laterne näher und näher kam. Zunächst konnte er kaum etwas erkennen, offenbar war die Laterne abgedunkelt, damit sie die Reiter nicht blendete, aber dann sah er doch ihre Umrisse.

Der Wlachake konnte nur hoffen, dass sie ihren Gefangenen in die Mitte genommen hatten, und er machte sich bereit zuzuschlagen, sobald die letzten Berittenen an ihm vorbeizogen. Als sie kaum ein Dutzend Schritte von ihm entfernt waren, scheute das vorderste Pferd plötzlich und tänzelte nervös auf der Stelle. Sofort waren die Reiter aufmerksam. Während der Anführer versuchte, sein Ross zu beruhigen, warfen die anderen wachsame Blicke in den finsteren Forst.

Verfluchter Trollgestank, dachte Şten und duckte sich noch tiefer in die Schatten zwischen den mächtigen Stämmen der Bäume. Vorsichtig glitt er an dem Baum entlang, bis dieser zwischen ihm und der Straße lag. Mit einem geknurrten Befehl sandte der Anführer zwei der Reiter aus, die vorsichtig an ihm vorbei in den Wald ritten, wobei sie die Laterne ihres Anführers mitnahmen. So unbeweglich wie möglich ließ Şten sie passieren. Zu seiner Erleichterung entdeckten sie ihn nicht, auch wenn ihre Pferde ängstlich schnaubten.

Ihre Augen suchten den Waldrand nach Gefahren ab, aber der Baumstamm bot Şten genügend Deckung, um den Blicken zu entgehen. Bevor sie aus dem Sichtfeld verschwanden, setzten sich ihre Gefährten wieder in Bewegung und folgten ihnen langsam. *Ihr hättet ins Dorf zurückkehren sollen,* überlegte Şten, *aber das hier ist nicht euer Land, ihr kennt und achtet seine Gefahren nicht, und das wird euer Verhängnis werden.*

Mit angehaltenem Atem ließ er den Anführer und dessen Nebenmann in der Dunkelheit vorbeireiten. Tatsächlich ritt dahinter eine einzelne, gefesselte Gestalt. Der junge Krieger wünschte sich nichts mehr, als Natiole auf sich aufmerksam machen zu können, aber er musste überraschend zuschlagen, also ließ er seinen Freund mit hängendem Kopf vorüberziehen. Nicht jedoch die Nachhut, die direkt hinter ihm ritt. Als sie an ihm vorbei war, umrundete Şten den Baum. Er durchbrach ein Gebüsch, was seine Gegner in ihren Sätteln zu ihm herumfahren ließ. Şten aber erreichte den Ersten, bevor dieser weiter reagieren konnte.

Mit einem Schrei rammte er dem überraschten Reiter das Schwert unterhalb der Rüstung in den Bauch und schlug gleichzeitig mit dem Knauf des Dolches nach den Zügeln. Erstickt keuchend sank sein Feind nach vorn, als ihm die Zügel aus den Händen gerissen wurden, und Şten tauchte unter dem Kopf des Pferdes auf die andere Seite.

»Zum Dorf, Nati, zum Dorf!«, schrie er, während er sich dem zweiten Reiter stellte, der bereits seine Waffe, einen langen und schweren Reiterhammer, gezogen hatte. In der Dunkelheit warf Şten sich erst nach links, nur um dann im letzten Augenblick nach rechts auszuweichen und so dem tödlichen Schlag zu entgehen. Geduckt sprang er nach vorn und hieb mit dem Dolch nach der Hüfte seines Gegners, rutschte jedoch an der Panzerung ab und trieb ihm stattdessen die Klinge bis zum Heft hinten in den Oberschenkel. Der Reiter heulte vor Schmerzen auf, während Şten sich zu Boden fallen ließ, wobei er jedoch unglücklicherweise den Dolch verlor, der in der Wunde seines Opfers stecken blieb. An seinem Ohr pfiff der Hammer vorbei, aber der Wlachake rollte sich aus der Gefahrenzone und sah gerade noch aus dem Augenwinkel, wie Natiole sein Pferd an den beiden verletzten Wächtern vorbei in Richtung Dorf trieb.

Neben Şten sank der Masride vom Pferd, den er mit dem Schwert getroffen hatte, während der andere versuchte, sein wild schnaubendes Reittier zu beruhigen und sich den Dolch aus dem Bein zu ziehen. Schnell rappelte der Wlachake sich auf und wollte gerade in den Wald springen, als hinter ihm weiteres Hufgetrappel ertönte. Mit einem verzweifelten Sprung hechtete er aus dem Weg, wurde aber dennoch von der breiten Brust des Pferdes getroffen und zu Boden geschleudert. Wurzeln und Steine bohrten sich in seine Haut, als er über den Waldboden rutschte. Irgendwie schaffte er es, sich zusammenzurollen und so das Schlimmste zu verhindern, aber dennoch war er für einen Augenblick so benommen, dass er auf dem Rücken liegen blieb.

Kopfschüttelnd rappelte er sich wieder auf und versuchte, einen Überblick über die Situation zu bekommen. Sein erster Gegner, dessen Pferd nirgends zu sehen war, lag regungslos am Boden. Nummer zwei saß noch im Sattel, war allerdings tiefer in den Wald geritten, ob absichtlich oder weil er die Kontrolle über sein Ross verloren hatte, vermochte Şten nicht zu sagen. Der Anführer des Trupps hatte ihn niedergeritten und war nun gerade dabei, sein Pferd am Waldrand zu wenden, während sein Gefährte ebenfalls vorsichtig näher kam. Ohne zu zögern, rannte Şten über den Pfad und warf sich in Druans Richtung in die Büsche. Hinter sich hörte er eine knurrende Verwünschung und Hufgetrappel, doch dann brach vor ihm der Troll aus dem Gebüsch. Druans mächtige Gestalt, die ein dämonisches Gebrüll ausstieß, kam mit erhobenen Fäusten auf ihn zu. Şten geriet ins Taumeln, aber der Troll schien ihn gar nicht zu beachten, sondern setzte mit weit ausgebreiteten Armen über ihn hinweg.

Der Troll walzte alles nieder, was ihm im Weg stand. Ringsum scheuten die Pferde, als Druan ein weiteres, ohrenbetäubendes Brüllen von sich gab. Zur Rechten galoppierten die beiden Reiter fort von dem Ungeheuer, während der Anführer zur Linken ebenfalls das Pferd wendete und davonritt.

»Du bleibst im Wald!«, rief Şten Druan zu und rannte in Richtung Dorf, denn irgendwo dort war Natiole, gefesselt und ans Pferd gebunden und damit eine leichte Beute für einen berittenen Krieger. Nach einigen Schritten jedoch hörte er hinter sich ein schweres Schnaufen, und ein Blick zurück bestätigte seine Befürchtung, dass Druan ihm folgte.

»Nein! In den Wald! Auf freiem Feld reiten sie dich nieder!«, befahl er dem Troll schreiend, doch dieser kümmerte sich nicht darum.

»Zusammenbleiben!«, keuchte der Troll. »Vorsicht!«

Gerade noch rechtzeitig blickte Şten sich um und sah den Anführer der Reiter aus der Dunkelheit kommen. Doch anstatt sie anzugreifen, schlug er einen Bogen um Şten und den Troll und ritt so schnell er konnte zurück auf den Weg in den Wald. Fluchend rannte Şten weiter und erreichte nach wenigen Atemzügen die ersten hölzernen Häuser.

»Nati!«, rief er gellend. Kaum dass er auf den Marktplatz kam, sah er seinen Freund auch schon, der verzweifelt an den Fesseln zerrte, die ihn auf den Sattel banden. Mit wenigen Schritten war Şten bei ihm und schnitt die Lederschnüre mit dem Schwert durch.

»Verfluchter Hundesohn!«, brach es aus Natiole hervor. »Was machst du hier?«

»Ich dachte mir, dass du vielleicht ein wenig Hilfe gebrauchen könntest, und siehe da, ich hatte Recht!«

Mit donnernden Schritten erreichte nun auch Druan den Platz, gerade als die Tür des großen Hauses aufflog und eine Person erschien. Mit der Waffe in der Hand wirbelte Şten herum und sah sich einem Priester des Albus Sunaş gegenüber, der ihn aus wilden Augen anstarrte.

»Dieser Mann ist ein Gefangener!«, schrie der kahlköpfige Magier erbost, wobei er auf Natiole wies. Dann fiel sein Blick auf Druan, und er erbleichte: »Kreaturen der Dunkelheit!«

Sein Schrei verhallte zwischen den Gebäuden, und wieder fluchte Şten, während er drohend auf den Priester zuschritt, der offensichtlich rasch eine reich bestickte, helle Robe über sein Schlafhemd geworfen hatte.

»Verschwinde, Vorbs!«, befahl Şten dem Priester, indem er ihn mit dem Schimpfwort belegte, das die Wlachaken den Predigern des Albus Sunaş gegeben hatten.

»Kreaturen der Dunkelheit!«, schrie der Mann wieder mit durchdringender Stimme und wich rückwärts vor Şten zurück, der ihn böse angrinste.

»Du weißt doch gar nicht, wovon du redest.«

Die Rufe des Priesters aber hatten Wirkung gezeigt, aus manchen der Häuser kamen Geräusche, und ein Fenster flog auf, woraufhin der Schrei einer Frau ertönte. Mit einer letzten Geste zur Abwehr des Bösen stolperte der verängstigte Priester zurück in sein Haus und schlug die Tür zu.

»Genug gespielt. Wir müssen weg, Şten«, drängte Natiole. Şten nickte zustimmend: »Nach Norden, schnell!«

Noch bevor sie den Rand des Dorfes erreichten, erklang erneut das Donnern von Hufen.

»Verflucht! Die Narren kommen zurück!«, entfuhr es Şten.

»Mit nur einem Pferd sind wir zu langsam. Ganz abgesehen von dem da«, fuhr er mit einem Kopfnicken in Richtung Druan fort, der grimmig die Zähne fletschte. »Sie schneiden uns den Weg ab«, stellte Natiole aufgeregt fest.

»Wir müssen sie ins Dorf locken, zwischen den Häusern haben wir zumindest Deckung«, wies Şten die anderen beiden an. Mittlerweile war das ganze Dorf in Aufruhr, Lichtschein fiel unter vielen Türen durch, und aufgeregte Stimmen ertönten in der Nacht.

»Genau deshalb wollte ich nicht hierher«, rief Şten Druan verzweifelt zu.

»Und der da? Der wäre immer noch gefangen!«, stellte Druan trocken fest, während er Natioles abwertende Geste nachahmte und mit dem Kopf auf den Berittenen deutete.

»Keine Zeit, um zu streiten! Versteck dich! Ich lenke die Reiter ab! Versuch dich nach Süden durchzuschlagen, wenn du eine Möglichkeit siehst!«, befahl Şten dem Troll, der in einer der dunklen Gassen und somit aus dem Blickfeld des Wlachaken verschwand.

»Hast du eine Waffe für mich? Den Dolch?«, fragte Natiole drängend, doch Şten schüttelte den Kopf. »Den musste ich leider in einem deiner neuen Freunde stecken lassen.«

»Na ausgezeichnet. Da haben wir einen Berittenen und einen Bewaffneten. Zusammen sind wir ein ganzer Krieger«, stöhnte sein Waffenbruder, während sie nach ihren Feinden Ausschau hielten, die anscheinend vorsichtig um das Dorf herumritten und so den Wlachaken den Fluchtweg abschneiden wollten.

»Hast du jemandem erzählen können, dass etwas vorgeht?«, fragte Şten drängend, doch Natiole schüttelte nur den Kopf.

Wegen der Reiba, die direkt am Dorf entlangfloss, gab es nur wenige Möglichkeiten zur Flucht. Im Süden war der Wald am nächsten, aber im Norden und Osten waren es weit mehr als zweihundert Schritt, die es zu überwinden galt. Es war glatter Selbstmord, dort einem Reiter entkommen zu wollen. Vorsichtig schaute Şten um die Ecke eines Hauses und sah zwei Soldaten auf dem freien Feld. Weiter im Süden wartete noch mindestens einer, der die Laterne bei sich hatte. Das Gesicht vor Zorn verzogen, drehte sich der Wlachake zu seinem Freund um: »Hör zu, wenn sie mich erwischen, dann mach, dass du verschwindest! Ich lenke sie ab, du musst durchkommen! Sag den anderen, was wir herausgefunden haben!«

»Ich werde dich nicht hier zurücklassen!«, entgegnete Natiole, doch Şten schrie ihn an: »Du musst! Mir passiert schon nichts. Aber unsere Freunde müssen gewarnt werden. Ionna muss erfahren, dass womöglich ein neuer Krieg droht. Los jetzt!«

Mit diesen Worten warf er sich nach vorn und rannte am Außenrand des Dorfes nach Norden. Sofort trieben seine Feinde die Pferde an und beeilten sich, ihm den Fluchtweg in dieser Richtung abzuschneiden. Hinter sich hörte er Natiole lang und ausgiebig fluchen, aber das sich entfernende Hufgeklapper sagte ihm, dass er seinen Befehl befolgte. Wild grinsend wandte sich Şten den beiden Reitern zu und hob das Schwert, den Schlachtruf der Rebellen auf den Lippen.

»Tirea!«, brüllte er, »Tod den Masriden!«

Das hatte die gewünschte Wirkung. Entschlossen lenkten

die beiden Krieger ihre Tiere in seine Richtung und galoppierten auf ihn zu. Immer noch grinsend, warf der Wlachake sich wieder herum und rannte zurück in das Dorf, immer auf der Suche nach einem günstigen Ort, um sich seinen Feinden zu stellen. Als er den Marktplatz überquerte, trat der Priester aus der Tür seines Hauses und geiferte: »Dämonenbuhle! Aufrührer! Ungläubiger!«

»Ach, halt doch den Mund, Vorbs«, erwiderte Şten gepresst zwischen zwei Atemzügen und sprang dann über einen niedrigen Zaun. Dort blieb er kurz stehen und orientierte sich. Weder Natiole noch Druan waren irgendwo zu sehen, dafür aber kamen drei Reiter den Weg zwischen den Gebäuden entlanggedonnert, den Şten nur Augenblicke zuvor hinter sich gelassen hatte. Zwei ritten an der Spitze, der Dritte folgte ihnen in einigen Dutzend Schritt Abstand. Şten hoffte, dass es der Soldat war, der im Süden auf sie gewartet hatte, und dass Natiole es somit einfacher hatte zu fliehen. Seine eigene Lage hingegen war aussichtslos. Verzweifelt sah er sich nach einem Fluchtweg um, doch drei Berittene konnten ihn mit Leichtigkeit einkreisen. Und bei einem Kampf gegen drei ausgebildete Krieger zu Pferd konnte es nicht lange dauern, bis sie ihn überwältigt hatten.

Dennoch sprang er über den Zaun zurück auf den Marktplatz, entschlossen, seinen beiden Gefährten so viel Zeit wie möglich mit seinem Leben zu erkaufen. Während er die Klinge grüßend vor das Gesicht hob und seinen Feinden zunickte, sah er aus dem Augenwinkel Druan hinter einem Karren hervorstürmen.

»Nicht!«, rief er, doch schon sprang der Troll mitten in den Weg der Reiter. Entsetzt warf sich Şten nach vorn und wollte dem Troll zur Seite eilen, doch die Berittenen waren zu nah an ihm dran.

Mit brachialer Gewalt prallte das Pferd des einen gegen Druans Brust, und Şten, der in mehr als einer Schlacht die verheerende Wirkung eines Kavallerieangriffes gesehen hatte, rechnete mit dem Schlimmsten. Doch stattdessen taumelte

Druan nur einige Schritt zurück und schlug mit den Armen um sich, während das Pferd jämmerlich wiehernd zu Boden stürzte. Der zweite Reiter war Druan ausgewichen und schlug nun mit seinem Schwert auf ihn ein, doch der Hieb, der den Troll mit voller Wucht am Hinterkopf erwischte und dessen seltsame Hornauswüchse spaltete, schien Druan kaum etwas auszumachen.

Dann war Şten heran und führte einen Schlag gegen den Reiter, der jedoch nur über die metallene Brustplatte kratzte, die den Masriden schützte. Der Gegenschlag mit der Rechten des Kriegers trieb den Wlachaken zurück, und er duckte sich schnell auf die linke Seite des Pferdes, denn dort würde es seinem Feind schwerer fallen, seine Waffe einzusetzen, auch wenn er sich mit dem lang gezogenen Schild schützen konnte.

Der Masride aber war ein erfahrener Kämpfer. Geschickt lenkte er sein Kriegspferd einige Schritte zur Seite und wandte Şten dann wieder die rechte Flanke zu. Neben dem Wlachaken hatte Druan sich gebückt und den Kopf des vor Schmerzen schreienden Pferdes gepackt. Mit einer ruckartigen Bewegung riss der Troll ihn herum, und ein lautes Knacken ertönte, als das Genick des Pferdes brach.

Ein rascher Schritt brachte Şten an die Seite des Trolls, doch der packte ihn grob an der Schulter und stieß ihn zu Boden. Im Fallen sah Şten den dritten Reiter, der mit erhobenem Hammer auf den Troll zustürmte. Ohne sich um die Waffe zu kümmern, die ihn mit ungeheurer Wucht an der Schulter traf, packte Druan das Pferd am Hals und schleuderte es zu Boden. Entgeistert sah Şten, wie der Masride aus dem Sattel katapultiert wurde und sich mehrmals überschlagend über den Marktplatz rollte. Aus der Wunde an Druans Schulter quoll dunkles, zähflüssiges Blut, aber das war harmlos im Vergleich zu dem, was ein solcher Hieb mit einem Reiterhammer bei einem Menschen angerichtet hätte.

Die Gefahr war jedoch noch nicht vorüber. Der letzte Reiter drang nun auf Şten ein, der sich vor den erhobenen Hufen des Schlachtrosses rettete und rasch auf die Füße sprang. Hinter dem Angreifer konnte Şten sehen, wie Druan sich mit erhobener Faust über den ersten gestürzten Masriden beugte, aber sein Gegner ließ ihm keine Zeit, sich näher mit dem Schicksal des Verletzten zu befassen.

Mit mächtigen Schlägen trieb der Masride Şten vor sich her, der wenig mehr tun konnte, als sich zu verteidigen und die schwere Klinge des Reiters zur Seite zu schlagen. Zweimal war er zu langsam, und zwei blutende Schnitte an der Schulter und am Arm bestraften ihn dafür. Geschickt duckte er sich unter dem nächsten Schlag hindurch und führte die eigene Klinge mit beiden Händen nach oben, doch er fand nichts als die Rüstung seines Feindes, der mit einem Schenkeldruck das Pferd herumriss und wieder nach Ştens Kopf hieb. Der Wlachake parierte den Schlag und täuschte einen Sprung auf die andere Seite des Rosses vor. Stattdessen jedoch packte er das Schwert nur noch mit der Linken, die zwar seine schwächere Hand war, aber ausreichend trainiert für einen solchen Hieb, und schlug gleichzeitig mit der Faust auf die Nüstern des Pferdes.

Das Manöver brachte den Masriden kurz aus dem Gleichgewicht, und Şten parierte den schwachen Gegenschlag mit Leichtigkeit, vor allem, da das scheuende Ross dem Reiter große Probleme bereitete. Ohne seinem Feind die Zeit zu lassen, das Tier wieder unter Kontrolle zu bekommen, packte Şten das Schwert nun mit beiden Händen, drang auf den Masriden ein und schlug nach dessen Arm. Zu spät kam die Parade, und Ştens Stahl fand eine Lücke zwischen den Armschienen.

Mit einem Stöhnen ließ sein Gegner das Schwert fallen. Doch er dachte nicht ans Aufgeben, sondern warf sich wild nach vorn und trieb dem Ross die Hacken in die Seite. Şten reagierte schneller als das Tier und sprang seinen Gegner an. Die Spitze seines Schwertes drang in die Achselhöhle des Masriden ein, und heißes Blut ergoss sich über Ştens Hände. Das Pferd machte einen Satz und galoppierte los, woraufhin

Şten zu Boden geschleudert wurde. Als er sich mit der Klinge in der Hand wieder aufraffte, sah er, dass das Tier nach wenigen Schritten langsamer wurde, während der Masride fast zögerlich aus dem Sattel rutschte und zu Boden fiel.

Ein schneller Blick überzeugte Şten davon, dass Druan hinter ihm die Situation im Griff hatte, dann lief er zu seinem gestürzten Feind und kniete sich über ihn. Das Haar seines Feindes war blond und nach Art der Masriden kurz geschnitten, bis auf einen schmalen Streifen am Hinterkopf. An Armen und Beinen trug er metallene Plattenstücke, und sein Leib wurde von einem Kettenhemd geschützt. Er war noch jung, vielleicht kaum älter als Şten selbst, aber er würde keinen weiteren Tag mehr erleben, denn seine hellen Augen waren trüb und blickten schon in die nächste Welt.

Sein Mund öffnete sich, als wolle er noch etwas sagen, doch nur ein Schwall Blut drang über seine Lippen, dann erzitterte sein Leib, und er lag still. Mit dem Ärmel wischte sich Şten über die Nase, die er sich vermutlich bei einem Sturz angeschlagen hatte, und starrte einen Augenblick auf das Blut an seiner Hand. Dann legte er den Arm des Toten auf dessen Brust, sodass die Hand auf dem Herzen lag, und sagte: »Mögen die Geister über deine Reise wachen.«

Erst nach diesen traditionellen Worten wandte er sich um und lief zurück zu Druan, der die beiden Pferdekadaver wie auch den toten Masriden auf einen Haufen geschichtet hatte. Mit gerunzelter Stirn sah Şten sich um, konnte den zweiten Krieger jedoch nicht entdecken. Der Troll deutete seinen Blick richtig und wies auf das Haus des Priesters: »Sie ist da rein, während ich mich um den hier gekümmert habe.«

Ein kurzer Blick auf den verdrehten Hals des Masriden, der halb unter einem der Pferde begraben lag, überzeugte Şten davon, dass Druan ihn auf die gleiche Art und Weise wie das Pferd getötet hatte.

Kopfschüttelnd wandte der Wlachake sich ab und überlegte, was zu tun war. Das Dorf war erwacht, keine Frage, und vermutlich hatten inzwischen genug Menschen den Troll gesehen. Es war an der Zeit, sich aus dem Staub zu machen, nur musste er vorher herausfinden, ob noch mehr Feinde in der Nähe waren. Mindestens ein Reiter war noch dort draußen, vielleicht auch zwei, je nachdem, ob sie Natiole verfolgt hatten oder nicht. Bevor er sich jedoch darum kümmern konnte, brach hinter ihm wieder infernalisches Geschrei aus: »Höllenbrut! Dunkelgeister! Weichet von diesem Ort!«

Mit einer derben Verwünschung auf den Lippen drehte der Wlachake sich um, doch die Worte erstarben, als er den Priester zusammen mit einer Hand voll Menschen, die alle Fackeln in den Händen hielten, auf sich zukommen sah. Die anderen drängten sich furchtsam hinter dem Sonnenpriester zusammen, aber der Mann selbst schritt mit hoch erhobenem Haupt auf Şten und Druan zu.

»Kinder Ardolys! Habt keine Furcht! Kommt aus euren Häusern und vertreibt das Gezücht der Dunkelheit aus eurer Mitte!«

Wütend hob Şten das Schwert und trat dem Priester entgegen, der sich inzwischen in den vollen Ornat seines Amtes gekleidet hatte: eine selbst in der Nacht weiß leuchtende Robe, auf deren Brust mit goldenen Fäden die Sonnenscheibe mit ihren Strahlen gestickt war, die über das ganze Gewand liefen. In den Händen hielt der Mann eine polierte Kupferscheibe von vielleicht zwei Spannen Durchmesser, die er triumphierend über den Kopf hob. Seine schmalen Lippen verzogen sich zu einem hämischen Grinsen, als überall im Dorf Türen aufgingen und Menschen mit Fackeln und allerlei behelfsmäßigen Waffen auf die Straßen traten.

Hastig wich Şten einige Schritte zurück und sah sich um. Aus fast jedem Haus waren die Bewohner auf die nächtliche Straße hinausgetreten, und der Marktplatz wurde von Dutzenden von Lichtern erhellt. Um den Priester bildete sich rasch eine Traube von Menschen, die ihm folgte, als er auf den Troll und den Menschen zuschritt.

»Kinder von Orvol! Dort steht das Ungetüm, das Monstrum, das Nachtwesen! Wir werden den gerechten Zorn des Lichtes über es bringen!«, schrie der Mann mit sich überschlagender Stimme. Hinter ihm sah Şten die Masridin, die mit gezogener Waffe humpelnd näher kam. Vorsichtig schob Şten das Schwert in die Scheide, hob die Hände und rief: »Dieses Wesen wird euch nichts tun, wenn ihr es gehen lasst!«

»Nein!«, ereiferte sich der Priester. »Es ist eine Ausgeburt der Finsternis und allem Guten abhold! Es muss vernichtet werden, zur größeren Glorie des Lichtes!«

Immer noch ging er mit festen Schritten auf sie zu, und die Dorfbewohner folgten ihm. Die Zuversicht des Predigers schien sich auf sie zu übertragen, denn sie schwenkten ihre Dreschflegel, Mistgabeln und Sensen und sahen den Troll mit einer Mischung aus Hass und Furcht an.

»Ich bin Şten cal Dabrân! Hört mich an …«, hob der Wlachake an, doch er wurde von der Masridin rüde unterbrochen, die schrie: »Lüge! Şten cal Dabrân ist tot!«

»Ein Wiedergänger!«, rief der Priester geradezu begeistert.

»Unsinn! Ich …«, wollte Şten erklären, doch eine Fackel flog aus der Menge auf ihn zu und traf ihn an der Schulter, wo das brennende Geschoss abprallte und vor ihm auf dem Boden landete. Neben ihm knurrte Druan, der bisher genau wie der Wlachake zurückgewichen war, bedrohlich und ließ die gewaltigen Muskeln spielen. Eine weitere Fackel segelte heran, doch der Troll schlug sie mit Leichtigkeit aus der Luft, legte den Kopf in den Nacken und brüllte.

Entsetzt wichen die Dörfler zurück, doch ihr Priester schrie schallend: »Ja, brülle deine Angst hinaus in die Dunkelheit, die dich wieder verschlucken wird, Ungeheuer! Tötet sie, tötet sie beide!«

Bevor Şten etwas tun konnte, ging ein wahrer Regen von Fackeln und Steinen auf ihn und Druan nieder. Fluchend wich er den Geschossen aus und zog seine Waffe. Ein Stein traf ihn an der Schläfe, und für einen Augenblick sah Şten nur helle Lichter vor den Augen, doch dann klärte sich seine Sicht wieder, und er wich einem weiteren Wurfgeschoss aus. Inzwischen waren sie von dem Mob fast vom Marktplatz getrieben worden, aber Şten traute sich nicht, sich umzudrehen, denn er befürchtete, dass die Menge genau dann auf sie einstürmen würde. Am Rande seines Blickfelds sah er, wie Druan mit seinen gewaltigen Händen einen Karren packte, der vor einem der Häuser stand.

»Nein!«, schrie Şten laut, doch der Troll hatte das Gefährt schon herumgerissen und schob es mit seiner ganzen Kraft in Richtung ihrer Angreifer. Polternd rollte der schwere Karren über den Platz, und die Menschen konnten ihm nur mit hastigen Sprüngen ausweichen. Zu Ştens Erleichterung wurde niemand von dem Gefährt erfasst. Wieder brüllte der Troll, und wieder zeigte die Zurschaustellung von ungebändigter Kraft ihre Wirkung bei der Menge.

»Auf mein Zeichen rennen wir«, flüsterte Şten, und der Troll nickte. Genau in diesem Moment aber murmelte der Priester etwas und hob sodann die kupferne Schale zum Himmel. Ein blendender Lichtblitz schlug aus der Sonnenscheibe und brannte sich schmerzhaft in Ştens Augen. Schreiend ließ der Wlachake das Schwert fallen und bedeckte schützend die Augen mit den Händen. Neben sich spürte er Druan mehr brüllen, als dass er ihn hörte, denn alle Geräusche erschienen ihm dumpf und wie aus weiter Ferne.

Als er die Hände herunternahm, war die Welt von flirrenden Farben erfüllt, Nachbilder des Blitzschlages, die vor seinen Augen tanzten. Wieder schrie Druan auf, und Şten hörte den Troll nach vorn stürmen. Verzweifelt blinzelte er und versuchte zu erkennen, was geschah, doch er war immer noch geblendet. Irgendwo vor ihm brach ein gewaltiger Tumult aus, Menschen schrien, und über allem ertönte das Brüllen des Trolls.

Sein Gehör kehrte langsam zurück, aber immer noch lag ein Rauschen wie von einem mächtigen Strom über allem. Mit tastenden Händen fand er das Schwert zu seinen Füßen und lief in Richtung des tosenden Geschreis, das von der Menge ertönte. Nach wenigen Schritten jedoch stolperte er über ein Hindernis und stürzte zu Boden.

»Druan! Nicht, Druan! Du hast es geschworen!«, rief Şten, während er auf Händen und Füßen vorwärts kroch. Endlich schrumpften die tanzenden Lichter in seinem Sichtfeld, und er konnte zumindest helle und dunkle Flächen erkennen. Ein Stück weiter vorn erkannte er die Umrisse von Druan, der am Boden hockte.

Erst als der Wlachake fast neben dem Troll stand, sah er den Priester, der zu Druans Füßen lag, mit weit aufgerissenen Augen, die blicklos ins Nichts starrten. Die Sonnenscheibe lag einige Schritt neben ihm, und auf ihr klebte Blut, das langsam von ihrem Rand in den Staub des Marktplatzes sickerte. Die furchtbaren Geräusche stammten von Druan, der seine Fänge in den Leib des Priesters geschlagen hatte. Von den anderen Menschen war wenig zu sehen, offenbar waren sie vor der brachialen Gewalt des wütenden Trolls geflohen. Nur hier und da spähte ein bleiches Gesicht um ein Haus oder aus einem Fenster. Zu seiner endlosen Erleichterung erblickte Şten keine Verletzten oder Toten in der Nähe.

Während er seine Schläfen rieb, versuchte er die Benommenheit zu vertreiben, die der Lichtblitz bei ihm hinterlassen hatte. Dann packte er Druan an der Schulter. »Los! Wir müssen hier weg!«

Mit blutverschmiertem Gesicht drehte der Troll sich zu ihm um. Mordlust loderte in seinen Augen, doch dann kehrte der Verstand zurück, und er erhob sich. Beinahe wäre Şten vor ihm zurückgewichen, aber er deutete stumm auf den Weg.

Während sie aus dem Dorf liefen, kamen sie an dem Hindernis vorbei, das Şten zu Fall gebracht hatte, und der Wlachake erkannte die Masridin, die mit grotesk verdrehten Gliedmaßen am Boden lag. Von ihrem rechten Arm, mit dem sie das Schwert geführt hatte, war lediglich ein blutiger Stumpf an der Schulter übrig.

»Sie hat mich angegriffen«, erklärte Druan, während die beiden weiterrannten und das Dorf hinter sich ließen.

Und deshalb hast du ihren Arm gefressen?, dachte Şten finster. Offenbar hatte Druan nach dem Lichtblitz den Vorbs und die Kriegerin getötet, was wohl die Dörfler in die Flucht geschlagen hatte, während Şten halb betäubt und geblendet über den Boden gekrochen war. Und dann hatte der Troll seine Klauen in den Leib des Toten geschlagen. Weiter mochte Şten nicht denken, denn das Bild des blutbesudelten Gesichts des Trolls tanzte ihm immer noch vor den Augen und erinnerte ihn daran, dass Druan ein Ungeheuer aus dunkelster Finsternis war, das plötzlich in sein Leben getreten war.

Unbehindert erreichten Şten und Druan den Waldrand und schlugen sich Richtung Norden zwischen die Bäume. Eine Weile lang schwiegen sie, doch dann sagte Druan unvermittelt: »Es tut mir Leid. Aber das Licht, es brannte so furchtbar!«

Ohne den Troll anzusehen, winkte Şten ab. »Das ist nicht der Ort und nicht die Zeit, um zu reden. Lass uns erst einmal in Sicherheit gelangen.« In Gedanken fügte er hinzu: *Dann kann ich es immer noch beenden.* Vielleicht war es ein Fehler gewesen zu glauben, dass er die Trolle kontrollieren konnte. Vielleicht wäre es besser gewesen, sie zu töten und so sein Volk vor ihnen zu schützen. Aber mit der seltsamen Taubheit im Kopf und dem Rauschen in den Ohren konnte er kaum einen klaren Gedanken fassen, außer, dass sie sich verstecken mussten, falls die Menschen Orvols sie am Tage suchten.

18

Den Weg in die Zimmerflucht des Burgherrn, die hinter der großen Halle lag, legte Viçinia wie betäubt zurück. Die Nachricht, dass Şten cal Dabrân tot sein sollte, ermordet von Zorpad, hatte sie völlig unvorbereitet getroffen, und noch war sie zu verwirrt, um die schreckliche Neuigkeit überhaupt begreifen zu können. In wenigen Augenblicken aber würde sie Zorpad gegenübertreten, und dafür musste sie ruhig und gefasst wirken. Ohne Zweifel würde der Masride jede Schwäche ihrerseits spüren und auskosten. Das konnte sie nicht zulassen, also atmete sie einige Male tief durch und versuchte, sich auf die vor ihr liegende Begegnung zu konzentrieren.

Die kleine Halle, die sie betrat, diente gewöhnlich für Beratungen und Treffen Zorpads mit wenigen ausgewählten Gästen. Ein schwerer runder Eichentisch mit geschnitzten Löwenfüßen stand in der Mitte auf den polierten Bohlen des Fußbodens, umgeben von mit rotem Samt gepolsterten Sesseln. Zwei vergoldete Kandelaber standen auf der Tischplatte. Die Kerzen darin brannten jedoch nicht, da genug Tageslicht durch die Fenster fiel. Am Kopfende der Tafel stand ein reich verzierter Stuhl mit hoher Lehne. Auf dem Tisch lagen Karten und verschiedene Schriftstücke.

Auch hier hatten die Masriden die Wände mit dicken Teppichen behangen, auf denen man Szenen ihrer Geschichte und ihrer Legenden sehen konnte. Das Prunkstück war eine lange Bahn am hinteren Ende des Raumes, auf der die Schlacht von Hakkar in kräftigen, eindrucksvollen Farben dargestellt war, in welcher die Masriden das Heer des Dyrischen Imperators geschlagen hatten. In der Mitte des Bildes kämpfte Arkas Dîmminu vom Rücken seines gepanzerten Streitrosses aus, während um ihn herum die schwere Kavallerie der Masriden die Linien der imperialen Garde durchbrach.

Viçinia stand kerzengrade in der Eingangstür und hielt den Blick auf den Gobelin gerichtet, statt auf den Mann zu schauen, der mit dem Rücken zu ihr stand und aus einem der hohen Fenster blickte.

Neben ihr räusperte sich Bàjza, der Majordomus, um sie anzukündigen, doch Zorpad winkte ab: »Ich kenne die Titel der Dame Viçinia, Bàjza.«

»Jawohl, Herr«, erwiderte der alte Mann unterwürfig und entfernte sich aus dem Raum.

Viçinia blieb an der Tür stehen und wartete. Die Zeit schien sich endlos zu dehnen. Das anhaltende Schweigen begann an ihren Nerven zu zerren. *Das ist genau das, was Zorpad erreichen will,* überlegte sie. *Ich darf mich davon nicht einschüchtern lassen.* Sie bemühte sich, eine ungerührte Miene aufzusetzen, während sie weiter den Wandteppich betrachtete.

Nach der Schlacht, die hier dargestellt war, hatte sich das Imperium hinter die dicken Mauern seiner Städte zurückgezogen und versucht, den Sturm einfach auszusitzen. Monatelang hatte Arkas die Hauptstadt belagert und die umliegenden Ländereien verwüstet, bis der Imperator ein geradezu unglaubliches Lösegeld bezahlt hatte, damit die kriegerischen Masriden abzogen. Noch heute, mehr als zweihundert Sommer später, war Arkas ein Schreckensbild im Imperium, denn er hatte gezeigt, dass die vorher als unbesiegbar geltenden goldenen Heere dies keineswegs waren. *Mit seinen Wagen voller Beute ist Arkas sodann über die Sorkaten gezogen und in Wlachkis eingefallen,* dachte Viçinia bitter.

Nach einer Weile ließ sie den Blick durch den Raum wandern. In diesem Beratungszimmer waren die Fenster mit gläsernen Scheiben statt mit dünn gespannten Tierhäuten versehen, ein ungeheurer Luxus, den Zorpad nutzte, um seine Gäste zu beeindrucken. Erst einmal hatte Viçinia das kühle, glatte und durchsichtige Material aus der Nähe gesehen und vorsichtig die kühle Oberfläche berührt. Doch jetzt beschäftigte sie weitaus mehr der breitschultrige Mann, der vor den Fenstern stand und sie weiterhin ignorierte.

Noch immer trug Zorpad ein Gewand in den Farben seines Hauses, auch wenn er das Wams gewechselt hatte, das mit seinem Blut getränkt worden war. Der dunkelrote Stoff spannte sich über seinem Rücken, als wolle er jeden Augenblick bersten.

Gerade als Viçinia sich entschieden hatte, dieses lächerliche Spiel zu beenden und selbst das Gespräch zu beginnen, drehte er sich zu ihr um und lächelte sie an, wobei seine Augen kalt und berechnend blieben.

»Ihr fragt Euch vermutlich, warum ich Euch zu mir gerufen habe«, begann Zorpad.

Mit einem angedeuteten Nicken bestätigte Viçinia seine Vermutung. Ihr Blick wanderte zu seinem Ärmel, unter dem sie einen Verband erkennen konnte. Die Verletzung schien den Masriden jedoch kaum zu behindern.

»Die Neuigkeit, dass der gefährliche Verbrecher Şten cal Dabrân gefasst und der Gerechtigkeit zugeführt wurde, scheint Euch überrascht zu haben«, stellte Zorpad fest, als er ihren Blick bemerkte, doch Viçinia war darauf vorbereitet und versteckte sich hinter einer nichts sagenden Miene. »Ein wenig.«

»Ihr kanntet ihn, nehme ich an? Immerhin lebte er eine Zeit lang am Hof Eurer Schwester.«

»Ja, wir sind uns einige Male begegnet. Aber seit mehreren Sommern schon nicht mehr«, antwortete Viçinia ruhig.

»Natürlich. Nun, die Gefahr, die von diesem Mann ausging, ist jetzt gebannt, und das Leben in Ardoly ist wieder ein klein wenig sicherer geworden«, stellte Zorpad fest.

»Vermutlich«, sagte Viçinia, äußerlich ungerührt.

»Dennoch, wir leben in gefährlichen Zeiten«, fuhr der muskulöse Mann fort, während er langsam wie eine Raubkatze um den großen, runden Tisch auf sie zukam. »Ich sorge mich um Eure Sicherheit.«

»Meine Sicherheit? Stehe ich nicht unter Eurem Schutz, Herr?«

»Doch, doch. Allerdings …«, erwiderte Zorpad, nur um dann abzubrechen und Viçinia in die Augen zu schauen, die verwirrt die Stirn runzelte.

»Allerdings, Herr?«

»Die Zeiten ändern sich. Das Land ist schwach. Es braucht eine starke Hand, um es wieder zu seiner ganzen Stärke zu führen. Eine Hand, die es einen kann.«

»Eure Hand, nehme ich an?«, fragte Viçinia mit leisem Spott, doch dann verstummte sie, als sie Zorpads mörderischen Blick gewahrte. Innerhalb eines Herzschlags hatte der Masride sich jedoch wieder gefangen und nickte ihr herablassend lächelnd zu.

»Wessen sonst? Wer außer mir hat die Kraft und den Willen, Ardoly zu einen? Es ist meine Bestimmung, mein Erbe, das Vermächtnis meines Vorfahren Arkas, dessen Blut in meinen Adern fließt«, fuhr Zorpad mit tiefer Stimme fort.

»Es könnte einige geben, die anderer Meinung sind, Herr«, antwortete Viçinia vorsichtig, was Zorpad mit einer wegwerfenden Handbewegung quittierte: »Natürlich«, sagte er gelassen. »Mein eigen Fleisch und Blut. Und Eure Schwester.«

Schweigend wartete Viçinia darauf, dass er weitersprach, doch der kräftige Masride sah ihr lange nur in die Augen, was ihr einen Schauer durch Mark und Bein jagte. So mochte ein Zraikas seine Beute ansehen, bevor er sie mit Fängen und Klauen zerfetzte.

»Aber ich bin bereit, diese kleinlichen Fehden ruhen zu lassen. Ich bin bereit, den ersten Schritt zu tun. Ich werde Euch zurück zu Eurer Schwester senden.«

Zwar fehlten Viçinia die Worte nach dieser unerwarteten Ankündigung, doch ihr jahrelanger Umgang als Gesandte Ionnas hatte ihre Etikette geschliffen, sodass sie ihre Verwirrung verbarg und einfach nur huldvoll das Haupt senkte und schwieg.

Erst als sie sich wieder ihrer Stimme sicher war, fragte sie:

»Ihr wollt mich gehen lassen? Was ist mit den anderen Geiseln?«

»Auch sie werden frei sein. Wenn ...«

»Wenn?«

»Wenn Ihr für mich eine bestimmte Botschaft an Eure Schwester überbringt«, eröffnete Zorpad der jungen Frau, »und zwar in meinem Sinne.«

»Eine Botschaft in Eurem Sinne?«, wiederholte Viçinia. »Was für eine Botschaft könnte das sein?«

»Ein Friedensangebot. Ein Ende des Krieges, des Tötens, des Leidens«, erwiderte Zorpad mit einem breiten Lächeln.

Misstrauisch sah Viçinia ihn an.

»Natürlich müssten einige Zugeständnisse gemacht werden«, erklärte der Masride.

»Und diese wären ...?«

»Eure Schwester wird mich als Lehnsherrn anerkennen und meinen Anspruch auf die Krone von Ardoly unterstützen. Ihre Krieger werden an meiner Seite kämpfen, wenn sich jemand widersetzen sollte. Im Gegenzug sichere ich ihr Frieden für sie und ihre Untertanen zu.«

»Ich weiß nicht, was ich dazu sagen soll«, erwiderte Viçinia, was Zorpad erneut lächeln ließ, bis sie bissig fortfuhr, »außer, dass Ihr wohl von Sinnen seid!«

Wütend starrte Zorpad sie an und zischte: »Hütet Eure Zunge!«

»Denkt Ihr wirklich, dass sie dieses Angebot annehmen kann?«, fragte die Wlachakin mit einem entgeisterten Kopfschütteln. »Es ist ohne Bedeutung, wer es überbringt; sie wird es ablehnen.«

»Es ist das einzige, das ich machen werde, Dame Viçinia. Entweder es wird angenommen, oder es wird Krieg geben!«

Hastig überlegte Viçinia. Es war unmöglich, dass es unter diesen Bedingungen einen Frieden geben konnte. Niemals würde Ionna dem zustimmen, darüber war sie sich im Klaren. Andererseits war es vielleicht eine Möglichkeit, aus der Geiselhaft zu entkommen. Sobald tatsächlich ein Krieg ausbrach, würde Zorpad die Geiseln töten, dessen war sich Viçinia sicher. Deshalb mussten sie auch aus seiner Gewalt entkommen, bevor es so weit war. Vor allem, wenn der offene Krieg bereits unausweichlich war, so wie es Viçinia nun erschien. Also sagte sie: »Nun gut, ich werde Euer Angebot überbringen, wenn Ihr dies wünscht.«

»Oh, das tue ich.«

»Wann werden wir abreisen?«

»Wir?«

»Nun, ich und die anderen Geiseln?«, fragte Viçinia nach.

»Ihr habt mich falsch verstanden. Die anderen werden zu ihren Familien zurückgesandt, wenn Eure Schwester meinen Bedingungen zugestimmt hat«, erwiderte Zorpad lächelnd.

»Und wenn sie das nicht tut?«

»Ich bin sicher, dass Ihr das Ohr Eurer Schwester habt, werte Viçinia. Und dass Ihr Euch Mühe geben werdet. Denn solltet Ihr bei dem Versuch versagen, Eure Schwester zu überzeugen, dann wird es einen Krieg ohne Gnade geben. Einen Krieg mit vielen Opfern.«

Mit zwei schnellen Schritten trat der Masride dicht an sie heran und baute sich vor ihr auf. Seine körperliche Nähe war ihr fast unerträglich, und sie zuckte zurück, als er den Arm ausstreckte und ihr mit seinen Fingern über die Wange strich.

»Ich fürchte, Ihr versteht mich nicht: Ihr werdet zu Eurer Schwester reisen und Ihr raten, sich mir zu unterwerfen. Das ist keine Frage, keine Bitte; dies wird geschehen.«

Mit geschlossenen Augen drehte Viçinia ihr Gesicht zur Seite, doch Zorpad folgte ihrer Bewegung und schritt langsam um sie herum, wobei er seine Fingerkuppen über ihren Hals wandern ließ.

»Zur Not werde ich über die Leiber Eurer Landsleute auf den Thron steigen, wenn Ihr mich dazu zwingt«, flüsterte der Masride ihr ins Ohr. Stolz warf Viçinia ihren Kopf herum, trat einen Schritt zurück und bedachte Zorpad mit einem kalten Blick. »Eure Heere wurden einmal besiegt. Diesmal würde es Euch nicht anders ergehen!«

Statt des erwarteten Wutausbruches legte der Masride den Kopf in den Nacken und lachte.

»Einmal ist Eure List aufgegangen, Wlachakin. Auf dem verfluchten Sumpfboden des Mardew konntet Ihr uns zurückschlagen. Es war in der Tat sehr gerissen von Euch, diesen Ort zu wählen, an dem meine Reiterei nicht zum Zuge kam. Ich gratuliere Euch dazu! Doch dieses Mal wird der Sturm Euch hinwegfegen, wenn Ihr Euch mir entgegenstellt. Ihr wisst nichts, Viçinia. Mein Heer ist nun unbesiegbar!«

»Andere vor Euch sind auch schon dieser Hybris erlegen!«, hielt ihm Viçinia zornerfüllt entgegen, was ihn für einen Moment verstummen ließ. Wieder trat er auf sie zu, doch diesmal schloss seine Hand sich hart um ihre Kehle und nahm ihr den Atem.

»Entweder Ihr geht freiwillig, oder ich werde Euch den Kopf abschlagen, die Botschaft in Euer Lästermaul stecken und diesen hübsch geteert zu Ionna senden, bevor ich Euren Leib den Schweinen vorwerfe«, fauchte Zorpad sie an, während sie verzweifelt nach Luft rang. Sein Griff war eisern, und sie zweifelte nicht daran, dass er seine Drohung wahr machen würde. Sein vor Zorn verzogenes Gesicht verschwamm vor ihren Augen, und sie glaubte bereits, dass der Zeitpunkt ihres Todes gekommen war, doch dann ließ er von ihr ab und ging gemessenen Schrittes zurück zu den Fenstern, während sie sich hustend und keuchend auf den schweren Eichentisch stützte.

»Es ist Eure Wahl, Dame Viçinia. Ihr müsst nicht sogleich darauf antworten. Ich werde Euch demnächst eine Demonstration dessen geben, was mir meinen angestammten Platz in der Geschichte dieses armseligen Landes sichern wird. Ihr dürft Euch entfernen«, sagte er, ohne die Stimme zu erheben.

Sich den schmerzenden Hals reibend, verließ Viçinia den Saal und ging in Begleitung einer Wache zurück in ihre Gemächer. Diesmal hatte sie kein Auge für die Wandgemälde ihrer Vorfahren übrig, zu sehr beschäftigten sie all die schlechten Nachrichten und Zorpads Ankündigungen. Obwohl sie an ihre Schwester und den drohenden Krieg denken wollte, wanderten ihre Gedanken immer wieder zu Şten zurück.

Jeder hatte gewusst, dass Şten und seine Gefährten auf einem schmalen Grat wandelten, stets in Gefahr hinabzustürzen. Ihre Taten gaben den Wlachaken Hoffnung in dunklen Zeiten und waren den Masriden stets ein Dorn im Auge. Jedes Mal, wenn Şten wieder aus Désa ausgezogen war, war er in eine ungewisse Zukunft geritten, und Viçinia hatte das immer gewusst. Es gab keine Gnade für die Rebellen, die gefangen wurden. Zur Abschreckung wurden sie grausam hingerichtet und ihre Häupter auf Speere über die Tore der Städte gespießt.

Doch Şten hatte Zorpad auf die alte, traditionelle Weise der Wlachaken dem Tode preisgegeben. *Vielleicht war es eine Lüge, vielleicht lebt Şten noch!*, dachte Viçinia, und einen Augenblick lang keimte Hoffnung in ihr auf. Doch sofort meldete sich ihr Verstand, und als sie weiter darüber nachdachte, wurde ihr bewusst, dass Zorpad in dieser Angelegenheit nicht lügen würde. Vielmehr hatte er vermutlich verhindern wollen, dass die Wlachaken einen Märtyrer bekamen, indem er Şten heimlich hinrichten ließ. Andernfalls hätte es gewiss Versuche gegeben, den jungen Rebellen zu retten, oder man hätte ihn zumindest an seinem Grab beweint.

So hatte der Masride seinen Feind einfach in den dunklen Wäldern verschwinden lassen, den Rebellen einen wichtigen und klugen Kopf genommen und dem Volk einen Krieger, der unablässig für seine Sache stritt.

Mit einem Knall warf Viçinia die Tür zu ihrer Kemenate zu und rief Mirela zu sich. Ungeachtet der Proteste der jungen Frau warf Viçinia sie einfach aus ihren Gemächern und setzte sich auf ihr Bett.

Şten war tot, und Zorpad bereitete einen letzten Schlag gegen die Wlachaken vor. Natürlich wäre es ihm lieber, wenn diese auf sein Angebot eingingen. Dann könnte er sich ganz seinen beiden Rivalen um Arkas' Erbe widmen, ohne sich Sorgen über die unterdrückten Einheimischen machen zu müssen, die ihm bei einem Krieg mit den anderen masridischen Adeligen sicherlich in den Rücken fallen würden. Gegen alle seine Feinde würde Zorpad nicht allein bestehen können, aber möglicherweise war er mächtig genug, um sie einzeln zu besiegen, wenn sie das zuließen. Doch es blieb die Frage, was er damit meinte, als er sein Heer als unbesiegbar gepriesen hatte. *Und von welcher Demonstration sprach der Wahnsinnige?*, fragte sich Viçinia still, doch es wollte ihr nichts einfallen. Umso drängender wurde es, mehr über die Geschehnisse in der Feste Remis herauszufinden. *Ist Şten hier gewesen, ohne dass ich es gewusst habe?*, fiel es Viçinia plötzlich ein, und ein scharfer Schmerz durchfuhr ihre Brust.

Bitte, tu nicht so, als ob du mich nie wieder sehen würdest. Das waren ihre Worte an ihn gewesen, und er hatte ihr versprochen, dass es nicht so sein würde.

Sie hatte Şten cal Dabrân immer gemocht, seit ihrer Jugend waren sie befreundet, hatten für die gleiche Sache gekämpft. Doch was immer sie ansonsten für den jungen Krieger empfinden mochte, darüber war sie sich nicht im Klaren gewesen, und sie hatte ihre eigenen Gefühle nicht genauer erforschen wollen, aus Angst vielleicht, was am Ende stehen könnte. Zumindest war es an jenem Morgen in Désa so gewesen, als sie sich von Şten verabschiedet hatte. Und nun würde sie ihn tatsächlich nie wieder sehen.

Dann spürte sie, wie die Trauer ihr die Kehle zuschnürte und ihr Tränen in die Augen stiegen.

Bei Einbruch der Nacht kehrte Mirela wieder zurück und begann damit, das Zimmer aufzuräumen, wobei sie Viçinia immer wieder vorsichtige Blicke zuwarf. Diese jedoch saß immer noch mit versteinertem Gesicht auf ihrem Bett, dachte nach und würdigte die Dienerin keines Blickes. Im Augenblick war Mirela nur ein Stein auf ihrem Weg, den die Wlachakin umgehen oder beseitigen musste. Also ließ sie sich schnell entkleiden, schlüpfte unter ihre Decke und löschte die kleine Kerze. Im Dunkeln lauschte sie, wie die

Zofe die Kohlepfanne befüllte und sich dann selbst auf ihr Lager begab und nach einiger Zeit ruhig atmete.

Viçinia aber blieb noch lange mit offenen Augen in der Finsternis liegen und wartete ab. Es war keine Frage, dass Zorpad annehmen musste, sie werde in nächster Zeit womöglich etwas unternehmen, und dass er deshalb seine Untergebenen angewiesen hatte, ein besonders wachsames Auge auf seine wichtigste Geisel zu werfen. Aber der Masride und seine Diener hielten sie für eine verwöhnte Edeldame, ein Irrglaube, den Viçinia auszunutzen gedachte.

Erst als sie vollkommen sicher war, dass Mirela schlief, glitt sie aus dem Bett und schlich zum Fenster. Unendlich langsam, um keinen unnötigen Lärm zu verursachen, hob sie die Pergamenthaut aus dem Rahmen und öffnete die Läden. Der Weg durch den Flur war ihr verwehrt, denn dort würde mindestens eine Wache postiert sein, aber Viçinia war im Mardew aufgewachsen, zwischen majestätischen Bergzügen und tiefen Wäldern, und seit frühester Kindheit ans Klettern gewöhnt.

Trotzdem ließ der Blick hinunter auf den Hof der Burg sie frösteln, oder vielleicht war es auch nur die kühle Nachtluft, gegen die ihr langes Nachthemd nur einen notdürftigen Schutz bot.

Dabei erwies es sich als ein Glück, dass ihr Fenster in den kleinen Innenhof hinausging, denn die schlanke Birke, die dort stand, reichte bis zu ihrem Stockwerk hinauf. Mit einem beherzten Sprung von ihrem Sims aus würde Viçinia den Baum erreichen können. Die Zimmer der anderen Geiseln lagen zum größten Teil im unteren Geschoss, nur Viçinia hatte aufgrund ihres Status ein höher gelegenes Gemach zugewiesen bekommen.

Ohne groß nachzudenken, stieß sich Viçinia ab und griff nach den dünnen Ästen, die ihr ins Gesicht peitschten. Einen furchtbaren Herzschlag lang griffen ihre Hände ins Leere, doch schließlich bekam sie einen etwas dickeren Ast zu packen, an dem sie sich festklammerte und der ihr Gewicht trug. Vorsichtig machte sie sich an den Abstieg, bis sie mit ihren nackten Füßen auf dem kühlen Grasboden des Hofes stand. Ein kurzes, atemloses Lauschen, dann huschte sie zu einem der Fenster des Erdgeschosses und klopfte an die schwarz-rot bemalten Läden. Es dauerte, bis ein verschlafener junger Mann den Laden vorsichtig nach außen klappte. Viçinia sandte ein kurzes Stoßgebet aus, dankbar dafür, dass es nicht der Diener des Mannes war, den sie suchte.

Hinter dem Fensterladen war das Fenster mit einem schmiedeeisernen Gitter versehen, denn aus dem untersten Geschoss wäre es ein Leichtes gewesen, hinauszuklettern. Als der bleiche, dunkelhaarige Mann Viçinia erkannte, weiteten sich seine Augen vor Erstaunen.

»Dame Viçinia! Was macht Ihr hier?«, fragte er, doch Viçinia bedeutete ihm mit einem Finger an den Lippen, leise zu sein.

»Suhai, ich benötige Eure Hilfe.«

»Meine Hilfe? Mitten in der Nacht? Wobei denn?«

»Ich muss jemanden benachrichtigen. Es gibt Neuigkeiten, die weitergegeben werden müssen«, erklärte ihm Viçinia flüsternd.

»Neuigkeiten? Ich verstehe nicht ganz«, erwiderte Suhai hilflos.

»Ich weiß, dass Ihr Kontakt zu anderen Wlachaken in Teremi hattet, bevor Ihr hierher gesandt wurdet. *Freien Wlachaken!*«, stellte Viçinia fest.

»Was? Ihr meint unsere Kämpfer in der Stadt?«

»Ja!«

»Das stimmt. Aber wieso ...«, begann er, doch Viçinia unterbrach ihn: »Ich brauche einen Namen, Suhai. Wir müssen Informationen aus der Feste schmuggeln.«

»Hinausschmuggeln? Das ist unmöglich, Dame Viçinia! Wie wollt Ihr das anstellen?«

»Das lasst nur meine Sorge sein, Suhai. Ich brauche einen Namen, jemand, den ich finden kann, wenn ich in die Stadt gehe.«

»Ihr wollt fliehen? Zorpad wird uns alle umbringen, wenn Ihr flieht!«, zischte Suhai, wobei seine Stimme immer lauter wurde, bis Viçinia ihn wütend anfunkelte.

»Nein, ich will nicht fliehen. Und Zorpad wird uns bald sowieso alle töten. Er plant einen Krieg, Suhai!«, erwiderte sie mit eindringlicher Stimme.

»Krieg. Dann sind wir ohne Nutzen für ihn«, stammelte Suhai.

»Ja. Aber noch ist es nicht so weit. Die anderen müssen gewarnt werden, damit sie sich vorbereiten können, meine Schwester muss gewarnt werden!«

»Ihr Geister, wir sitzen in der Falle. Wir müssen alle fliehen!«

»Das geht nicht, Suhai, das wisst Ihr. Wir kämen niemals alle aus der Burg, geschweige denn durch Zorpads Truppen und das halbe Land. Nein, ich muss mit den Freien Wlachaken in Teremi sprechen und dann zurückkehren. Nur so gibt es die Möglichkeit, dass die Warnung Ionna erreicht. Würde ich, würden wir fliehen, dann hätten wir bald alle Hunde und Krieger der Masriden auf den Fersen. Ein Entkommen wäre unmöglich«, erklärte Viçinia geduldig, doch sie sah, dass Suhai immer noch von Furcht erfüllt war.

»Şten cal Dabrân ist tot. Wir werden sterben. Zorpad wird uns töten, er wird Eure Schwester überfallen. Wir sind alle verloren!«, stöhnte der junge Mann und lehnte die Stirn gegen die kalten Gitter, die ihn gefangen hielten. Seine Worte trafen Viçinia ins Herz, und beinahe hätte sie sich selbst ihrer Verzweiflung überlassen, aber sie weigerte sich aufzugeben, solange sie noch am Leben war. Sie *konnte* nicht aufgeben und alles im Stich lassen, wofür ihre Schwester kämpfte. Und wofür auch Şten gekämpft hatte.

»Noch ist nicht alles verloren! Wir werden die Kunde von Zorpads Plänen nach draußen schmuggeln, und unsere Familien und Freunde werden sich vorbereiten können und gerüstet sein, wenn Zorpad sie angreift … Sie brauchen uns, Suhai!«, appellierte Viçinia an die Loyalität des Adligen.

Suhai aber sah sie nicht an, sondern erwiderte nur leise: »Habt Ihr nicht gesehen, wie er den Krieger heute überwältigt hat? Man kann ihn nicht besiegen, er ist kein Mensch, er ist ein Dunkelgeist, der uns alle vernichten wird!«

»Reißt Euch zusammen, Suhai!«, fuhr Viçinia den verzweifelten Mann an. »Der arme Junge war schon halb tot, als sie ihn in den Saal schleppten. Es war nur sein letztes Aufbegehren gegen das Unausweichliche. Zorpad kann besiegt werden, Zorpad wurde besiegt! Oder habt Ihr die Herbstschlacht bereits vergessen?«

»Nein. Nein, Ihr habt Recht. Verzeiht mir.«

»Schon gut. Wir alle fürchten uns, und wir sind in einer üblen Lage. Doch wir müssen stark sein. Andere verlassen sich auf uns, Suhai. Wir dürfen sie nicht enttäuschen. Also, sagt mir, wo muss ich in Teremi suchen?«

»Ihr müsst in die Nähe des Hafens gehen. Dort wohnt ein Mann namens Giorgas ...«

Aufmerksam lauschte sie den Beschreibungen des Mannes und prägte sich Namen und Orte ein, bevor sie sich verabschiedete und wieder auf die Birke kletterte. Von der dünnen Spitze des Baumes aus war der Sprung weitaus schwieriger, dennoch schaukelte sie vorsichtig hin und her, um den Baum in Richtung ihres Fensters zu bewegen. Als die obersten Äste am Mauerwerk kratzten, nahm sie all ihren Mut zusammen und sprang.

Ihre Knie schlugen schmerzhaft auf den Stein, aber sie hatte es geschafft, die Öffnung ihres Fensters zu erreichen, und zog sich über den Sims in ihre Gemächer.

Noch während sie tief durchatmete, erklang die verschlafene Stimme ihrer Zofe. »Herrin?«

»Schon gut, Mirela. Ich wollte nur kurz das Fenster öffnen, um ein wenig frische Luft in das alte Gemäuer zu lassen«, antwortete Viçinia, während sie sich wieder in ihr Bett begab. »Die Kohlepfanne raucht erbärmlich.«

Die Zofe gab ihr keine Antwort, also war ihr Verschwinden wohl unbemerkt geblieben.

Morgen würde sie in aller Frühe verräterische Spuren beseitigen müssen, bevor ihre Dienerin sie entdeckte, aber erst einmal lag sie nun unter ihrer Decke und versuchte, ihre eiskalten Füße zu wärmen. Während ihres Ausfluges hatte sie vor Aufregung kaum bemerkt, wie sehr sie in ihrem dünnen Nachtgewand gefroren hatte.

Während die Kälte allmählich ihren Körper verließ, dachte sie daran, dass sie bald nicht nur in den Innenhof gelangen musste, sondern auch in die Stadt, vorbei an den festen Mauern und den Wachen, um ihren Verbündeten die Warnung zukommen zu lassen, dass dem Frieden mit Zorpad Dîmminu nur noch eine kurze Dauer beschert war. *Und um zu hören, wer Şten zuletzt lebend gesehen hat,* dachte sie und spürte wieder die schmerzhafte Kälte in ihrem Herzen, die weder Decke noch Kohlenpfanne vertreiben konnte.

Sie würde herausfinden, warum Şten hergekommen war, sich direkt unter Zorpads Augen gewagt hatte, und was ihm schließlich zum Verhängnis geworden war.

Dafür wirst du bezahlen, Zorpad. Für jeden Menschen, der deinetwegen den Tod fand, wirst du bestraft werden, und zwar von jenen, denen du alles genommen hast!

19

Auf der Suche nach einem sicheren Lagerplatz für die Nacht versperrte sich Şten jedem Versuch Druans, ein Gespräch zu beginnen. Pard hatte den Bericht über das Vorgefallene mit einem hämischen Grinsen quittiert und mehr als einmal ein »Das habe ich doch gleich gesagt« eingeworfen. Aber man musste dem großen Troll zugute halten, dass er nach ein wenig Spott die ganze Angelegenheit ruhen ließ und sich nur noch um Druans Wunde kümmerte.

Bei genauerer Betrachtung des tiefen Loches, das der Dorn des Reiterhammers in Druans Schulter geschlagen hatte, fiel Şten erneut auf, wie widerstandsfähig die Trolle waren. Eine solche Verletzung hätte einen Menschen sicherlich kampfunfähig gemacht und wäre allein durch den Blutverlust extrem gefährlich gewesen. Doch bei dem Troll war die Blutung ganz von allein versiegt, und Pard tat kaum mehr für Druan, als eine übel riechende Paste auf die Wunde aufzutragen. Vielleicht lag es an der dicken Haut der Trolle, deren Zähigkeit Şten ja schon bei seinem kleinen Schlagabtausch mit Pard kennen gelernt hatte.

Der Wlachake hätte gern Fragen über die natürliche Rüstung der Trolle gestellt, aber seine schlechte Laune hinderte ihn daran. Zurzeit wollte er mit den Ungeheuern so wenig wie möglich zu tun haben. Noch immer ging ihm der Gedanke durch den Kopf, dass er seine Zusammenarbeit mit den Trollen vielleicht beenden sollte, und dafür gab es eigentlich nur eine Möglichkeit. Denn die gewaltigen und gewalttätigen Wesen allein durch sein Land ziehen zu lassen war ein Wagnis für die Menschen, das Şten keinesfalls eingehen wollte. Obwohl die Vorstellung von marodierenden Trollen in Zorpads Feste sicherlich verlockend war, musste der junge

Mensch doch vorrangig an die Bauern und Städter denken, denen die Trolle unweigerlich zuerst begegnen würden.

Dieses Aufeinandertreffen war die letzten Male schon beinahe katastrophal verlaufen, und wenn niemand den Trollen Einhalt gebot, würde es noch mehr Tote und Verletzte geben. Also blieb nur ein Weg: ein schneller und unerwarteter Angriff bei Tag. Aber glücklich war der Krieger mit dieser Lösung nicht, denn er wollte keinesfalls zu einem feigen Mörder werden. Und den wehrlosen Trollen bei Tag die Kehlen durchzuschneiden wäre wenig mehr als das.

In seinem bisherigen Leben hatte er gegen Masriden und Szarken gekämpft, die seinen Tod ebenso sehr wollten wie er den ihren. Natürlich hatte er, wenn möglich, Überraschung und Hinterhalt ausgenutzt, denn zumeist waren er und seine Kampfgefährten in der Unterzahl gewesen. Aber wenigstens hatten seine Feinde ihm niemals vertraut oder hatten sich gar unter seinen Schutz begeben, wie die Trolle es nun bei Tag taten.

Mit diesen düsteren Überlegungen folgte er den Trollen durch den nächtlichen Wald. Ein leichter Nebel kam in den frühen Morgenstunden auf, und irgendwo in der Ferne heulte ein Wolf. Zumindest hoffte Şten, dass es ein Wolf war. Als kurz vor Sonnenaufgang deutlich wurde, dass sie keinen geschützten Schlafplatz für die Trolle finden würden, lagerten sie schließlich einfach in einer kleinen Senke, die wenigstens etwas Sichtschutz bot. Die Trolle machten sich verständlicherweise Sorgen wegen der Menschen, aber der Wlachake glaubte nicht, dass die einfachen Dorfbewohner einen Suchtrupp aussenden würden. Und bis Krieger aus dem Süden benachrichtigt und in die Gegend von Orvol abkommandiert wären, hätte die Nacht schon längst wieder die Wälder bedeckt.

Die augenblickliche Gefahr war gering, denn nachts waren die Trolle gewaltige Kämpfer, die sich nicht einmal vor schwer gerüsteten Reitern fürchten mussten, wie Druan eindrucksvoll bewiesen hatte. *Was mochten diese Kreaturen in einer Schlacht ausrichten?*, fragte sich Şten. Solche Verbündete konnten ungeheuer wertvoll sein. Womit ihm wieder Zweifel an seinem vagen Vorhaben kamen, die Trolle an diesem Tag zu beseitigen.

Mitten in seine Überlegungen platzte Druan mit einer passenden Frage: »Was denkst du, Şten?«

»Ich frage mich, wie es wohl den Dörflern in Orvol ergeht«, entgegnete der Krieger gereizt.

»Wir mussten uns verteidigen«, rechtfertigte Druan sein Verhalten.

»Vielleicht. Aber es hätte nicht so weit kommen müssen. Du hättest tun sollen, was ich dir gesagt habe«, fauchte Şten den Troll an, der ungerührt erwiderte: »Ich wollte dich nicht allein lassen. Man muss zusammenhalten, wenn man überleben will.«

Darauf wusste Şten erst einmal keine Antwort. Natürlich hatte Druan auf eine gewisse Weise Recht, denn der Wlachake hätte ohne das Eingreifen des Trolls kaum gegen die Berittenen gewinnen können. Auch Natiole wäre wohl kaum mit dem Leben davongekommen. Dennoch war die Situation aus dem Ruder gelaufen, und es hätte leicht noch mehr Opfer geben können.

Wobei es Şten, wenn er ehrlich zu sich war, schwer fiel, den überheblichen Priester als Opfer zu sehen. Aber das war nicht der Punkt, denn Şten konnte nicht sicher sein, dass der Troll nicht noch mehr Menschen getötet hätte, wenn der Wlachake ihn nicht davon abgehalten hätte.

Möglicherweise stimmte es auch, dass der Troll ihm nur hatte helfen wollen, doch bevor Şten darauf eingehen konnte, sandte die aufgehende Sonne ihre ersten Strahlen zwischen die Stämme der Bäume. Ein schneller Blick zu Druan zeigte dem Wlachaken, dass die Trolle in ihren todesähnlichen Schlaf gefallen waren, und er seufzte laut. Jetzt hatte er also erst einmal Zeit, seine verworrenen Gedanken zu ordnen. Bis zum Sonnenuntergang würde er sich entschieden haben.

Mit langsamen, gleichmäßigen Bewegungen fuhr der Stein über das Metall. Das lang gezogene Kratzen schreckte die Tiere des Waldes auf. Şten jedoch war ganz in seine Arbeit versunken. Sein Körper erledigte das Klingenschärfen von ganz allein, während er den Geist wandern ließ. Zurück zu den Tagen seiner Kindheit, als Schwerter staunenswerte Gegenstände waren, die ihm noch verboten waren. Sein erstes geschmiedetes Schwert hatte er im Alter von zehn Sommern bekommen, zusammen mit Flores, die diesen Tag ebenso herbeigesehnt hatte wie er. Zwar hatten die Zwillinge mit hölzernen Übungswaffen schon vorher den korrekten Griff und die grundlegenden Stellungen und Bewegungen erlernt. Aber als Sitei cal Dabrân ihnen das echte Schwert in die Hände gelegt hatte, war dies ein besonderer Augenblick gewesen. Es war ein Versprechen gewesen, der erste Schritt auf dem langen Weg des Erwachsenwerdens, ein Zeichen ihrer Herkunft und ihres Standes.

Damals hatte ein Schwert zu tragen mehr für Şten bedeutet, als nur eine Metallklinge zu führen. Es war ein Zeichen von Stolz und Ehre gewesen. Heute waren Schwerter einfach nur Waffen, mit denen er seinen Feinden gegenübertreten konnte. Schon lange besaß er keine eigene Klinge mehr, sondern kämpfte mit dem, was immer gerade zur Hand war. Schwerter und andere Waffen waren den einfachen Wlachaken verboten, und Şten, dessen Überleben häufig davon abhing, unerkannt und unentdeckt zu bleiben, war aus diesem Grund selten bewaffnet, wenn er durch das Land reiste. Stattdessen unterhielten die Rebellen überall Verstecke mit Vorräten und Ausrüstung, wo auch Waffen lagerten. Waffen wie dieses einfache Schwert, das er soeben schärfte, schmucklos, aber von guter Qualität. Ein Schwert zum Kämpfen und keines, das man nur in Friedenszeiten am Gürtel trug, um Reichtum und Macht zur Schau zu stellen. Ein Schwert, dessen Verlust nicht schwer wog und das einfach zu ersetzen war.

Vielleicht, grübelte Şten, waren die Trolle ebenfalls Waffen, die ausgerichtet werden konnten, zum Guten oder Bösen. Der junge Krieger hielt sich die mächtigen Kräfte der Trolle und das Ausmaß an Zerstörung und Gewalt vor Augen, das sie anrichten konnten. Allein ihr Auftauchen auf einem Schlachtfeld würde bei ihren Gegnern gewiss lähmende Furcht auslösen, und ihre Kampfkraft würde alles hinwegfegen, was sich ihnen in den Weg stellte.

Diese Gedanken waren für Şten verlockend, denn so lange er denken konnte, musste er sich verkriechen und verstecken, wenn die Masriden in zu großer Zahl kamen. Sie einmal in ihren Festungen angreifen, sie dort zu schlagen, wo sie mit eiserner Faust regierten, den einfachen Bauern und Städtern zeigen, dass man sie besiegen konnte – all das waren die Träume des jungen Kämpfers, und bisher waren sie ihm unerreichbar erschienen. Vielleicht boten ja die Trolle ihm die Möglichkeit, sich diese Wünsche zu erfüllen und sein Land zu befreien.

Aber wer konnte diese Wesen schon kontrollieren? Wer vermochte diesen Kräften Einhalt zu gebieten, wenn sie erst einmal entfesselt waren? Zweimal waren sie bereits nur knapp an einer Katastrophe vorbeigeschlittert, und Şten war sich bewusst, dass es beide Male auch in einem Massaker hätte enden können. Es war ein Glück gewesen, dass es auf dem Bauernhof einen sicheren Ort für die Familie gegeben hatte, sonst wären die Trolle wohl über sie hergefallen und hätten alle getötet, Männer, Frauen und Kinder. Und dass es in Orvol nicht mehr Tote gegeben hatte, erschien dem Wlachaken ebenfalls wie ein kleines Wunder.

Die Trolle waren keinesfalls einfache Waffen, die man wie ein Schwert führen und vollkommen beherrschen konnte. Sie waren gefährlich, teilweise unberechenbar, gewalttätig, Menschenfresser, unaufhaltsame Kämpfer. Und noch dazu fürchteten sie sich, auch wenn sie es niemals zugeben würden, denn sie waren an einem für sie fremden und feindlichen Ort, einem Ort voller unbekannter Gefahren, und sie waren immer wieder aufs Neue gezwungen, sich am Tage schutzlos auszuliefern.

Die Fremdartigkeit, die Şten gegenüber den Trollen empfand, mussten diese ebenso spüren, zumal sie die Gebräuche und Traditionen der Oberfläche nicht verstanden, ja, die kaum Erfahrungen mit Menschen hatten.

Sie hatten sich Ştens Gnade ausgeliefert, weil sie keine andere Wahl hatten. Druan hatte erkannt, dass es der einzig gangbare Weg für sie war. Sie hatten einem Mann vertraut, der nun mit geschärfter Klinge über ihnen stand und darüber sinnierte, ob er sie am Leben lassen sollte oder nicht. Jetzt wäre es einfach, sie zu töten. Die Spitze des Schwertes wanderte über Pards Brust und verharrte über seiner Kehle. Der große Troll würde vermutlich keinen Herzschlag lang zögern, hätte er die gleiche Wahl wie der Mensch.

Nachdenklich betrachtete Şten die reglose Gestalt. Die leicht entblößten Hauer, die gewaltigen Pranken, all das offenbarte das Ungeheuer, das der Troll war. Dennoch fiel es Şten nicht leicht, zuzustechen und den unglückseligen Pakt zu beenden. Die Trolle befanden sich im Krieg; ein Volk, das von einem schier übermächtigen Gegner bedroht wurde. Genau wie die Wlachaken wehrten sie sich mit allen Mitteln, die ihnen zur Verfügung standen. Wie sollte Şten sie dafür verurteilen?

Seufzend steckte er das Schwert in die Scheide und sah nach der Sonne, die träge über den Himmel wanderte und den Zenit ihrer Bahn noch nicht erreicht hatte. Es würde noch eine Weile dauern, bis sie in der Ferne im Weltenmeer versank.

Wie würden die Helden der Altvorderen handeln?, fragte der junge Krieger sich verzweifelt, doch er wusste keine Antwort. Diese Art von Entscheidung stellte sich den Männern und Frauen aus den Sagen niemals, und ihre Opfer kehrten auch nie zurück, um sie heimzusuchen. Vor fast siebenhundert Jahren hatte Radu das Land der Wlachaken geeint. Sein Leben war voller Höhen und Tiefen, voller Triumphe, Niederlagen, Freundschaft und Verrat gewesen, doch stets hatte er die richtigen Entscheidungen getroffen und war sich selbst treu geblieben. Zumindest, wenn man den Geschichten Glauben schenken konnte. Natürlich hatte Ion der Schwertmeister gegen den bösen Dunkelgeist des Föhrenwaldes gefochten, doch hatte er schlussendlich seine Waffe niedergelegt und dem mächtigen Dämon seinen Respekt und seine Verehrung dargeboten, woraufhin dieser ihn verschont hatte und in der Dunkelheit verschwunden war.

Aber ich kann schlecht den Trollen meinen Respekt zollen, dachte Şten bitter, *denn obwohl sie mächtig sind, sind sie doch nicht verehrungswürdig. Und vermutlich würden sie dann auch kaum wieder in der Finsternis verschwinden.*

Legenden, Geschichten und Märchen konnten ihm nicht dabei helfen, seine Probleme zu lösen.

Eigentlich war die Frage sehr einfach: Konnte Şten das Leben seiner Leute aufs Spiel setzen, indem er die Trolle für seine eigenen Ziele benutzte? Wollte er sie überhaupt benutzen?

Mit diesen Gedanken verging der Tag, und langsam, aber sicher färbte sich der Abendhimmel rot. Immer noch unschlüssig saß Şten auf einem umgestürzten Baum und beobachtete die Trolle. Endlich traf er seine Entscheidung und stand auf.

»Hast du Hunger?«, fragte Druan den Wlachaken, der schweigend zugesehen hatte, wie sich die Trolle nach dem Untergang der Sonne erhoben hatten. Unwirsch schüttelte der Mensch den Kopf und wandte sich ab.

»Du bist wütend«, stellte der Troll hartnäckig fest.

»Ja«, erwiderte Şten einsilbig.

»Warum? Wegen des Sonnenmagiers?«

»Nein. Weil ich euch nicht getötet habe, als ich es noch konnte!«, fauchte Şten den Troll an, der die haarlosen Brauen zusammenzog und einen vorsichtigen Blick zu Pard warf, der allerdings gerade schmatzend über ein Stück Fleisch herfiel und nichts gehört hatte.

»Lass uns reden«, bat Druan und schob den Wlachaken vor

sich in den Wald, außer Hörweite der anderen Trolle. »Du wolltest uns töten?«, fragte Druan erstaunt.

»Ich hätte es tun sollen. Ihr seid gefährlich. Weil ich euch am Leben gelassen habe, lade ich alle Schuld auf mich für die Taten, die ihr in diesem Lande begehen werdet.«

Nachdenklich sah Druan den Menschen an. »Du weißt, dass Pard deinen Kopf fordern wird, wenn er das hört?«

»Mehr Drohungen?«, fragte Şten geradezu verächtlich.

»Nein. Eine Warnung. Du hast uns geholfen, ich würde deinen Tod bedauern. Vielleicht denkst du, dass es besser ist, uns zu töten. Aber du hast es nicht getan. Warum?«

Verbissen sah Şten sich um und warf dann die Arme in die Luft: »Weil ich ein Narr bin!«

»Das glaube ich nicht.«

Wütend blickte der junge Kämpfer den Troll an. »Ihr habt mir vertraut. Ich habe euch mein Wort gegeben. Ich sagte es doch: weil ich ein Narr bin!«

»Wir vertrauen dir, und das wohl zu Recht«, sagte Druan leise lachend. »Aber du bist unglücklich. Wovor fürchtest du dich?«

»Dass ihr tötet. Dass ihr noch mehr Menschen tötet, viele Menschen, die ich eigentlich beschützen will. Selbst du ...«, fing der Wlachake an, brach jedoch ab.

»Selbst ich? Aber du tötest doch genauso!«

»Um mich geht es nicht! Vielleicht nicht einmal um dich! Aber was ist mit Pard und den anderen? Würden sie auf mich hören?«, regte sich Şten auf.

»Vielleicht. Vielleicht nicht«, räumte Druan ein. »Aber du hilfst uns. Und du bist ein Kämpfer.«

»Und was soll das bedeuten?«

»Dass sie dein Wort achten«, antwortete der Troll.

»Unsere Wege werden sich trennen, Druan«, sagte Şten und hob die Hand, als der Troll widersprechen wollte. »Nein, hör mich an. Ich kann euch nicht länger begleiten. Ihr müsst zurück in eure Heimat gehen.«

»Zurück? In die Gebeine der Erde?«

»Ja!«, sagte Şten entschlossen.

»Das geht nicht! Mein Volk stirbt, Şten! Wir werden niemals einfach so zurückkehren!«

»Ich verspreche, nein, ich schwöre dir, dass ich alles tun werde, um die Bedrohung von euch abzuwenden.«

»Das reicht nicht. Das können wir niemals annehmen!«, erwiderte Druan hitzig. »Wenn du uns nicht mehr hilfst, dann gehen wir ohne dich!«

»Dann muss ich euch als Feinde betrachten und werde euch jagen und töten«, stellte Şten kalt fest.

»Das ist doch Unsinn! Wir haben die gleichen Feinde!«

»Es ist allein eure Entscheidung.«

Schwer atmend ging Druan auf und ab und warf Şten düstere Blicke zu. Schließlich holte der massige Troll tief Luft und sagte: »Şten, denk noch einmal darüber nach!«

»Dazu besteht kein Anlass«, erwiderte der Wlachake, doch Druan unterbrach ihn: »Pard hätte dich längst getötet und wäre einfach weitermarschiert. Lass uns reden, bitte.«

Verwirrt sah Şten zu dem Troll hoch, der beinahe flehentlich zu ihm sprach. Tatsächlich hatte er damit gerechnet, dass es zu einem Kampf kommen würde, und sich schon die ganze Zeit bereitgehalten. Doch jetzt nahm er die Hand vom Knauf seines Schwertes und sah sein Gegenüber fragend an.

»Wir können nicht zurück«, begann Druan, »und wir benötigen Hilfe, um uns an der Oberfläche zurechtzufinden.«

»Ihr könnt zurück. Ich werde eure Queste weiterführen.«

»Unsere was?«

»Eure Aufgabe.«

»Mein Volk vertraut uns. Wir müssen erfolgreich sein. Oder die Zwerge werden uns ausrotten!«

»Ich verstehe das, aber ich sagte doch schon, dass ich alles tun werde, um das zu verhindern«, erwiderte der Krieger erschöpft.

»Stell dir vor, es ginge um deine Leute. Würdest du jemand anderem dessen Schicksal anvertrauen? Uns etwa?«, fragte Druan forschend.

Resigniert schüttelte Şten den Kopf: »Nein, niemals. Aber was soll ich denn tun?«

»Hilf uns weiter. Wir werden auf dich hören. Ich werde dafür sorgen«, versprach Druan.

»So wie du in Orvol auf meinen Rat gehört hast?«, fragte Şten bitter.

»Du hast gewollt, dass ich gehe. Wir aber lassen niemanden von uns zurück, wir helfen einander«, erwiderte Druan.

»Wer – wir?«, erkundigte sich Şten verwirrt.

»Wir Trolle«, antwortete Druan stolz.

»Ich bin kein Troll!«, entgegnete der Wlachake aufgebracht.

»Du gehörst zu unserer Gruppe, Şten. Wir halten zusammen, wir müssen zusammenhalten. Wir sind wenige, und unsere Feinde sind viele.«

»Und nun? Soll ich neben euch herlaufen und zusehen, wie ihr meine Leute erschlagt?«

»Nein. Hilf uns. Wenn wir unser Ziel erreicht haben, verschwinden wir wieder in den tiefen Stollen. Dann bist du uns los«, erklärte der Troll gelassen.

»Ha! Dann sollten wir uns besser beeilen!«

Grinsend nickte Druan: »Dann kommst du also mit?«

Ergeben nickte Şten, und die beiden machten sich auf den Rückweg zum Lager, wo sie schon von den anderen Trollen erwartet wurden. Bald darauf befanden sie sich wieder auf der Wanderschaft Richtung Teremi.

Obwohl der Wlachake immer noch Zweifel an seiner Entscheidung hegte, so hatte Druan ihn doch zumindest in einem Punkt überzeugt.

Şten war sich sicher, dass die Trolle auch ohne seine Hilfe weitermarschieren würden. Und ihr Weg würde in Blut und Tod enden, da war sich der Krieger sicher. Vielleicht konnte er mehr Einfluss auf die Kreaturen nehmen, wenn er ihnen half. *Und ich kann sie jederzeit tagsüber töten,* wiederholte der junge Wlachake in Gedanken wie eine Beschwörungsformel.

»Was suchst du?«, fragte Roch unvermittelt und riss Şten damit aus seinen Gedanken.

»Was?«, fragte dieser überrascht.

»Was suchst du? Wohin gehst du?«, wiederholte der Troll geduldig.

»Ich glaube, dass Zorpad irgendeinen düsteren Plan verfolgt. Ich gehe nach Teremi, um mehr herauszufinden«, erwiderte Şten. *Und um Viçinia zu befreien,* fügte er in Gedanken hinzu.

»Wirst du allein kämpfen?«, erkundigte sich Roch.

»Nein. Ich habe Freunde in Teremi, Verbündete. Sie werden mir – ich meine, uns – helfen.«

»Wenn du alles weißt, was du wissen willst, was wirst du dann tun?«, bohrte der Troll weiter. Inzwischen schwiegen die anderen und sahen aufmerksam zu Şten und Roch herüber.

»Ich gehe in den Süden, zu meinem Volk. Falls Zorpad etwas plant, dann müssen andere davon erfahren. Wir müssen für den Krieg rüsten, der sicherlich kommen wird«, erläuterte Şten.

»Ich denke, ihr kämpft schon?«

»Nein, zurzeit herrscht ein Waffenstillstand«, antwortete der Wlachake düster.

»Eure Waffen stehen still?«, fragte der Troll verblüfft.

»Ja. Für eine bestimmte Zeit kämpft keiner. Es wurde so vereinbart«, versuchte Şten zu erklären, wurde aber von Pards Lachen unterbrochen.

»Was ist denn das für eine Zwergenscheiße! Entweder man kämpft, oder man kämpft nicht! Feinde haben, die man nicht bekämpft ... Menschen!«, schnaubte der massige Troll verächtlich.

»Wir konnten den Krieg nicht weiterführen! So konnten wir nur verlieren!«, entgegnete Şten hitzig.

»So ist Krieg. Töten oder getötet werden«, sagte Pard kalt.

»Nicht überall. Ich hasse die Masriden. Aber ich kämpfe für mein Volk. Wenn es durch mich schlimmere Dinge erleiden muss als durch die Masriden, was für einen Sinn hat der Kampf dann?«

»Den Feind vernichten. Überleben!«

»Auf Kosten deiner eigenen Leute?«

»Eure Feinde sind genauso weich wie ihr. Deswegen kämpft ihr nicht«, sagte Pard.

»Wir kämpfen! Wenn die Zeit gekommen ist, dann ...«, wollte Şten gerade ansetzen, aber der riesige Troll fiel ihm ins Wort.

»Was für ein Dreck! Krieg oder kein Krieg. Kämpft oder lauft davon. Ihr Menschen seid so schwach.«

Wütend wandte Şten sich ab, aber Druan sagte: »Die Zwerge kämpfen immer. Und wir auch. Die Waffen stehen niemals still.«

»Was ist mit euren Kindern? Mit den Alten?«, fragte Şten.

»Sie werden getötet, wenn wir sie nicht beschützen können.«

»Und wir töten ihre!«, rief Pard. »Jedes tote Zwergenbalg wird niemals ein Krieger werden!«

»Keine Gnade? Kein Mitleid?«

»Krieg«, stellte Pard selbstzufrieden fest.

Entsetzt verfiel Şten in Schweigen. Tief in den Eingeweiden der Erde fand ein gnadenloser Kampf statt, der vor nichts und niemandem Halt machte. Unbändiger Hass schien Trolle und Zwerge anzutreiben und zu Gräueltaten zu bewegen, die den Krieger trotz seiner eigenen Erlebnisse und Erfahrungen bestürzten. Kein Wunder, dass die Zwerge und auch die Trolle nach Wegen suchten, in diesem Krieg die Oberhand zu gewinnen, mit allen Mitteln und ohne Skrupel. *Was unterscheidet uns von diesen Kreaturen der Finsternis?*, fragte sich Şten, doch konnte er keine einfache Antwort auf diese Frage finden. Die Masriden erschienen ihm ebenfalls gnadenlos, doch zumindest wollten sie das Volk, das sie unterdrückten, nicht zur Gänze auslöschen. Und Şten wünschte keineswegs ihnen allen den Tod. Würden sie am nächsten Tag das Land verlassen, dann würde er feiern, seine Waffen ablegen und keinen Gedanken mehr an sie verschwenden. Nun ja, abgesehen von Zorpad und Házy vielleicht, deren Tod er tatsächlich begrüßen würde. Zwischen seinen widerstreitenden Gefühlen gefangen, wanderte der junge Mann weiter mit den Trollen, deren massige Gestalten ihn in der Dunkelheit weit überragten und deren Gedanken er so wenig ergründen konnte.

20

Sargan war auch früher schon auf Flussschiffen gefahren und auch schon flussaufwärts getreidelt worden, aber außerhalb dieses rückständigen Landes benutzte man dafür Zugtiere und keine Menschen.

In Ardoly aber waren die Tiere wohl mehr wert, und so zogen die so genannten *Burlai,* die Treidler, die fetten Frachtkähne den Strom entlang – Männer und Frauen in abgerissenen Lumpen, die für einen Hungerlohn die schwere und anstrengende Arbeit verrichteten. Sie verdingten sich in den Häfen, zumeist gegen ein paar Münzen, Verköstigung und die anschließende Passage zurück, denn nur bei der Fahrt stromaufwärts wurden sie benötigt; hinab folgten die Boote einfach der Strömung des mächtigen Flusses und steuerten mit Hilfe eines kleinen, rechteckigen Segels.

Natürlich wurde das Segel bei günstigen Winden auch beim Treideln gesetzt, aber dennoch blieb es eine knochenharte Arbeit, die schwer beladenen, tief im Wasser liegenden Kähne zu schleppen. Sargans Kahn hatte vier Gruppen angeheuert, die vom ersten Tageslicht an bis in die Dunkelheit hinein die Schiffe zogen. Eine Gruppe arbeitete, während die anderen entweder auf dem Transportschiff mitfuhren oder an Land nebenher gingen.

Die Burlai waren ein einfaches Völkchen, allesamt Wlachaken. Sargan genoss ihre derben Späße und die Lieder, die sie während der Arbeit sangen, um den Takt beim Marschieren zu halten. Zwei Abende setzte er sich zu ihnen ans Feuer, als sie ihr Nachtmahl verspeisten.

Einer der Treidler, ein großer, kräftiger Mann mit Händen so groß wie Ruderpaddel, gab ihm einen tönernen Becher, in den er einen klaren, scharf riechenden Schnaps goss.

»Drachenpisse«, sagte er grinsend, und die anderen lachten, als Sargan vorsichtig an dem Gebräu schnupperte. Dann nahm er achselzuckend einen tiefen Zug. Tatsächlich brannte das Gebräu sich direkt einen Weg in den Magen, wo es ein loderndes Feuer entzündete, aber Sargan war berauschende Getränke durchaus gewöhnt und kippte den nächsten Becher einfach herunter, was ihm weiteres Gelächter, aber auch den Respekt der Burlai einbrachte.

»Du bist härter, als du aussiehst, kleiner Mann«, lachte der Treidler und schlug Sargan dabei auf die Schulter. »Petriu ist mein Name, und wenn du mir deinen sagst, haben wir einen Grund mehr, um noch einmal anzustoßen!«

Im Lauf der Abende fragte der Dyrier die Flussleute vorsichtig über das Land aus, wobei er den gelehrten, aber tollpatschigen Fremden spielte, die gleiche Tarnung, die er auch schon in Turduj angenommen hatte. Der Vorteil davon war, dass er so schnell das Vertrauen der Menschen gewinnen konnte, weil er in deren Augen keinerlei Gefahr darstellte. Und so brachten ein wenig Schauspielerei, ein vorgetäuschter Rausch und einige lustige Anekdoten Sargan schon bald das Zutrauen der Treidler. Petriu, welcher der Anführer der Gruppe zu sein schien, erzählte ihm bereitwillig von den Härten des Lebens in Ardoly.

»Für einen Burlai ist es nicht einfach, sich durchzuschlagen, Bruder«, sagte der hünenhafte Mann. »Der Lohn ist gering und die Arbeit hart.« Wie zum Beweis hob er eine seiner mit Schwielen bedeckten Pranken und zeigte sie dem Fremden. »Und wenn man nicht mehr kann, sei es aus Krankheit, aus Alter oder einfach aus Erschöpfung, dann muss man zurückbleiben.« Sargan nickte zu Petrius Worten und fragte sich insgeheim, wie es den Treidlern gelang, dennoch guten Mutes zu bleiben.

Der Magy floss durch ganz Ardoly und bildete einen der wichtigsten Handelswege. Die Straßen und Wege durch die Wälder wurden weit weniger genutzt, denn noch immer waren sie nicht sicher. Neben Räuberbanden und Rebellen gab es immer wieder Berichte und Geschichten von Untieren, die harmlose Reisende überfielen. Aber der Fluss und der Treidelpfad wurden von den Masriden gut bewacht und geschützt, und deswegen galt diese Route als ungefährlich. In unregelmäßigen Abständen gab es befestigte Rasthäuser, an denen die Frachtkähne anlegen konnten, um die Nacht dort sicher und behütet zu verbringen.

In einer solchen Schänke saß Sargan eines Abends mit dem Eigner des Frachtkahns zusammen, während die Burlai außerhalb der dicken Mauern im Hof lagerten und dort ihr Abendbrot verzehrten, da der Wirt sie nicht im Gasthaus haben wollte.

Auch bei dem Besitzer des Kahns machte Sargan sich schnell beliebt, und er fragte diesen genauso aus, denn wenn er schon so eine lange Zeit mit Nichtstun verbringen musste, wie es ihm die Flussfahrt aufzwang, dann wollte er doch wenigstens mehr über das Land und seine Bewohner lernen. So unterhielt er sich mit dem älteren Masriden, während von draußen der tiefe, getragene Gesang der Burlai durch die geöffneten Fenster hereindrang, der vom Leben, Lieben und Sterben am großen Fluss erzählte.

Viel Neues erfuhr Sargan nicht, außer dass der Eigner ihm davon abriet, sich weiter unter die Burlai zu mischen, die ein raues und ungehobeltes Völkchen seien, voller Aberglaube und seltsamer Traditionen. *Wenigstens wissen sie, wie man feiert und Spaß hat,* dachte Sargan gähnend, während er dem Eigner bei einer weiteren, langweiligen Tirade gegen die faulen und gierigen Wlachaken zuhörte, die einem ehrlichen, hart arbeitenden Mann das letzte Hemd auszogen. Alles, was er an diesem Abend herausfand, war, dass die Kluft zwischen Masriden und Wlachaken wahrhaft tief und voller Vorurteile war.

Alles in allem vergingen die Tage auf dem Magy recht schnell, ja, sie flogen vorüber wie das Land selbst, dessen schier endlose dunkle Wälder Sargan vom Boot aus sehen konnte. Eher als erwartet kam er in Teremi an.

Die letzten Schritte des Weges musste der Kahn umständlich an der Mauer des Hafens entlanggezogen werden, wobei die Burlai an Bord kamen und ihn mit Seilen, die an schweren Metallringen an der Mauer befestigt waren, vorwärts zogen, von einem Ring zum nächsten, bis er in den ruhigen Hafen glitt und mit Stangen bis zu einer Kaimauer gefahren wurde.

Am Pier bestach Sargan einen Offiziellen mit ein paar Münzen und verhinderte so, dass man ihm allzu viele Fragen stellte. Mit einem letzten Blick auf den Hafen und einem Abschiedsgruß in Richtung der Burlai ging er in die Stadt, die ihn stark an Turduj erinnerte, größer zwar, aber immer noch klein im Verhältnis zu den Städten, die er aus seiner Heimat kannte.

Über den Häusern Teremis thronte eine mächtige, aus dunklem Fels errichtete Festung, von deren Zinnen rot-schwarz-goldene Banner wehten. Die Burg beherrschte das Bild der Stadt, die kleinen Fachwerkhäuser und selbst die größeren Steinbauten schienen sich vor ihr zu ducken. Auf den Zinnen konnte Sargan Menschen ausmachen, vermutlich Wachen, die dort patrouillierten.

Bevor er seine weiteren Pläne in die Tat umsetzen konnte, musste er zunächst eine Unterkunft finden und Informationen einholen. Erst dann wollte er sich um die sicherlich interessanten Geschehnisse innerhalb der dicken Mauern der Feste kümmern. Vielleicht gelang es ihm ja, genug in Erfahrung zu bringen, damit er keine gefährlichen Spielchen mit den Wachen riskieren musste.

Zwei Tage später jedoch, die er mit Beobachten und Befragen verbracht hatte, stellte Sargan fest, dass seine Aussichten nicht besser geworden waren. Offenbar betraten die Zwerge, welche hin und wieder Teremi besuchten, die eigentliche Stadt nur selten, sondern waren Gäste in der Burg des Marczegs, der Feste Remis.

Die Karawanen der Zwerge aus den Bergen im Norden lieferten ihre Waren jedenfalls direkt in die Festung, und selbst das herauszufinden war nicht einfach gewesen, denn die Lieferungen fanden gut geschützt vor allzu neugierigen Blicken statt.

Also hatte Sargan sich entschlossen, die Feste zu beobachten, und er hatte sich außerhalb der Stadt in einer Scheune ein bequemes Versteck gesucht, von wo aus er das Tor zur Burg gut im Blick behalten konnte. Schon in der ersten Nacht war ein Wagen aus dem Wald gekommen und in der Dunkelheit mit geringer Beleuchtung zur Feste gefahren.

Geschickt schlich sich Sargan durch die Felder zur Straße, um das Gefährt näher in Augenschein zu nehmen. Tatsächlich war es ein Karren, der von zähen Zwergenponys gezogen wurde, die er neben den Eseln auch schon unter Tage gesehen hatte. Krieger des Kleinen Volkes marschierten in geschlossener Formation hinter dem Wagen her, der anstandslos durch die mächtigen Tore der Feste gelassen wurde.

Der Rest der Nacht verging ereignislos, und den Tag nutzte Sargan einerseits, um Schlaf nachzuholen, andererseits, um sich vorzubereiten. Wenn er sich nicht irrte, dann würden die Zwerge nicht lange bei den Menschen bleiben, denn nach allem, was er wusste, beeilte sich das Kleine Volk immer sehr damit, wieder nach Hause zurückzukehren. Also beschaffte er sich ein wenig Ausrüstung, die er bei seinem bisherigen Aufenthalt in Ardoly vermisst, verloren oder einfach verschlissen hatte, und bereitete sich in der kurzen verbleibenden Zeit sorgfältig auf einen weiteren nächtlichen Ausflug vor.

Eine Festung ist eigentlich immer gut bewacht, allerdings ist die Hauptsorge der Bewacher weniger der einzelne Dieb, sondern vielmehr die große Anzahl Feinde, die eindringen könnte. Das einfache Volk mochte zwar glauben, dass Mörder sich heimlich einschlichen und den Burgherrn im Schlafe erdolchten, aber Sargan wusste, dass dies eher selten vorkam. Vor allem in Ardoly, wo man Fehden vermutlich noch von Angesicht zu Angesicht und mit Stahl in der Faust beendete. Dennoch würden natürlich die Zinnen der Burg mit Wachen bemannt sein, ebenso wie wichtige Abschnitte der Festung bewacht sein dürften. Aber es gab zwei Dinge, die dem Eindringling halfen: Dunkelheit und Routine. Irgendwann wurde auch die pflichtbewussteste Wache müde, und nach vielen ereignislosen Nächten schlich sich ein Gefühl von Sicherheit ein. *Ein falsches Gefühl, denn in dieser Nacht werden Dinge geschehen,* dachte Sargan mit einem kalten Lächeln, als er sich vorsichtig über das Feld anschlich. Wieder einmal hatte er seine Kleidung sorgfältig ausgesucht; sie war dunkelgrau und von einem losen Schnitt. Seine Haare wurden von einer dunkelbraunen Lederkappe verdeckt, und die Gesichtshaut hatte er sorgfältig geschwärzt. Auf dem Rücken trug er seine geflickte Tasche, in der er die Ausrüstung so verstaut hatte, dass sie auch bei hastigen Bewegungen keinen Lärm machen würde.

Zu seinem Glück hatte es sich im Lauf des Tages etwas bewölkt, und der Mond spendete nur wenig Licht. *Vermutlich habe ich eine Glückssträhne,* grinste der Vermummte innerlich, als er die Mauer erreichte und an ihr emporblickte. Wie erwartet, war der Stein glatt und sauber bearbeitet, aber darauf war Sargan vorbereitet. Ein Seil mit Haken wäre vermutlich zu auffällig gewesen, also blieb ihm nur die anstrengendere, aber leisere Methode, die Wehrmauern zu erklimmen. Leise zog er drei flache, breite und dazu spitze Klingen aus ungeschliffenem Stahl aus seiner Tasche und machte sich an die Arbeit. In einem Kampf würden ihm diese Waffen wenig nutzen, aber für seinen Plan, in die Burg einzudringen, waren sie nicht zu ersetzen.

Soweit er die Wacheinteilung in der letzten Nacht beobachtet hatte, blieb ihm bis zur nächsten Ablösung noch ein wenig Zeit. Am Ende eines Dienstes waren Wachen nach Sargans Erfahrung immer am wenigsten aufmerksam, und der Eindringling gedachte, diesen Umstand für sich zu nutzen.

Die gewaltigen Quader aus dunklem Fels, aus denen die äußere Mauer bestand, waren ohne Mörtel aufeinander gefügt worden. Vermutlich bestand die Mauer aus mehreren Schichten, eine dicke äußere Wehrmauer mit breiten Steinen und eine ähnliche, aber nicht ganz so massive Mauer auf der Innenseite. Zwischen diese beiden Mauern würde man Kies, Sand oder Ähnliches gefüllt haben. Eine solche Bauweise machte die Burgmauer sehr fest. Trotzdem waren die Steinblöcke auf der Außenseite groß, und auch wenn sie gut bearbeitet waren, sodass kaum ein Spalt zwischen ihnen blieb, konnte Sargan doch die flachen Klingen zwischen sie schieben. Eine davon steckte er als Reserve in seinen Ledergürtel, die beiden anderen nutzte er als behelfsmäßige Leiter. Immer wenn er eine Klinge sicher und fest genug in den Stein gerammt hatte, zog er sich auf sie hinauf und nahm die untere Klinge wieder aus dem Stein. Da die Felsquader recht hoch waren, musste er einige gefährliche Balanceakte vollführen, um die untere Klinge zu erreichen, aber seine Übung und Erfahrung halfen ihm dabei, die steinerne Mauer in der Dunkelheit zu erklimmen.

Unterhalb der Zinnen angekommen, steckte Sargan die nicht benötigte Klinge ebenfalls in den Gürtel, spähte vorsichtig durch eine der zahlreichen Schießscharten und duckte sich rasch, als eine der Wachen mit langsamen Schritten an ihm vorbeiging.

Geduldig wartete der Eindringling, bis die Schritte verklangen, dann zog er sich in der Scharte auf die Mauer und nahm auch das letzte Klettermesser wieder an sich. Ein schneller Blick überzeugte ihn davon, dass sich niemand in seiner Nähe befand, also schlich er über den Wehrgang zu einer der hölzernen Treppen, die in den Hof führten, und huschte hinunter.

An der hinteren Seite des Hofes standen offenkundig die Stallungen, hölzerne Bauten mit einer Tränke und Futterfässern davor. Im Zentrum des Vorplatzes befanden sich ein großer Brunnen und eine Feuerstelle. Allerdings war das Feuer schon heruntergebrannt und hatte nur noch ein sanftes Glimmen von glühenden Holzscheiten zurückgelassen. Dort saß zusammengesunken eine weitere Wache, offenbar schlafend oder zumindest kurz davor.

Trotzdem nahm Sargan sich Zeit und arbeitete sich langsam, Stück für Stück, zu dem großen Hauptgebäude vor. Auf gar keinen Fall wollte er aus Eile einen Fehler begehen.

Er hatte den Hof erst zur Hälfte überquert, als er hinter sich eine Stimme hörte: »Heda, was soll das denn werden?«

Sargan blieb stehen, und für einen Herzschlag glaubte er, man habe ihn entdeckt. Doch dann sah er, dass sich von rechts eine Wache dem Feuer näherte und offenbar den Mann, der daran saß, aufwecken wollte. Mit einem unterdrückten Fluch duckte sich Sargan in den Schatten der Mauer.

Der Soldat am Feuer richtete sich hastig auf: »Lass es gut sein, Miklós. Ich wollte mich nur kurz aufwärmen. Lausig kalt ist es, und wenn ich nach Hause komme, brüllen die Bälger so, dass ich kein Auge zutun kann.«

Sein Kumpan knurrte, ob wütend oder mitfühlend, konnte Sargan nicht unterscheiden. »Wenn sie dich erwischen, wie du auf der Wache schläfst, landest du in der Bärengrube. Das weißt du so gut wie ich.«

»Wenn du nicht gerade zu Nemes Sciloi rennst, dann werden sie mich aber nicht erwischen.«

Die andere Wache zuckte die Achseln. »Mach, was du willst. Aber ich habe dich gewarnt.« Damit kehrte er auf seinen Posten zurück.

Der Mann am Feuer gähnte und starrte einen Augenblick unschlüssig in die Flammen. Dann entschied er sich offenkundig für seinen warmen Schlafplatz und kauerte sich wieder auf der Bank zusammen.

Währenddessen hatte sich der Eindringling auf die Fersen gehockt. Für eine Weile wagte Sargan es nicht, sich weiter zu bewegen. Angestrengt blickte er zum Feuer hinüber, während sich seine Muskeln allmählich verkrampften.

Schließlich war er sicher, dass die Wache erneut eingenickt war. Er erhob sich lautlos und setzte seinen Weg fort, einen möglichst großen Bogen um den Lichtkreis der Flammen schlagend.

Auch als er den Eingang erreicht hatte, behielt er noch immer die Gestalt am Feuer im Auge und öffnete vorsichtig die Tür. Zu seiner Erleichterung gab es kein Schloss, sondern nur einen Riegel innen, der aber nicht vorgelegt war.

In der Eingangshalle brannten zwei kleine Öllaternen und spendeten ein wenig Licht. Der Raum war sehr hoch und an den Wänden mit großen Wandteppichen geschmückt, die irgendwelche Schlachten darstellten. Zwei breite Treppen führten weiter hinauf, während geradeaus, links und rechts Türen abgingen. Da er vermutete, dass die wichtigen Räume in den oberen Geschossen zu finden waren, schlich Sargan die linke Treppe hinauf und spähte in den Flur, der vor ihm lag. Dieser war dunkel und leer, mit mehreren Türen auf beiden Seiten. Die Treppe führte nach einer Kehrtwendung weiter nach oben, und Sargan folgte ihr. Diesmal schimmerte Licht aus dem Gang, und als er vorsichtig über die oberste Stufe spähte, sah der Eindringling zwei gerüstete und schwer bewaffnete Soldaten Wache stehen.

Innerlich verfluchte der Dyrier die Furchtsamkeit der Masriden, die selbst mitten in einer Festung Wachen vor ihren Gemächern postierten, aber da er keine Möglichkeit sah, unbemerkt an den beiden vorbeizukommen, zog er sich langsam zurück.

Blieb nur der schwierigere Weg in das zweite Stockwerk. Leise huschte er in den Flur im ersten Stock und lauschte an verschiedenen Türen.

Die erste Tür, hinter der es still war, öffnete er vorsichtig und spähte in das Zimmer. Zu seiner Erleichterung befand sich tatsächlich niemand darin, also betrat er den Raum und schloss die Tür hinter sich. Mit drei schnellen Schritten war er am Fenster und hob die hölzerne Fassung mit dem darauf gespannten geschabten Pergament aus der steinernen Umfassung. Dann öffnete er die Fensterläden und spähte nach draußen. Noch immer bedeckten Wolken den Himmel, was Sargan nur allzu gut passte. Geschickt schwang er sich durch das Fenster und suchte mit den Fingern nach einem passenden Spalt für seine Kletterklingen.

Stück für Stück arbeitete er sich aufs Neue nach oben und nach links, denn aus einem der Fenster dort oben drang ein schwacher Lichtschein. Auf sein Ziel fixiert, kletterte Sargan immer weiter, bis er knapp unterhalb des Fensters angekommen war. Zwar waren die Läden geschlossen und das Pergament eingesetzt, aber als er sein Ohr an das Holz der Fensterläden presste, konnte er dennoch Stimmen vernehmen, die sich unterhielten. Das Pergament und die Läden dämpften die Geräusche etwas, doch Sargan konnte deutlich eine Frauenstimme erkennen, die gerade sagte: »… Herr wird seinen Teil der Übereinkunft einhalten. Allerdings, wenn Eure Bemühungen mehr Zeit benötigen, dann ist auch unsere Bürde größer. Unsere Ressourcen sind nicht unbegrenzt, das versteht Ihr sicherlich.«

Als Nächstes konnte Sargan nur undeutliches Gemurmel hören, so als würde geflüstert, doch dann antwortete die tiefe Stimme eines Mannes: »Unsere Abmachung sah keine Beschränkung durch Zeit vor, Sciloi Kaszón. Die Lieferungen treffen wie vereinbart ein, und wir sehen keinen Grund, Euch mehr zu geben, als ausgemacht war.« Der Sprecher redete langsam und ohne einen Akzent, aber in der Art von Leuten, die eine fremde Sprache zwar beherrschten, aber dennoch nicht häufig in dieser redeten.

»Das ist durchaus richtig, aber während Euer Teil der Abmachung aus Gütern bestand, die Ihr uns liefert, habt Ihr uns um Hilfe gebeten. Und Ihr spracht davon, dass Euer Problem schnell gelöst werden könnte, falls wir Euch helfen. Nun aber teilt Ihr uns mit, dass Eure Feinde Euch mehr Schwierigkeiten bereiten als erwartet. Die Zeit, die Ihr uns genannt habt, ist längst abgelaufen, und noch immer arbeiten unsere Untergebenen für Euch und Eure Ziele. Wir werden nur ungern ausgenutzt!«, antwortete die Frau scharf.

Wieder entstand eine kurze Gesprächspause, in der Sargan

nichts außer einem Flüstern vernehmen konnte. Der Sprecher schien sich leise mit einer weiteren, männlichen Person zu unterhalten, doch was gesagt wurde, konnte der Lauscher nicht verstehen.

»Nun gut. Es wird weitere Lieferungen geben, alle siebzehn Tage, bis wir Eure Hilfe nicht mehr benötigen«, gab der Sprecher dann nach, und Sargan grinste breit. Siebzehn Tage entsprachen genau der zwergischen Woche, nach der sich das Kleine Volk orientierte. Das bedeutete wohl, dass er gerade Zeuge von interessanten Nachverhandlungen geworden war.

»Wir werden morgen vor Tagesanbruch abreisen und alles vorbereiten, wenn Ihr unser Angebot annehmt«, fuhr der Zwerg fort.

»Das Angebot ist akzeptabel.«

»Dann sei es so. Gehabt Euch wohl, Sciloi Kaszón.«

»Gute Reise«, wünschte die Frau noch, und Sargan hörte eine Tür ins Schloss fallen. Trotzdem blieb er noch unter dem Fenster, denn er hoffte, noch mehr zu erfahren. Doch dann hörte er ein Kratzen und erkannte, dass jemand die Fassung des Pergamentes herausnahm. Schnell entfernte er sich von dem Fenster, in der Hoffnung, ein Stockwerk hinabzugelangen, bevor jemand seinen Kopf aus dem Fenster steckte.

Doch seine Eile wurde ihm beinahe zum Verhängnis, denn als er das geöffnete Fenster unter ihm schon erreicht hatte, rutschte er ab und glitt trügerisch langsam mit dem Fuß von der Kletterklinge. Sofort warf er sich nach vorn und suchte verzweifelt Halt mit den Fingern. Seine tastenden Hände fanden den geöffneten Fensterladen und krallten sich fest; schließlich fand er die Kraft, die Beine anzuziehen und sich in das Fenster zu schwingen. Schnell rappelte er sich auf und lauschte. *Keine Ruhe für die Bösen,* dachte er, *nicht einmal, wenn sie von den Mauern stürzen.* Aber sein kleines Abenteuer schien unbemerkt geblieben zu sein, zumindest gab es keine Alarmrufe, kein Licht, keinerlei Anzeichen von Aufruhr. Besonders vorsichtig lehnte er sich aus dem Fenster und holte seine Klinge zurück, die immer noch harmlos in der Wand steckte, als hätte er nicht gerade eben einen tödlichen Tanz auf ihr vollführt.

Erst als er die Läden wieder geschlossen und das Pergament zurück ins Fenster gesteckt hatte, atmete er auf und setzte sich auf einen kleinen Hocker. Die Neuigkeiten, die er erfahren hatte, waren aufschlussreich.

Die Zwerge und Zorpad hatten einen Handel, aber der Masriden-Marczeg lieferte keine Güter, sondern leistete auf eine nebulöse Art Hilfe. Wobei, das konnte Sargan nur raten. Offensichtlich hatten die Zwerge Feinde, und die Masriden, oder besser Zorpad, unterstützten das Kleine Volk im Kampf gegen diese. Tatsächlich waren diese Informationen sogar sehr aufschlussreich, denn Feinde der Zwerge waren natürlich potenzielle Verbündete für ihre Rivalen.

Jede Tür, die ich öffne, führt zu einer Reihe weiterer, dachte Sargan seufzend. *Auch darüber muss ich erst mehr herausfinden.* In dieser muffigen Burg würde ihm das allerdings wohl kaum gelingen, denn er bezweifelte, dass er noch einmal das Glück haben würde, ein solch bedeutsames Gespräch belauschen zu können.

Deshalb war es an der Zeit, seine Bemühungen wieder auf das Kleine Volk zu konzentrieren. Noch in dieser Nacht würde eine Karawane die Stadt verlassen und sich auf den Weg zu den nördlichen Zwergenbingen machen. Die Zwerge würden wissen, was die Abmachung mit Zorpad genau besagte. Also galt es, irgendwie an dieses Wissen zu kommen. Leider war es eine Gruppe von sicherlich einem Dutzend Zwerge gewesen, die den Wagen bei der Ankunft in Teremi eskortiert hatten, also schied der direkte Weg, einen Zwerg zu befragen, wohl aus.

Vorsichtig näherte sich Sargan den Ställen und sah sich um. Die beiden großen, hölzernen Gebäude waren an der Wehrmauer der Burg errichtet worden, etwas abseits von den übrigen Gebäuden. Zu seiner Erleichterung patrouillierte keine Wache in diesem Teil des Hofes, der durch den Ostflügel des Hauptgebäudes zur Hälfte abgetrennt wurde und ein wenig abgeschieden lag.

Durch ein kleines Astloch spähte Sargan in die Dunkelheit eines Stalles, konnte aber wenig ausmachen; also zwängte er sich durch das Tor, das er einen Spalt breit öffnete. Es war nicht ungewöhnlich, dass Stalljungen in den Ställen schliefen, deshalb blieb der Eindringling vorsichtig und schlich leise umher. Die Masriden waren weithin gerühmte Reiter, und ihre Pferde waren ihr ganzer Stolz, weshalb sie diese besser behandelten als ihre Untertanen. So zumindest lautete ein Spruch, den der Anführer der Burlai zum Besten gegeben hatte.

Hier allerdings sah es aus wie in jedem anderen Stall, den Sargan in seinem Leben gesehen hatte. Es gab einige Boxen für die Tiere sowie ein zweites Geschoss, auf dem Stroh und Heu gelagert wurden. Vor der Tür befand sich eine größere Freifläche, und überall war Werkzeug aufgehängt und abgestellt. Es war angenehm warm und roch nach frischem Heu und Mist, aber schon nach einem kurzen Blick stellte Sargan fest, dass hier zwar eine Kutsche stand, aber kein Karren, wie die Zwerge ihn auf dem Weg in die Feste benutzt hatten. Also huschte er wieder hinaus und betrat den zweiten Stall, wo er sogleich fündig wurde. Neben einer weiteren offenen Kutsche stand hier ein Karren, ähnlich denen, die er im Berg gesehen hatte.

Eine rasche Durchsuchung zeigte ihm, dass er schon zu einem Teil beladen war. Auf dem hinteren Teil der Ladefläche waren zwei Kisten mit Nahrungsmitteln und ein Fass verstaut, während näher beim Kutschbock einige große Ballen Stoff lagen. Ohne lange zu überlegen, kroch Sargan auf die Ladefläche und bettete sich zwischen die weichen Ballen. Vermutlich würden die Zwerge dort nicht nachschauen, bis sie ihr Ziel erreicht hatten, und solange war er recht sicher, wenn er sich ruhig verhielt. Es war nicht direkt ungemütlich, obwohl die Ballen schwer waren und auf seinen Leib drückten, aber er hatte schon an schlechteren Orten ausgeharrt. Irgendwann würden die Zwerge Rast machen und schlafen, und dann konnte er weitersehen.

Leider waren die Zwerge als Reisende ebenso ausdauernd wie als Kämpfer, und sie marschierten den gesamten nächsten Tag und einen Gutteil der Nacht. Zu allem Unglück nickte der übermüdete Sargan während ihrer Rast ein und wachte erst gegen Morgen wieder auf, als die Zwerge bereits ihr Frühstück vorbereiteten. Sich selbst leise verfluchend, lauschte er ihren Gesprächen, die sich um Alltäglichkeiten zu drehen schienen.

Als der Geruch von bratendem Speck ihn erreichte, lief ihm das Wasser im Munde zusammen, aber er traute sich nicht, in seinem Beutel nach etwas zu essen zu kramen, denn die Bewegung hätte bemerkt werden können, falls die Stoffballen sich dabei bewegt hätten.

Also blieb er ruhig liegen und wartete ab. Früher oder später würden sie schon wieder Halt machen. So rumpelte der Wagen mit seinem heimlichen Passagier über den Karrenweg, den die Einwohner hier wohl stolz eine Straße nannten, obwohl er dem Dyrier kaum besser als ein Trampelpfad erschien. Zwischen den Stoffballen war die Luft muffig und stickig, und dauernd geriet Sargan Staub in die Nase, doch er presste mit den Fingern den Nasenrücken zusammen und verhinderte so ein Niesen. Während der Fahrt sprachen seine unfreiwilligen Gastgeber kaum, und wann immer Sargan vorsichtig zwischen den Ballen hervorspähte, sah er nur schweigende Gestalten, die neben oder hinter dem Wagen einherstapften. So verging der Tag, während Sargans Magen sich immer ungehaltener wegen der schlechten Behandlung beschwerte.

Erst mit Anbruch der Nacht wurde die Fahrt für ein kurzes Mahl unterbrochen, nur um dann wieder fortgesetzt zu werden, was Sargan beinahe ein leises Stöhnen entlockt hätte. *Können diese Bastarde nicht müde werden wie gewöhnliche*

Menschen?, fragte er sich in Gedanken und musste dann grinsen. Ein Blick zwischen den Ballen hervor zeigte ihm, dass sie inzwischen im Wald waren. Um Teremi herum gab es einen breiten Streifen bewirtschaftetes und gerodetes Land, aber dies hatten sie anscheinend bereits hinter sich gelassen und fuhren nun durch den dunklen Forst.

Plötzlich gab es einen Ruck, als der Karren über ein Hindernis rollte. Alarmiert spürte Sargan, wie die Stoffballen über ihm verrutschten. Zwei hielt er fest, doch der dritte fiel zur Seite und eröffnete ihm einen Blick auf den bewölkten Himmel, von dem er einen Streifen zwischen den Wipfeln der Bäume erkennen konnte, die rechts und links des Weges standen. Mit geschlossenen Augen sandte Sargan ein Stoßgebet zu Agdele, doch seine Glückssträhne endete mit dem Ruf eines Zwerges.

»Die Stoffe! Wartet, ich richte das.«

Noch war Sargan verborgen, aber wenn der Zwerg über die vorderen beiden Ballen hinweg sah, dann würde er ihn ohne Zweifel sehen. Vorsichtig glitt Sargans Hand zu den Dolchen, die in seinem Gürtel steckten, und er packte mit zwei Fingern einen der Griffe. Immer noch hoffte er, dass der Zwerg vielleicht achtlos den Ballen auf die anderen werfen würde, doch die Gründlichkeit des Kleinen Volkes war nicht umsonst bekannt, und auch dieser Zwerg wollte seine Aufgabe richtig machen. Sein breites, bärtiges Gesicht schob sich in Sargans Sichtfeld, und der Mensch zögerte keinen Augenblick, als er den überraschten Ausdruck sah. Aus dem Liegen schnellte er empor und trieb dem Zwerg die Klinge in den Hals. Dieser fiel nach hinten, furchtbar gurgelnde Geräusche von sich gebend, und Sargan stieß ihn vom Wagen, während er aufsprang. Ein Schrei ertönte, doch er scherte sich nicht darum, sondern sprang zwischen die noch verwirrten Zwergenkrieger, die hinter dem Wagen her marschierten. Ohne Zeit und Atem für einen Angriff zu verschwenden, rannte er los, wobei er einen Zwerg zu Boden stieß. Dann lief er so schnell er nur konnte den Pfad entlang. Die Dunkelheit kam ihm zugute, denn in ihr konnte er sich verbergen, wenn er erst einmal ein wenig Abstand gewonnen hatte.

Hinter ihm ertönten Rufe und Flüche, doch er kümmerte sich nicht darum, bis plötzlich ein lautes Sirren erklang und ihm ein feuriger Schmerz ins Bein fuhr. Mit einem Aufschrei stürzte er zu Boden, wobei ihm ein Gedanke durch den Kopf ging: *Wer hätte gedacht, dass es mich auf einer schmutzigen Straße in Ardoly erwischen würde?*

21

Es war eine harte Nacht gewesen, und der Morgen versprach kaum angenehmer zu werden. Nach dem schweren Sturm des gestrigen Tages hatte das Wetter eine große Veränderung durchgemacht, und die Sonne schien nun gleißend vom Himmel.

Mit einem unwilligen Brummen rollte Flores cal Dabrân sich wieder herum und zog sich die Decke über den Kopf, als einer der Strahlen ihr Gesicht erreichte und ihre Kopfschmerzen weiter anfachte. Dabei rutschte ihr Fuß aus dem Bett und stieß gegen einen tönernen Krug, der mit unerträglichem Lärm umstürzte. Fluchend richtete die Wlachakin sich auf und warf einen Blick auf die Bescherung, während ihr gleichzeitig glühende Lanzen in die Stirn gerammt wurden. Zumindest fühlte es sich so an.

Stöhnend bedeckte sie die Augen mit ihren schlanken, kräftigen Händen und schwor im Stillen, nie wieder diesen selbstgebrannten Rübenschnaps zu trinken, den Larea verkaufte und den der Wirt frecherweise als besondere Spezialität anpries. Behutsam stellte sie den umgestürzten Krug wieder aufrecht hin und wollte sich gerade auf ihre Strohmatratze zurücksinken lassen, als ein lautes Pochen an ihrer Tür ertönte. Jeder Schlag dröhnte in ihren Ohren und sandte weitere Wellen von Pein durch ihren Schädel, also schrie sie: »Ja! Ja, verdammt, ich komme!«

Mit vorsichtigen Schritten durchquerte sie das kleine Zimmer, das sie seit einigen Monden bewohnte, und ließ den Blick über ihre verstreute Kleidung wandern. Sie konnte sich nicht erinnern, einen solchen Hut zu besitzen, und für einen panischen Augenblick schaute sie zurück zu ihrer Bettstatt, doch offensichtlich lag dort kein anderer, und sie war alleine in ihre Unterkunft getorkelt, auch wenn ihre Erinnerung an diesen Teil des Abends bereits sehr verschwommen war. Einen Seufzer der Erleichterung ausstoßend, öffnete sie die Tür und entging nur knapp der Faust des vierschrötigen Mannes, der plötzlich auf sie eindrang, wobei er sie übel beschimpfte.

»Hure! Schlampe! Falschspielerin! Ich schlag dir die Zähne ein, ich breche dir das Genick, du verfluchtes Weib!«

Verwirrt duckte sich Flores unter einem weit ausholenden, rechts geführten Hieb des Bärtigen weg und blockte seine Linke mit den hastig erhobenen Armen. Doch der bullige Kerl ließ nicht von ihr ab, sondern versuchte sie am Kragen ihres Hemdes zu packen, das sie gestern Nacht offensichtlich nicht mehr ausgezogen hatte. Oder nicht mehr hatte ausziehen können, wie sie eher vermutete. Mehr aus Gespür als bedacht, sprang sie zurück und schlug seine Hände zur Seite, wobei sie rief: »Was, bei den Dunkelgeistern, willst du von mir? Wer bist du überhaupt?«

»Wer ich bin? Wer ich bin?«, brüllte der Mann entgeistert. »Ich bin der Spieler, den du gestern betrogen hast! Du hast mein ganzes Geld gestohlen, du Luder!«

»Geld?«, fragte Flores verwirrt, und vor ihrem inneren Auge tanzten mit einem Mal Fetzen von Erinnerungen. Sie sah sich selbst mit einem großen, breitkrempigen Hut auf dem Kopf und Karten in der Hand und noch mehr von diesem dreimal verdammten Drecksezug trinkend.

»Jawohl, Geld! Den ganzen Lohn von zwölf Tagen, du Schlampe! Ich schlage deine hübsche Fresse zu Brei, bis dich keiner mehr auch nur mit dem Hintern anschaut!«, lärmte der Mann und warf sich wieder auf sie. Diesmal war Flores vorbereitet. Auch wenn ihr das Gelage von gestern noch in den Knochen steckte, leiteten sie ihre Instinkte und geschulten Reaktionen, und sie packte die auf sie zuschnellende Rechte ihres Angreifers, duckte sich unter die Gerade und riss seinen Arm über ihre Schulter, wobei sie sich nach vorn stemmte. Schreiend flog der große Mann über sie hinweg und krachte auf den staubigen Holzboden. Bevor er sich wieder aufrappeln konnte, war Flores über ihm, rammte ihm den rechten Ellenbogen in die Magengrube und presste den linken Unterarm auf seine Kehle, während er von dem Schlag noch würgte.

»Hör zu, du Witzbold: Ich habe dich nicht betrogen. Ich kann das gar nicht. Und selbst wenn, gestern war ich viel zu besoffen, um so etwas zu tun, klar?«, zischte Flores ihm ins Gesicht.

»Mein Geld, wovon soll ich jetzt leben?«, wimmerte der Mann, doch Flores blieb kalt: »Spielschulden sind Ehrenschulden, mein Freund!«

Mit einem Aufschrei bäumte der Kerl sich urplötzlich auf und schlug ihr mit der Faust ins Gesicht. Obwohl sie mit dem Schlag mitging, explodierten Sterne vor Flores' Augen, und ihre schlimmen Kopfschmerzen wurden ins Unerträgliche gesteigert. Mit zusammengebissenen Zähnen taumelte sie fast blind zurück, konnte dem Tritt des Angreifers gegen ihr Knie aber gerade noch durch einen Sprung entgehen. Wütend machte sie einen Satz nach vorne, sobald sich ihre Sicht wieder geklärt hatte, und ließ einen gnadenlosen Hagel von Schlägen auf den Mann niederprasseln, der wenig mehr tun konnte, als sein Gesicht zu schützen.

Jede Gegenwehr erstickte sie mit Schlägen, bis sie ihn wieder zu Fall brachte. Sofort war sie über ihm und prügelte weiter auf ihn ein, bis er sie anflehte aufzuhören: »Nein, bitte, nein, nicht!«

Erst dann ließ sie schwer atmend von ihm ab, blieb aber weiter mit erhobener Faust auf seiner Brust knien. Erst als sie merkte, dass er schluchzte, senkte sie den Arm und fuhr ihn an: »Reiß dich zusammen, du Trottel!«

»Meine Frau, meine Kinder, wovon sollen wir leben?«

»Das hättest du dich lieber gestern fragen sollen, bevor du alles verzockt hast! Und jetzt raus hier, oder ich breche dir den Arm!«

»Aufhören!«, ertönte plötzlich eine tiefe Stimme von der Tür her und ließ Flores überrascht aufsehen. Im Rahmen stand eine dunkle, hagere Gestalt, vom Sonnenlicht eingehüllt, deren Antlitz unter einer tief ins Gesicht gezogenen Gugel nicht zu erkennen war.

Langsam stand Flores auf und sah sich nach ihren Waffen um, die jedoch hinter dem Bett lagen, noch immer in den ledernen Scheiden an ihrem schweren Waffengürtel, den sie wohl einfach nur irgendwo hingeworfen hatte. *Erste Regel: Sei dir immer bewusst, wo deine Waffen sind,* erinnerte sie sich bitter an eine der Lektionen ihrer Jugend.

»Was ist hier los?«, fragte der Unbekannte, und sofort brabbelte der andere los: »Sie ist eine Betrügerin, Herr! Sie hat mich bestohlen! Mein ganzes Geld, Herr!«

»Tatsächlich? Na so was. Wie viel war es denn?«

»Verflucht, die Saufnase lügt«, entfuhr es Flores, und sie machte sich bereit, nach ihren Waffen zu greifen, doch der Neuankömmling hob nur beschwichtigend die Hand: »Also, wie viel?«

»Drei Silber, Herr«, antwortete der Geschlagene eifrig.

»Hier«, rief der immer noch in Schatten gehüllte Mann und warf dem anderen einen kleinen Beutel zu, der klimperte, als er auf dem Boden landete.

»Aber gib darauf Acht und versaufe und verhure nicht alles!«

»Ja, Herr. Danke, Herr!«, erwiderte der Angesprochene, während er den Beutel an die Brust presste und sich an dem Neuankömmling vorbei durch die Tür zwängte. Mit einem letzten giftigen Blick aus seinen langsam zuschwellenden Augen auf Flores rannte er davon. Diese aber sah sich müde in ihrem Zimmer um und suchte nach ihrer Hose. Nach einiger Zeit bemerkte sie, dass der schlanke Fremde immer noch in der Tür stand. »Zufrieden, Nati? Wieder ein gutes Werk getan?«

»Leise, verdammt«, antwortete Natiole und sah sich verstohlen um, bevor er gänzlich in den Raum trat.

»Wieso? Inkognito unterwegs?«

»In ... was?«

»Möchtest du gern unerkannt bleiben?«, fragte Flores erklärend, und Natiole nickte, als er die Tür schloss.

»Habe ich dich hereingebeten?«, fragte Flores fuchtig, während sie eine lederne Hose aus dem Chaos ihres Zimmers fischte und hineinschlüpfte. Als Antwort warf Natiole seine Kapuze zurück und sah sie finster an. Der Wlachake war gut einen Kopf größer als sie, aber ebenso schlank. Schon so mancher Feind hatte seine Kraft und sein Können unterschätzt, weil er auf den ersten Blick schlaksig und ungeschickt wirkte.

Aber Flores kannte sowohl seine Kraft als auch seine Geschicklichkeit und Ausdauer, denn es hatte viele Monde gebraucht, bis sie in der Lage gewesen war, Natiole regelmäßig bei Waffengängen zu besiegen. Selbst heute noch, da sie ihr Leben mit der Klinge verdiente, wäre sie vorsichtig bei einem Duell mit dem Rebellen, denn er hatte vermutlich mehr Gefechte und Kämpfe überlebt, als sie jemals austragen würde, und sich dabei eine Erfahrung und Kaltblütigkeit angeeignet, die ihresgleichen suchte.

»Ja, ja, schon gut. Komm nur rein«, bat Flores ihren alten Freund mit einer ironischen Verbeugung und strich sich dann die schwarzen Haare aus dem Gesicht, wobei sie feststellte, dass in einigen Strähnen irgendeine zähe Substanz klebte, die sie lieber nicht allzu genau untersuchen wollte.

»Du siehst nicht gut aus«, stellte Natiole trocken fest, und Flores wusste, dass er wohl Recht hatte. Die langen Haare waren verfilzt, und falls man ihr das flaue Gefühl im Magen ansehen konnte, tippte sie darauf, dass ihre Gesichtsfarbe grünlich war.

»Gestern war es sehr feucht, Nati.«

»Scheint so. Hättest du dem armen Mann wirklich den Arm gebrochen?«

»Mach dich nicht lächerlich! Natürlich nicht. Aber er hatte eine Abreibung verdient. Einfach so auf mich einzuschlagen«, erwiderte Flores.

»Er hatte Angst. Drei Silberne sind viel Geld für eine einfache Familie«, erklärte Natiole, aber Flores winkte ab: »Wenn ich drei Silber gewonnen hätte, dann wäre ich bestimmt nicht bei dem billigen Fusel geblieben, und mein Schädel würde sich jetzt besser anfühlen. Er hat dich übers Ohr gehauen!«

»Ich habe ihm zwanzig Silber gegeben«, sagte Natiole ungerührt.

»Was? Bist du von Sinnen?«, stöhnte Flores verzweifelt.

»Nein. Ich habe gerade einen Gaul verkauft, der mir eh nicht gehörte. Lass uns was essen, ja? Ich lade dich ein. Ich bin furchtbar hungrig«, schlug Nati vor, und Flores nickte. Doch zunächst sollte sie sich wohl vollständig ankleiden.

Um an ihren Schwertgürtel zu gelangen, musste sie über das Bett klettern, und als sie ihre Klinge sah, fiel ihr mit einem Mal ein, warum sie gestern überhaupt mit dem Trinken angefangen hatte. Plötzlich ließ sie sich kraftlos auf die Matratze sinken, stöhnte und legte die Hände vors Gesicht: »Er ist tot, Nati«, sagte sie gepresst.

»Nein, er ist vollkommen verrückt, aber tot ist er wohl nicht«, erwiderte Natiole lächelnd.

Flores hob den Kopf und sah ihn erstaunt an. »Man hat mir erzählt, dass er verhaftet wurde! Und Zorpad hat ihn gewiss nicht am Leben gelassen!«

»Du weißt, was man zu sagen pflegt, oder? ›Die Hunde bellen, die Karawane zieht vorbei‹«, erwiderte Natiole grinsend.

»Ja, klar, hör nicht auf das Geschwätz der Leute, ich weiß! Aber …«

»Ich habe ihn getroffen, frei und quicklebendig«, fuhr der Kämpfer fort, doch Flores unterbrach ihn mit einer Tirade von Flüchen.

»Das sieht ihm ähnlich! Dämlicher Schwachkopf! Wenn ich ihn in die Finger bekomme, dann wird er sich wünschen, dass Zorpad ihn erwischt hätte! Blöder, närrischer, unfassbar dummer …«, sagte Flores, die nach Worten suchte, um ihren Gefühlen Ausdruck zu verleihen, wobei ihr gleichzeitig Tränen in die Augen traten.

»Ja, genau das habe ich auch gedacht«, antwortete Natiole lachend. »Komm, ich erzähle es dir bei einem guten Frühstück. Und zieh deine Hose richtig herum an, was sollen die Leute von dir denken?«

Verwirrt blickte Flores an sich herab und stellte fest, dass sie in der Tat ihre Hose verkehrt herum anhatte. Nachdem sie diesen Umstand behoben hatte, brachen die beiden auf und gingen zu Lareas Schänke, auch wenn in Flores undeutliche Erinnerungen daran aufstiegen, dass ein Teil der Einrichtung ihr gestriges Gelage nicht überlebt hatte.

Während Natiole Rührei mit Speck und warmes Brot in sich hineinschaufelte, als habe er tagelang nichts gegessen, begnügte Flores sich mit ein wenig Wasser. Ein aufgebrachter Wirt hatte sie mit den Kosten für einen neuen Tisch und für drei Stühle konfrontiert, die wohl zu Bruch gegangen waren, aber Natiole hatte den Betrag mit einem Grinsen bezahlt, sodass sie jetzt doch noch in Ruhe essen konnten.

Vorsichtig nippte Flores an ihrem Becher mit Wasser, aber selbst das stimmte ihren Magen unwillig und ließ ihn rebellieren. Also ließ sie das Glas stehen und versuchte den Geruch des Rühreis mit Speck auszublenden, während sie Natioles Geschichte lauschte, die er zwischen einzelnen Bissen leise erzählte.

»Ich habe ihn getroffen, nördlich von Orvol. Ich habe mich dort bei befreundeten Bauern verborgen, nachdem Zorpads Schergen in der Stadt plötzlich alle sicheren Orte aufgespürt hatten. Eine Gruppe von ihnen hat mich bis in die Wälder verfolgt, aber vor Orvol konnte ich sie abhängen und bin dann auf dem Hof untergekommen. Und was denkst du, wer dort ankam?«

»Şten?«

»Richtig. Aber nicht allein. Er hatte … Freunde dabei.«

»Freunde?« , erwiderte Flores zweifelnd.

»Trolle«, flüsterte Natiole mit einem vorsichtigen Blick quer durch den leeren Schankraum. Der Rebell wirkte, als fürchtete er, dass die Wände das Gespräch belauschen könnten.

So wird man, wenn man immer auf der Flucht ist, dachte Flores mitleidig, doch dann bemerkte sie erst, was sie da gerade gehört hatte.

»Trolle? Machst du dich über mich lustig, Nati?«

»Nein! Wenn ich es doch sage! Riesige Ungeheuer, dunkel, mit solchen Hauern und Pranken!«, erklärte der Wlachake, während er mit seinem Holzlöffel in der Luft herumfuchtelte, um die Größe der Trolle darzustellen.

»Trolle? Echte Trolle? Groß, böse, Menschenfresser?«, erkundigte sich Flores ungläubig.

»Ja! Sie wollten die Bauern fressen, aber Şten hat sie aufgehalten.«

»Falls du mich doch verarschst, Nati, dann breche ich dir mehr als nur einen Arm«, drohte Flores, obwohl sie sicher war, dass der geübte Kämpfer aufgrund ihres angeschlagenen Zustands im Augenblick locker mit ihr fertig werden würde.

»Wenn ich es doch sage! Also, Zorpad hat Şten an den Wald gegeben …«, begann Natiole wieder, doch Flores unterbrach ihn.

»Dieser dreimal verdammte Mistkerl, man sollte ihm die Haut abziehen!« Dann bemerkte sie Natioles warnenden Blick und beruhigte sich wieder.

»Ja, sollte man«, antwortete ihr Freund. »Warum tust du es nicht?«

»Lass das, Nati, kein Rebellen-Geschwätz. Außerdem meinte ich Şten, diesen Trottel. Ich habe ihm hundertmal gesagt, dass es ihn das Leben kosten wird, wenn er nicht Vernunft annimmt.«

»Vernunft. Das Volk sterben zu lassen ist also vernünftig?«, entgegnete Natiole bitter und wies auf den ärmlichen, leeren Schankraum, doch Flores hob abwehrend die Hand.

»Ich sagte, du sollst es lassen.«

Verstimmt widmete Natiole sich wieder seinem Frühstück und würdigte Flores keines weiteren Blickes. Ihre Entscheidung, sich nicht am Kampf ihres Zwillingsbruders und seiner Gefährten zu beteiligen, stieß bei Natiole und Şten immer noch auf Unverständnis, genauso, wie Flores nicht verstand, was die anderen mit ihren Überfällen und Scharmützeln zu erreichen glaubten.

Die Masriden beherrschten das Land seit mehr als zweihundert Jahren, ihre Krieger waren gut ausgebildet und ausgerüstet. Noch kein Wlachake hatte es auch nur annähernd geschafft, sie zu vertreiben. Selbst die großartige, viel besungene Herbstschlacht war kaum ein glorreicher Sieg gewesen, denn auch wenn die Wlachaken auf dem Schlachtfeld gewonnen hatten, so hatten sie doch Zorpads Bedingungen für einen Waffenstillstand akzeptieren müssen. Es war ein hoffnungsloser Kampf, geführt von verbohrten Männern und Frauen mit falschen Idealen, die alle früher oder später den Tod fanden.

So wie Şten, der wieder einmal seinem Ende ins Auge geblickt hatte. Aber Flores wusste, dass er keine Vernunft annehmen würde. Nein, ihr Bruder würde kämpfen, bis die Masriden vertrieben waren oder er starb, und Flores wusste ganz genau, was wahrscheinlicher war.

Wütend starrte sie Natiole an, den sie schon kannte, seitdem sie mit Şten nach Désa gekommen war und der damals schon für die Freiheit der Wlachaken gekämpft hatte. Im Gegensatz zu ihrem Bruder hatte Flores sich von Natioles unmöglichen Träumen gelöst, als sie älter geworden war. Schon früh hatte sie erkannt, dass die Sache der wlachakischen Rebellen verloren war. Die Erinnerung an das Ende ihrer Eltern schien ihr ein guter Beweis dafür, wie aussichtslos dieser Kampf war. Sie hatte sich entschieden, ihr Leben unter der Herrschaft der Masriden so gut zu führen, wie sie eben konnte.

»Blut wird nicht zu Wasser. Ihr seid eine Familie. Du kannst dir vielleicht einreden, dass du ihn hasst, aber nicht mir«, unterbrach Natiole ihre Gedankengänge.

Flores sah ihn finster an und erwiderte dann erschöpft: »Aber das Blut versickert im Waldboden, Nati. Es fließt aus tausend Wunden, bis nichts mehr übrig ist. Jeden Tag, jede Nacht. Wenn er nicht heute stirbt, dann morgen oder übermorgen. Ich bin es müde, auf die Nachricht von seinem Tod zu warten. Oder von deinem.«

Lange Zeit starrte ihr Gegenüber sie an, doch sie hielt seinem Blick eisern stand, bis er wieder auf sein Frühstück sah und murmelte: »Es tut mir Leid, Flores.«

»Schon gut, Nati. Ihr habt dieses Leben gewählt und ich das meine. Also, erzähl weiter.«

»Şten war also in diesem Käfig ...«, berichtete der Rebell, doch Flores unterbrach ihn abermals.

»Käfig?«

»Ja, sie hatten ihn in einem Käfig in den Wald gehängt, und die Trolle haben ihn so gefunden und mitgenommen. Mit Käfig und allem. Das war schon ein Anblick!«

Flores lachte laut auf und bat ihren Freund dann fortzufahren.

»Nun ja, jedenfalls hat Şten uns tagsüber befreit. Diese Ungeheuer hatten die Familie und mich in den Keller gesperrt, aber tagsüber sind sie ... wie tot. Weißt du, man sagt doch, dass Trolle zu Stein werden, wenn die Sonne sie berührt«, erklärte Natiole, und Flores nickte.

»Ja, aber das stimmt nicht. Sie schlafen nur, ganz fest, und nichts kann sie wecken. Şten hat sich aus dem Käfig befreit und hat uns aus dem Kellerloch geholt. Und dann hat er die Bauern und mich fortgeschickt. Er selbst wollte bleiben und mit den Trollen reden.«

»Was? Mit Trollen reden? Typisch Şten! Was ist das wieder für eine Verrücktheit?«

»Tja, das habe ich auch gesagt, aber er ließ sich nicht davon abbringen. War auch ganz gut so, denn als ich in Orvol ankam, da hat mich der Vorbs gesehen und erkannt. Er hat die Einwohner gegen mich aufgehetzt, und die einfachen Leute haben sich nicht getraut, sich ihm zu widersetzen. Kaum hatte ich mich versehen, saß ich schon wieder in einem Keller, diesmal aber gefesselt.«

»So viel zu dem einfachen Volk, das ihr befreien wollt!«, warf Flores höhnisch ein, aber Natiole schüttelte den Kopf.

»Sie haben Angst, und wer kann es ihnen verdenken? Nein, ich mache ihnen keinen Vorwurf. Es sind Bauern, Flores, keine Krieger, sie haben Familie und Land. Aber sollen wir wirklich jetzt darüber streiten?«

»Nein, nein, erzähl weiter.«

»Der Vorbs hatte einen Boten geschickt, und kurze Zeit später kamen nachts Reiter an. Sie wollten mich nach Teremi schaffen, aber glücklicherweise tauchte Şten wieder auf.«

»Was, in Orvol?«

»Ja! Er – und ein Troll. Sie haben uns im Wald überfallen und mich befreit. Ich bin dann mit dem Pferd, auf dem ich saß, losgeprescht, als wären alle Dunkelgeister des Waldes hinter mir her. Habe mich in das Unterholz geschlagen und abgewartet.«

»Und Şten?«

»Ich weiß es nicht sicher. Als ich losgeritten bin, waren noch Krieger da, aber ich habe die Straße von Orvol nach Teremi beobachtet, und es kam keiner zurück, außer denen, die mich verfolgt haben. Hätten sie ihn erwischt, dann wären sie an mir vorbeigekommen, und ich habe mich lange Zeit versteckt.«

»Also weißt du nicht, ob er noch lebt?«, fragte Flores enttäuscht.

»Nicht sicher. Aber ich glaube es.«

»Du *glaubst* es bloß?«

»Denk mal an die Geschichte in Dabrân, da dachten auch alle, er wäre tot.«

»Das hätte er auch sein sollen. In die Burg zu schleichen! Er ist verrückt!«

»Ja, aber hat er nun die halbe Burg ausgeräumt oder nicht? Eure Erbstücke wiedergeholt? Und wäre Hàzy nicht zufällig an diesem Tag nach Teremi geritten, dann hätte er eure Eltern gerächt!«

»Möglich. Trotzdem war es reiner Selbstmord, selbst mit seinem Wissen über Rabenstein«, gab Flores zu bedenken.

»Vielleicht. Aber Csiró Házy war vor Wut außer sich, und die Menschen in Dabrân haben über ihn gelacht. Şten hat sogar das verdammte Banner gehisst!«

Bei der Erinnerung daran, wie ihr die Geschichte das erste Mal von einem reisenden Tagelöhner erzählt worden war, musste Flores schmunzeln. Dank seiner Kenntnis über die Burg Rabenstein war es Şten gelungen, unerkannt dort einzudringen und eine Reihe von Gegenständen, die früher ihrer Familie gehört hatten, direkt unter den Nasen der Wachen zu stehlen. Zudem hatte er einiges an Geld und Schmuck mitgehen lassen und zu guter Letzt die alte Flagge mit ihrem Wappen auf dem höchsten Turm am Fahnenmast gehisst, sodass alle Welt sie sehen konnte.

Beim Verlassen des Turms hatte man ihn jedoch entdeckt und quer durch die ganze Festung gejagt. Schließlich hatten die Wachen ihn auf den Zinnen eingekreist, bis er mit einem tollkühnen Sprung in den Burggraben doch noch hatte entkommen können.

Der Bericht von seiner Tat und seiner anschließenden wilden Flucht hatte sich wie Lauffeuer im Lande verbreitet und war schnell zu einem Lied geworden, das die Wlachaken dann sangen, wenn kein Masride in der Nähe war. Der Csiró Házy aber wurde zu einer Witzfigur, über welche das Volk spottete, obwohl der Baron unter seinen Untergebenen blutige Rache für den Verlust seiner Ehre gehalten hatte.

Aber Flores erinnerte sich auch daran, dass Şten tagelang verschwunden gewesen war und ihn alle für tot gehalten hatten, während er sich in den Wäldern vor seinen Häschern verborgen hatte. Natürlich hatte er seine Beute verteilt, an die Bauern und an seine Mitstreiter und ihre Familien. Kein Wunder, dass die einfachen Leute ihren Bruder liebten, der ihnen Hoffnung gab. Falsche Hoffnung, wie Flores dachte, denn abgesehen von einigen kleinen Nadelstichen konnten die Rebellen nichts erreichen, was den Masriden wirklich schadete.

Nicht einmal Ionna cal Sareş mit ihrem Heer und ihrem leicht zu verteidigenden Land würde dies gelingen.

Mehr als einmal hatten Şten und Flores sich deswegen gestritten, selbst ihr letztes Treffen hatte im Streit geendet, und Şten war wütend und verletzt gegangen, vertrieben von Worten, die sie so niemals hätte sagen sollen. Vielleicht gab es ja nun doch noch eine Gelegenheit, ihren Bruder um Verzeihung zu bitten.

Aber warum musste der verfluchte sture Dickschädel auch nach Teremi gehen?, dachte Flores gequält. *Es ist doch klar, dass es für ihn keinen gefährlicheren Ort auf der Welt gibt!*

»Ich brauche deine Hilfe«, sagte Natiole unvermittelt, und Flores sah ihn fragend an.

»Irgendetwas geht hier vor sich, aber wir wissen nicht genau, was. Ich muss ein paar Leute kontaktieren, doch ich habe keine Ahnung, welche Verstecke noch sicher sind.«

»Und da hast du gleich an mich gedacht, deine alte Freundin, der du mal wieder einen Besuch abstatten könntest«, erwiderte Flores zynisch.

»Nein. Ich würde dich nicht fragen, wenn es nicht wichtig wäre. Zu dir bin ich gekommen, damit du weißt, dass die Berichte über deinen Bruder nicht der Wahrheit entsprechen.«

Eine Weile sah Flores dem Kämpfer in die hellen Augen, konnte aber nichts als aufrichtige Sorge darin erkennen, weshalb sie nickte. Schon immer war Natiole wie ein großer Bruder für die Zwillinge gewesen, seit sie allein und verängstigt in Désa angekommen waren. Loyale Bedienstete ihrer Eltern hatten sie damals auf das Geheiß ihres Vaters hin aus Dabrân geschmuggelt. An die Flucht selbst hatte Flores nur noch albtraumhafte Erinnerungen – an lange, mit flackernden Fackeln beleuchtete Gänge und einen wilden Ritt durch den nächtlichen Forst.

Aber sie erinnerte sich in aller Deutlichkeit an ihren Vater, der vor Şten und ihr niedergekniet hatte, sie an sich gedrückt und ihnen gesagt hatte, dass sie jetzt stark und tapfer sein müssten. Ihre Mutter hatte währenddessen die Vorbereitungen für die Flucht getroffen und die Diener in die Stadt gesandt, um dort Pferde zu besorgen, denn die Masriden waren schon im Hof der Burg angekommen und hatten das Tor in ihre Gewalt gebracht. Dann hatte ihre Mutter sie unter Tränen verabschiedet, und sie waren von Carein, dem alten Majordomus ihrer Familie, durch einen Tunnel aus der Burg gebracht worden.

Erst nachdem sie in Désa angekommen waren, hatten die Zwillinge die ganze Wahrheit erfahren. Wie Házy, den Zorpad als Gesandten an den Hof in Dabrân gesandt hatte, seinem Herrn von umstürzlerischen Plänen der Herrscher dort berichtet hatte und dann mit dem Lehen für seine Treue und seine Ergebenheit dem Masridenherrscher gegenüber belohnt worden war. Wie ihr Vater und ihre Mutter sich den Soldaten widersetzt hatten, um ihren Kindern Zeit für die Flucht zu erkaufen. Ihre Mutter, die stolze und schöne Ana cal Dabrân, war mit dem Schwert in der Hand im Burgfried von Rabenstein erschlagen worden, als die Masriden das Tor eingenommen hatten und auf den Hof gestürmt waren, während ihr Vater schwer verletzt überwältigt und am nächsten Morgen auf dem Marktplatz von Dabrân wie ein gemeiner Verbrecher hingerichtet worden war.

Als sie davon gehört hatte, dass ihr Vater auf dem Scheiterhaufen gestorben war, da war etwas in Flores zerbrochen, und in ihrem Herzen tobte ein Schmerz, den sie auch bei Şten spüren konnte.

Nachts hatten die Zwillinge sich aneinander geklammert, eingeschüchtert von der fremden Umgebung und dem furchtbaren Verlust, den sie erlitten hatten, auch wenn alle freundlich und großzügig zu ihnen gewesen waren, allen voran Ionna cal Sareş, die Herrin von Désa.

Viele der anderen Wlachaken, die sich im Mardew verbargen, hatten ebenfalls Freunde und Familie in den unablässigen Kämpfen mit den Masriden verloren und behandelten die Geschwister dementsprechend fürsorglich. Dennoch, zunächst fühlten sich Şten und Flores oft allein und verloren, bis sie Natiole Târgusi kennen lernten, dessen Humor und Witz sie immer wieder zum Lachen brachte.

Zwar war der junge Mann nur einige Jahre älter als sie, doch irgendwie adoptierte er die Zwillinge und wurde ihr Freund und Vorbild, dem sie in allen Dingen nacheiferten.

Aber während Şten nichts als Bewunderung für seine großen Vorbilder Ionna und Natiole empfand und schon frühzeitig seiner Schwester schwor, dass er eines Tages auch kämpfen und seine Eltern rächen würde, glaubte Flores zu erkennen, wie sinnlos dies alles war. Insgeheim leistete sie auch einen Schwur, nämlich niemals so zu enden wie ihre Eltern, ein weiteres Opfer des Freiheitskampfes.

Und so hatte Şten, sobald er eine Waffe hatte führen können und alt genug gewesen war, sich mit Natiole und den anderen aufgemacht, die Masriden zu bekämpfen, wo er nur konnte. Flores hingegen war im Mardew geblieben, doch irgendwann ertrug sie den Hof in Désa einfach nicht mehr, denn dort gab es nur die bedrückende Atmosphäre einer ständigen Belagerung und keine anderen Themen als den Krieg und die Erlangung der Freiheit. Und natürlich den Tod, der ein ständiger Begleiter für die Wlachaken geworden war. In seinem Hass auf die Rebellen, die sich seiner Herrschaft widersetzten, verübte Zorpad immer wieder ungeheure Grausamkeiten an jenen, die gefangen wurden, und regelmäßig gab es junge Männer und Frauen, die nicht mehr nach Désa zurückkehrten.

Eines Tages hatte Flores ganz unzeremoniell ihre Sachen gepackt und Désa und damit auch dem Krieg den Rücken gekehrt. Seitdem schlug sie sich auf eigene Faust durch, verdiente ihren Lebensunterhalt als bezahlte Klinge und Söldnerin. Und sie lebte nicht schlecht davon, denn in diesen unsicheren Zeiten waren Wachen von Händlern und anderen wohlhabenden Reisenden sehr gefragt.

Ihren Namen und ihre Herkunft hatte sie abgelegt, und die einzigen Verbindungen zur Vergangenheit, die ihr noch blieben, waren ihr Bruder und Natiole, die sie hin und wieder traf, wenn diese sich in ihrer Nähe aufhielten. In das Mardew war sie nie wieder zurückgekehrt, und sie hegte auch nicht den Wunsch, dies zu tun.

Am Vortag, als sie von einigen Wlachaken in der Taverne von Ştens Gefangennahme erfahren hatte, war sie fast erleichtert gewesen, dass die grausame Zeit des Wartens vorbei war, und sie hatte wild und ungezügelt den Abschied von ihrem geliebten Zwillingsbruder gefeiert, so wie es bei den Wlachaken seit alter Zeit Sitte war. Unter Strömen von Alkohol hatte sie ihre Trauer ertränkt und mit den Fremden Lieder gesungen, die einem Wlachaken heutzutage den Kopf kosten konnten, wenn die Masriden davon erfuhren. Sie wusste, dass es Şten gefallen würde, wenn er wüsste, dass sie die alten Wege noch ehrte, aber in diesem Augenblick war sie eher wütend auf ihren verbohrten Bruder und die ganze Bande von Rebellen, mit denen er sich umgab.

»Und? Hilfst du mir? Um der alten Zeiten willen?«, fragte Natiole verzweifelt.

»Ja, Nati, um der alten Zeiten willen. Aber zieh mich nicht in euer Leben hinein.«

»Nein, keine Sorge, es wird nicht lange dauern. Ich muss nur jemanden finden, dem ich Bescheid geben kann, dann bin ich wieder weg«, versicherte der groß gewachsene Mann, und Flores seufzte.

»Wer kann solch wunderschönen blauen Augen schon widerstehen?«, fragte sie mit gespieltem Ernst, und der Rebell lachte schallend.

»Ha, das sagt die Richtige! Ich fürchte, wenn ich mit einem Dabrân-Zwilling umherziehe, spiele ich immer nur die zweite Fidel, was Aussehen betrifft! Egal ob Şten oder du, meine Liebe!«

»Zuvorkommend wie immer, Nati«, entgegnete Flores. »Vor allem, wenn man bedenkt, dass du gerade aus dem Wald kommst und entsprechend aussiehst. Lass uns gehen.«

Mit einem letzten Blick zu Larea, der kam, um den Tisch abzuräumen und zu säubern, verließen sie die Gaststätte.

22

Schweigend wanderte das seltsame Grüppchen durch den nächtlichen Wald. Sein letzter Wortwechsel mit den Trollen hatte Şten zu denken gegeben, und auch die gewaltigen Wesen schienen nicht auf eine Unterhaltung erpicht zu sein. Obwohl der Himmel sternenklar war, herrschte zwischen den Bäumen schattige Dunkelheit. Die mächtigen Stämme ragten wie Säulen in einer gewaltigen Halle auf, und ihre Kronen bildeten das Dach dieses Bauwerks. Immer wieder raschelte es im Unterholz, wenn die Wanderer kleines Getier aufscheuchten, und manchmal erklang der einsame Ruf eines Käuzchens in der Nacht.

In der Finsternis wirkte der Wald bedrohlich, aber dennoch spürte der Wlachake keine Angst, denn zum einen hatten sie die tiefen und wirklich gefährlichen Gegenden schon hinter sich gelassen, zum anderen bezweifelte er, dass irgendeine Kreatur ihn angreifen würde, solange er sich in Begleitung der Trolle befand. Zudem hatte er schon mehr als eine Nacht in den Wäldern ausgeharrt, obwohl ihn das früher weitaus mehr Überwindung gekostet hatte. Ein Lächeln stahl sich auf seine Lippen, als er daran dachte, wie er mit Flores zum ersten Mal von Désa nach Dabrân gelaufen war, in einer Nacht wie dieser ...

Es war schon beinahe Mitternacht, als Flores und Şten den Waldrand erreichten und hinab auf die Stadtmauern von Dabrân schauten, das in einer flachen Senke zwischen zwei Hügelketten lag. Die fünf Türme der Stadtmauer waren durch Feuer erleuchtet, ebenso wie die Zinnen der Feste Rabenstein, die stolz auf ihrer Anhöhe über der Stadt thronte. Fragend sah Şten seine Zwillingsschwester an, damals ein Mädchen von sechzehn Sommern, mit schwarzem Haar, das sie so kurz geschnitten trug, dass es über den Ohren Löckchen bildete.

»Was denkst du?«

Mit einem wütenden Blick brachte Flores ihn zum Schweigen und wies auf die Burg: »Es sieht alles noch aus wie früher, Şten.«

»Und? Der Schein trügt, jetzt schläft Házy in unseren Betten, der Hund!«

»Und die Leute in Dabrân schlafen friedlich in ihren«, erwiderte Flores trocken.

»Was willst du mir sagen, Schwesterherz? Es sei gut so? Es sei egal, dass unsere Eltern tot sind?«, zischte Şten wütend.

»Nein. Ich will sagen …«, begann Flores und rang sichtlich nach Worten. »Ich weiß nicht. Ich glaube einfach nicht, dass wir etwas ändern können, Şten.«

»Wenn ich Házy auf den Scheiterhaufen gezogen habe und seine Schreie höre, dann habe ich etwas geändert!«, entfuhr es dem jugendlichen Wlachaken. »Was unserer Familie geschehen ist, muss gerächt werden!«

»Du wirst wütend, wenn du unsere Heimat siehst«, erklärte Flores, »aber ich nicht.«

Als Şten protestieren wollte, hob sie die Hände: »Natürlich trauere ich um Vater und Mutter, genau wie du. Aber wir können sie nicht wieder lebendig machen. Schon gar nicht, indem wir einen sinnlosen Krieg führen und selbst darin sterben. Glaubst du, sie hätten das gewollt?«

»Aber wir können sie rächen!«, erwiderte Şten flehentlich. »Soll dieses Schwein Házy damit durchkommen? Er hat uns alles genommen …«

»Nicht alles, wir haben noch einander. Lass uns nicht streiten, ja?«, bat Flores, und Şten nickte.

Seit ihrer Flucht aus Dabrân waren die Bande zwischen den Geschwistern noch enger geworden. Auf ihre Art hatte Flores Recht, denn sie war das Einzige, was ihm von seinem früheren Leben geblieben war.

Es war einfach gewesen, Flores zu dem Ausflug nach Dabrân zu überreden, denn auch sie wollte den Ort wiedersehen, an dem sie aufgewachsen waren. Doch jetzt, als sie hier waren, schien es ihr zu genügen, dass Burg und Dorf noch immer unverändert an ihrem Platz standen, während Şten es nicht erwarten konnte, ein Schwert in die Hand zu nehmen und gegen die Unterdrückung und die Ungerechtigkeit in Dabrân zu Felde zu ziehen.

Und jetzt habe ich das Schwert, das ich mir damals gewünscht habe, und ziehe mit Trollen durch die Lande. Vielleicht hatte Flores ja doch Recht, denn all das Töten macht mich nicht zufriedener. Und vom Frieden sind wir noch weit entfernt, dachte Şten mit einem grimmigen Blick auf den breiten Rücken von Pard.

Der Rest der Nacht verlief ohne Zwischenfälle, und für den nächsten Tag fanden sie eine alte, vom Wald überwucherte Scheune, die den Trollen genug Schutz vor dem Licht der Sonne bot. Noch immer rang Şten mit seinem eigenen Gewissen. Doch inzwischen hatte er sich damit abgefunden, dass er einen Weg finden musste, um die Trolle im Ernstfall zu kontrollieren.

Die großen Wesen ahnten mit der Ausnahme von Druan nichts von Ştens Gewissenskonflikten und achteten nicht weiter auf den schweigsamen Menschen. Obwohl Şten sie absichtlich wieder tiefer in den Wald geführt hatte, näherten sie sich doch unaufhörlich den am dichtesten besiedelten Gebieten des Landes, der Gegend um Teremi und Zorpads Machtzentrum. Hier wurden die alten Bräuche und Traditionen kaum noch gepflegt, und die Menschen nahmen sich aus dem Wald, was sie wollten. Immer wieder durchquerte die Gruppe Gebiete, in denen Holzfäller etliche der uralten Bäume abgeholzt hatten. Immer noch bewegten sie sich parallel zur Reiba und zu der Straße, die am Ufer des Flusses von Orvol nach Teremi führte. Auch wenn die Straße nur wenig befahren und begangen war, so hielt Şten die Trolle doch abseits, vor allem, da sie früher oder später damit rechnen mussten, dass die Neuigkeiten des Kampfes von Orvol die Masriden erreichten. Spätestens dann würde es verstärkte Patrouillen geben, womöglich gar Suchtrupps mit Hunden. Der Wlachake hatte nicht vor, dann noch in der Gegend zu sein, auch wenn Şten nicht glaubte, dass ein solcher Suchtrupp eine echte Bedrohung für die Trolle darstellen könnte.

Erst als Zdam, der als Vorhut ein wenig vorgelaufen war, aufgeregt zurückkehrte, wurde Şten aus seinen Gedanken gerissen.

»Zwerge!«, verkündete der Troll atemlos, als er seine Begleiter erreicht hatte und sich keuchend an einen Baum lehnte, der unter seinem Gewicht gefährlich ächzte.

»Wo?«

»Wie viele?«

Sofort bestürmten die anderen Trolle ihn mit Fragen, doch erst Pards lautes »Ruhe!« erlaubte es Zdam, von seiner Entdeckung zu berichten.

»Ich bin nach Süden gelaufen, und plötzlich habe ich sie gerochen. Bin dann ganz vorsichtig geschlichen und habe sie gesehen. Auf der Straße, mit einem Wagen.«

»Sie fahren nachts?«, wunderte sich Şten, aber dann wurde ihm klar, dass Zwerge vermutlich in der Dunkelheit weniger Schwierigkeiten als Menschen hatten, da sie immerhin unter Tage lebten. Und dass sie wohl darauf aus waren, möglichst schnell wieder in die Sicherheit ihrer unterirdischen Städte und Festungen zurückzukehren.

»Vielleicht suchen sie uns. Vielleicht haben sie von den Menschen gehört, dass Trolle hier sind!«, meinte Pard.

»Woher kamen sie?«, fragte Druan ruhig.

»Aus dem Süden«, antwortete Zdam.

»Teremi«, stellte Şten fest. »Manchmal handeln die Zwerge dort. Vermutlich haben sie Waren für ihre Bingen dabei.«

Grinsend sah Pard in die Runde: »Händler? Wie viele?«

»Ich weiß nicht genau, keine zwei Hände«, erwiderte Zdam, der inzwischen wieder ein wenig zu Atem gekommen war.

»Die holen wir uns!«, befahl Pard, und die anderen Trolle fielen in sein Lachen ein und rieben sich wie er die Hände. Besorgt sah Şten zu Zdam: »Waren Menschen dabei?«

»Keine gesehen.«

»Ich will es mir vorher anschauen. Kommst du mit?«, stellte Şten fest und sah Druan fragend an, der stumm nickte.

»Aber macht keinen Mist«, rief ihnen Pard nach. »Nicht, dass die kleinen Biester was merken!«

»Ja, ja!«, antwortete Druan, doch Pard ließ nicht locker: »Wir kommen hinterher! Falls ihr wieder Hilfe braucht!«

Diese Aussage gefiel Şten nicht, aber er wusste, dass er Pard kaum davon abhalten konnte. Als der Mensch und der Troll ein Stück von den anderen entfernt waren, fragte Şten Druan: »Hältst du das für eine gute Idee?«

»Die Zwerge zu erwischen? Ja, natürlich.«

»Es könnte Aufmerksamkeit erregen«, erwiderte der Wlachake.

»Ach so. Stimmt. Aber ich denke nicht, dass wir das ändern können«, meinte der Troll lakonisch.

»Was, dass es Aufmerksamkeit erregt?«

»Nein. Dass Pard und die anderen die Zwerge überfallen wollen.«

»Ja«, stimmte Şten dem Troll nachdenklich zu. »Trotzdem sollten wir vorsichtig sein. Und später die Spuren verwischen.«

»Wirst du uns helfen? Mit uns kämpfen?«, fragte Druan besorgt.

»Wir schauen erst einmal«, vertröstete Şten den Troll. Eigentlich hatte er keinen Zwist mit den Zwergen, doch glaubte er, dass sie von den Masriden Hilfe beim Kampf gegen die Trolle erhielten. Und dafür sicherlich eine Gegenleistung erbrachten. Andererseits fühlte er sich unwohl bei dem Gedanken, die Zwerge anzugreifen, ohne wirklich einen Beweis in der Hand zu halten. Zunächst würde er sich diesen Wagenzug einmal anschauen und dann entscheiden, was zu tun war. Vermutlich konnte er Druan überreden, irgendeinen

Grund zu erfinden, warum die Trolle die Zwerge ziehen lassen sollten. Es würde dem Troll und vor allem dessen Gefährten nicht schmecken, aber nach den Problemen in Orvol würde Druan hoffentlich ein Einsehen haben.

Bei der Straße wurde der Wald lichter, weshalb sie sich nur vorsichtig annäherten. Noch immer staunte Şten, wie leise die Trolle sich bewegen konnten, wenn sie mussten. Auch er selbst hatte genug Erfahrung darin, sich im Dunkeln anzuschleichen; oft genug hatte er sich so seinen Feinden genähert. Tatsächlich hob Druan schon bald den Kopf und schnüffelte, woraufhin er nickte und in Richtung Süden wies.

»Ich rieche sie. Vermutlich ziehen sie gleich hier vorbei, wenn es stimmt, dass sie von Süden kommen.«

»Was, bei den Dunkelgeistern, wollen sie in Orvol?«, wunderte sich Şten leise.

»Es gibt weiter im Norden Eingänge in den Berg«, erklärte Druan. »Vielleicht ziehen sie dorthin, vorbei an dem Dorf.«

»Möglich«, stimmte der Wlachake dem Troll zu und sah sich nach einem geeigneten Versteck um.

»Wie gut sehen Zwerge im Dunkeln? Können sie riechen, so wie ihr?«, fragte er.

»Nein, aber ihre Augen sind besser als unsere. Trotzdem brauchen sie Licht, ganz im Dunkeln sehen sie auch nichts«, erläuterte Druan.

»Gut. Dann schlage ich mich dort drüben ins Unterholz. Du wirst schon was finden, wo du dich verstecken kannst«, sagte Şten. Der Troll nickte und ging in gebeugter Haltung in ein dichtes Gebüsch.

Es dauerte, bis Şten einen Platz gefunden hatte, der ihn vor dem Weg verbarg, ihm dabei aber einen recht guten Blick auf denselben erlaubte. Seufzend machte er es sich auf dem weichen Waldboden bequem und wartete ab, bis er in der Dunkelheit das Rumpeln eines Karrens vernahm. Tatsächlich erschien nach kurzer Zeit ein kleines Licht zwischen den Bäumen, das sich bald als eine Laterne entpuppte, die an einem niedrigen Fuhrwerk befestigt war. Auf dem Kutschbock saßen zwei Zwerge, die sich in ihre Umhänge gehüllt hatten. Vorneweg schritten vier bewaffnete Zwerge, deren Rüstungen leise klirrten. Die kleine Prozession zog an ihm vorbei, doch er konnte wenig mehr erkennen, als dass der Wagen bis auf einige Bündel leer zu sein schien.

Tatsächlich marschierten noch einmal vier oder fünf dunkle Gestalten hinter dem Karren, aber da das Licht der Laterne nicht bis hierhin reichte, erkannte Şten lediglich anhand der Umrisse, dass auch sie vom Kleinen Volk waren. Gerade als er sich abwenden wollte, um wieder tiefer in den Wald zu kriechen, holperte der Wagen, und er sah eine Bewegung, die ihn innehalten ließ. So sehr der Wlachake seine Augen auch anstrengte, er konnte nicht mehr erkennen.

Dann jedoch zerriss ein jäher Schrei die Stille der Nacht. Der Wlachake drückte sich tiefer unter die Sträucher. Kehlige Rufe, offenbar in der Sprache des Kleinen Volkes, erklangen; einer der Kutscher zog die Laterne aus ihrer Verankerung und hielt sie hoch. Der Karren hielt an, und die Zwerge rannten nach hinten, wo einer der ihren auf dem Boden lag. Zwei knieten nieder und begannen wie wild an irgendwelchen Vorrichtungen zu kurbeln, die sie bei sich trugen.

Erst im flackernden Schein der Laterne erkannte Şten eine kleine, dunkle Gestalt die Straße entlang in seine Richtung rennen, verfolgt von drei Zwergen, die mit erhobenen Waffen hinterherstürmten. Verdutzt versuchte Şten zu erkennen, wer oder was diese Gestalt war, doch bevor diese an ihn herangekommen war, erschallte ein weiterer Ruf auf Zwergisch, und die Verfolger schufen eine Gasse. Ein metallischer Schlag ertönte, als die Zwerge bei der Kutsche die Armbrüste abfeuerten, die sie zuvor gespannt hatten, und die Gestalt stürzte mit einem Schrei zu Boden. Geschickt wie eine Katze rollte sie sich ab und rappelte sich hoch. Aber offenbar hatte mindestens ein Bolzen sie getroffen, denn sie hinkte, und der Vorsprung vor ihren Häschern schwand bedrohlich schnell.

Noch war Şten von der Szene vor ihm zu überrumpelt, um zu wissen, was er tun sollte, denn wenn es ein Kampf unter

Zwergen war, dann ging ihn die ganze Sache nichts an. Dann aber humpelte die Gestalt in sein Sichtfeld, und er erkannte einen Mann, der mit schmerzverzerrtem Gesicht zu entkommen versuchte. Ohne groß nachzudenken, zog Şten seine Klinge, sprang auf den Weg und eilte dem Menschen entgegen. Dieser zuckte beim Anblick des bewaffneten Wlachaken zurück, hob dann jedoch seine Hände und rief: »Hilfe! Hilfe!«

»Hinter mich!«, befahl Şten kurz und trat den Zwergen entgegen, die angesichts seines plötzlichen Auftauchens langsamer geworden waren. Mit einer Hand an der Klinge und einer am Knauf hob Şten sein Schwert über den Kopf, um anzudeuten, dass er nicht kämpfen wollte, was die Zwerge jedoch nicht aufhielt.

»Kein Kampf!«, rief Şten ihnen entgegen, riss dann aber fluchend die Waffe hinunter und parierte einen Hieb, der ihm ansonsten den Leib von der Lende bis zur Brust gespalten hätte. Offensichtlich hatten die Krieger des Kleinen Volkes nicht vor zu reden, denn sie stürmten auf Şten ein, und ihre Schläge prasselten auf ihn nieder, sodass er sich nur mit Mühe verteidigen konnte. Mit weiten, schwingenden Hieben hielt sich der Krieger die Zwerge vom Leib, während er sie anbrüllte: »Dreimal verflucht! Hört mich an!«

Aber die Zwerge scherten sich nicht darum, oder sie schienen seinen Worten keine Bedeutung beizumessen, sondern trieben ihn weiter und weiter zurück, bis schließlich eine Axt ihr Ziel fand und Şten einen schmerzhaften Schnitt am Oberarm bescherte.

Mit einem Stöhnen drehte sich der Wlachake unter dem nächsten Hieb weg und trat dem Zwergenkrieger mit voller Kraft ins Gesicht, sodass der Gerüstete nach hinten taumelte, was Şten einen Augenblick der Ruhe gab.

Gerade als Şten erneut versuchen wollte, den Zwergen klarzumachen, dass er nicht ihr Feind war, deutete einer der bärtigen Krieger in den Wald und schrie mit voller Kraft. Auch Şten entdeckte die Gestalt eines Trolls, der sich den Zwergen von der Seite näherte.

Sofort kam wieder Bewegung in das Kleine Volk, der Ruf wurde von anderen Kehlen aufgenommen und hallte durch die Nacht, und die drei Zwerge, welche den Menschen verfolgt hatten, rannten hastig zurück zu ihrem Karren.

»Meine Güte, was ist das?«, fragte eine leise Stimme direkt neben Ştens Ohr, was ihn zusammenzucken und mit erhobener Klinge herumfahren ließ. Neben ihm stand der kleine Mann, der vor den Zwergen geflohen war, und spähte neugierig in den Wald, während er ein Stück Stoff oberhalb eines in seinem Oberschenkel steckenden Bolzens wickelte.

»Verflucht!«, entfuhr es dem Wlachaken. »Ich hätte Euch töten können!«

»Verzeihung«, antwortete der Mann und hob entschuldigend die Hände, »ich wollte Euch nicht erschrecken.«

»Schon gut, schon gut. Wir müssen hier weg. Und das da«, sagte Şten mit einem Kopfnicken in Druans Richtung, der zwanzig Schritt entfernt im Wald wartete, »ist ein Troll. Bleibt bei mir, dann wird er Euch nichts tun.«

Bevor Şten jedoch zu dem Troll laufen konnte, ertönte im Wald ein tiefes, unmenschliches Brüllen, das die Zwerge mit lauten Kampfrufen beantworteten.

»Und was ist das?«, erkundigte sich der Mann höflich, während Şten sich mit der Hand über die Augen fuhr.

»Das ist Pard«, antwortete der Wlachake resigniert. Ohne auf den Fremden zu warten, schlug sich Şten wieder in das Unterholz und rannte zu Druan, der ihn mit einem entschuldigenden Achselzucken begrüßte.

»Sie haben mich gesehen.«

»Ja, ja. Wo sind die anderen?«, erkundigte sich Şten.

»Pard ist hier, die anderen sind auf der gegenüberliegenden Seite. Ich kann sie riechen«, erklärte Druan. Wie zur Bestätigung brüllte Pard wieder, und jenseits des Weges fielen die restlichen Trolle in den Schrei ein. Wieder grölten und schrien die Zwerge, und diesmal schlugen sie dazu noch mit ihren Waffen auf ihre Schilde, was einen infernalischen Lärm erzeugte.

»Komm mit!«, befahl Druan und führte Şten und den Mann, der ihnen folgte, zurück zum Weg.

Vielleicht fünfzig Schritt vor ihnen hatten die Zwerge sich um den Wagen versammelt und bildeten ein grobes Rechteck. Im schwachen Licht der auf dem Boden abgestellten Laterne sah Şten ihre Rüstungen und Waffen blinken. Offenbar trugen sie alle Schilde und Waffen, hauptsächlich Äxte und Hämmer. Falls sie vor den Trollen Angst hatten, zeigten sie diese nicht, im Gegenteil, sie ließen einen lang gezogenen Kriegsschrei ertönen, den die Trolle mit Gebrüll quittierten, in das diesmal auch Druan mit einfiel. Durch den Schrei auf den Troll aufmerksam geworden, der auf dem Pfad stand, duckten sich plötzlich zwei Zwergenkrieger, und hinter ihnen, in der Mitte ihrer improvisierten Formation, erklang das Geräusch von Armbrüsten, die gespannt wurden. Ohne zu zögern ließ Şten sich fallen und sah aus dem Augenwinkel, wie auch der andere Mensch zu Boden ging. Ob er getroffen worden war oder ebenfalls Schutz suchte, konnte er nicht sagen.

Über ihm brüllte jedoch Druan auf, und die Zwerge johlten verächtlich. Grimmig fluchend kam der Wlachake wieder auf die Beine und sah zu dem Troll hinüber, in dessen breiter Brust ein dunkel gefiederter Bolzen steckte. Ohne sich um diesen zu kümmern, fiel Druan in einen langsamen Trott und wurde schneller, bis er mit voller Geschwindigkeit auf die Zwerge zurannte. Mit gezogener Waffe folgte Şten dem Troll und sah zu seiner Rechten Pard aus dem Wald brechen und ebenfalls auf die Zwergenkrieger zustürmen. Wieder duckten sich zwei von ihnen, wieder erklangen die Armbrüste. Diesmal schlugen die Bolzen mit einem satten Geräusch in Pards Oberkörper ein, was die Zwerge wieder triumphierend jubeln ließ. Doch der massige Troll packte im Laufen einfach die Schäfte, riss sich die Geschosse aus der Brust und warf sie verächtlich beiseite.

Falls die Trolle die Zwerge in die Zange nehmen wollten, funktionierte ihr Plan nicht, denn Druan und Pard erreichten ihre Feinde, bevor die anderen drei auch nur zu sehen waren.

Mit urtümlicher Wucht prallten die beiden Trolle auf die Krieger vom Kleinen Volk, die mit gesenkten Schilden und erhobenen Waffen auf sie warteten.

Ein Hieb von Pards Pranken wirbelte einen Zwerg durch die Luft. Im selben Augenblick stolperte Druan nach vorn und begrub einen weiteren Zwerg unter sich, während Axtblätter sich in seine Flanke gruben und ein schwerer Hammer auf Pards Oberschenkel prallte.

Verzweifelt wurde Şten langsamer und sah dem Gemetzel zu, das sich vor seinen Augen abspielte. Die Zwerge hatten ihm nichts getan, weshalb er zögerte, in den Kampf einzugreifen, doch als er noch knapp ein Dutzend Schritt entfernt war, sah er, wie Druan sich – offensichtlich von seinem Sturz benommen – auf den Rücken wälzte und den Kopf schüttelte. Bevor der angeschlagene Troll reagieren konnte, hatte ein Zwerg sein Axtblatt tief in dessen Flanke getrieben und sprang auf die Brust des Trolls, der vor Schmerzen aufschrie.

Entsetzt sah Şten, dass Pard seinem Freund nicht helfen konnte, denn der gewaltige Troll war in einen tödlichen Kampf mit vier weiteren Zwergen verstrickt, die seiner ungezähmten Macht standhielten. Ohne weiter zu überlegen, rannte der Wlachake los und hob die Klinge. Für einen fürchterlichen Augenblick glaubte Şten, dass er zu spät kommen werde, um Druan zu retten, denn der Zwerg stand breitbeinig mit erhobener Axt über dem Kopf des verletzten Trolls.

Dann war der junge Rebell heran und schlug nach der Waffe des Zwergs, die sich gerade senkte, um Druan den Schädel zu spalten. Mit der Spitze streifte Ştens Schwert den Stiel der Axt und lenkte sie von ihrer tödlichen Bahn ab, wodurch sie sich in das weiche Erdreich neben Druans Schädel grub. Wütend fuhr der Zwerg herum und schlug nach Şten, der den Hieb parierte. Den Troll scheinbar vergessend, konzentrierte der Zwergenkrieger sich auf den Menschen und hackte mit großer Kraft auf diesen ein, sodass Şten zurückweichen musste. Um Zeit zu gewinnen, schlug er nach dem Kopf des Zwerges, dessen breiter Schild den Rest des Körpers völlig abdeckte. Sein Gegner sprang zurück und entging so dem Schlag, aber der Wlachake setzte sofort nach, um dem bärtigen Krieger keine Möglichkeit einer Gegenwehr zu bieten.

Instinktiv duckte sich Şten unter einem Hieb zur Seite weg, den er mehr gespürt als gesehen hatte. Druan rappelte sich soeben trotz der wütenden Hiebe seiner Feinde wieder auf, während Pard, der den Rest seiner Angreifer einfach ignorierte und ihre Hiebe ohne zu zucken einsteckte, mit einem fürchterlichen Schlag der bloßen Faust den Schild eines Zwerges spaltete und den Krieger mit gebrochenem Arm zu Boden schleuderte.

Während er den langsamen, aber ungemein kraftvollen Axthieben auswich und gelegentlich Stiche und Schläge in Richtung seines Gegners führte, sah Şten die Armbrustschützen angestrengt an ihren Waffen kurbeln und große, bösartig aussehende Bolzen mit stählernen Widerhaken einlegen. Plötzlich flog ein silbernes Geschoss von der Seite heran und grub sich direkt unter dem Ohrschutz des Helms in den Schädel eines der Schützen, der mit einem Grunzen zu Boden ging.

Die Tiere, die den Wagen zogen, gerieten nun in Panik und rannten wild den Weg entlang, doch niemand kümmerte sich um den Karren.

Da er gegen den stählernen Schild seines Gegners wenig ausrichten konnte, ohne sich selbst einem Treffer preiszugeben, wartete Şten einen Schlag des Zwerges ab und trat dann mit aller Kraft gegen den verzierten Schild. Noch während der Zwerg taumelnd um sein Gleichgewicht rang, warf sich Şten mit seinem gesamten Gewicht auf ihn und drückte ihn mitsamt Rüstung und Schild zu Boden. Eine schnelle Drehung des Schwertes erlaubte es dem Wlachaken, einen gezielten Stich zwischen Halsberge und Helm des Zwergenkriegers zu führen.

Ohne auf das Ergebnis seines Angriffs zu achten, sprang Şten wieder auf die Beine und sah sich um. Auch der zweite Armbrustschütze lag nun im Dreck und griff mit beiden Händen nach seinem Hals, aus dem ein dünner Dolch ragte.

Pard schien mit seinen Gegnern gut fertig zu werden, aber Druan hatte Probleme, denn er blutete aus einem guten Dutzend Wunden an Beinen und Torso und hielt den Angriffen zweier Zwerge nur mit Mühe stand. Gerade als Şten ihm zu Hilfe eilen wollte, brachen die übrigen Trolle brüllend aus dem Unterholz.

Wie eine Naturgewalt brandeten Anda, Zdam und Roch gegen die schon ausgedünnten Linien der Zwerge und fegten die ersten einfach hinweg. Verzweifelt versuchten die übrigen Zwerge ihre Reihen zu schließen und den Trollen eine Front zu präsentieren, doch Pard hatte die Ablenkung genutzt und war zwischen die Zwerge gesprungen, rechts und links mit tödlicher Wucht mit seinen Pranken nach ihnen schlagend.

Druan erwischte einen seiner Widersacher, als dieser sich von ihm zurückziehen wollte, während Şten dem zweiten Zwerg die Klinge mit einem beidhändigen Schlag mit aller Kraft auf den Helm hieb, was diesen betäubt zurücktaumeln ließ.

Druan packte den benommenen Zwerg und schleuderte ihn unzeremoniell in die Büsche, während Pard mit dem Schild eines Zwerges einen weiteren Gegner zu Boden schickte und dann mit beiden Händen die Spitze des Schildes in dessen Brust trieb. Auch die anderen Trolle hielten blutige Ernte unter ihren Feinden, schrien ihren Hass und ihren Triumph in die Nacht, während sie Gliedmaßen zerschmetterten und manchmal einfach abtrennten.

Keuchend hielt Şten inne und betrachtete das Gemetzel. Der letzte Sturmangriff der Trolle hatte die Zwerge überwältigt, wenngleich Şten zugeben musste, dass er von ihrer Standhaftigkeit beeindruckt war. Doch gegen die Trolle, die sie in die Zange genommen hatten, war die Linie der Zwergenkrieger gebrochen, und nun wüteten die riesigen Wesen unter ihnen.

Da er sich sicher war, dass sie seine Hilfe nicht mehr benötigten, wandte sich Şten ab und sah sich suchend nach dem kleinen Mann um, den er jedoch nirgends entdecken konnte. Verwundet, wie der Mann war, würde er wohl nicht weit kommen, falls er versuchen sollte, vor den Trollen zu fliehen. Beruhigt wandte sich Şten an die Trolle, die alle mehr oder weniger erschöpft auf dem kleinen Schlachtfeld standen und sich um ihre Wunden kümmerten.

»Alles in Ordnung? Habt ihr einen am Leben gelassen?«

»Was? Nein, warum?«, fragte Pard erstaunt, während er mit einem seiner krallenähnlichen Fingernägel in einer Wunde an seiner Schulter herumstocherte.

»Weil man sie befragen könnte«, erklärte der Wlachake, aber schon während des kurzen Gefechts hatte er sich gedacht, dass die Wahrscheinlichkeit, Gefangene zu machen, wohl eher gering sei. Zwerge wie auch Trolle waren viel zu erfüllt von Hass, um im Kampf Zurückhaltung zu üben.

Vorsichtig schritt der Krieger zwischen den Gefallenen umher und begab sich dann zu den Trollen, wobei er das Blut mit einem Zwergenumhang von seiner Klinge wischte, bevor er sie zurück in die Scheide gleiten ließ. Bis auf Druan und Pard sahen die Trolle mehr oder minder unverletzt aus. Der riesige Troll hatte mehrere Wunden davongetragen, wirkte aber kaum beeinträchtigt, während Druan sehr mitgenommen aussah, wie er auf dem Boden kniete und sich von Anda versorgen ließ. Vor allem sein linkes Bein wies zwei tiefe, üble Schnitte auf, deren ausgefranste Ränder die Schmerzen erahnen ließen, welche der Troll haben musste. Zudem hatte er einige Wunden am Körper, aus denen dunkles Blut auf den Weg lief.

Anmerken ließ er sich aber dennoch nichts, als Şten an ihn herantrat und sagte: »Wir sollten die Spuren zumindest halbwegs beseitigen. Irgendwann werden hier die Reiter vorbeikommen, die man wegen der Vorkommnisse in Orvol ausgesandt hat.«

Mit zusammengebissenen Zähnen nickte Druan und befahl Zdam und Roch, sich um den Wagen zu kümmern, der in der Dunkelheit verschwunden war.

»Şten …«, begann Druan, schwieg dann aber. Der junge Wlachake sah ihn fragend an.

»Danke«, knurrte der Troll dann.

»Ich hätte mich da lieber rausgehalten, wenn ich ehrlich bin«, erwiderte der Wlachake.

»Ich weiß«, stellte Druan fest und stöhnte dann auf, als Anda seinen Oberschenkel packte und die Wunden inspizierte.

Kopfschüttelnd wandte Şten sich ab und betrachtete Pard, der sich methodisch jedem gefallenen Zwerg näherte und mit einem Ruck am Schädel sicherging, dass sie alle wirklich tot waren.

Şten kannte das grausame Gesicht des Krieges, aber dennoch unterschied es sich von dem, was er hier sah. Die Vorgehensweise der Trolle und wohl auch der Zwerge, wenn er Druans Geschichten glauben durfte, erinnerte ihn an ältere, düstere Geschichten und Legenden über den Anbeginn der Zeit.

Plötzlich räusperte sich hinter ihm jemand, und Şten wirbelte herum.

»Verzeihung, ich fürchte, ich bin verwundet«, sagte der kleine Mann entschuldigend. Mit zusammengekniffenen Augen hob Şten die umgestürzte Laterne vom Boden auf und besah sich sein Gegenüber. Der Mann war gut einen oder gar anderthalb Köpfe kleiner als er und von sehr schlankem Wuchs. Sein lockiges rotes Haar war kurz geschnitten und wurde von einer einfachen Lederhaube zurückgehalten. Die Züge des Mannes waren scharf geschnitten, hohe Wangenknochen und ein spitzes Kinn gaben ihm das Aussehen eines Fuchses, das jedoch von seinem breiten, entschuldigenden Grinsen gemildert wurde. Seine Kleidung war schlicht, dunkle Wollhosen mit einem ähnlichen, einfach geschnittenen Hemd. Dazu trug er eine grobe Ledertasche auf dem Rücken. Nur die weichen Lederstiefel, denen man auf den ersten Blick die gute Qualität ansah, stachen aus diesem Bild hervor.

»Zeigt mir Eure Wunde, Herr ...«, sagte Şten höflich.

»Sargan, einfach nur Sargan. Mit wem habe ich das Vergnügen?«, erwiderte der Mann mit einer kleinen Verbeugung.

»Şten. Ihr seid nicht von hier, nicht wahr?«, stellte der Wlachake fest.

»Nein, Herr Şten, ich kam über die Berge hierher, aus einem Land fern im Osten.«

Die Stirn runzelnd, beäugte Şten den Bolzen, der immer noch im Schenkel des Mannes steckte, und fasste ihn vorsichtig an, was Sargan ein Stöhnen entlockte.

»Setzt Euch. Die Spitze hat eventuell Haken, dann kann es sein, dass wir den Bolzen durchtreiben müssen.«

»Durchtreiben? Ihr meint, durch mein Bein?«, fragte Sargan entsetzt.

»Ja. Leider kann ich den Schaft nicht herausschneiden, mir fehlt das Werkzeug. Und ein Heiler«, erwiderte Şten sarkastisch.

»Nun gut, wenn es denn sein muss«, sagte der Rothaarige tapfer und griff mit beiden Händen an sein Bein, um es festzuhalten. Als er die Wunde genauer untersuchte, stellte Şten fest, dass der Bolzen lockerer saß, als er zunächst befürchtet hatte, und so riss er ihn einfach mit einer schnellen Bewegung heraus und presste ein Stück Stoff auf die Wunde, die sofort heftig zu bluten begann.

»Ich bin kein Heiler, aber ich hoffe, dass wir die Blutung aufhalten können. Ich habe schon Männer innerhalb kürzester Zeit an solchen Beinwunden sterben sehen. Sie verbluten einfach so«, erklärte Şten mit einem Fingerschnippen, das dem Verwundeten die Farbe aus dem Gesicht trieb.

»Äh, und nun?«, fragte Sargan leise.

»Wir warten und beten«, erklärte Şten, während er sich nach Druan umsah, der sich inzwischen auf den Pfad gesetzt hatte und sich ausruhte, während Anda und Pard die blutigen Überreste des Gefechtes im Wald verschwinden ließen.

»Wer ist dein neuer Freund, Şten?«, fragte Druan erschöpft.

»Sargan aus dem Osten. Und er ist nicht mein Freund«, erwiderte Şten trocken. Als Pard das hörte, ließ er die Leiche des Zwerges, die er gerade trug, fallen und kam bedrohlich näher: »Soll der Mensch auch in den Wald?«

»Warte«, sagte Şten eilig, und Druan nickte Pard zu, der mit einem Fluch wieder an die blutige Aufräumarbeit ging. Daraufhin warf Druan Şten einen bedeutungsvollen Blick zu, und der Wlachake wandte sich wieder an Sargan: »Wart Ihr auf dem Wagen? Ein Gefangener? Ich konnte nicht genau erkennen, was dort geschah.«

»Äh, ja, so etwas in der Art. Ich schreibe ein Buch, einen Reisebericht. Ich wollte etwas über die Zwerge schreiben, doch meine Fragen störten sie, und irgendwann haben sie mich einfach niedergeschlagen und mitgeschleppt. Einer sagte, ich wüsste zu viel über sie«, erzählte der Mann.

Mit dem Finger deutete Şten auf einen der gefallenen zwergischen Armbrustschützen: »Ist das Euer Dolch?«

»Ja, ja. Es ist ein Sport bei uns zu Hause. Ich hätte niemals gedacht, dass ich mal einen Dolch auf ein lebendes Wesen schleudern würde.«

»Ihr seid verdammt gut in Eurem Sport«, sagte Şten zweifelnd, denn die Würfe waren tatsächlich in beiden Fällen tödlich gewesen. Es war kaum zu erwarten, dass jemand, der dies vorher noch nie getan hatte, in einem Kampf unter solch widrigen Umständen so ruhig und sicher warf.

»Schon zwei Turniere gewonnen!«, erwiderte Sargan stolz und sah dann auf den blutigen Fetzen, den er immer noch auf sein Bein presste: »Ich lebe noch, demnach ist kein größeres Gefäß verletzt?«

»Wie?«, fragte Şten.

»Meine Wunde ist nicht tödlich?«

»Oh, nein, wohl nicht, dafür hätte der Bolzen auch weiter in der Mitte sitzen müssen. Hier, lasst mich einen Verband anlegen.«

Geduldig ließ Sargan die Prozedur über sich ergehen, während Şten eine feste Bandage aus Stoff um das Bein wickelte. Mehr als einmal hatte der junge Krieger bei sich oder anderen Wunden versorgen müssen und dabei einige Erfahrung gewonnen. Auch wenn er kein Heiler war, so kannte er doch den menschlichen Körper und vor allem dessen Verletzlichkeit.

Der Bolzen hatte sich tief in das Fleisch gegraben, aber keine schlimmen Verletzungen angerichtet. Vermutlich würde die Wunde sauber ausheilen, wenn man sie später noch einmal richtig versorgte und vor allem reinigte, was er hier nicht tun konnte. Schmerzhaft war sie auf jeden Fall, aber nicht weiter gefährlich.

Şten machte sich da schon mehr Sorgen um Druan, den es wirklich übel erwischt hatte, aber die anderen Trolle schienen nicht beunruhigt zu sein.

»Wie kommt ein Mensch dazu, mit Trollen zu kämpfen? Ich dachte, die wären alle verschwunden?«, fragte Sargan unvermittelt.

»Sie haben mich gerettet«, erwiderte Şten knapp.

»In den Büchern steht, dass es keine Trolle mehr gibt«, fuhr Sargan fort, was Druan in Gelächter ausbrechen ließ.

»Doch, doch, es gibt uns noch, Mensch!«

Mit einem Blick auf den massigen Troll lehnte sich Sargan nach vorne und flüsterte: »Aber sind sie nicht gefährlich?«

»Doch.«

»Fressen sie Menschen?«

»Vermutlich«, antwortete Şten.

»Wieso helft Ihr ihnen dann, Şten?«

»Sie helfen mir auch«, antwortete Şten kurz angebunden, was Sargan die Stirn runzeln ließ.

»Helfen Euch? Wie?«

»Indem wir neugierige Leute davon abhalten, ihm dumme Fragen zu stellen«, warf Druan ein.

»Schon gut, schon gut«, sagte der Rothaarige und hob beschwichtigend die Hände.

»Seid ihr Feinde der Zwerge?«, fuhr er an Druan gewandt fort.

»Ja, Todfeinde!«

»Das ist eine unglaubliche, kostbare Gelegenheit! Ich muss mehr über euch erfahren!«

»Ihr werdet Euer Ränzlein schnüren und dorthin zurückgehen, wo Ihr herkommt«, sagte Şten grimmig, doch Sargan schüttelte hastig den Kopf.

»Nein, nein! Alle großen Dichter schreiben, dass es keine Trolle mehr gibt. Niemand hat jemals mehr über sie erfahren. Mein Name könnte unsterblich werden!«

»Falls man Eure abgenagten Knochen jemals findet, meint Ihr?«, fragte Şten süffisant, doch der Fremde war Feuer und Flamme und nicht von seiner Idee abzubringen.

»Ich begleite euch Trolle, lasse mir von eurer Kultur und eurem Volk erzählen und schreibe alles auf.«

Verzweifelt warf Druan einen Blick auf Şten, der mit den Schultern zuckte. Mühsam erhob sich der Troll und kam auf den Rothaarigen zu, baute sich über ihm auf und brüllte: »Wir brauchen keinen Begleiter! Trolle wandern allein! Verschwinde!«

Hastig kramte Sargan in seiner Tasche herum, bis er ein dünnes Buch und einen Federkiel fand, die er triumphierend zückte. Schnell begann er zu schreiben, wobei er vor sich hin murmelte: »Trolle ... wandern ... allein. Das ist gut, sehr gut.«

Wieder warf Druan einen gequälten Blick zu Şten, der schließlich eingriff: »Wir müssen sowieso bald *übertagen*, Druan. Bis hier alles soweit fertig ist, bleibt nicht mehr viel Zeit. Allzu weit weg kommen wir nicht, und wir können nicht riskieren, dass jemand Sargan findet und sein Wissen über euch aus ihm herausholt.«

Nachdenklich nickte Druan und ballte die Fäuste: »Wir können aber auch Pards Vorschlag annehmen.«

»Nein! Keine weiteren Toten! Denk an dein Versprechen«, ermahnte der Wlachake den Troll, der widerwillig nickte und sich dann nach den anderen umsah: »Ich gehe und erkläre es Pard. Es wird ihm nicht gefallen.«

Sargan, der mit neugieriger Miene den Wortwechsel verfolgt hatte, fragte: »Ich komme also mit?«

Stumm nickte Şten, was Sargan ein breites Grinsen entlockte.

Er hat keine Ahnung, worauf er sich da einlassen will, dachte der Wlachake, halb grimmig und halb amüsiert über die Freude des Rothaarigen.

23

Viçinia erwachte in den frühen Morgenstunden, während fahles Licht in ihre Kammer fiel.
Es dauerte einige Augenblicke, in denen sie müde blinzelte, doch dann fielen ihr die Ereignisse des gestrigen Tages wieder ein – und der gestrigen Nacht. Rasch schlug sie die Decke zurück und zupfte einige Blätter von ihrem Nachthemd, die sich bei ihrer Kletterpartie darin verfangen hatten. Dann stand sie auf, um sich möglichst lautlos die Füße in der Waschschüssel zu säubern, damit die noch schlafende Mirela keinen Verdacht schöpfte. Das Wasser im Krug schien ihr so kalt zu sein wie ein Gebirgsbach, und es vertrieb die Müdigkeit aus ihren Gliedern. Sobald sie angekleidet war, stellte sie sich darauf ein zu warten.

Am Tag gab es für Viçinia nicht viel zu tun. In den vergangenen Monden hatte sie sich in die Routine gefügt, doch heute war Viçinia bei allem, was sie tat, nervös und unkonzentriert. Wenn sie tatsächlich etwas erreichen wollte, dann musste es bald geschehen, bevor Zorpad die nächsten Schritte unternahm. Wenigstens hatte der Masride bislang nicht die Wachen verstärkt, die auf Viçinia aufpassten. Dennoch würde ein längerer Ausflug aus der Geiselhaft sehr schwirig werden, vor allem, wenn sie tatsächlich unbemerkt zurück in die Burg gelangen wollte. Aber die Wlachakin war sich sicher, dass die anderen Geiseln für ihre Flucht würden bezahlen müssen; also blieb ihr keine Wahl, als zurückzukehren.

Am Nachmittag ging sie wieder zu den Zinnen, genoss den Wind und spähte verstohlen die Soldaten und Wachen aus. Schon in den ersten Tagen ihrer Gefangenschaft hatte sie damit begonnen, Fluchtpläne zu schmieden, aber das größte Problem war, dass es unmöglich schien, alle Wlachaken zu befreien, die sich als Unterpfand in Zorpads Gewalt begeben hatten. Einer Person, vielleicht auch einer kleinen Gruppe mochte die Flucht gelingen, aber niemals allen. Und solange der Frieden anhielt, lag wenig Sinn darin, aus der Gefangenschaft zu entkommen und damit die ohnehin brüchige Waffenruhe zu gefährden. Dennoch gab es Mittel und Wege, die Feste Remis unbemerkt zu verlassen.

Während sie noch darüber nachdachte, näherte sich ihr Sciloi, aber diesmal bemerkte Viçinia die Szarkin, bevor sie sie ansprach.

»Seid gegrüßt, Herrin.«

»Seid gegrüßt, Nemes Sciloi. Was verschafft mir heute die Ehre Eures Besuchs?«

»Lediglich ein kleiner Spaziergang, um mir die Beine zu vertreten«, antwortete Sciloi höflich.

»Dasselbe trieb mich auf die Zinnen«, gab Viçinia zu.

»Nun, es war gestern sicherlich ein anstrengender und aufregender Tag für Euch, nicht wahr?«

»Sicherlich. Wie wohl für die meisten Zuschauer des Gerichtes«, erwiderte die Wlachakin kühl.

»Oh, ja, das auch. Aber ich dachte eher an Eure Audienz bei Marczeg Zorpad. Und an die Neuigkeiten, die er verkündet hat.«

Misstrauisch runzelte Viçinia die Stirn: »Was genau meint Ihr?«

»Standet Ihr Şten cal Dabrân sehr nahe?«, erkundigte sich die Szarkin in unschuldigem Tonfall, aber Viçinia ließ sich nicht ködern.

»Wir kannten uns, ja. Er lebte in Désa, bevor er zum Geächteten wurde.«

Ohne darauf zu antworten, stellte sich Sciloi neben Viçinia an die Brüstung und schaute in die Ferne. Dann sagte sie unvermittelt: »Es ist schmerzhaft, einen Menschen zu verlieren, der einem viel bedeutet hat.« Viçinia lag schon eine scharfe Antwort auf den Lippen, doch die Szarkin ließ sie nicht zu Wort kommen. Ohne die jüngere Frau anzusehen, fuhr sie fort: »Ich habe Euch beobachtet, Viçinia. Ich habe Euer Gesicht gesehen, als unser Herr von Şten Gefangennahme, Verurteilung und seinem Tod sprach. Es hat Euch tief getroffen.«

Doch die Wlachakin hatte schon vor langer Zeit gelernt, ihre Gefühle zu verbergen, und so sagte sie kühl: »Ich bin zusammen mit Şten cal Dabrân aufgewachsen. Natürlich schmerzt der Tod eines Freundes aus Kindheitstagen. Hat dieses Gespräch einen Sinn oder Zweck?«

Diesmal blickte Sciloi ihr bedeutungsvoll in die Augen. »Verzeiht, Herrin, ich wollte Euch nicht an Euren Verlust erinnern. Ich wollte nur Euer Leid ein wenig mildern. Viele von uns haben Freunde oder Verwandte verloren.«

Verwirrt fragte sich Viçinia, welches Spiel die Szarkin gerade mit ihr spielte. Sicherlich war Zorpad kein angenehmer Herr, denn der Masride bewies auch gegenüber seinen ihm treu ergebenen Kriegern kaum Freundlichkeit.

Doch Viçinia stand nicht der Sinn danach, sich auf ein Wortgeplänkel einzulassen oder gar die tieferen Absichten der Szarkin zu ergründen; deshalb entschuldigte sie sich und suchte ihre Gemächer auf, wo sie Mirela unter dem Vorwand verscheuchte, dass ihre Kleider dringend einer Wäsche bedurften. Sie benötigte Zeit für einige Vorbereitungen, um ihren Plan in die Tat umzusetzen, und die neugierigen Augen der Dienerin waren ihr dabei nur hinderlich.

Den Rest des Tages hielt Viçinia Mirela mit anstrengenden Aufgaben beschäftigt, damit die junge Frau am Abend möglichst erschöpft war. Als die Wlachakin das Licht gelöscht hatte und in der Dunkelheit im Bett lag, lauschte sie wieder auf den Atem ihrer Dienerin, bis sie sicher war, dass diese schlief. Erst dann erhob sie sich leise und nahm das Bündel auf, das sie früher am Tag unter ihr Bett geschoben hatte. Mit einigen Griffen schob Viçinia zwei ihrer Kissen unter die Decke, um so den Eindruck einer schlafenden Person zu erwecken. Natürlich würde dies keiner genauen Untersuchung standhalten, doch im Dunkeln würde Mirela hoffentlich glauben, dass Viçinia ruhig schlafend in ihrem Bett lag.

Mit dem Ergebnis zufrieden, öffnete Viçinia das Fenster, schob den mit Pergament bespannten Holzrahmen in ihren Bettkasten und lies ihr Bündel in den Hof fallen. Nachdem sie diesen Weg schon einmal genommen hatte, fiel ihr der Sprung in die Äste des Baumes sehr viel leichter. Geschickt kletterte sie hinab, suchte sich Deckung und öffnete das Bündel. Sodann stieg sie in die einfachen Gewänder, die sie aus Mirelas Truhe gestohlen hatte. Ein unauffälliges braunes Kleid und eine ebensolche Haube stellten ihre Verkleidung dar, als sie sich vorsichtig aus dem Innenhof bewegte. Um diese späte Stunde war es in der Feste ruhig, also schlich die Wlachakin schnell zu den Ställen, um ihre Verkleidung zu vervollständigen.

Mit den beiden schweren, mit Wasser gefüllten Eimern in den Händen schritt Viçinia mit klopfendem Herzen quer über den großen Hof. Im Licht des noch immer brennenden Feuers war sie sicherlich gut zu sehen, doch sie hoffte, dass der Anschein einer Magd, die noch einmal zum Brunnen geschickt worden war, den flüchtigen Blicken der Wachen standhalten würde. Ein junger Mann auf den Mauern winkte ihr zu, und sie nickte grüßend zurück, obwohl ihr beinahe das Herz stehen blieb. Der Soldat aber wandte sich einfach ab und setzte seine Runden fort. Ansonsten ertönten tatsächlich keine Rufe, niemand schenkte ihr weiter Beachtung, als sie den Hof überquerte und in das Torhaus trat.

Nachts waren die breiten Tore, welche die Burg von der Stadt trennten, geschlossen und die beiden mächtigen Riegel vorgelegt, doch gab es an der Seite ein schmales Manntor, das zwar ebenfalls verschlossen war, aber das auch weitaus weniger Aufmerksamkeit auf sich ziehen würde, wenn man es öffnete. Schnell stellte Viçinia ihre Eimer in eine kleine Nische. Mit vor Schweiß feuchten Fingern zog die Wlachakin zwei Kupfernadeln aus ihrem Haar und näherte sich der schmalen Tür. Eigentlich sollte das schwere Vorhängeschloss den Metallriegel sichern, doch die Wachen hatten nur den Riegel vorgeschoben und das Schloss nicht einrasten lassen.

Beinahe hätte Viçinia vor Erleichterung laut geseufzt, denn das Öffnen des Schlosses stellte den Schwachpunkt in ihrem Plan dar. Zwar hatte sie früher ein wenig Erfahrung mit dergleichen gewonnen, aber die Tür zur Speisekammer in der Burg' von Désa war doch eine wesentlich kleinere Herausforderung gewesen.

Ganz langsam hob Viçinia den Riegel aus seiner Verankerung und zog das Manntor einen Spalt auf. Der breite Platz vor der Feste lag leer und verlassen vor ihr, also schlüpfte sie durch die Tür und zog sie dann vorsichtig zu. Es war ihr bewusst, dass sie sich beeilen musste, denn es mochte jeden Augenblick geschehen, dass jemand das Tor überprüfte, und dann würde man den geöffneten Riegel bemerken. Dennoch wartete sie ein wenig ab und presste sich an die Wand.

Über sich konnte sie die leise geführte Unterhaltung von zwei Wachen hören, also schlich sie an der Burgmauer entlang nach Westen, bis die Stimmen sich verloren. Nach zwei tiefen Atemzügen stieß sie sich von der Mauer ab und ging über den Platz. Vor sich sah sie nur die dunkle, schmale Gasse, die Sicherheit verhieß.

Sie konzentrierte ihre gesamte Aufmerksamkeit auf den Eingang zur Gasse, auch wenn sie jeden Augenblick erwartete, Schreie oder das Geräusch eines Bogens zu hören und den Pfeil zu spüren, der ihr in den Rücken schlug. Doch es ertönten keine Alarmrufe, und keine Pfeile flogen durch die Stille der Nacht.

Dennoch musste sie einen Herzschlag lang innehalten, als sie zwischen den Fachwerkhäusern verschwand und die Feste hinter sich ließ. Ihre Beine zitterten, und ihr Herz raste, und sie brauchte einen Augenblick, um sich zu beruhigen. Dann versuchte sie, sich zu orientieren.

Laut Suhai musste sie fort von der Feste, weiter in den Süden zum Hafen. Mit gerafftem Rock lief sie los, um keine Zeit mehr zu verschwenden.

Seit ihrer Ankunft in Teremi hatte Viçinia die Feste Remis nicht verlassen. Ihr ganzes Wissen über die Stadt beruhte auf

Geschichten und Gesprächen, die sie belauscht hatte, und auf dem Ausblick, den sie tagtäglich von den Zinnen gehabt hatte. Zum Hafen hin wurden die Stadtviertel ärmlicher, die reichen Bürger kauften sich Häuser nahe der Burg, die im Norden über der gesamten Stadt thronte. Die ärmeren Bewohner, die kleinen Kaufleute, Hafenarbeiter und Tagelöhner, hauptsächlich Wlachaken natürlich, lebten weiter von der Feste entfernt.

Zunächst verwirrte die fremde Stadt Viçinia, doch dann vernahm sie das beständige Rauschen des Magy, und sie folgte dem Geräusch. Zweimal musste sie sich verstecken, als sie den schweren Stiefeltritt von Zorpads Wachen hörte, die in der Dunkelheit durch die nördlichen Stadtviertel patrouillierten. Aber beide Male marschierte die Patrouille an ihr vorbei, ohne sie zu entdecken, auch wenn Viçinia befürchtete, dass allein der Schlag ihres Herzens sie verraten würde. Nahe der Burg waren die Gebäude hoch und gut gepflegt, mit weißer Farbe getüncht und mit Holzschnitzereien verziert, doch je weiter Viçinia nach Süden kam, desto ärmlicher und einfacher wurden die Häuser, bis es kaum mehr als Holzhütten oder gar erbärmliche Bretterbuden waren. Hier und da fiel Licht durch die Ritzen eines Fensterladens, einmal bellte ein Hund, als sie vorbeilief, doch ansonsten schlief Teremi und lag wie ausgestorben da.

Als sie jedoch das Hafenviertel erreichte, das *Apaş*, wie es seine Bewohner nannten, empfingen sie lautes Lachen und Stimmengewirr. Obwohl in Teremi nach Einbruch der Dunkelheit eine Ausgangssperre herrschte, schien es hier eine Schankstube zu geben oder wohl eher eine Kaschemme. Im Apaş, wo die Sitten rau waren, setzten Zorpads Soldaten den Zapfenstreich nur selten durch. Es hieß sogar, dass sie sich nicht einmal nach Einbruch der Dunkelheit hierher trauten.

Viçinia ließ sich von solchen Gerüchten nicht beirren, zumal es ihr gelegen kam, falls Zorpads Wachen sich wirklich vor dem Wasserviertel fürchten sollten. Sie näherte sich der Quelle des Lärms und gelangte zu einer kleinen, halbhohen

Tür, die in einen Kellerraum führte. Mit einem schnellen Blick über die Schulter stieß sie die Tür auf und trat ein.

Zunächst blendete sie das Licht, doch dann erkannte sie einen niedrigen Raum, der voller Männer und Frauen war, die an grob gezimmerten Tischen saßen und redeten und lachten. Mit gesenktem Blick ging sie zur Theke und wartete, bis der Wirt sie ansprach.

»Was willst du?«

»Ich suche das Haus von Giorgas dem Schuster. Es muss in der Nähe des Hafens sein. Kannst du mir helfen?«, fragte sie leise, darum bemüht, dass niemand anderes sie belauschen konnte.

»Giorgas, Giorgas. Mag sein, dass ich ihn kenne. Aber er wird's nicht mögen, so spät noch gestört zu werden. Obwohl, von 'nem hübschen Weib wie dir … will er sich das Bett wärmen lassen?«

»Würdest du mir bitte helfen? Er erwartet mich«, log Viçinia flehentlich.

»Was bekomme ich dafür?«

»Ich habe nicht viel, das ich dir geben kann«, erwiderte die Wlachakin, doch der Wirt zwinkerte ihr zu.

»Sag das nicht. Du kannst mir bestimmt viel geben. Wie wäre es zuerst mal mit 'nem Kuss? Oder kostet das auch schon was?«

Überrascht hob Viçinia die Brauen, doch bevor sie antworten konnte, ertönte neben ihr eine Stimme.

»Du alter, geiler Bock! Jetzt hör schon auf und hilf dem Mädchen. Wenn das eine Hure ist, dann bin ich die Kaiserin des Dyrgischen Imperiums!«

Neben Viçinia an der Theke stand eine Frau, die von Kopf bis Fuß in feste, dicke Lederkleidung gehüllt war, welche teilweise mit Pelz besetzt war. Ihr dunkles Haar war zu Zöpfen geflochten, die ihr ins Gesicht fielen, als sie Viçinia zunickte: »Stör dich nicht an ihm. Es ist nur so, dass er mit seinem Schritt schneller denkt als mit seinem Schädel!«

»Ha, das wohl!«, lachte der Wirt und packte sich zwischen

die Beine, während die Fremde mit den Augen rollte und den Kopf schüttelte. Mit einem letzten angewiderten Blick auf den Wirt, dem zu gefallen schien, was seine Hand spürte, packte die Frau Viçinia an der Schulter und zog sie fort von der Theke.

»Dämlicher Kerl, er merkt nicht mal, wenn man ihn beleidigt«, raunte die Fremde Viçinia ins Ohr und schob sie an einen Tisch.

»Kannst du mir helfen?«, fragte Viçinia mit gespielter Befangenheit.

»Ich kenne den Namen Giorgas nicht, aber es gibt nur einen Schuster am Hafen. Ich erkläre dir, wie du ihn findest. Bist nicht von hier, was?«, fragte die schlanke Frau, und Viçinia schüttelte mit gesenktem Blick den Kopf, um einen eingeschüchterten Eindruck zu erwecken.

»Mein Name ist Traia, Kleine. Du musst keine Angst haben. Wie heißt du?«

»Ireş«, antwortete Viçinia schnell, »Giorgas ist mein Ohm.«

»Also, pass auf: Du musst hier die Straße entlang, bis du zu einem großen weißen Haus kommst. Keine Sorge, das kann man nicht verfehlen. Dann biegst du vor dem Haus in die Gasse ein. Der folgst du, bis sie endet, dann gehst du links in die Straße hinein, und auf der rechten Seite siehst du schon bald das Schild des Schusters. Ich war da noch nie, ich mache meine eigenen Schuhe«, erklärte Traia grinsend und hob ihren Fuß in Viçinias Blickfeld, an dem sie tatsächlich sehr schöne, weiche Lederstiefel trug.

»Danke, Traia.«

»Soll ich dich begleiten? Ich kann dich hinbringen«, bot die Frau an, doch Viçinia schüttelte den Kopf.

»Nein, danke, es geht schon. Es ist ja nicht weit, oder?«

»Nein, nicht wirklich«, stimmte ihr Traia zu und zuckte mit den Achseln. »Dann geh eben allein.«

Sich noch einmal bedankend, erhob sich Viçinia und verließ die Taverne. Draußen ging sie erst langsam einige Schritte, bevor sie wieder anfing zu laufen. Die Beschreibung der Frau schien korrekt zu sein, denn es gab ein weißes, großes Gebäude, bei dem Viçinia in besagte Gasse einbog. Kurz blieb sie stehen und lauschte auf mögliche Verfolger.

Als sie sicher war, dass sie nichts hörte, setzte sie ihren Weg rennend fort, bis sie tatsächlich vor dem Haus des Schusters stand. Unwillig, durch lautes Klopfen die ganze Nachbarschaft zu wecken, hob sie einige kleine Steine von der Straße auf und warf sie vor die Fensterläden, bis sich einer öffnete und ein verschlafenes Gesicht im Fenster erschien.

»Wer ist da?«, rief der Mann unwillig.

Nach zwei Blicken die Gasse hinab, antwortete die Wlachakin: »Eine Freundin. Lass mich herein, ich habe Nachrichten!« Sehr leise fügte sie die Losung hinzu, die Suhai ihr genannt hatte: »Für Tirea!«

Sofort verschwand der Kopf wieder, und die Läden wurden geschlossen. Nach einigen Augenblicken hörte Viçinia, wie im Inneren ein Riegel verschoben wurde, und dann öffnete sich die Tür. Aus dem Spalt spähte ein Mann in mittleren Jahren, dessen schon gelichtetes schwarzes Haar vom Schlaf zerzaust war und der ein Nachtgewand trug, über das er anscheinend hastig einen fadenscheinigen grauen Mantel geworfen hatte.

»Wer ist da?«, fragte er unvermittelt und deutete die Straße hinab, doch als Viçinia herumwirbelte, konnte sie nichts erkennen.

»Wo?«, fragte sie besorgt.

»Ich dachte, ich hätte einen Schatten gesehen.« Angestrengt spähte er in die Dunkelheit, doch nichts regte sich. »Muss mich getäuscht haben. Komm herein.«

Flink huschte Viçinia in das Haus, dessen gesamtes Erdgeschoss von einer Werkstatt samt Laden eingenommen wurde.

Auf einer Werkbank lagen verschiedene Werkzeuge und Lederzuschnitte in vielen Größen und Formen. Mehrere halbfertige Schuhe und Stiefel standen in einem Regal daneben. Ein Kerzenstummel erleuchtete den Raum nur spärlich, aber die Wlachakin hatte sich bereits ihrem Gegenüber zugewandt.

Unter dem Mantel verbarg Giorgas eine muskulöse Gestalt mit breiten Schultern und stämmigen Beinen. Seine Wangen waren rund und verliehen ihm das Aussehen eines wohlgenährten Händlers, doch seine Augen verrieten, dass er schon einiges gesehen und erlebt hatte. Der Schuster trug einen kurz geschnittenen Vollbart, den er sich verwirrt rieb.

»Wer bist du?«, fragte er, als er die junge Frau vor sich offenbar auch nach eingehender Musterung nicht erkannte.

»Viçinia cal Sareş«, antwortete die Wlachakin, und der Schuster riss überrascht die Augen auf. Bevor er jedoch auf die Knie fallen konnte, packte sie ihn an der Schulter: »Nein. Hör mir zu, Giorgas, ich muss dir etwas berichten.«

»Herrin, es ist viel zu gefährlich, hierher zu kommen. Was ist, wenn man Euch entdeckt?«, stotterte Giorgas.

»Dieses Wagnis musste ich eingehen. Es ist von größter Wichtigkeit, dass ich meine Nachrichten überbringe. Es wird wieder Krieg geben, Giorgas. Zorpad rüstet bereits dafür, und ich fürchte, dass sein erster Schlag schnell fallen und hart sein wird …« Viçinia berichtete dem Mann in aller Eile, was sie in Erfahrung gebracht hatte.

»Krieg«, hauchte der Schuster entsetzt. »Aber was ist mit Euch und den anderen Geiseln? Sollen wir Euch aus der Stadt …«

»Nein«, unterbrach ihn Viçinia, »noch müssen wir den Anschein wahren. Ich bin allein gekommen. Wenn ich fliehe, wird Zorpad die anderen sicherlich töten.«

»Eure Schwester muss davon erfahren, Herrin«, stellte Giorgas fest, und Viçinia nickte zustimmend.

»Ja. Es ist unbedingt notwendig, dass Ionna so bald wie möglich von Zorpads Plänen Kunde erhält. Ich verlasse mich auf dich, Giorgas, wir alle verlassen uns auf dich. Wenn Zorpad zuschlägt, dann müssen wir gewappnet sein! Sonst wird der Tyrann unsere Gegenwehr zerschlagen und all unsere Hoffnung vernichten!«

»Aber was ist mit Euch, Herrin? Wenn es Krieg gibt ...«, hob Giorgas wieder an, beendete den Satz aber nicht, denn sie beide wussten, was er dachte.

»Ich kann die anderen nicht im Stich lassen, Giorgas. Wir müssen einen Weg finden, gemeinsam aus Zorpads Klauen zu fliehen. Ich werde keinen Wlachaken zurücklassen und seinem Zorn aussetzen!«, schwor Viçinia.

»Ich werde unsere Freunde in der Stadt benachrichtigen«, erklärte ihr der Schuster, und seine nächtliche Besucherin nickte.

»Schick einen Boten nach Désa. Jemand zuverlässigen. Die Botschaft muss meine Schwester erreichen!«

»Natürlich, Herrin«, versprach Giorgas. »Ich werde einen Boten finden. Vielleicht Octeiu ...«

Aber Viçinia hob die Hand. »Je weniger ich weiß, desto besser, Girogas. Ich muss mich beeilen, um in die Feste zurückzukehren. Man darf meine Abwesenheit nicht bemerken.«

Schweigend nickte der ältere Mann und führte Viçinia zur Tür. Bevor er jedoch den Riegel zurückschob, fragte die junge Frau: »Eines noch. Stimmt es, dass Şten cal Dabrân ...?«

Der Schuster setzte eine grimmige Miene auf. »Er war in der Stadt und wurde gefangen genommen. Ich war dabei, als sie kamen. Wir waren zu siebt, aber alle Soldaten stürzten sich auf ihn. Es war aussichtslos, Herrin. Wir anderen konnten entkommen und hielten uns versteckt, doch Şten kam zu keinem von uns, auch später nicht.« Mit einem bedauernden Kopfschütteln entriegelte der ältere Mann die Tür, dann fügte er hinzu: »Woher die Soldaten unseren Versammlungsort kannten, wissen wir nicht. Seitdem hat niemand etwas von ihm gehört, und vorgestern hat Zorpad verkündet ...«

»Ich weiß«, unterbrach Viçinia ihn mit einer abwehrenden Handbewegung, so als wolle sie die schlechte Nachricht nicht noch einmal hören. »Es stimmt also. Danke, Giorgas.«

Ein winziger Teil von ihr hatte noch immer gehofft, dass Zorpad sie belogen hatte, doch nun verlosch auch diese Hoffnung. *Warum bist du nach Teremi gekommen?*, dachte die

Wlachakin, als sie in die Nacht hinaustrat. *Und wie konnte Zorpad dich so rasch ausfindig machen? Aber was immer der Grund war, an meiner Stelle würdest du jetzt hoffentlich das Gleiche tun: Ionna warnen und versuchen, Zorpads verfluchte Pläne zu Fall zu bringen.* Und wenn ihr das gelungen war, dann würde sie um Şten cal Dabrân trauern.

»Die meisten von uns verbergen sich seitdem, einige unserer Treffpunkte sind anscheinend den Masriden bekannt geworden. Viele Freie Wlachaken sind aus der Stadt geflohen«, erzählte Giorgas düster, der noch im Türrahmen stehen blieb, um seinen ungewöhnlichen Gast zu verabschieden.

»Aber du nicht, Giorgas?«

»Nein, Herrin. Ich habe wenig zu verlieren – weder Weib noch Kinder. Und wer verdächtigt schon einen alten Schuhmacher?«, fragte er mit einem Augenzwinkern.

»Danke, Giorgas, ich werde deinen Mut nicht vergessen. Sichere Wege«, verabschiedete sich die Wlachakin und wandte sich ab, um den Rückweg anzutreten.

»Sichere Wege, Herrin«, gab ihr der Rebell mit auf den Weg, doch Viçinia war bereits in die Dunkelheit getaucht.

Mit klopfendem Herzen näherte sich Viçinia der Manntür. Tatsächlich war der Riegel noch immer nicht vorgeschoben, und die kleine Tür öffnete sich mit einem leisen Quietschen, das Viçinia die Haare im Nacken aufstellte. Doch das Glück blieb ihr treu, denn niemand schien das Geräusch gehört zu haben. Schnell huschte sie durch den Eingang zur Feste, zögerte aber einen Augenblick, bevor sie die Manntür wieder schloss.

Womöglich war dies ihre letzte Gelegenheit, um zu fliehen. Wenn sie jetzt die Pforte zufallen ließ, mochte es sein, dass sie ihr Ende in diesen dicken, feindlichen Mauern fand, getötet von Zorpad oder dessen Schergen.

Mit einem Mal fühlte sie sich verloren und unendlich allein. Dann atmete sie tief durch und schob den Riegel vor. *Die anderen Geiseln vertrauen auf mich. Ich bin die Schwester von*

Ionna cal Sareş, der Löwin von Désa. Ich muss einen Weg finden, uns alle zu befreien, dachte sie grimmig. *Oder ich muss gemeinsam mit meinen Landsleuten sterben.*

Diesmal schritt Viçinia nicht quer über den Hof, sondern schlich an der Mauer entlang. Das Feuer war bis auf ein sanftes Glimmen heruntergebrannt und beleuchtete den Burghof nur schwach. Hin und wieder hörte sie über sich die Schritte der Soldaten, die nun offenkundig schweigend das Ende der Hundewache abwarteten, doch keiner von ihnen bemerkte sie.

Auf dem gleichen Weg wie zuvor erreichte sie ihre Kammer. Mirela schlief tief und fest. Hastig schlüpfte sie in ihr Bett und zog sich um. Erst als sie das Kleid und die Haube wieder im Bettkasten verborgen hatte, atmete sie ruhiger und konnte schließlich spüren, wie die Spannung aus ihrem Körper wich, die sie den ganzen gefährlichen Ausflug hindurch begleitet hatte. Trotzdem lag sie noch lange wach und schmiedete weitere Pläne, bis ihre Gedanken vor Müdigkeit wirr wurden und sie langsam in einen unruhigen Schlaf sank.

24

Pard war nicht zufrieden, das war offensichtlich, und er machte seinem Ärger mit donnernder Stimme Luft: »Noch einen? Und dann auch noch einen halben Zwerg?«

»Ja, Pard«, antwortete Druan geduldig.

»Zwergenscheiße! Es ist ja schon schlimm genug, dass wir dem da vertrauen müssen«, brüllte Pard mit einem Kopfnicken in Ştens Richtung, »aber ein Fremder?«

»Es gibt keine andere Möglichkeit«, erklärte Druan, doch Pard lachte hämisch und ließ die Muskeln spielen.

»Doch, die gibt es!«

»Şten vertraut dem anderen, und er kennt seine Leute besser als wir.«

Vertrauen ist vielleicht ein wenig übertrieben, dachte Şten bei sich, *und ein Wlachake ist er auch nicht, aber solange zwei falsche Annahmen ein Blutvergießen verhindern, lasse ich das mal unter den Tisch fallen.* Sein Blick wanderte zu dem rothaarigen Fremden, der das Gespräch zwischen den Trollen aufmerksam verfolgte. *Er ist mehr, als er zu sein scheint. Es war ganz schön kaltblütig von ihm, in den Kampf einzugreifen.*

»Şten ist mir egal! Ich vertraue keinem von beiden, und *ein* Mensch ist mir schon zu viel!«

»Wir tun, was ich sage, Pard!«, wiederholte Druan, doch diesmal klang Stahl in seiner Stimme mit.

»Roch! Was meinst du dazu?«, wandte sich Pard Hilfe suchend an den anderen Troll, der nur mit den Schultern zuckte.

»Druan wird schon Recht haben.«

»So wie in dem Dorf?«, fragte Pard böse zurück.

»Er hat ein paar Menschen erwischt«, entgegnete Roch ungerührt. »Na und? Was war daran falsch?«

Bei der Erwähnung von Orvol spürte Şten einen bitteren Geschmack im Mund. Obwohl Şten sich ziemlich sicher war, dass Druan sich am Ende durchsetzen würde, rief ihm das Streitgespräch wieder vor Augen, wie schnell die Trolle zu blutdürstigen Bestien werden konnten.

»Was ist mit euch?«, fragte Pard Anda und Zdam. »Seid ihr auch Druans hirnverbrannter Meinung?«

Offensichtlich behagte es den beiden Trollen nicht, sich Pard zu widersetzen, aber schließlich nickten sie doch, auch wenn sie dem großen Troll dabei nicht ins Gesicht sahen.

»Bah!«, spie Pard aus. »Ihr werdet alle weich. Die Sonne kocht eure Schädel aus! Schaut ihn euch an! Er ist bestimmt ein halber Zwerg!«

»Ich bin ganz sicher kein Zwerg, auch kein halber«, warf Sargan ein, und Şten schloss die Augen, denn er rechnete mit einem wilden Ausbruch Pards, der jedoch ausblieb. Als der Wlachake die Augen wieder öffnete, sah er, wie Pard die restlichen Trolle böse anfunkelte, schließlich aber entnervt die Arme in die Luft warf und rief: »Schön! Aber gebt nicht mir die Schuld, wenn die beiden Menschlinge morgen Trollfleisch essen!«

»Ich esse auch kein Trollfleisch«, erläuterte Sargan geduldig, was ihm einen weiteren finsteren Blick von Pard einbrachte.

»Wer redet mit dir, Halbzwerg?«

»Ich bin kein ...«, begann der Mensch.

Doch Pard donnerte ihm ins Gesicht: »Schnauze!«

Mit verschnupfter Miene wischte sich Sargan ein wenig Trollspeichel von der Wange, schwieg zu Şen Erleichterung aber, während Pard die anderen Trolle noch mit ein paar deftigen Schimpfworten belegte, bevor er fluchend und grummelnd in den Wald stapfte.

»War es das?«, flüsterte Sargan Şten zu, und dieser nickte.

»Ja, und jetzt gehen wir schnell hinterher, weil er ganz sicher nicht warten wird. Im Gegenteil«, sagte Şten, der wusste, dass Pard in seinem Zorn mit doppelter Geschwindigkeit marschieren würde. Hastig packten alle ihre Sachen zusammen und folgten dem massigen Troll in den Wald.

»Er ist sehr, nun ja ... aufbrausend«, stellte Sargan fest, was Şten zum Lachen brachte. Aber ein Gedanke an die gewaltigen Arme des Trolls, wie sie sich um seinen Leib legten und alles Leben aus ihm herausquetschten, ließ das Lachen wieder verstummen.

»Er ist vor allem gefährlich. Wie ein wildes Tier. Ihr tätet gut daran, dies immer im Kopf zu behalten. Er würde nicht zögern, Euch zu töten. Keiner von ihnen würde das«, versicherte Şten ernst.

»Wie kommt es, dass Ihr mit ihnen reist?«, erkundigte sich der kleinere Mann neugierig bei Şten.

»Das ist eine lange Geschichte.«

»Nun, wir haben doch Zeit, oder nicht?«

»Ja, schon«, entgegnete Şten zögerlich. »Nun gut. Also, ich war nördlich von hier im Wald, und zwar gefangen und ...«

Sargan warf fragend ein: »Gefangen im Wald?«

»Eine Falle. Ich bin ... äh, Jäger. Konnte mich nicht selbst befreien, aber die Trolle haben mir geholfen. Tja, und seitdem sind wir irgendwie zusammengeblieben.«

»Das war aber nicht sehr lang«, hakte Sargan nach.

»Stimmt, aber es war auch nur die kurze Fassung. Wo kommt Ihr her?«, wechselte Şten eilig das Thema.

»Ich stamme aus dem wunderschönen Masya, der Perle des Ostens. Berühmt für seinen Handelsbasar, den größten Markt für Gewürze aus allen Ländern der Welt!«

»Hmm, nie davon gehört. Ist das ein Teil des Imperiums?«, fragte Şten, was seinem Gesprächspartner ein Stöhnen und einen entsetzten Blick entlockte.

»Nie davon gehört? Wie kann jemand ... das ist doch ... Haltet Ihr mich zum Narren?«, verlangte Sargan empört zu wissen.

»Nein«, erwiderte Şten wahrheitsgemäß.

»Unglaublich! Natürlich gehört Masya zum Dyrischen Imperium. Es liegt sogar in Dyria selbst, weit im Osten, wo die Handelsrouten sich kreuzen. Es ist eine gewaltige Stadt, voller Schönheit und Wunder!«

»Äh, das ist doch gut für Euch?«

Der rothaarige Mann schwieg einen Augenblick, so als ob es darauf nun wirklich nichts mehr zu sagen gäbe. »Woher stammt Ihr, mein Herr, wenn ich fragen darf?«, meinte er dann.

»Dabrân«, antwortete Şten knapp.

»Dabrân, Dabrân. Şten aus Dabrân, irgendwie ... natürlich! Ihr seid Şten cal Dabrân! *Dieser* Şten! Ihr seid ein echter *Held*!«, rief Sargan erfreut aus. »Eine Legende!« Offensichtlich hatte er ihm seine Entrüstung über das Unwissen bereits vergessen.

»Ich bin kein Held und sicher keine Legende!«, widersprach Şten schnell.

»Doch! Ich habe sogar ein Lied über Euch gehört. Bei den Burlai, den Treidlern auf dem Magy. Wartet, wie ging es noch einmal? Ach ja: *Durch des finst'ren Schurken Mauern...*«, begann Sargan unmelodiös zu singen.

Şten stöhnte laut: »Nein, bitte nicht! Verschont mich damit!«

»Ihr mögt es nicht?«, fragte Sargan erstaunt.

»Nein, absolut nicht.«

»Aber man besingt Eure Taten und Euren Heldenmut!«

Wütend erwiderte Şten: »Ich tue, was getan werden muss. Ich bin kein Held!«

»Aber ... Ihr habt doch ...«

»Schluss damit! Sonst beginne ich mich für Pards Meinung zu erwärmen«, fiel Şten dem Mann abrupt ins Wort, der sich verwirrt abwandte. Erbost starrte Şten ihn an, dann fiel sein Blick auf Druan, und er bemerkte, dass der Troll die Unterhaltung zwischen den Menschen aufmerksam verfolgt hatte.

»Was?«, fragte der Wlachake brüsk, aber Druan grinste nur breit und entblößte dabei seine Hauer.

Zdam beugte sich zu Anda und sagte: »Ich habe auch ein Liedchen über Şten: *In einem Käfig saß ...*«

Aber bevor der Troll weiterbrummen konnte, brachen Anda und Druan schon in wieherndes Lachen aus, das ihnen ein lautes »Ruhe, verflucht!« von Pard einbrachte.

»Ihr kennt doch gar keine Lieder«, rief Şten gereizt.

Aber Druan erwiderte: »Doch. Aber wir haben selten Grund zu singen.« Dabei wirkte sein Blick fern vom Hier und Jetzt, als sähe er in eine andere Welt. Im Stillen fragte sich Şten, wie wohl das Leben der Trolle in den Eingeweiden der Erde aussah.

Lange vor Morgengrauen führte sie ihr Weg in immer lichtere Teile des Waldes, und Şten wusste, dass sie sich Teremi näherten. Drängend stellte sich ihm die Frage, was er hier mit den Trollen anfangen sollte. Es würde für ihn schon nicht gerade einfach werden, unerkannt in die Stadt zu gelangen, doch wie sollte er eine Gruppe drei Schritt großer, lauter und überdies noch äußerst geruchsintensiver Kreaturen einschmuggeln? Zunächst einmal mussten sie ein Versteck für den Tag suchen, denn in dieser dicht besiedelten Gegend mochten sich Menschen auch in den Wald wagen, und mit jedem Schritt wurde die Gefahr größer, dass man sie entdeckte. Deshalb begannen sie früh mit der Suche nach einem Unterschlupf und wurden nach einiger Zeit auch fündig, denn Roch fand einige rußgeschwärzte Mauern, Überreste eines Waldbauernhofes, der wohl nach einem Feuer aufgegeben worden war.

Der Wald hatte sich die eingestürzten Gebäude zu Eigen gemacht, die von Kletterpflanzen und niedrigen Büschen bewachsen waren, sodass sie einen akzeptablen Sichtschutz abgaben. Die anderen Trolle ignorierten Pards Flüche und ließen sich einfach auf die Erde fallen, während Sargan umständlich damit begann, eine Lagerstatt vorzubereiten und ein Stück Boden von Steinen und Ästen zu befreien. Belustigt sah Şten dem Städter bei seinen fruchtlosen Bemühungen zu.

»Ihr schlaft nicht häufig unter freiem Himmel?«

»Nein, nicht wirklich. Ich bevorzuge Ortschaften, in denen es Betten gibt. Und Thermen.«

»Thermen? Ihr meint Bäder?«, erkundigte sich Şten.

»Ja. Gibt es hier welche?«

»Es gibt heiße Quellen im Süden, aber in Teremi badet man hauptsächlich im Magy, wenn man badet«, erläuterte Şten.

»Das hatte ich befürchtet«, seufzte Sargan, was Roch und Anda auflachen ließ.

»Was ist schlecht daran, im Fluss zu baden?«, erkundigte sich Roch neugierig, und Sargan beeilte sich zu versichern: »Nichts, nichts.« Doch dann sah er Şten mit gerümpfter Nase an und sagte: »Vielleicht sollten wir alle einmal, nur so, ich meine ...«

»Nach ein paar Tagen fällt es einem gar nicht mehr auf«, erwiderte der Wlachake unbekümmert.

Verwirrt blickte Roch von einem Menschen zum anderen und fragte: »Was?«

»Nichts«, antworteten Şten und Sargan gleichzeitig.

»Ihr schreibt Bücher?«, wollte Şten wissen, und als der Dyrier nickte, fuhr er fort: »Was für Bücher?«

»Oh, alles Mögliche. Historien und Reiseberichte vor allem.«

»Dann seid Ihr ein gebildeter Mann?«

»Nun ja, gebildet«, sagte Sargan bescheiden, »ich kenne die Klassiker und habe das ein oder andere große Werk studiert, aber gebildet ...«

»Gibt es viele Bücher, dort, wo Ihr herkommt?«

»Das kann man wohl sagen. Die Bibliothek des Tempels der Agdele in Masya umfasst über neunhundert Schriften, davon sicherlich ein Drittel gebundene Werke, der Rest Schriftrollen«, erklärte Sargan.

»Neunhundert!«, entfuhr es Şten.

»Wie gesagt, nur etwa dreihundert davon sind wirklich das, was Ihr *Bücher* nennen würdet. Aber in Colchas, der Goldenen Stadt, werden tausende von Werken aufbewahrt.«

»Die Hauptstadt des Dyrischen Imperiums«, sagte Şten ehrfürchtig. »Kennt Ihr sie?«

»Ich habe sie besucht, zwei- oder dreimal«, gab Sargan zu.

»Ist sie wirklich so groß, wie man erzählt? Sind alle Dächer mit Gold gedeckt? Und gibt es dort einen Turm, der hundert Schritt misst?«

»Ich weiß nicht, was man sich hier in Ardoly erzählt«, antwortete der Dyrier lachend, »aber man sagt, dass in Colchas mehr als zweihunderttausend Seelen leben. Ja, es gibt Paläste, deren Dächer golden sind, und auch der große Tempel der Erdenmutter hat ein Dach aus Gold, das mit Edelsteinen besetzt und verziert ist, sodass es in der Sonne glänzt und man die Augen abwenden muss, was der Göttin nur gefällig ist. Der Turm des Himmelsvaters ragt so weit in die Höhe, dass man von dort oben angeblich die Wolken selbst berühren kann.«

»Ich wünschte, ich könnte das einmal mit eigenen Augen sehen«, sagte Şten sehnsuchtsvoll.

»Warum solltet Ihr nicht? Euer Land war einst eine Provinz des Reiches, und seine Bewohner sind nicht unsere Feinde. Gut, die Reise ist beschwerlich und gefährlich, doch ein Mann wie Ihr, der schon auf den Zinnen gegen ...«

»Das reicht!«, fiel ihm Şten ins Wort. »Vergesst dieses Lied einfach. Mein Leben ist kein Lied, und ich kämpfe nicht für Ruhm oder Ehre.«

»Es tut mir Leid. Ich wollte Euch keineswegs beleidigen«, entschuldigte sich Sargan. »In meiner Heimat freuen die Menschen sich, wenn man ihre Taten besingt.«

»Ich kann es nicht leiden«, erklärte Şten. Ihm fehlten die Worte, um auszudrücken, was er empfand. Auch wenn es dieses Lied – und einige andere – über ihn gab, war Şten auf viele seiner Taten nicht stolz, sondern empfand sie als Notwendigkeit, als etwas, das er getan hatte, weil er es für richtig gehalten hatte. Oder weil sein Leben davon abgehangen hatte. Oder beides. Auf eine seltsame Art und Weise fühlte es sich für ihn an, als ob die Lieder und Geschichten den Krieg gegen die Masriden zu etwas Unwirklichem machten, zu einer Legende, die vor langer Zeit spielte. Aber diese Dinge geschahen wirklich, blutiger, grausamer und schlimmer als in jeder Mär. *Wie viele Menschen habe ich getötet?*, fragte sich Şten, *wie viele muss ich noch töten, bis Wlachkis endlich frei ist? Ihr glaubt mich zu kennen, doch was wisst ihr wirklich von mir?*

Sargan unterbrach seine düsteren Gedanken. »Ihr seid sehr bescheiden«, stellte er anerkennend fest, doch Şten zuckte nur mit den Achseln.

»Ich weiß nicht viel über dieses Land«, fuhr Sargan fort, »aber ich wollte ihm ein Kapitel in meinem Bericht widmen.«

»Was ist das eigentlich: Bücher?«, fragte Roch unvermittelt.

»Du weißt nicht, was ein Buch ist?«, erwiderte der Dyrier entsetzt.

»Nein.«

»Ein Buch ist eine Kostbarkeit, ein Hort des Wissens, eine Quelle der Inspiration. Dort legen weise Männer und Frauen ihr gesamtes Wissen nieder, auf dass ein jeder dieses erlangen kann«, erläuterte Sargan feurig.

»Was? Wie legt man denn Wissen nieder?« Roch kratzte sich verwirrt am Kopf.

»Eben in einem Buch. Man schreibt es auf. Auf Papier oder Pergament«, erklärte Sargan und kramte in seinem Beutel. »Warte, ich zeige es dir.«

Nach kurzer Zeit hatte er ein in gewachstes Tuch eingeschlagenes Buch und ein ebenso geschütztes Fässchen Tinte samt Schreibfeder gefunden und packte die Schreibutensilien vorsichtig, ja fast ehrfürchtig aus. Mehr zufällig als gewollt erhaschte Şten einen Blick auf den Inhalt des Beutels des Dyriers und sah verwundert, dass alle Gegenstände, die dieser mit sich führte, irgendwie gegen Witterung und Nässe geschützt waren. Bevor er jedoch eine Bemerkung dazu abgeben konnte, hatte sich Sargan zu Roch gesetzt und tippte die Spitze der Feder in die Tinte.

»Schau, das ist ein Buch. Und jetzt schreibe ich etwas hinein. Was soll ich schreiben? Wie wäre es mit: Trolle sind große, humanoide Wesen mit Haut von grauer Farbe?«

»He, wir sind nicht humeud oder so was!«, beschwerte sich Roch, während die anderen Trolle sich zu Sargan gesellten und neugierig zusahen. Bis auf Pard, der immer noch abseits lag und demonstrativ den Kopf abgewendet hatte, wie Şten belustigt feststellte.

»Humanoid«, berichtigte Sargan den Troll. »Das bedeutet so viel wie ›menschenähnlich‹.«

Jetzt meldete sich Pard doch zu Wort. »Wir sind kleinen, schwachen, rosa Menschlein nicht ähnlich, klar?«

Aber Sargan ließ sich nicht einschüchtern, sondern erwiderte: »Zwei Arme, zwei Beine, ein Kopf. Anders als zum Beispiel ein Hund oder eine Kuh.«

»Ich kann gern dafür sorgen, dass du weniger Arme und Beine hast, wenn du nicht aufhörst, so einen Mist zu erzählen ...«, antwortete Pard grimmig und richtete sich auf.

Doch Druan unterbrach ihn und bat Sargan: »Zeig, wie das aussieht.«

»Aber sicher. Also, ich schreibe das jetzt auf«, fuhr der Rothaarige fort, sah dann aber Pards mörderischen Blick und warf hastig ein: »Ohne das ›humanoid‹, natürlich. Ich schreibe jetzt: ›Trolle sind große Wesen mit zwei Armen, zwei Beinen und einem Schädel, deren Haut grau ist.‹«

Fasziniert starrten die Trolle dem kleinen Mann über die Schulter, als er mit großen, geschwungenen Lettern den Satz in das Buch schrieb.

»Jetzt kann jeder, der lesen kann, verstehen, was ich geschrieben habe. Damit ist das Wissen in diesem Buch niedergelegt. Selbst nach meinem Tode kann man mein Wissen noch erlernen, wenn dieses Buch dann noch existiert!«, erklärte Sargan triumphierend.

»Wie geht das?«, fragte Druan verwirrt. »Wie bekommst du die Worte auf das Papier? Du kannst Laute malen?«

»Ja, das kann ich. Man stückelt die Worte auf, in so genannte Buchstaben. Jedes Wort besteht aus diesen Buchstaben, von ihnen gibt es nur etwa zwei Dutzend. Wenn man sie kennt, kann man hören, woraus ein Wort besteht.«

Im Imperium vielleicht, aber bei uns sind es mehr als zwei Dutzend, dachte Şten, doch er schwieg, denn er sah, wie die Trolle die Stirnen in Falten gelegt hatten. Es musste ihnen schwer fallen, die Regeln der Schrift zu verstehen, und er wollte es nicht noch komplizierter für sie machen, als es schon war. Belustigt sah er zu, wie die Trolle das Buch hin und her reichten und versuchten, einen Sinn in den Zeichen zu erkennen.

»Das ist Zauberei!«, rief Anda verblüfft. »Er ist ein Hexer!«

»Nein, nein«, beschwichtigte Sargan den Troll. »Jeder kann das lernen. Es ist keine Hexerei.«

»Jeder kann das lernen?«, hakte Druan nach.

»Jeder«, bestätigte der Dyrier.

»Auch ich? Oder Pard?«

»Ich will den Scheiß gar nicht lernen«, ließ sich Pard vernehmen.

Sargan aber antwortete schmunzelnd: »Jeder. Du, Pard, alle, die es wollen. Aber wie bewahrt ihr euer Wissen auf, wenn ihr nicht schreibt?«

»Man erzählt, was man weiß. Am Feuer oder wenn wir von einer Höhle in eine andere ziehen. Die jungen Trolle sind immer dabei, man erklärt ihnen die Dinge, zeigt ihnen, wie man jagt, wie man kämpft, welche Flechten gut und welche schlecht sind. Wie man sich verbirgt, wenn es sein muss. Alles, was man wissen muss, um zu überleben.«

»Hast du Kinder?«, wollte Sargan wissen.

Druan schüttelte den Kopf: »Nein. Aber man zeigt es allen Jungtrollen. Der Nachwuchs gehört zum ganzen Stamm.«

»Verstehe. Willst du es lernen? Ich könnte dir zeigen, wie man deinen Namen schreibt.«

»Meinen Namen? Du kannst meinen Namen schreiben? In das Buch? Mit dem Stöckchen?«

»Mit Feder, Tinte und mit Buchstaben. Natürlich, aber ich zeige es dir hier, am Boden. Pass auf, man nimmt einen Stock, so, und dann malt man die Buchstaben. D R U A N«, buchstabierte der Rothaarige langsam und schrieb jeden Buchstaben in den weichen Waldboden. »So, und jetzt mal es einfach nach.«

Sofort tat Druan es ihm gleich und schrieb seinen Namen oder versuchte es zumindest. Die anderen drei Trolle bestürmten den Dyrier, ihre Namen ebenfalls in die Erde zu ritzen, bis auf Pard, der immer noch wütend zu sein schien, auch wenn Şten bemerkte, dass der große Troll ihnen ganz genau zuhörte.

Schon bald saßen vier Trolle auf dem Boden und lernten, ihre Namen zu schreiben, als wären sie halbwüchsige Schüler und Sargan ihr milder Lehrer. »Schon bald können vier von fünf Trollen ihren Namen schreiben«, flachste Sargan, »das ist weitaus mehr als bei mir in der Heimat!«

»Ja«, stimmte ihm Şten zu und dachte an Wlachkis, doch dann rief er nach einem Blick auf den sich langsam erhellenden Himmel: »Die Sonne geht bald auf!«

Sofort schauten die Trolle auf und brachen ihre Unterrichtsstunde ab. Gemeinsam begaben sie sich zur Ruhe und warteten ab, während Sargan ihnen verwirrt zuschaute. Die Veränderung der Trolle, als die Sonne schließlich ganz aufging, musste für ihn überraschend sein.

Şten hingegen war das Bild mittlerweile vertraut, und er fand den Wandel nicht sonderlich bemerkenswert. Sie erschlafften ein wenig, und Şten hatte das Gefühl, dass sie friedlicher aussahen, aber vermutlich war das nur Einbildung. Mit einem Seufzen wandte er sich an Sargan.

»So. Wer seid Ihr und woher kommt Ihr?«

»Äh, was?«, fragte der Rothaarige verwirrt und riss den Blick von den Trollen los. »Schlafen sie?«

»So etwas in der Art. Meine Frage?«

»Sargan. Ich komme aus Masya, aber das habe ich Euch doch schon erzählt.«

Şten betrachtete den Mann misstrauisch und gab zu bedenken: »Hätte ja sein können, dass Ihr wegen der Trolle gelogen habt.«

»Niemals«, verneinte Sargan entrüstet. »Die Wahrheit ist das teuerste Gut des Schreibenden!«

»Vermutlich«, antwortete Şten wenig überzeugt. »Erzählt mir bitte noch einmal die Geschichte, wie Ihr in die Hände der Zwerge geraten seid.«

»Nun, ich hatte mich entschieden, auch über das Kleine Volk zu schreiben. Ich kam über den Erköl-Pass nach Ardoly, reiste erst nach Turduj und von dort mit einem Boot auf dem Magy bis nach Teremi. Durch einen Zufall erspähte ich dort diese Karawane von Zwergen, die ich natürlich sofort ansprach. Es ist ja bekanntermaßen nicht einfach, Zwerge zu treffen. Es sei denn, man hat Kontakte.«

»Die Zwerge waren in Teremi? Wo genau?«, erkundigte sich Şten, dessen Neugier nun vollständig geweckt war.

»Nun, in dieser düsteren Feste, wie immer man sie auch nennt.«

»Zorpads Burg!«

»Ja, genau, das ist der Herr der Feste.«

»Was haben die Zwerge dort gemacht? Wisst Ihr das?«

»Nein, aber ich glaube, sie haben gehandelt. Jedenfalls denke ich, dass der Wagen voll war, als sie kamen. Die Zwerge haben sich darüber unterhalten. Ich spreche ihre Sprache ein wenig«, bemerkte Sargan mit Stolz in der Stimme.

»Aber jetzt waren nicht wirklich kostbare Waren darauf geladen«, sinnierte Şten, »ein wenig Stoff, Vorräte, nichts, wofür man von den Bergen nach Teremi reisen würde.«

»Nein, nicht wirklich. Aber um zu meiner Geschichte zurückzukehren ... Also, ich sprach die Zwerge an. Erzählte ihnen von meinem Werk, fragte sie ein wenig aus und so weiter. Irgendwann fragte ihr Sprecher mich, was ich denn schon alles über sie wisse, und als ich sodann aus dem Nähkästchen plauderte, wurden sie ungehalten – und zack!« Sargan imitierte eine schnelle Schlagbewegung. »Sie schlugen mich nieder und verstauten mich auf ihrem Wagen wie ein Stück Vieh! Könnt Ihr Euch das vorstellen?«

»Nicht gefesselt?«, wollte Şten wissen.

»Nein, aber eine Wache hatte immer ein Auge auf mich. Sehr unangenehm!«

»Das glaube ich gern. Und letzte Nacht ...?«

»Waren sie einen Moment unaufmerksam. Jetzt oder nie, dachte ich, denn ich befürchtete, dass sie mich in die Zwergenbingen verschleppen würden, und wusste ja nicht, wie lange die Reise überhaupt noch gehen würde. Dann der Bolzen, Euer Auftauchen und diese bemerkenswerten Kreaturen hier«, erklärte Sargan mit einem Blick zu den Trollen.

»Äußerst bemerkenswert«, pflichtete Şten ihm bei, »und jetzt müsst Ihr Euch sputen.«

»Sputen? Wir brechen auf? Aber sie schlafen doch? Sollen wir sie wecken?«, fragte der kleinere Mann verwirrt.

»Nein. Nur Ihr brecht auf. Am besten geht Ihr nach Osten, bis Ihr wieder zur Straße kommt, und dann reist Ihr nach Süden, nach Teremi. Von dort aus würde ich weiterreisen, Teremi ist ein sehr unsicheres Pflaster«, riet Şten und dachte: *Zumindest wird es das bald sein.*

»Niemals!«, erwiderte Sargan sogleich. »Diese Gelegenheit ist einmalig. Wie lange hat niemand Trolle getroffen? Mit einem Text über diese Wesen kann man Unsterblichkeit erlangen!«

»Ihr werdet aufbrechen«, sagte Şten drohend. »Ihr versteht nicht: Das sind keine sagenhaften Gestalten aus alten Geschichten. Jetzt mögen sie mit Stöckchen im Staub malen, aber vielleicht fressen sie Euch morgen Nacht schon auf!«

»Unsinn!«

»Ich habe es gesehen! Sie sind wild, sie sind gefährlich. Sie fressen Menschen«, meinte Şten eindringlich.

»Aber ... all das Wissen ...«, warf Sargan ein, doch Şten blieb hart.

»... nützt Euch tot rein gar nichts. Ihr habt einen Tag Zeit, genug, um einen ordentlichen Vorsprung zu erlangen.«

»Was ist mit Euch?«

»Ich kann mit Ihnen umgehen, sie hören auf mich, weil sie mich brauchen. Oder zumindest glaube ich gern, dass es so ist«, sagte der junge Wlachake ehrlich. »Sie werden nicht erfreut sein, wenn Ihr weg seid, gar nicht erfreut, vor allem Pard nicht, aber ich komme schon klar«, fügte er dann hinzu.

»Werdet Ihr nach Teremi reisen? Wofür brauchen diese Trolle Euch?«

»Das ist eine Sache zwischen ihnen und mir. Je weniger Ihr darüber wisst, desto besser. Desto weniger Gefahr für Euch. Und jetzt: Brecht auf!«, drängte Şten den rothaarigen Dyrier.

»Das ist alles sehr verwirrend, muss ich gestehen. Die Trolle sind Feinde der Zwerge, oder nicht?«, hakte Sargan nach, während er seine Sachen zusammenpackte.

»Ja, Todfeinde.«

»Was tun sie hier? Seit ewigen Zeiten sind sie verschwunden, alle wissenschaftlichen Koryphäen hielten sie für ausgestorben.«

»Auch die irren sich manchmal. Sie leben nun tief in den Eingeweiden der Erde und haben sich in die Stollen und Gänge weit unter den Gipfeln der Berge zurückgezogen«, erläuterte Şten.

»Wo auch die Zwerge hausen.«

»Ja. Bereit?«, fragte Şten, als Sargan seinen Beutel schulterte.

»Schon. Aber ich verlasse Euch nur ungern«, gab der kleine Mann zu bedenken. »Es gäbe so viel zu lernen …«

»Ein anderes Mal. Vielleicht, wenn man sich einmal wieder trifft. Jetzt müsst Ihr Euch sputen.«

Mit einem Nicken verließ Sargan die Ruinen und schritt in den Wald. Şten sah dem Dyrier mit gerunzelter Stirn nach, bis er zwischen den Bäumen im Unterholz verschwand.

Irgendetwas kam Şten eigentümlich an dem Mann aus dem Imperium vor, auch wenn er nicht den Finger darauf legen konnte, was genau es war. Vielleicht war es sein Verhalten während des Kampfes gewesen oder die Tatsache, dass er sich nicht einmal über die Wunde am Bein beschwert hatte. *Ein zart besaiteter Gelehrter, ein Stubenhocker, der nicht auf Waldboden schlafen kann, aber der eine schmerzhafte Verlet-*

zung einfach so wegsteckt? Seltsam ..., dachte Şten, aber dann wandte er seine Gedanken wichtigeren Dingen zu. Einerseits musste er den Trollen am Abend erklären, dass ihr Besucher fort war, und danach Pards Zorn überleben, zum anderen galt es, einen Plan zu entwerfen, wie er in die Stadt kam. *Und vor allem muss ich mir überlegen, wie ich meine ... unförmigen Begleiter mit hineinschmuggeln kann!*

25

»Schafft ihn rein«, befahl Hrodgard, und seine Untergebenen beeilten sich, seinem Wunsch nachzukommen. Nach einigen Augenblicken öffnete sich das große verzierte Steinportal, und zwei Soldaten aus der Leibwache des Kriegsmeisters führten einen Zwerg herein, der mit Ketten an Händen und Füßen gefesselt war. In der eindrucksvollen Ratshalle waren hochrangige Mitglieder der zwergischen Gesellschaft versammelt. Grimmig lächelte der Kriegsmeister, als er daran dachte, dass es an der Zeit sei, allen Zwergen zu demonstrieren, was Versagen bedeutete.

»Name?«, fragte er knapp, als der Gefangene vor ihm auf die Knie gezwungen wurde.

»Larnard, Sohn des ...«, begann der Kniende.

Hrodgard unterbrach ihn mit eisiger Stimme: »Dein Vater hat sich von dir losgesagt. Er hat keinen Sohn mehr.«

Diese Neuigkeit traf den Zwerg sichtlich tief, denn sein Gesicht wurde kreidebleich. Die Soldaten hatten ihm, wie befohlen, den Bart gestutzt, was an sich schon eine furchtbare Schande war, doch der Verlust der Familie kam einem Ausstoß aus der Gesellschaft der Zwerge gleich. Einem Vaterlosen würde kein anderer Zwerg vertrauen, niemand würde ihm Unterkunft oder Nahrung bieten, keine Arbeit war schlecht genug, um sie von einem Vaterlosen ausführen zu lassen. Selbst die Niedersten der Niedrigen sahen auf Vaterlose hinab und bespuckten sie. Dem Gefangenen stand nun ein Leben als Bettler bevor, angewiesen auf die wenigen Almosen, die er erbitten konnte, ein Leben in Schmutz, Abfall und Schande.

»Du warst ein Schmiedemeister?«, fragte Hrodgard unerbittlich weiter.

»Ja, Herr«, antwortete der sichtlich angeschlagene Zwerg, dessen Schultern nun schlaff herabhingen.

»Zuständig für die Versiegelung der oberen Schächte, vor allem der neu angelegten Tunnel?«

»Ja, Herr.«

»Wie erklärst du es dir, dass fast die Hälfte der Luftschächte ungenügend gesichert waren?«, führte Hrodgard das Verhör weiter.

»Die Rohstoffe waren knapp, Herr. Erze wurden für andere Belange eingesetzt. Also beschloss ich, die höher gelegenen Öffnungen zu einem späteren Zeitpunkt zu versiegeln, und ließ die Ausgänge besonders verbergen. Ich dachte ...«

»Gedacht hast du!«, ereiferte sich Hrodgard. »Was hast du gedacht? Dass du die Sicherheit unseres hart erarbeiteten Herrschaftsgebietes gefährden kannst? Dass du entscheidest, wie wir unseren Besitz und unser Volk beschützen?«

»Nein, Herr! Ich sagte doch, es gab nicht genug ...«, wollte sich Larnard verteidigen, doch Hrodgard konnte das Winseln der Kreatur vor ihm nicht ertragen.

»Schweig«, donnerte er. »Du hättest auf das Fehlen der Materialien hinweisen müssen. Zur Not hättest du dich an die Krieger, an mich persönlich wenden können. Stattdessen öffnetest du unseren Feinden Tür und Tor! Ein Mensch konnte in die Stollen eindringen und wieder entkommen. Ein Mensch!«

Darauf wusste der Zwerg nichts zu sagen und ließ vollständig entmutigt den Kopf hängen.

Hrodgard nickte einem gedrungenen, seltsam verkrümmten Zwerg zu, der sich bisher abseits gehalten hatte. »Das ist Erko, Sohn des Elkoin, der Arachnidenmeister.«

Der Angesprochene neigte sein Haupt, vermutlich konnte er sich nicht wirklich verbeugen, denn seine rechte Körperhälfte war leblos. Die Haut an seinem rechten Arm, den er steif vor dem Bauch trug, war knotig und von dicken, langen Narben und Wülsten überzogen, die sich wohl über den ganzen Leib fortsetzten. Am unangenehmsten war jedoch sein

Gesicht zu betrachten, das zur Hälfte wie eine grausige, starre Maske wirkte, mit einer leeren Augenhöhle und furchtbaren Narben auf der rechten Hälfte. Es hieß, dass Erko von einer der großen braunen Spinnen, die bei den Zwergen *Braunfäule* hießen, gebissen worden sei. Ihr Gift galt als tödlich, es ließ den Opfern Haut und Muskeln von den Knochen faulen. Doch der Arachnidenmeister hatte es überlebt, auch wenn sein Körper die grausigen Spuren dieses Bisses überdeutlich zeigte.

»Arachnidenmeister, wie zieht Ihr eine neue Wächterin heran? Immerhin müssen wir einen neuen Schacht schlagen und ihn beschützen.«

»Nun, Herr«, antwortete der grässlich anzusehende Zwerg mit seiner keuchenden, wispernden Stimme, »wir pflanzen einen Eiersack an ein Tier und warten ab, bis die Kleinen schlüpfen. Zunächst verspeisen sie das Tier, dann einander, bis nur die größte und stärkste Spinne überlebt.«

»Ist das Tier ein lebendes?«, fragte Hrodgard mit einem Seitenblick auf Larnard.

»Zunächst. Das Gift der Nestlinge hält es natürlich starr, aber irgendwann stirbt es an den Verletzungen.«

»Du wirst deinem Volk ein letztes Mal dienen, Larnard«, verkündete Hrodgard, Sohn des Haldigis, unbarmherzig das Urteil über den säumigen Schmiedemeister.

»Nein! Gnade, Herr, Gnade!«, flehte Larnard entsetzt, als er Hrodgards Absicht erkannte, und zerrte wie wild an seinen Ketten.

Doch der Kriegsmeister sah ihn nur angewidert an. »Gnade? Du jämmerlicher Wurm, du bist kein Zwerg!«, zischte Hrodgard. »Aber gut. Ein Kadaver ist doch ausreichend, Arachnidenmeister?«

»Solange er frisch ist, Herr«, keuchte Erko leise.

»So sei es. Gebt ihm eine Klinge mit in seine Zelle. Deine Wahl, Larnard Spinnenfutter.«

Damit schafften die Soldaten den Verurteilten, dessen Widerstand gebrochen war und der teilnahmslos zwischen ihnen hing, wieder aus der Ratshalle. Zufrieden nickte der Kriegsmeister dem Arachnidenmeister zu, der sich schlurfend wieder zu seinen Lieblingen zurückzog.

Möge das Schicksal des ehemaligen Schmiedemeisters allen eine Warnung sein! Niemand verrät unser Volk und bleibt ungestraft!

26

Mit einem Schlag flog die Tür zu Viçinias Gemach auf, und zwei schwer bewaffnete Wachen traten ein, gefolgt von Sciloi Kaszón. Das erste Licht des Tages schien gerade erst durch das Fenster. Aus wirren Träumen gerissen, brauchte Viçinia einige Augenblicke, bevor sie sich überhaupt ihrer Umgebung bewusst war, doch dann gewahrte sie die gezogenen Schwerter der beiden Soldaten und ihre finsteren Blicke, und ihr wurde flau im Magen.

Sciloi verbeugte sich formvollendet vor der Wlachakin, die sich soeben in ihrem Bett aufrichtete. Diese unpassende Höflichkeitsbezeugung verunsicherte Viçinia weit mehr als die Drohgebärden der Wachen. Dennoch gab sie ihren Feinden nicht die Genugtuung, ihre Angst offen zu zeigen.

»Was hat das zu bedeuten?«, rief sie mit gespieltem Zorn. »Nemes Sciloi, das ist unerhört!«

Die kleine Frau verneigte sich noch einmal und hob entschuldigend die Hände: »Herrin, es tut mir Leid, Euch zu so früher Stunde zu stören, doch mein Herr wünscht Euch zu sehen. Folgt uns bitte.«

»Was? Wartet vor der Tür, während ich mich ankleide!«, befahl Viçinia.

Sciloi schüttelte den Kopf. »Wiederum tut es mir Leid, doch meine Befehle sind eindeutig: sofort und ohne jedwede Verzögerung.«

»Soll das heißen, dass Ihr mich in meinem Nachthemd durch die Gänge der Festung scheuchen wollt?«, fragte Viçinia, nun von echtem Zorn erfüllt. Bevor Sciloi antworten konnte, trat eine der Wachen vor, ein Krieger mit hellblondem Bart und ebensolchen Haaren, packte die Decke und riss sie mit grimmigem Gesichtsausdruck vom Bett. Außer sich hob die Wlachakin die Hand, um den Bärtigen zu schlagen, doch dieser richtete die Spitze seines Schwertes auf ihre Kehle. Von Mirelas Lager ertönte ein ängstlicher Schrei.

Bevor die Situation weiter eskalieren konnte, griff Sciloi ein. »Halt! Zurück! Ich sagte: zurück!«

Erst als der Krieger mit einem wütenden Blick in Viçinias Richtung einen Schritt zurückgetreten war, wandte sich Sciloi an die Wlachakin. »Werft Euch einen Mantel über, aber schnell«, befahl sie. »Mein Herr wird über eine Verspätung nicht eben erfreut sein«, fügte sie leise hinzu.

»Ich danke Euch, Nemes Sciloi«, erwiderte Viçinia, während sie sich erhob und mit so viel Würde, wie sie noch aufbringen konnte, ihre Kleidertruhe öffnete. Ein Blick zu Mirela zeigte ihr, dass die Dienerin ihr keinerlei Hilfe sein würde, denn sie hatte sich mit entsetztem Gesichtsausdruck die Bettdecke bis zum Kinn hochgezogen und beobachtete die Soldaten mit weit aufgerissenen Augen. Schnell suchte Viçinia einen einfachen, langen Überwurf aus dicker Wolle aus der Truhe und legte ihn sich um die Schultern. Mit einer herrischen Geste strich sie sich ihr Haar nach hinten und nickte Sciloi zu. »Ich bin bereit, die weitere Gastfreundlichkeit Eures Herrn zu genießen!«

Mit einem gequälten Lächeln ließ die dunkelhaarige Frau sie passieren, während die Soldaten Viçinia in ihre Mitte nahmen. Trotz ihres unwürdigen Aussehens, der nackten Füße und des ungekämmtem Haars hielt Viçinia den Kopf stolz erhoben und schaute dem Bewaffneten, der auf dem Gang Wache hielt, herausfordernd in die Augen, als sie an ihm vorüberging. Niemand sprach ein Wort, als sie den Vorraum durchquerten, doch diesmal ging es nicht nach rechts in die Halle oder in Zorpads Ratszimmer, sondern geradeaus in den westlichen Flügel der Feste, in dem Viçinia noch nie zuvor gewesen war.

Über eine Treppe erreichten sie ein großes Kellergewölbe, dessen Decke sicherlich sechs oder sieben Schritt hoch war. *Will er mich in den Kerker sperren?*, fragte sich Viçinia und unterdrückte ein Zittern.

Doch anscheinend hatten ihre Peiniger etwas anderes ersonnen. In einer nahen Halle von eindrucksvoller Größe erwartete sie Zorpad bereits mit einigen Wachen.

Dieser Teil der Burg musste alt sein, denn die Mauern bestanden aus grob behauenen Feldsteinen, und der Mörtel dazwischen war wohl schon lange zu Staub zerfallen. Kein Tageslicht drang in das unterirdische Gewölbe, das von zahlreichen rußenden Fackeln in eisernen Wandhaltern erhellt wurde.

Den Blick fest auf Zorpads Gesicht gerichtet, trat Viçinia auf ihn zu und sah ihm scheinbar gelassen in die Augen. Der Masride trug abermals die Farben seines Hauses. Seine massige, muskulöse Gestalt wurde durch die dunklen Rottöne und den schwarzen Pelzbesatz noch betont.

Mit einem gefährlichen kalten Lächeln nickte er Viçinia zu und sprach mit falscher Höflichkeit: »Willkommen in meinem Spielzimmer, edle Viçinia.«

»Ihr habt also beschlossen, Euch nicht länger hinter der zivilisierten Maske zu verbergen, die Ihr ansonsten aufsetzt, und zeigt stattdessen Euer wahres Gesicht. Die Larve fällt, und zurück bleibt nur Ihr selbst! Also erspart mir Eure Heucheleien!«

Für einen Augenblick huschte ein Ausdruck von echter Belustigung über das Gesicht des Masriden, doch dann antwortete er mit falscher Freundlichkeit: »Wie Ihr wünscht, Wlachakin. Ich hatte Euch eine Demonstration meiner Macht versprochen. Nun, seht hin!«

Seine ausholende Bewegung lenkte Viçinias Blick zu einer tiefen Grube im Boden, die sie erst jetzt bemerkte, da zuvor ihre gesamte Aufmerksamkeit dem Masriden gegolten hatte. Natürlich kannte Viçinia die Bärengruben, denn der Bärenkampf war ein beliebter Zeitvertreib unter den Masriden, und sie legten diese kleinen Arenen überall im Land an. Für gewöhnlich wurden in vier bis fünf Schritt tiefen Löchern Hunde auf gefangene Bären gehetzt, manchmal traten aber auch mutige Männer und Frauen gegen die Tiere an, oder es wurden andere Kämpfe darin abgehalten, aber zumeist waren es die großen Vrasya, die Jagdhunde der Masriden, welche im Rudel gegen Bären kämpften.

Auch Viçinia hatte die Geschichten über die Kreaturen aus den Tiefen der Wälder gehört, welche von Zorpad gefangen und zu seiner Belustigung in dieser Grube zum Kämpfen gezwungen wurden, auch wenn sie bisher wenig darauf gegeben hatte. Es gab viele Geschichten und Legenden über den Herrn von Teremi, die von seiner Grausamkeit berichteten.

Diese Bärengrube war besonders tief und groß. Ihr Durchmesser mochte mehr als zehn Schritt betragen, und am oberen Rand waren bösartig aussehende, nach unten gebogene Metalldornen angebracht, die ein Entkommen aus der Grube verhindern sollten, auch wenn sich Viçinia nicht vorstellen konnte, welche Kreatur wohl die sicherlich sieben Schritt hohen, senkrechten und fugenlos gemauerten Wände erklimmen könnte.

In der Wand nahe dem Grund des Loches befand sich eine mächtige Eisentür, die sich nun knirschend öffnete. Zu ihrem Entsetzen sah Viçinia, wie ein Mann aus der dunklen Öffnung gestoßen wurde, in dem sie trotz des Helms, der sein Haupt bedeckte, nach wenigen Augenblicken Giorgas, den Schuster, erkannte. Bestürzt sah sie zu Zorpad, der jedoch in die Grube starrte, und dann zu Sciloi, die kaum merklich den Kopf schüttelte.

»Dachtet Ihr wirklich, Euer kleiner Ausflug wäre unbemerkt geblieben? Dass Ihr mich überlistet hättet?«, fragte Zorpad boshaft und beantwortete seine Fragen nach einem Blick auf Viçinia selbst: »Ja, das habt Ihr tatsächlich gedacht. Aber ganz im Gegenteil, werte Dame, Ihr habt uns stattdessen zu Euren Freunden in der Stadt geführt. In diesem Augenblick nehmen meine Soldaten bereits die anderen Verräter und Verschwörer fest. Ich muss Euch danken, Viçinia, denn ohne Eure Hilfe hätte ich vielleicht wesentlich länger gebraucht, um diese Geschwüre auszumerzen!«

Unfähig, seinen Worten noch länger zu folgen, starrte

Viçinia den Masriden an, ohne ihn wirklich zu sehen. *Ich habe ihnen allen den Tod gebracht!*, ging es ihr durch den Kopf. Doch dann flammte in ihrem Innern eine kalte Wut auf, die den Schock und die Trauer für den Augenblick verdrängte. *Dieses dreimal verfluchte Monstrum! Ich wünschte, ich hätte eine Waffe! Ich würde es jetzt und hier zu Ende bringen!*

»Bist du zufrieden mit deinen Waffen? Ist deine Rüstung gut?«, rief Zorpad dem Schuster fragend zu, der verwirrt zu seinen Zuschauern hinaufblickte und dann herumwirbelte, als er das Geräusch der sich wieder schließenden Tür hörte.

»Heda, hörst du mich nicht, oder bist du einfach nur zu dumm, um meine Worte zu verstehen?«, fragte Zorpad gehässig und ignorierte dabei Viçinia, die wütend schrie: »Lasst das, Zorpad! Was wollt Ihr?«

»Keine Spiele, Wlachakin, erinnert Ihr Euch?«, entgegnete der Masride leise und nickte den beiden Wachen zu, die Viçinia und Sciloi begleitet hatten. »Haltet sie fest, ich will keine Überraschungen erleben.«

Sofort traten die Soldaten an die Wlachakin heran und packten ihre Arme. Da sie wusste, dass Widerstand zwecklos war, ließ Viçinia diese Behandlung über sich ergehen, doch sie funkelte Zorpad wütend an. Der erwiderte ihren Blick und rief wieder in die Arena: »Also, ist deine Ausrüstung nach deinem Geschmack? Antworte mir, oder ich lasse deine Herrin gleich zu dir hinunterwerfen!«

Das brachte die gewünschte Reaktion, denn Giorgas antwortete: »Schwert und Rüstung sind gut, Herr! Ich habe sie selbst auswählen dürfen!«

»Seht Ihr, Viçinia? Keine Täuschungen und keine Spiele, seine Waffen stammen aus meiner eigenen Rüstkammer, und er hatte die freie Wahl.« Grinsend wies er auf den gerüsteten Schuster, als sei dieser ein Ackergaul, den er auf dem Viehmarkt verkaufen wollte. Doch dann verhärteten sich seine Züge. »Schickt Avram hinein!«, befahl er laut, und unter ihnen öffnete sich eine weitere Tür.

Der Waffenmeister trat in das Rund und ging mit festen,

entschlossenen Schritten auf Giorgas zu. Der erfahrene Krieger trug eine metallene Rüstung, die seinen Leib von Kopf bis Fuß schützte. Die Eisenschuhe wirbelten die Sägespäne auf, mit denen der Boden der Arena bedeckt war.

Noch nie zuvor hatte Viçinia eine solche Rüstung gesehen, deren Metall dunkelgrau schimmerte. Am Torso trug Avram ein ledernes Hemd, auf das überlappend handtellergroße Metallschuppen genäht waren. An der Hüfte teilte es sich in zwei Streifen und schützte so auch noch die Beine bis über die Knie. An den Unterschenkeln trug der Masride metallene Beinschienen, ebenso an den Unterarmen, während der Hals und die Schultern von einer Stahlkrause geschützt wurden, von der Kettengeflecht bis über die Oberarme hing. Den Abschluss bildete ein schwerer Helm, dessen Visier nur einen schmalen Sichtspalt ließ. In der Rechten trug der Veteran einen schweren Streitkolben mit scharfen Spitzen, die im Schein der Fackeln gefährlich funkelten. In der Linken hielt er scheinbar mühelos einen schweren, langen Metallschild.

»Beeindruckend, nicht wahr?«, flüsterte Zorpad Viçinia zu und beobachtete genau ihre Reaktion.

»Was, bei den Dunkelgeistern, soll das alles?«, fragte die Wlachakin giftig zurück.

»Dies, werte Viçinia, ist die Zukunft. Meine Krieger werden von heute an mit den besten Rüstungen und Waffen in die Schlacht ziehen. Und jetzt schweigt und genießt das Spektakel!«, befahl Zorpad und nickte Avram zu, der grüßend die Waffe hob und breitbeinig eine kampfbereite Stellung einnahm. Sofort hob Giorgas abwehrend seinen Schild, doch sein Gegner schien nur abzuwarten und umkreiste den Wlachaken langsam, bis dieser die Nerven verlor und auf den Masriden einstürmte. Obwohl Giorgas Schuster war, hatte er früher wohl Erfahrung im Umgang mit Waffen sammeln können, das erkannte Viçinia sofort, die selbst eine formale Ausbildung mit dem Schwert erhalten hatte. Die Schläge des Wlachaken kamen hart und gezielt, und er trieb Avram vor sich her, der jedoch Hieb um Hieb mit seinem Schild parierte.

Zweimal durchdrang Giorgas die Deckung des Waffenmeisters, doch beide Male prallten seine kräftigen Schläge an der dicken Panzerung des Masriden ab.

Entzückt lächelte Zorpad und zwinkerte Viçinia zu: »Habt Ihr gesehen? Ein guter Treffer, aber er zeigt einfach keine Wirkung!«

Doch die Wlachakin beachtete ihn nicht, sondern starrte nur auf das tödliche Schauspiel, das unter ihnen stattfand. »Sein Auge«, rief sie Giorgas zu, »sein linkes Auge ist blind!«

Tatsächlich schien der Wlachake dies zu hören, denn er umkreiste seinen Feind und versuchte auf dessen linker Seite zu bleiben, auch wenn dort dessen Schild schwerer zu überwinden war. Eine der Wachen griff nach Viçinias Haar und riss ihr den Kopf schmerzhaft zurück. Mit zusammengebissenen Zähnen unterdrückte Viçinia einen Schmerzensschrei, dann zischte Sciloi: »Lass sie!«

Der Krieger lockerte den Griff jedoch erst, nachdem er einen Blick zu seinem Herrn geworfen hatte, der gnädig nickte. Viçinia warf dem Soldaten einen mörderischen Blick zu. Dann sah sie wieder hinab in die Grube, in der Giorgas die Schwäche des Waffenmeisters ausnutzte und ihn durch schnelle Angriffe und Vorstöße auf dessen linke Flanke bedrängte. Wieder und wieder landete der Wlachake Treffer, doch schienen diese keine Wirkung zu haben, denn Viçinia sah nirgends Blut fließen. Auch schien der Masride in seiner Verteidigung nicht beeinträchtigt zu sein.

»Genug geplänkelt, Avram!«, rief Zorpad unvermittelt, und mit einer plötzlichen Serie von harten Schlägen löste sich der Waffenmeister aus der Defensive. Noch immer blieb der Schuster auf dessen linker Seite, doch nun war er es, der schweren Hieben auswich oder sie mit seinem Schild parierte. Drei Schläge trafen in schneller Folge den metallverstärkten Holzschild. Unter dem dritten splitterte der Schild, und Giorgas wurde zurückgeschleudert. Verzweifelt hieb der Wlachake in die Richtung seines Gegners, der jedoch den Schlag mit seinem Schild ablenkte und den Streitkolben ein weiteres Mal hinabsausen ließ. Mit einem ohrenbetäubenden Krachen prallte der schwere Metallkopf der Waffe auf die Überreste des Schildes, den Giorgas hastig gehoben hatte, und zerschmetterte diesen vollständig.

Schreiend ging der Wlachake zu Boden, und Viçinia sah, dass sein Unterarm in einem unmöglichen Winkel herabhing. Auf dem Rücken kroch Giorgas fort von seinem Gegner, der ihm trotz der festen Panzerung leichtfüßig folgte und das Schwert zur Seite schlug, welches der Schuster in einem hoffnungslosen Versuch, sich zu verteidigen, erhoben hatte. Noch einmal senkte sich der massive Streitkolben und traf Giorgas an der rechten Hand, schleuderte die Klinge des Wlachaken fort und zertrümmerte die Finger des am Boden liegenden Mannes. Entsetzt starrte Giorgas auf die blutigen Überreste seiner Hand, scheinbar blind für die Bedrohung durch den Waffenmeister, der sich über ihm aufgebaut hatte und langsam die Waffe hob.

»Nein!«, schrie Viçinia. »Zorpad, beendet diesen Wahnsinn!«

»Avram!«, bellte der Masride, und sein Krieger zog sich ein wenig zurück und senkte die Waffe.

»Nun, Viçinia, ich nehme an, dass Ihr mir zustimmt, nicht wahr? Ein Heer mit solcher Wehr und diesen Waffen wird unbesiegbar sein«, stellte Zorpad zufrieden fest und schenkte der Wlachakin ein Lächeln. Unwillig, den Masriden zu erzürnen, schluckte Viçinia und nickte.

»Ich könnte Eure kleine Rebellion zerquetschen wie einen faulen Apfel, doch viel lieber würde ich mich um wichtigere Angelegenheiten kümmern. Deshalb unterbreite ich der Dame Ionna dieses Angebot: Sie beugt ihr Knie vor mir und erkennt meinen Anspruch auf das Land und den Thron an. Im Gegenzug nehme ich ihren Lehenseid an und leiste meinen Schwur als Lehensherr. Als meine Gefolgsfrau erhält sie alle Ländereien im Mardew und jene westlich des Flusses Sireu bis zur Stadt Baça Mare. Über genaue Grenzen kann man noch verhandeln. Das ist mehr als großzügig, findet Ihr nicht auch?«

Von dem grausamen Anblick unter ihr noch zu betäubt, um etwas zu sagen, nickte Viçinia stumm.

»Ich hoffe sehr, dass Eure Schwester Euch zustimmen wird. Denn ansonsten werde ich in den Süden marschieren, und mein Heer wird jedes Dorf niederbrennen und jeden Mann, jede Frau und jedes Kind töten. Drücke ich mich klar aus, Viçinia? Versteht Ihr mich?«

Diesmal fand die Wlachakin ihre Stimme wieder: »Ihr seid wahnsinnig!«

Doch statt über diese Worte erzürnt zu sein, lachte Zorpad schallend. »Nennt es ruhig Wahnsinn, dass ich große Pläne für dieses Land habe! Eure Sicht hingegen ist so beschränkt. Aber wie könnte es auch anders sein? Armes, kleines Mädchen aus einer schmutzigen kleinen Burg in einer schmutzigen, kleinen Provinz. Ihr Wlachaken könnt Euch nichts Größeres vorstellen, weil Eure Berge Euch stets die Sicht auf Höheres verstellen. Ich werde als König über Ardoly herrschen, und niemand mehr wird meinen Anspruch in Frage stellen. Und diese Waffen dort unten werden mir die Krone erringen!«

Wütend riss Viçinia ihren rechten Arm aus dem Griff der Wache und fauchte den Soldaten an: »Lass mich los!«

Auf ein Nicken von Zorpad ließen die beiden Krieger von der Wlachakin ab, und sie hob das Haupt. Doch bevor sie Zorpad antworten konnte, ertönte ein Schrei aus der Bärengrube: »Nein, Herrin! Ihr dürft nicht annehmen! Wir müssen kämpfen!«

Entsetzt sah Viçinia hinunter, wo Giorgas aufgesprungen war und sich ohne Waffen auf Avram stürzte. Der Veteran duckte sich unter einem langsamen Schlag mit der blutigen Faust weg und schlug locker mit seinem Kolben nach Giorgas, um den Schuster von sich fern zu halten. Doch anstatt dem Hieb auszuweichen, sprang Giorgas auf den Waffenmeister zu und warf sich mitten in den Schlag. Ein entsetzliches Knirschen ertönte, als die spitzen Dornen des Streitkolbens durch den mit Metallstreifen verstärkten Lederharnisch des Wlachaken drangen und die Wucht des Angriffs seine

Rippen brach. Mit einem Stöhnen sank Giorgas unter Viçinias erschüttertem Blick auf die Knie. Blut lief aus dem Mund des Wlachaken. Er schien noch etwas sagen zu wollen, doch dann kippte er nach vorn und blieb regungslos liegen, während sein Lebenssaft die Sägespäne rot färbte.

»Verdammter Abschaum!«, fluchte Zorpad und fuhr Viçinia an: »Ihr Wlachaken wisst einfach nicht, wann ihr besiegt seid!«

Mit tonloser Stimme wiederholte die junge Frau Worte, die sie schon hundertfach gehört hatte – von Şten, von Natiole, von ihrer Schwester: »Ihr könnt uns nicht besiegen!«

»Das werden wir ja sehen!«, befand Zorpad eiskalt.

Viçinia antwortete ihm nicht, sondern dachte nur: *Giorgas hat sich geopfert, obwohl ich ihm den Tod brachte. Er ist lieber gestorben, als sich zu unterwerfen. Sein Opfer darf nicht umsonst gewesen sein!*

»Schafft sie aus meinen Augen. Verdoppelt die Wachen, keine von den Geiseln darf fürs Erste das Gemach verlassen«, befahl der Masride seinen Untergebenen und fügte, an Viçinia gewandt, hinzu: »Ich gebe Euch noch ein wenig Bedenkzeit. Sinnt über das nach, was ich Euch hier gezeigt habe. Das Schicksal Eures Volkes, Eurer Schwester und Eurer Freunde liegt nun allein in Eurer Hand. Ihr könnt Euer kleines Schlammloch im Südwesten und dessen Bewohner retten, wenn Ihr jetzt auf mein Angebot eingeht. Tut Ihr es nicht, werde ich den Boden dieses Landes mit dem Blut jedes einzelnen Wlachaken tränken, weil Ihr mich dazu zwingt!«

Während sie unsanft von den Soldaten abgeführt wurde, fragte sich Viçinia, was sie tun sollte. *Das waren keine leeren Drohungen, Zorpad meint es ernst. Soll ich sein Angebot annehmen und versuchen, den Frieden zu erhalten? Kann ich so wenigstens das Mardew retten? Oder sollen wir kämpfen? Können wir ihn überhaupt besiegen? Er ist wahnsinnig, unberechenbar und zu allem entschlossen. Wie soll man einem solchen Mann entgegentreten?*

Es kostete Viçinia alle ihre Kraft, auf dem Weg zu ihrem Gemach nicht die Beherrschung zu verlieren. In ihrem Innern tobte ein Sturm widerstreitender Gefühle, Wut und Angst brandeten abwechselnd über sie hinweg, tiefste Verzweiflung über ihre eigene Hilflosigkeit, schmerzhafte Schuld und Trauer über den Tod von Giorgas. Dann wieder überkam sie das unbändige Verlangen, Zorpad und seine Schergen für ihre Taten bezahlen zu lassen.

Obwohl ihr Herz bis zum Halse schlug und ihre Finger zitterten, blieb ihre Miene ausdruckslos und ruhig. Der Gang zurück war eine Tortur, aber Viçinia stand sie durch, bis sie ihre Kemenate erreichte, wo ihr einer ihrer Bewacher einen groben Stoß gab, was sie durch die Türe taumeln ließ. Wütend fuhr sie herum und funkelte den Gerüsteten an, der nur höhnisch grinste. Schnell fing sich die Wlachakin wieder, und sie bedachte den jungen, hellhaarigen Krieger, der noch keine zwanzig Winter gesehen hatte, mit einem hochmütigen Lächeln: »Deine Mutter sollte dir besser Manieren beibringen.«

»Euer Lachen wird Euch schon noch vergehen – Schlampe!«, zischte der Mann und legte die Hand auf den Knauf seines Schwertes. Belustigt stellte Viçinia fest, dass er sie trotz der Beleidigung immer noch als Höhergestellte anredete.

»In diesem Land werden Wlachaken herrschen, wenn von euch Masriden nur noch Staub übrig ist. Und jetzt lauf nach Hause und lass dir die Nase putzen!«, gab Viçinia zurück.

Dem jungen Soldaten stieg die Zornesröte in die Wangen, und er knurrte und zog seine Klinge. Für einen Herzschlag glaubte die junge Frau, dass sie tatsächlich ihr Leben verwirkt hatte, und eine seltsame innere Ruhe erfüllte sie. *Töte mich und mach all dem hier ein Ende,* dachte sie.

Doch dann erklang ein scharfer Ruf: »Weg mit der Waffe!«

Hinter dem blonden Krieger tauchte Sciloi auf, die ihn finster anstarrte. Zunächst zögerte der Soldat, dann steckte er die Waffe wieder in die Scheide und murmelte etwas, das sowohl eine Entschuldigung als auch eine Drohung hätte sein können, bevor er sich mit gesenktem Blick zurückzog.

Sciloi hingegen näherte sich Viçinia und schüttelte den Kopf. »Ihr habt eine Art, dass Euch die Männer schnell und nachhaltig zürnen«, stellte die Szarkin fest.

»Ihr meint meinen Liebreiz? Üblicherweise hat er andere Auswirkungen, aber in Teremi scheint er zu versagen«, erwiderte Viçinia ironisch.

Zunächst lächelte Sciloi, doch dann wurde sie schlagartig ernst.

»Nehmt Euch in Acht, Herrin. Ich werde nicht immer in der Nähe sein. Und ein Schwertstreich ist beinahe ebenso schnell geführt wie ein unbedachtes Wort gesprochen …«, warnte sie Viçinia.

»Ist das eine weitere Drohung, Nemes Sciloi?«, fragte Viçinia, doch die Szarkin schüttelte den Kopf.

»Nein, Herrin, eine ehrliche Warnung. Mein Herr ist es nicht gewohnt, dass man sich seinem Willen verweigert. Und so mancher seiner Diener mag glauben, sich sein Wohlwollen durch Euer Ableben erkaufen zu können.«

»Ich bin mir meiner Lage durchaus bewusst, Nemes Sciloi«, erwiderte die junge Wlachakin. »Aber ich werde nicht die Dummheit eines jungen Narren erdulden, nur weil er ein Schwert trägt!«

»Ihr seid mutig, und ich bewundere das. Dennoch, Ihr würdet mir eine Freude machen, wenn Ihr ein wenig zurückhaltender wärt und Euch mehr Gedanken um Euch und Euer Wohlergehen machen würdet.«

Leicht verwirrt nickte Viçinia und antwortete scheinbar versöhnlicher: »Eure Sorge ehrt Euch, Nemes Sciloi. Ich werde Eure Worte bedenken.«

»Mehr verlange ich nicht, Herrin Viçinia. Gehabt Euch wohl«, verabschiedete sich die Szarkin mit einer Verbeugung und verließ das Zimmer. Sobald die Tür zugefallen war, hörte Viçinia, wie ein Schloss einrastete und sie nun endgültig zu einer Gefangenen machte. Ungehindert ließ sie ihrem hilflosen Zorn endlich freien Lauf.

»Verfluchtes Miststück!« Am liebsten hätte sie gegen die

Wände ihres Gefängnisses geschlagen, doch ein ängstlicher Laut lenkte ihre Aufmerksamkeit auf Mirela, die auf ihrem Lager saß und sie mit großen Augen anstarrte.

»Meint Ihr mich, Herrin?«

»Was? Ach nein, Sciloi meine ich«, erwiderte Viçinia wütend.

»Aber Nemes Sciloi ist doch nett zu Euch, Herrin, anders als die anderen«, befand Mirela, was ihr einen düsteren Blick von der Wlachakin einbrachte.

Du kleine Schlange, dachte Viçinia erbost. »Und zu dir? Ist sie da auch nett?«, fragte sie bitter, was Mirela eifrig nicken ließ.

»Ja, das ist sie, Herrin. Die anderen schlagen mich manchmal und sagen schlimme Dinge zu mir, aber nie, wenn Nemes Sciloi dabei ist.«

»Du bist eine Szarkin, so wie sie, nicht wahr?«, erkundigte sich Viçinia.

»Ja, Herrin. Aber auch die anderen Diener reden nur gut von ihr«, antwortete die Zofe.

»Nun, sie behandelt auch mich stets mit Respekt«, gab Viçinia zu.

Mirela lächelte Viçinia schüchtern an, die ihr ein gezwungenes Lächeln schenkte.

»Sie scheint sich um mich zu sorgen«, erklärte die Wlachakin der Zofe.

»Ja«, erwiderte diese schlicht.

»Und sie findet keinen Gefallen an den Spielen ihres Herrn. Selbst eben, bei diesem grausamen Schauspiel …«, begann Viçinia, ließ den Satz jedoch unvollendet.

»Es heißt, dass sie keine Freude an den Kämpfen in der Grube hat«, erläuterte Mirela, und Viçinia dachte: *Woher weißt du, dass ich bei der Bärengrube war? Laufen die Gerüchte so schnell in dieser Burg?*

»Es war furchtbar, Mirela, sie haben ihn einfach so getötet«, sagte Viçinia tonlos, wobei sie selbst nicht genau wusste, warum sie ihrer Dienerin davon erzählte.

»Der arme Schuster«, entfuhr es Mirela, und Viçinia nickte.

»Sein Name war Giorgas. Er war ein guter Mann«, meinte sie.

Mirela stimmte ihr zu: »Gewiss, Herrin.«

Die Gedanken an Giorgas, an Şten, an Zorpads Pläne waren unerträglich. Verzweifelt warf sie sich auf ihr Lager und hätte ihren Tränen freien Lauf gelassen, wenn sich Mirela nicht geräuspert hätte. So richtete Viçinia sich wieder auf.

»Mirela, komm bitte her«, bat sie ihre Zofe, die ihr pflichtbewusst gehorchte. »Kannst du meine Gemächer verlassen, oder bist du hier ebenfalls eingesperrt? Ich bin ein bisschen ... hungrig ... und würde gern frühstücken«, log Viçinia, die einen Vorwand suchte, die Zofe aus ihrer Kemenate zu schicken.

Mit einem schüchternen Nicken schritt Mirela zur Tür und klopfte, woraufhin ein Krieger in Zorpads Farben ihr öffnete und sie passieren ließ.

In dem dämmrigen Licht lag Viçinia auf ihrem Bett und starrte an die Decke. *Schuster? Woher wusstest du von dem Schuster?*, rätselte die Wlachakin. Selbst wenn die Gerüchte sich in dieser Geschwindigkeit von der Bärengrube bis in ihr eigenes Gemach verbreitet hatten – wer konnte wissen, dass der Kämpfer in der Grube ein Schuster war? *Es sei denn, ja, es sei denn, du kanntest seinen Namen und seinen Beruf schon vorher. Aber woher?*, wunderte sich die Wlachakin und überlegte weiter.

Die Zofe war ihr sicher nicht grundlos zugeteilt worden, vermutlich berichtete sie Sciloi Kaszón alles, was sie über Viçinia in Erfahrung bringen konnte. Sciloi, die ebenfalls Szarkin war und von der man munkelte, dass sie Auge und Ohr ihres Herrn war. Einzig und allein die Tatsache, dass Mirela an diesem Morgen keinen Kontakt mit Sciloi gehabt haben konnte, machte die Wlachakin stutzig. Schließlich war Sciloi ihr die ganze Zeit über nicht von der Seite gewichen.

Das musste bedeuten, dass ihre Dienerin den Namen des Mannes und seinen Beruf schon vorher gekannt hatte. *Aber wie ist das möglich?*, fragte sich Viçinia verwirrt, doch dann erkannte sie die ganze, furchtbare Wahrheit: Es gab einen Verräter unter den Wlachaken. Man war ihr nicht gefolgt, sondern man hatte ihr aufgelauert.

So hatte Zorpad auch Şten gefangen nehmen können. Giorgas hatte ihr berichtet, dass die Soldaten Şten sofort erkannt und sich auf ihn gestürzt hatten, als ob sie gerade ihn gesucht hätten. Und das, obwohl der Rebell in Teremi kaum bekannt war, sondern meist weiter im Süden kämpfte, in den Ländereien von Dabrân. *Doch meine Schuld ist kaum geringer, sie haben Giorgas getötet, weil ich zu ihm gegangen bin.* Viçinia ballte unwillkürlich die Hände zu Fäusten und grub dabei ihre Nägel schmerzhaft in die Handflächen. *Ich muss die anderen warnen, sie schweben alle in höchster Gefahr!*, erkannte sie plötzlich und sprang auf, um das Fenster zu untersuchen. Schnell hatte sie den Rahmen mit dem Pergament herausgehoben, doch man hatte die Läden dahinter mit einem Vorhängeschloss gesichert.

Vorsichtig spähte sie durch die Schlitze der Läden und sah unten im Hof eine Wache stehen, die sich an die Birke gelehnt hat und sich zu langweilen schien. Die Läden wären trotz Schloss einfach zu öffnen, da das einfache Holz einem harten Schlag vermutlich nichts entgegenzusetzen hatte. Nichtsdestotrotz war Viçinia dieser Fluchtweg versperrt, auch wenn der Wachtposten nicht gerade übereifrig wirkte. Ihr blieb nichts übrig, als sich einzugestehen, dass Zorpad ihr nicht viele Möglichkeiten gelassen hatte. Aber sie musste einen Weg finden, sie musste die Freien Wlachaken in Teremi vor dem Verräter in ihren eigenen Reihen warnen. Und sie musste ihrer Schwester mitteilen, was Zorpad plante.

Wenn sie jetzt das Angebot des Masriden zum Schein annahm, würde er die anderen Geiseln als Faustpfand in Teremi behalten, und er würde sie grausam für jeden Verrat bestrafen. *Niemals wird Ionna sich ihm unterwerfen, keiner unserer Verbündeten würde das wollen. Ich wäre frei, aber die anderen ...*, überlegte Viçinia und erinnerte sich an Giorgas. *Ihr Tod würde ungleich schrecklicher sein.*

Zorpad war zu Taten fähig, die auch unter den kampferprobten Wlachaken Furcht und Schrecken verbreiteten, und nicht wenige waren lieber gestorben, statt in Gefangenschaft zu geraten. *Gewiss auch Şten, hätte er eine Wahl gehabt.* Sie hoffte, dass er nicht lange hatte leiden müssen.

Mit Şten cal Dabrân war einer der wenigen Männer gestorben, die den Wlachaken noch Hoffnung gegeben hatten. Was würde wohl Flores empfinden? Und Natiole? Ştens Tod war gewiss ein schwerer Schlag für sie beide. *Und er lähmt mich, die Trauer gefriert mein Herz zu Eis*, stellte die Wlachakin fest, als das plötzliche Gefühl des Verlustes ihr die Kehle zuschnürte und sich wie ein Dolch in ihre Brust grub, grausame, unerträgliche Schmerzen bringend. Obwohl sie dagegen ankämpfen wollte, wurde sie von der dunklen Gewissheit überwältigt, dass sie Şten niemals wiedersehen würde, und diesmal konnte sie die Tränen, die ihr über die Wangen liefen, nicht zurückhalten, so sehr sie es auch versuchte.

In all den Monden, seit sie nach Teremi gekommen war, hatte es immer noch einen Streifen Hoffnung gegeben, einen Glauben an eine Zukunft, doch jetzt schien all dies vor ihren Augen zu Staub zu zerfallen. Ihr Volk wurde von einem Krieg bedroht, der unzählige Opfer fordern würde, ihre Schwester sah sich einem mächtigen Feind gegenüber, der vor keiner Gräueltat zurückschreckte, und wer sich ihm widersetzte, starb einen grausamen Tod, allen voran Şten, der Flüchtling aus Dabrân, der zum Zeichen des Widerstandes geworden war und zu dem Mann, den Viçinia liebte. Diese Erkenntnis, die sie sich selbst nicht eingestanden hatte, als er noch gelebt hatte, traf sie nun, da er tot war, wie ein Schlag, und sie weinte im düsteren Zwielicht ihres Zimmers, ohne auf etwas anderes zu achten.

Als Mirela mit einem Tablett hereinkam, blickte Viçinia nicht einmal auf. Die Dienerin stellte das Essen auf den Tisch und floh dann hastig vor der Trauer ihrer Herrin.

27

Wie Şten erwartet hatte, zeigte sich Pard nicht gerade erfreut über Sargans Verschwinden.

»Du kleiner, verdammter Miesling ... gleich wirst du eine Menge Schmerzen kennen lernen, Menschlein!«

Bedrohlich baute sich Pard auf und schritt langsam auf Şten zu. *Jetzt könnte Druan einschreiten,* dachte der Wlachake, während er entschuldigend mit den Schultern zuckte, doch es war Zdam, der sich zwischen Pard und Şten schob. Überrascht runzelte Şten die Brauen, denn Zdam war bisher sehr still gewesen und hatte nur selten etwas gesagt.

»Ruhig, Pard«, begann der Troll. »Er hilft uns doch.«

»Hilfe? Wir brauchen keine Hilfe von dem da! Wir brauchen jemanden, dem man vertrauen kann!«, erwiderte der gewaltige Troll wütend.

»Ich vertraue ihm«, stellte Zdam trocken fest.

»Ach, red doch nicht so einen Mist«, meinte Pard abwertend. »Er hat den Menschen davonlaufen lassen! Er gibt es sogar zu!«

»Und? Den brauchten wir doch gar nicht.«

»Er könnte die Soldaten in der Stadt warnen!«

»Şten sagt, dass der Mensch mit denen nichts zu tun hat«, widersprach Zdam.

»Genau«, gab Şten dem Troll erleichtert Recht. »Vergiss Sargan. Wir haben wichtigere Dinge zu tun. Der Imperiale ist dabei unwichtig und hätte uns nur behindert.«

»Schnauze, Mensch, jetzt reden Trolle!«, fuhr Pard den Wlachaken an.

»Beruhig dich«, mischte sich jetzt auch Druan ein, »das hat doch keinen Sinn. Der Gang ist verschüttet, Pard. Mir ist der Mensch auch nicht wichtig.«

»Ach? Wolltest du nicht diesen Unsinn mit dem Lautmalen lernen?«, erkundigte sich Pard höhnisch.

»Schreiben kann ich auch«, warf Şten ein, was ihm einen finsteren Blick von Pard einbrachte.

»Es gibt Wichtigeres, Pard«, erwiderte Druan ruhig. »Zuerst die Menschenmagier. Oder nicht?«

»Ja, klar, das habe ich selbst schon gesagt!«

»Und allein schaffen wir das nicht«, erklärte Druan weiter, »wir brauchen Şten und seine Freunde.«

Kurz schien es so, als wolle Pard widersprechen, doch dann warf er die Arme in die Luft und grummelte: »Ach, macht doch, was ihr wollt, ihr dämlichen, leichtgläubigen …«

»Trolle?«, warf Zdam ein, was die anderen zum Lachen brachte.

»Nein, Stücke Zwergenmist!«, fauchte Pard.

»Mach dir keine Sorgen, Pard. Selbst wenn Şten unsere Hintern verrät, deiner ist viel zu groß, als dass ein Mensch ihm was anhaben könnte!«, rief Roch, worauf er vor Lachen über seinen eigenen Witz grölte. Die anderen Trolle fielen in das Lachen ein, und auch Şten schmunzelte. Nur Pard blickte düster in die Runde.

»Ja, ja, lustig. Aber ihr werdet euch noch wundern! Mein Hintern wird eure noch retten, bevor das alles vorbei ist!«, prophezeite der gewaltige Troll, was einen weiteren Lachanfall hervorrief. Diesmal musste Pard auch grinsen, zumindest bis sein Blick auf Şten fiel. Sofort verfinsterte sich der Gesichtsausdruck des Trolls, und er ballte die Fäuste. Aber er sagte nichts mehr, sondern raffte nur seine Beutel zusammen und suchte ein Stück Fleisch heraus, das er gierig herunterschlang.

»Was tun wir jetzt?«, fragte Roch in Ştens Richtung, während er einen Stock nahm und damit im Waldboden herumkratzte.

»Ich habe Freunde in Teremi. Mit denen werde ich Kontakt aufnehmen. Wir müssen einen Weg finden, euch in die Stadt zu bringen. Das ist nicht einfach«, führte der junge Krieger aus.

»Wieso nicht?«

»Es gibt eine Mauer um die Stadt, zumindest um den größten Teil. In der Mauer sind nur wenige Tore, und diese sind bewacht. Da kommt man nicht so einfach rein. Ihr vor allem nicht.«

»Mauern? Pah! Die können wir einfach kaputthauen!«, warf Pard ein.

»Diese nicht. Das sind Wehrmauern, hoch und breit. Sie sind dafür gebaut, dass man sie nicht so einfach zerstören kann«, erklärte Şten.

»Und drüber klettern? Oder hat die Stadt eine Decke?«, fragte Roch.

»Kein Dach«, erklärte Şten grinsend. »Man kann darüber klettern, aber die Mauern sind steil und hoch. Zudem gibt es auf den Zinnen auch Wachen. Nein, ich fürchte, wir müssen auf einem anderen Weg in die Stadt gelangen.«

»Und wie?«

»Ich habe da eine Idee, aber dafür brauchen wir Hilfe. Deswegen muss ich meine Freunde treffen.«

»Schau mal!«, rief Roch plötzlich begeistert und zeigte auf den Boden zu seinen Füßen. »Verstehst du das?«

Als sich Şten dem Troll mit dem abgebrochenen Horn näherte, erkannte er, dass Roch seinen Namen vor sich in die weiche Erde geritzt hatte.

»Da steht Roch«, stellte Şten erstaunt fest.

»Mein Name«, erklärte der Troll stolz, wurde aber schweigsam, als Pard aufstöhnte.

»Wann willst du diese Menschen treffen?«, fragte Druan.

»Ich würde vorschlagen, wir gehen noch ein wenig näher an die Stadt heran, dann suchen wir ein sicheres Versteck für euch, und ich versuche tagsüber hineinzukommen. Nachts sind die Tore geschlossen. Es gibt zwar Mittel und Wege, aber am Tag wird es für mich leichter sein«, erläuterte Şten, was Druan mit einem zustimmenden Brummen quittierte.

»Du gehst allein, ohne Druan?«, erkundigte sich Roch, und der Wlachake nickte: »Ich muss allein gehen.« Innerlich seufzte Şten. Es würde ohnehin schwierig genug sein, die Trolle irgendwie in die Stadt zu bekommen, geschweige denn, sie ohne Hilfe hineinzuschmuggeln. Zudem war er sich eigentlich sicher, dass die gewaltigen Kreaturen in Teremi wenig ausrichten konnten, denn sie waren viel zu auffällig und am Tage zu hilflos, als dass man eine Entdeckung riskieren konnte.

Aber die Trolle würden niemals zulassen, dass er allein nach Teremi ging, das hatte Druan deutlich gemacht. Also galt es, irgendwie in die Stadt zu gelangen und ein Versteck zu finden, in dem sie sicher waren, während Şten sich um all die Dinge kümmern würde, die sie in Zorpads Hauptstadt führten. Keine Frage, es gab in Teremi mehr als genug für den Rebellen zu tun. Während er noch Pläne schmiedete, riss ihn Pard unsanft aus seinen Gedanken. »Gefällt mir nicht.«

»Es gibt wohl kaum einen anderen Weg«, erklärte Şten geduldig. »Ihr kommt nicht einfach so in die Stadt. Und wenn man euch entdeckt ...«

»Dann schlagen wir uns durch die Menschen!«

»Zorpad hat viele Soldaten. Und es gibt viele Magier in Teremi. Ihr würdet sterben.«

Wütend kniff der gewaltige Troll die Augen zusammen: »*Sie* würden sterben!«

»Einige sicherlich. Aber viele Hunde sind des Hasen Tod«, stellte Şten trocken fest.

Die anderen Trolle hatten inzwischen auch ihre Sachen gepackt und warteten auf den Wlachaken und auf Pard, die sich in die Augen sahen. Obwohl ihm unter dem hasserfüllten Blick des Trolls mulmig wurde, hielt Şten ihm stand. *Wenn die anderen nicht da wären, dann würde er mich töten,* war sich Şten sicher, *jetzt und ohne den Anflug des Bedauerns.* Zeit verstrich, doch dann rief Roch: »Kommt ihr endlich? Die Nacht dauert nicht ewig!«

Beide Kontrahenten ließen voneinander ab und gesellten sich zu den anderen Trollen, die langsam in den Wald marschierten.

Nachdem sie einige Zeit gelaufen waren, fiel Şten auf, dass die Trolle auch in dieser Nacht überraschend ausdauernd waren, wenn man den Kampf bedachte, bei dem es doch mehr als nur eine tiefe Wunde gegeben hatte. Verwirrt beobachtete er Druan, den es am ärgsten getroffen hatte und der nun voranschritt, als wäre nichts Besonderes geschehen.

Schließlich wurde Şten von Neugier übermannt und fragte: »Wie geht es dir?«

Erstaunt sah ihn Druan an. »Gut. Warum?«

»Na ja, gestern Nacht dachte ich, dass es dich übler erwischt hat«, erklärte der Wlachake.

»Du meinst den Kampf?«, erkundigte sich Druan, und Şten nickte, »Kratzer.«

»Das waren keine Kratzer, du hast mehr als einen tiefen Schnitt abbekommen!«

»Ja, schon. Aber so was heilt doch schnell«, entgegnete der Troll mit einem Schulterzucken.

»Tatsächlich? Ein Mensch mit solchen Verletzungen wäre für lange Zeit nicht in der Lage, irgendetwas zu tun. Wenn er sie überhaupt überleben würde.«

»Es heilt schnell, vor allem über Tag. Hier, schau«, sagte Druan und zeigte Şten eine Narbe auf der breiten Brust. Mit weit geöffneten Augen starrte Şten auf die Narbe, die aussah, als wäre sie viele Jahre alt.

»Das ist von gestern?«, fragte er fassungslos.

»Ja«, antwortete Druan und fügte erklärend hinzu: »Eine Axt.«

»Bei den Geistern!«, entfuhr es Şten. »Ihr heilt wirklich schnell!«

Wieder zuckte Druan mit den Schultern. »Vielleicht heilt ihr Menschen ja auch langsam?«

Das brachte Şten zum Lachen. Aber dennoch wurde er wieder einmal daran erinnert, wie anders und fremdartig die riesigen Wesen waren, mit denen das Schicksal ihn zusammengewürfelt hatte.

Als der neue Tag anbrach und die Trolle ein Versteck gefunden hatten, das einigermaßen sicher war, wurde es Zeit für Şten, sich auf den Weg nach Teremi zu machen. Mit einem letzten Blick auf die schlafenden Trolle schlug er sich ins Unterholz. *Vielleicht sollte ich Pard jetzt töten,* dachte der Wlachake noch, *ich könnte ja sagen, dass es ein Unglück war und mir das Schwert ausgerutscht ist.*

Aber natürlich tat er es nicht, sondern ging zügig Richtung Süden, wo hinter dem sanften Hügel die Felder um Teremi beginnen mussten.

Tatsächlich lag die Stadt jetzt unterhalb von Şten. Von seinem Aussichtspunkt in der Baumkrone einer alten Linde konnte er den Hügel hinab bis zu Zorpads Hauptstadt sehen, die sich nahe der Mündung der Reiba in den Magy befand. Findige Baumeister hatten von der Reiba aus einen Kanal bis zu Mauern der Feste Remis gegraben und so einen Burggraben geschaffen, der immer von frischem Wasser gespeist wurde. Von den Zinnen der Burg und von den Türmen wehten Zorpads Banner und verkündeten der Welt, dass ihr Herr in seiner Feste weilte.

Beim Anblick der roten Banner mit der goldenen Sonnenscheibe und dem schwarzen Adler knirschte Şten mit den Zähnen. Doch im Augenblick konnte ihm sein Zorn auf den Herrn von Teremi wenig nutzen, also beruhigte er sich wieder und beobachtete gespannt Festung und Stadt. Auf den Mauern der Burg patrouillierten Wachen, aber Şten hatte nicht den Eindruck, dass es mehr als bei seinem letzten Besuch waren.

Die Tore der Stadt waren geöffnet, und es gab einen regen Verkehr an Karren, Fußgängern und dem einen oder anderen Reiter. Aus manchen Schornsteinen der weiß getünchten Häuser kräuselte sich Rauch in den Himmel, und hier und da sah Şten Menschen auf den Straßen und in den Gassen, die ihrer Arbeit nachgingen oder geschäftig unterwegs waren. Der Magy floss gemächlich durch sein breites Bett. Zwar gab es am Hafen einige Betriebsamkeit beim Be- und Entladen der

Frachtkähne, aber nichts davon war ungewöhnlich. Auch nach einiger Zeit des Beobachtens konnte Șten nichts Außerordentliches oder Besorgniserregendes feststellen. Teremi lag friedlich und ruhig zwischen beiden Flüssen.

Zorpad hätte ja wenigstens einen Feiertag ausrufen können, als er mich an den Wald gegeben hat, dachte Șten ironisch, *oder ein wochenlanges Gelage feiern.* Dann wurden seine Gedanken ernster. *Irgendwo in dieser Burg ist Viçinia, nur durch ein paar Mauern von mir getrennt,* überlegte der Wlachake, als er den Stamm des Baumes hinabkletterte und sich auf den Weg zur Straße Richtung Stadt machte.

Sich an den Wachen vorbeizuschleichen war immer eine heikle Sache. Ein einsamer Reisender weckte gewöhnlich sofort ihren Argwohn, besonders wenn der Reisende auch noch bewaffnet war. Den Wlachaken waren bis auf wenige Ausnahmen alle Kriegsgerätschaften verboten, und ein Schwert ließ sich nur schwer am Mann verstecken.

Also ließ Șten seine Waffe in einem Versteck im Wald und suchte sich auf der Straße eine kleine Reisegruppe von Wlachaken, denen er sich anschließen konnte.

Es handelte sich um drei Bauern des Umlandes, die ihre Waren in der Stadt verkaufen wollten. Sie hatten sich zum Schutz vor den Gefahren einer solchen Reise zusammengeschlossen und fuhren nun mit einem Karren gemeinsam nach Teremi.

Da seine eigene Kleidung ebenfalls die eines Bauern war, passte Șten gut zu ihnen, und sie hatten keinerlei Einwände gegen seine Anwesenheit. Während der Fahrt teilten sie Brot und Käse aus ihren Vorräten mit ihm, und der Krieger fragte sie vorsichtig nach Neuigkeiten aus. Allerdings wussten sie wenig, das ihm bedeutsam erschien. Falls sie bemerkten, dass er kein einfacher Bauer war, ließen sie es sich nicht anmerken.

Trotzdem schwitzte Șten, als sie die Stadt erreichten und von den Wachen angehalten wurden. Die Soldaten erledigten nur schnell und routiniert ihre Aufgabe, untersuchten kurz die Wagen, stellten ein paar Fragen und winkten sie dann durch, was Şten aufatmen ließ. Der Anführer der Stadtwachen hatte ihn einige Herzschläge lang argwöhnisch gemustert, und Şten hatte schon befürchtet, dass er erkannt worden sei, aber das hatten seine überreizten Nerven ihm wohl doch nur vorgegaukelt.

In der Stadt verabschiedete sich der Krieger von seinen Begleitern. Der älteste der Gruppe, ein vierschrötiger Mann mit einem ungepflegten Bart, schlug ihm herzlich auf die Schulter: »Also dann, Junge! Sichere Wege und viel Erfolg bei deinen Geschäften, was immer das für Händel sein mögen!«

Şten bedankte sich höflich und wünschte den Bauern ebenfalls alles Gute. Als die drei weiter in Richtung des Marktes zogen, fragte er sich, ob sie ahnten, wer ihr Begleiter gewesen war. Zumindest war es sicherer für sie, die Unwissenden zu spielen.

Ohne sich lange aufzuhalten, ging Şten ans Flussufer und zum Hafen hinunter und suchte die Reihen der Arbeiter dort nach einem bekannten Gesicht ab. Der Hafen war voller Menschen, und alle erweckten den Eindruck, höchst beschäftigt zu sein. Einerseits machte es das dem Rebellen einfach, unerkannt zu bleiben und nicht aufzufallen, andererseits musste er einige Zeit suchen, bevor er fündig wurde.

Etwas abseits entdeckte er schließlich die Frau, die mit einigen anderen Hafenarbeitern auf einer Kiste saß und Mora spielte. Unauffällig schritt Şten in ihre Richtung und lauschte den Witzen und Sticheleien, während er hoffte, dass sie ihn sah und erkannte.

»Lino, du dumme Kuh! Wieso sagst du fünf? Das ist doch dämlich!«

»Halt den Mund«, entgegnete die Angesprochene, deren Blick Şten auf sich zu ziehen versuchte. »Wer von uns schuldet dem anderen denn drei Kupferne, hm?«

»Pah! Doch nur, weil deine Finger so dick sind, dass man nie erkennt, wie viele du eigentlich zeigst!«

Gerade als die muskulöse Frau antworten wollte, erblickte sie Şten, der ihr zunickte und dann in einer Seitengasse in die Schatten verschwand. Nach kurzer Zeit hörte er Schritte und sah Linorel, die vorsichtig in die Gasse eintauchte.

»Lino«, flüsterte Şten und winkte sie tiefer in die Schatten.

»Şten! Meine Güte, du lebst! Was für eine Hexerei ist das?«, fragte Linorel, die sein Anblick offensichtlich erschüttert hatte. Als er ihren offen stehenden Mund mit dem herunterhängenden Kinn sah, musste Şten lachen.

»Du siehst aus, als hättest du einen Geist gesehen.«

»Ich sehe gerade einen Geist, das tue ich!«, erwiderte die kräftige Frau. »Wir dachten, du wärest tot!«

»Ich weiß«, gab ihr Şten Recht. In diesem Augenblick fuhr ein Karren an der Gasse vorbei, und die beiden zuckten zusammen und sahen sich nervös um.

»Hier ist ein schlechter Ort, um zu reden«, stellte Linorel fest, und Şten nickte.

»Können wir uns woanders treffen?«

»Die alten Verstecke sind unsicher geworden. Es gab viele Festnahmen in letzter Zeit. Zorpads Spitzel sind überall, scheint es«, erklärte Linorel.

»Ich muss vor Sonnenuntergang wieder aus der Stadt. Ich benötige aber bald eine Unterkunft. Für mich und fünf andere.«

»Pass auf: Rechter Hand am Hafen liegt ein Warenhaus, da können wir rein. Der Händler ist Richtung Turduj unterwegs. Du erkennst es an den roten Schindeln, es ist das einzige mit einem roten Dach in der Umgebung. Hier, nimm den Schlüssel«, sie reichte Şten einen kleinen Eisenschlüssel, den sie aus ihrem Gürtelbeutel zog. »Er öffnet den hinteren Eingang. Lass die Türe unversperrt, ich komme, sobald ich kann, ja?«

Mit einem Nicken verabschiedete sich Şten von ihr und verließ die Gasse Richtung Stadt, während Linorel zum Hafen zurückging.

Tatsächlich war das Lagerhaus schnell gefunden, und der Schlüssel passte in das Vorhängeschloss. *Zwergenarbeit,* stellte Şten ironisch fest, als er das Schloss sah, *in letzter Zeit sind die ja überall.*

Das schmucklose, zweistöckige Gebäude war vielleicht zur Hälfte mit Waren gefüllt, Kisten, Truhen und Fässern mit unbekanntem Inhalt. Durch schmutzige Oberlichter fiel dämmriges Licht in das Lagerhaus, in dessen Strahlen der Staub tanzte.

Da Şten keine Aufmerksamkeit erregen wollte, versteckte er sich einfach im Zwielicht der Lagerhalle zwischen den Waren und wartete ab. Es schien ihm, als warte er schon ewig, als sich endlich die Hintertür mit einem leisen Quietschen öffnete und Linorel hineinhuschte.

Mit einem breiten Grinsen packte sie zum Gruß Ştens Unterarm und schüttelte den Kopf: »Fast könnte man glauben, dass du der Liebling der Geister bist!«

»Unsinn. Ich bin einfach nur gut«, erwiderte Şten lachend, doch dann wurde er ernst.»Was ist geschehen, während ich fort war, Lino? Du hast gesagt, es gab noch mehr Verhaftungen?«

»Ja«, antwortete die Anführerin der Wlachaken in Teremi. »Giorgas wurde mitten in der Nacht aus seinem Haus geschleppt; Costin konnte entkommen, als er versuchte, in einem unserer Lager Waffen zu verstecken und dabei plötzlich von Soldaten überrascht wurde. Wir dachten ...«, begann sie, doch dann brach sie abrupt ab und sah zu Boden.

Erst verstand Şten nicht, was sie meinte, und wollte schon nachhaken, doch dann begriff er: »Ihr dachtet, ich hätte euch verraten.«

»Die Folter!«, erklärte Linorel mit gedämpfter Stimme. »Sie brechen jeden, früher oder später.«

Obwohl Şten von dem Verdacht, seine Mitkämpfer verraten zu haben, getroffen war, konnte er Linorel doch verstehen, denn er wäre nicht der Erste gewesen, der seine Geheimnisse unter den Klingen und glühenden Werkzeugen von Zorpads Folterknechten preisgegeben hätte. Deshalb wollten die Rebellen, die stets mit Tod oder Gefangennahme rechnen mussten, so wenig wie möglich über die anderen wissen. So brachte man nur einige Wlachaken in Gefahr, wenn man den Masriden in die Hände fiel.

»Sie wussten es nicht von mir«, stellte Şten fest. »Keine Folter, kaum Fragen.«

»Keine Folter?«, erkundigte sich Linorel verwirrt. »Seltsam.«

Damals hatte Şten nicht darüber nachgedacht, und sein Aufenthalt in Zorpads Kerkern war auch ohne gebrochene Glieder unangenehm genug gewesen. Aber jetzt erschien es ihm höchst ungewöhnlich, dass er nicht länger verhört worden war. *Vermutlich ist Zorpad sich seiner Sache sicher, seit er mit den Zwergen handelt,* folgerte Şten.

»Was ist mit Giorgas?«, erkundigte sich Şten. »Wisst ihr, was mit ihm geschehen ist?«

»Nein. Es ist nichts zu hören. Alles ist totenstill, und wir wagen es kaum noch, uns zu treffen. Einige von uns sind verschwunden, aus der Stadt geflohen. Andere verbergen sich. Schlechte Zeiten.«

»Verdammt!«, fluchte Şten. »Dabei brauche ich dringend Hilfe!«

»Wobei denn? Und wie ist es dir überhaupt ergangen?«, fragte Linorel wissbegierig. »Wie bist du entkommen?«

Während Şten von der Erlebnissen nach seiner Gefangennahme erzählte, betrachtete er sein Gegenüber. Niemand würde vermuten, dass die breitschultrige, burschikose Hafenarbeiterin in Wirklichkeit von adligem Blute war. Aber dennoch war es so, Linorel war die Bojarin von Doleorman, nur war das Land ihrer Familie schon beim Einfall der Masriden verloren gegangen. Seither waren die Doleormans ein Stützpfeiler der Rebellion, kämpften stets an vorderster Front und waren erbitterte Feinde der Masriden. Auch Linorel cal Doleorman war in die Fußstapfen ihrer Vorfahren getreten. Als einfache Arbeiterin verkleidet, war sie nach Teremi gegangen und hatte hier einen Kreis von Gleichgesinnten gesucht, mit dem sie gegen Zorpad und dessen Schergen vorging – die so genannten Freien Wlachaken.

Ihre Tarnung erklärte auch die einfache Kleidung, die schmutzigen Hände sowie das kurz geschorene Haar. Durch ihr breites, offenes Gesicht und ihr Lächeln gelang es ihr mühelos, das Vertrauen von Menschen zu gewinnen, und manch einer glaubte, dass sich hinter ihrem ehrlichen Gesicht ein schlichtes Gemüt verbarg.

Doch Şten wusste, dass die Wlachakin eine gefährliche Kriegerin war, die ebenso rasch einen Gedanken fassen wie ihre Waffe ziehen konnte und die schon so manchem Masriden und Szarken den Tod gebracht hatte.

Besonders die Männer des Albus Sunaş waren das Ziel ihres Hasses, und sie bekämpfte den Orden, wo sie nur konnte. Denn nach der Niederlage auf den Knochenfeldern, bei der Tirea gestorben war und sein Volk die Freiheit verloren hatte, hatten die Masriden die Ländereien von Doleorman an den Albus Sunaş übergeben, der dort eines seiner Klöster errichtet hatte …

Als Şten schließlich auf den Käfig und seine ungewöhnlichen Befreier zu sprechen kam, merkte Linorel auf.

»Trolle? Was erzählst du da?«, warf sie ungläubig ein.

Şten aber, der mit diesem Einwand gerechnet hatte, seufzte und erklärte: »Das Gleiche hat Nati auch gesagt.«

»Nati? Du hast Natiole getroffen? Wo?«

»In der Nähe von Orvol. Er sollte schon hier gewesen sein. Hat er dich nicht kontaktiert?«, fragte Şten verwirrt.

»Nein, wir haben ihn nach dem katastrophalen Treffen aus der Stadt geschmuggelt. Er sagte, er kenne einen Ort, wo er sicher sei.«

»Das sind schlechte Neuigkeiten. Er hätte schon längst in Teremi eintreffen sollen. Vielleicht …«, murmelte Şten und setzte in Gedanken fort: *Vielleicht hat er sich anderweitig Hilfe gesucht.* Das erinnerte ihn daran, dass ihm noch ein weiterer Gang bevorstand. Doch er zögerte, Flores aufzusuchen, weil er seine Schwester erst einmal nicht mit in die Sache hineinziehen wollte. Außerdem wollte er nur so wenig Menschen wie möglich in der Nähe der Trolle haben. *Obwohl, wenn ich die Wahl zwischen Pards oder Flores' Zorn hätte, wüsste ich nicht, was ich wählen sollte,* dachte er halb belustigt.

»Und was hast du jetzt vor?«, unterbrach Linorel seine Gedanken.

»Ich muss die Trolle in die Stadt schleusen. Ich muss herausfinden, was in Burg Remis geschieht und was Zorpad mit dem Kleinen Volk zu schaffen hat. Ich muss den Geiseln helfen. Ich muss Ionna warnen. Ich muss ...«

»Du musst viel, Şten, zu viel. Du wirst Hilfe brauchen.«

»Deswegen bin ich hier. Aber wenn ihr selbst Schwierigkeiten habt ...«, sagte Şten viel sagend und ließ den Satz unvollendet.

»Unsinn. Wenn deine Befürchtungen stimmen und es Krieg geben kann, dann müssen wir auf jeden Fall handeln«, stellte Linorel fest. »Aber willst du diese Trolle wirklich in der Stadt haben? Hier, mitten unter tausenden von Menschen?«

Mit einem entschuldigenden Lächeln bekräftigte der Wlachake seine Absicht: »Es liegt nicht in meiner Hand, um ehrlich zu sein. Man kann sie nur schwer daran hindern, das zu tun, was sie wollen. Wenn ich sie nicht mit Gewalt aufhalte, dann werden sie irgendwie selbst versuchen, in die Stadt zu kommen.«

»Diese Trolle klingen nach verflucht gefährlichen Wegbegleitern. Warum, bei den Dunkelgeistern, hast du dich mit ihnen eingelassen?«

»Männer in Käfigen haben wenig Möglichkeiten bei der Auswahl ihrer Verbündeten«, erklärte Şten und hob abwehrend die Hände, als Linorel protestieren wollte. »Ich weiß, ich weiß. Aber sie kämpfen auch nur gegen ihre Feinde. Sie haben mir vertraut. Was hätte ich denn tun sollen?«

»Trolle sind Ungeheuer. Wir haben genug Probleme, auch ohne sie«, stellte die Wlachakin bestimmt fest.

»Wir haben die gleichen Feinde. Vielleicht können wir einander helfen.«

»Mit solchen Wesen geht man kein Bündnis ein, Şten. Du solltest sie töten!«

»Ich habe ihnen mein Wort gegeben«, erwiderte Şten leise, und Linorel verzog das Gesicht.

»Du bist ein verrückter Hund, Şten, das habe ich immer gesagt. Was bedeutet schon ein Wort einem Ungeheuer gegenüber?«

Darauf wusste Şten keine Antwort, aber Linorel ließ von ihm ab und begann Pläne zu schmieden: »Vielleicht können wir irgendwie in die Festung gelangen, aber was machen wir dort? Wie könnten wir die Geiseln befreien, ohne entdeckt zu werden? Und wie willst du herausfinden, was genau Zorpad plant?«

»Ich weiß noch nicht. Es muss doch Hinweise in der Burg geben. Und was die Geiseln betrifft: Du weißt, wenn Zorpad den Krieg wieder entfesselt …«

»… dann sind die Geiseln so gut wie tot. Das ist mir bewusst«, beantwortete Linorel die Frage.

»Es muss einen Weg geben. Es muss«, sagte Şten beinahe flehentlich.

»Zuerst müssen deine großen Freunde in die Stadt, oder nicht?«

»O ja.«

»Das wird nicht einfach. Nachts sind die Tore geschlossen.«

»Aber der Hafen nicht«, stellte Şten mit einem verschwörerischen Grinsen fest.

»Nachts legen keine Schiffe an«, antwortete Linorel mit einem Stirnrunzeln.

»Das nicht, aber man könnte schwimmen. Oder nicht?«

»Doch, schon. Aber es gibt die beiden Wachtürme, die sind Tag und Nacht besetzt, wie du weißt. Wenn die etwas Verdächtiges entdecken, dann schlagen sie Alarm«, warf Linorel ein.

»Aber das sind die einzigen Hindernisse. Die Kette ist nicht gespannt, und selbst im Hafen ist nachts nicht so viel los.

Wenn wir ein Versteck nahe dem Wasser finden«, erklärte Şten und sah sich bedeutungsvoll in der großen Lagerhalle um, »dann könnte es gelingen.«

»Falls man an den Türmen vorbeikommt«, entgegnete die kräftige Frau skeptisch.

»Falls man an den Türmen vorbeikommt«, stimmte ihr Şten zu. »Da brauchen wir wohl Hilfe.«

»Was für Hilfe?«

»Eine Ablenkung vielleicht. Ich kenne die Wachtürme am Fluss nicht, ich weiß nicht, was man tun müsste, um die Aufmerksamkeit der Wachen auf sich zu ziehen. Es müsste ja nicht lange dauern, wir wären schnell vorbei.«

»Ich kümmere mich darum«, bot Linorel schließlich an. »Allein. Es ist besser, wenn so wenig Leute wie möglich davon wissen.«

»Ja«, stimmte ihr Şten zu, »Zorpad könnte Wind davon bekommen, falls seine Soldaten noch jemanden erwischen.«

»Wann kommt ihr?«, fragte die Wlachakin.

»In der dunkelsten Stunde der Nacht, der Stunde der Jäger«, schlug Şten vor, und Linorel nickte.

»Ich gehe jetzt zurück an die Docks, sonst wundert man sich noch, was aus mir geworden ist. Kommst du allein aus der Stadt hinaus?«

»Şten cal Dabrân ist tot, schon vergessen? Ich bin nur ein einfacher Bauer«, erwiderte Şten grinsend.

»Nein, du bist ein verrückter Hund.«

»Wuff!«, bellte Şten zwinkernd, was Linorel zum Lachen brachte.

»Du weißt, welch ein Wahnsinn das ist, oder?«, fragte sie plötzlich ernüchtert, und Şten nickte ernst.

»Sichere Wege, Şten«, verabschiedete sie sich, und er gab den Abschiedsgruß zurück.

Natürlich hatte Lino Recht. Die Trolle in die Stadt zu schmuggeln war ein verrückter Plan, aber auf dem Weg, den Şten eingeschlagen hatte, musste er es versuchen.

Die einzige andere Wahlmöglichkeit wäre gewesen, die

Trolle zurückzulassen. Doch dann würden sie trotzdem weiterziehen, und Şten hätte keinerlei Möglichkeit mehr zu verhindern, dass sie furchtbare Dinge anstellten. *Ich bin verdammt, ob ich es nun tue oder nicht,* dachte der Wlachake und schlich aus dem Dämmerlicht der Lagerhalle hinaus in den hellen Tag.

28

Obwohl es noch Wochen waren, bis der Winter Einzug halten würde, war das Wasser des Magy bereits empfindlich kalt. Die vielen Bäche und Flüsse, die ihn speisten, kamen aus den Höhen der Sorkaten, wo es stets eisig war und der Schnee niemals schmolz. Sie stürzten hinab in die Täler, um sich schließlich mit dem gewaltigen Magy zu vereinen, der schon oberhalb von Teremi einige Dutzend Schritt breit war. Besonders im Frühjahr, wenn die Schneeschmelze einsetzte, trat der Strom häufig über die Ufer und überschwemmte die Auen, die ihn umgaben. Auch wenn Teremi größtenteils etwas höher gelegen war, geschah es immer wieder, dass Teile der Stadt unter Wasser standen, weshalb die Stadtviertel, die nahe am Fluss lagen, den Ärmsten der Armen vorbehalten waren.

In diesem Augenblick aber verschwendete Şten keinen Gedanken an das Schicksal seiner Landsleute bei Hochwasser, denn seine Gedanken waren auf die vor ihm liegende Schwimmpartie gerichtet. Nur in seine Unterkleider gehüllt, stieg er ins Wasser, das ihn heftig schaudern ließ. Leise fluchend schob er das Bündel Äste vor sich her, an dem er sich festzuhalten gedachte.

Die Trolle hingegen schienen keinerlei Schwierigkeiten mit der Temperatur des Wassers zu haben, sondern schritten ohne zu zögern in die Fluten.

»Was für ein dämlicher Plan«, befand Pard, als er bis zur Brust im Wasser stand.

»Keine Sorge, dein Hintern hält dich oben«, frotzelte Roch, woraufhin Pard auf den kleineren Troll zusprang und ihn unter Wasser drückte. Als er Roch wieder losließ, tauchte dieser spuckend und keuchend auf. Lachend erklärte Pard:

»Wenn nicht, dann nehme ich deinen Hintern und fahre darauf wie auf einem Boot!«

Das brachte ihm ein grimmiges Funkeln ein, aber Pard kümmerte sich nicht darum, sondern wandte sich an Şten: »Also, Mensch, wieso kann man so einfach in diese Stadt schwimmen, aber nicht laufen?«

»Ich habe es doch schon erklärt. Der Hafen ist wichtig, weil viel Handel über den Fluss betrieben wird. Die Mauern haben kurze Ausläufer bis in den Magy und bilden so das Becken des Hafens. Und dort, wo Kähne und Schiffe in die Stadt fahren können, kann man auch hineinschwimmen. Es gibt eine mächtige Kette aus alter Zeit, die zwischen den Wachtürmen am Ende der Mole gespannt werden kann, aber die hält nur Boote auf. Außerdem wird sie nur in Kriegszeiten benutzt.«

»Die Menschen bauen Mauern um ihre Stadt, aber jeder kann reinschwimmen?«

»Von den Türmen aus kann man den Fluss mit Pfeil und Bogen unter Beschuss nehmen. Außerdem gibt es dort oben wohl noch Zwergenmaschinen, die Boote versenken können, aber gesehen habe ich bisher keine. Der Hafen ist gut bewacht, ein Heer könnte also keinesfalls unbemerkt in die Stadt eindringen. Aber wir sind ja kein Heer«, beendete der Wlachake seine Ausführungen und grinste Pard an.

»Du nicht. Ich schon!«, erwiderte dieser und wirbelte mit erhobenem Finger herum, als Roch etwas sagen wollte: »Sei lieber still!«

Pards plötzliche Bewegungen erzeugten Wellen, die Ştens kleines Floß schwanken ließen, aber wenigstens balgten die Trolle sich diesmal nicht im Wasser, sondern lachten nur verhalten.

»Leise!«, zischte Şten. »Wir sind nicht so weit weg von der Stadt. Hier könnten überall Leute sein.«

Sofort schwiegen die Trolle und sahen sich um. Mit erhobenem Haupt schnüffelte Druan und meinte dann: »Hier ist niemand außer uns.«

»Gut. Dann sollten wir uns auf den Weg machen, sonst brauchen wir zu lange«, befahl Şten und begann langsam stromabwärts zu schwimmen.

In dieser Nacht bedeckten dicke, schwere Wolken den Himmel und stahlen alles Licht der Sterne, sodass der Fluss wie schwarze Tinte dahinströmte. Nur die Lichter der Stadt, die in einiger Entfernung glänzten, spiegelten sich auf dem Wasser.

Während Şten mit der Strömung schwamm, stapften die großen und schweren Trolle einfach durch die Fluten, denn auch dort, wo der Wlachake schon lange keinen Grund mehr erreichte, konnten sie aufrecht gehen. Zwar hatten sie ihm versichert, dass sie tatsächlich alle schwimmen konnten, aber dennoch liefen sie lieber das Flussbett entlang. Immerhin wollte die kleine Gruppe ja auch in Ufernähe bleiben und sich nicht der Gefahr aussetzen, von der starken Strömung weiter draußen erfasst und am Hafen vorbeigerissen zu werden.

Nach einiger Zeit schälte sich die Stadtmauer von Teremi aus der Dunkelheit, zuerst nur als ein Schatten in der Finsternis, dann aber hob sie sich deutlich ab. Vom Fluss aus gesehen, wirkten die Wehrmauern gewaltig, und der eigentlich eher gedrungene Turm am äußersten Ende der Hafenmauer sah weitaus beeindruckender aus als vom Land aus betrachtet. Der Wachturm war, wie die Mauer auch, aus breiten Steinquadern errichtet, die aus den dunklen Felsen im Norden der Sorkaten geschlagen wurden. Er war von rechteckigem Grundriss, allerdings ragte eine der Ecken in den Fluss hinein, sodass seine Wände nicht parallel zur Hafenmauer verliefen.

Şten hatte tags zuvor, als er die Stadt verlassen hatte, noch einen Blick auf den Turm geworfen und festgestellt, dass an seiner Basis und auch an der Hafenmauer lange Metalldornen befestigt waren, die jedes Boot aufspießen würden, das versuchte, dort anzulegen. Zudem befand sich weiter oben noch eine Reihe von nach unten gebogenen Haken, die ein Erklimmen der steilen Mauer erschweren sollte. Zum Glück hatten sie nicht vor, diesen Weg zu nehmen. Zusätzlich brannte auf dem Dach des Turmes auch noch ein Wachfeuer, vor dem sich die Umrisse der Soldaten abzeichneten, die von dort aus die Einfahrt in den Hafen bewachten. Das Feuer war auf einer leicht erhöhten Plattform entzündet worden, sodass es über die Zinnen der Brustwehr hinweg leuchtete und den Wachen einen guten Ausblick auf den Fluss bot.

Der Wasserlauf trieb Şten immer weiter auf die Stadt zu, und selbst die Trolle hatten angesichts der Strömung Probleme, sich in den Fluten aufrecht zu halten. Aber sie durften nicht zu früh den Fuß des Turmes erreichen, denn ohne die versprochene Ablenkung war die Möglichkeit, dass man sie entdeckte, viel zu hoch.

Näher und näher kam die Mauer, immer höher schob sich der Turm vor die Augen des jungen Kriegers, aber noch sah er die Wachen auf ihrem Posten auf und ab gehen. Schon bald würde er in den sanften Lichtschein des Feuers treiben, und sein Gesicht und die Arme würden sich deutlich von den Wassern abheben, ganz zu schweigen von den Trollen, deren massige Häupter und Schultern kaum zu übersehen waren. Verzweifelt wollte Şten gerade versuchen, gegen den Strom zu schwimmen, als von dem Wachturm ein Ruf ertönte. Einen bitteren Herzschlag lang glaubte der Wlachake sich entdeckt und duckte sich hinter sein Floß, das man mit einigem Glück für eine zufällige Ansammlung von Treibgut halten konnte. Aber als er vorsichtig emporspähte, bemerkte er, dass die Umrisse der Wachen vor ihrem Feuer verschwunden waren, und er flüsterte den Trollen zu: »Jetzt! Macht schnell!«

Mit aller Kraft paddelte Şten mit den Beinen und dankte im Geiste seinem Vater, der darauf bestanden hatte, dass seine Kinder schwimmen lernten. Zum Glück, denn ohne es zu merken, hatte Şten die Mündung der Reiba in den Magy erreicht, und die eisige Strömung raubte ihm kurz den Atem und trieb ihn in Richtung Flussmitte des Magy ab. Ruhige, kräftige Schwimmzüge brachten ihn schließlich wieder in die Nähe des Ufers und fort von der gefährlichen Strömung, die einen Mann mitreißen und für immer verschwinden lassen konnte. Hinter sich hörte er das Grunzen eines Trolls, der sich gegen die Wassermassen stemmte, aber er hatte keine Möglichkeit, sich umzuschauen, wie es den gewaltigen Kreaturen erging.

Mit zwei letzten, kräftigen Stößen seiner Beine erreichte Şten die Mauer des Turms und hangelte sich an ihr entlang. Die dunklen, feuchten Steine waren von glitschigen Algen bewachsen und boten wenig Halt, aber die Strömung trieb Şten von ganz allein um den Turm herum. Zweimal kratzte sein Bündel Zweige über die stählernen Dornen, doch er achtete nicht darauf, sondern beeilte sich voranzukommen und glitt schließlich in das ruhige Wasser des Hafens, das im Schatten des Wachturmes lag.

Die Trolle mussten einen größeren Bogen schlagen, denn die langen Metallspieße verhinderten, dass sie sich in den Sichtschutz des Turmes begaben. Doch Pard führte sie geschickt um den Turm herum und schließlich weiter den Fluss hinab, bis sie die Mitte der Hafeneinfahrt erreicht hatten, wo die Wachfeuer der beiden Türme nur noch wenig Licht spendeten.

Mit einem Blick zurück vergewisserte sich Şten, dass die Trolle ihm folgten; sodann schwamm er langsam durch das ruhige Wasser in Richtung der Warenhäuser auf der Nordseite der großen Kaimauer.

Hier in der Mitte des Hafens herrschte tiefe Dunkelheit. Von seiner Position aus konnte Şten nun auch den Grund für den Alarmruf erkennen, denn im Süden des Hafenbeckens hatte offenbar ein Schiff Feuer gefangen und wurde von hektischen Arbeitern von der Kaimauer weggeschoben. *Guter Plan, Lino,* dachte Şten anerkennend, *alle schauen in den Süden, während wir im Norden an Land gehen.*

Das Hafenbecken wurde von einer großen Mole zweigeteilt. Früher, bevor die beiden Wehrmauern gebaut worden waren, war diese Mole der einzige Schutz vor der Strömung gewesen, aber als Teremi gewachsen war, hatten die Befestigungen des Hafens diese Aufgabe mit übernommen. Jetzt gewährte die Mole Şten und den Trollen Schutz; alle Aufmerksamkeit der Wachen und Arbeiter galt den Löscharbeiten am brennenden Schiff, und sie konnten nahe den nördlichen Warenhäusern aus dem Hafenbecken klettern.

Während Şten sich an der Mauer hochzog und im Schatten eines Frachtkahns aus dem Becken stieg, blieben die Trolle noch im Wasser. Vorsichtig sah der Wlachake sich um. Die Aufregung um das brennende Schiff am anderen Ende des Beckens klang zu ihnen herüber, aber rund um sie herum war alles still. Die Ausgangssperre, die mit Einbruch der Nacht über der Stadt lag, sorgte für ruhige Straßen.

Die Lagerhäuser am Hafen ragten düster vor ihnen auf, aber Şten konnte keinerlei Bewegung erkennen. Es gab nächtliche Patrouillen aus der Feste Remis, die über die Einhaltung von Zorpads Gesetzen wachten, aber selten drangen diese bis in das Apaş, das Hafenviertel von Teremi, vor. Die Besitzer der Hallen, die reichen Händler und Adligen, hatten ihre eigenen Wächter; sie heuerten Kämpfer an, welche sie und ihre Waren beschützen sollten. *Käufliche Schwerter, die für schnödes Geld kämpfen, töten und sterben. So wie Flores,* dachte Şten düster, wurde aber durch einen leisen Pfiff aus den Gedanken gerissen.

In einer schmalen Gasse zwischen zwei Lagerhäusern tauchte eine schwarz gewandete Gestalt auf, die Şten schließlich als Costin Kralea erkannte, einen kleinen, schlanken Wlachaken, der ebenfalls zu dem eingeschworenen Kreis von Rebellen in der Stadt gehörte. Wachsam näherte sich Şten dem jungen Mann mit den kurz geschorenen Haaren, der verschmitzt grinste, und musterte ihn. Noch immer trug Costin einen kurzen Spitzbart, der wie auch sein Haupthaar von ungewöhnlich heller Farbe war – eine Tatsache, die den Rebellen immer wieder zum Ziel des Spotts seiner Gefährten werden ließ, welche ihm allerlei abenteuerliche Verwandtschaftsverhältnisse unterstellten. Aber so lange Şten den Mann schon kannte, ertrug er den Spott gelassen und führte selbst eine äußerst spitze Zunge. Jetzt jedoch flüsterte er nur: »Şten. Gut, dich zu sehen.«

»Costin. Hat Lino also doch noch Hilfe in der Stadt!«

»Nicht mehr viel, Şten, nicht mehr viel«, antwortete der Rebell. »Lass uns von hier verschwinden. Lino sagt, du wärst nicht allein?«

Als Antwort nickte Şten und schlich zurück zur Wasserfront, wo er den Trollen, deren Köpfe über der Wasseroberfläche schwebten wie gewaltige Bojen, zuflüsterte: »Kommt raus. Aber leise!«

Sogleich kletterten die Trolle aus dem Hafenbecken, und Costin entfuhr beim Anblick der Kreaturen ein Fluch. »Bei den Geistern, Şten! Lino hat erzählt, in welcher Begleitung du unterwegs bist, aber das ...«

»Leise!«, fauchte ihn Şten an. »Ja, ich weiß. Wir reden später.«

Damit zog er den kleinen Schlüssel, den er sich an einem Stück Seil um den Hals gehängt hatte, aus dem Hemd und fragte Costin: »Wo ist das Lagerhaus? Im Dunkeln sehen sie alle gleich aus.«

»Folgt mir«, antwortete der kleine Mann mit einem entgeisterten Blick auf die dunklen, tropfenden Gestalten der Trolle und eilte zurück in die Gasse, aus der er gekommen war. So leise wie möglich kamen Şten und seine gewaltigen Gefährten der Aufforderung nach, wobei die Trolle sich geradezu durch die schmale Gasse zwängen mussten. Pards Schultern kratzten über die Wände, und selbst als er sich seitwärts drehte, war kaum genug Platz für ihn. Vor allem die langen, nach hinten gebogenen Hörner auf seinem Schädel machten dem Troll zu schaffen, der offensichtlich immer ungehaltener wurde und etwas von »verfluchten Menschen mit ihren verfluchten Mauern« vor sich hin murmelte. Wenigstens hielt er sich noch zurück und donnerte nicht gleich los, wie es sonst seine Art war.

Anda indes beschwerte sich: »So viel Geruch!«

»Willst du sagen, dass es hier stinkt?«, fragte Şten überrascht, der sich zwar an den strengen Geruch der Trolle gewöhnt hatte, sich aber dennoch kaum vorstellen konnte, dass sie außer sich selbst noch andere Düfte wahrnahmen.

»Nein«, antwortete Anda. »Aber hier sind so viele verschiedene Gerüche.«

»Ruhe da hinten!«, befahl Pard zischend, während er sich durch die enge Gasse quetschte. An der Kreuzung blieb Costin stehen und blickte sich um, bevor er die kleine Gruppe nach links in eine etwas größere Straße führte und von dort aus nach einigen Dutzend Schritt wieder nach links in eine Gasse, die Şten erkannte, denn dort befand sich der Hintereingang zum Lagerhaus, für den er den Schlüssel besaß.

Plötzlich erklang hinter ihnen ein Ruf: »Halt!«

Entsetzt fuhr Şten herum und sah einen Lichtschein, der sich auf die Mündung der Seitenstraße zubewegte, in der sie sich befanden. Irgendwer kam mit einem Licht die Straße hinunter. Bald würde die Laterne in die Gasse leuchten, und dann würde es großen Lärm geben. Şten konnte sich nur zu gut die Reaktion eines Menschen auf den Anblick der Trolle ausmalen. Selbst wenn er sicher war, dass sie mit jedem Angreifer fertig werden konnten, so würden zu viele Menschen die Trolle sehen.

Şten erinnerte sich nur zu gut an Orvol. Deshalb drückte er sich hastig an den großen Wesen vorbei, um die Tür zu erreichen. Schon öffnete er die Pforte und zischte: »Rein, schnell, rein da!«

Sein Blick fiel auf Costin, der sich nervös mit der Hand über das Gesicht fuhr und Şten dann grimmig zunickte: »Sichere Wege!«

Bevor Şten etwas sagen konnte, war der Rebell schon losgerannt und sprang nun von der Gasse auf die Straße. Sofort ertönten Rufe und rennende Schritte. Während die Trolle sich mit allerlei Verrenkungen in die Lagerhalle zwängten, sah Şten noch, wie Costin Fersengeld gab und davonlief. Kurz danach rannten drei Personen vorbei, von denen Şten im schwankenden Licht ihrer Lampe wenig mehr erkennen konnte, als dass sie bewaffnet und gerüstet waren.

»Sichere Wege, Costin«, flüsterte Şten, als er sich hinter Zdam in die Halle schob und die Tür schloss. Neben ihm baute sich Pard auf und hob die Fäuste, bereit, jeden Eindringling noch in der Tür mit den gewaltigen Pranken niederzustrecken, doch die Schritte und Rufe verklangen, und Stille senkte sich über sie.

»Wer war das?«, fragte Druan. »Soldaten von Zorpad?«

»Vermutlich nicht«, erwiderte Şten und lehnte sich aufatmend an die Wand. »Eher Söldlinge.«

»Söld... was?«, fragte Roch neugierig.

»Söldner. Käufliche Schwerter«, erklärte Şten. Als er den verständnislosen Blick auf dem Gesicht des Trolls bemerkte, fügte er hinzu: »Männer, die für Geld kämpfen. Man bezahlt sie dafür.«

»Wofür kämpfen die?«, erkundigte sich Roch ratlos und kratzte sich am Schädel.

»Geld. Münzen. Meine Güte, für wertvolle Sachen. Für Dinge, die wichtig sind und mit denen man andere Dinge kaufen kann. Gold?«

»Gold, ja«, erwiderte Druan. »Die Zwerge suchen immer danach.«

»Es ist wertvoll. Man kann damit alles kaufen, also ich meine, alles ertauschen, was man will«, erklärte Şten. »Wie ist das bei euch? Habt ihr kein Geld?«

»Nö«, entgegnete Roch.

»Wie handelt ihr?«, fragte Şten erstaunt.

»Wenn man etwas haben will, dann gibt man etwas dafür her«, erklärte Roch geduldig, als spräche er mit jemandem, der schwer von Begriff war. »Aber es gibt ja nicht viel, was man braucht.«

Der Troll sah sich in der Halle um. »Ihr habt sehr viele Sachen in euren Häusern und Mauern. So was kennen wir nicht.«

»Wir brauchen das auch nicht!«, entschied Pard grimmig.

»Verstehe«, antwortete Şten und erläuterte: »Aber bei uns ist das anders. Und Geld, na ja, das ist so: Gold und andere Metalle sind wertvoll. Aber es ist schwer, damit zu tauschen.

Also macht man kleine, runde Scheiben daraus, die man Münzen nennt. Und da alle Münzen gleich groß sind, haben sie den gleichen Wert. Eine Münze aus Gold ist viel wert. Viele Menschen sehen in ihrem Leben nicht eine davon.«

»Aber Metall kann man nicht essen. Man kann auch sonst nichts damit machen«, warf Roch schon fast empört ein.

»Waffen aus Metall«, erinnerte ihn Druan.

Aber der einhornige Troll entgegnete: »Aus Gold?«

»Nein«, sagte Şten. »Aus Gold stellt man keine Waffen her, das ist zu weich. Aber mit Gold kann man Waffen kaufen.«

»Aber warum ist Gold dann so wertvoll, wenn man nichts daraus machen kann?«

»Das ist halt so«, stellte Şten fest, der daran noch nie einen Gedanken verschwendet hatte. »Gold bedeutet den Menschen etwas.«

»Und Zwergen auch«, sagte Druan düster, woraufhin Şten nickte. Verlegen sah der Krieger sich um, denn Druans Kommentar klang anklagend, und vermutlich hatte der Troll Recht. Die Gier des Kleinen Volkes nach Gold war legendär, und den Erzählungen der Trolle nach war diese Gier ein Hauptgrund für den Krieg zwischen den Zwergen und den Trollen.

Dann erinnerte sich Şten an Pards Arme, die den Käfig verbeulten, in dem er gefangen gewesen war, und sein Mitleid verschwand. *Sie sind nicht besser als das Kleine Volk.*

Ein leises Klopfen brachte Bewegung in die schweigenden Gestalten, und der Wlachake schlich zur Tür, während Pard und Zdam sich rechts und links davon postierten. Aber als Şten die Tür einen Spalt öffnete und hinausspähte, sah er nur Linorel, und er gab Entwarnung.

Als die Rebellin durch die Tür in die Halle trat, zuckte sie beim Anblick der Trolle zurück. »Radu beschütze uns!« Kopfschüttelnd warf sie Şten ein Bündel zu und machte sich daran, eine Lampe zu entzünden. Während Şten einige Kleidungsstücke auspackte und aus seinen nassen Unterkleidern schlüpfte, besah sich Linorel seine Begleiter und stellte dann fest: »Costin hat nicht gelogen. Das ist unfassbar, Şten!«

»Du hast ihn getroffen? Ist er …«

»Er ist entkommen. Er ist ein guter Läufer«, erklärte die Wlachakin mit einem Grinsen. »Schneller als jemand in Rüstung allemal.«

»Der Maler!«, lachte Şten. »Immer für eine Überraschung gut.«

»Man sieht es ihm nicht an, oder?«, fragte Linorel belustigt, fuhr aber herum, als Roch sich plötzlich in ihr Gespräch einmischte.

»War der Mann ein Lautmaler?«

Verwirrt sah die Rebellin zu Şten, der dem Troll erläuterte: »Auch. Costin ist eigentlich Maler. Er malt Bilder, streicht Wände, kennt sich mit Farben aus. Aber er kann lesen und schreiben und verdient seinen Lebensunterhalt zuweilen als Schreiber. Als, ja, als Maler *und* Lautmaler.«

»Lautmaler?«, flüsterte ihm Linorel aus dem Mundwinkel zu. »Was, bei den Dunkelgeistern, soll das sein?«

»So nennen sie das Schreiben«, erklärte ihr Şten, und die groß gewachsene Wlachakin nickte verständnislos.

»Können wir uns unterhalten, Şten? Ich meine, allein«, bat sie sodann.

»Natürlich«, antwortete der Krieger und folgte ihr tiefer in das Lagerhaus, wo sie außer Hörweite der Trolle stehen blieben.

»Das ist noch wahnsinniger, als ich gedacht hatte!«, fuhr Linorel ihn an.

»Was?«, fragte Şten.

»Was? Schau sie dir an! Das sind Ungeheuer. Kreaturen der Dunkelheit. Hast du ihre Klauen gesehen? Ihre Fänge?«

»Ja, natürlich«, erwiderte er erbost. »Ich reise schon eine Weile mit ihnen, verdammt. Ich weiß, wie sie aussehen.« Doch dann hob er beschwichtigend die Hände: »Hör mir zu«, begann er und redete flehentlich weiter, als sie ihn unterbrechen wollte: »Hör mir zu, bitte!«

Unentschieden starrte Linorel an die Decke, bevor sie nachgab und nickte.

»Es sind Ungeheuer, ich weiß das. Aber wir brauchen sie.«

»Was? Wofür sollten wir diese Kreaturen brauchen?«

»Zorpad verbündet sich mit den Zwergen. Es wird Krieg geben, wenn es stimmt, was ich vermute. Und wir müssen Zorpad aufhalten.«

»Stimmt. Aber was haben die Trolle damit zu tun?«, fragte Linorel scharf.

»Sie kennen die Zwerge. Nach allem, was ich gehört habe, glaube ich, sie sind der Grund, warum die Zwerge überhaupt mit Zorpad handeln. Wenn wir ihnen helfen, wenn wir ihr Problem lösen, dann verliert Zorpad seine Verbündeten.«

»Möglich«, gab die Rebellin zögerlich zu.

»Wir sind auf einen weiteren großen Krieg nicht vorbereitet. Du warst bei der Herbstschlacht dabei. Du weißt, wie kurz wir vor einer Niederlage standen!«

»Wir haben gesiegt, Şten! Wir Wlachaken haben die Masriden besiegt! Auch ohne die Hilfe von Ungeheuern!«, entgegnete Linorel hitzig.

»Ja. Aber wird es jetzt wieder so sein? Wenn Zorpad neue Verbündete hat?«

Darauf antwortete sie nicht und kaute zweifelnd auf ihrer Unterlippe, was Şten für ein gutes Zeichen hielt.

»Wir müssen dieses Bündnis aufbrechen«, fuhr er fort. »Ansonsten kommt Krieg. Wenn wir jetzt kämpfen, wer bestellt dann unsere Felder? Wer wird unsere Ernten einholen?« Fragend sah Şten sie an, doch sie wusste ebenso wenig eine Antwort wie er … ebenso wenig, wie es vor einem Jahr eine gegeben hatte, als die Wlachaken trotz ihres Sieges auf dem Schlachtfeld einen Frieden mit Zorpad hatten schließen müssen, um nicht zu verhungern.

»Ich will die Freiheit ebenso sehr wie du. Das weißt du, Lino. Denk nach. Wir dürfen uns von Zorpad nicht zur Untätigkeit verdammen lassen. Wir müssen handeln. Er hat einen Vorteil, einen gewaltigen Vorteil, wenn dieses Bündnis existiert. Also müssen wir dort zuschlagen, wo er es nicht erwartet.«

Mit gerunzelter Stirn sah Linorel ihm in die Augen, schien nach irgendwas zu suchen, was sie nicht fand. Schließlich seufzte sie: »Du hast Recht. Aber Şten: Trolle?«

»Frag mich was Leichteres. Ich habe es mir nicht ausgesucht, aber jetzt muss ich diesen Weg bis zum Ende gehen, so bitter es auch sein mag.«

»Meine Güte, du klingst wie ein Barde!«, stellte Linorel lachend fest, was Şten aufstöhnen ließ.

»Bitte du nicht auch!«

»Was?«, fragte sie verdutzt.

»Ich habe jemanden getroffen, der mir ausgiebig erzählt hat, ich sei ein Held. Das war ...«, hob Şten an, doch er wurde von einem Lachanfall der Rebellin unterbrochen.

»Du? Ein Held? Ich lach mich scheckig!«

Obwohl Şten tatsächlich bescheiden war, fühlte er sich plötzlich doch bei seiner Ehre gepackt: »Na ja, ich habe schon ...«

Weiter kam er nicht, denn erneut wurde Linorel von Lachen geschüttelt. Missmutig funkelte Şten sie an, bis sie sich wieder beruhigt hatte.

»Du bist ein verrückter Hund, Şten cal Dabrân. Du hast einiges vollbracht. Aber Helden stecken gewöhnlich nicht in Käfigen, und Helden haben auch keine Trolle als Gefährten!«, stellte Linorel grinsend fest.

»Ist ja gut«, erwiderte Şten säuerlich. »Genau das habe ich dem Kerl auch gesagt.«

»Wem eigentlich?«, erkundigte sich die kräftige Frau.

»Einem Mann aus dem Imperium. Ein Dichter oder Schreiber oder so. Ziemlich seltsame Gestalt, aber ich hatte andere Probleme am Hals.«

»Apropos Probleme, was machen wir nun mit denen?«, meinte die Wlachakin und wies mit dem Kopf in Richtung der Trolle.

»Wie lichtdicht ist das Lagerhaus?«, fragte Şten.

»Es gibt nur die Fenster unter dem Dach, und die kann man mit Läden verschließen. Also sollte es ziemlich dunkel sein.«

»Wenn das Sonnenlicht sie nicht erreicht, können sie für sich selbst sorgen. Ich werde morgen in die Stadt gehen und versuchen, ein paar Dinge herauszufinden. Wie viel Zeit bleibt uns hier?«

»Ich erwarte die Kähne nicht bald zurück, vielleicht in drei, vier Tagen, eher später. Bis dahin sollte das Haus verschlossen bleiben und für euch sicher sein«, erklärte Linorel.

»Gut. Dann rechnen wir mit höchstens zwei weiteren Nächten.«

»Am besten wäre es, wenn ihr morgen wieder verschwindet«, stellte die Wlachakin trocken fest.

»Das wird nicht so einfach sein. Zumindest das Problem der Trolle müssen wir lösen, sonst gehen sie nirgends hin. Sie sind sehr dickköpfig«, erklärte Şten und führte in Gedanken fort: *Und wir müssen Viçinia befreien, bevor es zu spät ist.*

»So dickköpfig wie du? Das glaube ich kaum.«

»Was? Entschuldige, ich war in Gedanken.«

»Vergiss es«, sagte Linorel. »Wir haben viel zu tun. Es wird Zeit, dass ich die anderen zusammenrufe. Zumindest jene, die noch übrig sind.«

»Wer ist das alles?«

»Du meinst die Leute, auf die ich mich verlassen kann?«, fragte die Rebellin und fuhr fort, als Şten nickte. »Costin, Aurela Dan, Octeiu. Ich. Das war's.«

»So wenige?«, fragte Şten entsetzt.

»Der Rest ist geflohen oder hält sich versteckt, und ich kann es ihnen nicht verübeln.«

»Ja, du hast Recht. Ich hatte nur auf mehr gehofft. Wir sind damit ... zu fünft?«

»Und deine Freunde da hinten«, fügte Linorel hinzu, aber Şten sah sie nur zweifelnd an. Eigentlich müssten sie ohne die Trolle auskommen, denn diese waren in der Stadt zu auffällig und würden sicherlich einen Volksauflauf bewirken, wenn man sie entdeckte.

»Ruf alle zusammen. Wir müssen einen Plan schmieden. Jede einzelne der vor uns liegenden Aufgaben ...«

»Ist glatter Selbstmord«, unterbrach ihn Linorel. »Aber haben wir eine Wahl?«

»Nein, vermutlich nicht«, stimmte ihr Şten grinsend zu.

»Eben. Sichere Wege, Şten«, verabschiedete sich die Wlachakin und nickte den Trollen noch einmal zu, bevor sie die Lagerhalle verließ.

Auch Şten ging zurück zu seinen monströsen Kampfgefährten, die mit Fragen über Städte auf ihn einstürmten. Abgelenkt beantwortete er diese, wobei seine Gedanken immer wieder um Viçinia kreisten. *So nah und doch unerreichbar*, dachte der Wlachake erbittert.

29

Einen Heiler in der Stadt zu finden erwies sich als überraschend schwierig. Oder besser gesagt, einen Heiler, dessen Fähigkeiten Sargan vertrauen konnte. Der Rückweg nach Teremi war quälend gewesen, denn die Wunde von dem Armbrusttreffer schmerzte bei jedem Schritt, und dementsprechend düster war Sargans Gemüt, als er die Stadttore erneut passierte.

Erst nachdem er durch die halbe Stadt gehumpelt war, fand er endlich einen älteren Mann, der von sich behauptete, seine Kunst außerhalb des Landes Ardoly gelernt zu haben. Leider lebte der Heiler in einer Behausung, die Sargan mehr wie ein heruntergekommener Verschlag vorkam. Zudem schienen ihm die Klauen und Federn von Hühnern, die überall in der kleinen Hütte von der Decke hingen, nicht gerade Vertrauen erweckend.

»Setzt Euch nur, Herr, und lasst mich Euer Bein betrachten«, begrüßte ihn der Mann, dessen kahler Schädel von zahlreichen Altersflecken bedeckt war. Er führte Sargan zu einem Schemel, der mitten im Raum stand.

Die Balken der Unterkunft waren rußgeschwärzt, oder zumindest hoffte Sargan, dass der schwarze Belag Ruß war, und ein ätzender, die Augen zu Tränen reizender Rauch hing in der Luft. *Agdele steh mir bei,* dachte Sargan verzweifelt, *aber das ist das Beste, was ich hier finden konnte. Vermutlich kippt er gleich Hühnerblut über mich und erklärt mich für geheilt!*

Während Sargan den Stofffetzen von seinem Bein wickelte und die Wunde freilegte, plapperte der Alte munter weiter: »Solche Löcher haben ich schon oft gesehen, Herr. Sieht aus wie ein Armbrustschuss oder als hätte Euch ein Vinai mit seinem Bogen erwischt. Obwohl, dann wäre das Loch vermutlich eher in Eurem Herzen, he he.« Der Heiler lachte meckernd.

Sorge beschlich Sargan. Die Bewohner Ardolys mit ihren schlichten Gemütern ließen sich wahrscheinlich freudig alles erzählen und nahmen dem Heiler die Geschichten über seine fernen Reisen auch noch ab. Er selbst bezweifelte stark, dass der Alte jemals einen Vinai gesehen hatte, doch in Ermangelung einer besseren Möglichkeit begab er sich schließlich mit einem Achselzucken in die Hände des Heilers.

Dieser drückte und quetschte das Fleisch um die Wunde, bis es Sargan vor Schmerz beinahe schwarz vor Augen wurde. Als er schon dachte, er könne die Schmerzen nicht mehr ertragen, verteilte der Heiler großzügig eine kühle Paste um die Wunde und verband das Bein mit einigen geschickten Handgriffen. Tatsächlich erschien es Sargan, als ob die Schmerzen ein wenig nachließen, und er stand erstaunt auf und belastete das Bein vorsichtig.

»Es wird noch dauern, Herr, bis die Wunde verheilt ist«, informierte ihn der Heiler, »aber wenn Ihr vorsichtig seid, wird Sie nicht wieder zu bluten anfangen. Und meine Salbe sorgt dafür, dass die Wunde nicht schwärt.«

»Schwärt?«, fragte Sargan angewidert.

»Eine schwärende Wunde eitert und wird rot und heiß, Herr, und Ihr bekommt Fieber und seht Unwirkliches. An dieser Stelle kann man Euch das Bein nicht abnehmen. Wenn die Wunde schwärt, dann müsst Ihr wohl sterben.«

»Oh, danke. Aber deine Salbe ...«

»Wird das verhindern, Herr«, erwiderte der Heiler und zeigte ein zahnloses Grinsen, das Sargan nicht wirklich Mut einflößte. Ohne es zu wollen, erinnerte er sich an die Geschichten über den Imperator Loras den Ersten, der sich bei einem Sturz vom Pferd das Bein gebrochen hatte. Seine Leibärzte hatten nicht verhindern können, dass die Wunde sich entzündete, wohl aber hatten sie den Imperator mit ihrer Kunst vor dem Tode bewahrt. Nur, dass er den Rest seines Lebens ständig unerträgliche Schmerzen litt und auch die stärksten Tinkturen nichts dagegen ausrichten konnten. Weniger als neun Monde regierte Loras I. noch, wurde den Geschichten nach währenddessen ständig mehr und mehr vom Wahnsinn ergriffen, bis er eines Nachts aus dem Fenster seiner Gemächer sprang. Böse Zungen behaupteten, dass seine Schwester Midara ein wenig bei dieser Entscheidung nachgeholfen habe und dass die Palastwachen, durch die vielen unsinnigen Entscheidungen und seltsamen Erlasse verunsichert, sie dabei nicht aufhielten. *Und zwei Jahre später haben die Wachen Midara I. die Grausame im Schlafe erdrosselt und ihren Kommandanten auf den Thron gesetzt,* sinnierte Sargan. *Zum Glück habe ich weder Schwestern noch Wachen und muss mich nur mit diesen rückständigen Menschen hier herumplagen.*

Natürlich ließ er sich seine Vorbehalte nicht anmerken, sondern dankte dem Alten freundlich lächelnd und entlohnte ihn für seine Mühen, bevor er aus der stickigen Hütte ins Freie trat und tief durchatmete.

Es war an der Zeit, seine Lage zu überdenken und eine neue Vorgehensweise zu bestimmen, nachdem sein bisheriger Plan durch das unerwartete Auftauchen dieser Wesen aus Schauermärchen und Legenden überholt war. Dennoch, die Trolle waren offensichtlich aus Fleisch und Blut und nicht aus Sagenstoff. *Und sie sind Feinde der Zwerge,* dachte Sargan. *Vermutlich wissen sie viel über das Kleine Volk.*

Fröhlich vor sich hin pfeifend, lief der kleine Mann vorsichtig die Straße hinunter und suchte nach einer Unterkunft für die nächsten Tage. Nun, da es ihm besser ging, sah die Stadt auch freundlicher und einladender aus, zumal die hellen Häuser von der Sonne beschienen wurden. Aus den Worten des Wlachaken Şten hatte Sargan entnommen, dass dieser und die Trolle vermutlich nach Teremi kommen würden, also würde der Dyrier hier auf sie warten. Egal, was der junge Dickkopf gesagt hatte, die Möglichkeit, mit den Trollen zu sprechen und ihre Geheimnisse zu erfahren, war einzigartig, und er, Sargan, würde sie sich nicht entgehen lassen. Angst hatte er keine vor den gewaltigen Wesen, auch wenn es sicherlich angeraten war, sich umsichtig zu geben und immer eine Hintertür zur Flucht offen zu halten.

Vermutlich würde es kein großes Problem darstellen, den Trollen ihr Wissen aus der Nase zu ziehen, denn besonders schlau erschienen die Kreaturen Sargan nicht gerade. Vielmehr galt es erst einmal, sie zu finden. Natürlich konnte Şten sie nicht offen nach Teremi bringen, nicht einmal in die Nähe der Stadt, vor allem nicht, da sie tagsüber hilflos und angreifbar waren. Vermutlich würde der Wlachake also versuchen, die Wesen im Schutze der Dunkelheit in die Stadt zu schmuggeln.

Da er mehr oder weniger zugegeben hatte, dass er der besungene Rebell aus Dabrân war, würde er wohl Kontakte unter den Wlachaken in der Stadt haben, aber natürlich waren die Tore von Teremi in der Nacht fest verschlossen. *Wie also wird Şten die Trolle in die Stadt bringen?*, überlegte Sargan. *Oder will er Teremi gar angreifen? Waren die riesigen Wesen nur die Speerspitze eines Heeres?*

Der Gedanke schüchterte den Dyrier ein, denn er hatte keinesfalls vor, mitten in einen Belagerungskrieg zu geraten. Dann aber dachte er bei sich, dass eine Vorhut, die den Tag über außer Gefecht war, kaum sinnvoll war. *Und Heere ziehen nicht unbemerkt durchs Land; vermutlich hätte ich schon davon gehört, wenn sich eine bedeutende Streitmacht Teremi nähern würde.*

Es war weitaus wahrscheinlicher, dass es sich bei Ştens Gefährten lediglich um eine kleine Gruppe handelte. Zudem schien der Wlachake ein eher unfreiwilliger Begleiter der Trolle zu sein.

Die ganze Situation war für den Dyrier ein wenig undurchschaubar, aber eines war ihm klar: Er wollte mehr darüber herausfinden. Und da Ştens Warnung vor Teremi sein einziger Hinweis war, würde Sargan hier bleiben. Er würde gewiss einen Weg finden, die Trolle wiederzutreffen und ihr Wissen über die Zwerge in Erfahrung zu bringen. *Als ob ich auf einen ungewaschenen Bauern mit einem Schwert hören würde, nur weil diese Hinterwäldler glauben, er wäre ein Held!*

»Ist das Wasser heiß genug, Herr? Und ist sonst alles zu Eurer Zufriedenheit?«

»Das Wasser ist heiß genug, aber meine Zufriedenheit ließe sich noch steigern, wenn du mir die Haare waschen würdest.«

Grinsend bemerkte Sargan, wie die junge Magd errötete, als er ihr zuzwinkerte. Beschämt senkte sie den Blick und nestelte an ihrer Haube, die keck ein wenig schief auf ihren dunklen Locken saß. Anerkennend ließ Sargan den Blick über ihren Körper wandern, der zwar in ein mehr oder weniger formloses braunes Gewand gehüllt war, das aber ihre wohlproportionierten Rundungen nicht gänzlich verbergen konnte. *Ich bin schon zu lange von meinen Frauen getrennt,* stellte Sargan trocken fest, als er spürte, wie seine Männlichkeit sich regte. Seufzend ließ er sich tiefer in den mit heißem Wasser gefüllten Holzbottich sinken.

Da er nie geplant hatte, sich so lange in Ardoly und ohne Kontakt zum Imperium aufzuhalten, hatte er nicht besonders viel Geld mitgenommen. Seine Reserven schwanden rasch dahin, aber dennoch hatte er sich dafür entschieden, in eines der teuersten Gasthäuser in Teremi einzukehren. *Hier ist es immerhin fast wie in einer der entfernten Provinzen des Imperiums,* sinnierte der Dyrier, *nur schmutziger und unzivilisierter.* Aber das Bad, das er sich gerade gönnte, entschädigte ihn zumindest teilweise für den Rest der Unannehmlichkeiten, die dieses Land vor ihm auftürmte.

Immerhin können sie Wasser heiß machen, das ist ja auch was, dachte Sargan sarkastisch und überlegte, ob er die dunkelhaarige Magd wohl überzeugen konnte, heute Nacht sein Bett zu wärmen. Dann aber entschied er sich doch dagegen, denn falls die Trolle tatsächlich ein Interesse an Teremi hatten, dann würde sich dieses nur nachts offenbaren, also musste der Dyrier auf der Hut sein und stets bereit, die Gelegenheit beim Schopf zu packen. Also genoss er einfach die wohlige Wärme des Bades und wandte den Blick von dem durchaus ansehnlichen Hinterteil der jungen Frau ab.

Die Ausgangssperre, die nach Einbruch der Nacht in Teremi herrschte, wurde offenkundig durch ständige Patrouillen von Soldaten aus der Feste durchgesetzt. Das machte es Sargan nicht gerade leichter, sich ungesehen und frei zu bewegen. Auf der anderen Seite wusste er, dass es Şten und den Trollen noch schwerer fallen würde.

Ein ums andere Mal wich der Dyrier den Soldaten aus und versuchte, die Stadt am Magy besser kennen zu lernen, um für den richtigen Augenblick gewappnet zu sein. Seine Entdeckungstouren brachten ihn schließlich zu der Erkenntnis, dass die Stadtteile nahe der Feste am besten patrouilliert wurden, während die ärmeren Gegenden, allen voran das Hafenviertel, deutlich seltener von den Wachen frequentiert wurden. Dies wunderte Sargan nicht, denn der Großteil der Masriden wohnte in den höher gelegenen Teilen der Stadt, während die Wlachaken, zum größten Teil arm, näher am Magy lebten. Der Teil der Stadt, den sie *Tereş* nannten, wurde aufgrund der großen Zahl an Szarken, die dort ihr Heim hatten, ebenfalls gewissenhaft überwacht und bot dementsprechend wenig Möglichkeiten, ungesehen hineinzugelangen, vor allem, da der Zugang vom Fluss her durch eine hohe Wehrmauer versperrt war.

Vermutlich wusste auch Şten das und würde versuchen, die geringere Anwesenheit der Soldaten im Bereich des Hafens auszunutzen. Inzwischen hatte sich Sargan überlegt, wie er selbst eine Gruppe von Personen nachts in die Stadt bringen würde, und ihm fielen nur zwei Möglichkeiten ein: entweder über die Mauer oder aber durch den Fluss.

Für sich allein hätte Sargan den Weg über die Mauer vorgezogen, aber mit Ştens monströsen Begleitern an der Seite würde der Dyrier den Hafen wählen. Demzufolge suchte

Sargan vor allem in der Nähe des Flusses und schlich durch die Straßen und Gassen zum Hafen.

Eine breite, gepflasterte Straße, auf der man hin und wieder Gruppen von Wachen sah, führte zu den Warenhäusern und Anlegestellen; ansonsten war das Hafenviertel ein Labyrinth aus verwinkelten Gassen und schmalen Straßen, an denen die gedrungenen Häuser so dicht standen, dass vermutlich nicht einmal am Tage das Licht der Sonne den Boden erreichte.

In dem Gewirr von Gassen, Hinterhöfen und Schlupflöchern fühlte sich Sargan fast wie in den Städten seiner Heimat. Allerdings bekam er außer den üblichen Ratten – sowohl tierischen als auch menschlichen – nichts Besonderes zu Gesicht.

Zeit verstrich, und außer ein paar wagemutigen Nachtschwärmern begegnete ihm bald niemand mehr. *Vielleicht verschwende ich nur meine Zeit,* überlegte der Dyrier, *wäre ja möglich, dass ich den Wlachaken falsch verstanden habe.* Doch dann vernahm er vom Hafen aus aufgeregte Rufe, und ein Lächeln stahl sich auf seine Lippen.

Geduckt huschte der rothaarige Mann durch die Gassen und näherte sich der Wasserfront. Schon aus einigen Straßenzügen Entfernung sah er einen roten Schimmer, und sein Verdacht, dass es ein Feuer gab, bestätigte sich, sobald er den Hafen erreichte. Im Schatten zwischen zwei Lagerhäusern verborgen, beobachtete er, wie Soldaten und Anwohner versuchten, einen brennenden Frachtkahn von der Kaimauer wegzustoßen. Selbst Sargan, der wenig Ahnung von Schiffen hatte, konnte erkennen, dass dieses Lastschiff nicht mehr zu retten war, denn die Flammen schlugen sicherlich vier oder fünf Schritt in die Höhe. Zum Glück war der Kai breit, und es bestand wenig Gefahr, dass die Flammen auf eines der Warenhäuser übergriffen. In der Nähe des Bootes lagen auch keine weiteren Schiffe, aber dennoch gingen die Helfer verständlicherweise kein Risiko ein.

Das wäre eine hervorragende Ablenkung, fuhr es Sargan

durch den Kopf. *Also passiert das eigentlich Interessante irgendwo anders. Aber wo?*

Suchend wanderte sein Blick über den Hafen und den dunklen Fluss. Durch die Flammen war der südliche Teil des Hafenbeckens hell erleuchtet, dort herrschten Chaos und Verwirrung. Sollten die Trolle dort aus dem Wasser steigen, dann würden sie ohne Zweifel sofort entdeckt werden, denn viel zu viele Menschen beteiligten sich an der Löschaktion. Blieb nur der Norden des Hafens, der tatsächlich in trügerischer Ruhe lag.

Mit einem schnellen Schritt zurück verschwand Sargan in der Gasse und schlug einen Bogen. Jetzt kam ihm sein frisch angeeignetes Wissen über die Stadt zugute, denn er kannte eine schmale Gasse, die ihn hinter den Warenhäusern entlang direkt zum Nordteil des Hafens brachte, wo er langsamer wurde und sich aufmerksam umsah. *Jetzt werden wir sehen, ob mein feines Näschen mich nicht im Stich gelassen hat,* dachte der Dyrier und begab sich auf die Jagd. Tatsächlich entdeckte er nur zwei Straßen weiter eine dunkle Gestalt, die sich an der Frontseite eines Lagerhauses in die Schatten drückte. Breit grinsend suchte Sargan sich sein eigenes Versteck und machte es sich gemütlich. Allzu lange musste er sich nicht gedulden, denn schon bald entstieg ein nasser Mensch den Wassern und sah sich suchend um, bis er von einem leisen Pfiff der versteckten Gestalt begrüßt wurde.

So sehr sich Sargan anstrengte, er konnte nicht verstehen, was die beiden flüsternd besprachen. Doch wenig später erhoben sich die massigen Gestalten der Trolle aus dem Hafenbecken. Fast schon hatte Sargan vergessen, wie groß und beeindruckend diese Kreaturen waren. Ebenso bemerkenswert fand Sargan die Geräuschlosigkeit, mit der sich die Gruppe in eine der Gassen schlug, denn von solchen Kolossen erwartete man im Grunde keine Heimlichkeit.

Mit diesem Gedanken im Hinterkopf schlich Sargan hinterher und folgte ihnen äußerst vorsichtig, denn er konnte nicht wissen, ob diese Wesen nicht noch für andere Überraschungen gut waren. Doch seine Umsicht schien groß genug zu sein, denn es gelang Sargan, die Gruppe nicht aus den Augen zu verlieren, ohne dabei entdeckt zu werden.

Allerdings hatten die Trolle nicht das gleiche Glück, denn über die Straße, auf der sich der merkwürdige Trupp gerade fortbewegte, näherten sich unerwartet Wachen. Es gelang Sargan noch eben, sich zurück in die Mündung einer Gasse zu flüchten, bevor sie ihn sahen, aber die Trolle waren nicht so schnell. Mit lautem Gepolter rannten die Wachen an Sargan vorbei. An ihren zusammengewürfelten Rüstungen und Waffenröcken erkannte er, dass es keine Soldaten waren, sondern nur Söldlinge, welche angeheuert waren, um nächtens die prall gefüllten Lagerhäuser zu beschützen.

Doch plötzlich brach eine Gestalt aus der Gasse, in welcher die Trolle verschwunden waren, und rannte vor den Söldnern davon, die prompt die Verfolgung aufnahmen. Ohne sich um dieses Schauspiel zu kümmern, schlich Sargan hinter den Trollen her. Während die Schritte der Verfolgungsjagd sich in der Ferne verloren, spähte er um die Ecke einer Lagerhalle, aber alles lag ruhig und verlassen da. Im Geiste verfluchte der Dyrier die störenden Wachen und betrat wachsam die Gasse, in der die Trolle verschwunden waren. Wesen von diesen Ausmaßen lösten sich nicht einfach in Luft auf. *Sicher?*, fragte sich Sargan und suchte weiter die Gasse ab.

Auf der anderen Seite führte die Gasse auf den Kai, kein gutes Versteck für die massigen Kreaturen, und Abzweigungen gab es keine. Blieben also nur die Lagerhäuser selbst, von denen allein das linke eine Tür aufwies. *Also sind die Trolle in dieser Lagerhalle,* stellte Sargan zufrieden fest, *meine Logik ist unwiderlegbar!*

Morgen würde er sehen, was er hier erreichen konnte, aber jetzt würde er sich erst einmal zurückziehen, denn er bezweifelte, dass Şten und die Trolle allzu freundlich auf seinen Besuch reagieren würden.

Die nächsten Tage würden ihm gewiss eine Möglichkeit geben, mit den Trollen in Kontakt zu treten. Sargan war sich sicher, dass er nur einen Fuß in der Tür benötigte. Alles Weitere würde sich schon finden, denn er war gut darin, mit Menschen zu reden und sie von seiner Sicht der Dinge zu überzeugen.

Wollen wir mal hoffen, dass es auch bei Trollen funktioniert, dachte er, während er den Rückweg zum Gasthaus antrat.

30

Nachdem Linorel sie verlassen hatte, versuchte Şten zunächst ein wenig Schlaf zu finden. Er baute sich ein kleines Lager aus einigen weichen Säcken und legte sich darauf, aber der Schlaf wollte sich trotz seiner Erschöpfung nicht einstellen.

In den letzten Tagen hatte er sich daran gewöhnt, am Tage zu schlafen, weshalb er nun bei Nacht einfach nicht müde wurde. Zudem unterhielten sich die Trolle die ganze Zeit, während sie das Lagerhaus erkundeten, und das leise Gemurmel störte Şten, bis er sich seufzend erhob und sich zu seinen Begleitern gesellte.

»Şten, haben das alles Menschen gemacht?«, fragte Roch den Wlachaken neugierig.

»Du meinst das Lagerhaus?«, fragte der Wlachake, und als Roch nickte, sagte er: »Ja, sicher.«

»Es ist groß«, stellte der einhornige Troll fest.

»Ach, es gibt viel größere Höhlen«, warf Pard missmutig ein.

»Ja, aber die sind einfach da. Das Haus hier ist *gebaut*. Das ist anders«, widersprach Roch.

»Nun ja«, lachte Şten. »Die Lagerhalle ist groß, aber einfach. Es gibt viel größere Gebäude in der Stadt, die Festung zum Beispiel.«

»Festung?«, merkte Druan auf. »Welche Festung?«

»Burg Remis. Ehemals der Königssitz meines Volkes und jetzt der Sitz Zorpads«, erklärte der Krieger.

»Erzähl uns von der Stadt«, bat Druan. »Sie ist viel größer, als ich sie mir vorgestellt habe.«

»Was wollt ihr wissen?«

»Wie viele Menschen leben hier?«

»Ich weiß nicht, es gibt niemanden, der die Leute zählt. Aber einige tausend sind es sicherlich.«

»So viele!« Roch knurrte beeindruckt.

»Vielleicht sollte ich euch die Stadt ein wenig beschreiben, immerhin kennt ihr so etwas ja gar nicht. Es könnte wichtig werden«, schlug Şten vor, und Druan nickte.

»Also, ihr habt ja gesehen, dass die Reiba die Stadt in zwei Hälften teilt, nicht wahr?«, sagte Şten und sah fragend in die Runde. »Vor ewigen Zeiten waren das zwei Dörfer, Remis und Tereş, die zu beiden Seiten der Reiba lagen, hier, wo sie in den Magy mündet. Die Dörfer wuchsen bis an die Reiba heran. Als Radu, der erste König meines Volkes, die Stämme einte, nahm er die beiden Dörfer als Sitz seines Geschlechts in Anspruch, denn er sagte, so wie aus den beiden Dörfern eines werde, so solle aus dem ungeeinten Wlachkis ein Land werden. Er benannte die Dörfer um in *Teremi* und errichtete seine Festung am Ostufer der Reiba, in Remis«, führte Şten aus.

»Dein Volk hatte Stämme?«, wollte Druan wissen.

»Ja, viele. Überall gab es Stammesführer, und sie führten untereinander Krieg. Erst Radu der Heilige konnte das beenden und die Wlachaken einen.«

»Wie?«

»Nun, die Legende besagt, dass Radu ein einfacher Krieger war, kein Häuptling und kein Anführer, der von seinem Stamm verstoßen worden war, weil er von Frieden träumte und ein geeintes Königreich herbeisehnte. Man trieb ihn unter Schimpf und Schande aus seinem Dorf, weil er nicht mehr kämpfen wollte. In jenen Zeiten war das Land arm, und er wanderte von Dorf zu Dorf, von Siedlung zu Siedlung und versuchte, den Wlachaken Frieden zu bringen. Doch niemand hörte auf ihn, man verspottete und verlachte ihn«, erklärte Şten.

Pard unterbrach ihn mit einem schnaubenden Lachen: »Kein Wunder!«

Ohne auf den großen Troll zu achten, fuhr Şten fort. »Als er schon verzweifeln wollte, da begegnete er einer Weisen

Frau, einer Geistseherin, und sie berichtete ihm, dass der Weiße Bär, der mächtige Schutzgeist des Landes, von einem Dunkelgeist gefangen genommen worden sei. Sie erzählte Radu, dass die Wlachaken niemals Frieden finden konnten, solange der Weiße Bär gefangen sei und die Dunkelgeister ohne Widerstand den Zwist und den Krieg unter das Volk tragen konnten. Also nahm Radu sein Schwert und trat in den tiefsten Dunkelforst, wo er sich dem Dunkelgeist entgegenstellte. Der Kampf war lang und hart, und oft erschien er dem Menschen aussichtslos. Nur durch einen Trick vermochte Radu den Geist schließlich so lange abzulenken, bis er den Weißen Bären befreit hatte. Mit der Kraft des Weißen Bären in sich, erschlug er schließlich den Dunkelgeist und nahm dessen Haupt an sich. Noch von den Wunden seines Kampfes gezeichnet, trat er auf der Versammlung der Häuptlinge vor den Rat und schleuderte den blutigen Schädel in ihre Mitte. Auf seiner Stirn sahen alle den Segen des Weißen Bären, und sie neigten die Knie und erkannten ihn als Kralj, als König an. Mit weisen Beschlüssen schlichtete er die Fehden und die Zwistigkeiten und führte mein Volk zusammen. Als Kralj war es ihm möglich, bei Streitigkeiten unter den Häuptlingen zu richten, denn sein Spruch band einen jeden«, beendete er seine Geschichte, die jeder Wlachake schon einmal gehört hatte. Dann sah er die Trolle an, die an seinen Lippen zu hängen schienen.

»Nun ja, es ist eine Legende«, erklärte Şten leicht verlegen. »Vermutlich war Radu der Heilige ein großer Krieger, der den Rest der Stämme unterwarf. Niemand weiß das so genau.«

»Wie lange ist das her?«, fragte Druan Şten, der von dem Interesse der Trolle an der Geschichte seines Landes erstaunt war.

»Im Imperium rechnen sie die Zeit seit dem Dunklen Jahr und dem Erlöschen des Mondes, und die Masriden machen es genauso. Aber wir Wlachaken rechnen die Jahre seit Radus Thronbesteigung. Wir schreiben das Jahr 683«, erklärte Şten.

»Ist das viel Zeit?«, erkundigte sich Roch.

»Sehr viel. Viele Generationen von Menschen haben in diesen Jahren gelebt und sind wieder gestorben.«

»Wie lange sind eure Feinde schon da? Du hast erzählt, dass die Masriden über die Berge kamen, nicht wahr?«, fragte Druan.

»Ja, das stimmt. Das Jahr, in dem Arkas sich in Teremi zum König krönen ließ, war 454. Zweihundert Jahre der Unterdrückung und der Rechtlosigkeit für mein Volk.«

»Wenn euer König schon nicht kämpft, dann verliert ihr eben eure Kriege«, stellte Pard geringschätzig fest.

»Was? Tirea hat gekämpft, er wurde erschlagen!«, entgegnete Şten aufgebracht.

»Nicht der. Der andere. Rodu«, erwiderte Pard böse lächelnd.

»Radu hieß er. Und er hat gekämpft, er war ein großer Krieger. Sein Schwert war eine mächtige Waffe, beseelt durch den Weißen Bären. Seine Linie führte dieses Schwert in vielen Kriegen gegen unsere Feinde.«

»Eure Anführer sind schwach, sie kämpfen nicht!«, stieß Pard wütend aus.

»Pard, würdest du gegen Trolle kämpfen?«, fragte Druan den großen Troll unvermittelt, der sich verwirrt umschaute.

»Trolle kämpfen nicht gegen Trolle«, stellte er schließlich mit gefurchter Stirn fest.

»Aber Menschen kämpfen gegen Menschen. Ihr König wollte das ändern. Du würdest auch keine Trolle töten, Pard«, sagte Druan ruhig.

Missmutig blinzelte Pard die anderen Trolle an, erwiderte jedoch nichts und schüttelte nur den Kopf.

»Erzähl uns mehr von der Stadt, Şten«, bat Druan den Wlachaken, der dem Schlagabtausch gespannt gelauscht hatte.

»Wie schon gesagt, es gibt zwei große Stadtteile: Remis und Tereş. Wir sind in Remis, dem Teil der Stadt, der östlich der Reiba liegt. Genauer gesagt sind wir im Apaş, dem neuen

Hafen. Irgendwann wurde die Stadt befestigt, und es wurde eine Wehrmauer um beide Stadtteile gezogen. Die Reiba fließt im Norden durch die Mauer. Am Ufer des Magy aber haben die Masriden einen neuen Hafen gebaut, mit den mächtigen Mauern, an denen wir vorbeigeschwommen sind. Remis ist dadurch geschützt. Der Hafen von Tereş wurde aufgegeben und eine Mauer am Fluss entlang errichtet. Die ganze Stadt ist eine wehrhafte Festung.«

»Die Mauer geht über den Fluss?«

»Über die Reiba, ja. Die Zwerge haben sie errichtet und auch das mächtige Gitter, durch das der Fluss strömt«, führte Şten aus.

»Aber wie kommt man über den Fluss?«, fragte Druan.

»Es gibt Brücken, sieben an der Zahl.«

»Und über den Magy?«

»Nun ja, es gibt viele Fischer und sonstige Boote. Und einige Fähren natürlich, wenn man Tiere oder Wagen transportieren will. Die größte Fähre legt weiter im Westen an, wo die Straßen am Magy ankommen. Dort sind die Wasser ruhiger als hier bei der Stadt.«

»Vorhin sah das alles kleiner aus«, stellte Roch verblüfft fest, was Şten zum Lachen reizte.

»Sicher, es war auch dunkel, und ihr habt kaum einen Teil der Stadt gesehen. Im Licht würde sie euch noch wundersamer erscheinen!«

»Wir werden sie niemals im Licht sehen«, warf Druan trocken ein, und Şten Lachen verstummte.

»Was ist das alles hier?«, fragte der Troll und wies auf die vielfältigen Waren, die in der Halle gelagert wurden.

»Das sind Handelsgüter. Das Lagerhaus gehört einem Händler, der hier seine Waren lagert, bis er sie weiter verschifft oder hier verkauft.«

»Für Geld?«, fragte Roch, und Şten nickte.

»Kommt der Händler nicht hierher, wenn ihm all das Zeug gehört?«

»Nein. Linorel sagt, dass er nicht in der Stadt ist. Wir sind hier morgen sicher, vielleicht auch länger, aber trotzdem sollten wir so schnell wie möglich alles erledigen, was wir tun wollen, und wieder verschwinden.«

»Die Stadt ist nicht gut für Trolle«, stellte Druan fest, und Şten stimmte ihm zu.

»Ja, zu viele Augen und Ohren. Zu viele Bewaffnete.«

»Wir wussten nicht, dass es so ist. Wie sollen wir hier etwas tun?«, fragte Druan besorgt.

Aber Şten beruhigte ihn: »Ich habe darüber nachgedacht. Ihr müsst erst einmal hier bleiben. Ich kann in der Zwischenzeit in die Stadt gehen und schauen, was ich in Erfahrung bringen kann. Sobald wir mehr wissen, können wir weiterplanen.«

»Was? Wir sollen hier herumsitzen und an unseren Füßen kauen?«, fragte Pard empört.

»Nein. Nur ein wenig abwarten. Meine Freunde und ich erkunden die Lage. Dann sehen wir weiter. Oder was willst du tun? Gegen Zorpads Heer kämpfen?«, erkundigte sich Şten bissig.

»Heer ... Sind das die Menschen, die Rodu dazu gebracht hat, nicht zu kämpfen?«

»Sie kämpfen, keine Sorge. Pard, sie kämpfen. Und es sind viele.«

»Druan, das ist keine gute Idee. Wir sitzen hier in der Falle«, wandte sich Pard an den Anführer der Trolle.

»Wenn etwas passiert, wenn ihr entdeckt werdet, dann müsst ihr euch zum Hafen durchschlagen und versuchen, im Wasser zu entkommen. In der Dunkelheit kann man euch auf dem Fluss nicht verfolgen«, schlug Şten vor, behielt aber für sich, dass die Wachtürme am Hafen sicherlich mit Bogenschützen besetzt waren, welche die Trolle mit Pfeilen spicken würden, selbst wenn sie in dunkler Nacht schwammen. Die Wachfeuer konnten wahrscheinlich schnell genug angefacht werden, um die ganze Hafeneinfahrt zu beleuchten. Trotzdem war der nächtliche Hafen der einzige halbwegs vernünftige Fluchtweg, wenn die mächtigen Stadttore geschlossen waren. Natürlich konnten die Trolle auch versuchen, über die Mauern zu entkommen, und es dabei auf einen Kampf ankommen lassen, doch vor dieser Möglichkeit schauderte es Şten. Er traute es den Trollen durchaus zu, unter schlecht organisierten Verteidigern ein furchtbares Blutbad anzurichten, und das wollte und konnte er nicht verantworten. *Dann lieber die Pfeile der Wachen am Hafen,* dachte Şten. *Zwischen unserem Versteck und dem Wasser sollten nachts hoffentlich keine Menschen unterwegs sein.*

»Wir können die Verschläge vor den Fenstern schließen, dann sollte kein Licht hereinfallen. Wenn ihr dann noch weit genug von der Tür weg lagert ...«, begann Şten. Sogleich hielt Druan Pard und Zdam an, sich um die Fenster zu kümmern, während Roch gespannt die Waren untersuchte und Şten bei jedem zweiten Gegenstand fragte, wofür er wohl gemacht worden sei, wer es brauchte und so fort.

An Schlaf war nicht zu denken, und Şten fügte sich schließlich in sein Schicksal und erklärte Roch geduldig die Vorzüge von tönernen Krügen im Vergleich zu Wasserschläuchen, bis ihm ein Blick aus der Tür zeigte, dass sich der Himmel im Osten langsam rot färbte.

»Ich werde gleich aufbrechen«, kündigte der Krieger an. »Bei Sonnenaufgang hält der Albus Sunaş immer eine Anrufung ab. Ich werde mich unter die Gläubigen mischen und sehen, was ich herausfinden kann.«

»Wo ist das?«, fragte Druan.

»Nicht im Hafen. Weiter im Norden der Stadt gibt es einen großen Tempel. Ich komme danach sofort wieder«, erklärte der Wlachake und trat aus der Tür des Lagerhauses in den anbrechenden Morgen. Bei der Kleidung, die ihm Linorel mitgebracht hatte, war auch ein langer Mantel mit Kapuze gewesen, den Şten jetzt um die Schultern warf. Mit der Gugel tief ins Gesicht gezogen, fühlte er sich etwas sicherer, auch der breite Dolch, den die Falten des Umhangs gut verbargen, drückte beruhigend gegen Ştens Hüfte. Zudem hatte er wohl immer noch einen Vorteil, denn Şten cal Dabrân war schließlich tot, er war offiziell von Zorpad hingerichtet worden. *Ich bin zurückgekehrt und werde für alle toten Wlachaken sprechen, denen du die Stimmen geraubt hast, Zorpad,* dachte Şten mit einem grimmigen Lächeln, als er sich in Richtung Zentrum der Stadt aufmachte.

Der Tempel des Albus Sunaş war ein beeindruckendes Gebäude, das die umstehenden Häuser bei weitem überragte. Vom rechteckigen Grundriss ragte es drei Stockwerke in die Höhe und wurde von einem mächtigen Kuppeldach gekrönt, das in den ersten Sonnenstrahlen des Tages weiß leuchtete. Das ganze Gebäude war mit weißer Farbe gestrichen, die selbst aus der Nähe betrachtet absolut sauber und fleckenlos erschien. Viele Menschen in Wlachkis tünchten ihre Hauswände, aber sie ließen die Balken in ihren natürlichen dunklen Farben. Nicht so der Albus Sunaş, dessen Tempel und Klöster stets gänzlich weiß waren und von den Mitgliedern des Ordens penibel rein gehalten wurden, sodass die Gebäude im Licht der Sonne geradezu erstrahlten.

Um den Tempel herum lag eine offene, freie Fläche. Es war verboten, andere Gebäude innerhalb von zwanzig Schritt um die Basilika zu errichten, denn nichts Irdisches durfte sich dem Göttlichen nähern, das der Albus Sunaş repräsentierte. So stand der Tempel, dem Şten sich näherte, einsam und abgeschirmt am Marktplatz.

In seiner Kindheit war er natürlich des Öfteren in dem Tempel des Albus Sunaş gewesen und hatte dort auch die Mitglieder des Ordens gesehen. Von allen Untertanen der Masriden wurde erwartet, dass sie den Glauben an das Göttliche im Himmel übernahmen und den alten Göttern und Geistern des Landes abschworen.

So war auch Ştens Familie offiziell dem Glauben der Masriden gefolgt, wenngleich Ştens Mutter ihren Kindern häufig von den alten Göttern und ihren Sagen erzählt hatte.

Mit einem Lächeln erinnerte sich Şten daran, wie sehr ihn seine Besuche in dem Tempel zu Dabrân beeindruckt hatten – die gewaltige Kuppelhalle, durch deren Öffnungen das Licht der Sonne schien und den ganzen Saal in strahlendes Licht tauchte. Die dröhnende Stimme des Priesters, die aus allen Richtungen zugleich zu kommen schien, und all die Menschen, welche die Glaubensformeln im Gleichklang wiederholten.

Aber dann hatte man Şten aus seiner Heimat vertrieben, hatte ihr Land gestohlen, seine Eltern getötet. Und der Priester des Albus Sunaş hatte auf dem Marktplatz von Teremi eine Rede über die Unterwerfung unter das Göttliche Licht und über die gerechte Ordnung gehalten. Das hatte man Şten erzählt, während Házy und dessen Spießgesellen Sitei cal Dabrân an den Pfahl gebunden und den Flammen übergeben hatten, für Verbrechen, die er nicht begangen hatte. Die Erinnerung legte sich wie eine eisige Hand um Ştens Herz, als sein Blick auf die dunklen Stellen vor dem Tempel von Teremi fiel, auf die rußgeschwärzten Pflastersteine, die Zeugen und Beweis für all die Opferfeuer waren, die auch in Teremi brannten. *Opferfeuer und die Flammen der Scheiterhaufen,* dachte der Wlachake grimmig, als er die Stufen empor in den Tempel schritt, in dessen großer Halle sich die Gläubigen schon versammelt hatten.

Auch der Tempel von Teremi war beeindruckend, vor allem, wenn man so wie Şten noch niemals dort gewesen war. Er war sicherlich doppelt so groß wie der Tempel von Dabrân, und seine Wände ragten ein Dutzend Schritt empor, bevor sie in der Kuppel aufgingen. Auch im Inneren hatte der Albus Sunaş jede Handbreit der Wände mit weißer Farbe bedeckt, und der Tempel wurde Tag und Nacht von hunderten von weißen Kerzen und Lampen aus goldenem Metall erhellt. Vom Zentrum der Kuppel hinab hing eine gewaltige goldene Sonnenscheibe, die in der Luft zu schweben schien und das Licht der Kerzen reflektierte. In der Kuppel selbst waren geschickt Öffnungen platziert, welche das Licht der Sonne in den Saal lenkten und ihn taghell erleuchteten, wenn diese aufgegangen war.

Unter der mächtigen Sonnenscheibe stand ein Kreis von Priestern des Albus Sunaş und intonierte einen tiefen vielstimmigen Gesang, der die gesamte Halle erfüllte. Die Besucher hatten sich ebenfalls in einem Kreis um die Priester versammelt und knieten mit gesenkten Häuptern nieder, um ihre Demut vor dem Göttlichen Licht zu zeigen.

Schnell trat Şten an die hinterste Reihe der Gläubigen heran und tat es ihnen gleich, wobei er jedoch die Priester nicht aus den Augen ließ. Es waren neun, und mehr als die Hälfte waren Masriden, aber es gab auch einige Wlachaken unter ihnen, die Şten an den dunkleren Haaren zu erkennen glaubte. Den Vorschriften ihres Ordens nach hatten sie alle ihr Gesichtshaar geschoren, ließen aber ihr Haupthaar lang wachsen und trugen es zum Zopf gebunden. Auch bei ihren Gewändern herrschte reines Weiß vor, nur unterbrochen von den goldenen Schärpen, die sie um die Leiber geschlungen hatten, und den großen, goldenen Sonnenscheiben um ihre Hälse.

Noch während die Priester sangen, erreichten die ersten Strahlen der Sonne die Halle und tauchten die Männer des Albus Sunaş in ein geradezu überirdisches Licht. Ihre Kleidung erstrahlte hell genug, um Şten blinzeln zu lassen, und trieb ihm die Tränen in die Augen, sodass er den Blick abwenden musste.

Schlagartig erinnerte er sich an den getöteten Priester in Orvol, den Druan regelrecht zerfleischt und beinahe gefressen hatte. Das Herz des Wlachaken begann heftig zu schlagen, und sein Atem ging stoßweise. Der Gott der Masriden war stark, seine Priester konnten viele Wunder wirken. Vielleicht war es ein Fehler, in sein Haus zu gehen, womöglich zürnte das Göttliche Licht über den Tod seines Dieners und würde Şten nun bestrafen. Jeden Augenblick mochte Feuer aus dem Himmel regnen und ihn vernichten. Bei dieser Vorstellung wollte der Rebell schon aufspringen und aus dem Tempel flüchten, doch die panikartige Furcht vor dem göttlichen Richtspruch verging, und Ştens Atmung wurde wieder ruhiger.

Statt zu fliehen, hob er nun vorsichtig den Blick und musterte die Priester, auch wenn er noch immer blinzeln musste, um die Augen vor dem Licht zu schützen. Hinter der sie umgebenden Glorie und dem Lichtschein waren die Männer des Albus Sunaş gewöhnliche Menschen, die mit erhobenen Händen ihren Gott priesen und seine Gnade auf die versammelte Menge herabriefen. Gläubige Männer, deren Hingabe der Wlachake respektieren konnte, auch wenn er ihren Gott nicht verehrte.

Aber auch Männer, die den Masriden willig zu Diensten waren und die das einfache Volk unterdrückten und ihm seinen Gott aufzwangen. Das Verbrennen von Ketzern und Häretikern, wie der Albus Sunaş die Geistseher der alten Götter nannte, war weit verbreitet. Viele Anhänger des alten Weges waren deshalb entweder in den Süden geflohen, wo die letzten Wlachaken herrschten und der Albus Sunaş weniger Einfluss hatte, oder sie verbargen sich und versuchten den Häschern des mächtigen Ordens zu entgehen.

Leider war der Albus Sunaş überall dort stark, wo die Masriden herrschten, und so gerieten die alten Götter und ihre Wege langsam, aber sicher in Vergessenheit und wurden von dem Göttlichen Licht ersetzt.

Natürlich gab es auch an Ionnas Hof Priester des Albus Sunaş, denn die Fürstin konnte es sich nicht erlauben, den einflussreichen Orden vor den Kopf zu stoßen, doch hielt sie zugleich ihre schützende Hand über jene, welche den alten Wegen folgten, was natürlich zu Spannungen führte.

Langsam ebbte der Lobgesang der Priester ab, und eine erwartungsvolle Stille senkte sich über die versammelte Menge. Obwohl sicherlich etliche Dutzend Personen anwesend waren, war kaum ein Laut zu hören; es schien, als habe jeder der Anwesenden den Atem angehalten.

Dann erhoben die Priester wieder ihre Stimmen und intonierten im Gleichklang den Morgensegen: »Sehet das Göttliche Licht, das uns in seiner Güte einen neuen Tag schenkt! Spüret die Wärme des Göttlichen Lichtes, die uns umgibt und die unsere Ängste der Nacht vertreibt! Erfahret die Gnade des Göttlichen Lichtes, das uns vor den Schrecken der Dunkelheit beschützt und den Schatten aus uns vertreibt! Erhebet euer Antlitz und schauet das Göttliche Licht!«

Mit diesen Worten hoben die Anwesenden ihre Köpfe und sahen zur Decke des Tempels, die in gleißendes Licht gehüllt war, bis ihre Augen tränten und sie ihr Gesicht abwenden mussten.

»Niemand vermag den Anblick des Göttlichen Lichtes zu ertragen, der nicht selbst von Göttlichkeit erfüllt ist! Uns Erdenkindern, die wir in Dunkelheit leben müssen, ist es nicht gegeben, sein Antlitz zu schauen! Aber dennoch, trotz unserer Schwächen und Fehler, sendet uns das Göttliche Licht einen jeden neuen Tag!«, predigten die Priester mit machtvollen Stimmen, die Şten einen Schauer über den Rücken jagten. Obwohl er ihnen und ihrem Gott nicht folgte, war die Zurschaustellung ihrer Macht und ihres Glaubens Ehrfurcht gebietend.

Nach diesen Worten segneten die Priester die Menge, die sich bald darauf zerstreute und den Tempel verließ, bis auf einige, die noch blieben, um ein stilles Gebet zu sprechen.

Auch Şten schritt an die Wand des Tempels, nahm eine der weißen Kerzen aus ihrer Halterung und kniete sich nieder, wobei er vorgab, auf die Flamme zu starren und zu beten, aber eigentlich den Tempel und vor allem die Priester des Albus Sunaş beobachtete. Zwei von ihnen begannen damit, die Kerzen und Lampen auszutauschen und aufzufüllen, die inzwischen niedergebrannt und verloschen waren, der Rest sprach kurz miteinander und schritt dann durch einen weißgoldenen Vorhang aus schwerem, dickem Stoff in den hinteren Teil des Tempels, der Mitgliedern des Ordens vorbehalten war.

Şten blieb auf den Knien und wartete geduldig, bis die beiden Priester ihr Werk an den Kerzen beendet hatten und sich ebenfalls in die hinteren Räume begaben.

Außer ihm waren noch zwei Gläubige in dem Saal, die sich

Kerzen vor das Gesicht hielten, aber die Augen zum Schutz vor dem Licht geschlossen hatten, wie es die Regeln des Albus Sunaş für ein demütiges Gebet vorsahen.

Jetzt oder nie, dachte sich der Wlachake, steckte seine Kerze wieder zurück in die Halterung und stand auf. So leise wie möglich huschte er zu dem Vorhang und sah sich um. Keiner der beiden Gläubigen hatte die Augen geöffnet, anscheinend waren sie so sehr in ihre Andacht vertieft, dass sie den jungen Mann nicht gehört hatten.

Vorsichtig lüftete Şten den schweren Vorhang und spähte in den kleinen Raum dahinter, der von einer von der Decke hängenden Öllampe beleuchtet wurde. Der zur Schau gestellte Prunk des Tempels endete an diesem Vorhang, denn der Raum dahinter war zwar weiß getüncht, aber die Wände wiesen die üblichen Flecken und Verschmutzungen auf, und zudem standen in diesem Zimmer einige Möbel, die einfach zusammengezimmert waren. Der Widerspruch zu dem Hauptraum des Tempels mit den strahlend weißen Wänden und den goldenen Kerzenleuchtern war verblüffend, aber Şten hatte keine Zeit, sich darum Gedanken zu machen, sondern er glitt in den Raum und lauschte angestrengt. Es gab noch zwei weitere Ausgänge, die ebenfalls durch Vorhänge verdeckt waren, und hinter dem linken hörte der Krieger ein leises Gemurmel. Sachte schlich er näher, bis er direkt neben der Tür angelangt war und die Worte verstehen konnte.

»… immer noch, dass es ein Fehler ist!«, sagte soeben ein junger Mann hitzig.

»Willst du das Wissen und die Entscheidung deiner Oberen in Frage stellen, mein Junge?«, erwiderte ein anderer scharf.

»Nein, natürlich nicht. Euer Geist ist von Göttlichkeit durchdrungen, die mir fern ist. Aber Ihr habt doch auch gehört, was die alte Frau gesagt hat!«, antwortete der erste Sprecher beinahe flehentlich.

»Die wirren Flüche und Drohungen einer erwiesenen Hexe vor ihrem gerechten Ende in den Flammen. Wohl kaum ein

Grund, sich Sorgen zu machen«, beruhigte ihn der zweite Sprecher.

»Vielleicht«, erwiderte dieser unsicher. »Aber sie wirkte so überzeugt! Sie sprach davon, dass unsere Brüder dieses Wesen aufwecken würden ...«

»Es gibt kein solches Wesen, mein Junge«, unterbrach ihn der andere. »Die Fallstricke der Dunkelheit sind überall, man muss ihnen stets ausweichen. Dir fehlen die nötige Erfahrung und das leuchtende Licht, aber wir weisen dir den Weg. Unsere Brüder im Kloster wissen genau, was sie tun. Und der Lángor, der Erleuchtete, wird dort nichts geschehen lassen, was der Dunkelheit dient. Vertrauen, mein Junge, Vertrauen ist es, was dir fehlt. Oder ...«

»Was?«, fragte der junge Mann alarmiert.

»Oder wandelst du noch auf dunklen Pfaden?«, bohrte der andere gehässig.

»Nein, niemals!«, erklang der erschrockene Protest.

»Du musst die Wege deines Volkes ablegen, mein Junge. Sie sind düster und voll gefährlichem Aberglauben, und du entfernst dich vom Lichte. Aus dem Munde einer dieser Geisterfrauen kann niemals Wahrheit und Erleuchtung sprechen, da ihr Geist in Dunkelheit, in Kälte und Lügen wurzelt!«

»Verzeiht mir«, bat der junge Mann demütig, und der andere erwiderte sanft: »Natürlich. Die Pfade des Lichts sind nicht einfach zu beschreiben, und niemand macht dir einen Vorwurf, wenn du stolperst und stockst. Wir weisen dir den Weg zur Erleuchtung von Geist und Körper. Ich denke, dass wir die Dunkelheit aus deinem Geiste austreiben sollten, nicht wahr?«

»Ja«, antwortete der Mann resigniert, und Şten hörte ihre Schritte auf sich zukommen. Geistesgegenwärtig lief er um den Tisch und schlüpfte durch den Vorhang wieder in die Haupthalle, wo er versuchte, möglichst unauffällig den Tempel zu verlassen. Die beiden Betenden umklammerten noch immer ihre tropfenden Kerzen und beachteten ihn nicht, als er den Tempel verließ und sich wieder in Richtung des Apaş aufmachte.

Sehr viel hatte er nicht erfahren, zu vage waren die Andeutungen in dem Gespräch der beiden Vorbs gewesen. Offensichtlich machte der jüngere, den Şten für einen Wlachaken hielt, sich Sorgen wegen der Handlungen seiner Brüder in einem Kloster. *Lángor der Erleuchtete,* überlegte Şten, *das sagt mir wenig. Lángor ist ein Titel im Albus Sunaş, so viel weiß ich, ein Klostervorsteher, aber von welchem Kloster?*

Anscheinend war der wlachkische Priester Zeuge der Verbrennung einer Geistseherin gewesen, welche die Priester vor irgendeinem Wesen gewarnt hatte. *Diese Narren täten gut daran, die Warnungen zu beherzigen,* dachte Şten erzürnt, *anstatt die Weisen Männer und Frauen meines Volkes zu verbrennen.* Wütend knirschte er mit den Zähnen, als er an die Ehrfurcht dachte, die er im Tempel empfunden hatte. *Zorn hätte ich spüren sollen, Zorn und Verachtung und nicht Furcht und Demut!*

Aber jetzt galt es erst einmal herauszufinden, ob eine Verbindung zwischen den Geschichten der Trolle und dem eben Gehörten existierte. Angestrengt versuchte Şten sich zu erinnern, was die Trolle ihm genau erzählt hatten über die Verbindung zwischen dem Krieg des Kleinen Volkes und den Masriden. Irgendwie hatten die Zwerge, die zwar auch schon zuvor zahllose Schlachten gegen die Trolle geschlagen hatten, plötzlich damit begonnen, Magie einzusetzen. Magie, welche die Tunnel der Trolle einstürzen ließ und die Erdstöße verursachte. Mithilfe eines gefangenen und gefolterten Zwergs waren die Trolle auf die Verbindung zwischen Menschen und Zwergen gestoßen. *Ist es möglich, dass diese Magie in jenem Kloster gewirkt wird, von dem der Priester sprach?*, überlegte Şten. *Aber der Albus Sunaş dient dem Göttlichen Licht im Himmel. Was haben sie mit der Erde und den Reichen von Trollen und Zwergen zu schaffen?*

Jetzt, da er genauer über diese Verbindung nachdachte, erkannte er die Schwachstelle seiner bisherigen Vermutungen. Natürlich traute er den Masriden und ihren Spießgesellen jede mögliche Schandtat zu, aber obwohl der Albus Sunaş

Gräuel beging, glaubte Şten nicht, dass die Priester des Lichtes einen solchen Einfluss auf die Gebeine der Erde nehmen konnten. Andererseits hatte Zorpad ohne Frage eine Abmachung mit dem Kleinen Volk, und der Kriegsherr plante Übles, dessen war sich Şten völlig sicher. *Wir müssen noch mehr in Erfahrung bringen, wir brauchen den Namen dieses Klosters, über das die beiden Priester gesprochen haben,* befand Şten, *und wir müssen wissen, was die Brüder dort genau vorhaben.*

Wenn es einer Geistseherin so wichtig gewesen war, dass sie noch kurz vor ihrem Ableben in den Flammen den Männern des Albus Sunaş Warnungen zugerufen hatte, dann waren diese womöglich der Schlüssel zu dem Rätsel. Also galt es, diesen Schlüssel zu finden. *Wenn man doch nur einen Geistseher sprechen könnte,* wünschte sich der Wlachake, *dann würden wir vielleicht mehr erfahren.*

In diese Gedanken versunken, schritt Şten rasch aus, um das Versteck der Trolle zu erreichen und sich mit diesen zu beraten. *Obwohl ich besser einiges verschweige, sonst könnten sie entscheiden, dass sie dem Tempel heute Nacht einen Besuch abstatten, und das würde vermutlich höchst unerfreulich enden. Auch wenn ich gerne die Gesichter der mutigen Brüder sehen würde, wenn man sie selbst in Brand setzt!*

Doch bevor der Wlachake das Apaş erreicht hatte, fiel ihm glühend heiß ein, dass er noch eine andere Verpflichtung hatte. Unentschlossen blieb er stehen, doch er konnte es nicht übers Herz bringen, sich nicht bei Flores zu melden. *Sie wird mir die Hammelbeine lang ziehen, so viel ist sicher, aber sie muss erfahren, dass ich noch lebe.*

Also drehte sich Şten wieder um und lief zurück in Richtung Stadtmitte, wo seine Zwillingsschwester ein Zimmer gemietet hatte. *Vielleicht ist sie ja nicht in Teremi,* dachte Şten zuerst hoffnungsvoll, bevor ihm ein düsterer Gedanke kam: *Dann hätte sie nur noch mehr Zeit, wütend auf mich zu sein!*

31

Die Sonne schien durch die Ritzen in den geschlossenen Fensterläden, als Flores erwachte. Auf seinem Lager auf dem Holzfußboden atmete Natiole leise und regelmäßig. Da ihr Freund das Zimmer nur selten verließ, um die Gefahr des Entdecktwerdens möglichst gering zu halten, saßen sie beide häufig bis spät in die Nacht zusammen in ihrem Zimmer, erzählten sich Geschichten und redeten über alles Mögliche.

Glücklicherweise hatte Natiole es irgendwann aufgegeben, sie vom Sinn und Zweck des blutigen Freiheitskampfes überzeugen zu wollen, sodass sie kaum noch gestritten hatten, auch wenn der Wlachake sie mehr als einmal als stur bezeichnet hatte, weil sie sich geweigert hatte, ihm Gehör zu schenken.

Grinsend setzte Flores sich auf die Kante ihres Bettes und griff nach einem Krug mit kühlem Wasser, das ihr die Kehle hinunterrann wie bester Wein. Ein paar Tropfen spritzte sie sich ins Gesicht, um den Schlaf zu vertreiben.

Ihre Erinnerungsabende schienen immer im Wein zu enden, von dem Natiole einiges vertrug und dem Flores auch nicht abgeneigt war. Aber gestern hatte sie sich zurückgehalten, auch wenn ihr das den Spott des Rebellen eingebracht hatte, denn heute wartete Arbeit auf sie, und da wollte sie frisch und ausgeruht sein.

Mit einem Seufzen drehte sich Natiole auf seinem Lager herum. Aufmerksam betrachtete Flores das Gesicht ihres alten Freundes, der sich in die raue Wolldecke gewickelt hatte, sodass nur sein Kopf zu sehen war. Wenn er schlief, entspannten sich Natioles Gesichtszüge, und er wirkte viel friedlicher.

Auf seinen Wangen zeichnete sich der dunkle Schatten eines Bartes ab. Die Falten und Fältchen bemerkte man nur selten, wenn er wach war und ihm sein jungenhafter Schalk aus den Augen blitzte. Eine weiße, kaum sichtbare Narbe über dem linken Auge spaltete die Braue und zeugte von den Kämpfen, die der Krieger schon erlebt hatte. Auch wenn er im Gesicht keine Zeichen weiterer Verwundungen trug, so wusste Flores doch, dass mehr als eine Narbe seinen drahtigen Körper zierte. *Narben sind Erinnerungen an die Fehler, die wir gemacht haben,* dachte die Wlachakin philosophisch, *damit wir sie nicht vergessen und wiederholen.* Trotzdem dankte sie den Geistern dafür, dass sie selbst trotz ihrer nicht ungefährlichen Profession bislang nur zwei Verletzungen davongetragen hatte, die sichtbare Spuren hinterlassen hatten. *Wenn man allerdings keine Fehler macht ...,* überlegte sie grinsend, wurde aber von einem Klopfen an der Tür aus den Gedanken gerissen.

»Einen Augenblick!«, rief sie, sprang hastig auf und versuchte am Schein der Sonne zu erkennen, wie spät es sein mochte, denn eigentlich hatte sie gedacht, mehr Zeit zu haben, bis sie sich auf den Weg machen musste. *Habe ich so lange geschlafen?,* fragte sie sich, als sie fieberhaft ihre Kleidung zusammenraffte und hineinschlüpfte.

Die Geräusche weckten Natiole, der sich zunächst schlaftrunken umsah, dann aber sofort die Lage erfasste und ebenfalls seine Sachen zu einem Bündel zusammenrollte, das er hinter Flores' Bett warf. Dann huschte er leise neben die Tür, sodass diese ihn verdeckte, als Flores sie öffnete. Schlagartig erinnerte sie sich an den letzten morgendlichen Besucher und erwartete halb einen Angriff, doch stattdessen sah sie einen Mann, der einen dicken Umhang übergeworfen und die Kapuze in die Stirn gezogen hatte. *Vermummte Besucher werden bei mir allmählich zu einer schlechten Gewohnheit,* dachte sie ärgerlich.

»Ja?«, fragte sie misstrauisch, zumal der Händler Hernád, der sie angeheuert hatte, eher klein war und dicklich und nicht so groß und breitschultrig wie der unbekannte Besucher vor ihrer Tür. »Was gibt es?«

»Hör mit dem Unsinn auf und lass mich hinein!«, erwiderte der Fremde, dessen Stimme sie sofort als die ihres nichtsnutzigen Bruders erkannte. Mit Wucht schlug sie ihm die Tür vor der Nase zu und stapfte zurück zu ihrem Bett.

Hinter ihr öffnete Natiole die Tür wieder und winkte den verdutzten Şten hinein.

»Komm rein und lass uns feiern«, lachte Natiole, der seinen Freund herzlich umarmte. »Wir haben noch ein wenig von dem guten Roten aus dem Süden übrig.«

Ohne zu antworten, trat ihr Bruder über die Schwelle und sah sich in dem Zimmer um.

»Lebt ihr hier etwa in Sünde zusammen? Wenn das der Albus Sunaş wüsste …«

Wütend fuhr Flores herum und hielt ihm den Finger unter die Nase: »Du hast kein Recht, irgendetwas über mein Leben zu sagen, Şten! Oder bin ich diejenige, die von allen Hunden des Landes gejagt wird?«

»Jetzt nicht mehr«, sagte Şten lachend, schob die Kapuze zurück und zwinkerte ihr zu, was sie aber nur noch wütender machte. »Zurzeit halten meine Feinde mich schließlich für tot.«

»Nicht nur deine Feinde, Bruder, nicht nur die«, antwortete Flores düster und sah mit Freude, wie das Lächeln auf Ştens Lippen erstarb.

Trotz der Entbehrungen, die Şten laut Natiole in den letzten Tagen hatte auf sich nehmen müssen, wirkte er so enthusiastisch wie immer. Sein ebenmäßiges Gesicht mit den dunklen Augen, dem ihren so ähnlich und auch wieder nicht, war zwar blass, aber sonst wirkte er keineswegs wie ein Opfer von Zorpads Folterknechten.

»Ich weiß. Es tut mir Leid, Flores. Ich bin gekommen, sobald ich konnte. Hat Nati dir nicht erzählt …«, begann er.

Flores fiel ihm hitzig ins Wort: »Doch, hat er. Er hat mir von deinen Abenteuern berichtet und von deinen neuen Bundesgenossen. Davon, dass er dich zurücklassen musste, als ein halbes Dutzend von Zorpads Reitern auf dich eingestürmt sind. Das alles hat er mir erzählt!«

Mit einem wütenden Blick auf Natiole, der abwehrend die Hände hob, antwortete Şten: »Vielleicht hätte er lieber seine Zunge hüten sollen, denn so schlimm, wie es sich anhört, war das alles doch gar nicht.«

»Eben«, stimmte Natiole zu, doch ein flammender Blick von Flores brachte ihn zum Schweigen.

»Şten, ich habe deinen Tod bereits begossen. Nun ist er eine Tatsache – für mich bist du gestorben!«

»Ich sagte doch: Es tut mir Leid«, erwiderte ihr Bruder flehentlich, aber Flores spürte nichts als Zorn in sich.

»Mir auch, Şten, mir tut es auch Leid. Aber es wäre besser, wenn du jetzt wieder gehst. Ich erwarte jemanden, und du willst doch gewiss vermeiden, dass man dich hier sieht.«

»Flores …«, begann Natiole, doch die Wlachakin unterbrach ihn.

»Jetzt, da euer kleiner Kreis wieder zusammen ist, kannst du ja mit ihm gehen, oder nicht, Nati? Ihr habt doch sicherlich noch ein paar Dinge auszufechten und einige hilflose Maiden zu retten.«

Verletzt starrte ihr alter Freund sie an, doch dann packte er wortlos seine wenigen Habseligkeiten zusammen. Unter Flores' kaltem Blick mochte auch ihr Bruder nichts mehr sagen, doch seine Augen suchten noch immer die ihren.

Wenn er so weitermacht, wird er sterben, früher oder später, dachte Flores, *und noch einmal will ich das nicht erleben müssen.* Deshalb wich sie seinem Blick aus und zuckte mit keiner Wimper, bis Natiole fertig war und sich zu ihrem Bruder gesellte.

»Danke für deine Gastfreundschaft«, sagte der Wlachake, mit dem sie am Abend zuvor noch gelacht hatte, und wandte sich ab.

»Schwester …«, begann Şten, doch Flores fuhr ihn an.

»Mein Bruder starb durch Zorpads Hand. Du bist nicht

mein Bruder, du bist nur noch ein Rebell ohne Namen. Bleib mir lieber fern!«

»Falls du deine Meinung änderst: Du findest uns in einem Lagerhaus am Hafen, es gehört ...«

»Das interessiert mich nicht!«, schrie sie aufgebracht.

Ohne ein weiteres Wort verließen die beiden Männer das Zimmer und traten auf die Straße hinaus. Als die Tür hinter ihnen zufiel, traute Flores ihren Beinen plötzlich nicht mehr, und sie setzte sich rasch. Ihre Kehle schnürte sich zu, und Tränen stiegen ihr in die Augen. Ihre gesamte Anspannung entlud sich plötzlich und unkontrollierbar in einem lauten Schluchzen. So hockte sie auf dem Bett und weinte. *Vielleicht bekomme ich meinen Bruder irgendwann zurück,* überlegte sie, *aber nicht, solange dieser Held des Volkes lebt!*

Erst nach einem kleinen Frühstück hatte sie sich wieder so weit beruhigt, dass ihre Finger nicht mehr zitterten. Die Wut über ihren Bruder und sein unerwartetes Auftauchen war zunächst Trauer gewichen, doch jetzt spürte sie, wie der Zorn zurückkehrte. *Wie kann er es wagen,* dachte Flores erbost, *einfach so in meine Unterkunft zu spazieren, als wäre nichts gewesen! Denkt er niemals an andere?*

Obwohl eine kleine Stimme in ihrem Innern ihr sagte, dass Şten andauernd an andere dachte und das Wohl der Wlachaken über sein eigenes stellte, weigerte sich die junge Frau, ihm zu verzeihen. Auf eine unbestimmte Art und Weise wollte sie Şten hassen, denn die Nachricht von seinem Tod hatte sie schwer getroffen, und sie glaubte nicht, dass sie dies noch einmal würde durchstehen können. Es würde besser sein, wenn sie alle Verbindungen zu ihm kappte, denn dann würde sie die unausweichliche Nachricht, dass man ihn endgültig hingerichtet oder ermordet hatte, einfacher ertragen.

Mit diesen düsteren Gedanken im Kopf kleidete sie sich in ihre lederne Rüstung und warf sich den grauen Umhang über die Schultern. Bewaffnet mit ihrem Schwert, trat sie hinaus in die Sonne und machte sich auf den Weg zu ihrem Auftraggeber. Nachdem sie die letzten Tage niemals gerüstet gewesen war, zwickte der Lederharnisch ein wenig, aber sie war das Tragen von Rüstungen aller Art schon seit langer Zeit gewohnt und störte sich nicht weiter daran. Der Brustpanzer aus festem Leder, auf den man Metallscheiben genäht hatte, schützte ihren Torso bis zu den Oberschenkeln, und sie trug ähnlich gearbeitete Schienen an Unterarmen und Beinen. Insgesamt bot die Rüstung guten Schutz und war dabei nicht allzu schwer, was Flores in ihrer Art zu kämpfen entgegenkam, denn sie bevorzugte einen schnellen, beweglichen Stil mit einer langen, schmalen Klinge.

Die Masriden fochten anders, mit eher breiten und schweren Schwertern, da sie üblicherweise vom Rücken eines Pferdes stritten, wo ein einziger Hieb beim Sturm alles entscheiden konnte. Zudem bevorzugten sie schwerere Rüstungen, die sie besonders vor wuchtigen Schlägen schützten. *Zumindest wenn man einfach drauflosdrischt und nicht auf Schwachstellen achtet und diese ausnutzt,* dachte Flores mit einem bösen Lächeln und legte die Hand auf den Knauf ihrer Waffe.

Die Straßen Teremis waren zu dieser Tageszeit voller Menschen, die ihren Geschäften nachgingen, zum Markt strebten oder ihr Handwerk in Läden und kleinen Buden verrichteten. Flores drängte sich geschickt durch die Menge vorbeihastender Passanten.

Zweimal beäugten sie Patrouillen aus der Feste misstrauisch, aber niemand hielt sie auf, als sie in das Széraly trat, den wohl reichsten Teil der Stadt, wo die Adligen und Händler Teremis ihre Residenzen hatten, die natürlich zum größten Teil Masriden und Szarken waren.

Das Széraly-Viertel lag nahe der Burg Remis in leicht erhöhter Position, sodass es einerseits vor den zuweilen auftretenden Überschwemmungen sicher war, andererseits aber auch den vollen Schutz der Festung genoss.

Die Straßen waren hier gut gepflastert und sauber, und die Häuser waren größer und gepflegter als im Rest der Stadt.

Viele waren mit bunten Wandbildern geschmückt, welche die Besitzer oder deren Wappentiere darstellten. Zudem waren die hölzernen Balken mit Schnitzereien verziert, und es gab sogar eine Hand voll richtiger Paläste, die von Gärten umgeben waren. Allerdings hatte Flores einen solchen noch nie betreten.

Das Haus ihres Auftraggebers hob sich von den anderen kaum hervor, es war weder besonders groß, noch fiel es durch herausragenden Schmuck auf.

Auf den weißen Wänden links und rechts der Eingangstür waren Bilder von Berggipfeln zu sehen, die sich aus weißen Wolkenschwaden erhoben. Die Gemälde spielten auf den Spitznamen von Hernád an, der sich gern von allen Leuten »der Berg« nennen ließ. Angesichts der Tatsache, dass der Händler gut einen Kopf kleiner als Flores war, hatte sie dies immer amüsiert, aber Hernád war reich, und es war bekannt, dass er Einfluss bei Hof besaß, weshalb niemand ihm widersprach.

Nach einem energischen Klopfen öffnete eine Dienerin die Tür, die Flores erkannte und sie ohne Umschweife in den Hinterhof führte, wo bereits eine Kutsche vorbereitet wurde. Zwei Knechte spannten die großen, dunklen Pferde vor das geschlossene Gefährt, während ein dunkelhaariger Junge die Sitze in der Kutsche mit einer Bürste reinigte.

Gelangweilt lehnte sich Flores an die getünchte Hauswand und sah dem Treiben zu. Ein Teil des Bodens im Innenhof war gepflastert, und der kleinere der beiden Knechte fluchte inständig, als eines der Tiere dort Pferdeäpfel verteilte, die er flugs mit einem Spaten entfernte.

Die Kutsche war ein beeindruckendes Gefährt aus dunklem Holz, dessen Flächen in einem hellen Grau gestrichen waren. Alle metallenen Teile waren vergoldet und poliert, sodass sie im Licht glänzten. Ruhig verfolgte Flores die Szenerie auf dem Hof, bis Ezro den Hof betrat, einer von Hernáds ständigen Wachen. Schnell trat Flores einen Schritt von der Mauer weg und gab sich aufmerksam.

Zwischen dem Szarken und Flores herrschte eine Rivalität, die immer zu einer Spannung führte, sobald sie sich begegneten. Flores konnte Ezro nicht besonders gut leiden, weswegen sie ihm nur knapp zunickte und dann eine langsame Runde über den Hof machte. Doch der Krieger verstand sie nicht, oder er ignorierte ihr Verhalten und gesellte sich zu ihr. Auch er war gerüstet, allerdings trug er über seinem dicken, ledernen Brustpanzer noch einen grauen Wappenrock. Ebenso wie ihr Umhang war dieser von Hernád gestellt, der das helle Grau als Erkennungsfarbe seiner Untergebenen verwendete.

Als Masride empfand sich Hernád natürlich der Oberschicht zugehörig, auch wenn er kein Land und keine Lehnsleute sein Eigen nannte. Vom masridischen Selbstverständnis her stand jeder von ihnen über dem gewöhnlichen Volk, das sich aus den Wlachaken zusammensetzte.

»Du brauchst noch einen Rock«, begann Ezro knapp, und Flores sah ihn erstaunt an.

»Einen Rock? Was soll ich tun, tanzen?«, erwiderte sie bissig.

»Nein, nein, einen Waffenrock. Der Herr hat heute eine Audienz in der Feste.«

»Jetzt, zur Mittagsstunde?«

»Gegen Abend, aber vorher wird er noch einige Besuche abstatten. Freu dich doch, Söldling, viel Geld für einfache Arbeit!«, spottete der Szarke.

»Du mich auch, Ezro. He, warte, hörst du das?«, fragte Flores plötzlich und hielt in einer übertriebenen Geste die Hand ans Ohr. »Ruft da nicht dein Herrchen? Solltest du nicht den Schwanz einkneifen und zu ihm laufen?«

Wütend starrte der Szarke sie an, doch Flores hielt seinem harten Blick stand und lächelte ihn nur auffordernd an. Dem arroganten Krieger eine Lektion zu erteilen käme ihr gerade recht, denn noch immer brodelte in ihrem Innern der Zorn, in den sie sich seit dem Besuch ihres Zwillingsbruders hineingesteigert hatte.

Beinahe unmerklich spannten sich die beiden Krieger an und beäugten einander abschätzend, jederzeit bereit, auf einen Angriff des anderen zu reagieren. Doch bevor einer handeln konnte, flog die Tür auf, und Hernád betrat den Hof. Sofort ließ Ezro von ihr ab und ging zu seinem Herrn, was Flores die Augen verdrehen ließ. Im Geiste verglich sie den Szarken gern mit einem Vrasya, einem großen, kurzfelligen Jagdhund, welche die Masriden liebten und züchteten – auch wenn sie den edlen Tieren damit vermutlich Unrecht tat.

Der Händler hatte seit ihrer letzten Begegnung eher noch an Umfang gewonnen. Über einem prächtigen, grausilbernen Gewand mit feinen Stickereien trug er einen dunklen, weichen Mantel mit einem breiten, ebenfalls dunklen Pelzbesatz am Kragen. Auf das Haupt hatte er eine runde Mütze aus dunkelbraunem Pelz gesetzt, wie sie bei einigen Masriden und Szarken zum Schutz gegen die Kälte sehr beliebt war.

Ohne Umschweife begann er damit, seine Bediensteten herumzuscheuchen und die Kutsche zu inspizieren. Mit seiner näselnden Stimme wies er auf die Fehler hin, die seiner Meinung nach bei der Reinigung der Polster gemacht worden waren. Mit dem nächsten Atemzug schalt er den Jungen einen Dummkopf, der nicht einmal zum Putzen tauge, woraufhin dieser mit hochrotem Kopf auf den Boden starrte. Immer weiter steigerte sich Hernád in seine Beschimpfungen hinein, und Flores sah, dass der Junge kurz davor war, in Tränen auszubrechen.

Bevor die Tirade des Masriden weitergehen konnte, trat sie an ihn heran und neigte den Kopf: »Seid gegrüßt, Herr! Wie Ihr es wünscht, bin ich bereit, Euch zu begleiten.«

»Was?«, fragte der Händler abgelenkt, fing sich aber schnell. »Oh ja. Du trägst keinen Wappenrock?«

»Wir wollten gerade ...«, begann Ezro, doch Hernád ließ ihn nicht zu Wort kommen.

»Ich sagte doch, dass ich alle Bewaffneten in diesen Röcken sehen will, Ezro!«

Jeden Protest seines Untergebenen abschneidend, wies der

Masride auf sein Haus: »Los jetzt, geh und hol der Söldnerin einen Waffenrock!«

Ohne auf den Krieger zu achten, rief Hernád nun nach seinem Leibdiener Kóvasz, einem älteren Masriden, der allerlei Pflichten in Hernáds Haushalt innehatte.

Den Jungen hatte der Händler anscheinend vergessen, weshalb dieser sich still und leise aus dem Staub machte. Bevor er in den Stall huschte, warf er Flores noch einen dankbaren Blick zu, den sie mit einem Zwinkern und einem Lächeln quittierte. Doch dann fiel ihr Blick auf Ezro, der an der Eingangstür Halt gemacht hatte und ihr nun einen flammenden Blick zuwarf. Mit einem breiten Grinsen provozierte die Wlachakin den Krieger noch mehr und formte dann die Lippen zu einem lautlosen Bellen. Das Gesicht vor Wut verzogen, verschwand der Szarke in dem Herrenhaus, und Flores spazierte fröhlich zur Kutsche.

Ihr Streit mit Ezro hatte ihren Ärger über Şten und Natiole vertrieben. Geduldig schritt sie hinter Hernád her, der um die Kutsche herumging und jede Einzelheit unter die Lupe nahm. Offenbar war dem Händler ein makelloses Auftreten sehr wichtig, kein Wunder, wenn er eine Audienz bei dem Herrn von Teremi hatte.

Nach kurzer Zeit kehrte Ezro mit einem grauen Waffenrock wieder, den er Flores zuwarf, die ihn sogleich überstreifte und mit ihrem Schwertgurt um die Hüften band.

»Du solltest deine Zunge hüten, Weib!«, zischte ihr der Szarke zu, als sein Herr auf der anderen Seite der Kutsche stand und mit den Knechten sprach.

»Warum?«, erwiderte die Wlachakin unschuldig.

»Weil dir sonst jemand mal eine Abreibung verpassen könnte!«

»Wer?«, fragte Flores mit gespieltem Erstaunen. »Redest du etwa von dir selbst?« Als der Krieger grimmig nickte, lachte Flores auf und sagte gehässig: »Wenn du ein so guter Krieger wärest, dann würde dein Herr wohl kaum das Silber für mich ausgeben, oder?«

Wütend entgegnete der Szarke: »Für dich wird es reichen, Weib.«

Mit einem Schritt war Flores an ihm heran und flüsterte kalt: »Spar dir das ›Weib‹, solange du mich weder mit Worten noch mit Taten besiegen kannst, Ezro. Und der Tag, an dem du auch nur davon träumen kannst, gegen mich zu gewinnen, wird der Tag sein, an dem ich mein Schwert über den Kamin hänge!«

Bevor die Situation weiter eskalieren konnte, kam Hernád um die große Kutsche herum und rief: »Wir brechen auf! Ezro, du sitzt mit Kóvasz hinten auf, Flores begleitet mich in der Kutsche. Der Rest marschiert hinterher. Na los, hopp, hopp, nicht so müde!«

Während um sie herum geschäftige Betriebsamkeit ausbrach, funkelten sich Flores und Ezro noch einen Herzschlag lang an, dann lächelte die Wlachakin wieder und tippte sich mit zwei Fingern an die Stirn, bevor sie zu Hernád in die Kutsche kletterte, ohne den Szarken noch eines Blickes zu würdigen. Schon polterte das schwere Gefährt los und schüttelte sie ordentlich durch. Zum Glück waren die Sitze weich gepolstert.

Hernád schwieg während der Fahrt, sodass Flores ihren eigenen Gedanken nachhängen konnte. Innerhalb der Stadt arbeitete sie nur ungern für die Masriden, aber manchmal ließ es sich einfach nicht verhindern, denn wie jeder andere auch, benötigte sie Geld zum Leben. Seit sie sich von den Wlachaken in Désa losgesagt hatte, lebte sie unerkannt und hatte den Namen ihrer Familie abgelegt. Für die Menschen in Teremi war sie einfach nur Flores, das wlachkische Mietschwert, und keiner vermutete, dass sich hinter dieser Tarnung die Schwester des meistgesuchten Rebellen im ganzen Land verbarg. Genau das war Flores auch recht, denn einerseits wollte sie mit der ganzen Sache nichts zu schaffen haben; auf der anderen Seite würden die mächtigen Feinde ihres Bruders, von denen es wahrlich genug gab, nicht zögern, sie zu benutzen, um ihn zu treffen. Ursprünglich war sie von Désa aus nach Turduj gegangen, denn dort war sie weiter von ihrer Heimat Dabrân entfernt und glaubte sich sicherer, doch nach einigen Fahrten als Söldling und Wache für Händler bis nach Teremi war ihr klar geworden, dass man sie auch in Teremi nicht erkannte. *Es sei denn, die Soldaten folgen diesem Dummkopf von einem Bruder direkt bis zu meiner Tür!*

Vielleicht war es dennoch an der Zeit, sich erst einmal eine Weile in anderen Gegenden herumzutreiben und nach Turduj oder Bračaz zu reisen, dem Sitz von Laszlár Szilas und der drittgrößten Stadt des Landes. Solange Şten in Teremi war und hier sein Unwesen trieb, war vielleicht keiner von ihnen beiden so gut getarnt, wie Flores es sich wünschte.

Bei all den Gedanken verging die Fahrt wie im Fluge, und schon bald erreichten sie ihr erstes Ziel, das Anwesen eines niederen masridischen Adeligen, dessen Name der Wlachakin unbekannt war.

32

Wie betäubt wanderte Şten an der Seite seines langjährigen Freundes und Waffenbruders Natiole Târgusi die Straße entlang. Noch immer klangen dem Wlachaken die kalten Worte seiner Zwillingsschwester in den Ohren, die ihn tief verletzt hatten. Eigentlich wollte er wütend auf Flores sein, die ihn wohl aus Eigennutz vor den Kopf gestoßen hatte, aber er fand nicht die Kraft für Zorn, sondern spürte nur Trauer und Verzweiflung.

»Denkst du, dass sie es ernst meint, Nati?«, fragte der jüngere Krieger vorsichtig.

»Unsinn! Sie ist nur ein genauso sturer Bock wie du. Oder vielleicht eher eine sture Eselin. Sie wird sich wieder beruhigen«, erklärte Natiole tröstend.

»Sie klang verdammt wütend«, hielt Şten niedergeschlagen dagegen.

»Ja. Aber so ist das Gesocks aus Dabrân nun einmal: Ihr werdet schnell zornig, aber ihr vergebt auch schnell wieder.«

»Gesocks?«, fragte Şten mit einem leichten Lächeln.

»Gesocks«, bekräftigte Natiole entschieden. »Wo andere Menschen vernünftig sind, da denkt ihr mit dem Herzen. Du bist da nicht besser, Şten, alter Junge.«

»Entschuldige mal, Nati, alt?«, erwiderte Şten scheinbar erbost.

»Sie hat um dich getrauert, Şten«, sagte Natiole plötzlich ernst. »Sie hielt dich für tot. Das sitzt tief, diese Wunde kannst du nicht einfach heilen.«

»Ich weiß. Aber es klang so endgültig.«

»Rede später mit ihr, wenn sie sich wieder ein wenig beruhigt hat. Wir haben jetzt sowieso alle Hände voll zu tun, denke ich mal, oder warum bist du nach Teremi gekommen?«

»Aus vielen Gründen«, erklärte Şten. »Aber ist es nicht genau das, was Flores so hasst?«

»Was meinst du?«, fragte Natiole verwirrt.

»Dass es immer wichtigere Dinge gibt. Wichtiger als Familie? Als Blutsbande? Wichtiger als meine Schwester?«, fragte Şten mit nachdenklicher Miene.

»Ich weiß nicht«, gab Natiole zu. »Aber ich glaube daran, dass es richtig ist, was wir tun. Flores wird es irgendwann verstehen, Şten. Vertrau mir. Sie ist jetzt wütend und verletzt, aber sie ist deine Schwester. Und sie liebt ihren Bruder.«

»Du weißt, wie es damals in Désa war«, begann Şten. »Wir hatten niemanden mehr, nur einander. Wir hatten alles verloren, unsere Familie, unsere Zukunft, alles, was uns etwas bedeutet hat.«

»Ich weiß«, sagte Natiole leise.

»Sicher, wir hatten uns schon immer nahe gestanden, aber erst in Désa haben wir dieses besondere Band zwischen uns geknüpft. Ich will sie nicht auch noch verlieren.«

»Das wirst du nicht. Nur bei ihr nützt dir dein geradezu sprichwörtlicher Liebreiz nicht. Andere Frauen sehen in deine tiefgründigen Augen und sind bereit, dir jede Schandtat zu verzeihen, aber Flores ... tja, Flores verpasst dir ein Veilchen!«, witzelte Natiole.

Doch Şten konnte im Augenblick nicht über die Scherze seines Freundes lachen, der ihn plötzlich besorgt ansah.

»He, was ist denn mit dir los, Şten? Ist doch nicht das erste Mal, dass sie dir den Marsch bläst«, meinte Natiole.

»Fragst du dich nie, was für einen Sinn das alles hat?«, fragte Şten und sah seinen Freund forschend an.

Offensichtlich hatte sich Natiole diese Frage noch nicht gestellt, denn er runzelte verwirrt die Stirn: »Was, alles?«

»Der Krieg. All die Kämpfe, das Blutvergießen, das Leben auf der Flucht, ständig gesucht zu werden, niemals wirklich sicher zu sein ...«

»Wir kämpfen für die Freiheit, Şten. Was ist denn nur los mit dir?«, fragte Natiole entgeistert.

»Freiheit, ja. Aber was geben wir dafür auf, was rauben wir uns selbst? Könnten wir nicht eine Familie irgendwo haben, ein wenig Land? Einfach in Frieden leben?«

»Unter Zorpads Herrschaft? Bist du übergeschnappt?«, entgegnete Natiole entrüstet.

»Ich weiß nicht. Manchmal bin ich müde und habe das alles so satt.«

»Das haben wir alle manchmal, Şten. Jeder von uns. Aber denk mal nach ... Deine Familie hatte all das – Land und Frieden ... Und es wurde euch genommen, ohne eure Schuld. Von Zorpad und seinen Dienern. Du kämpfst gegen dieses Unrecht, wir kämpfen dagegen.«

»Ich fürchte, wir werden dabei wie sie«, flüsterte Şten.

»Wie wer? Wie die Masriden?«

»Nein, wie die Trolle. Voller Hass und Gewalt. Für sie ist alles Kampf, alles Krieg!«

»Was soll denn das nun wieder? Wir sind keine Trolle! Das ist doch ...«, stotterte Natiole, ohne den Satz zu Ende zu bringen.

»Du hast wohl Recht, Nati«, sagte Şten ohne große Überzeugung. »Mir kommen nur Zweifel an Sinn und Berechtigung unseres Kampfes. Sehnst du dich nicht manchmal nach Frieden?«

Mitten auf der Straße packte Natiole Şten bei den Schultern und sah ihm ins Gesicht: »Doch, jeden Tag, jeden dreimal verfluchten Tag wünsche ich mir nichts sehnlicher, als endlich Frieden zu haben. Denkst du, ich hätte keine anderen Träume, außer mich in muffigen Kellern zu verbergen? Weißt du, was ich weitaus lieber täte? Mir ein kleines Stück Erde suchen, ein paar Rebstöcke darauf pflanzen, jeden Abend zwei Krüge von meinem Selbstgekelterten saufen und deine halsstarrige Schwester fragen, ob sie mir dabei vielleicht Gesellschaft leisten möchte. Aber ich weiß auch, dass es nicht so einfach ist. Wir finden keinen Frieden, Şten, vielleicht nicht einmal, wenn das alles irgendwann einmal vorbei ist und Zorpads Knochen in der kalten Erde ruhen. Wir haben zu viel erlebt und zu viel gesehen. Aber andere werden in Frieden leben können, wenn wir siegen. Unsere Kinder können friedlich aufwachsen. Dafür kämpfe ich, Şten. Damit es in diesem Land eine Zukunft gibt!«

Einige Momente lang sahen die alten Freunde sich in die Augen, dann senkte Şten den Blick.

»Es tut mir Leid, Natiole, vergib mir. Du hast Recht. Es ist nur …«, begann er und hob ringend die Hände. »Die Trolle kommen mir vor wie ein Spiegelbild. All dieser Hass auf die Feinde … Ich sehe uns darin, wenn wir nicht aufpassen. Ich frage mich immer, ob sie unsere Zukunft sind, ob wir nicht auf dem Weg sind, so zu werden wie sie. Wir dürfen uns in diesem Krieg nicht selbst verlieren, Nati. Sonst sind wir nicht besser als die Trolle oder gar als Zorpad und seine Schergen!«

Nachdenklich kaute Natiole auf seiner Unterlippe. »Vermutlich hast du Recht. Aber wir sind nicht wie die Trolle, und wir werden auch nicht wie sie, das kannst du mir glauben.«

Dankbar sah Şten seinen Freund an. Die nagenden Zweifel waren mit Flores' Worten über ihn gekommen, doch er hatte diese Fragen schon lange auf dem Herzen gehabt, die beklemmende Befürchtung, dass es am Ende nichts gab, was ihn und die Seinen von den Masriden unterschied. Die Rebellen überfielen die Unterdrücker, setzten sich gegen sie zur Wehr. Und sie töteten. *Aber wir haben Grenzen, und diese überschreiten wir nicht. Wir führen keinen Krieg wie die Trolle, wie die Zwerge, nicht einmal wie Zorpad, dem jedes Mittel recht ist, um zu siegen. Wir sind anders,* beruhigte sich Şten in Gedanken und schloss sich Natiole an, der langsam die Straße hinunterging. Schon immer war der schlaksige Wlachake Ştens Anker und sein Fels in der Brandung gewesen. Auch jetzt wieder hatten seine Worte ihn aus den dunklen Tiefen seiner Bedenken gerissen und ihm neue Hoffnung und neuen Mut eingeflößt.

»In Zukunft sollten wir wohl ein wenig vorsichtiger sein, sonst hängst du bald wieder in einem Käfig im Wald und triffst neue seltsame Wesen«, meinte Natiole mit einem angedeuteten Nicken in Richtung zweier Soldaten Zorpads, welche die Straße entlanggeschlendert kamen. Mit einer gemurmelten Zustimmung wandte Şten sich ab und folgte seinem Freund Richtung Hafen, wobei er die Kapuze tiefer ins Gesicht zog.

»Sag mal, wieso bist du eigentlich noch hier? Was ist mit der Warnung für Ionna?«, erkundigte sich Şten plötzlich, als er seine Gedanken wieder einigermaßen geordnet und im Griff hatte.

»Keine Sorge«, erwiderte Natiole mit einem Grinsen. »Ich habe das nicht vergessen. Ich habe Octeiu getroffen, sobald ich hierher gekommen bin, und er hat einen Boten gesandt. Es ist alles geregelt.«

Erleichtert lächelte Şten und schlug seinem Freund auf die Schulter. »Na dann, bleibt nur noch die Befreiung der Geiseln, die Absetzung Zorpads und die Vertreibung der Masriden aus Wlachkis! Können wir das bis zum Abendessen erledigen?«

Grinsend hob Natiole die Schultern, als Şten ihn Hilfe suchend anschaute. In dem dämmrigen Licht der Halle konnte Şten seinen Freund kaum erkennen, denn auch wenn es außerhalb der dicken Mauern noch früh am Abend war, fiel kein Strahl der Sonne in das Lagerhaus, und nur eine kleine, einfache Laterne spendete ein wenig Licht.

»Warum sind wir überhaupt hierher gekommen?«, wiederholte Pard wütend seine Frage.

»Um Informationen zu bekommen. Nur …«, begann Şten, wurde aber von Pard unterbrochen.

»Ja! Doch leider sitzen wir nur rum, während du irgendwas machst und uns Geschichten auftischst!«

»Ich tische euch keine Geschichten auf«, erwiderte Şten entrüstet. »Ich berichte euch, was ich in Erfahrung gebracht habe. Immerhin bin ich in den verfluchten Tempel geschlichen und habe dort Hinweise gefunden!«

»Toll«, bellte Pard zornig, doch Druan legte dem massigen Troll eine Hand auf die Schulter.

»Wir haben darüber geredet, Pard. Es geht nicht anders. Wir alle würden gern mehr tun, aber jetzt müssen wir erst einmal auf Şten vertrauen«, erklärte der Troll ruhig, und die anderen riesigen Kreaturen nickten zustimmend.

»Ja, ja, lasst uns ruhig noch mehr reden!«, zischte Pard verächtlich. »Reden, reden, reden! Wir sind hier, um unser Volk zu retten!«

»Ich habe doch Ergebnisse«, warf Şten ein. »Das Gespräch, das ich belauscht habe …«

»Noch mehr Gerede! Ich sage, wir schnappen uns einen von diesen widerlichen Sonnenmagiern, und dann hören wir, was der zu sagen hat, wenn ich ihm seine Arme ausreiße! So macht Reden viel mehr Spaß!«, schlug Pard mit einem dämonischen Grinsen vor.

»Nein!«, sagte Şten. »Ich werde herausfinden, von welchem Kloster sie sprachen. Dort werden wir mehr erfahren!«

Erst schien es, als wolle Pard noch etwas dazu sagen, doch dann ließ der Troll den Blick zu den anderen Trollen wandern, die wohl auf Ştens Seite waren, und er schüttelte den Kopf: »Wie die Menschen. Wenn mir das einer erzählt hätte, bevor wir hierher gekommen sind. Gelacht hätte ich!«

»Es ist zu gefährlich, Pard. Was willst du erreichen? Wenn die Soldaten kommen, dann müssen wir fliehen oder sterben. Hier können wir uns nirgends verbergen, und es sind zu viele«, erläuterte Anda.

»Aber wenn wir an diesem Kloster sind, dann lassen wir uns nicht von dem da abspeisen, dann machen wir es auf Troll-Art«, stellte Pard mit einer Geste zu Şten fest, der entnervt die Augen verdrehte.

»Ich speise niemanden ab. Ich versuche euch zu helfen. Geht das nicht in deinen dicken Schädel rein?«

Mit zwei großen Schritten stand Pard vor Şten und beugte sich zu dem Menschen hinab, den er um mehr als einen Schritt überragte: »Pass bloß auf, Kleiner!«

»Schon gut, schon gut, es tut mir Leid«, entschuldigte sich Şten, wobei er vor dem Koloss zurückwich. »Vertrau mir doch. Habe ich euch bislang nicht stets geholfen?«

»Den Halb-Zwerg hast du weglaufen lassen«, erwiderte Pard mit grimmiger Befriedigung darüber, Şten bei einer Unwahrheit ertappt zu haben.

»Er war kein Halb-Zwerg, und er war ungefährlich und hätte uns nur aufgehalten.«

»Wenn er ungefährlich war, dann hätten wir ihn auch platt machen können«, befand Pard. »Oh, ich vergaß: Wir sind ja alle nette Menschen!«

»Das hat keinen Sinn«, stellte Şten ergeben fest und wandte sich an Druan: »Natiole und ich müssen los. Wir treffen uns mit unseren Freunden. Bereitet euch schon mal auf die Abreise vor, wir verschwinden vielleicht noch heute Nacht aus der Stadt, spätestens aber morgen.«

»Gut«, erwiderte Druan, »wir werden warten.« An Pard gewandt, fügte der Troll hinzu: »Es gefällt uns allen nicht richtig, aber wir machen es trotzdem so.«

Mit einem letzten Blick auf den gewaltigen Troll, der ihn finster anfunkelte, verließ Şten die dunkle Lagerhalle und trat hinaus in den verlöschenden Tag, der gerade Platz für die Nacht machte. Die letzten Strahlen der Sonne verwandelten das Hafenbecken von Teremi in wogendes Kupfer.

Gefolgt von Natiole, schritt Şten in Richtung des Verstecks, dessen Ort ihnen Linorel durch Costin hatte mitteilen lassen. Dort würden sich die verbliebenen Rebellen aus Teremi ebenfalls einfinden, und gemeinsam würden sie besprechen, was zu tun war. Für Şten gab es dabei keine Frage: Die Geiseln mussten irgendwie aus Zorpads Hand befreit werden, denn sobald sie durch einen Krieg ihren Wert als politische Druckmittel verloren, würde der Fürst der Masriden an ihnen ein Exempel statuieren und versuchen, so die Moral der Wlachaken zu brechen. *Zorpad weiß genau, welchen Wert Viçinia für ihre Schwester und für uns alle hat,* dachte der Wlachake, doch er wagte es nicht, den Gedanken an ihren möglichen Verlust zu Ende zu führen. Aber noch wusste Zorpad nicht, dass seine Pläne aufgedeckt waren, noch gab es die Möglichkeit, dass die Rebellen sie durchkreuzen und die Männer und Frauen, die als Unterpfänder der Waffenruhe in der Burg ausharrten, aus seinen Klauen befreien konnten.

Şten würde alles daransetzen, um Viçinia zu retten und ihr die Worte zu sagen, die seit fast einem Jahr auf seinem Herzen lasteten. Mit dieser Überlegung beschäftigt, eilte der Wlachake durch die Stadt, ohne zu bemerken, wie am bisher strahlenden Himmel die ersten Wolken auftauchten und sich über Teremi türmten.

Der Keller war klein und staubig und zudem mit allerlei Gerümpel voll gestellt, sodass selbst die wenigen Wlachaken, die sich eingefunden hatten, gedrängt beieinander saßen. Zusammen mit Natiole hockte Şten auf einem leeren alten Fass, dessen raues Holz ihm schon einen Splitter an unangenehmen Stellen beschert hatte. Ihnen gegenüber stand Linorel cal Doleorman an eine Wand gelehnt, deren Tünche das Wams der Rebellin weiß färbte. Daneben saß Costin Kralea auf den Überresten eines Schemels mit nur zwei Beinen. Der mutige kleine Schreiber, der immer einen Scherz auf den Lippen hatte und den fast nichts erschüttern konnte, aß soeben einen Apfel und schien sich nicht im Geringsten an den beengten Verhältnissen zu stören, während er vorsichtig auf seiner Sitzgelegenheit das Gleichgewicht suchte. Auf dem Boden zu Costins Füßen hatte Aurela Dan Platz genommen, eine zierliche Frau, die Costins Angebot, die Plätze zu tauschen, dankend abgelehnt hatte. Sie arbeitete in irgendeiner Kaschemme als Schankmaid und hatte einen Gatten, der von ihrer Beteiligung am Freiheitskampf nichts ahnte. Sie trug ein schlichtes blaues Kleid und hatte die langen dunklen Haare zu einem Knoten hochgebunden, aus dem einige Strähnen entkommen waren, die sie immer wieder aus ihrem schmalen Gesicht strich. Laut Linorel war sie geschickt im Umgang mit dem Dietrich und konnte sich beinahe vollkommen lautlos bewegen.

Fünf Leute gegen Zorpad und sein ganzes Heer, überlegte sich Şten. *Das sind keine guten Aussichten für uns.* Aber er behielt seine Vorbehalte für sich und lächelte breit.

»Willkommen in diesem wundervollen Kellerloch!«, eröffnete er das Gespräch und wurde sofort von Aurela mit Fragen bestürmt.

»Wie bist du entkommen? Wie ist es dir in Burg Remis ergangen? Wieso haben sie dich nicht getötet?«

»Tja, Zorpad in seiner Weisheit und Güte hat mich an den Wald gegeben, aber der wollte mich nicht«, antwortete Şten grinsend.

»Er ist ein verrückter Hund, und er hat mehr Glück als Verstand«, fiel ihm Linorel ins Wort. »Deswegen lebt er noch.«

»Unfug«, befand Natiole. »Er ist einfach zu stur zum Sterben!«

Das löste einen allgemeinen Heiterkeitsausbruch aus, den Şten aber umgehend beendete. »Tatsächlich wäre ich jetzt wohl tot, wenn ich nicht jemanden getroffen hätte, der mich gerettet hat. Es ist eine ziemlich unglaubliche Geschichte.«

Kurz und knapp erklärte der Wlachake seinen Kampfgefährten, wie er in die Hände der Trolle geraten war und was er von ihnen erfahren hatte. Als er Aurela beschrieb, was die Trolle eigentlich für Wesen waren, unterstützten ihn Linorel und Natiole mit bilderreichen Worten und Gesten.

»Das Problem der Trolle ist, dass irgendwer dem Kleinen Volk hilft, sie zu vernichten. Ich vermute, dass es Zorpad ist, und zwar mit Hilfe des Albus Sunaş. Als Gegenleistung helfen die Zwerge dem Schlächter, nur wissen wir nicht genau, wie eigentlich«, führte Şten ihre bisherigen Erkenntnisse aus.

»Das scheint Krieg zu bedeuten«, stellte Aurela fest, und Şten und Linorel nickten.

»Ja. Würde er uns überraschen, dann könnten wir uns seiner kaum erwehren. Ein schneller, harter Schlag gegen Désa und das Herz der Rebellion würde uns den Rest geben. Dann könnte Zorpad sich gründlich um die anderen Anwärter auf den Thron von Arkas Dîmminu kümmern und würde das ganze Land mit Krieg überziehen.«

In diesem Augenblick hörten die Rebellen am oberen Absatz der Kellertreppe ein Geräusch, ein leises Kratzen, als wolle jemand vorsichtig die Türe öffnen. *Zorpads Schergen!*, dachte Şten und erinnerte sich an die Nacht, als die Soldaten ihn gefangen genommen hatten.

Ohne zu zögern zogen alle ihre Waffen. Linorel, Şten und Natiole hielten kurze Schwerter in den Händen und Aurela und Costin schwere Dolche. Şten und Linorel pressten sich abwartend und zum Schlag bereit links und rechts der Treppe an die Wand. Mit klopfendem Herzen erwartete Şten den Ruf der Wachen, doch stattdessen erklang ein leises »Tirea!«.

»Entwarnung, es ist Octeiu«, flüsterte Linorel erleichtert und steckte die Waffe weg. Tatsächlich kam ein weiterer Wlachake die Treppe hinab und sah sich in dem engen Kellerloch um. Von dem Mann mit den braunen Locken wusste Şten wenig, außer, dass er schon seit langer Zeit in Teremi für die Rebellen aktiv war. Als Octeius Blick auf Şten fiel, zuckte er zusammen und wich einen Schritt zurück.

»Keine Sorge, ich bin kein Geist!«, lachte Şten und schlug dem bleichen Mann auf die Schulter.

»Li… Linorels Notiz sagte nur, dass es eine Überraschung geben werde«, stotterte Octeiu, der wie ein gewöhnlicher Handwerker gekleidet war. »Aber das … das ist ja eher ein Wunder!«

»Manchmal nimmt das Schicksal seltsame Wege, Octeiu«, meinte Natiole, und der Wlachake wirbelte herum.

»Was soll das heißen?«

»Nichts, nichts. Beruhig dich erst einmal.«

»Wie ist es dir ergangen?«, fragte Octeiu Şten besorgt. »Wurdest du gefoltert? Konntest du etwas in Erfahrung bringen?«

»Nein, keine wirkliche Folter. Und ja, ich habe Neuigkeiten, aber wir haben nicht die Zeit, um noch einmal über alles zu sprechen. Ich erzähle es dir später. Nur so viel: Zorpad plant wohl Krieg. Zum Glück«, sagte Şten und nickte Octeiu zu, »hat Natiole bereits dafür gesorgt, dass Ionna gewarnt ist. Hast du schon Kunde von deinem Boten bekommen, Octeiu?«

»Äh, nein, noch nicht«, antwortete Octeiu. »Aber das wird wohl auch noch dauern. Es ist ein weiter Weg bis ins Mardew.«

»Ja, das ist wahr. Zumindest wird Zorpad unsere Krieger vorbereitet finden, wenn er angreift. Aber auf uns wartet noch eine andere Aufgabe«, fuhr Şten fort, und Linorel übernahm das Wort.

»Sobald es Krieg gibt, sind die Geiseln für die Masriden ohne Wert. Ihr könnt euch denken, was das bedeutet.«

Jeder der Anwesenden wusste um Zorpads Brutalität und seine Gnadenlosigkeit. Alle konnten sich ausmalen, was er mit den Wlachaken tun würde, die sich in seiner Gewalt befanden.

»Wir müssen sie da rausholen. Und am besten mehr über die Pläne erfahren, die Zorpad mit dem Kleinen Volk hat«, stellte Natiole fest.

»Leider ist das kaum möglich, Nati«, gab Linorel zu bedenken. »Sie sind in der Feste, dem bestbewachten Ort in ganz Teremi. Überall sind Wachen. Selbst wenn die Burg weniger gut geschützt wäre, wie sollten wir hineinkommen?«

»Können wir Zorpad nicht irgendwie dazu bringen, sie rauszuschaffen? Irgendeine gefälschte Nachricht … ich weiß auch nicht«, überlegte Costin, aber Linorel schüttelte den Kopf.

»Nein. Zorpad mag alles Mögliche sein, aber dumm ist er nicht. Er weiß genauso gut wie wir, dass die Geiseln in seiner Feste sicher sind.«

»Ich lasse sie nicht zurück!«, entfuhr es Şten wütend, und er sah in die Runde. Linorel hielt seinem flammenden Blick stand, aber der Rest starrte auf den Boden oder auf die Wände.

»Es muss einen Weg geben. Es muss!«

»Vielleicht … vielleicht gibt es einen«, warf Octeiu zögerlich ein, woraufhin alle den dunkelhaarigen Mann ansahen, der nervös schluckte.

»Was?«, fragte Linorel überrascht nach.

»Ich kenne jemanden. Eine Magd aus der Feste.«

»Und? Was soll uns eine Magd helfen? Unsere Kleider waschen?«, erkundigte sich Linorel mit ätzendem Spott.

»Nein. Aber vielleicht kann sie uns eine Tür öffnen. Wir wissen, wo die Geiseln untergebracht sind, oder nicht?«, fragte Octeiu, und als Şten nickte, fuhr er fort: »Wir müssten nur schnell hineinhuschen, die Wachen ausschalten und wieder hinausgelangen.«

»Das ist Wahnsinn!«, stellte Linorel fest. »Selbst zu später Stunde gibt es Soldaten auf den Zinnen. Wenn nur ein einziger von ihnen Alarm gibt, sitzen wir in der Falle!«

»Dann darf eben keiner Alarm geben«, erwiderte Şten grimmig. »Aber du hast Recht, es ist sehr gefährlich. Deswegen werde ich es allein versuchen. Wenn es schief geht …«

Lachend fiel ihm Natiole ins Wort: »Wohl kaum, Şten, wohl kaum. Ich kämpfe schon viel länger als du, und wenn hier einer das Recht hat, sein Leben sinnlos zu vergeuden, dann ja wohl ich!«

»Ich meine es ernst«, erklärte Şten mit entschlossener Miene.

»Und ich auch!«

Die beiden Freunde funkelten sich einen Augenblick lang an, in dem keiner bereit war nachzugeben.

»Meine Güte«, seufzte Linorel. »Als ob man euch beide allein irgendwo hingehen lassen könnte. Wenn wir uns auf dieses selbstmörderische Unterfangen einlassen, dann gemeinsam. Oder möchte jemand aussteigen? Der sollte besser jetzt gehen.«

Niemand schien gewillt zu sein, die kleine Runde im Stich zu lassen, und Linorel nickte lächelnd.

»Ein ganzer Haufen Verrückter. Damit rechnet Zorpad bestimmt nicht!«

»Erst einmal müsste Octeiu feststellen, ob es eine Möglichkeit gibt, in die Feste zu gelangen. Wenn nicht, dann ist diese Debatte müßig«, erwähnte Costin mit einem Schulterzucken.

»Richtig. Und wir haben nicht viel Zeit. Es müsste bald geschehen, heute Nacht noch«, stellte Şten fest. »Und danach sollten wir aus der Stadt verschwinden. Zorpad wird toben, wenn wir ihm die Geiseln unter der Nase wegschnappen!«

Allgemeines Gelächter folgte auf diese Äußerung, auch wenn es für sie alle bedeutete, ihr Leben aufs Spiel zu setzen und sodann ins Mardew zu fliehen.

»Sollte es Krieg geben, wird kein Wlachake mehr sicher sein. Und Ionna wird jedes Schwert benötigen, das sie bekommen kann«, erklärte Natiole bestimmt.

»Dann ist es abgemacht«, stellte Şten fest. »Octeiu wird sehen, ob seine Freundin uns helfen kann. Wenn nicht, finde ich einen anderen Weg!«

»Treffen wir uns hier wieder? Werdet ihr warten?«, erkundigte sich Octeiu und wischte sich einen Tropfen Schweiß von der Stirn.

»Nein, zu gefährlich. Benachrichtige Linorel, sie wird uns wieder zusammenführen. Je weniger wir über die jeweils anderen wissen, desto besser«, befahl Şten, und alle nickten.

»Aber es wird ganz schnell gehen«, warf Octeiu ein. »Ich bin bald wieder hier.«

»Nein, wir haben alle noch Vorbereitungen zu treffen. Also machen wir es so, wie Şten gesagt hat«, sagte Linorel mit Nachdruck, und ihr Gesichtsausdruck zeigte deutlich, dass sie keinen weiteren Widerspruch dulden würde.

»Gut, gut«, meinte Octeiu und schickte sich an zu gehen. Danach löste die kleine Gruppe sich auf, und Şten verabschiedete sich: »Sichere Wege.«

Als er mit Natiole zurück zum Hafen schritt, stellte er fest, dass der Himmel sich in der kurzen Zeit verfinstert hatte. Dichte, dunkle Wolkenbahnen hingen tief, und die Luft, die vor kurzer Zeit noch frisch gewesen war, lastete nun schwül und schwer auf der Stadt. Die tief stehende Sonne warf ein rotes Licht auf die düsteren Wolken, die wie blutige Mahnmale am Firmament hingen. Bald schon würde die Sonne vollkommen verschwunden sein und der warme und helle Tag einer finsteren Nacht weichen. *Dann ist Trollzeit,* überlegte der Krieger, *aber dies ist kein Trollort. Wird unsere Hoffnung ebenso verschwinden wie das Licht der Sonne?*

33

Der Tag verging schleppend langsam, während ein Besuch auf den nächsten folgte. Manches Mal begleiteten die Wachen Hernád in die Gebäude, dann wieder blieben sie bei dem Gesinde. Flores konnte sich die Namen all der Menschen, die Hernád vor seiner Audienz bei Zorpad Dîmminu noch treffen wollte, nicht merken. Der Masride plante offensichtlich einen besonders guten Eindruck zu machen und so die Gunst des Marczegs zu erlangen. Vermutlich hatte Hernád in letzter Zeit ein gutes Händchen bei seinen Geschäften gehabt und wollte nun auch beim Adel einen Vorteil aus seinem Wohlstand ziehen. *Oder er hat Zorpad verärgert, und der droht ihm, ihn entmannen zu lassen, wenn er nicht spurt,* dachte Flores hämisch, was ihr aber nicht wahrscheinlich erschien. Hernád war nämlich guter Dinge und unterhielt sich während der kurzen Fahrten in der Kutsche gern mit ihr.

Solange der Händler in der Nähe war, verhielten sich alle ruhig und waren zumindest höflich zueinander, aber sobald die Bediensteten sich selbst überlassen waren, begann Ezro über die Wlachaken im Allgemeinen und Flores im Besonderen zu lästern. Doch sie ignorierte das leere Gespött und sonderte sich ab, denn ihre Gedanken drehten sich mehr um ihren Bruder und sich selbst als um ihre Umgebung. Natürlich wagte es Ezro nicht, einen richtigen Streit vom Zaun zu brechen, und so blieben seine Drohungen hohl und ohne wirkliche Bedeutung.

Aber sein Lieblingswort »Gesocks!« brachte eine Erinnerung an Kindheitstage mit sich, als sie zusammen mit ihrem Bruder und Viçinia einen Kübel voller Schleimschnecken in das Bett eines masridischen Gesandten ausgeleert hatten.

»Gesocks!«, hatte der wutentbrannt gegeifert, und sein Geschrei war die nachfolgende Strafe mehr als wert gewesen ...

Inzwischen war es später Nachmittag geworden, und die Kutsche überquerte die Reiba auf der Astoni-Brücke, welche von Tereş nach Remis führte und dabei die kleine Insel Csalas überquerte, den einzigen Boden in Teremi, der weder zu Remis noch zu Tereş gehörte. Auf der Insel lebten vor allem Handwerker, wie zum Beispiel die berühmten Holzschnitzer, deren Werke in ganz Wlachkis begehrt waren. Einst war Csalas von den Abgaben befreit gewesen, denen der Rest der Stadt unterlag, denn damals hatten die Handwerker und Künstler jene Schnitzereien geschaffen, welche von den Geistsehern und den Gläubigen zur Anrufung der Geister verwendet wurden. Seit dem Einfall der Masriden aber war diese Regelung aufgehoben worden, und jeder Holzschnitzer, der die alten Stücke fertigte, musste mit dem Tod auf den Scheiterhaufen des Albus Sunaş rechnen. Deshalb standen vor den Werkstätten nur mehr weltliche Schnitzereien, verzierte Dachgiebel, Statuetten, Essgeschirr und Behältnisse aller Art.

Aber Flores hatte keine Augen für die ausgestellten Stücke der Künstler, sondern blickte versonnen auf die Stickereien auf dem Polster der Rückenlehne, als Hernád sie plötzlich ansprach: »Wir fahren jetzt in die Feste. Ich würde Marczeg Zorpad gern einen Kampf in der Grube anbieten. Du weißt vielleicht, wie beliebt die Bärenkämpfe am Hof sind. Willst du es dir nicht noch einmal überlegen? Ich würde dir ein stattliches Sümmchen dafür zahlen.«

Unwirsch schüttelte Flores den Kopf. »Nein, Herr. Ihr kennt meine Antwort darauf doch bereits.«

»Ich würde deinen üblichen Preis verdreifachen. Solltest du verwundet werden, bezahle ich die besten Heiler für deine Genesung!«, bot ihr der dicke Händler an. Seine hellen Augen fixierten sie, und er hob fragend die dünnen Brauen.

»Trotzdem lehne ich ab, auch wenn mich Euer Angebot ehrt. Aber Ihr habt doch genug Bedienstete, die zu kämpfen verstehen. Was ist mit Ezro?«, fragte Flores fast gänzlich ohne Hintergedanken, wobei ihr unweigerlich das Bild vor Augen trat, wie der Szarke schlotternd gegen einen Bären antrat, was sie lächeln ließ.

»Er kann ein Schwert halten, das wohl, aber ich möchte Marczeg Zorpad ein großes Schauspiel bieten und einen guten Eindruck hinterlassen. Deine Klinge wäre vortrefflich dazu geeignet.«

»Ich fürchte, Ihr müsst ohne mich auskommen, Herr«, antwortete Flores höflich, aber bestimmt, und der Händler lehnte sich seufzend zurück und zupfte seinen Ärmel gerade.

»Eine Schande.«

Der Rest des Weges bis zur Burg Remis verlief schweigend, und das war Flores nur recht. Das Angebot des Händlers, obwohl sicherlich großzügig und gut gemeint, hatte sie erzürnt, denn es erinnerte sie an die Vorwürfe, die Natiole ihr noch vor wenigen Tagen gemacht hatte. Obwohl Flores ihre Klinge für Geld einsetzte, achtete sie doch auf den Sinn und Zweck ihrer Arbeit. Als Schutz für Händler und Waren ließ sie sich gern anheuern, aber nicht, um zur Belustigung der Masriden in die Bärengrube zu steigen. Ebenso hatte sie jeden Versuch abgelehnt, sie für Überfälle und Angriffe zu kaufen. So mancher dachte, dass ein Mietschwert für genügend Gold alles tat, jede Schandtat und jedes Verbrechen beging, aber Flores und viele andere, die sie kannte, hatten ihre Prinzipien und Grenzen.

Doch dann polterte die Kutsche durch den Torbogen der Festung und lenkte die Wlachakin von ihren Gedanken ab. Selten war sie bisher in der Feste gewesen, und wie die Male zuvor wurde sie ein wenig unruhig. Vermutlich war es nur Einbildung, aber irgendwie fühlte sie sich, als ob sie in eine Falle geriete. *Şten konnte nur mit größter Mühe wieder von hier entkommen. Und ich begebe mich freiwillig hinein,* dachte die junge Kriegerin, schalt sich dann aber sofort für diesen Gedanken. *Niemand kennt mich, hier bin ich ebenso eine einfache Söldnerin wie in der Stadt.*

Trotzdem blieb ihr ein ungutes Gefühl in der Magengrube, während die Kutsche im großen Hof der Burg hielt und Hernád ausstieg, gefolgt von Flores.

Vor ihnen tauchte ein ältlicher Masride auf, der den Händler mit einer tiefen Verbeugung bedachte: »Edler Hernád, es ist mir eine Freude, Euch im Namen meines Herrn begrüßen zu dürfen.«

»Die Ehre liegt ganz bei mir, Edler Bàjza«, antwortete der Händler geziert.

»Folgt mir bitte«, bat der Majordomus der Burg und führte Hernád durch die mächtigen Eichentore in das Hauptgebäude der Burg, wobei seine Wachen in gemessenem Abstand hinter ihm herschritten.

Hinter ihnen führten die Knechte der Festung die Kutsche vom Hof zu den Ställen, während ein halbes Dutzend Bewaffnete in Zorpads Farben sich zu ihnen gesellten und sie eskortierten. Neben Flores und Ezro hatte Hernád zwei weitere Wachen und den alten Kóvasz dabei, vermutlich eine genau abgestimmte Menge an Bediensteten, um den Reichtum des Händlers darzustellen, ohne dabei seinen Gastgeber zu beschämen.

Der Haushofmeister führte sie durch die imposante Eingangshalle der Festung, in der große, farbenfrohe Wandteppiche die Wände bedeckten. Weiter ging es geradeaus durch ein breites Portal, das sie direkt in den großen Saal der Burg brachte, wo Bàjza sie anwies zu warten.

In der Halle befanden sich bereits mehrere Gruppen von Personen, sodass Hernáds Gefolge sich bemühte, einen aufmerksamen und guten Eindruck zu machen, während es dem Händler durch den Saal folgte, der jeden Anwesenden zu kennen schien und höflich begrüßte. Zum größten Teil handelte es sich um Masriden, obwohl Flores auch einige Szarken und wenige Wlachaken erkannte. Alle trugen ihre beste Kleidung und bemühten sich um höfische Umgangsformen.

Hin und wieder öffnete sich die kleinere Tür am hinteren Ende des Saales, und eine Person oder Gruppe trat hinaus, während jemand anderes aufgerufen wurde. *Offenbar hat Zorpad an diesem Tag alle Hände voll zu tun. Vermutlich wollen sie ihm zu Ştens Hinrichtung gratulieren,* dachte Flores trocken. Bei dem Gedanken an die Gesichter, welche die Masriden machen würden, wenn sie von Ştens Flucht und seinen unglaublichen Abenteuern hörten, musste Flores widerwillig grinsen. *Und wie ich mein Brüderchen kenne, wird es nicht allzu lange dauern, bis er irgendeine Torheit begeht, über die man wieder Lieder singen wird.*

Als es draußen bereits dunkel zu werden begann, hatte sich die große Halle merklich geleert. Obwohl sie wenig mehr tun musste, als hinter Hernád herzulaufen und dabei angemessen beeindruckt von der Umgebung zu wirken, fühlte sich Flores erschöpft und ausgelaugt. Ihre Füße schmerzten, und sie sehnte sich nach einem guten Schluck Wein. Das belanglose Geplauder und die Anekdoten, die trotz ihres mangelnden Humors stets mit geflissentlichem Lachen quittiert wurden, ermüdeten die Wlachakin zusätzlich. Endlich wurde Hernád aufgerufen und trat aufgeregt durch die Tür in Zorpads Audienzzimmer. Seine Bediensteten wurden bis auf den alten Kóvasz nicht eingelassen, aber mit etwas anderem hatte Flores auch nicht gerechnet.

In einem unbeobachteten Augenblick trat sie an den Tisch mit den Getränken und füllte sich einen Pokal mit schwerem Rotwein, den sie im Valedoara anbauten und den das Volk *Drachenblut* nannte, nach dem Wappentier von Laszlár Szilas, dem Herrn der Region und einem von Zorpads Rivalen im Kampf um die Krone von Ardoly.

Genüsslich ließ Flores den Wein in ihrem Mund rollen. In die Überlegung versunken, dass Bračaz, der Sitz von Marczeg Laszlár, vielleicht tatsächlich wieder eine Reise wert sei, bemerkte sie zunächst nicht, dass unter den versammelten Personen Aufregung entstanden war. Erst als jemand empört fluchte, wandte sie sich um und sah, dass ein Dutzend Soldaten aus der Feste den Saal betreten hatten und die Anwesenden freundlich, aber äußerst nachdrücklich hinausbegleiteten. Manche protestierten, doch Zorpads Soldaten blieben eisern. Angeführt wurden sie von Sciloi Kaszón, der Szarkin, die in der Stadt besonders gefürchtet war, denn es hieß, dass ihre Augen und Ohren überall seien.

Offenbar hatte noch niemand Flores bemerkt, die etwas abseits stand, also trat die Wlachakin einen Schritt zur Seite und glitt hinter eine der dicken Säulen, welche die hohe Decke des Saales stützten. Noch mit dem Weinpokal in der Hand überlegte sie, was hier vor sich ging, konnte sich aber keinen Reim auf die Geschehnisse machen.

Doch es war zweifelsohne zu spät, um noch auf sich aufmerksam zu machen, denn sie befürchtete, man würde es ihr übel nehmen, dass sie sich versteckt hatte. Also presste sich die Wlachakin an die Säule und wartete ab, in der Hoffnung, dass sich später eine Gelegenheit ergeben werde, den Saal unbemerkt zu verlassen.

Kurz nachdem die Halle geräumt worden war, öffnete sich die große Tür wieder, und Flores konnte Schritte hören. Zunächst blieb sie in ihrem Versteck, doch dann siegte die Neugier, und sie warf einen verstohlenen Blick um die Säule. Zwei Personen gingen schnell auf die kleinere Tür zu Zorpads Audienzzimmer zu, die Szarkin Sciloi und ein Mann, der dieser folgte. Sein längeres dunkles Haar wies ihn als Wlachaken aus; dann sah er sich nervös um, und auch wenn Flores sofort zurückzuckte, erhaschte sie doch einen kurzen Blick auf sein bleiches Gesicht, das ihr bekannt vorkam.

Mit der Befürchtung, dass man sie entdeckt habe, hielt sie den Atem an, doch die Schritte gingen gleichmäßig weiter, bis sie das Ende des Saales erreichten, wo die Tür geöffnet wurde. Diesmal wagte es Flores nicht, hinter ihrer Säule hervorzuspähen, aber sie konnte eine unwirsche, tiefe Stimme hören, der eine Frau antwortete. *Zorpad?*, fragte sich die Wlachakin und riskierte nun doch einen Blick.

Tatsächlich trat der Herr der Feste aus dem Raum und gesellte sich zu den beiden Besuchern. Von Hernád war keine Spur zu sehen, und das Gespräch war nur ein kurzer Wortwechsel. Unvermittelt rief Zorpad laut »Nein!«, gefolgt von einem groben Fluch, dann beruhigte sich der Kriegsherr wieder, und es wurden noch einige Sätze gewechselt, die Flores allerdings nicht verstehen konnte. Zu guter Letzt nickte die Szarkin, und Zorpad machte eine herrische Geste in Richtung Tür.

Kurz darauf entfernten sich Sciloi und der Wlachake wieder, während Zorpad in sein Audienzzimmer zurückkehrte. Verwirrt versuchte Flores einen Sinn in dem soeben Miterlebten zu erkennen, aber die Erkenntnis blieb flüchtig. Noch während sie rätselte, öffneten sich die breiten Flügel des Portals, und die Gäste wurden wieder eingelassen. Nach einigen Atemzügen trat Flores hinter der Säule hervor, ging lässig zu der Gruppe von Hernáds Begleitern und gesellte sich zu ihnen.

»Wo warst du?«, fragte Ezro misstrauisch, als sie neben ihm auftauchte.

»Ich habe mir Wein geholt«, antwortete Flores und hielt ihren Pokal hoch.

»Ich meine, als wir nach draußen mussten«, hakte der Szarke nach.

»Ich war austreten. Reicht das, Ezro, oder ist das neuerdings verboten? Möchtest du mich das nächste Mal vielleicht begleiten?«, erwiderte Flores bissig und funkelte den Krieger an, der sie weiterhin argwöhnisch betrachtete, aber nicht auf ihre Frage antwortete.

Erleichtert nahm Flores noch einen Schluck von dem Wein, der jedoch einen schalen Nachgeschmack in ihrem Mund hinterließ. *Wer war der Wlachake, und was wollte er bei Zorpad? Wieso mussten alle den Saal verlassen?*, grübelte sie, aber obwohl sie den Namen des Mannes geradezu auf der Zunge spüren konnte, wollte er ihr nicht einfallen, was sie erzürnte.

»Ihr Wlachaken seid alle gleich«, schimpfte Ezro. »Verdammtes Rebellenpack!«

Plötzlich lief es Flores siedendheiß über den Nacken, und

sie spürte, wie Schweiß auf ihre Stirn trat. Irgendwas brabbelte Ezro noch vor sich hin, aber Flores beachtete ihn nicht mehr.

»Octeiu«, flüsterte sie den Namen des Mannes, der ihr bei Ezros Erwähnung der Rebellen wieder eingefallen war. *Natürlich, Nati hat ihn bei seinen Geschichten über Ştens Gefangennahme erwähnt, und ich habe nicht daran gedacht, dass ich auch einen Octeiu kenne,* schoss es der Wlachakin durch den Kopf. *Welchen Grund konnte es für ihn nur geben, Zorpad aufzusuchen? ... Verflucht, er ist ein Verräter! Natürlich, so haben sie auch Şten erwischt!,* dachte Flores verzweifelt. *Und der Dummkopf ist wieder in die Stadt zurückgekehrt! Zorpad weiß von seiner Rückkehr. Bei allen Geistern, Şten ist in tödlicher Gefahr!*

34

Von seinem Standpunkt auf der Galerie konnte Hrodgard, der Kriegsmeister, die versammelten Heerscharen zu seiner vollsten Zufriedenheit überblicken. Neben sich wusste er seine Kampfmeister, aber er schenkte ihnen keine Beachtung, so sehr fesselte ihn der Anblick der Zwergenkämpfer.

Die Halle war gewaltig, gehauen aus einer natürlichen Kaverne von gigantischen Ausmaßen, die von den Handwerkern der Zwerge ausgebaut und verziert worden war, bis sie ihre gegenwärtige Größe erreicht hatte. Zwischen den ordentlichen Reihen der Krieger standen Dutzende von Feuerschalen, aber selbst diese genügten nicht, um die Dunkelheit vollständig aus der Halle zu vertreiben. Die mit Fresken geschmückten Wände ragten weit in die Höhe, und selbst der Kriegsmeister, der gute zwanzig Schritte über den gesammelten Kriegern stand, konnte die Decke nicht sehen, die in den Schatten verborgen blieb.

Bis auf die Rumpfmannschaften an den Toren und den Eingängen zu den tieferen Stollen hatte Hrodgard alle Zwerge, die eine Waffe führten, zu sich gerufen. Es war an der Zeit, zu seinen Kriegern zu sprechen und ihnen Zuversicht und Vertrauen einzuflößen. Vor jeder Einheit hatte Hrodgard die Standartenträger platziert, welche die Symbole der Einheiten stolz präsentierten. Unterhalb der Galerie lagen sauber aufgereiht die Trophäen ihres Feldzuges gegen die Trolle, Dutzende von Trollschädeln, mit Pech beschmiert, deren leere Augenhöhlen die Krieger unten in der Halle anstarrten.

Auf Hrodgards Zeichen hin erklangen die Hörner und erfüllten die Halle mit einem tiefen, vibrierenden Laut, den man sowohl fühlen als auch hören konnte. Dann setzten die mächtigen Trommeln ein und ließen den Fels erbeben. Neun Schläge donnerten durch die Hallen, brandeten über die Krieger hinweg und übertönten sogar noch die Hörner. Im richtigen Augenblick hob Hrodgard, Sohn des Haldigis, die Arme, und die Hörner und Trommeln verstummten. Eine erwartungsvolle Stille legte sich über die Halle, als der Kriegsmeister nach vorn trat.

Mit fester Stimme rief er: »Krieger! Ich bin stolz auf euch! Ich bin stolz, euer Kriegsmeister sein zu dürfen! Niemals zuvor hat ein Kriegsmeister eine solch besondere Schar von Kriegern in die Schlacht geführt!«

Donnernder Jubel ertönte und schluckte alle Geräusche. Tausende Kehlen schrien Hrodgards Namen, tausende Waffen wurden auf Schilde oder auf den Boden geschlagen, aber ebenso schnell, wie der Lärm aufgekommen war, endete er wieder, als Hrodgard die Arme abermals hob.

»Wir haben viele Schlachten geschlagen und große Siege errungen! Unsere Triumphe sind ungezählt! Unsere Feinde erzittern beim Anblick unserer Schilde und fliehen tiefer und tiefer!«

Wieder Jubel, doch diesmal brachte der Kriegsmeister die Masse seiner Krieger schneller zum Schweigen.

»Aber noch versteckt sich das Geschmeiß vor uns! Noch vermehren sie sich und lauern in der Dunkelheit, darauf hoffend, dass unsere Wacht erlahmt und wir ermüden!«

Ein Raunen ging durch die Menge, Krieger schüttelten die Häupter und reckten trotzig ihre Waffen in die Luft.

»Aber wir werden nicht müde! Wir werden nicht unachtsam! Wir sind Zwerge! Wir verfolgen unsere Feinde! Wir jagen sie bis in die tiefste Dunkelheit! Wir …«, schrie Hrodgard, doch der Rest seiner Rede ging in dem ohrenbetäubenden Jubel unter, der sich erhob. Diesmal ließen die Krieger sich nicht beruhigen, diesmal brüllten und riefen sie auch noch, als er die Arme hochreckte, und er ließ sie gewähren und wartete geduldig ab, bis ihre Begeisterung verebbte.

»Die Weisheit unseres Königs wird die Gefahr der Trolle

bannen! Seht die Häupter der erschlagenen Feinde! Schon bald werden diese Reihen anschwellen, und noch viel mehr Schädel werden hier vor uns liegen! Aber zuerst müssen wir den Blick auf eine andere Gefahr richten!«

Ungläubiges Gemurmel erfüllte die Luft, als der Kriegsmeister nach oben wies.

»Feinde sind in unsere tiefsten Heiligtümer eingedrungen! Viele giert es nach den Schätzen, die wir rechtmäßig unser Eigen nennen! Viele neiden uns unsere hart erarbeiteten Kostbarkeiten! Wir müssen bereit sein, auch dieser Bedrohung entschlossen entgegenzutreten! Wir sind Zwerge! Wir werden das Blut unserer Feinde vergießen! Wir werden ihre Knochen zermalmen! Wir werden siegen!«, donnerte Hrodgard und stieß die Fäuste in die Luft. Diesmal gab es kein Halten mehr, und der Jubel schien kein Ende nehmen zu wollen. Auf der Brandung der Zustimmung schien es dem Kriegsmeister, als flöge er über die jubelnden Krieger hinweg und würde von ihren Stimmen getragen, die immer wieder seinen Namen riefen.

Meine Krieger, dachte Hrodgard stolz, *ein jeder bereit, für mich zu kämpfen, für mich sein Blut zu vergießen, für mich zu sterben. Das ist wahre Macht!*

35

Trotz des herbstlichen Tages brannte die Sonne heiß herunter, und Sargan, der sich in keinen Schatten zurückziehen konnte, schwitzte gehörig. Die Schindeln des Daches waren aus dunklem grauem Schiefer und heizten sich im grellen Sonnenlicht immer weiter auf. Ergeben sandte Sargan ein kurzes Gebet mit der Bitte um einen kühlenden Wind an Agdele und trank einen Schluck aus seinem Wasserschlauch.

Auf der Straße hatte er es noch nicht gespürt, aber hier oben auf dem Dach des Lagerhauses war die Luft drückend und schwer. Es roch geradezu nach einem Unwetter, und Sargan dachte bei sich, dass seiner Meinung nach Regen und Nebel sowieso viel besser zu Ardoly passten als dieser freundliche Sonnenschein. Doch dann öffnete sich unter ihm die Tür, und zwei Männer verließen das Lagerhaus, in dem der Dyrier die Trolle vermutete. Tatsächlich handelte es sich um den Wlachaken Şten und einen weiteren dunkelhaarigen Mann, den Sargan allerdings noch nie zuvor gesehen hatte. Gespannt verfolgte der heimliche Beobachter auf dem Dach, wie die beiden die Gasse entlangschritten und schließlich um die Ecke des Lagerhauses verschwanden.

Am Tage würden die Trolle wohl schlafen, weshalb Sargan es sich wieder etwas gemütlicher machte und sich ins Warten schickte. Seine Vermutung, dass der Rebell zusammen mit den Trollen in dem Warenhaus Unterschlupf gefunden hatte, schien sich bestätigt zu haben, was den Dyrier erfreute, auch wenn er auf dem verfluchten Dach langsam gar gekocht wurde. Doch die Unannehmlichkeiten zu ertragen hatte sich gelohnt, denn jetzt kannte er das Versteck der Trolle.

Am besten wäre es, wenn ich ohne Şten mit den Trollen re-

den könnte, dachte Sargan, denn der Wlachake war ihm ein wenig zu neugierig und hatte möglicherweise sogar Verdacht geschöpft, was seine Rolle des unbedarften Gelehrten anging.

Aber ein Gespräch mit den Trollen war mehr als wichtig für ihn, denn falls die gewaltigen Wesen genügend Wissen über das Kleine Volk besaßen, dann war Sargans Auftrag so gut wie beendet, und er würde in seine Heimat zurückkehren und für eine gewisse Zeit die Früchte seiner Arbeit genießen können.

Ohne Frage würde man ihn früher oder später erneut in fremde Länder entsenden, aber für gewöhnlich ließen ihm seine Oberen Zeit, das süße Leben ein wenig auszukosten. Obwohl er es sich nur selten eingestand, freute der Dyrier sich darauf, seine Frauen und die Kinder wiederzusehen, die er hatte zurücklassen müssen. Vielleicht war inzwischen sogar noch ein weiteres hinzugekommen, über dessen Schreien er sich zwar unablässig beschweren, auf das er aber insgeheim sehr stolz sein würde. Wenigstens konnte er sicher sein, dass seine große Familie in seiner Abwesenheit in Reichtum lebte und es ihr an nichts mangelte. Das war es wert, auf den harten und heißen Schindeln auszuharren und den Abend abzuwarten, wenn einerseits die Hitze nachließ und andererseits die Trolle aus ihrem seltsamen Tagschlaf erwachten.

Einmal noch kehrte Şten zurück, verließ die Lagerhalle aber bei Einbruch der Nacht wieder. Inzwischen war der Himmel dunkel, und dicke Wolken hingen über der Stadt; sie kündigten das Gewitter an, das seit dem Nachmittag in der Luft lag. Nachdenklich betrachtete Sargan die bedrohlichen, fast schwarzen Wolken, die sich überraschend schnell zusammengezogen hatten. Seine Kleidung war für einen warmen Tag ausgewählt und nicht für Regen, aber daran ließ sich jetzt erst einmal nichts ändern.

Nachdem er noch eine Zeit lang gewartet hatte, in der Şten aber nicht wieder erschien, robbte Sargan zum Rand des Daches und spähte hinab in die kleine Seitengasse, die er für seinen Aufstieg gewählt hatte. Als er sah, dass sie leer und verlassen war, rollte er sich über die Dachkante und kletterte vorsichtig an dem Gebäude hinunter. Unten angekommen, machte er sich gleich auf den Weg zu dem Seiteneingang des Lagerhauses, in dem die Trolle versteckt waren, und lauschte an der Tür. Obwohl er keine Geräusche hören konnte, klopfte er sanft an das dicke Holz und wartete ab. Drinnen rührte sich zunächst nichts, doch dann hörte Sargan ein leises Kratzen und trat ein wenig zurück.

»Äh ... wer ist da?«, erklang eine tiefe Stimme, und Sargan musste grinsen.

»Sargan. Wisst ihr noch, wer ich bin?«, antwortete er leise, woraufhin sich die Tür einen Spalt öffnete. Behutsam trat der Dyrier in die Dunkelheit, wo er plötzlich von zwei gewaltigen Pranken gepackt und mit dem Rücken an eine Wand gepresst wurde.

»So!«, fauchte einer der Trolle, und sein heißer, übel riechender Atem schlug Sargan ins Gesicht, »Sargan, ja?«

»Ja, ja, Sargan. Ihr kennt mich doch, ich habe euch das Schreiben beigebracht«, erklärte der Dyrier hastig. »Ihr wisst doch noch, das Lautmalen?«

»Das ist er«, sagte eine Gestalt in der Dunkelheit. »Er riecht genauso.«

»Na und?«, antwortete der Troll, der Sargan in seinem eisernen Griff hielt. »Ich zerquetsche ihn so oder so!«

Unter den Klauen des Monstrums stöhnte Sargan auf, während der Troll seinen Druck verstärkte. Voller Entsetzen glaubte der Dyrier zu spüren, wie seine Knochen und Gelenke nachgaben, doch dann sagte eine dritte Stimme: »Lass ihn mal kurz, Pard, ich will mit ihm reden.«

Daraufhin lockerte der Troll seinen Griff etwas, und Sargan konnte zumindest Luft holen.

»D-d-danke, danke«, stotterte er zwischen zwei tiefen Atemzügen. »Ich führe nichts Übles im Schilde.«

»Was?«, fragte einer der Trolle, während tiefer in der Halle jemand Funken schlug und versuchte, ein Licht zu entzünden.

»Ich will euch nichts tun«, erklärte der Dyrier, woraufhin Pard lachte.

»Du? Uns was tun?«

»Äh, nein, eben nicht.«

»Du könntest uns gar nichts tun, du Wurm«, zischte Pard, aber Sargan schüttelte den Kopf.

»Ich hätte den Soldaten des Marczeg Bescheid geben können.«

Das brachte Pard dazu, ihn wie eine Puppe durchzuschütteln. »Ich brech dich in zwei Teile, Menschlein! Du drohst uns?«, brüllte der Troll wütend.

Zu Sargans Glück griff einer der anderen ein: »Pard, er sagt, dass er es nicht tut.«

»Woher sollen wir das wissen?«, fragte Pard. »Er könnte uns doch alles erzählen, während draußen schon die Menschen mit ihren Metallwaffen lauern!«

»Ich will wissen, wie er uns gefunden hat«, erläuterte der andere Troll, den Sargan nun im Licht der langsam heller werdenden Lampe als Druan erkannte.

»Stimmt!«, rief Pard aus. »Şten hat uns verraten!«

»Nein«, widersprach der Dyrier schnell. »Ich habe ihn aus der Gasse kommen sehen, aber bevor ich ihn erreichen konnte, war er schon wieder weg. Meine Wunde, ich kann nicht so schnell laufen ...«

»Menschen sind weich«, spuckte Pard verächtlich aus.

»Und dann sah ich die Türe hier, und ich dachte mir, dass ein großes Lagerhaus genau das Richtige für euch Trolle sein könnte«, fuhr Sargan fort, ohne Pard zu beachten.

»Ist das so?«, fragte Druan, und Sargan beobachtete im Licht der Lampe, wie die Trolle sich um ihn versammelten und ihn anstarrten. Angesichts der riesigen Kreaturen kamen ihm plötzlich Zweifel an der Durchführbarkeit seines Planes, sie über die Zwerge auszufragen. *Oder an der Durchführbarkeit meines Planes, nicht in kleine Teile zerfetzt zu werden*, überlegte der Dyrier und musste schlucken, als er Pards angespannte Muskelpakete sah.

»Ja, äh, so war es«, erwiderte Sargan trotz seiner Befürchtungen.

»Ich mag ihn, er hat mir gezeigt, wie man meinen Namen malt«, stellte der Troll mit dem einen Horn fest, dessen Namen Sargan vergessen hatte.

»Und warum bist du zu uns zurückgekehrt? Was willst du von uns?«, erkundigte sich Druan und sah mit zusammengekniffenen Augen in Sargans Gesicht, der sich fragte, wie gut die Sinne der Trolle wohl sein mochten. *Können sie meine Angst riechen?*

»Ich will mehr von euch lernen! Ihr seid faszinierende Geschöpfe! Ich könnte unsterblich werden, wenn ich über euch berichte!«

»Du könntest tot werden«, grummelte Pard, entließ den Dyrier aber langsam aus seinem Griff.

»Das Risiko ist es wert«, stellte Sargan fest und bemerkte erfreut, dass Roch breit grinste und auch Druan nicht allzu feindselig schaute. Nur Pard wand sich seufzend ab und entfernte sich in die düsteren Schatten der Lagerhalle.

»Wisst ihr, wo Şten hingegangen ist?«, erkundigte sich Sargan vorsichtig, denn es wäre vermutlich besser, wenn er dem Wlachaken nicht begegnete.

»Nein. Er sagte nur, dass wir bereit sein sollen, wieder aus der Stadt zu verschwinden, weil es vielleicht schnell gehen muss«, antwortete Druan gelassen.

»Tatsächlich? Wieso?«, fragte Sargan unschuldig und überlegte bei sich, was die Rebellen wohl planten.

»Wissen wir nicht. Vielleicht geht er zu den Sonnenmagiern.«

»Sonnenmagier?«, fragte der Dyrier, dessen Wissen über Ardoly vor allem aus alten Folianten stammte. »Meinst du den Albus Sunaş?«

»Ja, genau, die. Kennst du sie?«, erkundigte sich Druan.

Der Rest der Trolle schien von ihrem Gespräch eher gelangweilt zu sein. Pard war schon in der Halle verschwunden, Zdam und Anda setzten sich hinter einigen Kisten auf den

Boden, sodass nur Druan und Roch mit Sargan in der Nähe der Tür blieben. Im Zweifelsfall würde der Dyrier wohl entkommen können, was ihn ein wenig ruhiger werden und erleichtert aufatmen ließ. »Nicht wirklich. In meiner Heimat beten wir zu Agdele, der Mutter der Welt, und nicht zu einem diffusen Lichtgott. Aber es gibt Leute, die sagen, dass die Erdenmutter und der Himmelsvater zusammengehören.«

»Das verstehe ich nicht. Wir wissen wenig über die Sonnenmagier. Sie beten zu einem Himmelsvater?«, fragte Druan verwirrt.

»Auf eine gewisse Art und Weise. Sie verehren das Göttliche Licht, die Sonne, die Leben und Wärme spendet. Manche Menschen nennen dieses Gestirn den Himmelsvater. Und Agdele ist die Herrin der Erde und die Mutter der Welt. Aber die Priesterinnen halten da nicht wirklich viel von.«

»Eure Priesterinnen?«

»Ja, die Priesterinnen der Agdele. Es gibt Kloster und Tempel des Albus Sunaş im Imperium, aber stark ist ihr Orden nur in Ardoly, denn er kam mit den Masriden. Deren Krieger zogen auch durch das Dyrische Imperium, meine Heimat, aber obwohl der Glaube an das Göttliche Licht auch bei uns Fuß gefasst hat, ist der Glaube an die Erdenmutter weitaus verbreiteter«, erläuterte Sargan.

»Aber deine Erdmutter interessiert uns nicht«, sagte Druan, der fast verzweifelt bemüht schien, den komplizierten Worten des rothaarigen Mannes zu folgen. »Wir reden von den Sonnenmagiern!«

»Warum ist Şten denn dorthin gegangen?«

»Es sind unsere Feinde!«, warf Roch hitzig ein, was ihm einen warnenden Blick von Druan einbrachte. *Interessant*, dachte Sargan, *der Troll will mir Dinge verheimlichen.* Laut fragte er nach: »Tatsächlich? Wieso, wegen der Sonne?«

»Nein, sie helfen unseren Feinden«, antwortete Druan.

»Wie denn?«, erkundigte sich Sargan mit einem auffordernden Lächeln, das jedoch bei Druan seine Wirkung zu verfehlen schien.

»Wissen wir nicht«, erwiderte der Troll kurz angebunden. »Wieso interessiert dich das, Mensch?«

»Nur für meine Geschichten, nur für meine Geschichten«, beschwichtigte der Dyrier ihn rasch und lächelte noch breiter.

»Was weißt du noch über die Sonnenmagier?«, erkundigte sich Druan.

»Sie sind, wie gesagt, mit den Masriden gekommen, als diese über die zivilisierte« – Sargan sah sich mit einem Naserümpfen um – »und nicht ganz so zivilisierte Welt hergefallen sind. Es ist ein Orden, der nur Männer aufnimmt, und sie predigen, dass es keine Götter außer ihrem Göttlichen Licht gibt, weshalb sie nicht sonderlich beliebt sind bei denen, die nun einmal an andere Götter glauben.«

»Sind sie mächtig?«

»Mächtig? Nicht in meiner Heimat. Hier in Ardoly? Vermutlich schon, immerhin unterstützen die Herrscher des Landes ihren Orden«, vermutete Sargan. »Aber so genau weiß ich das nicht.« Neugierig beäugte der Dyrier den Troll und fragte: »Aber ich dachte, ihr führt Krieg gegen die Zwerge. Was hat der Albus Sunaş damit zu tun?«

Offensichtlich bereitete es Druan Unbehagen, über diese Angelegenheiten zu sprechen, denn er kratzte sich am Kopf und sagte abwehrend: »Wissen wir nicht.«

»Aber Şten versucht das herauszufinden?«

»Genau«, bestätigte der Troll knapp.

Vielleicht ist es an der Zeit, dass ich mehr Informationen herausrücke, überlegte sich Sargan und sagte: »Wisst ihr, dass die Zwerge mit Zorpad Absprachen treffen?«

Sofort kniff Druan die Augen zusammen und sah den Dyrier finster an. »So, tun sie das?«

»Ja. Sie hatten mich doch überfallen und entführt, weißt du noch?«, fragte Sargan und fuhr nach Druans bestätigendem Brummen fort: »Da habe ich sie belauschen können. Sie waren bei Zorpad in der Burg gewesen.«

»Sie sprachen in deiner Zunge?«, erkundigte sich der Troll überrascht.

Sargan schüttelte den Kopf und sagte bescheiden: »Ich spreche ihre Sprache ein wenig.«

»Was haben sie gesagt? Was für Pläne haben sie mit den Menschen?«, hakte Druan begierig nach.

»Nun ja, es ging um irgendwelche Lieferungen. Und darum, dass die Menschen ihnen bei der Lösung eines Problems helfen sollen. Genaueres weiß ich nicht«, log Sargan, um den Troll mit diesem Halbwissen zu ködern.

»Verfluchte kleine Bastarde«, meldete sich Pard zu Wort, der sich nun wieder zu der kleinen Gruppe an der Tür gesellte, »und verfluchte Menschen!«

»Şten hat so etwas vermutet«, gab Druan zu. »Aber er weiß auch nicht, was genau die Zwerge mit Zorpad zu schaffen haben.«

»Der da sagt, die Menschen helfen den Zwergen. Die *Menschen*!«, ereiferte sich Pard.

»Äh, nein, die Zwerge sprachen von Zorpad, da bin ich ganz sicher«, berichtigte Sargan den gewaltigen Troll, auch wenn Pards finsterer Blick nicht gerade dazu einlud, ihm zu widersprechen.

»Hast du nicht mehr gehört?«, fragte Druan drängend. »Irgendetwas?«

»Tut mir Leid«, antwortete Sargan entschuldigend. »Aber ich war verängstigt und wusste auch nicht, worüber sie eigentlich sprachen. Ich weiß einfach zu wenig ...«

Während Pard sich mit einem Schnauben abwandte und die Tür einen Spalt öffnete, um hinauszuspähen, sah Druan den Dyrier grübelnd an. Innerlich musste Sargan über seine letzten Worte grinsen, aber er ließ sich nichts anmerken, sondern behielt eine leicht traurige Miene aufrecht, die andeuten sollte, dass er den Trollen gerne helfen würde, aber dafür ein wenig mehr Informationen benötigte.

Doch zu seiner Überraschung sagte Druan: »Ich glaube dir nicht.«

Sofort schloss Pard die Tür und baute sich drohend vor ihr auf, wobei er den einzigen einfachen Fluchtweg aus der Halle blockierte. Für einen Augenblick war Sargan zu schockiert, um zu reagieren, dann versicherte er rasch: »Nein, nein, das ist die Wahrheit! Wieso sollte ich lügen?«

»Ich weiß nicht, Mensch. Vielleicht, weil du denkst, wir würden es nicht merken. Oder weil du doch Übles am Schild führst.«

»Was?«, fragte Sargan verwirrt, aber dann verstand er. »Es heißt ›Übles im Schilde führen‹, nicht ›am Schild‹. Aber ich …«

Weiter kam er nicht, denn Druan packte ihn und hob ihn hoch wie ein wehrloses Kätzchen. Die anderen Trolle näherten sich und bauten sich mit grimmigen Mienen und geballten Fäusten um Druan und Sargan auf.

»Warum bist du hier?«, brüllte der Troll ihm ins Gesicht und schüttelte Sargan so durch, dass dem Dyrier Hören und Sehen verging. *Vielleicht hatte Şten doch Recht, als er sagte, ich solle den Trollen besser fern bleiben,* dachte Sargan benommen.

»Ich wollte mehr über euch erfahren«, schrie der Dyrier verzweifelt, aber immer noch nicht bereit, seine Tarnung aufzugeben.

»Warum? Gehörst du zu Zorpad?«, dröhnte Druan und drückte fester zu.

»Nein!«

»Zu den Sonnenmagiern?«

»Nein! Nein, ich bin nicht euer Feind!«, rief Sargan flehend.

»Aber was bist du dann?«, knurrte Druan und fletschte die beängstigend spitzen Fangzähne.

»Ein Feind der Zwerge!«, gab Sargan schließlich zu, als er vor seinem geistigen Auge sah, wie der Troll diese furchtbaren Reißzähne in seinen Leib grub. *Menschenfresser,* fuhr es ihm durch den Kopf, und er zuckte zusammen, doch Druan ließ ihn einfach fallen und stemmte die Fäuste in die Hüften.

»Ein Feind der Zwerge?«, fragte Druan. »Wieso?«

Vorsichtig stand Sargan auf und rieb sich die schmerzenden Gliedmaßen. Zwischen Druan und Pard gefangen, sah er sich kurz um, erkannte aber keinen anderen Ausweg, als zumindest einen Teil der Wahrheit zu erzählen. Selbst Roch, der vorher noch angekündigt hatte, den Menschen zu mögen, hatte nicht die Hand oder die Stimme erhoben, ihm zu helfen, und sah Sargan jetzt nur misstrauisch an.

»Ich komme aus dem Imperium«, begann der Dyrier. »Dort gibt es Feinde der Zwerge, für die ich arbeite.«

»Wer sind diese Feinde?«, wollte Druan wissen.

»Personen, die dem Hof des Imperators sehr nahe stehen«, erklärte Sargan, der sich sicher war, dass die Trolle von der komplexen Politik des Dyrischen Imperiums keinerlei Ahnung hatten.

»Aber Şten sagte doch, die Menschen wären keine Feinde der kleinen Bastarde«, warf Anda verwirrt ein.

»Ohne Şten zu nahe treten zu wollen«, begann Sargan, »muss ich leider sagen, dass er nur dieses kleine, rückständige Land kennt. Jenseits der Berge gibt es wohl mehr Dinge, als Şten sich vorstellen kann.«

»Warum sind diese Menschen Feinde der Zwerge?«, fragte Druan weiter.

Jetzt befand sich der Dyrier erneut in einer Zwickmühle, denn anscheinend besaß Druan irgendeine Fertigkeit, um Lügen erkennen zu können, und Sargan war nicht sicher, wie viel er tatsächlich preisgeben sollte, denn es mochte sein, dass dieses Wissen über die Trolle in andere Hände geriet, zum Beispiel durch Şten an die wlachkischen Rebellen. *Können die Trolle Lügen riechen?*, rätselte Sargan, der ein hervorragender und geübter Lügner war, aber ohne die Antwort zu kennen, vermochte er Druan nur schlecht auszutricksen.

»Es geht um Handel und um Gold, viel Gold. Das Kleine Volk beherrscht den Handel in den Bergen und diktiert die Preise. Ich soll herausfinden, wie sie das tun und welche Schwächen sie haben.«

»Gold. Immer Gold«, schnaubte Druan verächtlich. »Ihr Menschen seid wie die Zwerge.«

»Nein. Die Zwerge sind habgierig und hinterlistig«, widersprach Sargan.

»Und deine Lügen sind besser?«, fragte Druan kalt, und Pard nickte zustimmend.

»Es tut mir Leid, ich wusste nicht, was ich von euch halten sollte. Ihr seid so ... so anders«, erklärte Sargan, aber selbst in seinen Ohren klangen seine Worte hohl.

»Warum sollten wir dir glauben?«

»Ich sage die Wahrheit! Du kannst das doch erkennen!«, rief Sargan verzweifelt, als Pard bedrohlich näher kam.

»Nein, kann ich nicht«, stellte Druan fest.

Pard fügte hinzu: »Er gehört zu den Menschen. Die sind alle falsch. Wir hätten ihn gleich töten sollen, egal, was Şten sagt!«

Verzagt wich Sargan vor dem riesigen Troll zurück und hob abwehrend die Hände.

»Ich schwöre, dass ich die Wahrheit sage«, rief er.

Pard wirkte unbeeindruckt: »Du wirst bald gar nichts mehr sagen!«

»Warte, Pard«, mischte sich Druan ein und wandte sich dann an Sargan: »Was weißt du über die Sonnenmagier?«

»Nicht viel mehr, als ich euch erzählt habe. Im Imperium stellen sie keinen wichtigen Faktor dar, und ich wusste nicht, dass sie mit den Zwergen verbündet sind«, erklärte Sargan hastig.

»Er ist nutzlos«, verkündete Pard grimmig, aber Druan fragte weiter.

»Was ist mit Zorpad?«

»Ich habe ein Gespräch belauscht. Die Zwerge benötigen Hilfe von dem Masriden und liefern dafür etwas. Vielleicht Gold oder Waffen, das Kleine Volk ist berühmt für sein Geschick mit Erzen und Metallen. Anscheinend brauchen die Zwerge aber länger für die Lösung ihrer Probleme, und deswegen wollte Zorpad mehr Gegenleistung.«

»Bei welchem Problem hilft Zorpad den kleinen Bastarden?«

»Das weiß ich nicht, darüber wurde kein Wort verloren.

Bitte, das ist die Wahrheit!«, erwiderte Sargan angesichts der ihn weit überragenden Gestalt von Pard flehentlich. Mit einem Knurren beugte sich der massige Troll über Sargan, doch dann legte Druan eine Hand auf dessen Schulter.

»Ist gut, Pard«, sagte er leise. »Ich glaube, er sagt uns jetzt die Wahrheit.«

»Das tue ich«, bejahte Sargan. »Wir haben einen gemeinsamen Feind.«

»Du verstehst nicht, Mensch«, erklärte Druan. »Du kämpfst für Metall. Wir kämpfen für uns. Wenn wir nicht gewinnen, dann verlieren wir alles. Die Zwerge werden nicht ruhen, bis sie uns alle getötet haben.«

»Das tut mir Leid. Aber wie hilft der Albus Sunaş ihnen?« Fragend sah Pard Druan an, der mit den Schultern zuckte. Seufzend antwortete der große Troll: »Es begann vor einiger Zeit. Der Fels selbst schien uns zu bekämpfen. Stollen stürzten ein und begruben unsere Krieger unter sich, die Welt erbebte wie unter Schmerzen, kochende Luft sprühte aus Löchern und nahm uns die Luft. Wo immer wir auch gingen, geschahen diese Dinge.«

»Ihr meint, dass der Albus Sunaş mit Magie ...«, begann Sargan, hielt dann aber inne.

»Wissen wir nicht«, antwortete Druan. »Gleichzeitig griffen die Zwerge immer wieder an. Wir schlugen sie zurück, töteten ihre Krieger, aber wir haben keine Ruhe vor ihnen. Wenn wir nicht kämpfen, verstecken wir uns, doch es ist, als ob die Gebeine der Welt sich gegen uns wehrten.«

»Wir haben die kleinen Bastarde oft genug besiegt; wenn wir jedoch vom Schlachtfeld zurückkommen, sterben unsere Krieger in den Tunneln und Stollen«, ergänzte Pard. »Wir werden weniger und weniger.«

»Bei unserer letzten Schlacht haben wir einen verletzten Zwerg unter den Toten gefunden. Wir haben ihn gefoltert, und er hat uns irgendwann verraten, dass die Menschen ihnen helfen. Also brachen wir zu siebt auf, um diese Menschen zu finden und sie aufzuhalten«, fuhr Druan fort.

»Sieben? Aber ihr seid nur ...«

»Fünf, ja. Zwei starben unter den Äxten der Zwerge. Aber als wir an der Oberfläche angekommen sind, haben wir festgestellt, dass die Welt der Menschen groß und seltsam ist und dass wir nichts über euch wissen. In den alten Geschichten heißt es, dass Menschen schwach und einfach zu töten sind, mit weichen Körpern und dünner Haut. Aber hier gibt es so viele«, sagte Druan niedergeschlagen.

»Şten hilft uns«, erklärte Roch. »Aber seit wir hier sind, ist er die ganze Zeit weg.«

»Es gibt so viele Menschen in Teremi«, wunderte sich Druan, und auch wenn Sargan aus dem Dyrischen Imperium weitaus größere und beeindruckendere Städte gewohnt war, konnte er das Erstaunen der Trolle doch verstehen.

Sie kennen solche Orte nicht, woher auch?, überlegte der Dyrier, *und ich glaube, sie haben Angst! Interessant ...*

»Nun ja, Teremi ist eine große Stadt, sicher. Aber denkt ihr, dass Şten euch helfen wird?«

»Wir haben keine andere Wahl«, stellte Druan betroffen fest. »Ich dachte, wir könnten hier mehr über die Sonnenmagier herausfinden, aber wie? Wenn uns die Menschen sehen, dann müssen wir kämpfen. Genau wie in Orvol.«

»Wo?«

»Nicht wichtig«, erwiderte Druan. Der Rest der Trolle sah genauso verloren aus, wie Druans Worte klangen, und sie schienen alles andere als zufrieden mit ihrer Lage zu sein.

»Und Şten versucht gerade, mehr über diesen Orden und seine Geschäfte mit den Zwergen zu erfahren?«

»Ja. Er hat schon etwas von ihnen gehört. Es gibt ein Kloster, aber wir wissen nicht, wo.«

»Ich kenne mich nicht gut mit dem Albus Sunaş aus, aber da sie das Göttliche Licht verehren ... Ich könnte verstehen, dass sie euch als Feinde betrachten, immerhin lebt ihr unter der Erde, fern von ihrer Sonne, aber es würde mich wundern, wenn die Priester eine solche Macht über die Erde hätten, wie ihr sie beschreibt«, sagte Sargan nachdenklich.

»Das hat Şten auch gesagt. Aber der Zwerg hat es gesagt, und er hat nicht gelogen, da bin ich sicher«, erwiderte Pard mit einem dämonischen Grinsen.

»Und was hat Şten gehört? Was ist mit dem Kloster?«

Druan schüttelte den mächtigen Kopf, um zu zeigen, dass er es nicht wusste. »Die Sonnenmagier haben gesagt, dass sie etwas dort tun, und einem gefiel das nicht. Mehr hat Şten nicht gesagt«, erläuterte er dann.

»Verwirrend. Zorpad hat ein Geschäft mit den Zwergen, so viel ist sicher. Vielleicht kann er genug Druck auf den Albus Sunaş ausüben. Und mit Magie kenne ich mich nicht allzu sehr aus, vielleicht hat der Orden mehr Möglichkeiten, als man ihm zutraut. Es wäre keineswegs das erste Mal, dass jemand seinen Glauben oder seine Prinzipien für Geld und Macht verrät«, sagte Sargan düster.

»Menschen sind …«, hob Pard an, doch genau in diesem Augenblick erklang ein lautes Klopfen von der Tür und unterbrach den großen Troll. Alle Köpfe fuhren herum und starrten auf das hölzerne Rechteck in der Wand. Schnell glitt Sargan hinter eine Kiste und duckte sich.

Mit einem Griff löschte Druan das kleine, flackernde Licht, und vollständige Dunkelheit senkte sich über sie. Während die Trolle es – bis auf Pard und Roch – Sargan gleichtaten und sich in der Halle versteckten, dachte der rothaarige Mann ironisch: *Jetzt werde ich nie erfahren, was Menschen sind.*

Dann postierten sich die beiden Trolle an der Tür, und Pard öffnete diese vorsichtig, was Sargan alle Scherze vergessen ließ.

Angestrengt versuchte er zu erkennen, was dort geschah. *Haben uns die Soldaten gefunden? Aber wie?*, rätselte der Dyrier und griff nach seinem Dolch.

36

Die Faust des Mannes erwischte Flores an der Schulter, aber ihre Rüstung mitsamt dem wattierten Unterzeug fing den größten Teil des Schlages auf. Ihr Gegner hatte weniger Glück, denn Flores nutzte den Schwung seines Angriffs, packte ihn am Arm, wirbelte ihn herum und trat ihm dann mit voller Kraft in den Unterleib. Mit einem Seufzen sank der Krieger zu Boden, sodass Flores zu seinem Begleiter herumwirbeln konnte, dessen ausgestrecktes Bein auf sie zielte. Geschickt drehte sie sich und ließ den Fuß von ihrer Hüfte abrutschen, was den Soldaten aus dem Gleichgewicht brachte. Als er an ihr vorbeitaumelte, trieb sie ihm den Ellenbogen in den Rücken, womit sie ihn niederstreckte. Bevor er sich aufrappeln konnte, war sie schon heran und packte ihn am Nacken unterhalb seines Helmes. Mit einem Ruck schlug sie sein Gesicht auf das harte Pflaster der Straße und beendete seine schwache Gegenwehr.

Ein schneller Blick überzeugte die Wlachakin davon, dass der Soldat, dem sie in die Weichteile getreten hatte, noch einige Zeit außer Gefecht sein würde. Also kniete sie sich neben den anderen, der mit der linken Hand seine gebrochene, heftig blutende Nase umklammert hielt und unverständlich nuschelte.

»Was wolltest du mir zeigen?«, fragte sie kalt.

»Nichts, nichts!«, ächzte der Verwundete.

Flores ließ indes nicht locker. »Doch. Irgendwas, das mir richtig Spaß machen würde. Was soll das sein?«

Der Masride blieb stumm und bedachte sie mit einem flehentlichen Blick. Flores spuckte verächtlich aus.

»Das nächste Mal, wenn ihr beiden eure Mäuler aufreißt, solltet ihr vorsichtiger sein. Nicht alle Frauen sind so nett und verzeihend wie ich.«

Damit verpasste sie ihm noch einen Tritt in die Seite, allerdings nur einen leichten, und rannte weiter. *Ausgezeichnet, dachte die Wlachakin wütend, jetzt habe ich zwei von Zorpads Soldaten angegriffen. Nun werde ich selbst gejagt werden. Egal, ich wollte ja sowieso die Gegend verlassen.*

Während sie lief, schüttelte sie den rechten Arm aus, da ihre Schulter von dem Treffer noch schmerzte. Natürlich war es gerade ihr besonderes Glück, dass sie ausgerechnet heute Abend auf eine der Patrouillen stieß, welche nach Einbruch der Nacht durch die Stadt marschierten. Eigentlich wäre es kein Problem gewesen, an ihnen vorbeizukommen, immerhin durfte sie aufgrund ihres Berufes durchaus auch nach der Sperrstunde noch auf den Straßen sein. Aber sie war in solcher Eile gewesen, dass sie auf die Routinefragen der Wachen wütend und gereizt reagiert hatte.

Diese beiden Hohlköpfe haben mich nur noch länger aufgehalten, überlegte sie erzürnt. Sie hatte sich von den anzüglichen Bemerkungen, die rasch gefolgt waren, erst recht provozieren lassen und die Wachen dann auch noch tätlich angegriffen. Das würde auf jeden Fall gravierende Folgen haben. Immerhin hatte es gut getan, ihren Ärger an den beiden Narren auszulassen, die gedacht hatten, sie könnten eine Wlachakin schikanieren.

Jetzt galt es erst einmal, ihre kurzfristigen Ziele zu erreichen, bevor sie sich Gedanken darüber machte, welche Folgen ihre Schlägerei mit den Wachen haben würde. *Ein Lagerhaus, hat er gesagt,* erinnerte sich die Wlachakin an die Worte ihres Zwillingsbruders, *aber wo? Ich habe ihn nicht ausreden lassen, dreimal verflucht!*

Am Hafen gab es eine ganze Reihe von großen und kleinen Warenhäusern und Hallen, in denen die Güter lagerten, welche über den Magy verschifft wurden. Der Großteil dieser Hallen gehörte einzelnen Händlern oder Handelsfamilien, und in Zeiten, in denen das Geschäft schlecht ging, ließ sich Flores manchmal als Wache anheuern. Die Bezahlung dafür war gering, aber es war einfache und nahezu ungefährliche

Arbeit. Die Soldaten trauten sich nicht so recht in das Hafenviertel Apaş, sodass die Bewachung zumeist von Söldlingen übernommen wurde. Da an den Wehrmauern des Hafens die Baracken lagen, in denen die Besatzung der Hafentürme untergebracht war, ereigneten sich allerdings kaum Zwischenfälle, denn diese Wachen reagierten durchaus auf größere Unruhen.

Schnell lief Flores an den Häusern vorbei, die immer ärmlicher wurden, je näher sie dem Fluss kam. Schon bald waren sie selten höher als einstöckig, und nur die wenigsten wiesen noch die traditionelle weiße Tünche auf. Licht gab es fast nirgends, zu wertvoll waren Kerzen und Lampen in dieser Gegend von Teremi, doch Flores kannte den Weg und war ihn oft genug gelaufen, auch wenn die Nacht sehr finster war.

Überraschenderweise hatte sich im Lauf des Abends der Himmel mit Wolken zugezogen, wie sie aber erst nach dem Verlassen der Feste gemerkt hatte, und jetzt drückte eine schwere Luft auf die Stadt hernieder. Die Wlachakin befürchtete längst das Schlimmste und sorgte sich um ihren Bruder, weshalb sie sich nicht die Zeit genommen hatte, einen dickeren, wetterfesten Mantel aus ihrer Unterkunft zu holen.

Den Rest von Hernáds Besuch hatte Flores kaum noch bewusst erlebt, denn sie hatte nur noch fortgewollt aus der Burg, um Şten vor dem Verräter zu warnen. Zum Glück hatte Zorpad kurze Zeit später die Audienz beendet und alle seine Gäste entlassen. Anstatt den dicken Händler noch bis zu seinem Haus zu begleiten und dort ihre Entlohnung zu empfangen, war Flores davongerannt und hatte Hernád nur noch zugerufen, dass sie ihren Lohn morgen einfordern würde.

Da sie nicht wusste, in welcher Halle Şten sich versteckt hielt, blieb ihr nur eines übrig, nämlich alle abzusuchen. Ohne nähere Hinweise rannte Flores zum südlichen Ende des Hafens und begann systematisch um alle Warenhäuser herumzuschleichen und an die Türen zu klopfen, in der Hoffnung, dass Şten ihr öffnete.

Zweimal traf sie auf angeheuerte Wachen, die sie aber

kannten und einfach nur grüßten, wohl in der Annahme, dass sie ebenfalls aus diesem Grund voll gerüstet am Hafen unterwegs war.

Nach einem halben Dutzend Lagerhallen, die sich alle als Nieten entpuppten, kam ihr plötzlich eine Idee. Sie lief zurück zu den Wachen, gab sich leutselig und stellte eine harmlose Frage: »Ruhiger Abend, was?«

Das Wachen-Trio, dessen Mitglieder Flores zuvor am Hafen getroffen hatte, schien das ebenso zu sehen, denn ihr Anführer antwortete: »Ja. Nichts Ungewöhnliches. Bist du für Hernád unterwegs?«

Verwirrt schüttelte Flores den Kopf, dann fiel ihr ein, dass sie noch den Mantel und den Überwurf trug.

»Ach, deswegen?«, fragte sie, und der Söldner nickte. »Nein, ich habe Hernád heute in die Feste begleitet. Hatte noch keine Zeit, die Sachen zu wechseln. Sieht ja übel aus.«

Die Blicke der Söldner folgten dem ihren zu den tief hängenden, bedrohlichen Wolken, und sie nickten resigniert.

»Wird 'ne böse Nacht«, stellte ihr Sprecher fest. »Da werden wir alle noch mit nassen Füßen nach Hause gehen.«

»Äh, sagt mal, wart ihr die Tage schon hier?«, erkundigte sich Flores unschuldig und kaute nervös an einem Fingernagel. »Gab es in letzter Zeit Probleme?«

»Alles ruhig«, erwiderte der Anführer und warf ihr einen misstrauischen Seitenblick zu. »Wieso, suchst du Ärger?«

Bevor Flores antworten konnte, sagte einer seiner Begleiter, ein kleiner Mann mit schütterem Haar und eng beieinander stehenden Augen: »Da war doch was, dieser kleine Flitzer!«

»Stimmt, Matyás«, gab ihm der Anführer Recht. »Gestern Nacht war einer am Nordbecken, lungerte wohl bei den Hallen da rum. Wir haben ihn aufgescheucht, aber er war verdammt schnell. Na ja, weg ist weg.«

»Ja, sicher. Und wo war das genau?«, erwiderte Flores mit einem hoffnungsvollen Grinsen. »Nur, falls ich die Strecke heute noch entlang muss«, fügte sie erklärend hinzu.

»Das große Lager da im Nordteil, das mit den roten Schindeln.«

Fieberhaft überlegte Flores, doch dann fiel ihr ein, welches Lagerhaus der Söldner meinen musste.

»Danke. Na ja, wie auch immer, ich muss los!«, erklärte sie und verabschiedete sich.

Tatsächlich gab es im Norden des Hafens nur eine Lagerhalle mit einem rot gedeckten Dach, und sie fand schnell den Weg dorthin. Vorsichtig strich sie einmal um das große Gebäude herum, bemerkte jedoch nichts Verdächtiges. Also näherte sie sich einer kleinen Seitentür und klopfte mit der Faust an.

Zunächst regte sich nichts, und sie befürchtete schon, dass der Hinweis sie in die Irre geführt hatte. Dennoch hob sie die Hand, um noch einmal zu klopfen, da öffnete sich die Tür leise knarrend nach innen. Vorsichtig trat die junge Wlachakin einen Schritt vor und wollte gerade nach ihrem Bruder fragen, als sich eine albtraumhafte Fratze aus der tiefen Dunkelheit der Halle schälte und mit gewaltigen Pranken nach ihr griff. Fluchend wollte Flores zurückspringen, doch die Klaue erwischte sie an dem verfluchten Waffenrock des Händlers und riss sie hinein in die Finsternis der Lagerhalle.

»Noch ein Mensch«, ertönte eine tiefe Stimme direkt vor ihr, und ein übler Geruch drang ihr in die Nase. Verzweifelt versuchte sie ihr Schwert zu ziehen, aber zwei mächtige raue Hände hatten ihre Oberarme von hinten gepackt und pressten sie so fest gegen ihren Leib, dass die Wlachakin sie keinen Fingerbreit bewegen konnte.

»Mach mal Licht, Druan«, befahl die Stimme hinter ihr wieder, und Flores warf sich abrupt zurück und trat aus. Es war, als hätte ihr Stiefel eine Steinwand getroffen, so hart war ihr Ziel, und außer einem kurzen Keuchen schien sie nichts erreicht zu haben, nur, dass ihr Peiniger hinter ihr sie hochriss und durchschüttelte.

»Verflucht!«, schrie Flores. »Şten? Ich bin's, Şten!«

Zumindest endete das Schütteln, und sie spürte wieder Boden unter den Füßen, auch wenn ihre Knie weich geworden waren.

»Hat er gerade Şten gesagt?«, fragte eine andere Stimme in der Dunkelheit, was Flores noch einmal fluchen ließ.

»Ja, hat er! Und er ist eine sie!«, rief sie wütend, aber dann schlug jemand Feuerstein auf Stahl, und im Aufflackern eines kleinen Lichtes sah sie, mit was für Wesen sie da redete, und die Augen gingen ihr über.

Sprachlos starrte sie das gewaltige graue Monstrum an, das vor ihr aufragte. Nach dem ersten Schrecken begann Flores sich verzweifelt gegen den Griff zu wehren, der sie unentrinnbar gefangen hielt.

»Er zappelt!«, verkündete das Wesen hinter ihr und hob sie ein wenig hoch, sodass ihre Beine keinen Halt mehr am Boden fanden, gerade so, als wöge sie nicht mehr als ein kleines Kind.

»Reiß ihm den Kopf ab!«, empfahl das Ungeheuer direkt vor ihr und beugte sich zu Flores hinab, um sie mit seinen schwarzen, glänzenden Augen genauer zu betrachten. Dann sog es die Luft durch die Nase ein und zog die flache Stirn in Falten.

»Er hat Angst!«, verkündete es triumphierend und bleckte die gelblichen Fangzähne.

»Natürlich hat sie Angst!«, sagte ein kleiner rothaariger Mann, der hinter einem Kistenstapel hervortrat. »Außerdem ist sie eine Frau.«

Verwirrt blickte Flores von dem Mann zu der Kreatur und wieder zurück, bis der Rothaarige eine tiefe Verbeugung vollführte und sie beruhigend anlächelte: »Mein Name ist Sargan. Seid gegrüßt.«

»Sag dem Ding, dass es mich runterlassen soll!«, fuhr Flores den Mann an, dessen schwacher Akzent ihn als einen Fremden von jenseits der Berge auswies.

»Der hat hier nichts zu sagen«, warf das Wesen mit der Lampe ein, das inzwischen näher getreten war. »Im Gegenteil, er sollte besser das Maul halten!« Obwohl es kleiner als das Ungeheuer direkt vor ihr war, wirkte es doch nicht weniger einschüchternd, als es sich zu Flores hinabbeugte, um sie zu betrachten. Der rothaarige Fremde zuckte entschuldigend mit den Schultern und lächelte gequält, was ihm einen finsteren Blick von Flores einbrachte. Dann jedoch sprach die Kreatur wieder. »Du sagtest gerade *Şten*?«

»Ja, das habe ich gesagt. Ich will wissen, wo er ist«, antwortete Flores.

»Woher kennst du Şten?«

»Er ist mein nichtsnutziger Bruder!«, entgegnete die Söldnerin aufgebracht. »Ich bin hier, um ihn zu warnen.«

»Sie sieht ihm ähnlich«, mischte sich dieser Sargan wieder ein, aber das riesige Ungeheuer drehte sich knurrend zu ihm um, was ihn wieder verstummen ließ.

»Wie heißt du?«, fragte das Wesen weiter.

»Flores. Und du? Und bei den Geistern, was seid ihr?«, fragte sie verwirrt.

»Ich bin Druan, das ist Pard«, antwortete das Wesen mit einer Geste in Richtung seines gewaltigen Begleiters. »Wir sind Trolle.«

»Trolle!«, entfuhr es Flores. »Nati hat von euch erzählt. Ihr habt Şten im Wald gefunden, im Käfig.«

»Ja«, erwiderte der Troll namens Druan schlicht.

»Er hat euch in die Stadt gebracht?«, fragte die Wlachakin entgeistert.

»Wir sind zusammen hierher gekommen, durch das Wasser«, erklärte Druan. »Wirst du Frieden halten?«

»Was?«, fragte Flores verdutzt.

»Wenn wir dich loslassen, wirst du Frieden halten?«, führte der Troll aus.

»Ja, Frieden, klar«, antwortete Flores schnell. *Bei den Geistern, was hat Şten jetzt wieder angestellt?*, dachte sie bei sich, als der Troll hinter ihr sie freiließ. *Was treibt er mit diesen Bestien?*

Sobald sie sich frei bewegen konnte, drehte sich Flores so, dass sie alle Trolle im Blickfeld behalten konnte, auch den, dessen Schädel nur ein Horn zierte und der sie zuvor festgehalten hatte.

»Bald haben wir einen ganzen Zwergenkarren voll Menschen hier!«, empörte sich Pard unvermittelt und fuhr sarkastisch fort: »Ein wirklich gutes Versteck!«

»Pard hat Recht«, erklärte Druan. »Wissen noch mehr Menschen von diesem Ort?«

»Ich weiß nicht genau. Şten und Natiole, sonst wüsste ich von keinem«, erwiderte Flores mit einem Kopfschütteln. »Aber ich habe auch nur die beiden getroffen.«

Aus den Schatten schälten sich zwei weitere massive Gestalten, und als sie ins Licht der Lampe traten, erkannte Flores auch sie als Trolle. *Das wären dann die fünf, von denen Natiole erzählt hat. Meine Güte, sie sehen in Wirklichkeit viel schlimmer aus als in seiner Geschichte!*

»Warum bist du hierher gekommen?«, fuhr Druan fort, sie auszufragen.

»Um Şten zu warnen. Ich habe erfahren, dass es einen Verräter gibt.«

»Einen Verräter?«, erkundigte sich Druan verwirrt.

»Einer der Rebellen in der Stadt. Octeiu?«, fragte die Wlachakin, aber der Name schien den Trollen nichts zu sagen, denn sie schüttelten nur unwissend die mächtigen Häupter.

»Ich war in der Feste und …«, wollte sie berichten, doch Pard brüllte auf.

»Ha! Bei den Sonnenmagiern!«

»Was? Nein, ich habe jemanden zu einer Audienz begleitet«, erklärte die Kriegerin, aber der riesige Troll fiel ihr erneut ins Wort.

»Man kann den Menschen nicht trauen, Druan!«

»Ich weiß auch nicht, was das alles bedeutet«, gestand der angesprochene Troll und kratzte sich offenbar verwirrt am Hinterkopf.

»Der da«, fauchte Pard und deutete auf Sargan, »lügt die ganze Zeit! Was mit der hier ist, können wir nicht sagen! Woher sollen wir wissen, ob sie nicht auch lügt?«

»Ich lüge nicht«, verteidigte sich Sargan, doch Pard knurrte ihn wütend an.

»Den kenne ich doch gar nicht!«, erläuterte Flores mit einem Kopfnicken in Richtung des Rothaarigen. »Aber ...«

»Kein Aber«, brüllte Pard fast, bevor er sich eindringlich an Druan wandte. »Wir sitzen hier in der Falle. Wo ist Şten jetzt? Die Gefahr ...«

»Ich weiß, Pard«, antwortete der Troll und wandte sich wieder an Flores: »Was ist mit diesem Verräter?«

»Ich habe keine Ahnung, wie viel ihr über Şten und seine Freunde wisst. Aber einer von ihnen hat heute mit Zorpad gesprochen. Das kann nur bedeuten, dass er ein Verräter ist, der dem Marczeg von Ştens Rückkehr berichtet hat!«

Nachdenklich strich sich Druan über das kantige Kinn.

»Jemand muss Şten warnen!«, fuhr Flores fort. »Er schwebt in Lebensgefahr. Wisst ihr, wo er sich aufhält?«

Als Antwort schnaubte Pard nur laut, und Druan zuckte mit den Achseln.

»Nein. Er ist fortgegangen.«

»Allein?«, erkundigte sich die Wlachakin und sah den Troll fragend an, doch diesmal antwortete Sargan: »Nein, er hatte einen Mann dabei, groß, dünn, dunkle Haare ...«

»Natiole. Vermutlich treffen sie sich mit den anderen Rebellen. Wenn Octeiu den Soldaten davon berichtet, dann werden sie Şten wieder gefangen nehmen! Und Nati und die anderen mit ihm!« Verzweifelt sah Flores den Fremden an: »Wohin sind sie gegangen?«

Doch der kleine Mann schüttelte niedergeschlagen den Kopf: »Das weiß ich nicht. Weg vom Hafen, mehr habe ich nicht gesehen.«

»Dreimal verflucht, dann bin ich vielleicht zu spät«, entfuhr es Flores, und sie sank auf die Knie.

»Es tut mir Leid«, flüsterte Sargan, aber Flores beachtete ihn nicht. Stattdessen sah sie zu den Trollen auf, die sie wie Bäume überragten.

»Und ihr?«

»Nein, er hat nie gesagt, wohin er geht«, stellte Pard fest, und Flores fragte sich, ob der Troll tatsächlich zufrieden lächelte.

»Wir müssen hier weg, Druan!«, flüsterte Pard eindringlich auf den Troll ein. »Wenn Şten tatsächlich gefangen wird …«

Die fehlenden Worte des Satzes lagen unheilschwanger in der Luft, und alle Trolle starrten auf Druan, der wiederum Flores ansah. Dann schien der Troll eine Entscheidung zu treffen: »Packt die Sachen. Er hat gesagt, wenn er nicht zurückkommt, sollen wir durch das Wasser gehen.«

Sofort brach hektische Betriebsamkeit unter den Trollen aus, die in der Halle einige grobe Lederbeutel zusammenrafften.

»Vielleicht können wir …«, begann Sargan, aber plötzlich trat Pard heran und stellte sich zwischen die Menschen und die Tür.

»Was ist mit denen?«, rief er Druan zu, der sich zu ihnen umwandte.

»Was?«

»Wir können sie nicht zurücklassen und auch nicht mitnehmen. Wir wissen nicht, ob sie lügen!«, zischte Pard kalt, und Druan nickte bedächtig.

»Du hast Recht. Tötet sie beide!«

Entsetzt lauschte Flores den Worten, doch Sargan reagierte schneller und tauchte in die Schatten zwischen einem Kistenstapel ein. Mit einem Sprung kam die Wlachakin auf die Beine und zog die Klinge, während Pard mit einem bösartigen Grinsen auf sie zukam.

»Komm schon, Menschlein! Das hat dein Bruder auch schon versucht!«, lachte der Troll hämisch und breitete die Arme aus. Bevor Flores jedoch angreifen konnte, prallte sie mit dem Rücken an ein Hindernis. Sofort legten sich mächtige Arme um sie und hoben sie in die Höhe. *Er hat mich nur abgelenkt! Verflucht schlau,* dachte Flores verzweifelt, als sich die gewaltigen Arme wie dicke Taue unaufhaltsam um sie schlangen und ihr die Luft aus den Lungen drückten.

37

Schon immer hatte Şten Warten gehasst. Geduld war nicht gerade seine große Stärke, das war ihm stets bewusst gewesen. Obwohl er sich verschiedentlich bemüht hatte, diese Tugend zu entwickeln, war ihm darin kein großer Erfolg beschieden gewesen. So war es auch nun: Während er äußerlich ruhig und gelassen abwartete, brodelte es in seinem Inneren, und er wünschte sich nichts sehnlicher, als endlich handeln zu können. Doch zunächst saßen Natiole und er in einem kleinen Gasthaus und verzehrten ein einfaches Mahl, während sie auf Nachricht von Linorel warteten. Während Şten dunkles Brot und Eintopf aß und dabei an die bevorstehende Nacht dachte, bemerkte er, dass Natiole ihn unverhohlen angrinste.

»Was?«, fragte der junge Krieger irritiert.

»Du siehst aus, als wolltest du das arme Brot erwürgen«, stellte Natiole lachend fest, und Şten, der verdutzt auf seine Hand hinabsah, musste seinem Freund zustimmen, denn ohne es zu bemerken, hatte er das Brot zerbröselt.

»Eigentlich habe ich gar keinen Hunger«, erwiderte Şten mit einem Seufzen und ließ die Krumen auf den Tisch fallen. »Wie auch?«

»Nervös?«, erkundigte sich Natiole mitfühlend, und Şten nickte.

»Ja. Es muss uns gelingen, Nati, es muss!«

»Wir schaffen das schon, wir holen sie da raus«, beruhigte ihn sein Freund.

»Wir müssen. Alles andere wäre ihr Todesurteil!«, sagte Şten drängend und sah sich dann erschrocken um, denn er hatte viel zu laut gesprochen. Zum Glück war die Schankstube kaum besucht, und keiner der Anwesenden schien Anstoß an Ştens Ausbruch zu nehmen. Nach vorn gebeugt und etwas leiser fuhr der Wlachake fort: »Zorpad wird nicht zögern, sie zu töten. Vermutlich würde er versuchen, die Moral von Ionnas Truppen zu brechen, indem er sie öffentlich hinrichten lässt.«

»Das wäre dumm. Ich denke, dergleichen würde eher einen Flächenbrand auslösen. Er hat dich still und heimlich an den Wald gegeben, erinnerst du dich noch? Und auch Viçinia ist beliebt beim Volk.«

»Vielleicht«, räumte Şten ein, fragte dann aber mit einem beklemmenden Gefühl in der Magengrube: »Können wir aufhören, von ihrem Tod zu reden?«

»Sicher. Sollte Octeiu eine Möglichkeit sehen, in die Feste zu gelangen, dann können wir es schaffen, Şten. Kopf hoch!«, ermutigte ihn Natiole.

»Wenn wir schon einmal drin sind, sollten wir gleich Zorpad den Garaus machen«, zischte Şten aufgebracht.

»Immer langsam mit den jungen Pferden!«, lachte Natiole. »Eins nach dem anderen. Zorpads Zeit wird kommen, keine Sorge.«

»Ich hoffe, dass der Bote Ionna erreicht. Sie wird Zeit brauchen, um die Krieger zusammenzurufen. Es ist spät im Sonnenjahr für einen Feldzug, viele werden auf den Feldern arbeiten und nicht in den Krieg ziehen wollen.«

»Du hast Recht. Wieso hat Zorpad eigentlich nicht früher zugeschlagen, wenn er die Mittel hat? Vielleicht täuschen wir uns, Şten, denn sein Zögern ergibt wenig Sinn. Vielleicht plant er doch keinen Angriff.«

»Diese Frage stelle ich mir auch die ganze Zeit. Aber Zorpad will Krieg, da bin ich mir sicher. Vielleicht hofft er, uns so zu überraschen. Mit einem schnellen, vernichtenden Schlag im Herbst. Damit würde kaum jemand rechnen. Vielleicht ist er sich sicher genug, den Krieg in dieser kurzen Zeit gewinnen zu können. Dann müsste er über den Winter keine Gegenschläge oder Angriffe aus dem Osten fürchten. Vergiss nicht, Zorpad hat nicht nur uns zum Feind«, erklärte Şten.

»Sicher. Wenn er die Rebellion am Vorabend des Wintereinbruchs zerschlägt, dann könnte die früheste Reaktion der beiden anderen Marczegs im nächsten Frühjahr kommen. Genug Zeit für Zorpad, um sich vorzubereiten«, stimmte Natiole nachdenklich zu. »Dennoch, es ist ein großes Wagnis. Kann er unseren Widerstand nicht schnell genug brechen, so endet der Feldzug mit dem ersten Schneefall. Und dann können wir den Winter ebenfalls nutzen.«

»Er muss sich sehr sicher sein. Umso drängender ist es, dass wir mehr über die Pläne des Tyrannen erfahren. Was macht ihn so sicher in seiner Sache?«, fragte Şten. »Wir wissen, dass er ein Wagnis generell nicht scheut. Er hat sich persönlich in die Herbstschlacht geworfen. Aber er ist auch ein gerissener Stratege, der die Stärken und Schwächen seiner Leute kennt. Wenn er abwartet, dann aus gutem Grund.«

»Die Herbstschlacht, ja, damals hatten wir ihn fast«, sinnierte Natiole.

»Aber das war nur das Ende eines ganzen Feldzuges, der im Frühjahr begann. Er hat uns ja nicht erst im Herbst angegriffen«, warf Şten ein, und sein Freund nickte.

»Vielleicht erfahren wir mehr, wenn wir in die Burg gelangen«, überlegte Natiole und fügte mit einem Lachen hinzu: »Du kannst uns führen. Ist ja nicht dein erster Besuch!«

Die Erinnerung an seine Zeit in Zorpads Kerker ließ Şten gequält auflachen. »Die unteren Bereiche kann ich nicht wirklich empfehlen. Nass und kalt, und die Bewohner sind ziemlich unfreundlich.«

Bevor Natiole jedoch antworten konnte, wurde die Tür zum Gasthaus geöffnet und Linorel trat ein, gefolgt von Octeiu. Nach einem kurzen Rundblick kamen die beiden an den Tisch und setzten sich.

Mit klopfendem Herzen fragte Şten: »Und?«

»Gute Neuigkeiten«, eröffnete Linorel ihnen. »Octeius Freundin wird die Manntür für uns öffnen.«

Erleichtert sank Şten zurück und sandte ein kurzes Dankgebet an die Geister. Ohne eine Hilfe in der Feste Remis wäre es aussichtslos gewesen, mit einer solch kleinen Gruppe überhaupt hineinzugelangen. Jetzt erschien es nur noch als so gut wie unmöglich.

»Sie hat einen Schlüssel gestohlen«, erklärte Octeiu sichtlich nervös. »Aber sie hat Angst, dass man sie entdeckt. Deswegen müssen wir schnell handeln!«

Für einen Augenblick sah Şten den Mann stirnrunzelnd an. *Er sieht nicht gut aus,* fiel dem jungen Wlachaken auf, *er wirkt gehetzt. Kein Wunder, die ständige Angst sitzt uns allen im Nacken.* Laut sagte er: »Wenn das vorbei ist, verschwinden wir alle aus Teremi. Zorpad wird toben. Ich lasse hier niemanden zurück. Wir gehen ins Mardew, dort sind wir sicher und können uns erholen!«

Als Linorel protestieren wollte, schnitt ihr Şten das Wort ab. »Keine Widerrede. Teremi wird viel zu gefährlich sein.«

»Mal sehen«, erwiderte die Anführerin der Rebellen in der Stadt und verzog das Gesicht. »Irgendwer muss ein Auge auf Zorpad halten.«

»Später. Erst einmal müssen wir hier lebend rauskommen«, stellte Şten fest, und Natiole pflichtete ihm bei.

»Wer mit in die Burg eindringt, muss die Stadt erst einmal verlassen. Wirst du mitkommen, Lino?«

»Ja«, meinte Linorel seufzend, »vermutlich habt ihr Recht«, gab sie dann zu. »Außerdem, wenn es Krieg gibt …«

»Dann haben wir alle im Mardew mehr als genug zu tun«, vervollständigte Natiole den Satz, und Şten grinste in die Runde, erfreut darüber, diesen Punkt geklärt zu haben.

»Aufbruch?«, fragte er, und alle nickten. Also bezahlten sie und verließen das Wirtshaus. Durch die dunkle Gasse vor der warmen Schankstube wehte ein kühler Wind und wirbelte ihre Mäntel hoch. Über der Stadt hingen tiefe Wolken, und in der Ferne, in Richtung Norden, konnte man hin und wieder ein gespenstisches Leuchten erkennen, als Blitze weit entfernt in den Wolken zuckten.

»Zumindest wird es heute Nacht dunkel sein«, stellte Natiole fest, als er seinen Umhang enger umschnürte.

»Kein Mond, keine Sterne«, pflichtete Linorel bei.

Octeiu, dessen bleiches Antlitz im Licht des Wirtshausfensters leuchtete, erwiderte unheilvoll: »Eine dunkle Nacht. Eine böse Nacht.«

Besorgt blickte Şten dem Wlachaken ins Gesicht und dachte: *Es wird Zeit, dass Octeiu sich ein wenig Ruhe gönnt.*

Vorsichtig lugte Şten um die Ecke des gedrungenen Hauses. Auf den trutzigen Wehrmauern der Festung konnte er Schemen erkennen, die langsam patrouillierten, sanft beleuchtet von den wenigen Feuern auf den Türmen. In einer lichtlosen Nacht wie dieser würden die Wachen kaum bis zum Boden unterhalb der Burgmauern sehen können. *Den Geistern sei Dank,* dachte Şten, *der Wetterumschwung kommt uns zugute!*

Neben ihm schnaufte Natiole leise und wischte sich die Nase am Ärmel ab. Aurela knuffte ihm in die Rippen, woraufhin Natiole leise zischte, was ihm einen bösen Blick von Şten einbrachte.

»Leise, verflucht!«

»Ja, ja«, flüsterte der Wlachake und funkelte Aurela finster an, die entschuldigend die Schultern hob.

»Was siehst du?«, erkundigte sich Linorel unterdessen und ignorierte die beiden einfach.

»Wachen. Nicht mehr als gewöhnlich. Wachfeuer. Nichts Auffälliges. Sieht mehr oder weniger ruhig aus«, gab Şten seine Beobachtungen leise weiter. Direkt voraus glaubte der Wlachake ein etwas dunkleres Rechteck in der fast schwarzen Mauer zu sehen, bei der es sich um die Tür handeln müsste, aber sicher war Şten nicht, es mochte sich auch um Wunschdenken handeln. Diese Tür war ihr erstes Ziel, und laut Octeiu würde sie nicht verschlossen sein.

»Dann haben sie wohl nichts bemerkt«, stellte Linorel fest, und Şten nickte.

Die kleine Gruppe von wlachakischen Rebellen hatte sich hier tief in der Nacht versammelt und lauerte auf einen günstigen Augenblick, um in die Festung einzudringen. Jeder hatte sich bewaffnet und dunkle Kleidung angezogen. Es waren alle gekommen, die übrig waren, Linorel, Natiole, Costin, Aurela und Octeiu. Durch die dichten Wolken am Himmel war es stockfinster, und die gelegentlichen Windstöße würden dafür sorgen, dass den Wachen eher an wärmenden Feuern als an kühlen Rundgängen gelegen war. Noch war das Gewitter weit entfernt, denn obwohl man bisweilen ein Flackern am Horizont sehen konnte, dauerte es doch lange, bis der Donner über Teremi hinwegrollte. Irgendwann würde das Unwetter auch über die Stadt hereinbrechen, aber noch war die Luft drückend und schwer. Der Regen würde die Luft erfrischen, doch Şten plante eigentlich, dann schon lange aus Teremi verschwunden zu sein.

Für einen Augenblick wanderten die Gedanken des Wlachaken zu den Trollen. Er konnte nur hoffen, dass diese in seiner Abwesenheit keinen Unfug anstellten, aber tun konnte er jetzt nichts dagegen. Der Plan der Rebellen sah vor, dass Şten sich bei der Flucht von der Gruppe absetzte und mit den Trollen über den Hafen aus der Stadt floh. Die anderen würden ein von Linorel vorbereitetes Boot nehmen und versuchen, damit in der Dunkelheit zu entkommen. Der Plan war gewagt, aber allen war von vornherein klar gewesen, welches Risiko sie eingingen. Sollte das Schlimmste passieren, würde Natiole versuchen, die Trolle zu erreichen, ansonsten konnte Şten nur hoffen, dass die gewaltigen Wesen die Lage richtig einschätzten und seine Anweisung befolgten, die Stadt bei Problemen auf demselben Weg zu verlassen, auf dem sie gekommen waren. *Wenn wir versagen, dann werden die Trolle das schon merken, denn dann werden hier alle Höllen losbrechen!*

Einige Herzschläge zögerte Şten noch und achtete genau auf die Bewegung der Wachen, dann holte er tief Luft und befahl in einem günstigen Augenblick flüsternd: »Los!«

Sofort lief er geduckt an der Wand entlang auf die Festung zu. Hinter sich konnte er das Rascheln der Kleidung und die

Atemzüge der anderen hören, die es ihm gleichtaten, doch er sah sich nicht um, sondern verließ sich darauf, dass alle wussten, was zu tun war. Am Ende der Hauswand erhöhte Şten seine Geschwindigkeit und lief quer über den Platz, den es zu überwinden galt. Direkt um die Festung gab es schon lange keine Gebäude mehr, Zorpads Vorfahren hatten dort alle Häuser niederreißen lassen und so eine Zone geschaffen, die keinerlei Deckung bot.

Während er rannte, behielt Şten die ganze Zeit die Zinnen der Mauer im Blickfeld, doch er hatte den Zeitpunkt gut gewählt und gelangte ohne Zwischenfall bis an die Mauer der Burg, die verhältnismäßige Sicherheit bot. Eine Wache würde sich kaum die Mühe machen, sich über die Brüstung hinauszulehnen, um direkt nach unten zu schauen. Flach an die grobe Festungswand gedrückt, erwartete Şten die Ankunft der übrigen Wlachaken, die sich rechts und links neben ihm postierten. Nachdem alle im Sichtschutz der Wehrmauer angelangt waren, gab ihnen Şten noch eine kurze Verschnaufpause, bevor er sich vorbei an Natiole und Costin zu der Tür hin bewegte. Über ihm erhob sich das Torhaus massiv in die Dunkelheit und tauchte alles in Schatten. Bevor Şten die Manntür berührte, holte er tief Luft, denn von diesem Augenblick hing ihr ganzer Plan ab.

Unter dem sanften Druck seiner Hand öffnete sich die Tür langsam nach innen, und Şten atmete erleichtert aus.

»Sie ist offen. Den Geistern sei Dank. Mir nach«, wisperte der Wlachake und zwängte sich durch den schmalen Spalt, da er die Pforte nicht weiter öffnen wollte, aus Furcht, dass ihre Angeln Lärm machen könnten. Im Durchgang des Torhauses war es noch dunkler, aber von seiner Position aus konnte Şten das heruntergebrannte Feuer im großen Hof der Burg sehen. *Unachtsam,* dachte der Wlachake grinsend, *und zu selbstsicher.* Die wenigen glühenden Stücke Holz spendeten bei weitem nicht genug Licht, um den Hof auch nur teilweise zu erhellen.

Als die ganze Gruppe in der Feste war, schlich Şten weiter,

wobei er jeden Schatten und jede Deckung ausnutzte. Laut ihren Informationen waren die Geiseln im östlichen Flügel der Burg untergebracht. Dort würde es Wachen geben, doch hoffentlich nur innerhalb des Gebäudes. Wenn sie erst einmal drinnen waren, würden die Rebellen die Soldaten möglicherweise überraschen und ausschalten, bevor sie Alarm geben konnten. *Wache stehen ist langweilig und macht müde, vor allem an einem sicheren Ort wie dieser Burg,* überlegte Şten. *Das spielt uns in die Hände.*

Vorsichtig führte er die Rebellen rechts an der rauen Mauer entlang, sorgsam darauf bedacht, außerhalb des kleinen Lichtscheins des glimmenden Feuers im Hof zu bleiben.

Immer wieder hielt der Wlachake seine Gefährten an, wenn er eine Wache bemerkte, die sich auf ihrem Rundgang ihrer Position näherte. Einmal mussten sie lange verharren, während sich über ihnen zwei Soldaten leise unterhielten, doch das Glück schien ihnen hold zu sein, denn sie wurden nicht entdeckt.

Als sie sich dem Eingang zum Ostflügel näherten, keimte in Şten zum ersten Mal so etwas wie echte Hoffnung auf, denn jetzt erschien ihm ihr Vorhaben tatsächlich durchführbar. *Wir legen drinnen die Wachen schlafen und holen die Geiseln heraus. Dann sind wir auch schon weg. Selbst wenn sie uns bemerken, wir kommen aus der Tür, bevor sie uns aufhalten können,* frohlockte der Krieger und warf einen Blick auf die Wachen. Als diese sich entfernten, gab er seinen Gefährten das Zeichen, und sie liefen quer über den Hof Richtung Ostflügel. Nur noch wenige Schritte trennten sie von dem Portal, und Şten legte schon die Hand an seinen Dolch, um bereit zu sein, falls die Eingangstür bewacht sein sollte.

»Willkommen zurück in meinem Heim, Şten cal Dabrân!«, hallte es plötzlich durch die Nacht, gefolgt von einem tiefen Lachen. Verwirrt taumelte Şten zwei Schritte weiter, bevor die Bedeutung der gerufenen Worte in sein Bewusstsein drang. Mit wilden Blicken sah er sich um. Überall auf den Zinnen schienen Soldaten aus dem Boden zu wachsen. In den schmalen Fenstern der Burg erschienen Lichter und die Gesichter weiterer masridischer Krieger. Hörner ertönten, und Alarmschreie gellten durch die Nacht. Hinter sich hörte Şten lautes Fluchen und das sanfte Geräusch einer gezogenen Waffe, doch er selbst stand nur betäubt inmitten des sich langsam zuziehenden Kreises seiner Feinde, die aus allen Löchern gekrochen kamen.

»Eine Falle!«, zischte Linorel entsetzt, und Natiole fluchte erneut.

»Macht euch keine Hoffnungen. Die Tür, die euch eingelassen hat, wurde wieder versperrt. Es gibt keinen Weg aus der Festung. Streckt die Waffen, und ich verspreche euch einen schnellen, gnadenvollen Tod!«, sagte Zorpad von irgendwo über ihnen mit hohntriefender Stimme.

»Verrecken sollst du!«, schrie Linorel zurück, doch als Antwort kam nur ein weiteres, spöttisches Lachen.

Wir sind verloren, fuhr es Şten durch den Kopf, *Viçinia ist verloren.* Seine Gliedmaßen fühlten sich an wie aus Blei, als ob sie nicht mehr seinen Befehlen gehorchen wollten, und vor seinem inneren Auge sah er Viçinias Antlitz, das er nun nie wieder erblicken sollte. Doch dann regte sich der Zorn in seinem Herzen, und er zog seine Waffen.

»Tirea! Für Tirea!«, brüllte er trotzig in die Nacht, und seine Freunde taten es ihm gleich. Keinen Augenblick mehr zögernd, warf Şten sich nach vorn, dorthin, wo die wenigsten Krieger des Marczegs standen. Aus einer geschickten Drehung heraus schlug er den gesenkten Speer eines Masriden zur Seite und führte seine Klinge in einem geschwungenen Bogen zurück zur Kehle des Kriegers, der unter einer Blutfontäne röchelnd zu Boden ging. Ein Morgenstern zielte auf seinen Kopf, doch ein Ausweichschritt ließ Şten dem tödlichen Hieb entgehen, und seine eigene Waffe zuckte hervor, durchdrang die lederne Rüstung des Soldaten an der Achsel und entlockte ihm einen lauten Schmerzensschrei. Neben sich spürte Şten Natiole, der das Schwert mit zwei Händen führte und einen Masriden förmlich zu Boden prügelte, während

Linorel kalt und verbissen Schläge mit einem wahren Hünen austauschte, der die Wlachakin immer weiter zurücktrieb, bis Costin ihn mit einem harten Tritt gegen das Knie aus dem Gleichgewicht brachte und sich dann mit seinen kurzen Klingen auf den gefallenen Feind stürzte.

Wir müssen hier weg, dachte Şten verzweifelt, der die restlichen Soldaten Zorpads in seinem Rücken förmlich spüren konnte, *aber wohin?*

»Einen Kreis!«, rief Linorel. »Rücken an Rücken!«

Während Natiole zwei Masriden mit weiten Schwüngen seiner langen Klinge in Schach hielt, warf Şten sich herum – gerade noch rechtzeitig, um einen Hieb zu parieren, der ihn sonst in den Rücken getroffen hätte. Er trieb dem Angreifer die Faust ins Gesicht, sodass dieser mit gebrochener Nase zurückprallte.

Es war eine albtraumhafte Szene: Schreie, das Klingen von Metall auf Metall, alles im flackernden Licht der Fackeln und des Feuers, das gewaltige Schatten an die Wände warf. Einige hektische Augenblicke folgten, in denen Şten nicht mehr tun konnte, als den Schlägen seiner Feinde auszuweichen und sie irgendwie zu parieren, was ihm dennoch einen schmerzhaften Treffer am Bein einbrachte.

Dann hatte er sich mit einem tödlichen Stoß gegen die Kehle eines Masriden etwas Luft verschafft, denn angesichts ihrer sterbenden Kameraden wichen die übrigen Angreifer einige Schritte zurück und nutzten ihren Vorteil an Masse nicht.

Sie werden uns einfach überrennen, erkannte Şten trotz seines kurzen Erfolges, *es sind zu viele!*

Mit einem wilden Schrei hechtete er auf seine Feinde zu und trieb sie noch einige Schritt weg, nur um geschickt zu wenden und an Natioles Seite zu eilen, der inzwischen Schwierigkeiten damit hatte, seine Gegner zurückzutreiben. Sodann duckte sich Şten unter dem Schwertarm einer Soldatin hinweg, die nach ihm hieb, und rammte ihr die Schulter in die Achsel, was sie aus dem Gleichgewicht brachte. Dabei verhedderte er sich jedoch mit den Beinen der Stürzenden und stolperte nach vorn. Nur Natioles schneller Ausfall rettete Şten vor dem Streitkolben des Kampfgefährten der Frau, die sich soeben wieder aufrappelte. In diesem Augenblick jedoch schlug ihr Şten mit dem Schwert auf den Oberschenkel, und die Klinge grub sich bis zum Knochen in den Muskel. Mit einem Ruck riss er die Waffe aus der Wunde und sprang herum, um den Feinden in ihrem Rücken entgegenzutreten, die angesichts seiner Blutstropfen versprühenden Klinge den Angriff unterbrachen und sich in vorsichtigem Abstand um sie scharten.

»An sie ran, ihr Hunde!«, schallte Zorpads tiefe Stimme durch den Hof. »Macht sie nieder!«

Aus dem Augenwinkel sah Şten ein helles Rechteck, und ein schneller Blick zeigte ihm, dass sich im Ostflügel eine Tür geöffnet hatte, hinter der Unmengen an Kerzen brannten. Im Rahmen der Tür zeichnete sich eine Gestalt ab, die wegen des Lichtscheins nicht zu erkennen war. *Die Kapelle,* zuckte es Şten durch den Kopf, *der Priester!*

»Zur Kapelle!«, befahl er den Wlachaken. »In die Kapelle!«

Noch einmal nahm er alle Kräfte zusammen und warf sich auf ihre Feinde, um seinen Kampfgefährten den Weg zu ebnen.

»Zu Şten, zu Şten!«, schrie Natiole den anderen Rebellen zu und sprang an die Seite seines Freundes.

Ungeachtet der Wunden, die ihm geschlagen wurden, schlug Şten auf Zorpads Krieger ein, teilte links und rechts Hiebe aus, um die Masriden zurückzutreiben.

Natiole fällte eine Masridin und trennte einem zweiten Soldaten die Hand mit einem beidhändig geführten Schlag ab. Die anderen hatten seine Rufe vernommen und versuchten zu ihnen zu gelangen. Linorel und Costin deckten sich gegenseitig und arbeiteten sich langsam zu ihnen vor. Von Octeiu war nichts zu sehen, vermutlich war er verletzt oder tot zu Boden gegangen. Aurela wurde von einem breitschultrigen Szarken von ihnen fortgedrängt, der nach der kleinen Frau hieb, die jedoch außerhalb seiner Reichweite tänzelte und seinen Schlägen auswich. Ihr Gesichtsausdruck war verzweifelt, aber es gelang ihr nicht, an dem Krieger vorbeizukommen und zu ihren Gefährten aufzuschließen. *Sie schafft es nicht,* erkannte Şten mit einem Blick und zischte Natiole zu: »Bring die anderen hier raus!«

Bevor sein Freund protestieren konnte, löste sich Şten aus dem Verbund der Wlachaken, täuschte einen Schlag gegen die Kehle seines nächsten Gegners an und duckte sich dann unter dessen Parade hindurch. Ohne auf die Schreie zu achten, die hinter ihm ertönten, rannte er in Richtung Aurela, die ihn kommen sah und einen Herzschlag lang abgelenkt war. Diesen Bruchteil eines Augenblickes nutzte ihr Feind, um seine schwere Axt auf ihre Schulter prallen zu lassen. Mit einem Aufschrei ging die schlanke Frau zu Boden, und bevor Şten auch nur die Möglichkeit hatte, sie zu erreichen, schlug der Szarke mit der Streitaxt ein weiteres Mal zu und trieb ihr das schartige Blatt seiner Waffe ins Gesicht.

Es war, als hätte er auch Şten getroffen, dessen Schädel von eisiger Kälte erfüllt wurde. Einen urtümlichen Schrei ausstoßend, der seinen Feind herumfahren ließ, sprang Şten nach vorn. Mit tödlicher Gewandtheit drehte sich der Wlachake aus dem Bogen des Axthiebes und riss die eigene Klinge beidhändig herum. Das Schwert grub sich in den Hals des Szarken, durchtrennte Sehnen, Muskeln und Knochen. Fassungslos taumelte der große Krieger zurück und versuchte den Blutfluss, der in rhythmischen Strömen aus der grässlichen Wunde quoll, mit seinen Händen aufzuhalten, dann knickten seine Beine ein, und er sank tot zu Boden, während Şten neben Aurela niederkniete. Ein Blick genügte, um zu sehen, dass er zu spät gekommen war, denn die Axt hatte ihren Schädel förmlich gespalten.

Unfähig, sich einen Augenblick der Trauer zu gönnen, sprang Şten auf und rannte auf die vier Masriden zu, die sich zwischen ihm und der Kapelle befanden. An der Pforte sah er Natiole stehen, aus mehreren Wunden blutend, der die Tür mit seiner Waffe für ihn freihielt.

»Geht rein!«, brüllte Şten seinem Freund zu. »Verschanzt euch!«

Natiole schüttelte nur grimmig den Kopf und streckte einen weiteren Masriden mit seinem Anderthalbhänder nieder. *Du dämlicher, verfluchter Narr,* dachte Şten halb wütend und halb erleichtert, als er auf seine Feinde prallte.

Gegen die vier Soldaten waren auch seine Fechtkünste machtlos, er konnte lediglich einen Gegner zu Boden stoßen, bevor dieser ihn traf, doch ein Schwert fuhr schmerzhaft über seine Rippen, und er entging nur mit knapper Not einem Hieb mit einem Streithammer, der auf seinen Schädel gezielt war. Wild warf er sich auf die Schwertkämpferin und trieb sie zurück, nur um dann seinen Angriff abzubrechen und mit einer Rolle unter dem Schlag des Streithammers hinwegzutauchen.

Geschickt wie eine Katze kam er wieder auf die Füße und stürmte in Richtung Kapelle, wo Natiole unter üblen Druck geraten war. Ohne abzubremsen, rammte Şten einem Masriden die Klinge bis zum Heft in den Rücken und riss einen zweiten mit seinem Leib zu Boden. Beinahe wurde ihm das Schwert aus der Hand gerissen, doch er klammerte sich daran fest wie ein Ertrinkender an einem Stück Holz, während er auf den Boden prallte und ihm die Luft schmerzhaft aus den Lungen getrieben wurde.

Ungelenk überschlug sich der junge Krieger zweimal, dann lag er zu Natioles Füßen. Mit einer Drehung zog er die Waffe aus der Leiche seines Feindes und kroch auf allen vieren über die Türschwelle, wo ihn Costin am Arm packte und hineinzog.

»Nati!«, krächzte Şten mehr, als dass er rief. Sein Freund machte einen letzten Ausfall, nur um dann nach hinten zu springen. Sofort warfen sich Costin und Linorel gegen die massive Eichentür der Kapelle und versuchten, diese zu schließen, doch bevor sie ins Schloss fiel, sprangen die Soldaten von außen dagegen. Mit letzter Kraft rappelte Şten sich auf und drückte mit der Schulter gegen die Tür, während Natiole an ihm vorbei in den Raum lief.

Trotz ihrer gemeinsamen Kraftanstrengung verloren die Wlachaken an Boden, und die Tür wurde langsam, aber stetig aufgedrückt. Da kehrte Natiole mit einer Feuerschale in beiden Händen zurück und schleuderte diese durch den schmalen Spalt der Tür hinaus. Noch im Flug entzündete sich das Öl der Schale, und grausame Schreie von draußen zeugten von dem Unheil, welches das Feuer unter den Masriden anrichten musste.

Mit einem letzten Ruck warfen sich die Wlachaken gegen die Tür und schlossen sie. Während von draußen gequältes Stöhnen in die Kapelle drang, rissen Natiole und Costin einen breiten Holzschrank herum und ließen ihn gegen die Pforte fallen. Obwohl er seinen Freunden helfen wollte, konnte Şten wenig mehr tun, als sich an die Wand zu lehnen und nach Luft zu schnappen, wobei jeder Atemzug eine heiße Welle des Schmerzes durch seinen Leib sandte. Fieberhaft suchten die beiden Wlachaken nach weiteren Möglichkeiten, die Tür zu blockieren und ihnen etwas mehr Zeit zu erkaufen, wobei Natiole den verängstigten Priester des Albus Sunaş, den sie unbeabsichtigt mit in der Kapelle gefangen hatten, grob zur Seite stieß.

Neben Şten rutschte Linorel an der Wand hinab und ließ die Hand auf sein Bein fallen. »Es war mir eine Ehre, mit euch zu kämpfen.«

»Noch ist es nicht vorbei, Lino«, erwiderte Şten, wischte sich mit der Hand über den Mund und starrte einen Augenblick benommen auf das Blut an seinen Fingern. Als Linorel nicht antwortete, blickte Şten zu ihr hinüber und sah zu seinem Entsetzen die Lache von dunkelrotem Blut, die sich neben ihr bildete. Dort, wo die Wlachakin an der Wand hinabgerutscht war, lief ebenfalls Blut in einer breiten Spur über die hell getünchten Steine.

Hastig sprang Şten auf die Füße, die schmerzenden Glieder ignorierend, und beugte sich über Linorel, deren Atem ganz flach ging und die ihn nicht mehr zu sehen schien. Sie hatte den Mantel um den Körper geschlungen, doch als Şten diesen zur Seite schob, sah er eine breite, tiefe Wunde in ihrer Seite, die sich von der Hüfte bis fast zur Achsel zog und aus deren ausgefransten Rändern ein stetiger Strom roten Lebenssafts floss.

»Nati! Costin! Ich brauche Hilfe!«, schrie Şten und versuchte Linorels Mantel auf die schreckliche Wunde zu pressen, um die Blutung aufzuhalten, doch bevor die beiden anderen Rebellen überhaupt reagieren konnten, begannen Linorels Augenlider zu flattern.

»Linorel!«, bat Şten flehentlich. »Bleib bei uns!«

Ein letzter, tiefer Atemzug war die einzige Antwort der Wlachakin, dann erbebte ihr Leib noch einmal, und sie lag still. Tränen der Wut und Verzweiflung stiegen Şten in die Augen, als er ihren Oberkörper in die Arme nahm und sie sanft zu Boden gleiten ließ. Sorgfältig faltete er ihre blutigen Hände über der Brust und schloss ihre Augen, dann flüsterte er heiser: »Mögen die Geister über deine Reise wachen, Linorel cal Doleorman.«

Neben ihm kniete sich Costin nieder und sagte mit erstickter Stimme: »Sichere Wege, Lino.«

Şten spürte, wie Natiole eine Hand auf seine Schulter legte, und wandte sich von der tapferen Kriegerin ab. Er wollte etwas sagen, doch seine Stimme versagte, und er fand keine Worte. In diesem Augenblick erbebte die Tür unter einem mächtigen Schlag, und sie fuhren herum.

»Schnell!«, rief Natiole und drückte gegen ihre provisorische Blockade. Şten tat es ihm gleich; als er sich mit dem Rücken gegen den Schrank stemmte, fiel sein Blick auf den Priester, dessen Anwesenheit in der Aufregung vollkommen untergegangen war.

Trotz der offensichtlichen Angst des Sonnenpriesters vor den blutbesudelten Wlachaken baute sich dieser auf und rief: »Kein Blutvergießen in diesen Hallen! Das ist ein Tempel des Lichtes und des Lebens!«

Wütend sprang Şten auf und wies auf Linorel: »Zu spät, Vorbs! In deinem Heiligtum ist bereits Blut geflossen!«

»Ihr Barbaren! Ihr schändet ...«, hob der Sonnenmagier an, doch Şten fiel ihm drohend ins Wort: »Schweig!«

Sichtlich eingeschüchtert, zuckte der dicke Mann zusammen und wich zurück, dann fiel er auf die Knie und begann zu beten.

Wegen der Schläge gegen die feste Pforte der Kapelle hatte Şten keine Zeit, sich um den Priester zu kümmern, doch dann endete der Angriff auf die Tür so plötzlich, wie er begonnen hatte. Die festen Bohlen der Tür erwiesen sich anscheinend als zu widerstandsfähig, um sie einfach einzuschlagen. Eine gespenstische Stille legte sich über den Hof der Festung, die auch nach etlichen tiefen Atemzügen der Eingeschlossenen noch anhielt.

Şten sah den Priester an, der sein gemurmeltes Gebet fortsetzte.

»Für was betest du eigentlich?«

»Ich bete, dass die Toten den Weg ins Ewige Licht finden«, antwortete dieser mit einem Blick zu Linorel.

»Nicht um dein eigenes Leben?«, höhnte Natiole, aber Şten fragte weiter: »Erleuchtung für die Gefallenen? Für alle?«

»Das Göttliche Licht unterscheidet nicht zwischen Masride oder Wlachake. Meine Gebete gelten allen, die ihr Leben ließen.«

»Beantworte mir eine Frage, Priester«, sagte Şten unvermittelt. »Kennst du einen Lángor den Erleuchteten?«

»Nun, Lángor ist der Titel jener, die einem Kloster oder Tempel vorstehen.«

»Das weiß ich«, gab Şten zurück, »aber ›der Erleuchtete‹? Das klingt nach einem Ehrentitel oder Beinamen, oder nicht?«

»Nun, den Lángor von Starig Jazek nennt man den Erleuchteten, wegen seiner großen Weisheit und Demut. Aber sonst weiß ich nicht ...«

»Danke«, unterbrach Şten den Priester. »Starig Jazek sagt mir etwas, es liegt im Süden, nicht wahr?«

»Südlich von Baça Mare, soweit ich weiß, aber ich war noch nie dort«, erläuterte der Sonnenpriester verwirrt.

»Stimmt, jetzt fällt es mir wieder ein. Nennt man es nicht auch die Bastion des Lichtes? In der Nähe des Sireu«, erinnerte sich Şten und dachte, als der Priester bejahend nickte: *Die Trolle sollten davon erfahren. Aber wie?* Sein Blick wanderte wieder zu der verrammelten Eingangstür.

Sie werden durchbrechen, es ist nur eine Frage der Zeit, überlegte Şten düster. *Zorpad wird sich nicht um heiligen Boden scheren. Bald schon werden wir alle Linorel auf ihrem Weg durch die Dunkelheit des Todes begleiten.* Voll hoffnungsloser Verzweiflung fuhr Şten sich mit der Hand über das Gesicht. *Ich habe versagt, und auch Viçinia wird deshalb den Tod finden!*

38

So leise er konnte, schlich Sargan zwischen den Kisten umher, doch die Trolle schienen ihm keine Beachtung zu schenken, sondern konzentrierten sich auf die schöne Wlachakin, die unverkennbar Ştens Zwillingsschwester war. *Der Rebell hatte Recht*, stellte Sargan fest, *die Trolle sind unberechenbare, böse Ungeheuer. Leider kommt mir diese Erkenntnis etwas spät.*

Der Weg aus dem Seiteneingang war durch Pard und die Frau – Flores – versperrt, und Sargan vermutete, dass die Trolle ihn nicht so einfach entkommen lassen würden, weshalb er den Blick nach oben wandern ließ. Unterhalb des Daches gab es eine Reihe von Fenstern, die mit hölzernen Klappen verschlossen werden konnten, welche im Augenblick auch vorgelegt waren. Die Fenster waren eher horizontale Schlitze, kaum groß genug für einen Mann, aber Sargan traute sich dennoch zu, sich hindurchzuquetschen. Jetzt musste er nur dorthin gelangen, und dann konnte er in die Freiheit entkommen. Zum Glück gab es hohe Stapel von Kisten und Fässern, von denen aus er vielleicht die Balken des Daches erreichen konnte, um sich dann an diesen entlang bis zu den Fenstern zu hangeln.

Das Lagerhaus war fast vollständig in Schatten gehüllt; der Lichtschein der kleinen Lampe an der Tür drang nicht sehr weit hinein und wurde zudem von den Kisten blockiert, sodass es schon wenige Schritte von der Lampe entfernt vollkommen dunkel war. Diesen Umstand gedachte Sargan für sich zu nutzen.

Seine Dolche ließ er in ihren Scheiden, er bezweifelte, dass er mehr damit erreichen konnte, als die Trolle wütend zu machen, vor allem, wenn er sich an das Massaker an den Zwergen auf dem nächtlichen Weg erinnerte, bei dem selbst die schweren Äxte und Hiebwaffen des Kleinen Volkes kaum Wirkung gezeigt hatten. *Auf die Augen, das ist vielleicht eine Möglichkeit,* überlegte sich der Dyrier, *aber besser noch: unbemerkt verschwinden!*

Vom Eingang her erklang ein Stöhnen, dann der kurze Schrei einer Frau. *Tut mir Leid; aber besser du als ich,* nahm Sargan kalt Abschied von der Wlachakin und erklomm leise einen Kistenstapel.

»Jetzt bist du dran«, triumphierte Pard, aber Druan sagte: »Keine Spielchen, Pard. Wir haben keine Zeit!«

Mit einem Ruck glitt Sargan über die Kante der obersten Kiste und warf einen Blick hinab zu den Trollen, die sich um Roch versammelt hatten, welcher Flores in einer unentrinnbaren Umarmung gefangen hielt und der Frau dabei den Mund zuhielt, damit sie nicht schreien konnte. Die Wlachakin wehrte sich mit aller Kraft gegen den Griff des einhornigen Trolls und versuchte verzweifelt, sich zu befreien. Sargan, der die ungeheure Kraft der Trolle erst vor kurzem am eigenen Leib erfahren hatte, verzog mitleidig das Gesicht, dachte aber: *Ich sollte jetzt handeln, während diese Ungeheuer mit ihr beschäftigt sind.*

Ganz sacht erhob der Dyrier sich und sah nach oben, wo die Balken des Daches in trügerischer Nähe zu sein schienen. Dennoch schätzte er, dass es ein guter Sprung sein musste, wenn er sein Ziel nicht verfehlen und wieder hinab in die Halle stürzen wollte, wo der sichere Tod unter den Klauen der Trolle auf ihn wartete. Gerade als er sich bereit machte, hob Pard die Pranken und schritt böse lächelnd auf Flores zu, die zwar nach ihm trat, ihn aber nicht aufhalten konnte. *Jetzt oder nie!,* befahl sich Sargan selbst, doch genau in diesem Moment erklangen von draußen in der Ferne die Hörner.

Verwirrt blickte der Dyrier sich um; auch die Trolle hielten inne und sahen einander an.

»Was ist das?«, fragte Roch.

»Die Menschen kommen!«, erwiderte Pard und griff nach

Flores, die wütend unter dem Griff aufstöhnte, aber nur unverständlich murmeln konnte.

»Es kommt von der Stadt«, pflichtete Anda dem riesigen Troll bei. Für Sargan, der die Stadt besser kannte als die Trolle, klang es nach Alarmsignalen aus der Richtung der Feste Remis. *Şten,* schoss es durch Sargans Gedanken. *Wenn es stimmt, was seine Schwester sagt, dann hatte der Verräter wohl Erfolg.*

Irgendwie betrübte das Sargan, der den sturen Wlachaken bei ihrer kurzen Begegnung durchaus sympathisch gefunden hatte, aber für derlei Ablenkungen hatte er nun keine Zeit.

»Was ist jetzt, Druan?«, erkundigte sich Pard, und der Dyrier stellte mit Erstaunen fest, dass er beinahe hilflos klang.

»Ich weiß es nicht!«, fuhr dieser den großen Troll an. »Ich weiß es doch auch nicht!«

»Töten wir sie. Dann suchen wir den Halbzwerg und stopfen ihm sein Lügenmaul!«, entschied Pard, was Sargan eigentlich in seinem Entschluss zu verschwinden hätte bestärken sollen.

Stattdessen rief er laut »Halt!« von seinem Kistenstapel aus.

Alle Köpfe flogen zu ihm herum, und Pard fletschte die bösartig aussehenden Hauer. Unwillkürlich zuckte Sargan zusammen und dachte: *Flucht wäre einfacher und sicherer gewesen. Warum habe ich nur ein so großes Herz?*

»Mieser kleiner Schleicher!«, brüllte Pard erbost.

Sargan ignorierte den großen Troll und wandte sich an Druan: »Das sind die Alarmhörner der Burg, Druan. Sie rufen Zorpads Soldaten zu den Waffen.«

»Warte«, befahl der angesprochene Troll Pard, der schon auf den Kistenstapel zuschritt, auf dem sich Sargan befand. »Und?«

»Es geht um Şten. Er wurde verraten, sie lügt nicht«, erklärte der Dyrier mit einem Nicken zu Flores.

»Woher weißt du das?«, hakte Druan mit einem misstrauischen Blick nach.

»Warum sonst sollten die Hörner erschallen?«

»Şten kämpft gegen Zorpad? Meinst du das?«, fragte Druan nachdenklich.

»Ich denke schon. Es ist kein Zufall, dass in der Burg Alarm gegeben wird. Aber lasst Flores sprechen«, schlug Sargan vor, und Druan nickte Roch zu, der achselzuckend die Hand von ihrem Mund nahm.

»Ihr dreckigen ...«, begann die Wlachakin hitzig, aber Sargan unterbrach sie.

»Dafür haben wir jetzt keine Zeit. Wieso gibt es in der Festung Alarm?«

Sie zuckte die Achseln. »Keine Ahnung. Vielleicht haben sie Ştens Versteck gefunden oder ...«, ihre Augen weiteten sich plötzlich, und sie fluchte. »Der verdammte Idiot, natürlich! Die Geiseln! Er versucht, die Geiseln zu befreien!«

Verwirrt sahen die Trolle sie an, und Druan fragte: »Was sind Geiseln?«

»Unterpfänder für den Frieden. Menschen, die sich in Zorpads Gewalt begeben haben«, erklärte Flores hastig.

»Diese Menschen sind in der Burg?«, fragte Druan weiter, und Flores nickte, was Druan offensichtlich zum Nachdenken brachte. »Warum tötet er seine Feinde nicht einfach?«

»Es sind Geiseln«, erläuterte Flores. »Solange es Frieden gibt, sind sie sicher, das ist der Sinn des Ganzen!«

»Sind das Freunde von Şten?«, erkundigte sich Roch unvermittelt, und Flores bejahte.

»Auch. Viçinia cal Sareş ist eine dieser Geiseln. Şten und ich kennen sie seit langem.«

»Was bedeutet das jetzt alles?«, erkundigte sich Anda verwirrt.

»Nichts«, verkündete Pard hart, »Şten hat gesagt, dass wir gehen sollen, wenn er nicht wiederkommt. Und jetzt kommt er wohl nicht wieder, oder?«

»Aber was ist mit ...«

»Nichts! Wir töten sie und verschwinden. Lasst uns außerhalb der Stadt einen Sonnenmagier suchen. Wir wissen doch von diesem Kloster. So ein Sonnenmagier wird uns schon alles erzählen, keine Sorge!«

»Ich will nicht, dass sie den Lautmaler töten«, widersprach Roch, was Pard zu dem einhornigen Troll herumfahren ließ.

»Ach? Und warum nicht? Wirst du weich im Kopf?«

»Er hilft uns, genau wie Şten!«, erwiderte Roch trotzig und ließ Flores los, die sofort mit zwei schnellen Schritten von Pard Abstand nahm und die Klinge hob.

»Ihr verfluchten Bestien!«, rief die Wlachakin. »Zorpad bringt gerade meinen Bruder um. Lasst mich hier raus, oder …«

»Oder was?«, fauchte Pard und fletschte die Zähne, was Flores noch weiter zurückweichen ließ.

»Ich muss ihm helfen«, erwiderte sie, offensichtlich um ihre Fassung ringend.

Bevor Pard antworten konnte, sagte Druan bestimmt: »Wir helfen Şten. Zorpad ist unser Feind, nicht diese Menschen hier!«

»Aber Druan, er hat doch selbst gesagt, dass wir durch das Wasser gehen sollen«, widersprach Pard nun beinahe bittend.

»Şten hat mit uns gegen unsere Feinde gekämpft. Willst du ihn allein kämpfen lassen? Gegen die Menschen, die uns bedrohen? Willst du weglaufen?«, fragte Druan hart, was Pard knurren ließ.

»Ich laufe nicht weg! Ich laufe nie weg!«

»Gut. Dann gehen wir jetzt zur Burg und schlagen ein paar Menschen die Köpfe ein!«

»Das klingt schon viel besser«, scherzte Pard grimmig und bellte dann rasch Befehle. »Holt eure Sachen, nehmt alles mit! Es ist Zeit zu kämpfen!«

Während die Trolle ihren Aufbruch vorbereiteten, wandte sich Druan an Flores. »Wir helfen Şten. Kannst du uns führen?«

»Zur Feste? Sicher«, antwortete die Wlachakin vorsichtig. Offensichtlich traute sie dem Frieden nicht, und Sargan konnte es ihr nicht verübeln.

»Ich komme auch mit«, rief der Dyrier und kletterte von den Kisten herunter.

»Warum?«, fragte Druan ihn.

»Weil ich euch begleiten möchte. Wir haben gemeinsame Feinde, vielleicht können wir einander helfen.«

Ergeben zuckte der Troll mit den Achseln. »Von mir aus. Aber wehe ...« Druan beendete den Satz nicht, doch die Drohung lag unmissverständlich in der Luft.

Ich muss wahnsinnig geworden sein, sinnierte Sargan, als er hinter Flores durch die Gassen der Stadt rannte. *Worauf habe ich mich da eingelassen?*

Er schalt sich selbst für seine Entscheidung, Flores beizustehen, statt die Ablenkung genutzt zu haben, um zu entkommen. Sicherlich, im Nachhinein hatte sich dieses Vorgehen als erfolgreich erwiesen, und er war auch selbst heil aus der Lagerhalle gekommen. *Aber genauso gut könnte ich jetzt mit ausgerissenen Gliedmaßen in einer Lache meines eigenen Blutes krepieren, ich Narr!*

Die Straßen von Teremi schienen wie leer gefegt zu sein. Offenkundig waren die Alarmhörner für die meisten Bürger der Stadt ein Signal, sich in ihre Häuser zurückzuziehen und Fenster und Türen zu verrammeln. Nur so konnte Sargan sich erklären, dass die Trolle bislang noch keinen Menschenauflauf verursacht hatten.

Die unebenen Steine des Pflasters machten es nicht gerade einfacher, in der Dunkelheit voranzukommen, die sich über die Stadt gelegt hatte. Vor Sargan schien Flores so schnell zu laufen, wie es ihr möglich war, und der Dyrier erhaschte mehr als einen Blick auf ihre wohlgeformten Beine und das lange, dunkle Haar, das bei jedem Schritt hinter ihr her wehte. *Vielleicht ist dieses Land doch nicht so übel,* grübelte er, *die Frauen scheinen jedenfalls Temperament zu haben.*

Schon erhoben sich die hell erleuchteten Zinnen der Festung aus der Dunkelheit, auf denen Sargan Gestalten ausmachen konnte, die vor den lodernden Wachfeuern umherliefen. Nicht mehr lange, und sie würden die Mauern der Burg Remis erreichen, und dann würde alles Weitere von den Trollen abhängen. Im vollen Lauf erreichten sie den Marktplatz.

Plötzlich fluchte Flores laut, und Sargan sah rasch den Grund dafür: Auf dem Platz standen eine Hand voll Männer in weißer Kleidung, die Fackeln und Laternen in den Händen hielten und besorgt in Richtung der Feste schauten. Bevor der Dyrier jedoch den Trollen etwas zurufen konnte, donnerte Pard bereits um die letzte Biegung der Straße. Ein Schrei aus der Kehle eines der Männer ließ die anderen herumfahren, und Sargan sah die goldenen Sonnenscheiben, die sie um ihre Hälse trugen. *Das hat uns gerade noch gefehlt,* stöhnte er innerlich, *der Albus Sunaş!*

»Dunkelgeister!«, schrie ein Sonnenpriester mit Glatze und Hakennase, und zur Antwort brüllte Pard animalisch seine Wut in die Nacht, was die Priester furchtsam zurückweichen ließ. Einer von ihnen schien gar von dem Anblick ohnmächtig zu werden, denn er sank einfach zu Boden.

»Weiche!«, rief ein anderer mit zittriger Stimme. »Zurück in die Hölle, der du entstiegen bist!«

In diesem Augenblick kamen die restlichen Trolle auf den Platz gelaufen und scharten sich um Pard, der sich mit gebleckten Hauern umsah und die Fäuste hob: »Zwing mich, Menschlein!«

Aus dem Augenwinkel sah Sargan Flores, die zwischen die Trolle und die Priester trat und rief: »Verschwindet, Vorbs! Ihr habt hier nichts zu schaffen!«

Wie um ihre Worte zu unterstreichen, hob sie ihr Schwert und machte damit eine wegwerfende Bewegung.

»Das sind Dunkelgeister! Ihre Anwesenheit beleidigt das Göttliche Licht!«, keifte der Sprecher der Priester, wovon sich Flores allerdings nicht beeindrucken ließ. Stattdessen trat sie vor und näherte sich mit drohend erhobener Klinge den Weißgekleideten. Rasch drückte sich Sargan in den Schatten eines Hauseingangs und beobachtete das ganze Geschehen. *Ein paar Priester, mit denen werden die Trolle schon fertig werden.*

Aber Druan hielt Pard zurück, der schon losstürmen wollte, und rief: »Die sind gefährlich, Pard!«

Verwirrt blickte der große Troll ihn an: »Na und? Ich auch!«

Inzwischen hatten die Sonnenpriester sich bis auf die Stufen ihres Tempels zurückgezogen, und einer schlich sogar ängstlich in diesen hinein, wie Sargan lächelnd bemerkte. Ihr Anführer schien jedoch nicht weiter zurückweichen zu wollen und rief den anderen Priestern zu: »Mut, Brüder, Mut!«

»Zurück in euren Stall!«, verhöhnte Flores die Priester, als sie die unterste Stufe erreichte, und tatsächlich schienen die Männer des Albus Sunaş ihren Worten Folge zu leisten. Auch die Trolle kamen, angeführt von Druan, vorsichtig näher, und Sargan wollte seinen Beobachtungsposten schon aufgeben, als der Glatzköpfige Flores anschrie: »Metze! Hure der Dunkelheit!«

Plötzlich ging alles sehr schnell. Ein helles Licht flammte am Eingang des Tempels auf, und die Wlachakin stieß einen Schmerzensschrei aus und taumelte zurück, wild mit dem Schwert um sich schlagend.

»Drauf!«, befahl Druan mit einem Schrei, und die Trolle stürmten los, doch der Priester hatte seine Sonnenscheibe erhoben und betete lauthals. Während die Trolle rannten, bildeten sich erst zögerlich, dann immer schneller gleißende Lichtstrahlen, die von der goldenen Scheibe aus durch die Dunkelheit zuckten. Als einer dieser Lichtblitze die Trolle traf, brüllten sie auf und warfen sich aus seiner Bahn, doch der Priester lenkte mehr und mehr der Strahlen in ihre Richtung und rief jubelnd: »Das Licht schmerzt euch Kreaturen der Dunkelheit! Weichet vor der Macht und Reinheit des Göttlichen Glanzes!«

Von den Lichtstrahlen auseinander getrieben, wichen die Trolle zurück, während der Priester langsam auf sie zuschritt, das Zeichen seines Glaubens hoch erhoben und mit einem triumphierenden Grinsen im Gesicht.

Von der Seite kam Flores, die offensichtlich blind nach einem Gegner hieb, doch ein anderer Priester warf sich auf die

Wlachakin und riss sie zu Boden, nur um dann schmerzerfüllt aufzuschreien, als sie ihm die Klinge quer über das Gesicht zog.

Weiter und weiter trieb der Sonnenmagier die Trolle zurück, bis Pard wild aufbrüllte und sich einfach in den Lichtstrahl warf. Qualm stieg von dem großen Troll auf, doch er ignorierte die Schmerzen, während er mit einer Hand die Augen vor dem grellen Licht schützte. Auch Sargan konnte nur mit Schwierigkeiten erkennen, was genau geschah, denn das Licht war so hell, dass es in den Augen wehtat, und er war gezwungen, den Blick abzuwenden.

Anscheinend war Pards Vorstoß ohne Ergebnis geblieben, denn der Priester brüllte: »Ja, fürchtet das Licht! Es verbrennt Ungeheuer wie euch zu Asche!«

Noch einmal nahm die Intensität des Lichtes gewaltig zu, dann rief der Sonnenmagier plötzlich: »Seht das Licht der Sonne selbst!«

Urplötzlich war der gesamte Marktplatz in helles Licht getaucht, das seinen Ursprung in der güldenen Sonnenscheibe des Priesters hatte. Zum Glück hatte Sargan die Augen abgewandt, sodass er nicht vollständig geblendet wurde, aber einige der Priester schienen selbst nicht damit gerechnet zu haben und schrien auf.

Als die hellen Flecken vor seinen Augen verschwanden, erkannte Sargan, dass der Priester die Nacht zum Tage gemacht hatte. In einigen Schritt Umkreis von dem Glatzköpfigen flimmerte die Luft wie in der Mittagshitze, und der gesamte Marktplatz war taghell erleuchtet. Ein Nimbus von Licht umgab den Priester, der selbst wie eine göttliche Gestalt wirkte, als er mit gemessenen Schritten über den Marktplatz ging.

Die Trolle hingegen lagen leblos am Boden, von dem Zauber niedergestreckt. *Sonnenlicht,* dachte Sargan halb verängstigt und halb fasziniert, *sie schlafen wie am Tage!*

Weiter hinten rappelte sich Flores auf, die immer noch geblendet zu sein schien, während der Sonnenmagier, der sie angegriffen hatte, stöhnend liegen blieb. Mit einem verächtlichen

Blick in ihre Richtung sagte der Glatzköpfige: »Brüder, haltet diese Metze fest. Sie soll bei Sonnenanbruch den Flammen übergeben werden, denn sie ist eine Buhle der Dunkelgeister!«

Vorsichtig traten zwei der Priester an Flores heran, die zwar in die Richtung des einen hieb, dann aber von dem zweiten angesprungen wurde und fluchend zu Boden ging. Obwohl die zwei Priester ihr Bestes gaben, gelang es ihnen doch nur unter Mühen, die Wlachakin überhaupt am Boden zu halten, die ihr Schwert fallen gelassen hatte und nun mit Händen und Füßen Widerstand leistete.

Doch der Sonnenpriester kümmerte sich nicht weiter um diesen Kampf, sondern trat an Pards reglose Gestalt heran und stieß ihm den Fuß in die Seite. Als der Troll nicht reagierte, lachte der Glatzkopf laut auf und rief: »Sie sind tot! Vernichtet vom Göttlichen Licht! Kommt, Brüder, verbrennt ihre Leiber, auf dass sie in die Dunkelhöllen zurückkehren!«

Die restlichen Männer des Albus Sunaş, die noch am Tempeleingang in einer zusammengedrängten Gruppe standen, schienen nach diesen Worten mehr Mut zu fassen und liefen hinüber zu den Trollen. Zwei eilten ihren Gefährten beim Kampf gegen Flores zu Hilfe, die gegen diese Übermacht nichts auszurichten vermochte und schon bald von drei Priestern am Boden festgehalten wurde, während ein vierter ihr die Hände fesselte und ihr ein Stück Stoff als Knebel in den Mund stopfte. Die Verwünschungen, die sie unaufhörlich ausstieß, erklangen mit einem Mal sehr gedämpft.

Noch immer hatten die Priester Sargan nicht entdeckt, der in dem spärlichen Schatten stand, den ein Hauseingang spendete, und überlegte, was er tun sollte. *Solange das Licht erstrahlt, sind die Trolle hilflos. Wenn die Priester die angeblichen Leichen der Trolle tatsächlich verbrennen wollen, dann sieht es übel für die Kreaturen aus. Und wie, bei Agdeles gepriesenem Namen, komme ich hier mit heiler Haut heraus?*, fragte sich der Dyrier mit einem Blick auf den hell erleuchteten Marktplatz, auf dem gut ein halbes Dutzend Priester umherliefen und ihm so den Fluchtweg versperrten.

Schließlich zerrten zwei der Männer Flores auf die Beine. Währenddessen rannten mehrere Priester zum Tempel und kamen schließlich mit einem kleinen Fass wieder.

Öl, dachte Sargan, *das sieht nicht gut aus.*

Bevor sie jedoch damit beginnen konnten, die leblosen Trolle mit dem Öl zu übergießen, trat der Glatzkopf einige Schritte zurück, um ihnen Platz zu machen. Dabei wanderten die Schatten, die das grelle Sonnenlicht warf, immer weiter, und auch Sargans kleines Versteck wurde plötzlich voll ausgeleuchtet. Es war nur eine Frage der Zeit, bevor ihn jemand in dem Hauseingang entdeckte. *Und vermutlich lande ich dann ebenfalls auf dem Scheiterhaufen. Diese Priester sehen nicht so aus, als könnten sie die Situation angemessen betrachten. Also doch Zeit für eine Heldentat,* seufzte der Dyrier innerlich, und seine Hand wanderte unter das Hemd und fand den Griff eines kleinen flachen Messers, das in einer Scheide an seiner Hüfte versteckt war.

Schnell huschte er aus seinem Versteck, um ein wenig näher an den leuchtenden Priester heranzukommen. Einer der anderen entdeckte ihn und schrie auf, aber es war zu spät. Mit einer fließenden Bewegung schleuderte Sargan die schlanke Klinge auf die Kehle des Sonnenpriesters. *Der Dolch sollte wohl besser treffen, und dann sollten die Trolle besser aufwachen,* dachte der Dyrier, als sich ihm ein halbes Dutzend wütende Priester zuwandten.

39

Obwohl sie es versuchte, konnte Viçinia auch in dieser Nacht keinen Schlaf finden. Seit Zorpads Demonstration seiner neuen Waffen und Rüstungen und Giorgas' Tod kreisten ihre Gedanken unablässig um zwei Dinge. Einerseits musste sie einen Weg finden, um ihre Schwester und auch die Rebellen in Teremi zu warnen, andererseits mussten die Geiseln aus Zorpads Gewalt befreit werden. Ohne Frage, Ionna sollte dringend von den Plänen des größenwahnsinnigen Masriden-Marczegs erfahren; aber auch die Wlachaken in der Stadt mussten über den Verräter in Kenntnis gesetzt werden, der sich in ihrer Mitte befand, auch wenn Viçinia nicht wusste, wer er oder sie war.

Zu ihren unablässigen Grübeleien kam die Trauer um Şten, die sich wie ein grauer Schleier über ihr Gemüt gelegt hatte und sie überkam, wann immer ein Wort oder eine Geste sie an den jungen Kämpfer erinnerten. Jedes Mal, wenn dies geschah, war es wie ein Stich in Viçinias Herz. So sehr sie sich auch zusammenreißen wollte, um die wichtigen Aufgaben zu erfüllen, die vor ihr lagen, gegen den Schmerz und das Leid, die sie niederdrückten, konnte sie nichts tun.

Die Bewachung der Gemächer im Ostflügel war lückenlos. Obwohl Viçinia aufmerksam jede Bewegung der Soldaten verfolgte, um in einem geeigneten Augenblick handeln zu können, ergab sich einfach keine Gelegenheit. Aus dem gesamten Flügel der Burg war ein Kerker geworden, und nur weil ihre Räume einige Annehmlichkeiten boten, hieß das nicht, dass Viçinia weniger eine Gefangene war als die armen Kreaturen, die in Zorpads Verliesen verrotteten. Die festen Türen wurden von außen verriegelt, auf den Gängen waren Wachen postiert, und auch im Hof stand bei Tag und bei

Nacht mindestens ein Soldat. Da man die Fensterläden ebenfalls versperrt hatte, war es ohnehin unmöglich, ohne großen Lärm aus dem Gemach zu entkommen. Der Herr der Feste ging kein Risiko ein, und Viçinia fiel einfach kein Fluchtweg ein, den sie nehmen konnte, geschweige denn ein Plan, um die anderen Geiseln zu befreien.

Wir werden hier sterben, dachte die Wlachakin verzweifelt. *Vielleicht könnte ich entkommen, wenn ich zum Schein auf Zorpads Angebot eingehe, aber ich kann die anderen doch nicht ihrem sicheren Tod überlassen!*

Auch Mirela war keine Hilfe, denn die Zofe war am gestrigen Tage abgeholt worden, und nun brachten Soldaten Viçinia ihr Essen, Männer mit ausdruckslosen Gesichtern, die stets zu zweit auftauchten und wachsam blieben und damit jeden Gedanken daran, an ihnen vorbeizukommen, im Keim erstickten.

So lag sie nun eine weitere Nacht in ihrem Bett und lauschte den Geräuschen der Burg, während sie im Geiste immer wieder die Sorgen umherwälzte, für die sie einfach keine Lösung finden konnte. *Wenn wir nicht entkommen können, dann muss ich auf Zorpads Angebot eingehen und die anderen ihrem Schicksal überlassen. Ihr Geister, was bürdet ihr mir auf?,* fragte sie sich verzweifelt, doch allmählich wuchs der Entschluss in ihr und reifte zu einem Plan heran.

Im Morgengrauen würde sie nach Zorpad verlangen und ihm mitteilen, dass sie bereit war, Ionna sein Angebot zu überbringen. Zumindest würde das den Wlachaken im Mardew und den Geiseln in der Burg Zeit erkaufen, während Zorpad auf eine Antwort wartete. Zeit, die Ionna und die restlichen Anführer der Rebellen dringend benötigten. *Ich muss meine Mitgefangenen und mein Gewissen verraten, damit ich mein Volk nicht verrate. So nehmen uns die Masriden alles, Freiheit, Land, Familie, Ehre. Liebe. Und sie lassen nur bittere Asche auf unseren Zungen zurück.*

Nachdem sie zu dieser quälenden Entscheidung gelangt war, fand ihr Geist ein wenig Ruhe, und ihr Körper forderte den Schlaf ein, den er seit langem vermisste. Dennoch blieb ihr Schlummer flach und voller dunkler Träume von Krieg und Blutvergießen, von hoffnungslosen Schlachten und gebrochenen Bündnissen, bis sie von einem schallenden Hornsignal geweckt wurde und im Bett hochfuhr.

Was ist geschehen? Gibt es Krieg?, dachte sie schlaftrunken, bis ihr Geist sich aus den wirren Träumen befreit hatte und ihr wieder bewusst wurde, wo sie sich befand. Verwirrt lief sie zum Fenster, entfernte das Pergament und spähte durch die schmalen Schlitze der vernagelten Läden hinaus. Heute Nacht schien der Himmel dunkel zu sein, denn sie konnte kaum den Baum im Hof erkennen, aber dennoch war sie sicher, dass dort keine Wache stand. Aufregung durchzuckte ihren Körper und beschleunigte ihren Atem. Vielleicht war dies die Gelegenheit, auf die sie gewartet hatte! Womöglich hatten die Geister ihren stummen Schrei nach Hilfe gehört und beantwortet.

Zu ihrem Erstaunen erklang plötzlich ein Ruf, hallte zwischen den dicken Mauern einher, ein Ruf, der sie traf wie ein Schock.

»Willkommen in meinem Heim, Şten cal Dabrân!«, erschallte Zorpads laute Stimme. Hektisch sah sich Viçinia um, und ihr Blick fiel auf die Truhe mit ihren Kleidern. Mit beiden Armen hob sie die schwere, metallbeschlagene Holzkiste an und stemmte sie sich mit einem Ruck auf die Schulter. Dann schleuderte sie die Truhe mit aller Kraft gegen das Fenster. Mit einem lauten Krachen prallte die Eichentruhe gegen die Fensterläden und brach diese auf, bevor sie polternd in den Hof fiel. Gerade als Viçinia durch die Öffnung klettern wollte, flog die Tür zu ihren Gemächern auf, und zwei Soldaten stürmten mit gezogenen Dolchen herein.

»Weg vom Fenster!«, befahl der vorderste, ein junger Szarke mit einer gezackten Narbe, die von der Nase bis über die linke Wange lief. Wild sah sich Viçinia nach einer geeigneten Waffe um und ergriff in Ermangelung einer solchen das hölzerne Bruchstück des Fensterladens.

Vom Hof her erklangen Kampfgeräusche, Stahl schlug auf Stahl, und plötzlich erschallte der alte Kriegsschrei der Rebellen in Zorpads eigener Feste: »Tirea! Für Tirea!«

Was immer da auch vor sich ging, Viçinia war wild entschlossen, es herauszufinden und diese Möglichkeit zur Flucht zu nutzen.

»Weg vom Fenster«, schrie der Narbige wieder, während sein Begleiter einen Bogen schlug und Viçinia so von der anderen Seite bedrohte. Gegen zwei gerüstete Krieger hatte sie im Nachthemd und nur mit einem spitzen Stück Holz bewaffnet wenig Aussicht auf Erfolg, also schleuderte Viçinia ihre behelfsmäßige Waffe auf den nächsten Soldaten und sprang dann auf das Fensterbrett. Bevor sie jedoch den Sprung in die Freiheit machen konnte, wurde sie von dem zweiten Soldaten, der sich ihr genähert hatte, an ihrem langen Schlafgewand gepackt und zurückgerissen. Noch während sie in das Gemach stürzte, hörte sie von draußen einen Ruf, der Zorpads Worte zu bestätigen schien: »Zu Şten! Zu Şten!«

Unsanft prallte die Wlachakin auf den harten Steinboden, doch die Schmerzen gingen im Tumult ihrer Gefühle unter. *Was für eine Teufelei ist das? Kann das wirklich bedeuten, dass Şten noch lebt?*, dachte sie benommen, während der Soldat sie grob an den Schultern packte, hochzog und auf ihr Lager schleuderte. Mehr aus Instinkt als mit Absicht verpasste sie ihm einen Tritt vor die Brust, als er bedrohlich mit dem Dolch in der Faust auf sie zukam.

»Verfluchte Hexe!«, zischte der Krieger. »Dir werde ich Respekt beibringen!«

»Lass das«, mischte sich der andere, ältere Soldat ein und trat zwischen die beiden. »Wir bekommen nur Ärger, wenn ihr etwas passiert!«

»Das ist mir egal. Das Miststück wollte fliehen!«

Hastig sprang Viçinia erneut auf die Füße und sah sich nach einem Fluchtweg um, doch in der Tür war inzwischen ein dritter Krieger aufgetaucht. Der ruhigere der beiden Soldaten sagte: »Das würde ich nicht tun. Wenn Ihr uns zwingt, dann werden wir Euch wehtun!«

Angesichts der drei Bewaffneten, die ihr den Weg in die Freiheit versperrten, erlosch Viçinias Kampfgeist, und sie setzte sich auf die Kante ihres Betts. Schließlich hob sie den Kopf und sah die Soldaten eindringlich an.

»Was geht da draußen vor sich?«, fragte sie. »Wer kämpft dort?«

»Das wissen wir nicht. Man befahl uns nur, besonders aufmerksam zu sein in dieser Nacht«, erklärte der Krieger vor ihr, während derjenige in der Tür hinzufügte: »Alle mussten in der Burg bleiben, Herrin, selbst die Männer, die heute Nacht keine Wache hatten.«

»Werdet Ihr vernünftig sein?«, fragte sie der ältere Soldat, und Viçinia nickte entmutigt. Von draußen klang immer noch der Lärm eines Gefechts herein, aber ohne mehr zu wissen, konnte Viçinia nur raten, was dort vor sich ging. Aber obwohl sie hier von den Soldaten bedroht und gefangen gehalten wurde, obwohl ihre Lage nicht weniger aussichtslos erschien als noch vor wenigen Augenblicken, so schlug ihr das Herz doch mit wilder Hoffnung in der Brust. *Zorpad hat gelogen,* dachte sie mit grimmiger Befriedigung. *Şten lebt. Und er ist hier.*

Mit Erlaubnis der Soldaten suchte sie das schlichte dunkle Kleid, das sie bei ihrem nächtlichen Ausflug getragen hatte, und streifte es sich über. Der Rest ihrer Kleidung lag vermutlich inmitten von Holzsplittern im Burghof.

Die Augenblicke, die verstrichen, schienen sich endlos zu dehnen, und Viçinia schaffte es nicht, auch nur ein wenig Ordnung in ihre Gedanken zu bringen. Irgendwann verklangen die Kampfgeräusche, und nur das Jammern und Schreien der Verwundeten blieb, bis auch dieses leiser wurde.

Ihre Bewacher schienen tatsächlich genauso wenig zu wissen wie sie selbst. Immer wieder trat einer von ihnen an das Fenster mit dem zerbrochenen Laden und spähte hinaus in die Dunkelheit, aber die Bewaffneten konnten ebenfalls nicht erkennen, was im Hof vor sich ging.

Plötzlich stand Sciloi in der Tür und verneigte sich höflich.
»Werte Dame. Ich störe nur ungern zu so später Stunde, doch wurde mir aufgetragen, Euch unverzüglich zu meinem Herrn zu geleiten. Vermutlich habt Ihr schon von der Unruhe in der Feste gehört?«, plauderte die Szarkin spöttisch lächelnd und warf einen bedeutungsvollen Blick zu den Überresten der Fensterläden, die schief in den Angeln hingen.

»Es war in der Tat nicht möglich, Schlaf zu finden«, antwortete Viçinia sarkastisch und erhob sich. »In letzter Zeit sind nächtliche Audienzen Eurem Herrn wohl zur Angewohnheit geworden.«

»Das ist allein Sache des Marczegs«, gab Sciloi zurück und lächelte wieder. »Aber es sind seltsame Zeiten.«

Damit verließ die Szarkin das Gemach, und Viçinia beeilte sich, ihr zu folgen, während die Soldaten sich auf einen Befehl Scilois hin hinter ihr einreihten.

Entgegen ihrer sonstigen Gewohnheit trug Zorpads Untergebene eine leichte lederne Rüstung, wie Viçinia bemerkte. *Gerüstet, Nemes Kaszón?*, dachte sie. *Angst um den teuren Leib?*

Zu ihrer Überraschung gesellten die anderen Geiseln sich am Fuß der Treppe zu ihnen, die meisten noch verschlafen und in nur hastig übergeworfenen Mänteln. Da stand Suhai, schlank und bleich, dem die dunklen Haare in wirren Strähnen ins Gesicht fielen; ferner Cipriu, der alte Bojar, dessen Söhne und Töchter allesamt in der Herbstschlacht gefallen waren und dessen Haar seitdem weiß geworden war, vor Gram, wie man munkelte; Mihaleta Amânaș, die junge Tochter des Voivoden von Zalșani, einem der wichtigsten Unterstützer Ionnas, dessen Voivodie uneinnehmbar in den tückischen Sümpfen des Mardew verborgen lag; und Leica cal Poleamt, die hoch gewachsene, stolze Wlachakin, deren schwarze Augen einem bis auf den Grund der Seele zu schauen schienen.

»Was geht hier vor, Dame Viçinia?«, fragte Suhai und eilte auf sie zu, doch eine Wache stieß ihn brüsk zurück.

»Ich weiß es nicht, Suhai, man hat mir nicht mehr als Euch gesagt«, erwiderte Viçinia beruhigend.

»Vermutlich wird dieses Ungeheuer von einem Masriden uns alle hinrichten lassen!«, zischte Cipriu und hustete in ein fleckiges Taschentuch. »Das sähe dem Schwein ähnlich!«

»Nein, nein«, widersprach Viçinia, die an den erschrockenen Blicken von Suhai und Mihaleta sah, welche Wirkung die Worte des Alten hatten. »Es wird alles gut werden.«

»Warum wurden die Wachen verstärkt? Warum dürfen wir die Zimmer nicht mehr verlassen?«, fragte Mihaleta mit großen Augen. Mit knapp siebzehn Sommern war sie die jüngste der Geiseln und hatte noch wenig von den Schrecken des Krieges erlebt. Mit einem gezwungenen Lächeln nahm Viçinia die verängstigte, junge Frau in den Arm und funkelte über deren Schulter den alten Bojaren an.

»Hab keine Angst, Miha.«

»Was wisst Ihr, Nemes Kaszón?«, fragte Leica die Szarkin mit einem finsteren Blick.

»Mein Herr wartet nicht gern, deshalb werden wir uns beeilen! Aber so viel kann ich Euch sagen: Es gab einen Angriff auf die Feste, doch wir wussten im Voraus davon, und der Marczeg hat alle notwendigen Maßnahmen ergriffen.«

Diese Neuigkeit löste Erstaunen bei den Wlachaken aus.

»Ein Angriff? Absurd!«, höhnte Leica. »Woher sollten die Truppen für solch einen Angriff stammen?«

Während Cipriu einen neuerlichen Hustenanfall erlitt und kein Wort herausbekam, sah Sciloi die Wlachaken mit einer Mischung aus Belustigung und Verachtung an.

»Dort draußen ist kein Heer, werte Dame Leica, auch wenn es sicherlich Eurer Natur entspricht, zuerst an eine Belagerung zu denken«, erklärte die Szarkin hochmütig lächelnd und schnitt die Proteste der Wlachakin einfach ab. »Eine kleine Gruppe fanatischer Narren ist in die Feste eingedrungen. Vermutlich um Marczeg Zorpad zu töten oder etwas ähnlich Dummes zu versuchen. Aber ich kann Euch beruhigen: Die Lage ist natürlich unter unserer Kontrolle.«

Oder um uns zu befreien!, durchfuhr es Viçinia, *Şten würde niemals Zorpads Tod über unser Leben stellen!*

»Ich fürchte, wir müssen uns nun beeilen. Wie gesagt, mein Herr ist sehr ungeduldig«, erklärte Sciloi.

»Natürlich, Nemes Kaszón, natürlich«, erwiderte Viçinia und warf den restlichen Geiseln einen warnenden Blick zu, der ihnen bedeutete, den Burgherrn nicht weiter zu reizen. *Was immer da draußen geschieht, wir müssen vorsichtig sein, wenn wir überleben wollen. Und wenn dort draußen wirklich Şten cal Dabrân ist, dann werde ich alles tun, um ihm zu helfen.*

Begleitet von dem halben Dutzend Soldaten, die gewöhnlich die Geiseln in ihren Gemächern bewachten, liefen die Wlachaken und Sciloi durch den Verbindungsgang in das Hauptgebäude. Als die Szarkin die Tür öffnete, schlug ihnen das Stöhnen mehrerer Verwundeter entgegen, die in der Vorhalle auf dem Boden lagen und soeben versorgt wurden. Schon auf den ersten Blick hin stellte Viçinia fest, dass die Soldaten im Kampf Verletzungen davongetragen hatten. *So viel zur Kontrolle,* dachte die Wlachakin angesichts der Verletzten. Doch dann trat Zorpad aus der großen Halle, und Viçinia erstarrte.

Der Marczeg trug ein wahres Wunder von einer Rüstung und schien von Kopf bis Fuß in Metall gekleidet zu sein. Dicke, schwarze Metallplatten bedeckten seinen Leib. Auch die Arme und Beine waren vollständig von Metall bedeckt, und selbst die Gelenke wurden mit ausgeklügelten Scharnieren geschützt. An den Achseln und der Hüfte schaute schwarzes Kettengeflecht hervor, das der Masride offensichtlich noch unter all der Panzerung angelegt hatte. Dergleichen hatte Viçinia noch niemals gesehen, und sie war sicher, dass diese Rüstung von den Zwergen stammen musste, denn Menschen waren schlichtweg nicht in der Lage, ein solch kunstvolles Rüstwerk anzufertigen. *Wie kann er sich darin nur bewegen?*, schoss es ihr durch den Kopf, doch der Masride schritt scheinbar mühelos umher und schien nicht im Geringsten von der Rüstung behindert zu werden. Über der Platte trug Zorpad einen blutroten Waffenrock mit der goldenen Sonne und dem schwarzen Adler seines Hauses. Ein junger Krieger lief zwei Schritt hinter dem Kriegsherrn und trug dessen Vollhelm, dessen Visier einem Adlerschnabel nachempfunden war, sowie ein schweres zweihändiges Schwert.

Auch die anderen Wlachaken starrten voller Erstaunen den Masriden an, der breit und scheinbar sorglos lächelte und sie nun mit lauter Stimme begrüßte: »Ah, meine Gäste!«

Viçinia neigte das Haupt und sagte mit einer Geste zu den Verwundeten: »In Eurem Haus scheint es Schwierigkeiten zu geben, Marczeg.«

»Schwierigkeiten?«, fragte Zorpad mit einem Lachen. »Mitnichten, Viçinia, mitnichten.«

Mit hochgezogener Augenbraue sah Viçinia den Masriden an.

»Einige Unbelehrbare, die ihr Glück auf die Probe stellen wollten. Sie haben mich jedoch unterschätzt und zahlen nun den Preis dafür«, sagte der Marczeg leichthin.

»Wenn ich mir so die Soldaten hier ansehe«, warf Leica schneidend ein, »dann scheint es mir, als ob Ihr …«

»Schweigt!«, unterbrach Zorpad sie. »Begeht nicht den gleichen Irrtum! Für heute ist meine Geduld mit den Wlachaken erschöpft!«

»Herr«, begann Viçinia vorsichtig, »was wünscht Ihr von uns?«

»Ich wünsche, dass Ihr alle mich in den Burghof begleitet«, erwiderte Zorpad, wiederum ein Lächeln auf seinen Zügen.

Er ist wirklich wahnsinnig, dachte Viçinia, *seine Gemütsverfassung ändert sich von einem Augenblick zum nächsten.* Nach außen hin ließ sie sich ihre Gedanken jedoch nicht anmerken. Ihre Mitgefangenen waren ohnehin verängstigt genug.

Ohne den Verwundeten noch einen Blick zu schenken, sammelte Zorpad einige Krieger seiner persönlichen Leibgarde um sich und trat hinaus in den Burghof, der von Fackeln erleuchtet wurde. Mit einem vorsichtigen, aufmunternden Lächeln zu den anderen Wlachaken tat es Viçinia ihm gleich.

Im ganzen Hof verteilt standen Soldaten, ebenso auf den Wehrgängen der Mauern und den Zinnen der Türme. Verwirrt blickte Viçinia sich um, doch bevor sie etwas sagen konnte, erstrahlte der Himmel über Teremi plötzlich taghell, und Lichtblitze zuckten zu den dunklen Wolken. Wie zur Antwort grollte Donner auf, der jedoch von Norden kam, und ein plötzlicher Windstoß wehte Viçinia das lange rote Haar ins Gesicht. Einige der Soldaten zeigten auf das Licht in der Stadt und stießen erschreckte Schreie aus, doch Zorpad gönnte dem unheimlichen Schauspiel kaum einen Blick, befahl herrisch Ruhe und führte die Geiseln quer über den Hof.

Als sie um die Ecke des Hauptgebäudes traten, sah Viçinia das ganze Ausmaß des Kampfes. Auf dem gepflasterten Hof lagen noch mehr Gefallene, offensichtlich im Kampf erschlagene Krieger, die nur notdürftig zur Burgmauer geschleift und dort einfach abgelegt worden waren. Von ihrer Position aus konnte die Wlachakin nur Rüstungen von Zorpads Soldaten unter den Getöteten erkennen, was sie mit Erleichterung erfüllte.

Eine Traube von Soldaten mit Fackeln und gezogenen Waffen stand vor dem Eingang zu der kleinen Kapelle der Burg. Dorthin führte sie Zorpad, und seine Untergebenen machten ihm ehrfürchtig Platz. Breitbeinig baute der Marczeg sich auf und sah die Pforte abschätzend an. Aus dieser Entfernung erkannte Viçinia, dass es offenbar Versuche gegeben hatte, die massive Eichentür aufzubrechen, doch anscheinend hatte die Pforte allen gewaltsamen Bemühungen standgehalten. Vermutlich würde man eine Ramme benötigen, um das schwere Holz zum Bersten zu bringen.

Nach einem letzten Aufleuchten erlosch der seltsame Lichtkegel über der Stadt so plötzlich, wie er erschienen war, und ließ nur die Dunkelheit der Nacht zurück. Verwirrt blickte Viçinia sich um, doch alle anderen schienen ebenso unsicher zu sein, was dieses Phänomen ausgelöst hatte. Nur Zorpad ließ sich nicht aus der Ruhe bringen. Mit einem Seitenblick auf Viçinia hob er die Hand an den Mund und donnerte: »Ihr seid eingeschlossen! Ihr könnt weder fliehen noch kämpfen! Ergebt euch!«

Es dauerte einige Herzschläge, dann antwortete eine Stimme, die Viçinia beinahe das Herz in der Brust zerspringen ließ. Eine Stimme, die sie überall erkannt hätte und von der sie nicht zu hoffen gewagt hatte, sie noch einmal zu hören.

»Fahr zu den Dunkelhöllen, Zorpad«, rief Şten aus der Kapelle, und Viçinias Körper fühlte sich plötzlich taub an. *Er lebt, er lebt tatsächlich!*

»Mein letztes Angebot, Rebell: Ergebt euch, und euer Tod wird schnell und gnädig sein!«, brüllte Zorpad.

»Du hast mich bereits einmal getötet!«, verhöhnte Şten den Masriden, der daraufhin den Kopf schüttelte.

»Nein, Şten cal Dabrân, das überließ ich leider meinen Untergebenen. Sei versichert, wenn ich dich töte, was geschehen wird, dann ist es endgültig!«

Als keine Antwort ertönte, zog Zorpad einen Dolch aus einer Scheide am Gürtel und griff schnell wie eine zuschlagende Schlange nach Viçinias Haaren. Ihre Versuche, sich zu wehren, ignorierte der Kriegsherr und zerrte die Wlachakin einige Schritte auf die Kapelle zu. Aus dem Augenwinkel sah Viçinia, wie Suhai nach vorn sprang, um ihr zu helfen, doch stattdessen von einem Soldaten mit dem Hieb eines Streitkolbens niedergestreckt wurde, während die restlichen Geiseln von weiteren Kriegern zusammengetrieben wurden. Der junge Mann stieß einen markerschütternden Schrei aus, bevor er zusammenbrach.

Viçinia wollte etwas sagen, doch Zorpad drückte ihr die kalte Klinge des Dolches an die Kehle und zwang sie mit der anderen Hand in die Knie.

»Ich überbringe Eure Botschaft«, sagte Viçinia verzweifelt. »Meine Schwester ...«

»Zu spät, meine Teure, zu spät. Euch Wlachaken ist nicht zu trauen«, sagte Zorpad beinahe liebenswürdig und nickte in Richtung Kapelle. »Ihr bleibt nicht einmal im Grab, wenn ihr tot sein solltet. Und ihr greift meine Feste, meine Wohnstatt an!«

Diese letzten Worte presste er zornig hervor, und er zwang Viçinia durch einen Ruck an den Haaren, den Kopf in den Nacken zu legen. Dann erhöhte er den Druck der Klinge, bis ein einzelner Blutstropfen ihren Hals hinabrann. *Er wird mich umbringen,* dachte Viçinia, und plötzlich fühlte sie sich merkwürdig leicht in dieser Gewissheit.

»Dort drinnen hockt dein alter Freund Şten, mein Täubchen«, flüsterte Zorpad, der sich zu ihr hinabbeugte, ihr ins Ohr. »Willst du ihn nicht begrüßen?«

»Du bist wahnsinnig, du Hund«, fauchte Viçinia, aber Zorpad lachte nur und richtete sich wieder auf.

»Şten cal Dabrân, es ist an der Zeit, dich vom Göttlichen Licht richten zu lassen, wie schon deine Eltern für ihren Verrat gerichtet wurden!«, rief der Marczeg, erhielt aber keine Antwort aus der Kapelle.

»Komm heraus, oder andere bezahlen zuerst für deine Sünden!«, befahl Zorpad und riss Viçinia an den Haaren herum, sodass sie vor Schmerzen aufschrie, als sie versuchte, das Gleichgewicht zu halten.

»Was tust du?«, erklang Ştens Stimme, und Zorpad lachte laut.

»Ruf ihn heraus«, befahl er Viçinia flüsternd, die jedoch die Zähne zusammenbiss und schwieg. Mit einem Knurren drückte Zorpad ihr die Spitze des Dolches in die Grube der Kehle und wiederholte seinen Befehl: »Ruf ihn heraus!«

Ich werde hier sterben, fuhr es Viçinia durch den Kopf, *aber ich werde meine Liebe nicht verraten! Ihr Geister, lasst mich noch einmal hören, wie er meinen Namen sagt.*

Dann nahm sie all ihren verbliebenen Mut zusammen. »Şten!«, rief sie laut, und nach einem Augenblick der Stille antwortete der junge Krieger.

»Viçinia?«

»Şten, kämpfe, ergib dich nicht!«, flehte die Wlachakin. »Er wird ...« Doch ein Schlag von Zorpads gepanzerter Faust gegen ihren Hinterkopf ließ sie verstummen. Benommen stürzte sie zu Boden. Trotz der Schmerzen klang noch Ştens Stimme in ihren Ohren, die nach ihr rief.

40

Leise eine eintönige Melodie vor sich hin summend, saß Costin in der Ecke der Kapelle neben dem leblosen Körper Linorels und ließ einen seiner Dolche in der Hand rotieren. Währenddessen schritt Natiole auf und ab, wobei immer wieder Blut aus seinen Wunden auf den vorher weißen Boden tropfte. Şten, dessen Verletzungen Natiole notdürftig verbunden hatte, lehnte an ihrer Barrikade und überlegte fieberhaft, wie er wenigstens seine Freunde aus dieser Todesfalle befreien konnte. In dem Tempel war es sehr warm, denn Dutzende von Kerzen brannten und spendeten ein warmes Licht, erhitzten aber auch die Luft. Mehrmals glitt Ştens Blick zu dem Priester des Albus Sunaş, der mit geschlossenen Augen betend in der Mitte des Raumes kniete. Das leise, stetige Murmeln riss den Wlachaken immer wieder aus seiner Konzentration, drang in seine Gedanken und rieb an seinen Nerven wie feiner Sand im Mund an den Zähnen. Schließlich hielt der Wlachake es nicht mehr aus.

»Kannst du nicht schweigen, Vorbs?«, fragte er mürrisch.

»Willst du mich zum Schweigen bringen, mein Sohn? Mich töten, so wie jene armen Seelen dort draußen?«, erwiderte der Priester kampflustig und sah Şten fest in die Augen.

»Unsinn. Aber ich möchte nachdenken, und deine Beterei stört mich dabei«, erklärte Şten, während er sich wieder einmal Blut aus den Augen wischte, das aus einer kleinen Wunde an seinem Haaransatz rann. Eine Kopfverletzung, die schlimmer blutete als andere, vergleichbare Wunden am Körper.

»Ich kann dich töten, Vorbs«, warf Natiole ein und tätschelte den Knauf seines Schwertes. »Ich bin nicht so zurückhaltend wie unser Şten hier.«

»Verhöhne mich nur, Krieger, aber ich habe keine Angst vor dir«, entgegnete der Sonnenmagier, woraufhin Natiole laut lachte.

»Natürlich hast du Angst. Ich kann sie riechen«, sagte der Wlachake grinsend und beugte sich zu dem dicken Priester hinab. »Aber keine Sorge: Şten wird mich schon daran hindern, dir den Hals umzudrehen.«

»Lass ihn«, wies Şten tatsächlich seinen Waffenbruder müde an und fragte den Sonnenmagier wider besseren Wissens: »Gibt es einen weiteren Ausgang?«

Selbst wenn das der Fall wäre, was Şten angesichts der makellosen Wände eher unwahrscheinlich erschien, würde Zorpad diesen kennen und blockieren. Oder schlimmer noch, ihn für die Erstürmung der Kapelle nutzen.

»Nein, es gibt nur dieses Portal«, erklärte der dicke Sonnenmagier und ergänzte mit einem Blick nach oben zur Decke: »Und die Lichtfenster dort.«

In gut zehn Schritt Höhe wies die Decke tatsächlich Schlitze auf, durch die das Sonnenlicht während der Andachten in die Kapelle fiel, aber sie waren für die Rebellen ebenso unerreichbar wie das Burgtor selbst und dazu vermutlich zu eng, um sich hindurchzuzwängen.

Mit einem Seufzen setzte sich Natiole neben ihn an den umgestürzten Schrank und grinste Şten an, der fragend die Augenbrauen hob.

»Mir tut alles weh«, gab der ältere Wlachake zu. »Aber wohl nicht mehr lange, was?«

»Es tut mir so Leid, Nati. Ich hätte nie gedacht, dass es so enden würde«, sagte Şten betrübt.

»Ha! Ich dagegen wusste immer, dass mich irgendwann eines deiner Abenteuer den Kopf kosten würde!«, scherzte Natiole derb. »Nur der Ort ist eine Überraschung. In Zorpads eigener Burgkapelle. Nicht übel, gar nicht übel!«

»Ich habe nicht vor, hier drinnen wie eine Ratte in der Falle zu verrecken, Nati«, flüsterte Şten. »Du etwa?«

»Nein«, erwiderte der Wlachake und wurde sehr ernst.

»Costin! Wir müssen reden«, rief Şten, und der kleine Mann erhob sich mit schmerzverzerrtem Gesicht und kam zu ihnen herüber. Mit einem vorsichtigen Blick zu dem Priester flüsterte Şten den beiden letzten Überlebenden zu: »Ich werde nicht hier drinnen sterben, auch wenn der Gedanke, dass mein Blut heiligen Boden entweiht, durchaus seinen Reiz hat.«

Sowohl Costin als auch Natiole grinsten, als Şten fortfuhr: »Wir stürmen hinaus. Ich versuche, euch einen Weg zu öffnen. Vielleicht schafft ihr es bis zur Mauer. Im Norden liegt der Burggraben, ein beherzter Sprung, und man ist in der Freiheit.«

»Hast du dir nicht bei einem ähnlichen Sprung den Fuß gebrochen, oder so was?«, fragte Natiole im Andenken an Ştens wilde Flucht aus der Feste in Dabrân, aber Şten winkte ab.

»Nein, nur verstaucht. Bin drei Tage gehumpelt, mehr nicht.«

»Trotzdem, springen, schwimmen, das ist nichts für meine alten Knochen«, erwiderte Natiole augenzwinkernd. »Außerdem: Du bekommst den ganzen Spaß, und ich soll weglaufen? Niemals!«

»Red keinen Unsinn, Nati, wir müssen …«

»Nein«, unterbrach ihn sein Freund. »Du redest Unsinn. Einer allein kann niemals genug Soldaten binden, das weißt du. Ich bleibe bei dir. Costin soll laufen, er ist sowieso schneller als wir beide.«

»Was soll das heißen?«, empörte sich der kleine Schreiber. »Ich soll fliehen, während ihr …«

»Du sollst die anderen warnen. Ionna von Zorpads Plänen berichten. Und um der Geister willen, finde die Trolle und bring sie aus der Stadt!«, fiel ihm Şten ins Wort.

»Ich laufe nicht davon!«, sagte Costin voller Überzeugung.

»Einer muss aus dieser Falle entkommen. Sonst ist alles umsonst. Bring die Trolle aus ihrem Versteck am Hafen nach Starik Jazeg, dort ist das Ziel ihrer Suche, hoffe ich. Dann musst du dich nach Désa durchschlagen und der Fürstin alles erzählen, was hier vorgefallen ist.«

»Und ihr?«

»Wir erkaufen dir die Zeit, um hier rauszukommen. Einer muss laufen, und du bist der Schnellste von uns. Ich habe eine Wunde am Bein, und Nati ist zu alt.«

»He!«

»Sagtest du das nicht gerade eben selber?«, frotzelte Şten. Natiole lachte auf: »Ich, äh, habe auch eine Wunde am Bein.«

»Ich soll zu den Trollen laufen?«, fragte Costin.

»Du wirst außerhalb der Stadt rauskommen, der Graben verläuft ja nur im Norden. Schleich dich wieder rein in die Stadt und hol die Trolle raus. Ansonsten befürchte ich, dass es ein Blutbad geben wird, wenn sie irgendwann beschließen, auf eigene Faust aufzubrechen. Erklär ihnen, wo sie hinmüssen. Hilf ihnen. Sorg dafür, dass sie keine Unschuldigen angreifen«, befahl Şten und dachte traurig: *Verzeih mir, dass ich diese Bürde jetzt dir auflade, Costin, ich weiß, wie ungerecht das ist.*

»Werden sie mich angreifen, wenn ich ohne dich komme?«

Şten zuckte unbehaglich die Achseln.

»Sei vorsichtig, rede mit Druan und halte dich von Pard fern. Sag, dass ich dich schicke. Wenn alles schief läuft, dann verschwinde.«

»Sehr aufmunternd«, stellte der kleine Wlachake sarkastisch fest.

»Es tut mir Leid, Costin. So war das alles nicht geplant!«, erwiderte Şten niedergeschlagen.

»Schon gut. Es ist egal. Ihr glaubt doch nicht wirklich, dass einer von uns davonkommt, oder?«, meinte Costin mit einem wehmütigen Lächeln.

»Nein«, gab Natiole zu. »Aber wir müssen es versuchen. Dort draußen werden mehr Soldaten als bei der Herbstschlacht sein. Drei gegen ein ganzes Heer, ein echter Stoff für Legenden!«

»Wir waren zu sechst, Nati, zu sechst«, warf Şten ein und blickte auf Linorels blutigen und zerschlagenen Körper.

»Ja, wir waren sechs. Aber Zorpad hat in seinem Herzen einen ganz besonderen Platz für unseren Schwerenöter hier«, fuhr Natiole mit einem Nicken in Ştens Richtung fort. »Vielleicht reicht das, um dir die Zeit zu erkaufen.«

»Mit eurem Leben.«

»Wenn nötig. Das war schon beschlossen, seit wir ein Schwert genommen und uns gegen die Masriden gestellt haben«, entgegnete Natiole lakonisch, und Şten dachte: *Flores hatte Recht. Ich bin ein wandelnder Toter, und sie tat gut daran, sich von mir loszusagen. Eine geliebte Person weniger, der ich Unglück bringe!*

»Woher, bei den Dunkelhöllen, wusste Zorpad von unserem Kommen?«, rätselte Costin, aber Natiole winkte ab.

»Das ist jetzt auch egal. Vielleicht hat die kleine Magd geplaudert.«

»Oder vielleicht hat uns jemand verraten!«, zischte Costin, »Ştens Gefangennahme, die Verhaftungen, jetzt das. Das ist doch kein Zufall!«

Ein kalter Schauer lief Şten über den Rücken, dem plötzlich klar wurde, dass Costin Recht haben mochte.

»Einer von uns?«, fragte der Wlachake entgeistert.

»Es würde Sinn ergeben«, antwortete Costin bitter, »all die bösen Zufälle in letzter Zeit.«

»Hat jemand Octeiu fallen sehen? Ich meine, er hat das Tor öffnen lassen. Er wollte, dass wir an einem Ort bleiben. Habt ihr ihn kämpfen sehen?«, fragte Natiole mit zusammengezogenen Brauen, und die anderen schüttelten die Köpfe.

»Ein Grund mehr, hier herauszukommen«, stellte Şten grimmig fest. »Wenn einer uns verraten hat, dann müssen die Wlachaken im Mardew davon erfahren. Der Verräter darf nicht in die kommenden Räte einbezogen werden!«

»Glaubst du, Octeiu ...«, fragte Costin entsetzt, aber Şten hob abwehrend die Hände.

»Ich weiß es nicht. Vielleicht liegt er tot dort draußen, und wir tun ihm Unrecht? Schließlich ist der Verdacht nicht mehr als eine Vermutung. Aber du musst entkommen, Costin, du musst!«

»Na, wenn ich muss ...«, sagte der kleine Wlachake mit einem schiefen Grinsen und zuckte mit den Achseln, »dann werde ich wohl, oder?«

Lachend schlug ihm Natiole mit der Hand auf die Schulter. »So ist's richtig. Mit dieser Einstellung wirst du es weit bringen. Hoffentlich bis über die Burgmauer ...«

»Genug gescherzt«, befand Şten und warf einen warnenden Blick in Richtung des Sonnenpriesters, denn ihr Gespräch war lauter und lauter geworden. »Was denkst du, Nati, wie viel Zeit geben sie uns?«

»Nicht viel. Vermutlich schaffen sie irgendwas heran, um die Tür aufzubrechen. Selbst wenn sie keine Ramme haben, werden sie irgendwann einfach mit Äxten die Tür einschlagen. Das dauert länger, aber wenn sie erst einmal beginnen, dann kommen wir auf keinen Fall mehr raus.«

»Denke ich auch. Warum hatte Zorpad keine Bogenschützen dabei?«

»Zu selbstsicher? Vielleicht dachte er, dass wir uns angesichts der Übermacht ergeben würden«, spekulierte Natiole. »Eigentlich sollte er dich besser kennen, oder?«

»Lieber kämpfend sterben als in seinen verdammten Kerkern!«, erwiderte Şten überzeugt.

»Wie gesagt, er hätte es besser wissen müssen.«

Achselzuckend nickte der jüngere Krieger und grinste, als er sich vorsichtig erhob. Eine Zeit lang hatte er sich gefühlt, als sei schon längst alles Leben aus seinen Adern gewichen und er sei wenig mehr als eine leere Hülle, doch mit dem Ziel vor Augen, Costin das Entkommen zu ermöglichen, kehrten seine Lebensgeister zurück. Entschlossen sah er die Gefährten an, die seinen Blick grimmig nickend erwiderten. Langsam zog Şten die Klinge und hielt sie vor seine Augen, jede Einzelheit der Waffe in sich aufnehmend, die er bei seinem Tode führen würde.

»Für Tirea«, flüsterte er heiser, und die beiden anderen Wlachaken taten es ihm gleich.

»Bedenkt eure Taten!«, rief der Sonnenpriester plötzlich. »Ergebt euch, beendet dieses Blutvergießen!«

»Sei still, Vorbs«, sagte Şten, doch ohne Schärfe in der Stimme, als die Wlachaken sich daranmachten, die Barrikade möglichst leise zu entfernen. Gerade als sie den umgestürzten Schrank zur Seite geschoben hatten, schallte Zorpads Stimme durch den Hof: »Ihr seid eingeschlossen! Ihr könnt weder fliehen noch kämpfen! Ergebt euch!«

Şten sah Natiole an, der sich mit dem Finger über die Kehle fuhr.

»Fahr zu den Dunkelhöllen, Zorpad!«, schrie Şten und ignorierte den Hinweis seines Freundes, der das Gesicht ergeben verzog. Es folgte ein kurzes Wortgefecht, aber dann packte Natiole Şten an den Schultern, bevor dieser auf Zorpads letzte Drohung reagieren konnte.

»Was soll das?«

»Je wütender er auf mich ist, je mehr er seine Krieger auf mich konzentriert, desto besser sind Costins Aussichten«, erklärte Şten ruhig. »Zorpad ist es gewohnt, dass sein Wort Gesetz ist, und er hasst Widerspruch.«

»Ein blendender Plan, wirklich, wahrhaft genial«, lachte Natiole.

»Es ist im Grunde egal. Wir sind so gut wie tot, Nati, Worte können uns nicht mehr verletzen.«

»Immer ein aufmunterndes Wort auf den Lippen«, meinte Natiole gespielt munter und brachte Şten so zum Lachen. Doch dann erklang eine Stimme, die sie beide zusammenfahren ließ.

»Şten!«, rief Viçinia cal Sareş, Geisel an Zorpads Hof und Schwester der Löwin von Désa. Ihre Stimme hallte laut und verriet, wie verzweifelt die junge Frau sein musste. Wie vor den Kopf gestoßen, sah Şten Natiole an, dann rief er fragend zurück.

»Viçinia?«

»Şten, kämpfe, ergib dich nicht!«, kam die Antwort, gefolgt von einem Schmerzensschrei, der Şten durch Mark und Bein fuhr.

»Viçinia! Viçinia!«, schrie der junge Wlachake wie von Sinnen, doch nur Zorpads kaltes Lachen antwortete ihm.

»Du Hund, ich reiße dir dein schwarzes Herz heraus!«, brüllte Şten drohend und packte sein Schwert fester, doch Natiole hielt ihn am Arm fest, als er zur Tür stürmen wollte.

»Ihr Leben liegt in deiner Hand, Şten cal Dabrân! Ergebt euch, legt die Waffen nieder, und ich verschone sie! Kämpft, und ihr tötet alle Wlachaken in meiner Burg, so sicher, als stießet ihr selbst ihnen die Klingen in die Herzen!«

Wütend starrte Şten Natiole an, der ihn immer noch festhielt, aber sein Freund schüttelte den Kopf.

»Es hat keinen Sinn, da jetzt rauszurennen, Şten.«

»Wir müssen etwas tun! Er wird sie umbringen!«, erwiderte der junge Krieger flehentlich.

»Was willst du tun? Dir den Weg zu ihr freischlagen?«

»Diesen Kampf können wir nicht gewinnen. Es gibt nur einen Weg, ihr Leben zu retten!«

»Du willst dich ergeben?«, fragte Natiole. »Nur …«

»Ich will Zorpad die Kehle rausreißen und zusehen, wie er an seinem eigenen Blut erstickt!«, erwiderte Şten hitzig, nur um dann leiser fortzufahren. »Aber ich werde das nicht mehr erleben.«

»Er wird sie töten, so oder so!«, warf Costin ein. »Ihr kennt ihn, wenn es Krieg gibt …«

»Ich kann sie nicht gefährden«, entgegnete Şten traurig. »Ich kann und will nicht die Schuld an ihrem Tod tragen.«

Verstehend nickte Natiole und legte Şten die Hand auf die Schulter: »Wir sehen uns auf den dunklen Pfaden wieder, Bruder.«

Dankbar legte Şten seine Hand auf Natioles und drückte sie kurz, bevor er Costin ansah: »Es tut mir Leid.«

Der kleine Wlachake winkte trotzig ab: »Euer Plan war sowieso zum Scheitern verurteilt. Ich war nur zu höflich, es euch zu sagen. Lino ist tot, Aurela auch, und ich werde mich bald zu ihnen gesellen. Ich bin stolz, mit solchen Gefährten zu sterben.«

Mit einem letzten Nicken zu seinen Freunden biss Şten die Zähne zusammen, stieg über den zerbrochenen Stuhl zur Tür und öffnete sie. Nach der Helligkeit des von unzähligen Kerzen erleuchteten Tempels konnte er in dem düsteren Burghof wenig mehr als Schemen erkennen, als er hinaus in die kühle Nachtluft trat. Halb erwartete er, von Pfeilen und Bolzen durchbohrt zu werden, doch nichts dergleichen geschah, und schließlich gewöhnten sich seine Augen an das von Fackeln erhellte Zwielicht.

Sicherlich zwei Dutzend Soldaten standen in einem großen Halbkreis vor der Kapelle und noch viel mehr auf den Zinnen der Burgmauer. *Costin hat wohl Recht, da wäre kein Durchkommen gewesen,* überlegte Şten benommen. Vor sich sah Şten Zorpad, nur zwanzig Schritt entfernt. Dahinter stand eine Gruppe von Männern und Frauen, die Şten als wlachkische Geiseln erkannte. Aber sein Blick wurde von einer Gestalt angezogen, die vor Zorpads Füßen kauerte. Ihr langes rotes Haar schimmerte im Licht der Fackeln.

Viçinia, schoss es Şten durch den Kopf, *mein Herz.*

»Legt die Waffen nieder«, verlangte Zorpad bedrohlich leise, und Şten riss den Blick von der Frau los, die er liebte, und fixierte den Marczeg mit einem hasserfüllten Blick. Verächtlich warf er die Klinge vor sich auf die blutbesudelten Pflastersteine und breitete die Arme aus. Seine Freunde taten es ihm gleich, auch wenn Costin nur einen seiner zwei Dolche zu Boden schleuderte.

»Du hast uns besiegt, Zorpad Dîmminu«, stellte der Wlachake ruhig fest. »Nun kannst du mich töten, wie du es versprochen hast!«

»Ach, Şten, du überschätzt deine Bedeutung«, verhöhnte ihn der Masride. »Für mich bist du nicht mehr als ein landloser Streuner aus Dabrân. Der jämmerliche Bastard eines ebenso elenden Verräters. Du bist es nicht wert, dass ich dich selbst töte.«

Mit einem Blick auf seine Soldaten befahl der Kriegsherr: »Macht sie nieder!«

»Nein!«, schrie Viçinia und richtete sich auf, aber Şten war plötzlich von einer unnatürlichen Ruhe erfüllt, und er sah ihr direkt in die Augen. *Mein Leben für deines, mein Herz.*

Mit schnellen Schritten marschierten ein halbes Dutzend Soldaten auf die drei unbewaffneten Rebellen zu und erhoben die Klingen, doch Şten ignorierte seine Mörder und blickte zu Viçinia, welche die Arme um den Leib geschlungen hatte und weinte. Ein leises Lächeln stahl sich auf Ştens Lippen, als er an die vielen Augenblicke mit ihr denken musste, in denen er sie im Geheimen betrachtet und bewundert hatte. *Nun muss ich meinen Abschied nehmen, Viçinia. Ich liebe dich. Vergiss mich nicht.*

Ihr Blick, der so voller Trauer und Schmerz war, traf ihn direkt ins Herz, und die Augenblicke schienen endlos langsam zu verrinnen. Noch waren die Soldaten fünfzehn Schritt entfernt, jetzt noch zehn, gleich würden sie heran sein und Şten und seine Kampfgefährten niederstrecken.

Als sie nur mehr sechs oder sieben Schritt überbrücken mussten, flog das mächtige Tor der Burg mit einem ohrenbetäubenden Knall auf. Herein stürmte Pard, gefolgt von den restlichen Trollen. Alle Köpfe zuckten zu den Monstren herum, die wie aus einem Albtraum, wie aus einer düsteren Legende in ihrer Mitte aufgetaucht waren und nach Blut und Tod gierten.

Auf Pards gewaltigem, muskelbepacktem Leib tanzten die Schatten der Fackeln, als er einen Soldaten, der nicht schnell genug davonkam, am Arm packte und diesen mühelos ausriss, nur um die blutige Gliedmaße auf einen zweiten Krieger zu schleudern. In den Augen der Trolle funkelte düstere Lust am Morden, und ihre gefletschten Zähne versprachen jedem Feind ein grausames Ende. Manche Soldaten erstarrten vor Angst, andere wichen hastig zurück, und einer kauerte sich in eine Ecke und weinte und schrie um Gnade. Doch die monströsen Kreaturen scherten sich nicht um die Schreie der Menschen, sie fielen wild und ungezügelt über Zorpads Krieger her, die ihren Hieben vor starrem Schrecken nichts entgegenzusetzen hatten.

Im Gegensatz zu seinen Feinden zögerte Şten keinen Herzschlag lang, sondern warf sich in einer Rolle nach vorn und packte den Griff seiner Waffe. Noch während er auf die Füße kam, schlug er bereits nach der Kehle des vordersten Soldaten, der auf sie eingestürmt war, und zerfetzte diese in einem blutigen Regen aus Fleisch und Knorpel.

Wieder brüllte Pard auf, und Soldaten schrien in Panik und versuchten, vor der entfesselten Gewalt der Trolle zu fliehen, die jeden Widerstand hinwegfegten. Frenetisch schlug Şten nach links und rechts, um seinen beiden Gefährten die Zeit zu erkaufen, sich wieder zu bewaffnen. *Ich hätte nie gedacht, dass ich einmal froh sein würde, Pard in voller Wut zu erleben!*, frohlockte er, als er unter dem Schlag eines Masriden hinwegtauchte und die zurückzuckende Klinge dann hastig parierte. Plötzlich war Natiole an seiner Seite, der alte Gefährte aus zahllosen Kämpfen, mit dem gemeinsam er die Masriden seit Jahren das Fürchten lehrte. Keiner der beiden musste auf den anderen achten, stets waren sie zur Stelle, um einander beizustehen, deckten sich gegenseitig und trieben die Krieger mit wirbelnden Klingen zurück.

Als sie einen Herzschlag Ruhe hatten, blickte Şten zu Zorpad, der sich gerade einen schwarzen Helm auf den Kopf setzte und sein bösartiges, mächtiges Schwert packte. Hinter dem Marczeg sah Şten die Geiseln mit ihren Wachen ringen, eine der Frauen hatte einem Masriden einen Streitkolben entwendet und zerschmetterte mit diesem den Schädel des Unglücklichen, während ein alter weißhaariger Mann unter den Hieben zweier Krieger zu Boden stürzte. Zuerst konnte Şten Viçinia nicht finden, und sein Herz drohte stehen zu bleiben, doch dann sah er sie aufspringen und auf ihn zulaufen.

Im Vorbeigehen teilte Zorpad einen geradezu gelangweilten Hieb aus, der eine der unbewaffneten Geiseln von der Schulter bis zur Hüfte spaltete und sie ohne einen Aufschrei zu Boden stürzen ließ. Dann rannte der Kriegsherr in seiner dunklen Rüstung zum Eingang des Hauptgebäudes und befahl mit fester Stimme: »Zu mir! Leibgarde, zu mir!«

Nichts hätte Şten lieber getan, als dem Wunsch des Marczegs zu entsprechen und zu ihm zu rennen, um die Klinge in das dunkle Herz des Masriden zu treiben, aber ein erneuter Angriff in seiner Nähe zwang seine Aufmerksamkeit zurück zu seinem eigenen Kampf. Geschickt erwehrte er sich der Klinge des Masriden und führte dann einen beidhändigen Schlag aus, der den Krieger hastig zurückweichen ließ, wo Viçinia ihm von hinten einen der Pflastersteine gegen den Schädel schlug. Breit grinsend fällte Şten einen Szarken, der vom plötzlichen Auftauchen der Wlachakin abgelenkt war, und trieb den letzten Masriden mit einer Serie von schnellen, ungezielten Schlägen vor sich her, bis Viçinia ein Schwert aufgehoben hatte und sich verteidigen konnte.

»Freunde von dir?«, fragte die Wlachakin mit einem Nicken in Richtung der Trolle, die sich gegen eine geschlossene Formation von Zorpads Soldaten warfen. Pard hob einen der Gerüsteten einfach in die Höhe, die wilden Schläge des Kriegers mit der Axt schlichtweg ignorierend, und schleuderte den Mann über die Köpfe seiner Kameraden gegen die Burgmauer, wo er mit einem Übelkeit erregenden Geräusch aufschlug. Mit einem Schulterzucken antwortete Şten entschuldigend: »Irgendwie schon.«

»Du steckst voller Überraschungen«, sagte Viçinia lächelnd.

Ştens Kehle war plötzlich wie zugeschnürt, doch ein Schrei brachte ihn zurück in die harte und blutige Wirklichkeit.

»Wir müssen zu den anderen«, meinte Viçinia drängend, und Şten nickte. Mittlerweile hatten Natiole und Costin jegliche drohende Gefahr in ihrer Nähe ausgeschaltet oder vertrieben; nun stürmten sie zu viert zu den Geiseln, von denen nur noch zwei auf den Beinen waren, die Kriegerin, die mit dem Streitkolben ihre Feinde auf Abstand hielt, und Suhai, den Şten flüchtig kannte. Der rechte Arm des jungen Adeligen war seltsam verdreht, und er hatte nur einen Schild aufgenommen, mit dem er die Schläge der Masriden abwehrte. Der alte Mann und die junge Frau lagen reglos auf dem kalten Boden; ihre Augen starrten in die nächste Welt, wo sie nun ihren Pfad finden mussten.

»Miha!«, schrie Viçinia auf, als sie die Toten sah, und die Wlachakin mit dem Streitkolben keuchte zornig: »Das war Zorpad, das Schwein. Sie hatte nicht einmal eine Waffe!«

Mit neuer Kraft stürzten sich die Rebellen auf ihre Feinde, aber Şten sah aus dem Augenwinkel, wie Zorpad auf den Stufen des Hauptgebäudes seine Krieger um sich scharte. Auf den Zinnen hatten Szarken und Masriden damit begonnen, die Trolle mit Armbrüsten und Bögen zu beschießen, und auch wenn die Geschosse noch keine Wirkung zeigten, so war Şten doch bewusst, dass sie schnell fliehen mussten. *Wenn Zorpad seine Soldaten sammeln kann, dann wird auch der Zorn der Trolle nicht gegen die Masse bestehen!*

»Zusammenbleiben! Zum Tor!«, rief er gellend, als plötzlich eine schlanke Gestalt hinter seinem derzeitigen Gegner auftauchte. Mit zwei unglaublich schnellen, präzisen Streichen sandte Flores den großen Masriden tot zu Boden, und Şten sah seine Zwillingsschwester mit offenem Mund an.

»Du dämlicher, verrückter …«, schrie sie und rang nach Worten.

»Hund?«, vervollständigte Şten die Beleidigung, und sie nickte.

»Wir müssen hier weg! Deine mörderischen Freunde können sie nicht ewig aufhalten!«, rief Flores, und Şten nickte. Ein Blick zu den Trollen zeigte ihm, dass die fünf auf Zorpads versammelte Krieger am Tor des Hauptgebäudes geprallt waren und dort ein wildes, unbarmherziges Gefecht führten. Druan, Roch und Pard kämpften an der linken Flanke, während Anda und Zdam rechts ein wenig abgedrängt worden waren. Zorpad selbst drang auf die beiden Trolle ein, gefolgt von seiner Leibgarde, die alle in schwarze, glänzende Rüstungen gekleidet waren. Wie Şten mit Erstaunen sah, konnten die neuartigen Schilde tatsächlich einen Schlag der Trolle abwehren; soeben rappelte sich ein Soldat wieder auf, der zuvor von einem Troll niedergestreckt worden war. Dennoch hielten die Trolle blutige Ernte unter den Masriden. Zu ihren Füßen lagen die Leiber der Erschlagenen und Verwundeten, welche unter den Tritten von Mensch und Trollen voller Qual schrien.

Mit Flores' Hilfe gelang es den Rebellen, die Gegner im Hof zunächst zurückzutreiben und schließlich in die Flucht zu schlagen, sodass die kleine Gruppe zum Tor stürmen konnte.

Inzwischen hatte Zorpad Zdam erreicht und hieb auf den Troll ein, der bereits mehrere schwere Wunden davontrug. Die Leibgarde des Marczegs hingegen drängte Anda immer weiter ab. Sie stemmte sich verzweifelt gegen die Flut der angreifenden Krieger, und hier und da brachen ihre mächtigen Hiebe die Schilde entzwei und sandten Krieger zu Boden.

Drei Soldaten der Leibgarde umrundeten Zdam, der sich auf Zorpad konzentrierte, doch der Marczeg wich einem Schlag geschickt aus und hieb nach dem Bein des Trolls. Die dunkle, schwere Klinge des Masriden grub sich in Zdams Oberschenkel und brachte ihn zum Wanken, woraufhin die anderen Gardisten wie ein Rudel Hunde vorstürmten, das einen Bären ansprang. Mit einem Schrei stürzte Zdam, und Zorpad hieb auf den gefallenen Troll ein. Drei Schläge trennten die Hand von Zdams erhobenem Arm, dann packte Zorpad sein Schwert an der Fehlschärfe und trieb es dem Troll ins Gesicht. Ein letztes Zucken ging durch Zdams geschundenen Leib, dann erschlaffte die riesige Kreatur, und Anda brüllte, dass Şten dachte, der Turm der Burg müsse einstürzen. *Er hat einen Troll erschlagen!*, erkannte Şten entsetzt. *Was kann diesen Mann aufhalten?*

Doch die anderen Trolle ließen sich nicht so einfach trennen, und auch Anda kehrte zu ihrer Gruppe zurück, sodass die Masriden ihnen nicht in ihren Rücken fallen konnten.

Dann waren Şten und seine Gefährten heran, und der Wlachake brüllte: »Druan! Wir müssen hier raus! Zum Tor! Zum Tor!«

Mehr als ein knappes Nicken brachte der Troll als Antwort nicht zustande, doch er rief den anderen zu: »Raus! Raus!«

Der Ansturm der Wlachaken brachte die Reihen der Masriden in Unordnung, sodass die Trolle sich mit einigen letzten vernichtenden Schlägen aus dem Gefecht lösen konnten, und dann zogen sich Wlachaken und Trolle zurück zum aufgebrochenen Tor. Nur zögerlich folgten ihnen die Soldaten, bis Zorpad, mit Zdams dunklem Blut besudelt, den Helm vom Kopf riss und brüllte: »Auf sie! Drauf und dran!«

Ob aus Angst vor dem Kriegsherrn oder von plötzlichem Mut erfüllt, die Krieger des Marczegs rotteten sich noch einmal zusammen und nahmen die Verfolgung auf. Da hob Pard, der langsam zurückwich, die blutigen Klauen und ließ ein donnerndes Brüllen ertönen, das in den Wänden der Burg widerhallte. Mit beiden Pranken packte der gewaltige Troll das schief in seinen Angeln hängende Tor und riss daran. Mächtige Muskeln spannten sich auf seinem Rücken an, der von Wunden überzogen war, und das Metall, mit dem das Tor beschlagen war, kreischte gequält auf. Noch ein Ruck, und der gesamte Torflügel löste sich, worauf Pard ihn triumphierend über seinen gehörnten Schädel hielt. Auf Şten wirkte der Troll wie ein Dämon des Krieges, wie eine Inkarnation von Gemetzel und Tod, so wie er da stand, mit seinem eigenen Blut und dem seiner Feinde auf dem Leib und den im Fackelschein rot leuchtenden Augen.

Auch die Soldaten musste der Anblick beeindrucken, denn sie hielten in ihrem Vormarsch inne. Bevor sie sich jedoch verstreuen konnten, schleuderte Pard das Tor mit einem urgewaltigen Schrei quer über den Hof, wo es mit tödlicher Wucht mitten in die Masriden einschlug und etliche unter sich begrub.

Im Siegestaumel heulten die Trolle auf, bevor sie sich umdrehten und davonrannten, aber Ştens Blick suchte Zorpad und fand den Marczeg auf den Stufen des Hauptgebäudes, wo er auf das blutige Schlachtfeld starrte. Bevor Şten den Trollen folgte, hob er das Schwert vor das Gesicht und grüßte den Masriden.

Wir sehen uns wieder, Zorpad Wlachakenmörder. Fürchte den Tag, an dem wir erneut aufeinander treffen!

Erst als Şten das Erkennen in den Augen seines Feindes sah, der ihn böse anlächelte, wandte auch er sich ab und folgte seinen Gefährten in die Dunkelheit der Nacht.

41

Die Flucht durch die nächtlichen Straßen der Stadt erlebte Viçinia wie in einem Traum. Die Dunkelheit des Unwetters war fast greifbar; nur manchmal zuckte ein Blitz über den Himmel und erleuchtete die Straßen und Gassen mit plötzlicher Helligkeit, sodass bunte Nachbilder vor den Augen der jungen Frau tanzten. Vor sich sah sie die gewaltigen Wesen, deren vom Kampf gezeichnete Leiber in der Finsternis aufragten wie Dunkelgeister. Und nicht zuletzt Şten, der Totgeglaubte und doch sehr Lebendige, dessen überraschendes Auftauchen in der Burg sie ebenso verwirrte wie der Anblick der gigantischen Kreaturen. *Bin ich wirklich wach, oder ist dies alles ein seltsames Trugbild? Wandere ich schon auf den dunklen Pfaden, ohne es zu merken?*, wunderte sich Viçinia im Stillen, doch die Schmerzen und die Kälte der Nacht, die sie auf der Haut spüren konnte, sagten ihr, dass dies wirklich geschah, dass all die Wunder echt waren.

»Zum Hafen!«, rief Şten und übernahm die Führung ihrer kleinen Truppe. »Dort wartet ein Kahn auf uns!«

Alle liefen so schnell sie konnten, doch gerade Şten war durch eine Wunde am Bein behindert, auch wenn er mit zusammengebissenen Zähnen die Schmerzen einfach zu ignorieren schien. Schnell überholte Viçinia die Trolle und lief neben dem jungen Wlachaken her. Sein dunkles Haar wehte, und seine Züge waren angespannt. Trotz der sich überschlagenden Gedanken in ihrem Kopf war Viçinia einfach nur froh, ihn noch einmal sehen zu dürfen.

»Sie werden uns verfolgen«, presste sie zwischen hastigen Atemzügen hervor, und Şten nickte stumm.

»Pferde«, sagte sie einfach, und Şten verzog das Gesicht.

»Müssen es schaffen«, keuchte er, und wie zur Antwort

schlug ein Blitz irgendwo in der Stadt ein. Der darauf folgende Donner grollte anscheinend ganz in ihrer Nähe.

»Weiter! Weiter!«, trieb eines der Wesen die Menschen an. Aus dem Augenwinkel sah Viçinia Suhai, der sich den zerschmetterten Arm an den Leib presste und mit schmerzverzerrtem, totenblassem Gesicht vorwärts lief. Der junge Adlige wurde immer langsamer, und bald flatterten seine Augenlider, als werde er gleich ohnmächtig.

»Şten!«, rief sie, und er wandte sich um, gerade noch rechtzeitig, um Suhai taumeln und stürzen zu sehen.

Şten hielt an und lief zurück zu Suhai, der schwer atmend am Boden lag.

»Ich kann nicht mehr«, stöhnte der Verletzte. »Mein Arm … lasst mich zurück.«

»Wir lassen niemanden zurück!«, erklärte Şten kopfschüttelnd, dann sah er eines der Wesen an, das größte und gewaltigste, das ein ganzes Burgtor auf ihre Feinde geschleudert hatte, und sagte zu ihm: »Pard, trag ihn!«

»Was? Er schafft es nicht! Wir müssen weiter!«, knurrte die Kreatur mitleidlos.

»Pard, bitte«, flehte Şten und sah die Kreatur eindringlich an, die daraufhin Suhai grob vom Boden aufhob. Der Wlachake schrie unter dem Griff der Pranken vor Schmerzen auf und verlor das Bewusstsein.

»Ihr macht mich auch noch zu einem Menschen!«, grummelte das Wesen finster und lief mit Suhai über der Schulter weiter, während ihm der Rest folgte.

»Was sind das für Kreaturen?«, zischte Viçinia Şten zu, der sie in Richtung Hafen führte.

»Trolle! Menschenfresser!«, antwortete der junge Wlachake, und kurz huschte ein Grinsen über seine Züge.

»Trolle? Aber ich dachte, das wären nur Legenden!«, antwortete Viçinia verwirrt und versuchte sich an die Geschichten ihrer Kindheit zu erinnern, an die Sagen über die bösartigen Trolle und all die Helden, welche diese erschlagen und ihre Schätze errungen hatten.

»Die Legenden leben«, erwiderte Şten. »Sie essen, lachen, töten und stinken ganz erbärmlich!«

Ohne Warnung setzte der Regen ein, von einem Herzschlag zum nächsten, eiskalt und alle Kleidung in wenigen Augenblicken durchnässend.

»Gut!«, schrie Şten, um das Geprassel der Tropfen zu übertönen. »Der Regen wird unsere Flucht decken!«

Auch Natiole schien der einsetzende Regen zu freuen: »Auf nassem Pflaster sind Pferde schlecht!«

»Schneller!«, rief Leica dennoch, und alle strengten sich noch einmal an, sammelten ihre letzten Kraftreserven und rannten weiter. Die gewaltigen Trolle donnerten durch die Straßen, ihre Schritte schienen die Erde erbeben zu lassen. Der kalte Regen aus den Bergen konnte Viçinia nichts anhaben, sie spürte die Kälte zwar, aber das Hochgefühl und die Freude, die durch ihren Körper kreisten, waren weit stärker. *Şten lebt! Wir entkommen!*

Ihr Blick wanderte über ihre Gefährten. Außer den Trollen flohen noch Leica, Şten und Natiole sowie Flores und zwei Männer mit ihnen, die Viçinia nicht kannte. Wie immer wirkte Flores ernst und konzentriert, bis sie Viçinias Blick bemerkte und ihr zulächelte.

»Diesmal haben wir Zorpad aber schön zum Narren gehalten!«, meinte die junge Schwertkämpferin, und Viçinia stimmte in ihr Lachen ein.

»Er wird unsere Köpfe fordern«, rief Şten mit gepresster Stimme, »also spart euch den Atem und lauft!«

Endlich öffnete sich die Gasse vor ihnen und gab den Blick auf den Hafen frei. Die dunklen Wasser des Magy waren vom Wind aufgepeitscht, der immer wieder Schauer über sie hinwegtrieb.

Şten sah sich hastig um. »Im Süden, sagte sie«, murmelte er. »Ein leerer Kahn im Südbecken! Aber wo, dreimal verflucht?«

»Dort!«, rief der kleine Wlachake, der mit Şten aus der Kapelle getreten war, und zeigte auf einen flachen Lastkahn, der an der Hafenmauer vertäut war. Sofort rannte Şten zum Schiff, inspizierte es kurz und winkte ihnen dann, ihm zu folgen. Polternd kletterten die Trolle in das Boot, welches gefährlich unter ihrem Gewicht schwankte, während Şten die Leinen löste.

»Wir brauchen die Stangen, Nati!«, rief der junge Krieger. »Wir müssen aus dem Hafen staken!«

»Verstanden«, gab Natiole zurück und bückte sich in dem Kahn. Von der Stadt her hörte Viçinia lang anhaltenden Donner, und es dauerte einen Augenblick, bis sie erkannte, dass es sich um das Geräusch von vielen Hufen handelte.

»Sie kommen!«, warnte sie die anderen, »Pferde!«

Fluchend schlug Şten das letzte Tau mit einem schnellen Schwerthieb durch, bevor er sich gegen den Kahn stemmte und ihn hinaus in das Becken schob. Inzwischen hatte Natiole zwei lange, feste Stecken gefunden, und er und der kleine Wlachake gingen Şten damit zur Hand. Obwohl die drei sich mit aller Kraft bemühten, ging es geradezu quälend langsam voran, und Viçinia fragte sich, wieso die kräftigen Trolle nicht mithalfen, sah dann aber, dass sie fast verloren wirkten, wie sie dort mitten im Boot saßen. *Sie kennen keine Schiffe,* stellte die Wlachakin erstaunt fest, wurde dann aber abgelenkt, als Şten fast den Halt verlor und um ein Haar ins dunkle Wasser gestürzt wäre, als der Kahn mit einem Ruck in das Hafenbecken trieb. Das Donnern der Hufe wurde immer lauter, und Natiole schrie Şten an: »Komm schon!«

Dieser wandte sich um, als hinter ihm schon die ersten Reiter auftauchten. Sie schälten sich aus den Schatten wie urzeitliche Ungetüme, allen voran Zorpad auf seinem mächtigen Streitross. Mit einem beherzten Sprung warf sich Şten mit den Armen voran auf den Kahn, schlug auf dessen Reling auf und wäre beinahe abgerutscht, wenn Flores und Viçinia ihn nicht hineingezogen hätten. Im hellen Licht eines Blitzes sah Viçinia, wie die Masriden die Pferde zügelten. Auf den rutschigen, nassen Pflastersteinen verlor mehr als ein Reiter das Gleichgewicht und stürzte zu Boden, doch einige kamen schlitternd zum Stehen und sprangen von ihren Reittieren.

»Bogen!«, brüllte Zorpad. »Riegelt den Hafen ab! Lasst sie nicht entkommen!«

Zwei seiner Soldaten rannten den Kai entlang in Richtung der nördlichen Wehrmauer. Am Ausgang des Hafens konnte Viçinia mit Mühe die Lichter der Wachtürme erkennen. *Die Kette*, schoss es ihr durch den Kopf, *wenn sie den Hafen verschließen, sitzen wir in der Falle!*

Auch Şten schien zu dieser Erkenntnis gekommen zu sein, denn sobald er sich im Kahn gefangen hatte, packte er einen der Staken und rief: »Wir müssen hier raus! Nati!«

Der ältere Rebell packte die Holzstange aufs Neue und stakte wie Şten ihr Boot in Richtung Hafenausfahrt. Quälend langsam setzte der Kahn sich in Bewegung. Plötzlich zischten Pfeile um sie herum, schlugen mit dumpfen Geräuschen in die Bordwand ein oder platschten ins Wasser. Alle warfen sich zu Boden, in die Deckung der Planken, nur Şten und Natiole blieben geduckt stehen und stemmten sich gegen ihre Stangen. *Sie sind wahnsinnig,* dachte Viçinia mit einer Mischung aus Angst und Bewunderung, doch die beiden Freunde, die gemeinsam zahllose Gefechte überstanden hatten, ignorierten die Geschosse einfach, denn ihr Boot musste aus dem Hafen gelangen, bevor Zorpads Soldaten die Kette hochziehen konnten, die ihrer Flucht ein vorzeitiges Ende bereiten würde. Durch den Regen und die Dunkelheit gaben sie ein schwer zu treffendes Ziel ab, und Viçinia glaubte sie schon in Sicherheit, als Natiole plötzlich mit einem Schrei herumwirbelte und in das Boot stürzte. Fluchend stemmte sich Şten wieder in die Stange und schrie: »Jemand muss helfen!«

Auf Händen und Knien kroch Viçinia durch den Kahn auf Natiole zu, während der kleine Wlachake sich den Staken griff und Şten zur Hilfe eilte.

Mit dem ersten Blick auf den gestürzten Natiole erkannte Viçinia, dass seine Verwundung ernst war. Ein dicker, dunkel gefiederter Bolzen steckte in seiner Brust, und er war halb auf die Seite gesunken. Sein Atem ging schnell und flach, und sein Gesicht wirkte kreideweiß in der Dunkelheit.

»Es ... es hat mich erwischt«, keuchte ihr alter Freund unter Schmerzen.

»Ruhig, nicht sprechen«, flüsterte Viçinia sanft und schob den Fuß eines Trolls beiseite, der ihr im Weg war. Viçinia hatte oft genug in Désa dem Heiler Cartareu bei der Arbeit geholfen und Verwundete versorgt, und nun tastete sie Natioles Wunde vorsichtig ab. Blut quoll neben dem Bolzen hervor, doch der kalte Regen wusch es sofort von Natioles Brust, die sich ruckartig hob und senkte.

»Sag ihm ... sag ihm, dass er es zu Ende bringen soll«, bat der Wlachake und packte Viçinia an der Schulter. Seine Finger gruben sich schmerzhaft in ihre Haut, doch sie kümmerte es nicht, als ihre Tränen sich in den Regen auf ihren Wangen mischten.

»Das kannst du ihm selbst sagen«, versicherte sie Natiole, doch der Krieger lachte nur leise, was ihn gequält aufstöhnen ließ.

»Wie kann ... deine Schwester dich zu Verhandlungen schicken ... kleines Mädchen«, fragte der Sterbende flüsternd, »wenn du so schlecht lügst!«

Ein trauriges Lächeln stahl sich auf Viçinias Lippen, als sie nickte und den Kopf des Wlachaken in ihren Schoß legte. Mit einem Mal kauerte Flores neben ihr und sah schweigend auf den verwundeten Wlachaken, bevor sie das Gesicht vor Zorn verzog und die Faust mit aller Kraft gegen die Planken des Bootes schlug.

»Dein Bruder liebt dich, du verflixte, sture ...!«, flüsterte Natiole und wurde dann von einem Hustenanfall geschüttelt, der Blut auf seine Lippen trieb.

»Nati«, stöhnte Flores, »Nati, verlass mich nicht!«

Der Lärm und die Schreie um sie herum schienen leiser und leiser zu werden und schließlich zu verstummen, bis Viçinia nur noch Natiole, Flores und sich selbst wahrnahm, die wie auf einer Insel der Stille durch die kalte Nacht trieben.

»Er muss ... weiterkämpfen«, flüsterte Natiole mit brechender Stimme. »Versprich mir, dass ihr ... nicht aufgebt.« Trauer erstickte ihre Stimme, sodass Viçinia nicht mehr tun konnte, als zu nicken, wobei Tränen sich von ihren Wimpern lösten und auf Natioles Gesicht fielen.

»Es ... darf nicht ... umsonst ... gewesen sein«, fuhr der Krieger fort, dessen Stimme jetzt kaum noch zu verstehen war. »All das Leid ...«

Wieder schüttelte er sich unter einem neuen Hustenkrampf. Seine dunklen Augen wanderten zu den tief hängenden Wolken, und sein Blick glitt in unbekannte Ferne, schien schon in die nächste Welt zu schauen, doch dann kehrte er noch einmal zurück und fixierte Flores mit seinen dunklen Augen: »Hass ihn nicht, Schwester. Er braucht dich jetzt. Du bist ...«

Diesmal beendete Natiole den Satz nicht. Ein letzter Schauer lief durch seinen Körper, dann lag der Wlachake still und friedlich da, während der strömende Regen ihm das Blut vom Leib wusch.

»Nein!«, heulte Flores gequält auf, legte den Kopf in den Nacken und schrie ihre Trauer und ihren Schmerz stumm in die kalte, unbarmherzige Dunkelheit.

Währenddessen saß Viçinia mit Natioles Kopf in ihrem Schoß wie betäubt da und streichelte sein nasses Haar. *Er ist tot,* dachte sie benommen, *ihr Geister, es ist, als stürbe ein Teil von uns allen.*

Aus ihren tränennassen Augen warf sie einen Blick zu Şten, der im Bug des Kahns stand und mit aller Kraft gegen die Strömung ankämpfte, um das Boot aus dem Hafenbecken zu manövrieren. Offensichtlich hatte der junge Krieger nichts von Natioles Tod mitbekommen, seine ganze Aufmerksamkeit galt dem Staken und den beiden Türmen, welche die Hafenausfahrt bewachten. Neben sich spürte Viçinia die Trolle mehr, als dass sie sie sah, doch die Ungeheuer verhielten sich still und starrten nur in die Dunkelheit.

Schritt um Schritt kroch der Kahn voran, während der Regen auf sie niederprasselte. Gerade als er zwischen den Türmen hinaus in die Freiheit gleiten sollte, ertönte ein kratzendes Geräusch, und ein Ruck ging durch das Boot.

»Die Kette!«, schrie Şten verzweifelt und beugte sich über die Reling. »Sie haben uns!«

Ein kalter Schauer lief über Viçinias Rücken, als sie die schlechte Neuigkeit hörte. Wenn sie im Hafen gefangen waren, so würde es nur eine Frage der Zeit sein, bevor man sie mit anderen Booten fand. *Wir können versuchen zu schwimmen,* überlegte die Wlachakin, *aber in der Strömung und bei diesem Wetter ist es gefährlich, vor allem für die Verwundeten. Suhai wäre dem Tode geweiht!*

»Gehen wir durchs Wasser«, rief einer der Trolle, aber Şten schüttelte wild den Kopf.

»Das schaffen wir nicht alle!«, gab er Viçinias Gedanken laut wieder und stellte fest: »Wir haben Verletzte – Suhai, Natiole. Wir brauchen das Boot!«

»Mach Platz, Mensch!«, befahl der riesige Troll rüde und robbte vorsichtig nach vorn zum Bug. »Was ist das für eine Kette?«

»Schmiedekunst des Kleinen Volkes. Da, sieh«, erklärte Şten schreiend, um den Donner zu übertönen, der jetzt in kurzen Abständen direkt über dem Hafen grollte. »Unterhalb der Oberfläche. Wir haben zu viel Tiefgang!«

»Zwerge?«, brüllte der Troll fragend zurück, und Şten nickte, wobei er sich die nassen Haare aus dem Gesicht strich. Inzwischen war der Regen zu einem wahren Wolkenbruch geworden, und das Wasser sammelte sich gefährlich schnell am Boden des Bootes. Die beiden kleinen Männer, der Rothaarige und der Wlachake, hatten sogar schon damit begonnen, es mit den Händen über Bord zu schaufeln.

»Zdam! Komm her!«, brüllte der große Troll, nur um dann plötzlich zu verstummen und sich schuldbewusst umzusehen.

»Verdammt!«, gab ein anderer Troll wild zurück. »Er ist tot, du dämlicher …«

»Dann komm du her!«, erwiderte der riesige Troll grimmig.

Unter heftigem Schaukeln des Kahns kroch der angesprochene Troll nach vorn und starrte in die dunklen Wasser des Magy.

»Zieh gefälligst!«, schrie der andere, griff selbst in das Wasser und bekam die Kette zu fassen. Der zweite Troll tat es ihm gleich, und schon bald senkte sich der Bug ihres Bootes gefährlich ab, während die Trolle die Kette hoben.

»Ducken!«, befahl Şten laut und warf sich auf den Boden des Kahns, während die Trolle die mächtige, schwere Kette langsam über das Boot schoben. Die dicken Kettenglieder kratzten über die Reling, während die beiden Trolle sich dagegen stemmten und sie langsam nach hinten Richtung Heck drückten, wobei sie den Kahn automatisch hinaus auf den Fluss schoben. Zweimal splitterte die Reling unter dem Druck der schweren Metallkette, doch beide Male wuchteten die Trolle sie wieder hoch und setzten ihr übermenschliches Werk fort, bis sie das Heck erreicht hatten, wo sie die Kette mit einem letzten, von einem urtümlichen Schrei begleiteten Kraftakt über das leicht erhöhte Ruder hievten und sie dann laut platschend ins Wasser fallen ließen.

»Zwergenscheiße!«, brüllte der große Troll triumphierend, bevor er sich wieder vorsichtig in die Mitte des Kahns begab. Mit vereinten Kräften stakten Şten und sein Freund das Boot in Richtung Flussmitte. Als sie von der starken Strömung erfasst wurden und an den Mauern der Stadt vorbei in die Nacht getragen wurden, ließ sich Şten erschöpft auf den Boden sinken und rief: »Costin, geh an das Ruder! Halt uns in der Mitte!«

Erst nachdem der kleine Wlachake in das Heck gerobbt war und die Ruderpinne ergriff, kroch Şten zu Viçinia in die Mitte des Kahns. Das Lächeln gefror ihm auf den Lippen, als er ihr Gesicht sah. Traurig schüttelte die Wlachakin den Kopf, und Şten sah hinab auf Natiole.

»Nein«, flüsterte der junge Krieger und blickte mit vor Entsetzen geweiteten Augen auf den leblosen Körper vor sich. »Nein. Nicht hier, Nati, nicht so.«

Sein Blick suchte Viçinias, doch sie konnte nichts tun, um seinen Schmerz zu mildern, außer mit ihm zu trauern. Mit ungelenken Bewegungen, als sei sein Körper taub, kroch Şten näher und strich mit den Fingern über Natioles Stirn.

»Du lässt mich allein, Bruder?«, fragte er mit gebrochener Stimme. »Weißt du nicht, dass ich dich brauche?«

Dann schüttelte ein Schluchzen seinen Körper. Vorsichtig legte Viçinia eine Hand auf seinen Kopf und strich ihm über das Haar. Der junge Mann ließ seiner Trauer und seinen Tränen freien Lauf, packte Natioles leblose Hand und drückte diese, während er immer wieder den Kopf schüttelte. Hilfe suchend sah er auf, doch Flores' Antlitz war hart und abweisend. Viçinia zog ihn zu sich heran und schlang die Arme um seinen nassen, kühlen Leib, der wie unter Krämpfen erbebte. *Er hat seinen Bruder verloren,* stellte sie traurig fest, *Natiole war seine Familie, sein Freund auch in dunkelsten Tagen.*

42

Der Fluss trieb sie unaufhaltsam fort von dem Gewitter mit seinen Blitzen und Donnerschlägen, auch wenn der Regen scheinbar kein Ende nehmen wollte. Bis auf die Knochen durchnässt, saß der zusammengewürfelte Haufen in dem Lastkahn, während Costin an der Ruderpinne stand und das Boot von den Ufern fern hielt.

Trotz der Kälte fror Şten nicht. Es war ihm, als gehöre sein Körper jemand anderem, einem fremden Menschen, und er sei darin nur zu Gast. Immer wieder wanderte sein Blick zu Natiole, dessen Leib er in der Dunkelheit kaum erkennen konnte und der mit über der Brust gefalteten Händen friedlich dalag. Obwohl Şten wusste, dass sein Freund tot war, weigerte sich sein Geist, dies zu akzeptieren. Jeden Augenblick glaubte er, dass Natiole aufstehen und auf seine eigene, spitzbübische Art grinsen würde. Doch natürlich geschah nichts dergleichen. Sein Freund war tot, niedergestreckt von einem Bolzen, und beschritt nun andere Pfade. Seit seiner Flucht mit Flores von Dabrân nach Désa war Natiole immer für ihn da gewesen. Sein großer Bruder. Doch jetzt musste der junge Krieger allein seinen Weg finden, und der Gedanke jagte ihm mehr Angst ein als all die Gefahren und die Verfolgung durch Zorpad und seine Häscher zusammen.

Irgendwann – Şten hatte schon längst jedes Gefühl für Zeit verloren – legte ihm Viçinia die Hand auf die Schulter und fragte leise: »Was sollen wir jetzt tun? Es wird bald hell werden.«

Aus seinen Gedanken gerissen, sah Şten sich um. Einen Moment lang wollte er zurückfragen, warum sie von ihm erwarte, darauf eine Antwort zu haben, wollte die Verantwortung für die kleine Gruppe von sich weisen und sich seiner

Trauer um seinen Verlust ergeben, doch dann seufzte er und nickte.

»Costin! Bring uns näher an das Südufer! Wenn es einen günstigen Platz gibt, dann gehen wir an Land!«, sagte Şten zu dem kleinen Wlachaken, der bestätigend nickte.

»Wir müssen fort vom Fluss«, erklärte er Viçinia. »Am Tage sind die Trolle hilflos, und Zorpad wird uns Verfolger nachsenden. Er kann uns kein Entkommen erlauben.«

»Sie werden Pferde haben und Hunde«, spekulierte Viçinia, und Şten nickte grimmig.

»Aber der Regen ist gut für uns, und sie müssen beide Ufer absuchen, weil sie nicht sicher sein können, wo wir landen.«

»Zorpad muss genügend Soldaten schicken. Er hat gesehen, was diese … diese Trolle anrichten können«, erwiderte Viçinia mit einem Seitenblick auf die bedrohlich großen Gestalten der vier Trolle, die sich in der Mitte des Kahns zusammengesetzt hatten und schwiegen.

»Wir haben die Befürchtung, dass es einen Verräter in unseren Reihen gab«, warf Şten ein. »Vielleicht weiß der Marczeg von der Schwäche der Trolle bei Tage.«

»Es gibt einen Verräter«, stellte Flores ruhig fest. »Ich habe ihn gesehen, deswegen habe ich dich gesucht.«

Zum ersten Mal seit langer Zeit hob Şten den Blick und sah seine Schwester an. Die Trauer um Natiole hatte sich in ihr Antlitz gegraben, das im spärlichen Licht bleich wirkte.

»Danke. Ohne euch …«

»Wäret ihr alle genauso tot wie Nati. Octeiu war bei Zorpad, gestern Abend. Ich hatte gehofft, dich noch finden und warnen zu können, doch du warst schon fort. Stattdessen«, erklärte Flores und deutete mit einer Hand auf die Trolle, »fand ich deine Freunde.«

»Octeiu?«, flüsterte Viçinia fragend. »Giorgas hat ihn erwähnt. Bei den Geistern, ich habe ihn direkt zu seinem Henker gesandt!«

Verwirrt legte Şten die Stirn in Falten: »Du hast Giorgas zu Octeiu gesandt? Aber …«

»Nein. Zorpad hat mir gedroht. Er wollte es erzwingen, dass Ionna sich unterwirft, oder aber die Freien Wlachaken mit Krieg überziehen. Er bekommt Waffen und Rüstungen von den Zwergen geliefert. Ich musste die Neuigkeiten irgendwie weitergeben, also habe ich mich aus der Feste geschlichen und bin zu dem Schuster Giorgas gegangen. Der wollte einen Boten senden und erwähnte Octeiu.«

»Natiole hat auch mit dem Verräter gesprochen«, zischte Şten. »Das bedeutet vermutlich, dass kein Bote Désa erreicht hat und Ionna nichts von dem bevorstehenden Krieg ahnt!«

»Wir müssen uns beeilen«, stellte Viçinia drängend fest. »Die Zeit läuft uns davon. Ich habe die neuen Rüstungen gesehen, Zorpads Soldaten werden mit ihnen viel gefährlicher sein!«

»Ich habe noch andere Verpflichtungen«, erklärte Şten entschuldigend und nickte in Richtung der Trolle. »Aber ihr müsst so schnell es geht nach Désa reisen.«

»Ich nicht«, warf Flores ein und sah auf Natiole hinab.

»Was wirst du tun?«, fragte Şten vorsichtig nach.

»Ich weiß nicht. Nach Teremi kann ich nicht zurück«, gab seine Schwester zu. »Vielleicht gehe ich in den Südosten.«

Bevor Şten antworten konnte, rief Costin vom Ruder: »Da vorne! Eine ruhige Stelle, Şten! An die Staken!«

Sofort sprang der Wlachake auf und ergriff eine der langen Holzstangen. Sargan tat es ihm gleich. Bisher hatte Şten den Dyrier kaum beachtet, der die meiste Zeit geschwiegen hatte, aber jetzt fragte er sich, was der rothaarige Mann eigentlich hier tat. Doch zunächst hatte er keine Zeit für Fragen, denn es galt, den Lastkahn gegen den Willen des Flusses in die Nähe des Ufers zu bringen. Hinten lehnte sich Costin mit seinem ganzen Gewicht gegen die Ruderpinne, während Şten und Sargan mit ihren Stangen hantierten. Dann endete die Gegenwehr der Strömung plötzlich, und das Boot glitt in das stillere Wasser einer kleinen Bucht, wo Şten und Sargan es leichter hatten, es bis ans Ufer zu staken.

»Alle raus!«, rief der Wlachake und drückte den Kahn mit

seinem Staken gegen die Uferböschung. Als Erstes stieg Pard über die Bordwand und hielt das Schiff dann mit seinen mächtigen Armen fest, während der Rest ihrer Gruppe von Bord ging. Druan beugte sich hinab zu Natiole und wollte nach ihm greifen, aber Şten zischte wütend: »Fass ihn nicht an, Troll!«

»Ich wollte ihn nur ...«, verteidigte sich Druan, aber Şten schüttelte entschieden den Kopf.

»Fass ihn nicht an!«

Schulterzuckend ging Druan von Bord, und Şten kniete neben Natioles Leiche nieder. Nach einem kurzen Augenblick schlang er die Arme um den leblosen Körper seines Freundes und hob ihn sich auf die Schulter, bevor er über die Reling sprang. Am Ufer legte er die Leiche in das feuchte, dichte Gras.

»Was machen wir mit dem Boot?«, fragte Pard.

Şten meinte nach kurzem Zögern: »Wir schieben es in den Fluss hinaus. Mit ein wenig Glück treibt es noch eine Strecke weiter, und unsere Verfolger wissen nicht, wo wir an Land gegangen sind.« Mit diesen Worten sprang er in das flache Wasser und schob den Lastkahn zusammen mit Pard aus der ruhigen Bucht zurück in den Fluss, wo es plötzlich von der Strömung erfasst und aus ihren Händen gerissen wurde. Mit einem letzten Schrei gab Pard dem Boot noch einen Stoß, der es weiter hinaus auf den Magy trieb, wo es innerhalb weniger Herzschläge von der Dämmerung verschluckt wurde.

Als Şten sich umdrehte und durch das brusthohe, kühle Wasser zurück an Land watete, stellte er plötzlich fest, dass er am ganzen Leib zitterte. Seine gefühllosen Finger hatten Probleme, eine Wurzel zu greifen, um sich die Böschung hochzuziehen, bis Sargan ihm eine helfende Hand hinstreckte, die er nach kurzem Zögern ergriff.

»Wir müssen einen Unterschlupf finden«, stellte Şten fest, als er die kleine zusammengekauerte Gruppe der Menschen sah, die durchnässt und frierend auf dem Boden hockten. »Und wir brauchen ein Feuer.«

»Was ist mit den Soldaten?«, fragte Leica zitternd.

»Wir haben keine Wahl«, befand Şten. »Viele von uns sind verwundet. Wir brauchen Wärme und einen Platz zum Ausruhen. Wir müssen uns verbergen, so gut es eben geht.«

Langsam erhoben sich die Menschen und Trolle und rafften ihre Ausrüstung zusammen, wobei die meisten kaum mehr als ihre Kleidung am Leib bei sich trugen. Sargan ging neben Viçinia her, und Şten sah, dass er der jungen Frau seinen Mantel anbot, obwohl er selbst ebenfalls zu frieren schien. Viçinia schüttelte jedoch den Kopf. Mit einem Grunzen warf sich einer der Trolle Suhai über die Schulter, der immer noch bewusstlos war. Şten aber nahm Natioles kühlen Körper, legte ihn sich vorsichtig über die Schultern und wies in Richtung des Waldrandes, der sich düster vor ihnen abzeichnete.

»Dicht beieinander bleiben«, befahl er, als er sich in Bewegung setzte. »Falls jemand etwas bemerkt, unbedingt melden!«

Schweigend stapften sie durch den beständigen Regen in den dunklen Wald. Das Gewicht von Natioles Körper drückte auf Ştens Schultern, doch er stemmte sich dagegen und setzte einen Fuß vor den anderen, entschlossen, seinen Freund so weit zu tragen, wie es sein musste. Niemals würde er die Leiche einem der Trolle anvertrauen, nicht, nachdem er hatte mit ansehen müssen, wie diese einen ihrer eigenen Gefährten gefressen hatten.

Wie oft hast du mich wieder aufgerichtet, wenn ich am Boden war, Nati? Du hast mich vom Schlachtfeld getragen und mein Leben gerettet. Jetzt werde ich dich deinen letzten Weg in dieser Welt tragen.

Wegen des Regens war es sehr dunkel im Wald, und das Marschieren war beschwerlich. Immer wieder stolperte jemand über einen Stein oder eine Wurzel, die in der Finsternis kaum zu sehen war. Selbst nachdem die Trolle die Führung übernommen hatten und die störende Vegetation einfach aus dem Weg räumten, blieb der Weg schwierig.

Nachdem sie eine Zeit lang so gegangen waren, zischte plötzlich einer der Trolle warnend: »Feuer!«

Sofort gesellte sich Şten zu den vier Kreaturen und fragte: »Wo?«

»Ich rieche Rauch«, erklärte Roch, und die anderen nickten stumm. »Es kann nicht weit sein, das Wasser schluckt viele Gerüche. In diese Richtung.«

»Ein Dorf?«, antwortete Şten und überlegte, wo sie sich befanden. Es war schwer einzuschätzen, welche Entfernung sie auf dem schnell fließenden Magy zurückgelegt hatten. Schließlich traf er eine Entscheidung und ließ Natiole sanft zu Boden gleiten.

»Wir müssen das erkunden. Wir sollten herausfinden, ob es eine Bedrohung ist oder ob wir dort möglicherweise den Tag verbringen können. Flores? Kommst du mit?«

Ohne zu widersprechen, gesellte sich seine Schwester zu ihm, und sie liefen schweigend in die Richtung, welche ihnen Roch gewiesen hatte. Nach einigen Dutzend Schritt konnte auch Şten den Rauch in der Luft riechen, und dann sah er eine große Lichtung im Wald, auf der ein dunkler Umriss aufragte, der sich beim Näherkommen als eine alte, windschiefe Hütte entpuppte. Dahinter zeichnete sich ein geduckter Bretterverschlag ab. Unter dem mit Tierfellen bespannten Vordach der Hütte standen Fässer, und ein säuberlich gestapelter Haufen Brennholz lehnte an einer Wand. Offensichtlich war das Gebäude bewohnt, denn aus dem Schornstein stieg der Rauch auf, den sie gerochen hatten.

»Wir werden uns hier einquartieren«, beschloss Şten, und Flores fragte: »Ist das klug? Werden unsere Verfolger nicht an solchen Orten nach uns suchen?«

»Wenn die Soldaten sie kennen, vielleicht. Aber wir müssen am Tage rasten, die Trolle können nicht im Licht der Sonne marschieren. Dieser Ort ist trocken und warm, und ich habe die Hoffnung, dass Zorpads Leute auf dem Magy fürs Erste unsere Spur verloren haben.«

»Gut«, pflichtete ihm seine Schwester bei, doch als er sich abwenden wollte, packte sie ihn am Arm und hielt ihn fest.

»Şten ...«, begann sie, aber ihre Stimme versagte.

»Ich weiß«, sagte Şten und legte seine Hand auf die ihre. »Sein Verlust ist schlimmer, als ich es ausdrücken kann. Es tut mir Leid, Flores, ich habe ihn ...«

»Nein«, unterbrach sie ihn entschieden. »Es ist nicht deine Schuld. Er hat dieses Leben selbst gewählt. Es tut einfach nur weh.«

Stumm nickte Şten, und als die Blicke der Geschwister sich trafen, waren sie sich für einige Herzschläge wieder so nah wie in Kindertagen. Dann ging der Augenblick vorüber, und Flores zog langsam ihre Hand zurück. Mit einem letzten Blick zu seiner Schwester wandte Şten sich um, und sie kehrten zurück zu ihren Reisegefährten.

»Eine Hütte«, erklärte Şten. »Wir werden dort den Tag verbringen.«

»Was ist mit denen?«, fragte Costin mit einem Seitenblick auf die Trolle, die sich abseits der Menschen hielten und sie schweigend anstarrten. Nicht einmal Pard raffte sich zu einer scharfen Antwort auf. Die Schweigsamkeit der Trolle verwirrte Şten, doch er hatte nicht die Zeit, um sich damit auseinander zu setzen.

»Wir gehen vor«, legte Şten seinen Plan dar, »und beruhigen die Bewohner. Die Trolle warten ein wenig und kommen dann nach.«

Pard grunzte missfällig.

»Keine Gewalt!«, befahl Şten in Richtung der großen Wesen, und Druan nickte ergeben.

Das letzte Stück Weg bis zur Hütte war schnell zurückgelegt, dann ließen die Menschen die Trolle einige Dutzend Schritt entfernt zurück und näherten sich vorsichtig dem kleinen Gebäude, wo sie Suhai und Natiole auf den weichen Boden legten.

»He, ihr da!«, rief Şten laut und wollte sich ins Warten schicken, doch zu seiner Überraschung öffnete sich die Tür sofort, und der dunkle Umriss eines Menschen erschien im Kerzenlicht, das in der Hütte brannte.

»Wer immer ihr seid, ihr solltet besser hereinkommen, es ist eine üble Nacht, um durch den Wald zu wandern«, antwortete die Gestalt, offensichtlich ein Mann, dessen Stimme alt und brüchig klang. »Und eure Freunde auch!«

Achselzuckend trat Şten näher an die Hütte heran und neigte das Haupt vor dem Wlachaken, dessen Haar weiß und ungekämmt war. Gekleidet war der alte Mann in ein einfaches, schmutzig braunes Gewand, und an den Füßen trug er simple Sandalen. Sein Gesicht war von der Sonne gegerbt und von unzähligen Falten durchzogen, und das weiße, schüttere Haar stand in starkem Kontrast zu der braunen Haut. Sein Kinn war rasiert, ebenso die Wangen, nur an den Seiten standen weiße Haarbüschel wild ab. Als er freundlich lächelte, entblößte er ein Gebiss voller fehlender Zähne.

»Wir sind nicht allein«, sagte der junge Krieger vorsichtig, unwillig, den Alten zu sehr zu erschrecken.

Der winkte nur ab und rief: »Pah! Die Bewohner des Waldes verstecken sich vor deinen Freunden, mein Junge, und die Vögel pfeifen ihren Besuch von den Baumkronen. Denkst du, ich bin taub und dumm, nur weil ich alt bin?«

»Nein, aber …«, erwiderte Şten verwirrt.

Der Alte fiel ihm ins Wort: »Mein Haus ist klein, aber wir finden schon einen Platz für euch. Jetzt ruf sie herbei, der Wind bläst die ganze Wärme aus meinen Knochen!«

Unsicher, was er tun sollte, starrte Şten den Alten an.

Dieser seufzte und fragte: »Bist du vielleicht taub und dumm?«

»Nun … nein, keineswegs, ich frage mich nur, ob ich dich richtig verstehe.«

»Du sollst sie herbeirufen, was gibt es daran nicht zu verstehen, Junge?«, erkundigte sich der Alte neugierig.

»Gut, gut«, erwiderte Şten und rief die Namen der Trolle, die kurz danach anmarschiert kamen. Ohne mit der Wimper zu zucken, betrachtete der alte Mann die Trolle, die geduckt unter das Vordach traten.

»Hinter der Hütte ist ein Schuppen«, sagte der Alte ruhig. »Früher waren dort Tiere untergebracht, doch jetzt steht er leer. Ihr könnt euch dort ausruhen; ihr seid zu groß für mein Haus.« Die Trolle sahen verwirrt zu Şten, und erst als dieser nickte, gingen sie um die Kate herum, und quietschend öffnete sich die Tür des Bretterverschlages.

Verwirrt ließ Şten seine menschlichen Begleiter passieren, die der Alte in die Hütte führte, dann folgte er ihnen hinein und sah sich um. Ein Kerzenstummel brannte flackernd in einer kleinen Bronzeschale, und in einem steinernen Kamin glommen die Überreste eines Feuers. Ein Tisch, zwei Stühle, eine Bettstatt und einige Haken an der Wand, an denen verschiedene Gerätschaften und Kleider hingen, schienen die einzige Einrichtung zu bilden.

Sargan legte Suhai vorsichtig auf den gestampften Lehmboden, und Leica ließ sich aufseufzend neben den Verletzten sinken. Im Innern der Behausung war es mit so vielen Personen bereits eng, und die großen und breiten Trolle hätten auf keinen Fall Platz gefunden.

Der Alte ließ sich auf sein Lager nieder und wies mit einem zittrigen Finger auf den Kamin. »Ihr könnt Holz holen und es wieder entfachen, um euch ein wenig aufzuwärmen. Sobald es heller ist, sehe ich mir den da an«, erklärte er mit einem Blick auf Suhai, der leichenblass vor der Feuerstelle lag. Viçinia schickte sich an, den Worten des Alten Folge zu leisten. Sie kniete sich neben dem Kamin nieder und schichtete vorsichtig Zweige auf, um die verbliebene Glut anzufachen, während Costin nach draußen ging, um von dem trockenen Stapel unter dem Vordach einige Scheite Holz zu holen.

»Hast du einen Namen, Alterchen? Und eine Schaufel?«, fragte Şten, der es aufgegeben hatte, sich über die Abgebrühtheit des Mannes zu wundern.

»Vangeliu, Junge. Und eine Schaufel ist hinterm Haus. Was willst du damit?«

»Meinen Freund beerdigen«, erwiderte Şten und trat aus der Tür.

Flores folgte ihm. Aus dem Bretterverschlag konnten die Geschwister die gedämpften Stimmen der Trolle hören, doch worüber sie sprachen, verstanden sie nicht.

Kurze Zeit später grub und hackte Şten sich durch die Wurzeln hindurch, die ihn behinderten. Währenddessen strich Flores Natiole durch das Haar, richtete seine Kleidung und wischte Schmutz von seinem Gesicht. Irgendwann während ihrer Arbeit ging die Sonne auf, doch Şten beachtete das Naturschauspiel nicht, sondern grub grimmig weiter, während sein geschundener, erschöpfter Körper immer heftiger protestierte. Schließlich stand er in einem hüfttiefen Loch und wischte sich den Schweiß mit schmutzigen Fingern von der Stirn. Als er aufsah, stellte er fest, dass sowohl Viçinia als auch Costin sich zu ihnen gesellt hatten.

Mit schmerzenden Händen packte Şten Natiole an den Schultern und ließ ihn vorsichtig in sein Grab rutschen, darauf bedacht, seinem toten Freund die Würde und Ehre zu erweisen, die er verdient hatte. Als Natioles Körper am Boden der Grube lag, kniete sich Şten nieder, faltete dessen Arme über der Brust und schloss ihm die Augen.

»Sichere Wege, Nati. Mögen die Geister über deine Reise wachen«, flüsterte Şten mit erstickter Stimme, bevor er sich völlig erschöpft anschickte, aus dem Grab zu klettern. Dabei glitt er an den nassen, erdigen Wänden ab, bis Flores und Costin ihn entschlossen an den Armen packten und ihn hochzogen.

Als Şten über dem Grab stand und die Leiche seines Freundes ansah, fühlte er sich plötzlich sehr alt und unendlich müde. *Wie soll ich ohne dich weitermachen?*, dachte er verzweifelt. Aber dann ergriff er den Spaten und stach ihn in den Erdhaufen. Mit einem letzten Blick warf er die feuchte Erde in das Grab, die dumpf klatschend auf den Leib seines Freundes fiel. Eine weitere Schaufel voll Erde folgte und noch eine, bis nur mehr Natioles bleiches, friedliches Gesicht aus dem

Grab schaute und dann nicht einmal mehr das. Inzwischen hatte Şten einen Zustand jenseits aller Erschöpfung erreicht. Er arbeitete weiter und weiter, als wäre sein Körper nicht durch seine Verwundungen geschwächt und durch Schlafmangel ausgelaugt. Einmal wollte ihm Costin den Spaten aus den Händen nehmen, doch Şten schüttelte nur den Kopf und schaufelte weiter, bis das Grab vollständig zugeschüttet war. Dem Zusammenbruch nahe, lehnte sich der junge Wlachake auf den Spaten und sah auf, als Viçinia sagte: »Er war ein guter Mann und ein wahrer Freund. Er wird von vielen vermisst werden.«

Mehr war nicht nötig, um den Schmerz auszudrücken, den sie alle empfanden. Wie immer hatte Viçinia genau die richtigen Worte gefunden, und im Stillen wiederholte Şten: *Du wirst vermisst werden, Nati.*

Dann schulterte er den Spaten und ging langsam zurück zu der Hütte. Viçinia und Costin folgten ihm, nur Flores blieb noch eine Weile stehen und starrte auf den frischen Erdhügel.

Im Innern der Hütte brannte das Feuer hoch im Kamin. Vor der Feuerstelle lag Leica, die offenbar völlig erschöpft in Schlaf gefallen war, neben dem bewusstlosen Suhai. Sargan lehnte gegen eine Wand, den Arm über die Augen gelegt.

Die Wärme in der Kate traf Şten wie ein Schlag. Plötzlich war er nicht länger in der Lage, stehen zu bleiben. Seine Beine gaben unter ihm nach, und er sank zu Boden, wo er schwer atmend liegen blieb. Viçinia und Costin eilten sofort an seine Seite. Ihre besorgten Stimmen drangen wie aus weiter Ferne zu ihm. Ohne etwas zu verstehen, starrte der junge Krieger auf sein Bein, wo die Wunde infolge der anstrengenden Arbeit wieder zu bluten begonnen hatte. Plötzlich kniete der alte Mann neben ihm und legte ihm die Hand auf die Brust.

»Du hast deine Pflicht deinem Freund gegenüber erfüllt. Nun erfülle sie dir gegenüber.«

Mit vereinten Kräften brachten sie Şten in eine halbwegs

bequeme Position in der Nähe des Kamins. Viçinia schob ihm etwas Weiches unter den Kopf.

»Lass mich mal sehen …« Die Finger des Weißhaarigen, die vorher zittrig und schwach erschienen waren, drückten Şten mit unausweichlicher Kraft zu Boden und glitten dann sanft über seine Verletzungen. Ohne zu protestieren, ließ der junge Wlachake die Behandlung über sich ergehen. Der Boden schien unter seinem Leib zu schwanken, und die ganze Welt tanzte vor seinen Augen. Immer kleiner wurde sein Blickfeld, immer größer die Dunkelheit, bis er endgültig in die Schwärze versank. Das Letzte, was er hörte, waren die Worte des alten Mannes.

»Er hat viel Blut verloren. Die Wunde werden wir nähen müssen. Gib mir bitte den Tiegel dort, meine Liebe.«

43

Müde lehnte sich Flores an die Wand und schaute auf ihren Bruder hinab, der in einen tiefen Schlaf gefallen war und nun ruhig und gleichmäßig atmete. Der alte Mann hatte Ştens Wunden mit kundiger Hand versorgt und bereitete nun einen Eintopf für seine Gäste zu. Auch Viçinia schlief mittlerweile, lang neben Şten ausgestreckt und den linken Arm als Kissen nutzend. Sargan, der Dyrier, lag zusammengerollt an der Wand, Seite an Seite mit Costin, und Leica ruhte neben Suhai. Noch immer hatte der junge Adelige das Bewusstsein nicht wiedererlangt, aber auch seine Wunden waren gesäubert und verbunden worden, und sein gebrochener Arm war gerichtet und geschient. Da kaum einer der Wlachaken angemessen für das regnerische Wetter gekleidet war, hatte Vangeliu sie mit einfachen, rauen Decken versorgt, in die sie sich gehüllt hatten. Die meisten hatten sich eines Großteils ihrer durchweichten Kleidung entledigt und diese an einer Leine in der Nähe des Kamins aufgehängt. Auch Flores hatte ihre Rüstung ausgezogen und vor dem Feuer abgelegt, damit sie ein wenig trocknen konnte.

Nach der durchwachten Nacht teilte Flores' Körper ihr mit, dass sie besser ebenfalls schlafen sollte, aber ihr Geist war zu wach und verwirrt, als dass sie Ruhe finden konnte. Der Regen trommelte gleichmäßig auf das Dach der Hütte, und das wenige Licht, das durch die Spalten und Ritzen fiel, wirkte kalt und grau. Das Unwetter war weiter nach Süden gezogen und hatte nur den dichten, beständigen Regen zurückgelassen. Nur manchmal konnte man es noch in der Ferne donnern hören.

»Wir müssen so bald wie möglich hier weg«, stellte Viçinia plötzlich leise fest, die soeben aufgewacht war. »Wir sind in großer Gefahr.« Sie hob den Kopf von ihrem Arm und sah Flores an.

»Und wir bringen diese Gefahr zu unserem Gastgeber, wenn wir zu lange hier bleiben«, pflichtete ihr die dunkelhaarige Kämpferin bei.

»Ach, macht euch um den alten Vangeliu keine Sorgen«, erwiderte der Weißhaarige. »Mir passiert schon nichts.«

Viçinia richtete sich auf die Knie auf und beugte sich besorgt über den schlafenden Şten. Offenkundig zufrieden damit, dass er fieberfrei war und schlief, wandte sie sich wieder dem Gespräch zu.

»Wieso lebst du hier alleine, Alterchen?«, fragte Flores höflich. »Ist das nicht gefährlich?«

»Der Wald tut mir schon nichts, mein Kind, und Menschen kommen gewöhnlich nicht hierher«, erklärte Vangeliu lächelnd.

»Du bist ein Geistseher!«, sagte Flores verstehend, und die beiden Wlachakinnen sahen den Alten mit neu gewonnenem Respekt an.

»Ich bin vor allem alt«, lachte der Mann und rieb sich die Nase, »aber es stimmt, der Wald und ich verstehen uns.«

»Wir werden dich nicht lange belästigen«, versicherte Viçinia. »Sobald wir können, reisen wir weiter.«

»Ihr belästigt mich nicht. Es ist das erste Mal in meinem Leben, dass ich leibhaftige Trolle gesehen habe. Der Wald flüsterte von ihrer Ankunft, und ich war neugierig. Sonst hätte ich doch kein Feuer entzündet, oder nicht?«, fragte er mit einem schelmischen Lachen.

»Dann sind wir umso dankbarer für deine Gastfreundschaft«, erwiderte Viçinia ernst.

»Gastfreundschaft ist eine Tugend unseres Volkes, die Zierde unserer Herrscher und die Pflicht eines jeden«, erklärte Vangeliu. »Es wäre eine Schande, wenn ich euch die Tür gewiesen hätte.«

»Hast du keine Angst vor den Masriden?«, fragte Flores erstaunt.

»Natürlich habe ich Angst, aber wie ich schon sagte: Ich bin alt. Da wirkt die Gefahr zu sterben nicht mehr ganz so groß.«

»Wir werden vermutlich verfolgt. Reiter, Hunde, Krieger«, erläuterte Flores, und Vangeliu nickte.

Vor dem Feuer regte sich jetzt auch Leica, die Flores erst in der Nacht kennen gelernt hatte. Sie schien mit den Schrecken der vergangenen Nacht erstaunlich gut fertig zu werden.

»Ja, Zorpad wird mächtig wütend sein, dass ihm nicht nur Şten entkommen ist, sondern auch wir Geiseln«, pflichtete sie Flores bei. »Er wird die Höllen selbst in Bewegung setzen, um uns aufzuspüren.«

»Vielleicht reicht das dennoch nicht«, erwiderte Vangeliu geheimnisvoll, doch als Flores stirnrunzelnd nachfragte, antwortete der alte Mann nicht, sondern rieb sich wieder nur lächelnd die Nase. Verwirrt betrachtete die junge Wlachakin das runzlige Gesicht und die wässrigen blauen Augen ihres Gastgebers, doch sie konnte darin keinen Hinweis erkennen.

»Wir müssen rasch nach Désa. Jetzt wird Zorpad den Krieg schnell vorantreiben. Vermutlich sammelt er bereits seine Heere um sich. Ionna muss gewarnt werden!«, stellte Viçinia eindringlich fest, und alle nickten bis auf Flores, die sich noch nicht entschieden hatte, was sie als Nächstes unternehmen würde.

Das Gespräch, obwohl geflüstert geführt, schien auch Costin und den Dyrier geweckt zu haben, denn beide richteten sich auf. Costin gähnte herzhaft und streckte sich, während Sargan einen misstrauischen Blick in die Runde warf, der schließlich an Viçinia hängen blieb.

»Şten sagte, er habe andere Verpflichtungen?«, erkundigte sich die junge Frau gerade.

Costin antwortete: »Die Trolle suchen nach etwas. Zorpad hilft dem Kleinen Volk dank des Albus Sunaş. Irgendetwas geschieht im Kloster Starig Jazek, und er will die Trolle dorthin führen, denke ich.«

»Was hat es eigentlich mit diesen Ungeheuern auf sich?«,

wunderte sich Leica, und Costin erklärte es ihnen, so wie Şten es ihm erzählt hatte, wobei Flores ein paar der Lücken dank Natioles Geschichten ausfüllen konnte. Jeder berichtete von den Ereignissen der letzten Tage, bis alle ein ungefähres Bild davon hatten, was sie hier in dieser Hütte zusammengeführt hatte. Ihre Gedanken wanderten immer wieder zu den gewaltigen Wesen, die in der letzten Nacht eine so ungeheure Zerstörung angerichtet hatten.

»Şten arbeitet mit diesen Dingern Hand in Hand?«, wunderte sich Leica schließlich und schüttelte den Kopf.

Aber Viçinia warf ein: »Ohne diese *Dinger* wären wir wohl alle tot. Ob zum Guten oder zum Schlechten, die Trolle hier scheinen in unseren Kampf verwickelt zu sein. Şten weiß das wohl.«

»Ich glaube eher, dass Şten keine Wahl hatte«, lachte Costin. »Der größte von ihnen, der Pard heißt, ist nicht gerade ein umgänglicher Zeitgenosse.«

»Das stimmt«, pflichtete ihm Flores bei. »Die Biester sind gefährlich. Sie wollten mich töten, als sie dachten, dass sie fliehen müssen. Und ihr habt alle gesehen, was sie anrichten können. Vielleicht sollte man sie jetzt …«

Die Worte schwebten in der Luft, und die Wlachaken sahen sich nachdenklich an, doch dann erklang ein krächzendes »Nein«. Die Köpfe flogen zu Şten herum, der sich auf die Ellenbogen aufrichtete, alle ansah und sich räusperte.

»Die Trolle sind meine Verantwortung. Sie haben mir das Leben gerettet. Ich habe eine Entscheidung getroffen, und dazu stehe ich. Ihre Suche in Wlachkis ist bald zu Ende, und dann verschwinden sie wieder in den Tiefen der Erde. Bis dahin ist mein Schicksal mit ihrem verbunden!«

Flores blickte ihren Bruder zweifelnd an.

»Sie hätten mich getötet, wenn nicht der da gewesen wäre«, erklärte sie mit einem Blick auf Sargan, der eine gespielte Verbeugung in ihre Richtung andeutete.

»War mir ein Vergnügen«, sagte er und zeigte ein schiefes Grinsen. Offenbar unwillig, sich weiter an ihrer Unterhaltung zu beteiligen, rollte sich der Dyrier wieder in seine Decke und schloss die Augen.

»Ja, sie sind gefährlich, sie sind böse, und sie sind Menschenfresser. Aber was macht das schon?«, fragte Şten düster. »Sie töten, wie wir alle.«

Betretenes Schweigen folgte seinen Worten, bis Viçinia fragte: »Wie lautet dein Plan, Şten?«

»Ich muss nach Starig Jazek. Dort vollzieht der Albus Sunaş gefährliche Magie. Ich habe ein Gespräch belauscht, und was ich erfahren habe, klang bedrohlich. Ich denke ...«, erklärte Şten.

Aber Vangeliu drehte sich unvermittelt um und fixierte Şten mit seinen hellen, durchdringenden Augen. Dann unterbrach er ihn fragend: »Das Kloster im Süden? Das auf dem Hügel?«

»Ja, ich denke schon. Wieso?«

»Es ist ein dunkler Ort, dieses Kloster. Ich kann es spüren. Es ist wie ... ja, wie eine schwärende Wunde in der Welt«, erklärte der Geistseher kryptisch.

»Eine Wunde in der Welt? Was bedeutet das?«, erkundigte sich Leica verstört.

»Die Geister meiden diesen Ort, er ist dunkel für meinen Blick.«

»Hat das mit dem zu tun, was ich gehört habe, oder fürchten die Geister einfach den Albus Sunaş und dessen Macht?«, fragte Şten.

»Ich weiß es nicht. Die Sonnenpriester kümmern sich nicht um die Geister. Jedenfalls bisher nicht. Sie folgen anderen Pfaden und erklären alle Geister zu dunklen Wesen«, meinte Vangeliu achselzuckend, bevor er sich wieder dem Eintopf zuwandte und mit einem Holzlöffel in der Suppe rührte, deren Duft allmählich den Raum erfüllte.

Mit zusammengepressten Lippen sah Şten in die Runde und stellte dann fest: »Umso wichtiger ist es, diesen Ort aufzusuchen und zu sehen, was dort geschieht. Die Trolle werden den magischen Übergriffen auf ihr Volk ein Ende setzen wollen. Und vielleicht hilft es uns, wenn wir Zorpad daran hindern, seinen Teil des Handels mit dem Kleinen Volk zu erfüllen.«

»Denkst du, die Zwerge fordern ihre Waffen zurück?«, fragte Flores ungläubig.

Şten zuckte mit den Schultern: »Vermutlich nicht. Und selbst wenn, wird Zorpad dem wohl kaum nachkommen. Aber dieses Bündnis ist schlecht für uns. Und gefährlich. Es zu stören kann nur in unserem Sinn sein.«

»Şten hat Recht«, erklärte Viçinia bestimmt. »Zorpad hat das Heft in der Hand und zwingt uns seine Bedingungen auf. Es ist an der Zeit, selbst etwas zu unternehmen. Dass wir Geiseln fliehen konnten, war ein guter Anfang. Şten wird mit den Trollen zu diesem Kloster reisen und sehen, was er dort in Erfahrung bringen kann. Wer will, kann ihn begleiten …«

»Nein«, warf Şten ein. »Je weniger Menschen, desto besser. Mir vertrauen die Trolle, und ich weiß, wie ich mit ihnen umgehen muss. Ich gehe allein.«

»Gut«, nickte Viçinia verstehend. »Wir anderen sollten eiligst nach Désa, um meine Schwester zu warnen. Leica und Suhai werden im Mardew in Sicherheit sein, und wir können uns auf Zorpads Schlag vorbereiten, der sicherlich kommen wird.«

»Er wird kommen, und er wird hart und brutal sein«, führte Şten aus. »Sobald ich kann, werde ich nachkommen.«

»Was ist mit dir, Flores?«, erkundigte sich Viçinia unvermittelt, und die Wlachakin sah überrascht auf.

»Ich, äh, ich komme mit nach Désa. Ich fürchte, Teremi ist kein gesunder Ort mehr für mich, und ich weiß noch nicht, was ich tun soll und wohin ich mich wenden werde.«

»Gut«, erwiderte Viçinia ruhig, und Flores blickte zu ihrem Bruder, der sie nachdenklich betrachtete. Für einen Herzschlag sahen die Geschwister sich in die Augen, dann wandte Şten sich ab.

Er hält sich für schuldig an Natis Tod, ging es ihr durch den Kopf. *Er fürchtet, dass auch ich ihm die Schuld daran gebe.*

Die Erinnerung an ihren Freund weckte erneut den scharfen Schmerz in ihrem Innern, doch sie streckte die Hand aus und legte sie auf Ştens Schulter, der überrascht aufsah und sie dankbar anlächelte. *Ich wünschte, ich könnte wütend auf dich sein oder auf irgendjemanden sonst,* dachte Flores, *aber alles, was ich fühle, ist Trauer.*

»Erzähl uns mehr von diesem Kloster«, bat Costin den alten Geistseher, der sich ihnen wieder zuwandte.

»Ich war nie dort, Junge. Ich kenne weder das Gemäuer noch die Männer dort. Aber ich weiß, dass es dort keine Geister mehr gibt.«

»Seit wann? Schon immer?«, fragte der kleine Wlachake weiter.

»Nein, das wurde mir erst vor einigen Monden klar.«

»Hast du irgendetwas unternommen?«

»Nein. Ich bin alt. Ich bin weder ein Krieger noch ein Held. Ich habe meinen Platz hier«, erläuterte der Geistseher leise lächelnd.

Viçinia, die dem Gespräch aufmerksam gelauscht hatte, tippte sich plötzlich an die Schläfe und sagte: »Mir fällt gerade etwas ein. Bevor Zorpad uns zur Kapelle brachte, gab es ein seltsames Leuchten über Teremi, das plötzlich erlosch. Weiß jemand, was das war?«

»Ja«, erwiderte Flores und erzählte: »Auf dem Weg vom Hafen zu der Burg sind wir einigen Vorbs über den Weg gelaufen. Sie hielten die Trolle für Dunkelgeister …«

»Womit sie nicht ganz Unrecht haben«, warf Costin ein, verstummte aber unter einem finsteren Blick von Flores, die fortfuhr.

»Jedenfalls hat einer von ihnen einen Zauber gewirkt, der ein strahlendes Licht herbeirief und die Trolle zu Boden sinken ließ.«

»Falsches Sonnenlicht«, stellte Şten nachdenklich fest.

»Vermutlich. Die Vorbs hatten mich geblendet und somit kampfunfähig gemacht. Sie wollten mich verbrennen! Aber der Dyrier da«, berichtete Flores mit einem Nicken in Richtung des kleinen rothaarigen Mannes, der wieder friedlich schlief, »hat den Vorbs mit einem Messer umgebracht.«

»Er sagt, er sei ein Schreiber«, erklärte Şten.

Flores lachte nur trocken auf: »Schreiber? Er hat einen Dolch geworfen, der den Vorbs genau in die Kehle getroffen hat. Wenn der ein einfacher Schreiber ist, dann bin ich ein Mann!«

»Also ...«, fing Şten an.

Flores funkelte ihn nur an und sagte: »Was immer er auch behauptet, er ist kein Schreiberling. Nachdem der Priester fiel, erlosch das Licht, und die Trolle erwachten. Und sie waren ziemlich ungehalten.«

»Ungehalten?«, fragte Leica vorsichtig. »Wie ungehalten?«

»Der Dicke, Pard, hatte überall Brandwunden von dem Licht, aber er hat sich auf die Priester gestürzt wie ein Tier. Meine Sicht kehrte nur langsam zurück, die Schreie habe ich jedoch gehört! Die anderen Trolle waren ebenso wütend, ich weiß nicht, ob auch nur ein Priester überlebt hat. Sie waren blutbesudelt, und ich könnte schwören, dass die Zähne von Pard blutig rot waren!«

»Sie zerfetzen ihre Feinde mit Klauen und Reißzähnen«, sagte Şten leise, »ich habe es schon gesehen.«

»Und sie fressen Menschen?«, wollte Leica entsetzt wissen.

»Ja. Sie fressen alles, auch andere Trolle.«

»Bei den Geistern!«, entfuhr es Flores. »Willst du damit sagen, sie hätten mich nicht nur getötet, sondern mich dann auch verspeist?«

»Vielleicht«, sagte Şten gedehnt, und die anderen Wlachaken verzogen angeekelt die Gesichter.

»Wir sollten sie töten. Wir können auch ohne sie bei diesem Kloster nachschauen«, sagte Leica bestimmt.

Şten stand auf, wobei ein Ausdruck von Schmerz über sein Gesicht huschte, und sagte mit fester Stimme: »Nein! Ich habe ihnen mein Wort gegeben! Wenn ihr sie töten wollt, dann stelle ich mich dazwischen!«

»Das ist Wahnsinn«, sagte Viçinia sanft. »Şten, denk nach: Benötigen wir diese Ungeheuer?«

»Ich weiß nicht«, gab der junge Wlachake zu, »wohl nicht. Aber sie haben mein Wort, und sie waren treu zu mir. Sie haben uns alle gerettet, schon vergessen?«

»Nein.«

»Zeigen wir so unsere Dankbarkeit?«, fragte Şten bitter.

»Sie sind gefährlich, Şten, tödliche Kreaturen«, bedrängte Leica den jungen Krieger, und Flores sah, wie Şten wütend wurde. Mit der Hand vor dem Mund versteckte sie ein Grinsen, denn sie kannte den Sturkopf ihres Bruders nur zu gut. Nichts, was Leica sagen konnte, würde ihn jetzt noch erreichen und ihn seine Meinung ändern lassen.

»Ich weiß!«, knurrte Şten erwartungsgemäß. »Und? Denkt ihr, dass ich darüber nicht auch schon gegrübelt hätte? Haltet ihr mich für so dumm?«

»Äh, nein, natürlich nicht. Ich wollte lediglich …«

»Dann vertraut meinem Urteil! Ich reise schon länger mit den Trollen. Meine Meinung steht, und wenn ihr die Trolle im Schlaf meucheln wollt, dann müsst ihr an mir vorbei!«

»Schon gut«, beruhigte Viçinia Şten, und Flores bemerkte erstaunt, wie ihr Bruder tatsächlich ruhiger wurde und die Schultern sinken ließ.

»Es tut mir Leid. Ihr versteht mich nicht«, erklärte er mit erhobenen Händen. »Aber dennoch müsst ihr mir vertrauen.«

»Wir vertrauen dir, Şten«, versprach Viçinia mit fester Stimme. »Dieses Gespräch ist beendet. Heute Nacht müssen wir weiter. Die Trolle liegen in Ştens Verantwortung, und er hat sie freiwillig übernommen. Wir haben genug andere Sorgen. Und wir müssen einig sein. Zorpad lacht sich ins Fäustchen, wenn wir Wlachaken streiten.«

»Gut«, erwiderte Leica, »ich wollte nicht an Şten zweifeln.«

»Ja«, sagte Şten mit einem erzwungenen Lächeln, um dann abrupt zur Tür zu schreiten und zu sagen: »Ich brauche frische Luft.«

Als er hinaustrat, tauschten Viçinia und Flores mit hochgezogenen Brauen einen Blick aus, und Flores gähnte und sagte: »Ich auch.«

Das Vordach bot Schutz vor dem Regen, der immer noch wie ein nasser Vorhang über der Welt lag, doch Şten war über die Lichtung hinweg zu Natioles Grab gegangen. Vorsichtig näherte sich Flores ihrem Bruder und legte den Arm um seine Schulter.

»Er war ein guter Freund«, sagte die junge Wlachakin bestimmt und lächelte Şten an.

»Er war der beste Freund, den man sich wünschen konnte. Er fehlt mir schon jetzt.«

»Mir auch«, flüsterte Flores. Dann drehte sie sich halb um und sah Şten an: »Es ist nicht deine Schuld.«

»In der Kapelle sagte er, er habe immer gewusst, dass er an meiner Seite sterben würde. Das ganze Unternehmen war eine Wahnsinnstat, ich …«

»Unsinn«, unterbrach sie ihn abrupt. »Er hat schon lange gekämpft, bevor du das erste Mal allein nach Dabrân gelaufen bist. Er kannte die Gefahr, und er ist das Risiko wissentlich und willentlich eingegangen. Beleidige nicht sein Andenken, indem du so tust, als wäre er deine Handpuppe gewesen, Şten. Er tat, was er für richtig hielt. Bis zum Schluss!«

Schweigend starrte ihr Bruder auf die frisch aufgeworfene, nasse Erde und blickte Flores dann in die Augen.

»Er war ein verfluchter Held. Er hat nie an sich gedacht. Er war stets der Bessere von uns beiden. Aber niemand schreibt Lieder über ihn, niemand besingt seine Taten. Und wenn wir den Krieg verlieren, dann wird sein Name vergessen werden«, sagte Şten bitter. »Dabei meinen die Leute ihn, wenn sie über mich und meine dreimal verfluchten angeblichen Heldentaten sprechen.«

»Nein, Bruder«, erwiderte Flores leise. »Er war ein guter Mann, aber in diesem Kampf kannst nur du die Wlachaken führen.« Sie verstummte für einen Augenblick. »Und was immer geschieht, Natiole wird von uns nicht vergessen werden.«

Ihr Bruder nickte. »Nein, nicht von uns.«

Gemeinsam erinnerten sie sich an den Freund, dessen Körper vor ihnen in der kalten Erde lag.

»Wirst du in Désa warten?«, fragte Şten unvermittelt, und Flores strich sich eine nasse Strähne ihres dunklen Haars aus dem Gesicht.

»Ich weiß nicht. Ich muss erst darüber nachdenken.«

»Warte auf mich, Schwester. Jetzt haben wir keine Zeit und keine Möglichkeit. Aber lass uns gemeinsam Abschied feiern, du, ich und Viçinia«, bat Şten sie eindringlich.

Flores nickte zögerlich. »Gut, ich werde warten. Und ich besorge uns ein paar Fässer von dem guten Roten aus dem Süden. Aber bei eurer Schlacht ...«

»Ja, ich weiß. Danke, Flores. Du hast uns gerettet.«

»Du bist mein Bruder, Şten. Auch wenn du immer wieder in Schwierigkeiten gerätst.«

»Ja, klar, und du bist so viel vernünftiger als ich. Sicherlich!«, frotzelte Şten. »Was war noch mal mit diesem Schmiedegesellen? Ionna wäre fast an die Decke gegangen ...«

Die alte Geschichte brachte Flores zum Lachen, und sie erwiderte: »Er hatte Grübchen, wenn er lachte, Şten. Grübchen!«

Bevor ihr Bruder antworten konnte, rief Viçinia von der Hütte her: »Es gibt etwas Warmes zu essen!«

Schulterzuckend sahen die Zwillinge sich an und schritten zurück in die Behaglichkeit der Hütte, wo ihnen Vangeliu Holzschüsseln mit Eintopf reichte. Gierig fielen sie über das Essen her, das trotz der einfachen Zutaten überraschend wohlschmeckend war.

Inzwischen war auch Sargan wieder erwacht und aß ebenfalls mit großem Appetit, bis Şten den Dyrier plötzlich fragte: »Wieso warst du bei den Trollen?«

Nach einigen Augenblicken des Nachdenkens antwortete der Rothaarige: »Wir sollten warten, bis die Trolle wach sind. Dann können wir gemeinsam reden.«

Mit hochgezogenen Augenbrauen fixierte Şten den kleinen Mann, zuckte dann jedoch mit den Achseln und sagte: »Gut.«

»Und, wie läuft das Geschäft als Schreiber?«, fragte Flores gehässig.

»Es könnte besser sein«, gab der Dyrier zu, »obwohl es hier ja mehr als genug Kunden geben sollte.«

»Übrigens: danke«, erwiderte Flores und lächelte den kleinen Mann an, der zurückgrinste.

»Wie ist es im Imperium?«, fragte sie neugierig, und sein Grinsen wurde noch breiter.

»Zivilisiert. Wundervoll. Und es gibt Städte, so groß wie dieses ganze Land. An jeder Ecke gibt es Wunder zu sehen, und auf den Märkten kann man jede Ware erwerben, die man sich vorstellen kann!«, pries er seine Heimat wortgewaltig an, sodass Flores lachen musste.

»Das klingt viel versprechend«, erwiderte sie.

Er nickte: »Ja, das ist es. Wieso fragst du?«

»Neugier?«, fragte sie zurück, doch dann antwortete sie ernst: »Weil ich mich frage, wohin ich gehen soll, wenn der Krieg ausbricht.«

»Oh, in meiner Heimat wärst du willkommen. Nur wird die Heimkehr schwierig, denn bald ist Winter, und die Pässe sind wohl schon unpassierbar«, erklärte Sargan seufzend.

»Das stimmt. Aber nächstes Jahr könnte man es versuchen.«

»Wenn du mitkommen willst: Ich habe nicht vor, noch allzu lange hier zu bleiben«, erläuterte der Dyrier. »Und an meiner Seite wäre auch noch ein Platz frei«, meinte er mit einem anzüglichen Lächeln.

Verwirrt runzelte Flores die Stirn: »Wie meinst du das?«

»Ich habe erst drei Frauen«, lachte Sargan und zwinkerte ihr zu. »Also könnte ich noch eine nehmen!«

»Was? Du meinst heiraten?«, brauste Flores auf, und der Rothaarige nickte freudig. Gerade wollte Flores ihm wütend die Meinung sagen, als sie Ştens Grinsen sah und verstand: *Er scherzt nur.*

»Ich bin kein einfaches Eheweib«, sagte sie also laut. »Ich fürchte, dass ich keine Frauen neben mir dulde!«

»Das stimmt«, warf ihr Bruder ein. »Wenn du sie mitnimmst, dann hast du nach einer Woche nur noch eine Frau.«

»Und was wird aus meinen drei Söhnen und vier Töchtern?«, fragte Sargan mit gespielter Verzweiflung. »Wer kümmert sich um die?«

»Ich nicht«, stellte Flores fest. »Ich will mir das Imperium ansehen und nicht deine Bälger hüten.«

»Dann kann ich dich nicht zur Frau nehmen«, erwiderte der Dyrier achselzuckend.

»Hast du wirklich drei Frauen und sieben Kinder?«, fragte Costin neugierig, und als Sargan, plötzlich ernst, nickte, meinte der kleine Wlachake: »Du musst nicht nur ein sehr reicher Schreiber sein, sondern auch die Geduld eines Esels haben!«

»Ich reise viel«, antwortete Sargan schlicht, was einen allgemeinen Heiterkeitsausbruch auslöste.

Nach dem Essen und den Gesprächen überkam Flores doch die Müdigkeit, und sie machte es sich auf dem Fußboden vor dem kleinen Kamin gemütlich, wo sie langsam unter dem Gemurmel der anderen in verschlungene Träume sank.

Ihr Schlaf war überraschend ruhig und erholsam, und auch wenn sie nach dem Aufwachen eine kurze Zeit von den Traumbildern verwirrt war, so waren diese doch nicht erschreckend, sondern einfach nur wirr und unzusammenhängend. Ein Blick aus der Tür sagte ihr, dass langsam der Abend dämmerte. Noch immer regnete es, und es sah nicht so aus, als wolle es bald nachlassen. Einige der anderen hatten sich ebenfalls noch einmal zum Schlafen hingelegt, aber dafür saß Suhai aufrecht, wenngleich sein Antlitz noch blass war, und aß ein wenig Eintopf.

»Wie geht es dir?«, fragte Flores den jungen Adligen, der aufsah und tapfer lächelte.

»Ganz gut. Mein Arm tut weh, aber Vangeliu sagt, dass der Knochen jetzt gerichtet ist.«

»Knochenbrüche sind schmerzhaft«, stimmte Flores ihm zu, die selbst schon ihren Anteil an Verletzungen überlebt hatte.

»Ich hätte auch tot sein können«, erklärte Suhai mit Bedacht. »Wir alle wären wohl tot ohne diese Ungeheuer.«

»Ja, das wohl«, pflichtete Flores ihm bei. »Wir hatten sehr viel … Warte!«

Mit einer fließenden Bewegung kam sie auf die Beine, denn unter dem eintönigen Rauschen des Regens hatte sie etwas vernommen, ein Geräusch, das ein lang gezogener Donner sein konnte oder aber etwas anderes.

»Pferde!«, schrie die junge Kriegerin und riss die Schlafenden aus ihren Träumen. »Hufgetrappel!«

Sofort kam Şten auf die Beine, rannte zur Tür und riss sie auf. Nach einigen Herzschlägen drehte er sich zu ihnen um und bestätige Flores' Verdacht: »Sie kommen von Westen. Es sind viele!«

Fluchend sprangen die anderen auf. »Was ist mit den Trollen?«, fragte Leica. »Soll sie nicht jemand warnen?«

»Solange es Tageslicht gibt«, erklärte Şten, »sind sie leblos und bedürfen unseres Schutzes!«

»Wir haben nicht viel Zeit«, drängte Costin. »Wir müssen in den Wald, hier drin sitzen wir in der Falle.«

»Ja, los, raus hier«, befahl Şten. »Ihr müsst weg!«

»Wir?«, fragte Viçinia. »Was ist mit dir?«

»Sie sind schon zu nahe. Selbst wenn wir jetzt in den Wald laufen, verfolgen sie uns! Jemand muss sie aufhalten!«

»Du allein? Bist du verrückt?«

»Keine Zeit für Streitgespräche, verschwindet!«, schnitt ihr Şten das Wort ab. »Wir sehen uns in Désa!« Sie warf ihm einen langen Blick zu, den er erwiderte. *»Geh, ich bitte dich«*, formten seine Lippen ohne einen Laut, und sie nickte.

Hastig rafften alle ihre wenigen Besitztümer zusammen und schlüpften in die noch feuchte, aber wenigstens vom Feuer angewärmte Kleidung. Als die Wlachaken vor die Hütte traten, da sahen sie auf dem schmalen Feldweg, der zu der Lichtung führte, bereits die ersten Reiter auf sich zukommen. Der Regen hatte das Geräusch der Pferdehufe so sehr gedämpft, dass sie sich unbemerkt hatten nähern können.

»Verdammt«, zischte Şten beim Anblick der gerüsteten Masriden, die ihre Waffen zogen und die Pferde antrieben, als sie die Wlachaken erspähten. Neben den Pferden rannte mit heraushängenden Zungen ein gutes Dutzend masridischer Bluthunde her. Unter dem kurzen, dunklen Fell der Vrasya zeichneten sich die Muskeln ab, während sie schneller liefen und von ihren Herren in Richtung der Gesuchten gehetzt wurden. Auf einen Blick erkannte Flores mindestens zehn Reiter, doch da diese auf dem engen Weg hintereinander galoppieren mussten, war sie nicht sicher, ob nicht noch mehr folgten.

»Es sind zu viele!«, warnte sie Şten, der mit gezogener Klinge unschlüssig dastand.

»Wir kommen hier nicht weg«, befand er. »Zurück in die Hütte!« Hastig drängte Viçinia, die hinter ihm und Flores aus der Tür getreten war, die Nachfolgenden wieder in die Kate zurück. Auf offenem Feld würden die Masriden sie einfach niederreiten, und im Wald würde es der Gruppe ebenfalls schwer fallen zu entkommen. Vor allem, wenn die Reiter ihre Hunde auf sie hetzten. In der Hütte hatten sie wenigstens eine kleine Aussicht. Dank des Regens würde es den Masriden kaum gelingen, sie auszuräuchern, und die kleine Tür ließ sich besser verteidigen als stürmen.

Dennoch behagte es Flores nicht, in die Hütte zu fliehen, denn dort waren sie gefangen. Nur leider wusste auch sie keine andere Möglichkeit, sich zu verteidigen. Also warf sie einen letzten Blick auf die schwer gepanzerten Soldaten auf ihren mächtigen Rössern und wollte den anderen folgen.

Plötzlich aber wurde der vorderste Reiter aus dem Sattel gerissen und stürzte zu Boden, wo er sich mehrfach überschlug. Verwirrt wurden Flores und Şten Zeuge, wie ein weiterer Berittener nach hinten kippte und aus ihrer Sicht verschwand. Ein Dritter sank nach vorn und rutschte am Hals seines Pferdes hinab, und Flores sah einen dunklen Pfeil in dessen Rücken stecken.

»Bogenschützen«, flüsterte sie verwirrt und blickte sich hektisch um, konnte jedoch nirgends etwas erkennen.

»Was zum …«, wunderte sich Şten und hob sein Schwert.

Die Soldaten schienen ebenso verwirrt wie sie selbst zu sein, denn kaum hatten sie die Lichtung erreicht und waren somit weniger als dreißig Schritt von der Hütte entfernt, da zügelten sie ihre Pferde und brüllten Befehle.

Ihr Anführer, ein großer, bulliger Masride in einer dicken Schuppenrüstung, wies mit seinem Speer auf die Hütte, doch bevor er etwas sagen konnte, ragte ein langer Schaft aus seiner Kehle, und er fasste sich mit aufgerissenen Augen an den Hals. Während Blut zwischen seinen Fingern hervorströmte und er seitwärts vom Pferd stürzte, suchten seine Untergebenen mit ihren Blicken den düsteren Wald ab, aus dem weitere, tödlich präzise Geschosse auf sie einprasselten, bis einer seinem Pferd die Sporen gab, zurück auf den Pfad galoppierte und floh. Innerhalb weniger Augenblicke taten die anderen es ihm gleich, und kurze Zeit später waren die Masriden im Regen zwischen den Bäumen verschwunden. Nur einige Leichen und reiterlose Pferde kündeten davon, dass dieser Spuk Wirklichkeit gewesen war.

Verwirrt wischte sich Şten die nassen Haare aus dem Gesicht und ging vorsichtig zur Lichtung, wo er sich suchend umsah. Neben Flores trat Vangeliu aus der Hütte und sah zum Himmel.

»Schlechtes Wetter. Aber es wird noch weiter regnen, ich spüre das in meinen Knochen«, verkündete der Alte vergnügt.

»Was?«, fragte Flores, schüttelte verdutzt den Kopf und starrte ihn dann an.

»Der Regen«, sagte er langsam.

»Was, bei den Dunkelhöllen, ist gerade passiert?«, fragte ihn Flores im Gegenzug, doch der Geistseher lächelte nur, bevor er plötzlich ernst wurde und sagte: »Wir sollten uns um die Toten kümmern. Die Vînai werden nicht wollen, dass sie hier einfach liegen bleiben. Und ich will es auch nicht.«

Doch bevor er sich daranmachen konnte, trat ihm Şten in den Weg und sagte fordernd: »Du wusstest von den Vînai, nicht wahr?«

»Vînai?«, wunderte sich Flores leise. »Wieso sollten Elfen ...«

»Tja, als ich sagte, ich hätte von eurer Ankunft im vorneherein gewusst, da war ich nicht ganz ehrlich«, erwiderte Vangeliu mit einem entschuldigenden Lächeln.

»Sie haben dir davon erzählt!«

»Ich sagte doch, der Wald und ich, wir verstehen uns.«

»Verflucht, und Druan schläft! Geht wieder rein«, befahl Şten barsch, und Flores sah ihn erstaunt an.

»Was ist hier los?«, fragte sie ihren Bruder, der sich zu ihr umdrehte und antwortete: »Ich gehe in den Wald. Ich rede mit ihnen.«

»Hältst du das für eine gute Idee? Hast du nicht gesehen, was sie mit den Masriden getan haben?«

»Wenn sie uns töten wollten, dann lägen wir jetzt wohl schon mit Pfeilen im Herzen auf der Erde, meinst du nicht auch?«, fragte Şten zurück, und seine Schwester nickte langsam.

»Was ist mit ihm?«, fragte sie und zeigte auf Vangeliu.

»Kommst du mit, alter Mann?«, erkundigte sich Şten, und der Alte nickte zustimmend.

»Dann komme ich auch mit«, warf Flores ein.

»Ich habe schon einmal einen Vînak getroffen. Die Trolle haben ihren Respekt oder so etwas«, erklärte Şten seiner Schwester. »Vielleicht erkennen sie mich wieder.«

»Wenn du denkst, ich lasse dich allein, dann bist du noch dämlicher, als ich bisher angenommen habe«, sagte Flores grimmig.

Şten sah sie ernst an und packte sie bei den Schultern: »Vielleicht erkennen sie mich, aber dich ganz bestimmt nicht. Bleib in der Hütte, bis ich wiederkomme oder bis die Trolle aufwachen. Bitte.«

Wütend sah Flores ihren Bruder an, doch dann verflog ihr Ärger. »Gut. Sei vorsichtig.«

»Du kennst mich doch«, erwiderte Şten lachend.

Flores seufzte gespielt theatralisch: »Eben!«

Damit drehte ihr Bruder sich um und ging auf die dunkle Baumlinie zu, während Flores in die Hütte zurückkehrte und ihre Begleiter von den Neuigkeiten in Kenntnis setzte. Während sie ihr erstaunt lauschten, versuchte Flores durch den prasselnden Regen etwas von draußen zu hören, doch der Niederschlag schluckte alle Geräusche.

Trolle, Elfen, Zwerge ... ich komme mir vor wie in den alten Märchen und Legenden. Nur dass diese Legenden Menschen töten, dachte sie mit einem unbehaglichen Gedanken an die Trolle, die nicht weit von ihr entfernt ruhten.

44

Mit zusammengekniffenen Augen brütete der Kriegsmeister über den Karten des unteren Stollensystems. Der Kriegsrat, den der König einberufen hatte, ging nun schon über drei Wachperioden, und Hrodgards Schultermuskeln waren von der gebeugten Haltung beim Aufstützen auf den niedrigen Kartentisch schon ganz verkrampft. Vielleicht lag es aber auch an dem ständigen Grübeln über die vorgeschlagenen Strategien.

»Die Gänge sieben bis zwölf sind sicher, da droht keine Gefahr«, stellte Tainelm, Sohn des Timold, unnötigerweise fest.

»Das sehe ich auch, Kampfmeister, so wie wir alle. Hast du etwas zu sagen, das nicht offensichtlich ist?«

Mit verkniffenem Gesicht schüttelte der jüngere Zwerg den Kopf.

Seine unbedachte Bemerkung hatte Hrodgards Zorn weiter angefacht, der nun schon seit Stunden in ihm glomm. »Wir drehen uns im Kreis!«, donnerte er unbeherrscht. »Die Trolle sind in die Tiefen verschwunden, unsere Späher finden sie nicht mehr. Vielleicht wirken die Zauber der Menschen auf sie, doch sicher können wir nicht sein! Wir müssen ihre Spur wiederfinden und sie endgültig vernichten!«

»Herr«, warf Ansprand, Sohn des Anthar, vorsichtig ein, »wir haben viele Krieger zurück in die oberen Hallen gezogen, um für einen Angriff von der Oberfläche gewappnet zu sein. Damit bleiben nur wenige Truppen übrig, um den Trollen den Garaus zu machen.«

»Ich weiß das, Schlachtenmeister«, erwiderte Hrodgard bissig. »Aber danke, dass du mich daran erinnerst. Wir sind von Feinden umgeben und haben nur begrenzt Krieger zur Verfügung, das ist die Ursache unseres Problems. Jedes dieser schmutzigen, unterentwickelten Völker wirft gierige Blicke auf unseren hart erarbeiteten Reichtum. Es ist unsere Aufgabe, unser Volk zu beschützen, und zwar mit den Mitteln, die uns der König unter dem Berge zur Verfügung stellt.«

»Ja, Herr«, entgegnete Ansprand. »Wir sollten überlegen, welche der Gefahren am größten ist, und unsere Mittel dementsprechend einsetzen. Die Trolle ...«

»Sind mordgierige Bestien«, unterbrach ihn der Kriegsmeister, »und sie warten nur auf einen Augenblick der Schwäche. Wir können in unserer Heimat erst sicher sein, wenn sie vernichtet sind.«

»Bleiben die Menschen und Elfen«, stellte Tainelm fest, und Ansprand nickte zustimmend. Misstrauisch beäugte Hrodgard die beiden Anführer. *Halten der Schlachtenmeister und der Kampfmeister zusammen?*, grübelte der Zwerg. *Wollen sie mich vor den anwesenden Würdenträgern bloßstellen?* Laut antwortete er: »Von den Menschen wissen wir wenig, von den Spitzohren noch weniger, aber die haben sich noch nie in die Berge getraut, feige, wie sie sind. In den alten Tagen mögen sie gefährlich gewesen sein, doch dank unseres Handels mit den Menschen müssen wir nicht mehr in die Wälder. Ihr Fürst Zorpad scheint zumindest auf unserer Seite zu sein, aber die Menschen bestehen aus vielen Völkern. Der Eindringling mag ein Einzelfall gewesen sein oder aber der Späher eines ganzen Heeres!«

»Ihr habt Recht, Kriegsmeister«, stimmte Ansprand zu. »Doch unsere Verbündeten sagen, dass sie die Vernichtung der Trolle mittels ihrer Magie weiter vorantreiben. Wir haben die Ergebnisse gesehen – all die zermalmten und verbrannten Leiber.«

»Was schlägst du vor, Schlachtenmeister?«, erkundigte sich der Kriegsmeister unwirsch.

»Wir verbarrikadieren die unteren Eingänge und schicken nur Patrouillen in die tiefen Stollen. Ansonsten bewachen wir die Hallen unserer Ahnen. Sollte eine der Patrouillen auf Trolle treffen, dann ziehen wir unsere Heere zusammen und schlagen zu. Ansonsten vertrauen wir den Zaubern der Menschen.«

Nachdenklich nickte Hrodgard. *Ihm gelüstet es nach meiner Macht,* ging es dem Kriegsmeister durch den Kopf. *Er versucht die Gunst der Gesandten des Königs zu erringen und mich in einem schlechten Licht dastehen zu lassen!*

»Gefährlich, Schlachtenmeister. Aber vielleicht die einzige Lösung unseres Dilemmas. Ich werde die Truppen in den Hallen kommandieren, du wirst die Verteidigung der unteren Eingänge koordinieren und dich mit unseren Spähern auf Patrouillen begeben.«

»Ich soll Patrouillen anführen? Wären nicht Kampfmeister besser ...«

»Habe ich mich unverständlich ausgedrückt, Schlachtenmeister Ansprand, Sohn des Anthar?«, fragte Hrodgard kalt. »Oder hast du Angst?«

Dieser ungeheuerliche Vorwurf ließ den jüngeren Krieger erbleichen, und er schüttelte wild das Haupt. »Niemals, Kriegsmeister!«

»Gut. Dann steht unser Plan endlich«, stellte Hrodgard zufrieden fest. *Und mit ein wenig Glück reißen dir die verfluchten Trolle den Schädel vom Rumpf, bevor wir sie endgültig alle in die Schwärze schicken,* höhnte er in Gedanken und lächelte böse. Sein ganzes Leben lang hatte der Zwerg sich gegen Feinde behauptet, und ein ehrgeiziger Niemand wie Ansprand würde ihm nicht seine hart erkämpfte Stellung streitig machen. Das hatten schon ganz andere versucht und dies mit ihrem Leben bezahlt. *Ich bin der Einzige, der stark genug ist, die Zwerge zum Sieg zu führen!*

45

Ștens verwundetes Bein pochte schmerzhaft bei jedem Schritt, als er langsam auf den Wald zulief. Die Klinge hatte der Wlachake neben der Tür der Hütte abgelegt, denn sollten die Elfen ihn töten wollen, so glaubte er nicht, dass ihm ein Schwert irgendwie von Nutzen sein könnte. Der Regen hatte seine Kleidung längst wieder bis auf die Haut durchnässt, aber er kümmerte sich nicht darum und versuchte auch das Jucken zwischen den Schulterblättern zu ignorieren, wo er jeden Augenblick den Einschlag eines Pfeils erwartete. Doch nichts traf ihn außer den großen Tropfen, die kalt über seine Haut rannen.

Neben ihm schritt Vangeliu, der sich auf einen langen Holzstock stützte, welcher den gebeugten alten Mann um Hauptesländge überragte.

»Und jetzt?«, flüsterte der junge Wlachake seinem Begleiter zu, der ihn fragend ansah.

»Woher soll ich das wissen? War es nicht deine Idee, in den Wald zu gehen?«

Mit einem schiefen Grinsen antwortete Șten: »Bist du nicht ein Freund der Vînai?«

»Ja, das ist er in der Tat«, ertönte eine Antwort aus dem Unterholz, die Șten herumfahren ließ. Obwohl er sich sehr anstrengte, den Sprecher zu entdecken, sah er nur Blattwerk und Zweige, die sich im beständigen Strom des Regens sanft bewegten.

»Ich komme unbewaffnet und, äh, in Frieden«, rief er deswegen unsicher in den Wald. Ein helles Lachen antwortete ihm, und dann glitt eine Gestalt aus dem Schatten eines Baumes hervor.

Auch dieser Elf war kleiner als Șten, aber nur wenige Fingerbreit, und er hatte langes kastanienbraunes Haar, das ebenso wie Ştens nass vom Regen war. Die Züge des Vînak waren scharf geschnitten, die Wangenknochen hoch und die Augenbrauen geschwungen. Die hellen, honigfarbenen Augen funkelten vor Spott, wie es Şten erschien, und seine schmalen Lippen waren zu einem belustigten Grinsen verzogen.

Glattes dunkles Leder mit Pelzbesatz bedeckte den Leib des Elfen, doch Ştens Blick wurde besonders von dem langen Bogen mit dem aufgelegten Pfeil angezogen, den der Vînak noch nicht gespannt hatte. *Diese Pfeile sind durch die Rüstungen der Masriden gedrungen, als wären diese aus Pergament,* ging es Şten durch den Kopf, *und ihre Schüsse haben immer mit tödlicher Sicherheit getroffen. Wir sind auf ihre Freundlichkeit angewiesen, auch wenn Menschen und Elfen selten Verbündete waren ...*

»Ich will reden«, sagte Şten und hob die Hände höher. »Ich habe bereits mit einem von eurem Volk gesprochen.«

»Dann rede, Mensch, bevor du dich in all dem Wasser auflöst«, spottete der Elf und ging in die Hocke, ohne dabei die beiden Wlachaken aus den Augen zu lassen.

»Warum habt ihr uns geholfen?«, erkundigte sich Şten vorsichtig.

»Es erschien uns ein guter Weg«, antwortete der Vînak geheimnisvoll.

»Ihr wusstet, dass wir kommen?«

»Uns entgeht wenig, was in diesem Wald geschieht, Mensch. Dies hier ist unsere Heimat.«

»Natürlich. Aber wieso habt ihr Vangeliu davon erzählt?«, fragte Şten weiter.

Eine Weile schwieg der Elf und fixierte Şten mit seinen unergründlichen Augen, dann grinste er wieder und antwortete: »Man hat uns von euch berichtet. Trolle, die mit Menschen reisen. Ruvon sagte uns, dass ihr über den Fluss kommen werdet.«

»Ruvon? Ihr habt mit ihm gesprochen?«, erkundigte sich der Wlachake.

»Nein.«

»Aber hast du nicht eben gesagt ...«, wunderte sich Şten.

»Ruvon sprach zu uns, nicht wir mit ihm. Ihr seid auf der Suche nach jenen, welche den Trollen schaden.«

»Das ist richtig. Wir wissen jetzt, wo sie ihren Sitz haben«, erklärte der junge Krieger.

»Ja. Und Ruvon wünscht, dass ihr dorthin gelangt. Außerdem«, sagte der Vînak, und sein Grinsen wurde breiter, »mögen wir die Eisenmenschen noch weniger als euch.«

»Und warum sollen wir dorthin gelangen?«, hakte Şten nach.

»Es regen sich Dinge, die verborgen bleiben sollten. Die Eisenmenschen erwecken alte Schatten, die in dieser Welt keinen Platz mehr haben sollten.«

»Alte Schatten?«, fragte der junge Wlachake verwirrt, »welche alten Schatten?«

»Schatten von Schmerz und Verrat und Einsamkeit, Mensch. Schatten, die in die Erde flohen und dort schlafen sollten bis zum Ende.«

»Ich verstehe dich nicht ... Willst du etwa sagen, dass die Masriden, dass der Albus Sunaş mit Dunkelgeistern paktiert?«

»Ihr Menschen wisst so wenig«, erwiderte der Elf überheblich und wandte sich ab.

»Danke für eure Hilfe«, rief Şten ihm nach. Nach wenigen Schritten war die Gestalt im Grün des Waldes verschwunden und ließ Şten allein mit Vangeliu zurück.

»Ab jetzt müsst ihr euren Weg allein finden, Mensch«, erklang die Stimme des Elfen noch einmal. »Eurem Pfad können wir nicht folgen.«

»Ja, klar! Sichere Wege, Freund!«, verabschiedete sich Şten und wandte sich an Vangeliu: »Was bedeutet das alles?«

»Du kennst Ruvon?«, fragte Vangeliu erstaunt.

»Was heißt kennen, wir haben uns einmal getroffen. Wieso? Wer ist er?«

»Ruvon ist so etwas wie der Anführer der nördlichen Sippen«, erklärte der alte Geistseher. »Ein König der Vînai, wenn du so willst.«

»Er wirkte nicht gerade königlich auf mich. Nur sehr gefährlich. Aber was, bei den Dunkelhöllen, bedeutet das Gerede über den *alten Schatten*?«

Der alte Mann sah sich um und meinte: »Nass ist es hier. Lass uns erst einmal wieder ins Haus gehen.«

Aufstöhnend folgte Şten dem Geistseher und dachte: *Kann mir nicht einfach mal jemand sagen, was hier überhaupt vor sich geht?*

In der Hütte angekommen, wo die beiden Wlachaken freudig vom Rest ihrer kleinen Gruppe begrüßt wurden, setzte sich Vangeliu so nahe ans Feuer, dass sein Gewand zu dampfen anfing, seufzte und begann: »Die Worte des Vînak bestätigen meine Befürchtungen.«

Als der Alte danach schwieg und einfach nur mehr in das Feuer starrte, fragte Şten schlicht: »Befürchtungen?«

»Es gibt mächtige Wesen und mächtige Orte in diesem Land. Wo sich die Mauern des Klosters Starig Jazek erheben, war einst eine heilige Stätte für die Geistseher unseres Volkes. Ein Ort, an dem wir uns einmal im Sonnenjahr versammelten, um ein Ritual durchzuführen. Denn dort gibt es einen mächtigen Brunnen, der bis in die Tiefen der Erde reicht, bis hinab zu den Gebeinen der Welt selbst. Am Grunde dieses Brunnens schläft etwas, eine Kreatur, die dort Vergessen und Frieden sucht und deren Schlaf wir mit unseren Ritualen verlängert haben.«

»Eine Kreatur? Ein Geist?«, warf Viçinia fragend ein, und Vangeliu nickte.

Der Geistseher wirkte jetzt noch viele Jahre älter, wie er gebeugt am Feuer saß, dessen Schein sich in seinen hellen Augen spiegelte.

»Ein Geist, ja. Einst mächtig und strahlend, nun krank und dunkel. Wir linderten seinen Schmerz und heilten seine Wunden, doch die Krankheit konnten wir nicht von ihm nehmen. Seit die Masriden uns vertrieben haben, kümmert sich niemand mehr um diesen Geist. Wir gingen davon aus, dass die Männer des Albus Sunaş die Geister des Landes nicht weiter beachteten und hofften, dass der Geist schlafen werde, auch wenn wir unsere Rituale nicht mehr durchführen können. Die Jahre vergingen, viele Geistseher starben in den Flammen der Scheiterhaufen, und der Albus Sunaş errichtete ein Kloster auf dem heiligen Ort, wie sie es überall im Lande taten. Der Geist selbst schlief, unruhig zwar, denn seine Schmerzen kann man überall spüren, doch er schlief. Jetzt aber …«

»Die Masriden tun etwas mit diesem Geist!«, erkannte Şten. »Damit beeinflussen sie die Erde und das Gestein, um den Trollen zu schaden.«

»So scheint es«, erwiderte Vangeliu. »Und ich fürchte, dass sie nicht einmal ahnen, worauf sie sich da einlassen.«

»Was meinst du?«, fragte Flores verwirrt.

»Wenn der Geist aufwacht, dann wird Finsternis über Wlachkis kommen«, prophezeite der alte Geistseher düster. »Seine Schmerzen treiben den Geist zu finstren Taten, und sein Atem wird das Land vergiften.«

»Ist er so mächtig?«, erkundigte sich Şten erschüttert, und Vangeliu nickte stumm.

»Wie ist sein Name?«, wollte Leica wissen. »Wie kann es sein, dass ein so mächtiger Geist nur so wenigen bekannt ist?«

»Ihr alle kennt einen seiner Namen, denn einst nannte man ihn den Weißen Bären«, erklärte Vangeliu leise, und plötzlich brach ein wildes Durcheinander aus, als alle gleichzeitig zu sprechen begannen. Laut erhoben sich die Stimmen, und es dauerte eine Weile, bis die Wlachaken sich beruhigt hatten.

Viçinia war es, die schließlich die Fragen stellte: »Wie kann das sein? Der Weiße Bär ist der Schutzgeist unseres Landes! Er ist wohlwollend und weise, wieso sollte er die Finsternis bringen? Und warum weiß niemand davon?«

»Der Geist ist krank und verwundet. Er wurde verraten und floh in die Erde. Aber auch wenn er schläft, ist sein Einfluss auf unser Land groß, und seine Träume sind nicht ruhig. Warum niemand davon weiß?«, fragte Vangeliu achselzuckend und gab sich selbst die Antwort: »Wie viele interessieren sich noch für die alten Legenden? Wie viele, die es wussten, starben auf den Scheiterhaufen der Sonnenanbeter? Die alten Wege geraten in Vergessenheit, mit jedem Geistseher, der stirbt, ein wenig mehr. Hast du an die Legenden von Radu dem Heiligen geglaubt, Kind?«

»Ich weiß nicht«, gab Viçinia zu. »Aber ...«

»Es ist schon gut«, beruhigte sie der alte Mann. »Es ist der Lauf der Welt. Nichts währt ewig.«

»Meine Schwester wird die alten Wege wieder ehren«, erwiderte Viçinia ernst. »Wenn unser Kampf erfolgreich ist, werden wieder Geistseher unsere Voivoden beraten.«

»Vielleicht. Doch diese Tage werde ich wohl nicht mehr erleben. Ich bin den Häschern nur entkommen, weil ich Freunde gefunden habe, die mich beschützen. Ohne sie ...«, sagte Vangeliu und ließ die letzten Worte unausgesprochen.

»Umso wichtiger, dass wir Zorpad aufhalten«, stellte Şten grimmig fest, und alle nickten.

»Draußen liegen zwar ein paar Leichen, doch vor allem haben uns die Masriden einige Pferde dagelassen. Wir sollten sie einfangen, damit ihr aufbrechen könnt«, schlug Şten vor.

»Ihr solltet so bald wie möglich aufbrechen, um einen Vorsprung zu gewinnen. Reitet die Nacht durch, macht nur Rast, wenn es gar nicht anders geht. Ihr müsst das Mardew sicher erreichen.«

»Du hast Recht«, stimmte Viçinia dem jungen Wlachaken zu, »Eile ist geboten. Costin und Leica, versucht die Pferde zu finden, wir brauchen sechs.«

»Fünf«, warf Sargan ein. »Ich werde nicht mit euch kommen.«

»Nicht?«, wunderte sich Viçinia.

Şten fragte: »Wie sind deine Pläne, Dyrier?«

»Ich muss mit den Trollen reden und auch mit dir, Şten«, erwiderte der Rothaarige. »Weiter weiß ich noch nicht, aber dieses Mardew klingt ungemütlich. Nicht gerade die Gegend, wo ich den Winter verbringen möchte.«

»Es wird Krieg geben, Sargan«, erinnerte ihn Şten eindringlich. »Und du wurdest beim Angriff auf Burg Remis gesehen. Zorpad wird dich vierteilen lassen, wenn er dich erwischt.«

»Dann sollte ich ihm wohl besser aus dem Weg gehen, was?«, scherzte Sargan, sagte dann jedoch ernst: »Du hast Recht, aber der Krieg wird auch zu euch nach Désa kommen, und ich bin kein Krieger. Ich schlage mich schon irgendwie durch.«

»Wie du wünschst«, meinte Şten. »Du bist ein freier Mann. Vielleicht bist du kein Krieger, aber ein Schreiber bist du auch nicht.«

»Nein, aber darüber können wir später reden«, erwiderte der Dyrier.

Misstrauisch sah Şten den rothaarigen Mann an, doch Flores sagte: »Er hat mich gerettet, als die Trolle mich töten wollten. Er ist undurchschaubar, aber irgendwie auf unserer Seite, oder?«

»Irgendwie, ja«, stimmte ihr Sargan zu.

»Gut. Wie auch immer, aber bilde dir nicht ein, dass ich dich aus den Augen lasse, Dyrier«, sagte Şten mit einem Seufzen.

»Keineswegs«, grinste Sargan entwaffnend, »keineswegs.«

Es dauerte eine Weile, bis die Pferde gefunden und eingefangen waren. Währenddessen trugen Şten und Flores die Leichen der acht Masriden an den Waldrand, wo sie die Toten nebeneinander legten. Von den Pfeilen fehlte jede Spur, doch die Wunden in den Leibern sprachen eine deutliche Sprache. Einige waren durch ihre Rüstungen hindurch getötet worden, andere hatten tödliche Verletzungen an ungerüsteten Stellen, wie dem Hals oder dem Gesicht, erlitten. Bei keinem der Reiter hatten die Vînai mehr als einen Pfeil benötigt, um ihn zu fällen. Der Gedanke an die tödliche Präzision, mit der dieser Angriff aus dem Nichts über die Reiter hereingebrochen war, ließ Şten schaudern.

»Sie hatten keine Möglichkeit zu überleben«, murmelte Flores, und ihr Bruder nickte.

»Man sieht sie nicht, und dann ist man einfach tot«, sagte Şten kopfschüttelnd, während er die Toten untersuchte.

»Wir sollten schauen, was wir gebrauchen können«, schlug Flores vor, und Şten sah seine Schwester erstaunt an.

»Was, du meinst plündern?«

»Was denn sonst? Meine Güte, du bist derjenige, der ständig im Kriegszustand lebt. Willst du mir erzählen, dass es in Ordnung ist, die armen Schweine umzubringen, aber nicht, den Toten ihre Waffen abzunehmen?«

»Nein, natürlich nicht«, erwiderte Şten. »Ich dachte nur ... Ach, vergiss es.«

Also nahmen sie den Gefallenen Waffen, Rüstungsteile und sonstige nützliche Ausrüstung wie Mäntel und Kleidung ab, die ihnen fehlte, und trugen die Sachen zur Hütte.

»Wir können sie nicht begraben«, sagte Şten entschuldigend zu Vangeliu. »Es sind zu viele.«

»Keine Sorge, mein Junge, darum kümmere ich mich schon«, beruhigte ihn der alte Geistseher. »Ihr könnt einfach von hier verschwinden, ich räume schon auf.«

Als es dunkel wurde und die ohnehin graue Welt ihre Farben verlor, kehrten Costin und Leica durchnässt, aber erfolgreich zurück, denn sie führten fünf der Streitrösser am Zügel. Wenig später machten sie sich bereit zum Aufbruch.

»Mach's gut, Brüderchen«, flüsterte Flores ihm ins Ohr, als sie ihn zum Abschied umarmte, »sichere Wege.«

»Sichere Wege, Flores«, erwiderte Şten ernst und sah sie mit einem traurigen Lächeln an. Dann wandte sie sich ab und schwang sich auf ein Pferd. Costin und Leica tippten sich grüßend an die Stirn, und Suhai schlug Şten mit der gesunden Hand auf die Schulter.

»Danke, Şten cal Dabrân. Sichere Wege!«

»Sichere Wege euch allen«, verabschiedete sich Şten und wandte sich Viçinia zu, die ihn aus ihren dunklen Augen anblickte. Selbst in dem viel zu großen Umhang der masridischen Reiter, mit nassem Haar und bleichem, erschöpftem Gesicht erschien sie Şten schöner als alle Königinnen und Voivodinnen der Legenden. Wortlos trat sie an ihn heran und strich ihm sanft eine nasse Haarsträhne aus der Stirn. Er griff nach ihrer Hand und drückte sie einen Augenblick gegen seine Wange.

»Sei vorsichtig«, verlangte sie, und er nickte stumm.

»Versprich es mir.«

»Ich verspreche es«, gelobte Şten.

»Du lügst«, meinte Viçinia freundlich.

Der junge Krieger grinste. »Tu nicht so, als ob du mich nicht wiedersehen würdest.«

Sie lächelte, als sie sich daran erinnerte, dass sie dieselben Worte zu ihm gesagt hatte, vor einer Ewigkeit, wie es Şten erschien. Ihre Finger berührten sein Gesicht.

»Alle unsere Wege sind dunkel und gefahrvoll in nächster Zeit. Ich möchte dich nicht noch einmal verlieren, Şten.«

Die Geister wissen, dass ich dich nicht verlassen will!, dachte Şten, aber laut sagte er: »Das wirst du nicht. Ich komme so rasch ich kann nach Désa.«

Einen Augenblick zögerte er, noch immer die Hand auf ihrer. Dann beugte er sich vor und umarmte sie. Sie schlang die Arme um seinen Hals, und einen zeitlosen Augenblick verharrten sie so.

»Sichere Wege, Şten cal Dabrân«, flüsterte Viçinia.

»Sichere Wege, Viçinia cal Sareş.«

Daraufhin wandte sie sich ab, wobei Şten ein Glitzern in ihren Augen zu sehen glaubte. *Weint sie?*, wunderte sich der Krieger, doch die einsetzende Dunkelheit und der Regen hielten Tränen verborgen.

Wenige Herzschläge später trieben die fünf Wlachaken ihre Pferde an, und die kleine Gruppe ritt auf den Pfad, um das letzte Licht des Tages so gut wie möglich zu nutzen. Laut Vangeliu mündete der Pfad bald in einen größeren Weg, der im Norden zu einer Fährstation führte und im Süden nach Dabrân. Letzterem würden die Wlachaken zunächst folgen, um dann die Stadt zu umgehen und auf geheimen Wegen ins Mardew zu gelangen.

Sichere Wege, wiederholte Şten in Gedanken und sah den Reitern noch lange nach, auch nachdem sie schon im Zwielicht verschwunden und die Hufe ihrer Pferde verklungen waren. Dann wandte er sich an Vangeliu, der neben ihm stand.

»Lass uns reingehen, Alterchen. Bald werden die Trolle aufwachen, und wir haben ihnen einiges zu berichten.«

Mit einem Brummen folgte ihm der alte Mann, und Sargan sah von seinem warmen Platz vor dem Feuer auf: »Nur wir drei Männer, hm?«

»Und die Trolle«, sagte Vangeliu mit einem Nicken in Richtung des Schuppens.

»Stimmt, die Trolle hätte ich fast vergessen«, grinste Sargan. »Wenn sie schlafen, sind sie so ruhig und friedlich. Wie drei Schritt große, menschenfressende Säuglinge.«

»Pard wird wütend sein, wenn er aufwacht und feststellt, dass die anderen weg sind«, prophezeite Şten. »Aber eigentlich ist er immer wütend.«

So saßen die drei unterschiedlichen Männer vor dem Feuer und warteten schweigend darauf, dass die Sonne unterging und die Welt in Dunkelheit versank, damit die gewaltigen Trolle erwachten.

Tatsächlich waren die Trolle jedoch sehr schweigsam, als sie erwachten und zur Hütte des Geistsehers kamen. Selbst Pard nahm die Neuigkeit vom Aufbruch der Wlachaken einfach mit einem Brummen auf. Erst als Şten vom Auftauchen der Elfen berichtete und von dem kurzen, sehr einseitigen Gefecht mit den Masriden, kam Leben in die vier.

»Die Krieger aus der Stadt waren hier?«, fragte Anda wild. »Wo sind sie?«

»Geflohen«, erwiderte Şten. »Bis auf die Gefallenen. Von ihnen hatten wir Pferde für …«

»Tote? Wo?«, unterbrach ihn Anda herrisch.

»Am Waldrand. Wieso?«, fragte Şten noch, doch Anda war schon aufgesprungen und durch die Tür nach draußen in den Regen gestürmt. Verwirrt sah der Wlachake zu Druan, der entschuldigend die Hände hob, und lief zur Tür. In der Dunkelheit der Nacht konnte er kaum erkennen, was Anda dort tat, aber dann ertönte ein langes, reißendes Geräusch, das Şten die Knie weich werden ließ. *Ihr Geister!,* dachte er entsetzt. *Was tut dieses Ungeheuer da?*

Die Geräusche ließen keinen Zweifel an der Antwort auf diese Frage. Offenkundig fiel Anda über die toten Masriden her und zerfetzte ihre Leiber. Wütend wandte Şten sich um und funkelte Druan an.

»Was soll das?«, herrschte er ihn an.

»Sie hat ihren Gefährten verloren«, sagte Druan leise.

»Zdam?«, fragte Şten verwirrt.

»Ja. Zdam war Andas Gefährte«, erklärte Roch, »und die Stadt-Krieger haben ihn getötet.«

Leise erhob sich Sargan, zog Şten am Arm zurück in die Hütte und schloss die Tür, um die Geräusche auszusperren, die Andas Zorn draußen verursachte. »Drückt sich bei euch Trauer immer auf diese Weise aus?«, erkundigte er sich vorsichtig.

»Zorn, Menschlein«, zischte Pard. »Sie ist zornig. Wie wir alle!«

Schweigend wartete die ungleiche Gruppe, bis Anda wieder zurückkehrte und sich schnaufend durch die Türe bückte. Obwohl es immer noch beständig regnete, hatte das Wasser längst nicht alles Blut von ihrem Körper gewaschen. Rote Bäche flossen an ihrem Leib hinab und bildeten kleine Pfützen auf dem Boden der Hütte. Der alte Vangeliu schien sich nicht daran zu stören, und auch Şten ignorierte das grausige Bild einfach.

»Es tut mir Leid«, begann er mit Blick auf Anda. »Ich wusste nicht, dass Zdam …«

»Halt dein Maul, Mensch«, fauchte sie ihn an. »Er ist tot.«

Hilflos sah Şten zu Druan, der den Kopf schüttelte. Also beschloss der Wlachake, das Thema zu wechseln, und wandte sich an Sargan: »So. Die anderen sind weg, die Trolle sind wach, jetzt kannst du reden.«

»Tja«, sagte Sargan mit einem offenen Grinsen. »Wie ich den Trollen bereits erzählt habe, ich bin kein einfacher Schreiber.«

»So weit waren wir auch schon«, warf Şten ein.

»Ich stamme aus dem Dyrischen Imperium, aber ich bin nicht aus Zufall hier. Ich wurde gesandt, um die Geheimnisse der Zwerge auszuspionieren.«

»Gesandt?«, fragte Şten erschüttert. »Von wem?«

»Das kann ich dir nicht sagen, selbst wenn ich es wollte. Vertrau mir.«

»Dir vertrauen? Du lügst und betrügst ohne Unterlass, wie soll ich dir da vertrauen?«, entgegnete Şten mit scharfer Stimme.

»Ich wollte niemanden in die Sache hineinziehen, Şten. Außerdem konnte ich nicht wissen, ob ich dir und den Trollen vertrauen kann. Wir waren Fremde, und ich kenne weder dieses Land noch die Trolle gut genug, um ...«

»Du bist ein Späher des Imperiums? Ein Spion?«, fragte Şten zur Sicherheit nach, und Sargan nickte.

»Was war dein Auftrag?«, hakte der Wlachake nach.

»Mehr über das Kleine Volk herauszufinden. Sie kontrollieren den größten Teil des Handels mit deinem Land, und dies irritiert einflussreiche Leute am Imperialen Hof. Zudem erzwingen die Zwerge die Preise für Waren und Güter sowohl aus Ardoly als auch aus ihren eigenen Beständen.«

»Es geht um Geld«, stöhnte Şten, und wieder nickte Sargan.

»Ja, um viel Geld. Die Zwerge sind reich, Şten, und sie horten ihre Schätze in den Bergen.«

»Wir kämpfen um unser Überleben, und die Trolle haben beinahe noch mehr zu verlieren als selbst wir, und du hast nichts als Gold im Kopf«, warf Şten dem Dyrier vor, der ihn zornig anfunkelte.

»So? Soll ich dir eine Geschichte erzählen, Şten cal Dabrân, Sohn des Csiró von Dabrân und Schützling der Voivodin Ionna? Meine Eltern waren arm, wirklich arm. Mein Vater war ein Tagelöhner, meine Mutter nähte und wusch für reiche Bürger. Eines Tages starb mein Vater bei einem Unfall am Hafen, zerquetscht von einer Kiste voller Gewürze. Meine Mutter konnte uns nicht ernähren, wir waren fünf Kinder, und kein Mann würde eine arme Frau mit fünf hungrigen Mäulern heiraten, also verkaufte sie mich in die Sklaverei. Ich zählte keine sieben Sommer damals. Ich hatte Glück, denn man gab mir gutes Essen, lehrte mich Lesen und Schreiben und zeigte mir einen Weg zur Freiheit. Ich diente den Herren, denen ich gehörte, ich tat alles, was sie mir auftrugen, ich stahl, spitzelte und mordete für sie, bis sie mich freiließen. Dann tat ich weiter, was man mir beigebracht hatte, doch jetzt bekam ich Gold dafür, und da meine Dienste begehrt waren, wurde ich reich. Ich habe drei Frauen, Şten, und sieben Kinder, und keines von ihnen wird jemals Hunger leiden müssen oder verkauft werden! Also erzähl mir nichts von Geld, Şten cal Dabrân, denn ich weiß genug davon!«

Erstaunt betrachtete Şten den wütenden Dyrier, der sich nach vorn gelehnt hatte und den Krieger herausfordernd ansah. Die Blicke der Trolle wanderten zwischen den beiden Menschen hin und her, und Şten vermutete, dass die gewaltigen Wesen kaum etwas von Sargans Geschichte verstanden hatten, denn sie kannten die Verhältnisse bei den Völkern der Menschen nicht. Schließlich warf Vangeliu noch einen Scheit ins Feuer, was Funken aufstieben ließ, und seufzte: »Eine traurige Geschichte, mein Junge. Aber das scheinen die einzigen Geschichten zu sein, die es heutzutage noch gibt.«

Für eine Weile schien jeder seinen Gedanken nachzuhängen, dann fragte Druan: »Weißt du mehr über den Ort der Sonnenmagier, Şten?«

»Ja, wir wissen jetzt, wo sie diese Zauber wirken. Das hoffe ich zumindest, denn alle Hinweise deuten darauf hin.«

»Wo ist er?«

»Das Kloster Starig Jazek liegt südlich von hier, gar nicht so weit. In den Ausläufern der Sorkaten bei Baça Mare.«

»Star...ig Jazek«, grübelte Anda. »Gibt es dort Krieger von Zorpad?«

»Vielleicht«, räumte Şten ein. »Das weiß ich nicht. Aber wenn er dort Interessen hat, ist es durchaus möglich.«

»Gut«, antwortete die Trollfrau mit einem düsteren Unterton in der Stimme, der Şten trotz der Wärme des Feuers frösteln ließ.

»Du wirst uns dorthin führen? Was ist mit dem Lautmaler?«, fragte Roch neugierig.

»Ich führe euch«, antwortete Şten. »Was mit dem da ist, weiß ich nicht, aber ich würde ihn nicht mitnehmen. Er ist eine Gefahr für uns, man kann ihm nicht trauen.«

»Unsinn«, warf Sargan ein. »Ich habe den Trollen auf dem Marktplatz in Teremi beigestanden, und ohne mich wärst du tot, Şten. Ich ...«

»Der Dyrier ist nicht vertrauenswürdig!«, unterbrach Şten ihn scharf.

»Er hat aber Recht«, maulte Roch. »In der Stadt hat er gesagt, dass wir dir helfen sollen.«

»Vielleicht, weil es seinen Zwecken in diesem Augenblick genutzt hat, aber was ist, wenn sich seine Meinung ändert?«

»Dann erledigen wir ihn«, antwortete Pard grimmig.

»Ja«, erklärte Druan. »Er ist ein Feind der Zwerge. Doch wenn er uns verrät, dann töten wir ihn. Ganz einfach ...«

»Vielleicht ist es dann zu spät, er ist verdammt schlau«, merkte Şten an, doch die Trolle schienen sich entschieden zu haben. Für einige Herzschläge überlegte der Wlachake, ob er ihnen die Hilfe versagen sollte, dann seufzte er und gab nach.

»Gut, wie ihr wollt. Aber kommt nachher nicht und beschwert euch, wenn der Spion da uns allen den Tod bringt!«

»Ha!«, lachte Roch. »Das sagt Pard auch immer!«

»Halt den Mund«, fauchte der riesige Troll. »Außerdem, wenn man tot ist, beschwert man sich sowieso nicht mehr!«

Das brachte alle Trolle bis auf Anda zum Lachen, und Şten

verzog das Gesicht. Sargan, der die ganze Zeit geschwiegen hatte, suchte seinen Blick.

»Mir ist nicht daran gelegen, euch zu verraten, Şten, im Gegenteil.«

»Jetzt nicht, Dyrier, aber wenn deine Herren ihre Meinung ändern oder wenn es dir sonst irgendwie günstig erscheint, dann wirst du zur Gefahr«, stellte der junge Krieger fest. *Seine Treue gehört allein dem Geld und sonst nichts. Wir sind für ihn nur einfache Werkzeuge. Wenn wir nutzlos geworden sind, wird er uns beiseite legen. Und wir wissen bereits zu viel; vermutlich könnte das Wissen über seine Herkunft und seinen Auftrag den mächtigen Herren im Imperium schaden.*

»Wollt ihr aufbrechen?«, erkundigte sich Vangeliu und sah die Trolle fragend an.

»Ja«, befand Druan. »Je eher, desto besser.«

Während sie ihre Habseligkeiten packten, beobachtete Şten Sargan, der seinen misstrauischen Blick ignorierte und sich mit Roch über Buchstaben unterhielt. Als sie sich von Vangeliu verabschiedeten, ermahnte der alte Mann Şten: »Mach der Dunkelheit in dem Kloster ein Ende, mein Junge. Es ist besser für uns alle.«

»Ja, Vangeliu, ich weiß.«

»Sollte der Geist erwachen, so stehen uns bittere Tage und grimmige Nächte bevor«, sagte der Geistseher eindringlich.

»Dann müssen wir es wohl verhindern, wie?«, fragte Şten sarkastisch, was ihm einen bösen Blick einbrachte, der jedoch schnell wieder aus den hellblauen Augen verschwand und von Schalk ersetzt wurde.

»Sichere Wege, Schlaukopf«, sagte Vangeliu grinsend, und Şten erwiderte: »Sichere Wege, Alterchen.«

Damit traten die Trolle, Sargan und Şten aus der Hütte in den Regen und die Dunkelheit und schritten den Pfad entlang, der sie nach Süden bringen sollte, wo die Sonnenpriester des Albus Sunaş den heiligen Ort der Wlachaken schändeten.

46

Schlecht gelaunt stapfte Sargan hinter den Trollen her. Irgendwo hinter sich spürte er Ştens Anwesenheit, doch der Wlachake sagte kein Wort. Die Tage und Nächte ihrer Wanderungen zogen sich quälend langsam dahin, denn Şten besprach nur das Nötigste mit dem Dyrier, und auch die Trolle blieben lieber unter sich. Zudem ließ der sturmgepeitschte Regen einfach nicht nach, der jede Kleidung nach kurzer Zeit durchnässt hatte. Inzwischen hatten sich alle damit abgefunden, nicht mehr trocken zu werden, nachdem sie seit der Rast in Vangelius Hütte keinen Tag mehr geschützt hatten verbringen können, geschweige denn ein Dach über dem Kopf gehabt hätten. Ein Feuer zu entzünden war bei diesem Wetter eine Kunst, die Şten zwar beherrschte, aber die kleinen, qualmenden Flammen genügten kaum, um ein wenig Wärme in die durchgefrorenen Leiber zu schicken.

Welch ein kaltes, nasses und vor allem schmutziges Land, dachte der Dyrier zum hundertsten Mal angewidert, *voller unfreundlicher Menschen. Obwohl es natürlich auch Ausnahmen gab. Wer hätte gedacht, ein solches Kleinod wie die Dame Viçinia mitten unter diesen Barbaren zu entdecken?* Sargan bedauerte es außerordentlich, dass er die junge Adelige nicht näher kennen gelernt hatte, aber er hatte wahrlich keinen Grund gehabt, ihre rückständige Heimatprovinz zu besuchen. *Außerdem hat unser Şten hier wohl auch ein Auge auf sie geworfen, wenn ich mich nicht sehr irre. Und vermutlich wird sie dem ungewaschenen Lümmel ebenfalls ihr Herz schenken, das arme Kind. Sie ist ja nichts Besseres gewohnt ...* In düstere Gedanken versunken, schritt der Dyrier durch den nicht nachlassenden Regen.

Nur die kurzen Zeiten, in denen sie rasteten und er dem

einhornigen Troll Roch ein wenig Schreiben und Lesen beibrachte, boten Abwechslung, ansonsten marschierten sie unablässig durch den dichten Forst, in den sie noch in der ersten Nacht eingedrungen waren, als sie den Pfad verlassen hatten. Zum Glück walzten die großen und massigen Trolle alles nieder, sodass der Weg nicht allzu anstrengend war, aber dennoch konnte es geschehen, dass man in der Dunkelheit eine Wurzel oder einen Stein übersah und stürzte, was Sargan mehrfach passiert war und zu üblen Prellungen geführt hatte. Seufzend rieb er sich über einen hässlichen blauen Fleck an seiner Hüfte und fragte sich ein weiteres Mal, ob sein Plan, mit den Trollen herumzuziehen, wirklich so gut war, wie er es sich vorher eingeredet hatte. Sicher, es gab einiges zu erfahren, und eine Störung der Handelsbeziehungen zwischen Zorpad und dem Kleinen Volk wäre seinen Auftraggebern gewiss willkommen. Andererseits erschien ihm dieses ganze Unterfangen inzwischen doch äußerst mühselig.

Als an diesem Tage die Sonne aufging, sprachen Şten und Sargan sich kurz über die nötigen Wachen ab. Dann legte der Dyrier sich hin und versuchte, trotz der Kälte in seinen Knochen Schlaf zu finden. Natürlich würde Şten während Sargans eigener Wachen wieder lange aufbleiben, um ihn nicht aus den Augen zu lassen, aber Sargan machte sich keine Sorgen darum, dass Şten ihn verraten könnte. Der Wlachake war, trotz allem, ein ehrbarer Mann und würde wohl nicht so einfach einen unbewaffneten Gegner im Schlaf ermorden, selbst wenn er die Gelegenheit dazu hätte. Einerseits respektierte Sargan dies, andererseits war es eine klare Schwäche, die er sich selbst nicht auferlegen würde. *Am Ende zählt nur, wer noch auf den Beinen steht,* überlegte er, schon halb im Schlaf.

Plötzlich wachte er auf und spürte eine kalte Klinge an seinem Hals. *Was?,* dachte der Dyrier verschlafen. *So kann man sich irren.*

»Keine Spielchen, Sargan«, warnte Şten und lächelte böse.

»Was willst du?«, fragte der Dyrier zurück und zeigte vorsichtig seine leeren Hände.

»Antworten. Wieso wolltest du mitkommen?«, fragte Şten.

Sargan erwiderte: »Wir reisen schon tagelang zusammen, wieso kommst du erst jetzt auf die Idee, mir ein Messer an die Kehle zu halten?«

»Ich sagte: keine Spielchen«, knurrte der Wlachake und drückte fester zu, sodass die scharfe Klinge bedrohlich über Sargans Haut kratzte.

»Schon gut, schon gut. Ich will Zorpad daran hindern, seinen Teil der Vereinbarung mit den Zwergen zu erfüllen.«

»Warum?«, fragte Şten misstrauisch.

»Weil das die Pläne des Kleinen Volkes stört. Weil die Trolle Dinge über die Zwerge wissen, die vermutlich sonst keiner weiß. Weil ich dieses schmutzige, kleine Land bis zum nächsten Sommer sowieso nicht verlassen kann, selbst wenn ich wollte, weil die verfluchten Pässe selbst zu den besten Zeiten ungepflegte, ungeschützte, miserable Entschuldigungen für echte Handelswege sind, deswegen!«, zischte Sargan zurück und legte sich wieder hin, die Klinge an seinem Hals einfach ignorierend. *Entweder er sticht jetzt zu, oder ich habe ihn richtig eingeschätzt,* dachte der Dyrier mit klopfendem Herzen und hätte beinahe erleichtert aufgeseufzt, als Şten das Messer von seiner Kehle nahm.

»Gut«, sagte der Wlachake leise. »Verstehst du, dass ich dir nicht vertrauen kann?«

»Ob ich verstehe, dass du mich mit dem Messer an der Kehle ausfragst? Ja, sicher, das ist gerade noch an der Grenze dessen, was mein armer Geist erfassen kann«, höhnte Sargan sarkastisch. *Mit einem schlechten Gewissen wird er sehr viel einfacher im Umgang sein,* frohlockte Sargan, als er Ştens niedergeschlagenen Gesichtsausdruck bemerkte.

»Du hast Recht«, stimmte der Krieger zu. »Ich möchte dich um Entschuldigung bitten.«

Einen Augenblick funkelte Sargan den Wlachaken an, doch dann nickte er und gab scheinbar widerwillig nach, auch wenn er innerlich schon längst entschieden hatte.

»Entschuldigung angenommen. Kannst du mir jetzt sagen,

warum du so viele Tage gewartet hast, um mir diese Frage zu stellen?«

»Ich habe mit mir gerungen«, erwiderte Şten und zuckte mit den Achseln. »Es ist nicht meine Art.«

»Aber du dachtest dir, es wäre meine, und wolltest mir zuvorkommen?«, spekulierte der Dyrier, und Şten nickte entschuldigend.

»Du bist ein Spion, du hast selbst gesagt, dass du für Geld mordest.«

»Gemordet hast«, verbesserte ihn Sargan mit einer Lüge, die ihm einfach über die Lippen kam. »Diese Zeiten sind vorbei. Und du tötest auch.«

»Ja, ich weiß. Wir werden bald kämpfen müssen, fürchte ich. Dann sollten wir einander zumindest so weit vertrauen können.«

»Richtig«, stimmte ihm Sargan zu. »Du denkst, ich tue alles nur des Goldes wegen, nicht wahr? Nun denn, meine Auftraggeber bezahlen mich gut dafür, den Zwergen zu schaden und mehr über ihre Geheimnisse herauszufinden. Zorpad arbeitet mit ihnen zusammen, du und die Trolle gegen sie. Meine Wahl ist offensichtlich, oder?«

»Vermutlich schon«, gestand der junge Wlachake ein.

»Dann sollte zwischen uns alles geklärt sein. Wie wir nach der Angelegenheit im Kloster weiter verfahren, können wir dann ausmachen. Aber glaube mir, mein Wunsch, in Ardoly zu bleiben, ist nicht sehr ausgeprägt.«

»Meiner auch nicht«, entgegnete Şten. Verwirrt blickte Sargan in das Gesicht des Wlachaken, das von Erschöpfung und Kälte gezeichnet war.

»Was?«

»Ich will nicht in Ardoly bleiben«, erklärte Şten. »Ich will in meine Heimat, ich will nach Wlachkis. Und das geht nur, wenn wir es schaffen, Zorpad zu besiegen.«

»Verstehe.«

»Möglich. Aber wir kämpfen nicht für Gold, nicht für irgendwelche Herren, wir kämpfen für unsere Freiheit. Du musst das nicht respektieren, aber du solltest mir auch nicht in die Quere kommen.«

»Abgemacht«, sagte Sargan, »wobei ich euren Kampf und eure Hingabe daran tatsächlich respektiere. Nur ist es nicht der meine.«

Mit einem Nicken nahm Şten die Worte zur Kenntnis, wandte sich ab und überließ den Dyrier seinen Gedanken. *Er ist kein kaltblütiger Mörder, aber er ist dennoch gefährlich für seine Feinde,* dachte Sargan bei sich. *Irgendwie ist er angenehmer als Zorpad mit seinen Folterknechten und Heerscharen von Soldaten. Nun ja, dem Wlachaken eine Weile lang zu helfen wird nicht schaden, solange es auch meinen Zielen dient.*

»Dieses Himmelswasser ist widerlich«, regte sich Roch auf und wischte sich den Regen vom Gesicht.

»Tja, der ewige Regen schlägt schon aufs Gemüt«, erwiderte Sargan.

Aber der Troll winkte ab. »Man riecht gar nichts. Das Wasser stiehlt alle Gerüche!«

»Oh«, sagte der Dyrier, »das wusste ich nicht.«

»Ja, Menschen riechen ja auch nicht gut«, erklärte Roch bestimmt.

»Sargan riecht vielleicht schlecht, aber sonst?«, warf Şten ein.

»He!«, beschwerte sich der Dyrier und wollte widersprechen, doch Pard kam ihm zuvor.

»Reden, reden, reden. Meine Ohren bluten schon von eurem Geplapper!«

»Wie lange müssen wir noch gehen?«, erkundigte sich Roch.

Şten sagte vorsichtig: »Nicht mehr lange, wenn ich mich nicht irre. Vielleicht erreichen wir unser Ziel noch in der heutigen Nacht, sonst ganz sicher morgen. Die Hügel hier sind die Ausläufer der Sorkaten.«

»Ein Glück«, murmelte Sargan erschöpft. »Dann haben wir es bald hinter uns.«

»Zuerst müssen wir noch die Sonnenpriester im Kloster aufhalten«, erwiderte Şten mit einem Augenzwinkern. »Aber das macht Pard schon, nicht wahr?«

»Sicher«, antwortete der riesige Troll selbstbewusst.

»Guck mal, Pard, ich kann deinen Namen schreiben!«, warf Roch plötzlich ein, doch zur Antwort stöhnte Pard einfach nur und verdrehte die Augen.

»Du bist doch nur neid…«, begann Roch, als Anda zischte: »Still!«

Sofort merkten die Trolle auf, Druan hob den gehörnten Schädel und schnupperte, während Pard und Roch sich zu Anda stellten und den düsteren Wald absuchten.

»Was ist?«, flüsterte Şten, während er sein Schwert zog und auch Sargan nach den Dolchen griff.

»Seltsame Gerüche«, erwiderte Anda leise, »so was habe ich noch nie gerochen!«

»Was meinst du?«, wollte Sargan fragen, doch dann drang ein leises Knurren an seine Ohren, das ihm die Nackenhaare aufstellte. Das Geräusch schien in seinen Eingeweiden selbst zu vibrieren und sandte ihm kalte Schauer über den Rücken. Eine tödliche Angst ergriff von dem Dyrier Besitz, und seine Handflächen waren plötzlich schweißfeucht.

»Bei der Göttin, was ist das?«, hauchte er entsetzt.

Şten packte ihn an der Schulter und zog ihn zu den Trollen.

»Irgendeine Kreatur der tiefen Wälder«, flüsterte der Wlachake und sah sich aufmerksam um. Seine Klinge glitt von links nach rechts, während er die Dunkelheit zwischen den Bäumen absuchte. Auch Sargan strengte sich an, etwas zu entdecken, doch der dunkle Wald verschluckte alles. Die Trolle hatten sich zusammengerottet und standen kampfbereit zwischen den mächtigen Stämmen. Hier, jenseits aller Zivilisation nahe dem Magy, war das Land noch sehr viel wilder, als Sargan es bisher kannte. Der Wald war tief und dunkel, voller Schatten und Geheimnisse, und nur selten setzten Menschen einen Fuß in diesen Teil des Forstes. Soweit der Dyrier wusste, wurde das Kloster über einen Pfad in den Hügeln versorgt, der den dichten Wald hier umging. *Keines Menschen Land*, zuckte es durch Sargans Kopf, als er angestrengt in der Dunkelheit nach der Bedrohung suchte.

»Dort!«, zischte Şten, und als Sargan herumwirbelte, sah er einen großen Schatten in der Finsternis, der einen Herzschlag später wieder zwischen zwei moosbewachsenen Bäumen verschwand.

»Meiner Treu!«, entfuhr es Sargan. »Was ist das für ein Wesen?«

»Zraikas«, flüsterte Şten, und Sargan glaubte Angst aus seiner Stimme herauszuhören. Erstaunt sah er den Wlachaken an, und tatsächlich war dessen Gesicht bleich und die Lippen zusammengekniffen. *Er fürchtet sich!*, erkannte Sargan, *trotz der Trolle!*

Dann trat eine dunkle, zottelige Gestalt aus den Schatten und baute sich nur wenige Schritt von der kleinen Gruppe entfernt auf. Obwohl die Trolle riesig waren, schien diese Bestie sie noch um einige Spannen zu überragen. Der Körper war von dichtem, langem Fell bedeckt, das in nassen Strähnen an dem Leib herabhing. Der Zraikas lief auf zwei Beinen, doch wirkte es, als könne er sich jederzeit auf alle viere hinablassen. Die Hände waren große, gefährliche Pranken. Am Furcht einflößendsten war der Kopf mit der großen, lang gezogenen Schnauze voller Reißzähne und den hoch stehenden, spitzen Ohren. *Zraikas*, dachte der Dyrier verwirrt, *riesige, aufrecht gehende Wölfe?*

Plötzlich ging alles sehr schnell. Die Kreatur gab ein tiefes Grollen von sich, und Pard hob die Arme über den Kopf und brüllte. Aus dem Stand sprang das Ungeheuer auf den Troll zu, überbrückte die Entfernung mit täuschender Leichtigkeit, und mit einem ohrenbetäubenden Brüllen prallten die beiden Giganten aufeinander. Aus dem Augenwinkel sah Sargan eine Bewegung. Ein weiteres dieser Monstren hechtete aus der Dunkelheit heran. Schon rasten die Klauen, jede mit messerscharfen Krallen besetzt, auf Sargans Kopf zu, doch dann vernahm der Dyrier einen Schrei. Mit Wucht warf sich einer der

Trolle zwischen den Menschen und den Zraikas, und die beiden Gegner gingen in einem Knäuel aus Armen und Beinen zu Boden.

»Rudel!«, schrie Şten warnend. »Es ist ein Rudel!«

Mit seiner Klinge hieb der Wlachake nach den Zraikas, doch falls er einen Treffer landete, so konnte Sargan das nicht erkennen. In einem wütenden Kampf hieben Troll und Zraikas aufeinander ein und fauchten und brüllten, während ihre Fangzähne sich in den Leib des jeweiligen Gegners gruben und die Pranken mit aller Gewalt zuschlugen.

Auch wenn Sargan die Klingen gezogen hatte, wusste er nicht, wie er den Trollen helfen sollte. Zu seiner Linken rangen Pard und eine der Kreaturen im Stehen miteinander, während rechts von ihm Roch über den Boden rollte. Die anderen beiden Trolle erwehrten sich gemeinsam eines einzelnen Zraikas, den Anda ansprang und zu Boden riss, woraufhin Druan mit animalischer Wildheit auf die pelzige Kreatur einschlug. Dieser Kampf der Titanen schien die Menschen nicht zu betreffen. Sargan stand wie auf einer winzigen Insel, während um ihn herum wilde Bestien sich zerfleischten. Aber Şten reagierte, warf sich nach vorn und stieß die Klinge mit beiden Händen tief in den Leib des Zraikas, der gerade Roch herumwirbelte und ihn zu Boden drückte. Mit einem Aufschrei griff das Monstrum an seinen Rücken und versuchte die Klinge zu erreichen, was der Troll nutzte, um die Reißzähne in den Bauch des Zraikas zu schlagen und einen großen Fetzen Fell und Fleisch herauszureißen. Blut spritzte auf, doch der Zraikas hieb mit den Klauen nach Roch und zerfetzte dessen Gesicht, während Şten die Klinge aus der Wunde zog und sie zu einem zweiten Schlag erhob. Bevor er jedoch zustoßen konnte, warf das Monstrum sich herum und hieb nach ihm, worauf er nur mit Mühe den messerscharfen Klauen entkommen konnte. Diesmal packte Roch den Zraikas an der Hüfte und riss ihn zurück. Dabei wurde auch Sargan zur Seite geschleudert und landete, sich mehrfach überschlagend, auf dem feuchten Waldboden. Er schüttelte den Kopf, um die Benommenheit zu vertreiben, kam wieder hoch und erhaschte einen Blick auf Pard, der auf dem Rücken seines Gegners kniete und dessen Schädel nach hinten bog. Die wilden Zuckungen und Hiebe mit den Klauen ignorierend, spannte der Troll die mächtigen Arme an. Der Zraikas jaulte und grub die Klauen an seinen Füßen in Pards Rücken, der schmerzvoll aufstöhnte, seinen tödlichen Griff aber nicht lockerte.

Plötzlich heulte ein anderer Zraikas auf, und Sargan sah Şten, der vor seinem Ungeheuer zurückwich und mit der Klinge nach diesem hieb. Gegen das zottelige, urtümliche Wesen wirkte der Krieger klein und machtlos, und wie als Zeichen seiner Überlegenheit fing die Kreatur den Schlag einfach mit der Pranke ab und hielt das Schwert an der Klinge fest. Die andere Klaue zuckte schnell nach vorn, doch Şten ließ sich fallen und riss seine Klinge mit, wobei die Klaue des Ungetüms durch den plötzlichen Ruck am Schwert abgetrennt wurde. Mit einem Brüllen drückte es sich die Blut spritzenden Überreste seiner Pranke an die Brust, während Şten verzweifelt auf dem Rücken davonkroch.

Sargans Blick hastete zu Roch und seinem Gegner, der gerade die Schnauze in die Schulter des Trolls grub. Roch schrie voller Qual auf und konnte sich nur noch schwach seines Feindes erwehren. Wie von Sinnen kroch Sargan vorwärts. *Meine Waffen, wo sind meine Dolche?*, dachte er verwirrt, doch dann biss der Zraikas erneut zu, und diesmal riss er Roch die Kehle mit einem blutigen Ruck heraus, legte den Schädel in den Nacken und heulte seinen Triumph in die Nacht.

Erschüttert blickte Sargan zu Pard, dessen Gegner jegliche Gegenwehr aufgegeben zu haben schien und sich nur noch unter den Pranken des Trolls wand, bis dieser mit einer heftigen Bewegung den Kopf ganz zurückriss. Das feuchte Knirschen, das durch die Nacht hallte, fuhr dem Dyrier durch Mark und Bein, während der Leib des Zraikas plötzlich erschlaffte. Angewidert warf Pard den Schädel seines Feindes nach vorne, wo er in einem unnatürlichen Winkel zum Torso liegen blieb, und sprang auf. Mit einer Pranke packte der gewaltige Troll einen mächtigen Ast und schleuderte ihn auf Ştens Gegner, der sich bedrohlich über dem Wlachaken aufgebaut hatte. Das Geschoss prallte mit voller Wucht gegen die Schläfe des Zraikas und wirbelte ihn herum. Pard beugte sich vor, entblößte die blutigen Hauer und brüllte herausfordernd.

Endlich fanden Sargans tastende Hände den Griff einer seiner Klingen; er kam hoch und schleuderte sie mit einer fließenden Bewegung auf den Zraikas, der auf Rochs reglosem Leib hockte und die Schnauze in der Brust des Trolls vergraben hatte. Der Wurf war sauber und präzise, und die schlanke Klinge bohrte sich in das rechte, böse funkelnde Auge des Ungeheuers, das voller Pein aufschrie und mit den Klauen nach seinem zerstörten Auge griff. *Mistvieh!*, dachte Sargan voll grimmiger Zufriedenheit, doch dann riss der Zraikas den Dolch aus der Wunde und fuhr zu ihm herum. Das unverletzte Auge fixierte den Menschen, und mit erhobenen Klauen sprang der Zraikas auf, während dunkles Blut aus seiner Augenhöhle spritzte. *Schlechter Plan, schlechter Plan*, dachte Sargan hektisch, während seine Finger vergeblich den Boden nach seinem zweiten Dolch absuchten.

Mit zwei mächtigen Schritten war der Zraikas heran, doch bevor er zuschlagen konnte, tauchte Şten hinter ihm auf und rammte ihm die Klinge beidhändig in den Oberschenkel. Wieder heulte er auf und traf Şten mit einem Rückhandschlag, der den Wlachaken durch die Luft schleuderte. Dann sprang plötzlich Anda über Sargan hinweg und prallte mit zerstörerischer Wut auf den Zraikas, während Druan den anderen packte, der mit Pard rang, und diesen nach hinten riss. Gemeinsam schlugen die beiden Trolle auf ihren Gegner ein; jeder Schlag sandte eine dumpfe Schockwelle durch Sargans Leib, bis Druan den Schädel des benommenen Zraikas packte und die Daumen in die Augen der Bestie drückte. Ein letztes Zucken lief durch den massigen, pelzigen Leib, und die beiden Trolle wandten sich Anda und ihrem letzten Feind zu, den sie zu dritt mit roher Gewalt zu Boden rangen und mit ihren Hauern regelrecht in Stücke rissen.

Schwer atmend kam Sargan auf die Beine, doch seine Knie waren weich und unwillig, ihn zu halten. Also kroch er auf allen vieren zu Roch. Der Troll sah furchtbar aus, riesige Wunden bedeckten seinen Leib: Die linke Schulter war bis auf den Knochen von den Fangzähnen des Zraikas aufgerissen, in der Brust prangte ein faustgroßes Loch. Doch vor allem sein zerfetztes Gesicht und die Kehle, die eine einzige, blutende Wunde war, erschreckten Sargan.

»Lautmaler«, flüsterte Roch mit einer furchtbaren Stimme. Sein Atem ging flach und pfeifend, und der Troll griff nach Sargans Schulter und zog ihn hinab zu seinem blutbesudelten Maul.

»Schreib von mir«, bat der einhornige Troll krächzend, und Sargan nickte, denn er wusste nicht, was er erwidern sollte. Plötzlich packte ihn eine mächtige Pranke und riss ihn weg, und Druan kniete neben Roch nieder, der lächelte.

»Roch?«, fragte Druan fast flehentlich. »Kleiner?«

Doch die Augen des anderen Trolls wurden bereits glasig. Er hustete noch einmal schmerzerfüllt, wobei sein ganzer Körper von Krämpfen durchgeschüttelt wurde. Dann lag er still. Mit einem steinernen Gesichtsausdruck stand Druan auf und wandte sich den anderen Trollen zu.

»Roch ist tot.«

»Verdammt!«, brüllte Pard wütend. »Warum hat er nicht aufgepasst?«

»Er hat mich gerettet«, erklärte Sargan immer noch leicht benommen.

»Ja! Dich und deinen verfluchten Lautmaldreck!«, warf ihm Pard vor. »Ich habe gleich gesagt, dass dieser Mist uns weich macht!«

In diesem Augenblick trat Şten in ihre Mitte, zog seine Klinge aus der Leiche eines erschlagenen Zraikas und wischte sich eine dünne Blutspur aus dem Gesicht. Mit einem Blick auf seine blutige Hand sagte der Wlachake: »Ich mochte Roch. Es tut mir Leid, dass er tot ist.«

»Einen Dreck tut dir das Leid«, erwiderte Pard, aber Druan legte dem großen Troll die Hand auf die Schulter, was ihn ein wenig zu beruhigen schien.

»Was sind das für Viecher?«, fragte Druan. »Zraks?«

»Zraikas«, erläuterte Şten, »Gestaltwandler. Wolf-Menschen. Sie leben im tiefen Forst. Auch ich hatte vorher noch nie einen gesehen.«

»Gestaltwandler?«, fragte Anda erstaunt.

»Ja. Es heißt, dass sie in die Haut von Menschen schlüpfen können, wenn sie wollen.«

»Was, in abgezogene Haut?«

»Nein, nein. Sie können ihre Gestalt verändern.«

Nachdenklich starrten alle auf die blutüberströmten Leichen der mächtigen Wesen, dann sagte Pard angewidert: »Wer will schon freiwillig ein Mensch sein?«

»Jedenfalls ist es seltsam, dass sie hier waren«, erklärte Şten. »Eigentlich leben sie viel tiefer im Wald.«

»Meinst du, sie sind wegen des Klosters hier?«, erkundigte sich Sargan neugierig, aber Şten zuckte nur mit den Schultern.

»Ich weiß es nicht. Es ist ungewöhnlich, sie so nahe der Zivilisation anzutreffen.«

»Was auch immer«, sagte Druan kalt. »Jetzt sind sie tot. Und Roch auch.«

Traurig blickte Sargan auf Rochs blutige Leiche. Noch immer schien ein leichtes Lächeln auf den Lippen des Trolls zu liegen, oder vielleicht war es nur eine Täuschung, hervorgerufen durch die mächtigen Fangzähne, die aus dem Mund ragten. Von den Trollen war Roch dem Dyrier am angenehmsten gewesen, denn er hatte ihn gegen Pards Anfeindungen verteidigt und eine beinahe kindliche Freude am Schreibenlernen gezeigt. Irgendwie wirkte der mächtige Troll im Tod weniger beeindruckend, sehr viel verletzlicher als zu Lebzeiten.

»Bastarde!«, schimpfte Pard und zerrte die Leichen der

Zraikas auf einen Haufen. Mit einer gewaltigen Kraftanstrengung packte er den losen Schädel des einen und riss an diesem, bis er sich gänzlich vom Torso löste. Mit einem grimmigen Lächeln rammte Pard die blutige Trophäe auf einen kurzen Aststumpf neben ihm, sodass die Augen des Monsters auf Sargan zu schauen schienen.

»Was tust du da?«, erkundigte sich Şten verblüfft.

Pard antwortete zufrieden: »Es ist eine Warnung!« Mit seiner dunklen Zunge leckte Pard sich das Blut von den Klauen, ein Anblick, der Sargan ein flaues Gefühl im Magen bescherte, doch dann spuckte der gewaltige Troll aus.

»Widerlich!«

»Was ist los?«, rief Druan.

»Diese Viecher schmecken genau so, wie sie riechen«, antwortete Pard angewidert und gesellte sich zu den anderen beiden Trollen, die ihre Wunden versorgten. Auch Pard trug mehrere tiefe Schnitte am Leib und einen Biss am Arm, aus dem dickflüssiges, fast schwarzes Blut troff. Gemeinsam reinigten Druan und Anda Pards Wunden und verbanden sie notdürftig.

Vorsichtig trat Sargan an die Leichen der pelzigen Ungetüme heran und betastete ihr dickes Fell, das in Zotteln herabhing. Nicht einmal der Tod konnte ihnen das Grauen nehmen, das sie verbreiteten. Ihre Färbung war dunkel, braun oder dunkles Grau mit schwarzen Flecken, doch der Regen hatte die Pelze durchnässt und dunkler gefärbt, und alle waren blutig und zerschlagen. Die Fangzähne, die in der Nacht weißlich feucht glänzten, waren sicherlich fast so lang wie seine Finger, und an den Klauen hatten die Wesen lange gebogene Krallen, die scharf und spitz waren. Die leblosen Augen aber schienen dunkel zu funkeln.

»Unglaublich«, murmelte der Dyrier, der noch nie zuvor ein Wesen dieser Art gesehen hatte.

»Ja«, pflichtete ihm Şten bei. »Ich habe sie auch eher für Legenden gehalten. Aber wie es scheint, leben wir in Zeiten, in denen Legenden durch die Lande streifen.«

Sargan folgte dem Blick des Wlachaken zu den Trollen, die sich um Roch versammelt hatten.

»Was tun sie?«, fragte der Dyrier verwundert. »Weißt du, wie sie Abschied nehmen?«

»O ja«, erwiderte Şten mit einem seltsamen Unterton in der Stimme, der Sargan aufmerken ließ.

Doch die Gesichtszüge des jungen Kriegers gaben nichts preis. Laut rief er den Trollen zu: »Wir müssen weiter! Wir haben keine Zeit!«

»Halt dein Maul«, gab Pard rüde zurück.

Verwirrt sah Sargan zu Şten, der mit den Schultern zuckte und den Dolch zog. Mit der Spitze der Klinge schnitt Şten am Maul eines der Zraikas herum.

»Was tust du da?«, erkundigte sich Sargan.

»Trophäen«, erklärte Şten kurz. »Das ist ein seltener Anblick. Ich werde sie mit ins Mardew nehmen.«

»Aber du hast doch gar keinen getötet.«

»Ich habe gekämpft, oder nicht? Außerdem will ich mir keine Kette daraus machen oder so, ich habe etwas anderes damit vor. Und es lenkt mich ab.«

»Ablenken? Wovon denn?«, fragte Sargan verdutzt, doch dann hörte er hinter sich ein grauenhaft schneidendes Geräusch.

Als der Dyrier sich umdrehte, sagte Şten gerade: »Davon.«

Einige Schritt entfernt hatten die Trolle sich neben den Leichnam ihres Freundes gekniet und schnitten nun dessen Fleisch vom Körper.

Angeekelt sah Sargan zu Şten, der ungerührt seine Trophäen einsammelte.

»Was, bei den Göttern, tun sie da?«, entfuhr es dem Rothaarigen, und er starrte Şten an, der den Trollen eisern keinerlei Beachtung schenkte.

»Şten«, flüsterte Sargan erneut. »Was tun die Trolle da?«

»Als ich sagte, dass sie Menschenfresser sind, da habe ich dir etwas verschwiegen, Dyrier. Sie fressen nämlich alles«, erwiderte Şten beherrscht.

»Was?«, fragte Sargan entsetzt. »Auch Trolle? Sie sind Kannibalen?«

»Alles. Na ja, bis auf Zraikas vielleicht, die scheinen ja nicht zu schmecken.«

»Warum tun sie das? Wir haben doch genug Vorräte, oder nicht?«, fragte Sargan ungläubig.

»Sie lassen ihn halt nicht zurück, dass er hier verwest, oder etwas in der Art. Frag sie doch selbst, ich bin beschäftigt.«

Tatsächlich war es nicht leicht, die großen Reißzähne aus dem mächtigen Gebiss des Zraikas zu brechen, aber Sargan verspürte keine Lust, mit den Trollen zu reden, die ihren toten Gefährten ausnahmen wie Schlachtvieh. Die Geräusche waren Ekel erregend; immer wieder rissen die Trolle ganze Streifen Fleisch heraus und legten sie neben sich auf die feuchte Erde. Der Regen prasselte auf die grausame Szene nieder, und Sargan fröstelte, doch nicht nur wegen der Kälte.

»Das ist widerlich!«, entfuhr es dem Dyrier, doch Şten lachte nur trocken.

»Es sind Trolle!«

47

Von dem Hügel aus hatte die kleine Gruppe eine gute Sicht auf das Kloster, das sich düster auf drei kleinen Felsplateaus erhob. Einige der hohen, schmalen Fenster waren trotz der späten Stunde noch erleuchtet, und ihr schwaches Licht zeichnete die Umrisse des trutzigen Gebäudes nach.

Auf jedem der Plateaus war ein gedrungenes, flaches Gebäude errichtet worden. Nur das oberste der drei trug eine runde Kuppel, die vor der dunklen Felswand nur schwer zu erkennen war. Dahinter ragten die Ausläufer der Sorkaten auf, und es gab nur einen schmalen Weg, der zum Kloster führte, denn die Felsen rundherum waren steil und glatt. Ein schmaler Pfad führte über den Fels zum untersten der drei Gebäude. Wie genau man von einer Ebene des Klosters zur nächsten gelangte, konnte Şten in der Dunkelheit nicht erkennen, aber er nahm an, dass es Verbindungswege zwischen den Gebäuden gab.

»Das ist Starig Jazek«, erklärte er den Trollen. »Unser Ziel.«

»Gut«, brummte Pard, und Druan sagte: »Schlafen die Sonnenmagier jetzt?«

»Zum allergrößten Teil vermutlich schon«, vermutete Şten. »Nachts gibt es keine Sonne und auch keine Rituale. Obwohl wir natürlich nicht wissen können, was in diesem Kloster geschieht.«

»Sieht nicht leicht zu erreichen aus«, stellte Sargan fest. »Der Pfad ist gut einsehbar und die Felswand nicht einfach zu erklimmen. Vor allem nicht bei diesem Wetter und in der Dunkelheit.«

»Wir dürfen natürlich nicht gesehen werden«, meinte Şten. »Aber an nassem Fels emporzuklettern ...«

»Nein«, beantwortete Druan die unausgesprochene Frage. »Wir müssen den Pfad nehmen.«

Obwohl jeder der Trolle beim Kampf gegen die Zraikas verwundet worden war, konnte man schon nach einem Tag kaum noch etwas davon erkennen. Die Klauenwunden hatten sich geschlossen, selbst der üble Biss an Pards Arm sah bereits aus, als ob sein Fleisch seit Wochen heilte und nicht erst seit einer Nacht.

Nun betrachteten die Trolle schweigend das Kloster, und Şten fragte sich, was die gewaltigen Wesen wohl dachten. *Euer Ziel ist zum Greifen nahe*, überlegte er sich. *Bald könnt ihr in eure Heimat zurückkehren. Aber Frieden findet ihr dort auch nicht, nicht solange die Zwerge euch bekriegen. War dies den Verlust eurer Freunde wert? Oder denken Trolle anders?*

»Der Pfad. Wir müssen schnell hinaufgelangen und am Kloster sein, bevor uns jemand bemerkt. Möglicherweise gibt es Wachen. Vielleicht sollte einer, der schnell und leise ist und nicht so auffällig, vorgehen und nachschauen«, erklärte Sargan ruhig und überlegt.

»Guter Plan. Leider kennen wir das Kloster nicht und wissen demnach nicht, wo dieser Brunnen ist, von dem Vangeliu sprach.«

»Wir finden den schon«, raunzte Pard. »Wir fragen einfach einen von den verfluchten Sonnenmagiern. Überlasst das mir.«

»Wir müssen vorsichtig sein, Pard«, erinnerte Druan den großen Troll. »Denk an die Stadt. Diese Sonnenanbeter sind gefährlich.«

»Ja, ich weiß. Aber diesmal wissen wir Bescheid. Diesmal schlage ich zuerst zu!«

»Sollen wir einfach so hereinmarschieren?«, fragte Sargan erstaunt. »Sollten wir nicht erst mehr herausfinden?«

»Nein! Die ganze Zeit tötet ihre Magie Trolle! Das endet jetzt!«, knurrte Pard.

Druan nickte: »Es ist Trollzeit!«

»Gut, dann sollten wir uns aufmachen. Wir versuchen,

schnell den unteren Teil des Aufstiegs zu erreichen, und Sargan schleicht dann vor«, befahl Şten, doch der Dyrier protestierte.

»Ich? Wieso ich?«

»Du hattest dich gerade freiwillig gemeldet, oder nicht?«

»Eigentlich war das nur ein Vorschlag ... ach, was soll's, dann bin ich eben der Späher.«

Gemeinsam schlich die kleine Gruppe durch den Wald bis zum Fuß des Hügels und lief dann an dem Bach entlang, der unterhalb des Klosters floss, bis sie an einen Pfad kam, der über eine einfache Brücke führte und sich dann in die Felswand grub. Vorsichtig schlichen sie noch einige Dutzend Schritt weiter, in denen der Pfad steil anstieg, bis sie eine Biegung erreichten, nach der das Kloster in ihr Sichtfeld geriet. Der Felspfad war nur wenige Spann breit und durch den Regen nass und rutschig, sodass Şten sich eng an die Wand drückte und es vermied, in das Tal hinabzusehen. Kein Karren konnte diesen Pfad passieren, alle Güter, die dem Kloster geliefert wurden, mussten von Menschen oder vielleicht auch Tieren getragen werden, wobei der Wlachake sich nicht vorstellen konnte, welche Tiere hier auf diesem schmalen Grat entlanglaufen mochten.

Als sie den Knick im Pfad erreichten, tippte sich Sargan grinsend an die Stirn und huschte weiter, während Şten sich mit dem Rücken an die Felswand gelehnt hinhockte und um die Ecke spähte. Schon nach wenigen Schritten war der Dyrier mit den Schatten verschmolzen und nicht mehr zu sehen. Anerkennend nickte Şten, denn auch wenn die Nacht finster war und der Regen Geräusche verschluckte, so wusste Sargan doch offensichtlich genau, was er tat.

Nach einer ganzen Weile des Wartens kehrte Sargan nass, aber grinsend zurück und kniete sich neben Şten. Die Trolle waren stehen geblieben, denn der Pfad war zu schmal, als dass sie sich hätten setzen oder hinhocken können. Jetzt lehnten sie sich nach vorn, um zu hören, was Sargan zu berichten hatte.

»Dort ist eine Mauer, vielleicht drei Schritt hoch, die um die unterste Plattform verläuft und dann in den Felsen übergeht. Das Tor ist verschlossen, aber die Mauer ist leicht zu überwinden. Dahinter ist tatsächlich eine Wache aufgestellt, ein Sonnenpriester, der unter einem Vordach steht. Oder hätte stehen sollen, weil er nämlich geschlafen hat. Es gibt eine große Tür, die in das Gebäude führt. Sonst habe ich keine Eingänge gesehen, die Fenster sind verdammt schmal, da komme ich vielleicht so gerade rein, aber du hättest schon Probleme, Şten.«

»Was ist mit der Wache?«, erkundigte sich der Wlachake.

»Die wird auch weiterhin schlafen«, versicherte ihm Sargan mit einem breiten Grinsen. »Ganz sicher!«

»Gut, dann los«, zischte Druan, und die Gruppe bewegte sich schnell den Pfad entlang Richtung Kloster. Tatsächlich gab es einen kleinen Vorplatz von einigen Schritt Durchmesser, und dahinter erhob sich eine dunkle raue Mauer aus grob behauenen Steinen. Geschickt sprang Sargan hoch und zog sich über die Mauer. Schnell tat Şten es ihm gleich, während die Trolle es dank ihrer Größe und Stärke einfacher hatten, sich hinüberzuhieven.

Hinter der Umfassung lag ein größerer Platz, der von einer kleinen Blendlaterne erleuchtet wurde, die neben dem Eingang in das Gebäude auf dem Boden stand. Daneben, unter einem einfachen Vordach, lag die zusammengerollte Gestalt eines Sonnenmagiers. Şten lief geduckt zu dem Mann und untersuchte ihn kurz. Der Priester war klein und eher rundlich. Nach Art seines Ordens trug er das Haar lang, aber zu einem Zopf gebunden, und er hatte eine weiße Kutte an, die aber inzwischen nass geworden war.

»Er lebt noch, keine Sorge«, beruhigte ihn Sargan. »Er wird bloß mit einer Beule und Kopfschmerzen aufwachen.«

»Ich suche den Schlüssel«, erklärte Şten gleichgültig. »Von mir aus können wir ihm die Kehle durchschneiden.«

Verwirrt sah Sargan ihn an: »Was?«

»Der Albus Sunaş vollzieht hier finstere Rituale, und der

Orden tötet die weisen Männer und Frauen meines Volkes. In Teremi wollten ihre Priester meine Schwester auf dem Scheiterhaufen verbrennen wie schon meinen Vater zuvor!«, knurrte Şten.

»Gut«, sagte Sargan achselzuckend und zog eine Klinge, doch Şten packte sein Handgelenk und hob mit der anderen einen Schlüsselbund hoch, den er bei dem Bewusstlosen gefunden hatte.

»Lass uns einfach weitergehen.«

Obwohl der junge Wlachake genug Zorn auf die Männer des Albus Sunaş empfand, widerstrebte es ihm doch, einen Wehrlosen zu töten. *Sargan würde nicht zögern und die Trolle auch nicht,* überlegte Şten. *Bin ich deswegen schwächer als sie?*

Doch ihm blieb keine Zeit, darüber nachzugrübeln, denn Sargan nahm ihm die Schlüssel ab und probierte sie einen nach dem anderen in der Tür aus, bis er den richtigen fand. Mit einem Klicken öffnete sich das Schloss, und Sargan zog die Pforte auf, die in den Angeln quietschte.

»Leise!«, zischte Şten, und Sargan hob entschuldigend die Hände, bevor er die Blendlaterne aufhob, wie ein Schatten durch den schmalen Spalt schlüpfte und im Innern des Klosters verschwand. Leider mussten sie die Tür noch weiter öffnen, damit die Trolle hindurchpassten, und bei dem Geräusch zuckte Şten zusammen.

»Wir fragen ihn, was er weiß«, murmelte Pard finster und zeigte mit einem ausgestreckten Finger auf den ältlichen Priester, der am Boden lag, aber Şten schüttelte den Kopf.

»Wir finden drinnen sicher eine bessere Gelegenheit, ihn auszufragen. Wir brauchen erst einmal einen sicheren Ort, wo wir das tun können.«

Schnell folgten Şten und die Trolle Sargan, der durch die Eingangshalle schlich und hastig in die verschiedenen Korridore schaute, die von dieser abgingen.

»Hier unten sind wohl mehr die Lagerhallen und Vorratskammern«, erklärte der Dyrier, und Şten nickte bestätigend.

»Das macht Sinn, dann müssen sie ihre Güter nicht noch höher schleppen. Gut für uns, denn dort sollte nachts niemand sein.«

»Folgt mir«, flüsterte Sargan und verschwand in einem Gang, der zu einer Treppe führte, die in die Tiefe reichte. Nach einigen Schritten gelangten sie zu einem Portal, das der Dyrier vorsichtig öffnete. Dahinter lag ein großes Gewölbe voller Vorräte.

»Wartet hier, ich hole den kleinen Dicken«, schlug Sargan vor, und Druan nickte. Mit einem Sprung gelangte Şten auf eine Kiste und atmete tief ein und aus, um die Anspannung zu vertreiben, die von ihm Besitz ergriffen hatte. Seine Verbindung zu den Trollen stand kurz vor dem Ende. Schon bald würde er in das Mardew zurückkehren und Viçinia wiedersehen. Der Gedanke an sie durchzuckte Şten wie ein Blitz, und er lächelte kurz, nur um sofort wieder an Zorpad und den Krieg erinnert zu werden. *Erst einmal muss sie sicher zu Ionna gelangen. Ihr Geister, steht ihr und den anderen bei! Und dann müssen die Schlachten geschlagen werden,* dachte Şten plötzlich traurig. *Wer weiß, ob ich das Ende des Krieges überhaupt erlebe?*

»Bald ist es geschafft!«, freute sich Pard und unterbrach Ştens düstere Gedankengänge, aber Druan dämpfte die Begeisterung des großen Trolls.

»Erst wenn wir hier fertig sind, sollten wir jubeln.«

»Ich habe aber genug von den Menschen! Wir reißen hier alles in Stücke und zermalmen den Rest. Das wird ihnen eine Lehre sein!«

»Ja«, stimmte Anda ihm zu. »Und dann kehren wir zurück in die Gebeine der Erde.«

Bevor Druan antworten konnte, öffnete sich die Tür, und Sargan kam herein, unter dem Gewicht des Sonnenmagiers taumelnd. Mit einem Stöhnen ließ der kleine Dyrier seine Last fallen und rieb sich den Rücken.

»Gut im Futter«, beschwerte er sich. »Sollten die Priester sich nicht eher in Enthaltsamkeit üben?«

»Egal«, knurrte Pard und riss den Mann des Albus Sunaş hoch. Tatsächlich war der Sonnenpriester noch kleiner als Sargan, dafür aber sicherlich doppelt so breit. Wild schüttelte der Troll sein Opfer und fauchte: »Aufwachen! Mach die Augen auf, du Wurm!« Der Zopf des Mannes löste sich, und schüttere hellgraue Strähnen flogen dem Priester bei der unsanften Behandlung ins Gesicht.

Doch Sargans Schlag hatte den Ordensmann fürs Erste außer Gefecht gesetzt, also sah Şten sich um und fand in einer Ecke, wonach er suchte. Mit einem kleinen Fass voller Branntwein unter dem Arm kehrte er zu den Trollen zurück und zog den Pfropfen heraus. Der scharfe Geruch von Alkohol erfüllte den Raum, worauf Pard sich begierig die Lippen leckte und den Priester fallen ließ. Aber Şten beugte sich über den Bewusstlosen und flößte ihm einen Mund voll Schnaps ein, was sofort einen Hustenanfall auslöste. Um sich schlagend, erwachte der Priester und hustete und spuckte. Mit wilden Blicken maß er seine Umgebung, bis seine weit aufgerissenen Augen zu Pard wanderten. Im schwachen Lichtschein der Lampe musste die Erscheinung des gigantischen Trolls wahrlich monströs auf den Mann wirken, und ein erstickter Schrei löste sich von den Lippen des Sonnenmagiers.

»Schnauze«, zischte Pard kalt und beugte sich zu dem Gefangenen hinab.

»Beim Göttlichen Licht«, begann der Priester stammelnd ein Gebet, doch Pard packte ihn am Knöchel und riss ihn in die Luft, bis er kopfüber vor dem Gesicht des mächtigen Trolls hing. Ein bösartiges Lächeln trat auf Pards Lippen, und er verstärkte seinen Griff, was den Sonnenpriester aufjaulen ließ.

»Wo ist der Brunnen?«, herrschte Pard ihn an. »Rede, du Made!«

»Br-Brunnen?«, kam es verängstigt zurück. »Wir haben keinen Brunnen, wir holen unser Wasser …«

Weiter kam der Mann nicht, denn Pard ließ ihn einfach fallen, sodass der Priester hart auf den kalten Stein schlug.

Während der Ordensmann noch auf den Bauch rollte, schleuderte Pard ihn herum und stellte ihm sodann den Fuß auf die Brust. Ganz langsam verlagerte der mächtige Troll sein Gewicht nach vorn, und der Sonnenmagier keuchte, als ihm die Luft aus dem Leib gepresst wurde. Die mächtigen Fangzähne bleckend, grinste Pard den Mann an und fragte gefährlich leise: »Willst du mich belügen?«

»Nein!«, keuchte der kleine Masride.

Mit zwei Schritten stand Şten neben dem Troll und sagte: »Es reicht, Pard, lass mich reden.«

»Reden! Natürlich!«, antwortete der Troll verächtlich, doch auf einen Wink von Druan zog er sich tatsächlich zurück, woraufhin der Priester sich an die Brust griff, die sicherlich schmerzte.

Mit einem freundlichen Lächeln kniete sich Şten neben den Mann und sagte: »Du solltest uns die Wahrheit sagen, mein Freund, sonst werden die Trolle sehr ungehalten werden.«

»Tr-Tr-Trolle? Beim Göttlichen Licht, was ...«

»Das ist jetzt unwichtig«, unterbrach ihn Şten. »Beantworte einfach unsere Frage, und sie fressen dich schon nicht.«

Der Ordensmann krallte die Finger in die Kutte, und seine Augen weiteten sich vor Furcht.

Mitfühlend nickte Şten und erklärte: »Ja, das tun sie. Es sei denn, ich halte sie auf. Und das geht nur, wenn du uns nützlich bist.«

»Lass ihn krepieren«, warf Sargan im Plauderton ein, und Şten runzelte die Stirn.

»Nein, ich denke, dass er uns helfen will. Nicht wahr?«

Hektisch nickte der kleine Mann mit dem Kopf, und Şten fragte ihn: »Wie heißt du, Vorbs?«

»Imreg.«

»Gut, Imreg, wir suchen einen Brunnen.«

»Ich weiß nicht, wo einer ist«, heulte ihr Gefangener nun beinahe. »Unser Wasser ...«

»Euer Wasser ist uns gleich«, erläuterte Şten, und Pard knurrte nachdrücklich, was den Sonnenmagier zusammenfahren ließ.

»Dieser Brunnen führt kein Wasser. Es ist ein tiefes Loch im Boden, das bis in die Eingeweide der Erde reicht.«

»Ihr meint den Schacht? Das Dunkle Tor?«, fragte Imreg, sichtlich erleichtert, eine Antwort gefunden zu haben. Şten sah Druan fragend an, der bedächtig nickte.

»Vermutlich. Erzähl uns von dem Tor.«

»E-es ist ein Schacht im obersten Bereich. Dort versammelten sich früher die Menschen und hielten heidnische Rituale ab. Er wurde versiegelt, als Mikás der Lichtbringer diesen Ort entdeckte, die Dunkelgeistanbeter vertrieb und dieses Kloster errichtete.«

Der Name des Klostergründers rief eine Erinnerung in Şten wach, weshalb er weiterfragte: »Mikás der Lichtbringer?«

»Ja. Der Heilige gründete mehr als ein Dutzend Klöster und brachte das Licht auch in die dunkelsten Teile des Landes«, erklärte der Sonnenmagier mit einem Hauch von Stolz.

»Wo genau liegt der Schacht? Und wieso wurde er versiegelt?«, warf Sargan ein.

»Er liegt im obersten Gebäude, aber ganz unten in den Tiefen der Keller. Nur die höchsten Ränge des Ordens haben Zutritt zu diesem Bereich, ich selbst war noch nie dort. Der heilige Mikás hat den Schacht versiegelt, weil die Dunklen Mächte dort sehr stark waren, und er hat das Kloster der Wacht hier errichtet, um die finsteren Kräfte für immer eingesperrt zu halten.«

»Tatsache?«, fragte Şten mit gespieltem Erstaunen, doch der Ordensmann schien seine Worte für bare Münze zu nehmen und nickte beflissen. Er schien die Anwesenheit der Trolle fast vergessen zu haben. Doch dann fragte der Wlachake mit finsterer Miene: »Und warum vollziehen deine Brüder dann dunkle Rituale an dem Brunnen?«

»Was? Wir würden niemals …«, protestierte der Sonnenpriester, doch Pard packte das Fässchen mit dem Branntwein und zerdrückte es in seinen mächtigen Pranken, sodass der Priester von einem kalten Schwall Schnaps getroffen wurde.

»Lüg uns nicht an!«, donnerte der Troll und warf die Überreste des Fasses nach dem Priester, der schützend die Arme vor das Gesicht hob und vor Angst zu wimmern begann.

»Bitte, ich weiß nichts! Ich habe nichts getan! Bitte!«, schluchzte ihr Gefangener.

»Wie gelangen wir dort hin? Wie kommt man in die höheren Gebäude?«, fragte Şten grimmig, aber Imreg weinte nur still vor sich hin. Also packte ihn der Wlachake am Kragen und fragte noch einmal: »Wie kommen wir zum Schacht?«

»Es-es gibt Gänge, immer im ersten Stockwerk, die führen zu der nächsten Ebene. Bitte, nicht ...«

Der kleine Priester hielt die Hände schützend vor den Kopf, als Şten ihn schließlich losließ. Bevor Imreg seine Hände wieder herunternehmen konnte, schlug ihm der Wlachake mit dem Knauf des Dolches vor die Schläfe, woraufhin der Sonnenpriester erschlaffte.

»Das wird seine morgigen Kopfschmerzen noch verschlimmern«, scherzte Sargan und tätschelte die Klinge. »Oder sollen wir ...?«

»Schon gut«, meinte Şten. »Er ist harmlos, oder nicht?«

»Ja«, pflichtete ihm der Dyrier bei.

Doch Pard rief: »Er gehört zu den Magiern!«

»Wir haben eine Abmachung«, erinnerte Şten den Troll, »keine Toten, solange ich euch helfe.«

»Es stimmt, Pard«, beschwichtigte Druan den großen Troll. »Außerdem werden wir hoffentlich bald genug Priester treffen.«

»Eben«, stimmte Anda zu. »Genug zum Kämpfen für uns alle! Und genug Sonnenmagier zum Zerquetschen!« Damit schlug die Trollfrau die Faust laut klatschend in die offene Handfläche. Breit grinsend tat Pard es ihr gleich.

»Gut! Dann auf!«

Schnell war der bewusstlose Sonnenmagier mit einigen Streifen Stoff seiner eigenen Tunika gefesselt, dann schlich die Gruppe wieder hinauf in das ebenerdige Geschoss. Wieder nahm Sargan die Laterne und ging ein Stück voraus, doch das Kloster lag still und ruhig da. Sie nahmen die Treppe in den ersten Stock und bewegten sich zwei Korridore entlang grob in Richtung Felswand. Tatsächlich entdeckte Sargan bald einen breiten, nur grob bearbeiteten Tunnel, der tiefer in den Berg zu führen schien. Vorsichtig schlichen sie hindurch und erreichten eine kleine Eingangshalle, die mit polierten Bohlen ausgelegt war. Von dort aus gingen ein halbes Dutzend Flure ab. Şten fiel auf, in welchem Gegensatz das düstere Klosterinnere zu den Tempeln des Ordens stand, wo jede Wand und jeder Raum in Weiß getüncht war.

Nach kurzer Suche fanden sie eine kleine Treppe, die nach oben führte. Die Trolle warteten mit Şten am Fuß der Stufen, während Sargan die Lage auskundschaftete. Bald kehrte er zurück und berichtete: »Viele Schlafräume. Ich schätze, dass hier der Großteil der Brüder nächtigt. Also leise! Weiter hinten ist ein großes Portal, das verschlossen ist. Ich denke, das ist unser Ziel.«

Vorsichtig folgten sie dem Dyrier und schlichen durch die Korridore des Klosters. Hier waren die Wände nackt und zeigten nur die mächtigen dunklen Steinquader, aus denen das Gebäude errichtet worden war. Es gab keine Teppiche, keinen Wandschmuck, kaum Möbel und nur selten eines der hohen, schmalen Fenster. *Selbst am Tag muss es hier finster sein*, vermutete Şten, *kaum ein passender Ort für den Albus Sunaş.*

Obwohl die Trolle gebückt gehen mussten, um nicht mit dem Kopf an die Decke zu stoßen, bewegten sie sich sehr leise und umsichtig. *In ihrer Heimat wird es wohl genug enge Gänge und Stollen geben*, erinnerte sich Şten.

Das Portal, von dem Sargan gesprochen hatte, erwies sich als eine beeindruckende zweiflügelige Tür, die mit einem verschlungenen Muster aus Eisen beschlagen war. Unter der Verzierung war die Pforte in makellosem Weiß bemalt.

»Halt mal das Licht«, bat Sargan und sah sich das feine Schloss an. Aus seinem Rucksack zog der Dyrier ein schmales Etui und begann mit einigen gebogenen Metallhaken die Mechanik zu erkunden. Nervös wartete Şten ab und starrte auf Sargans Hände, die langsam und vorsichtig arbeiteten. *Geht das nicht schneller?*, schoss es dem Wlachaken durch den Kopf, doch dann ermahnte er sich: *Er weiß schon, was er tut. Und dieses Schloss ist sicher komplizierter als die Speisekammertür in Désa.* Bei dieser Erinnerung stahl sich ein Lächeln auf seine Lippen.

Nach einer halben Ewigkeit ertönten ein kurzes Knirschen und dann ein Klicken. Mit einem triumphierenden Grinsen steckte Sargan das Werkzeug weg und nahm Şten die Lampe ab, bevor er sich theatralisch verbeugte, auf die offene Türe wies und sagte: »Nach Euch, mein Herr!«

Einer nach dem anderen schlüpften sie durch das Portal. Im schwachen Licht der Blendlaterne sah Şten, dass in diesem Teil des Klosters die Wände, Decken und sogar der Boden mit weißer Farbe gestrichen worden waren. Die Wände zierten goldene Linien, die zu verschlungenen Ornamenten angeordnet waren.

»Wir sind jetzt im wichtigsten Teil des Klosters«, stellte Şten fest. »Hier liegen die sakralen Räume, und hier werden die hochrangigen Priester ihre Unterkünfte haben. Und hier ist euer Ziel, hier irgendwo unter unseren Füßen.«

Lächelnd nickte Druan, doch sein Antlitz blieb weiterhin angespannt. Şten konnte den Troll gut verstehen, denn all der Druck und die Sorgen der letzten Tage und Wochen würden nun bald ihr Ende finden, sei es zum Guten oder zum Bösen. Wenn die Trolle einen Weg fanden, die Bedrohung für ihr Volk auszuschalten, dann konnten sie die fremdartige Oberfläche verlassen und in ihre Heimat unter die Erde zurückkehren. *Und wenn es uns nicht gelingt, dann sind wir alle tot,* überlegte Şten und zog seine Klinge.

»Suchen wir den Keller«, befand Anda und sah Sargan fragend an, der sofort davonhuschte. *Der Dyrier ist in seinem Element,* fiel Şten auf, während sie ihm langsam folgten. Der Korridor erweiterte sich bald zu einer großen Vorhalle, in der ein mächtiges, wunderschön verziertes Portal ihren Weg blockierte. Ähnlich wie zuvor waren auch diese weißen Torflügel kunstvoll verschnörkelt, nur dass die Muster aus Gold gewirkt worden waren. Leise schlich Sargan vor und presste sein Ohr an die Türe. Scheinbar mit dem Ergebnis zufrieden, öffnete er einen der Türflügel und bedeutete seinen Begleitern, ihm zu folgen.

Staunend betraten die Trolle den großen Gebetsraum des Klosters, dessen Kuppeldecke etliche Schritt hoch war. Die kleine Lampe konnte den großen Raum nicht annähernd erleuchten, doch Şten sah überall Gold funkeln und makellose, weiße Wände das Licht zurückwerfen. *Dieser Zeremonienraum ist noch größer als der Tempel in Teremi,* überlegte der Wlachake. Doch vor allem die Trolle waren beeindruckt, denn für sie war es der erste Tempel, den sie von innen sahen, und Druan sagte leise: »Unsere Feinde sind mächtig.«

»Ja«, stimmte ihm Şten ernst zu. »Aber nicht unbesiegbar!«

»Solche Ort zu errichten ...«, begann der Troll, doch Pard, dessen Miene sich schnell wieder verhärtete, unterbrach ihn.

»Auch solche Orte werden niedergerissen und eingestampft! Wer sich gegen uns stellt, soll vernichtet werden!«

»Leise!«, zischte Sargan, der den Reichtum und die Pracht einfach ignoriert hatte und unterdessen die Wände des Sanktums absuchte.

»Hier«, flüsterte der Dyrier. »Eine Tür!«

Damit rissen sie sich von dem Ehrfurcht gebietenden Anblick los und liefen leise weiter.

»Volltreffer!«, tönte es aus dem nächsten Raum, und als sie hineinsahen, erkannten sie, was Sargan meinte. Der Raum, dessen Wände wenig mehr als grob behauener Fels waren, wurde nämlich zu einer flachen Rampe, die leicht abwärts in die Flanke des Berges führte. *Bald bin ich diese Bürde los,* fuhr es Şten durch den Kopf. *Bald bin ich von den Trollen befreit!*

Doch dann griff eine eisige Hand nach seinem Herzen und raubte ihm den Atem.

48

Noch immer versteckte sich die Sonne hinter dichten Wolken, die unaufhörlich Regen über dem Land vergossen. Die kleine Gruppe saß erschöpft und zusammengesunken auf ihren Pferden, bis auf Suhai, dessen Fieber in der Nacht wieder gestiegen war und dem seine Gefährten eine Trage aus einigen Ästen gebaut hatten, auf der er hinter seinem Pferd hergezogen wurde.

Natürlich wusste Viçinia, dass der schlimmste Teil des Weges hinter ihnen lag, denn den Aufstieg über die schmalen Pfade auf das Mardew hatten sie tags zuvor bewältigt. Heute würden sie Désa erreichen, wo eine warme Zuflucht auf sie wartete. Doch bis dahin schmerzten der Wlachakin alle Glieder, und die durchdringende Feuchtigkeit schien ihren Körper nicht mehr warm werden lassen zu wollen. Vor ihr ritt Flores, die Schultern erhoben und den Kopf eingezogen. Selbst die Pferde schienen müde und ohne Hoffnung zu sein und ließen die Köpfe hängen.

Wie es Şten wohl ergeht?, fragte sich Viçinia nicht zum ersten Mal. *Ob er schon das Kloster erreicht hat?*

Aus Angst vor Verfolgern hatten sie ein schnelles Tempo vorgelegt und auf dem Weg die meisten Weiler und Siedlungen gemieden, bis sie gezwungen gewesen waren, einen Bauernhof aufzusuchen, da ihnen die Vorräte ausgegangen waren und Suhai immer schwächer geworden war. Schon bald danach hatte der junge Adlige immer wieder das Bewusstsein verloren und war schließlich sogar vom Pferd gestürzt. Sein Zustand bereitete Viçinia große Sorge, denn der verletzte Arm war rot und heiß, und das Fieber schien in Wellen über ihn zu kommen. Nachts phantasierte er in seinen unruhigen Träumen von Blut und Tod. Wenn er nicht bald von einem

Heiler behandelt wurde, dann würde er an der Entzündung sterben. *Und selbst wenn er es bis Désa schafft, stirbt er vielleicht noch,* dachte Viçinia bedrückt.

»Ich hatte ganz vergessen, wie sehr ich das Wetter im Mardew liebe«, verkündete Flores unvermittelt, und trotz ihrer düsteren Stimmung musste Viçinia schmunzeln. Mit den Fersen trieb sie ihr Reittier an und lenkte es neben Ştens Schwester.

»Eigentlich ist es hier doch sehr viel milder als in Teremi.«

»Und nasser«, gab Flores zurück, und Viçinia lachte auf.

»Der Regen tut doch mal ganz gut. Besser als Schnee!«

»Schnee so früh im Sonnenjahr, das wäre ja das Allerletzte«, fauchte Flores. »Obwohl es verflucht kalt geworden ist.«

»Ja. Das Wetter war in den letzten Wochen sehr ungewöhnlich, erst die furchtbaren Gewitter, dann die Hitze und jetzt dieser andauernde Regen und die Kälte«, stimmte ihr Viçinia zu.

»Zumindest gibt es in Désa warme Bäder und große Kamine«, entgegnete die dunkelhaarige Frau. »Weißt du noch, wie wir durch den Kamin gekrochen sind?«, fragte sie dann mit einem Lächeln.

»Und Nati hinter uns her?«, fragte Viçinia zurück, und Flores brach in Gelächter aus.

»Er ist im Kamin stecken geblieben! Meine Güte, hat er geflucht! Ich habe zahllose Schimpfwörter an dem Abend gelernt! Ich kenne Burlai, die erröten, wenn ich auch nur ein paar davon wiederhole!«

»Allerdings war die Woche Kamineausfegen nicht so lustig«, stellte Viçinia fest.

»Deine Schwester hatte schon immer ein Händchen dafür, passende Strafen zu finden. Aber es war eine gute Erfahrung«, befand Flores und zwinkerte ihr zu.

»Er wird uns allen fehlen«, sagte Viçinia abrupt, als sie an Natiole und dessen Tod denken musste.

»Ja«, stimmte ihr Flores mit rauer Stimme zu, »verflucht, das wird er.«

»Was planst du als Nächstes?«, fragte Viçinia unvermittelt. »Wirst du in Désa bleiben? Wirst du ...«

»Kämpfen?«, beendete Flores den Satz und sah in die Ferne, wo die mächtigen Sorkaten sich im Grau der Wolken verloren. »Nein. Aber ich werde wohl auf meinen nichtsnutzigen Bruder warten. Sobald wir von Nati Abschied genommen haben, werde ich meine Sachen packen und verschwinden.«

»Wohin?«

»Ich weiß nicht«, gab Flores zu. »Vielleicht nach Bračaz? Der Winter soll ja recht mild sein, und die Masriden dort haben zumindest kein gesteigertes Verlangen danach, mich tot zu sehen.«

»Noch nicht«, scherzte Viçinia, und Flores verzog das Gesicht, aber dann fuhr die junge Adelige ernst fort: »Es tut mir Leid, dass du gehst. Wir haben uns so lange nicht gesehen. Und Şten wird dich vermissen.«

»Er hat mich auch nicht vermisst, als er losgezogen ist, um die Welt zu retten«, entgegnete Flores bitter.

Viçinia schüttelte den Kopf: »Doch, das hat er.«

»Vielleicht«, antwortete Flores zögerlich, schwieg für einige Augenblicke und sagte dann: »Wir sollten uns beeilen. Suhai wird immer schwächer.«

»Ja. Wenn wir ihn nicht bald aus der Feuchtigkeit und Kälte herausbringen ...«

Leise verklangen Viçinias letzte Worte, doch beide wussten, was sie meinte. Die Verletzung hatte sich in den letzten Tagen verfärbt. Die Knochen waren zwar von Vangeliu gerichtet worden, und auch die Blutergüsse waren langsam geschwunden, aber die Entzündung hatte sich deutlich verschlimmert. Immerhin hatte Leica versucht, die Wunde zu öffnen, sodass die kranken Flüssigkeiten abfließen konnten, aber sie war kein Feldscher oder Heiler und hatte nur wenig ausrichten können. Mit dem Gedanken an den Verwundeten beschleunigte Viçinia den Tritt ihres Pferdes und trieb die Gruppe zu mehr Eile an.

In das Tal von Désa zu reiten bedeutete heimzukehren. Links und rechts erhoben sich die Flanken der Berge, und in vielen Dutzend Schritt Höhe konnte sie die beiden Türme sehen, die Zwillinge, die nur über schmale Pfade in den Felswänden zu erreichen waren und eine ständige stumme Wacht über das Tal hielten. In den Schießscharten flackerten Lichter, die bewiesen, dass die Wlachaken immer wachsam waren – und es sein mussten. Von dort oben würden neugierige Blicke ihren Weg verfolgen, und Läufer würden die Ankunft von Fremden melden, die auf erschöpften Pferden durch den Regen ritten. Von unten war es beinahe unmöglich, an die Türme zu gelangen, denn die felsigen Wände des Désa-Tals waren hier viel zu steil und glatt.

Nun war der Weg nicht mehr weit, und es erschien gewiss, dass sie die Stadt und die Feste Désa vor Einbruch der Nacht erreichen würden. *Ein Glück,* dachte Viçinia froh. *Noch eine Nacht in der Kälte, und ich hätte jegliche Hoffnung für Suhai verloren.*

Stumm fragte sich die Wlachakin, ob man schon von ihrer bevorstehenden Ankunft wusste, und tatsächlich sahen sie kurz vor Erreichen der Stadt einen Trupp Berittener im vollen Galopp auf sie zuhalten. Als die Gerüsteten näher kamen, erkannte Viçinia zu ihrer Freude Neagaş, einen alten Kämpen, der schon in der Herbstschlacht die Reiterei der Wlachaken angeführt hatte. Der große, schlanke Mann trug keinen Helm, und das dunkle, grau gesprenkelte Haar wehte im Wind, als er an der Spitze seiner Krieger auf sie zu donnerte, nur um einige Schritt vor ihnen anzuhalten und sich im Sattel aufzurichten.

»Herrin Viçinia!«, rief er erstaunt. »Welche Freude, Euch zu sehen!«

»Die Freude liegt ganz bei uns, Neagaş«, antwortete die Wlachakin mit einem warmen Lächeln. »Doch wir müssen uns beeilen. Wir haben einen Verletzten, der dringend die Hilfe eines Heilers benötigt!«

»Natürlich«, erwiderte der Krieger und befahl seinen Untergebenen: »Geleitet sie in die Stadt und bringt sie in die Feste. Du, reite voraus, melde die Ankunft der Herrin und besorge einen Heiler!«

»Frag nach Cartareu!«, rief Viçinia der jungen Frau hinterher, die ausgeschickt worden war, doch Neagaş entgegnete traurig: »Cartareu wandelt auf anderen Pfaden, Herrin, er hat uns im Sommer verlassen.«

»Oh«, sagte Viçinia leise und strich sich eine nasse Strähne aus dem Gesicht. »Ein großer Verlust.«

»Nicht der einzige, Herrin, nicht der einzige. Doch lasst uns schnell reiten. Eure Schwester wird über Eure Ankunft sehr froh sein.«

Also ritten sie, so schnell die erschöpften Tiere noch konnten, und erreichten Désa, die einzige Stadt im Mardew, die sich am Ende des Tals zwischen die mächtigen Flanken der Berge duckte. Hinter der Stadt erhob sich die Festung auf einem Felsplateau, die letzte Rückzugsmöglichkeit bei einem Angriff und Sitz von Viçinias Familie seit dem Einfall der Masriden. Die Stadt selbst war von einer trutzigen Mauer umgeben, die an den Seiten in die felsigen Wände überging. Eine zweite Wehrmauer trennte Stadt und Feste, sodass ein einfallender Feind erst einmal zwei Wälle überwinden musste, bevor er die Burg selbst angreifen konnte. Im Lauf der Jahre war die Stadt immer weitergewachsen, denn viele der vertriebenen Wlachaken lebten hier in einer Art von Exil. Inzwischen waren so manche Gebäude vor den Mauern errichtet worden, alle aus demselben dunklen Gestein, das die Menschen des Mardews seit vielen Jahrhunderten aus den Felsen der Sorkaten schlugen.

Niemand schenkte der kleinen Gruppe große Beachtung, als sie durch die engen Straßen ritt, doch im Hof der Festung herrschte einiges Durcheinander. Der Aufstieg zur Burg war steil und schmal und die Mauern hoch und wehrhaft. Es gab nur den einen Zugang, denn die Felswand fiel hier annähernd dreißig Schritt senkrecht ab, und darüber erhoben sich noch die Mauern, von denen aus die Verteidiger die gesamte freie

Fläche zwischen Stadt und Feste kontrollierten. Nach bestem Ermessen war die Burg so gut wie uneinnehmbar, und Ionna hatte die Verteidigungsanlagen stets instand gehalten und vor der Herbstschlacht sogar noch verstärken lassen.

Als Viçinia an der Spitze ihres kleinen Trupps in den Burghof einritt, klopfte ihr Herz wild. *Zu Hause,* dachte sie erleichtert.

Soldaten liefen umher, Bedienstete nahmen ihnen die Pferde ab, und man kümmerte sich gleich um Suhai, doch Viçinia hatte nur Augen für die große Frau, welche die Türen zum Palastgebäude aufstieß, sodass sie gegen die Wand schlugen, und mit weiten Schritten auf sie zukam. Ionna war schon eine erwachsene Frau gewesen, als Viçinia noch ein kleines Mädchen gewesen war. Aber auch später, als Viçinia herangewachsen war, hatte ihre ältere Schwester sie immer um ein gutes Stück überragt. Das lange braune Haar trug sie wie so häufig zu einem hochgesteckten Zopf gebunden, und seitdem Viçinia die Fürstin das letzte Mal gesehen hatte, hatten sich noch mehr graue Strähnen in die leichten Locken ihrer Schwester geschlichen. Ionnas Züge erhellten sich sichtlich, als ihr Blick auf Viçinia fiel, und die grauen Augen schienen aufzuklaren wie ein regnerischer Himmel, wenn die Sonne durch die Wolken bricht.

»Viçinia«, rief die Herrin der Freien Wlachaken mit aufrichtiger Freude in der Stimme und drückte ihre Schwester an sich.

»Ionna«, flüsterte die Jüngere und genoss für einen Augenblick das Gefühl von Geborgenheit, das Ionna ihr stets gab. Doch dann trat sie einen Schritt zurück und musterte ihre Schwester. Das Leben und die schwere Verantwortung hatten weitere Linien in Ionnas Antlitz gegraben, aber die Ausstrahlung der Fürstin ließ sie jünger als ihre siebenunddreißig Sommer wirken. Noch immer schien sie das harte Leben ihrer Soldaten zu teilen, denn ihr Körper war durchtrainiert und muskulös, und sie bewegte sich mit der Gewandtheit der geübten Kriegerin. Sie trug ein einfaches hellgraues Wams und etwas dunklere Reiterhosen, und an der Hüfte hing das alte, kampferprobte Schwert ihrer Familie, das ihre Krieger *Leuenfang* nannten.

»Es tut gut, dich zu sehen«, meinte Viçinia von Herzen, und Ionna lächelte.

»Ja, das tut es. Obwohl du schlimm aussiehst, Schwester.«

»Es liegen auch schwere Tage hinter uns, Ionna. Und noch schwerere vor uns. Ich bringe Nachricht aus Teremi«, erklärte Viçinia.

»Und keine guten«, vermutete die Fürstin. »Aber erst einmal müsst ihr euch alle ausruhen.«

»Ja«, stimmte ihr Viçinia zu und drehte sich zu ihren Reisegefährten um. Einige Bedienstete waren gerade dabei, den bewusstlosen Suhai auf der behelfsmäßigen Trage hochzuwuchten, und Viçinia rief ihnen zu: »Kümmert euch gut um ihn!«

»Keine Sorge, Livian wird alles Menschenmögliche für ihn tun«, beruhigte Ionna sie.

»Livian? Cartareus Tochter?«

»Ja. Sie hat sein Amt nach seinem Tod übernommen.«

»Gut«, erwiderte Viçinia beruhigt.

»Flores cal Dabrân«, wandte Ionna sich an die dunkelhaarige Frau, »es ist eine Freude, Euch wieder als Gast unter meinem Dach zu haben.«

»Vielen Dank, Herrin«, erwiderte Flores und neigte das Haupt. Dann begleiteten sie Ionna in das Innere des Palastes, wo Viçinia erst einmal hungrig wie ein Wolf über ein hastig zubereitetes Essen herfiel und anschließend ein kurzes Bad nahm. Ihre Gemächer waren noch genau so, wie Viçinia sie verlassen hatte, und dieser Anblick trieb ihr Tränen der Freude in die Augen.

Wenig später fand sie sich im Besprechungszimmer wieder, wo Ionna sie mit ihren engsten Vertrauten erwartete. Nach all der Kälte tat es gut, wieder in geheizten Räumen zu sein, auch wenn die Wärme und Erschöpfung Viçinia schwindeln ließen. Mit einem Becher Gewürzwein setzte sie sich an den ovalen Tisch und berichtete in knappen Worten von ihrer Geiselhaft in Teremi und der Flucht. Als sie zu den Trollen und Ştens Verbindung zu ihnen kam, wurde sie mehrfach von ungläubigen Fragen der Berater ihrer Schwester unterbrochen. Die Fürstin hingegen lauschte schweigend und hielt nachdenklich die Finger an die Lippen, bis Viçinia geendet hatte.

»Das bedeutet Krieg«, stellte Ionna mit ruhiger Stimme fest, woraufhin Viçinia nickte. Wie immer lauschte Ionna zunächst den Meinungen und Überlegungen ihrer Berater, während diese diskutierten. Viçinia kannte diese Strategie ihrer Schwester, die lieber schwieg und damit ihren anschließenden Worten ein größeres Gewicht verlieh.

»Der dreimal verfluchte Hund«, sagte Neagaş zornig. »Ein verdammt mutiger Plan. So kurz vor dem Wintereinbruch!«

»Zorpad rechnet mit einem schnellen Sieg. Aber er muss wissen, dass wir seinen Angriff hier aussitzen können, bis der Winter ihm den Nachschub ausgehen lässt«, überlegte Viçinia laut.

»Vielleicht überschätzt er seine Kraft?«, spekulierte Istran Ohanescu, ein junger Mann mit einer glücklichen Hand für Organisation und Finanzen, was die gebeutelten Wlachaken gut gebrauchen konnten. Nachdenklich strich er sich über den dünnen, schwarzen Bart, dann schüttelte er den Kopf und gab sich selbst die Antwort: »Nein. Das macht keinen Sinn. Zorpad ist ein gewiefter Stratege, wie er ein ums andere Mal bewiesen hat. Wir dürfen ihn nicht unterschätzen. Einen so groben Fehler würde er nicht begehen.«

»Wir müssen davon ausgehen, dass Zorpad einen Plan hat. Vielleicht will er einfach nur unser Land verwüsten und uns zwingen, die mageren Vorräte aufzubrauchen. Aber mit einem Angriff öffnet er seine Flanke im Osten«, erklärte Neagaş und rieb sich die Stirn. »Die anderen Feinde würden nicht zögern. Seine Soldaten sind in Zwergenstahl gehüllt, sagt Ihr, Herrin?«

»Ja«, erwiderte Viçinia, »dicke und dabei doch leichte Panzer. Und die Waffen stammen vermutlich aus denselben

Schmieden. In einer offenen Schlacht hätten seine Soldaten einen deutlichen Vorteil.«

»Und vielleicht bekommt der Marczeg noch Nachschub von den Zwergen. Das Kleine Volk bringt die größten Baumeister hervor. Wer weiß besser, wie man eine Feste erobert, als sie?«, warf Leanna cal Paşcali ein, die als Bürgermeisterin in Ionnas Namen über die Stadt herrschte. Besorgt sah Viçinia die zierliche Frau mit den großen, dunklen Augen an.

»Spekulationen bringen uns nichts«, erklärte Ionna resolut, und wie immer, wenn die Voivodin sprach, verstummten alle anderen und lauschten ihren Worten. »Wir müssen Späher aussenden, um mehr zu erfahren. Wir müssen unsere Krieger sammeln, und ihre Herren müssen sich zum Kriegsrat einfinden. Solange wir nicht genau wissen, was Zorpad plant, bieten unsere Festungen am ehesten die Aussicht, den Sturm zu überstehen.«

Stumm nickten die Anwesenden, und Ionna erhob sich: »Neagaş, sende Reiter an die Höfe unserer Verbündeten und rufe sie zusammen. Sie müssen gewarnt werden und sich vorbereiten. Ich setze ein Schreiben auf, das kopiert und mit Kurieren versandt werden muss.«

»Ja, Herrin. Auch in die Berge?«, fragte der Krieger vorsichtig.

Ionna nickte: »Auch zu den Sippen der Berge. Es ist an der Zeit, ihre Gefolgschaft einzufordern. Schicke ein Dutzend Späher in den Sadat, vor allem in die Umgebung von Teremi. Doch nur die besten, Neagaş.«

Wieder nickte der Veteran, und Ionna fuhr fort: »Leanna, wir müssen die Vorräte in der Feste sammeln. Erstelle Listen mit den Dingen, die wir haben, und solchen, die wir noch benötigen. Wir müssen wissen, wie lange wir im Notfall ausharren könnten.«

»Ja, Herrin.«

»Und wir müssen die Bauern und Städter warnen. Wenn Zorpad kommt, müssen jedes Dorf und jeder Hof verlassen und leer und die Menschen in Sicherheit sein.«

»Was kann ich tun, Herrin?«, fragte Istran.

»Wir werden Waffen und Rüstungen benötigen. Kratze alles Eisen zusammen, dessen du habhaft werden kannst, und sorge dafür, dass unser Volk für den Krieg gerüstet ist!«

»Sofort, Herrin«, erwiderte Istran mit einer pflichtbewussten Verbeugung.

»Das ist fürs Erste alles«, erklärte die Fürstin entschieden und entließ somit ihren kleinen Rat. Doch als Viçinia ebenfalls den Raum verlassen wollte, hielt sie diese auf. »Schwester, wir müssen reden.«

Also nahm die Wlachakin wieder Platz und sah Ionna erwartungsvoll an. »Wie geht es dir?«, erkundigte diese sich, und Viçinia zuckte mit den Schultern.

»Schon besser. Ich bin nur müde.«

»Gut, gut. Man sieht dir die Strapazen an«, neckte ihre Schwester sie, und Viçinia lächelte.

»Danke, Herrin, Ihr seid zu gütig.«

»Diese Geschichten ... ich zweifle nicht an deinen Worten, aber Trolle und Vînai?«

»Wir alle waren erstaunt und konnten es nicht glauben«, erwiderte Viçinia langsam, denn der warme Gewürzwein floss wohlig durch ihre Glieder, und der Kamin erfüllte den Raum mit Behaglichkeit.

»Es tut mir Leid, von Natioles Tod zu hören. Er war ein guter Freund und ein treuer Kämpfer«, sagte Ionna und legte ihrer Schwester die Hand auf die Schulter.

»Ja. Aber ich glaube, für Şten war es schlimmer. Nati war immer wie ein großer Bruder für ihn.«

»Erzähl mir mehr von Ştens Verbindung zu diesen Trollen«, bat Ionna und setzte sich wieder.

Zögerlich begann Viçinia: »Sie haben ihn gerettet, als Zorpad ihn an den Wald übergeben hat. Eine Art Pakt verbindet sie seither. Şten hilft diesen Monstren, dafür achten sie sein Wort. Sobald sie ihre Suche an der Oberfläche beendet haben, kehren sie zurück in ihre Stollen, und Şten wird dann nach Désa kommen.«

»Er war schon immer zu waghalsig. Eines Tages musste sein Glück zur Neige gehen.«

»Noch lebt er«, warf Viçinia ein.

»Ja, noch lebt er. Und das ist gut, denn wir werden ihn brauchen. Wenn es Krieg gibt, wird es Entbehrungen geben, große Entbehrungen. Es wird nicht leicht werden, und Şten schenkt den Menschen Hoffnung.«

»Du schenkst den Menschen auch Hoffnung, Ionna.«

»Ich führe sie und schenke ihnen Zuversicht. Aber ich kann nicht überall sein. Und dem einfachen Volk ist Şten viel näher als ich«, erklärte die Voivodin.

Angespannt musterte Viçinia ihre Schwester. Irgendetwas ging ihr im Kopf herum, beschäftigte sie, ohne dass sie es aussprach. »Warum wolltest du mit mir sprechen?«, fragte sie unvermittelt.

Bedächtig legte Ionna den Kopf auf die Seite und sah die Jüngere an.

»Die Herbstschlacht hat mir gezeigt, dass wir allein zu schwach sind, um Zorpad zu schlagen. Vielleicht immer zu schwach sein werden«, sagte sie langsam. »Ich habe schon länger überlegt, ob wir nicht neue Verbündete brauchen.«

»Neue Verbündete? Aber wen willst du für den Kampf gegen Zorpad gewinnen?«, fragte Viçinia verwirrt.

»Andere Masriden. Die Widersacher des Marczegs.«

»Du willst einen Pakt mit den Herren des Valedoara und des Čireva schließen?«

»Wenn es sein muss.«

»Aber sie sind Masriden! Selbst wenn sie Zorpad hassen, so hassen sie uns doch noch mehr! Was wäre ein solches Bündnis wert, selbst wenn wir siegen würden? Sie würden sofort über uns herfallen, sobald Teremi in ihren Händen ist.«

»Dann müsste man ein Pfand haben, das ein solches Bündnis auch für die Zukunft festigt«, sagte die Fürstin mit auffallend ruhiger Stimme.

»Ein Pfand? Was für ein Pfand kannst du meinen?«

»Eine Hochzeit. Laszlár Szilas, der Herr des Valedoara, ist

noch ein recht junger Mann. Ihm wäre an einem Bündnis mit dem Mardew gelegen und …«

»Und mich kannst du verschenken wie eine Kiste billigen Schmuck, um den Drachen gnädig zu stimmen«, unterbrach sie Viçinia mit eiskalter Stimme, der endlich aufging, was ihre Schwester von ihr wollte.

Ionna sah ihr direkt in die Augen. Kein Muskel in ihrem Gesicht rührte sich. »Eigentlich hatte ich Suhais Schwester Jolea diese Rolle zugedacht. Aber eine Ehe mit dir wäre ein weitaus besserer Garant für einen dauerhaften Frieden. Du darfst nicht vergessen, dass es mehr ein symbolischer Akt wäre. Ich bezweifle, dass Szilas darauf bestehen würde, dass du mit ihm in Bračaz lebst.«

Die Gedanken in Viçinias Kopf überschlugen sich. Ihre Schwester plante, sich mit den Masriden zu verbünden? Sie sollte einen von ihnen heiraten?

Vor das verschwommene Bild eines gepanzerten Mannes, der den Drachen als Wappentier auf dem Schild trug, schob sich plötzlich das schmale Gesicht von Şten cal Dabrân.

»Ich kann Laszlár Szilas nicht heiraten«, stammelte sie und hörte selbst, wie schwach ihre Worte klangen. »Ich liebe einen anderen. Ich liebe Şten.«

Für einen Wimpernschlag stahl sich ein Lächeln auf Ionnas Gesicht, doch dann verhärteten sich die Züge der Fürstin, und sie sagte: »Das ist Unsinn.«

»Nein. Ich liebe ihn«, erwiderte Viçinia hitzig.

»Er ist ein Geächteter und immer auf der Suche nach Ärger, Viçinia. Eines Tages wird sein Glück ihn verlassen, und dann …«

»Was dann?«, fragte Viçinia zornig. »Dann hättest du die Möglichkeit vertan, mich meistbietend zu verschachern?«

»Ich will nicht, dass du dich unglücklich machst! Eine politische Ehe kostet dich wenig mehr als ein bisschen Stolz, aber Ştens Tod würde dir das Herz brechen! Und irgendwann wird niemand da sein, der ihn rettet. Keine Trolle, kein Natiole Târgusi, keine Flores cal Dabrân, niemand!«

»Wir riskieren doch auch unser Leben!«, warf Viçinia ein, doch Ionna schüttelte den Kopf: »Nicht wie er. Du weißt, dass ich Recht habe. Schwester, ich will nur das Beste für dich.«

»Das Beste? Du willst mich Zorpads Rivalen überlassen und nennst dies das Beste?«

Ionna hob die Stimme, in der nun kaum unterdrückte Wut mitschwang: »Ich bin das Haupt dieser Familie. Vergiss das nicht. Wenn es so weit ist, wirst du jemanden heiraten, der uns dabei hilft, unserem Volk den Frieden zu bringen. Du wirst unser Haus mit einem anderen, mächtigen Namen verbinden, wie es deine Pflicht ist«, erwiderte die Fürstin hart.

»Meine Pflicht, ja«, entgegnete Viçinia kalt. »Wie Ihr wünscht, Herrin. Darf ich mich zurückziehen, Voivodin? Ich habe vieles, über das ich nachdenken muss.«

Huldvoll neigte Ionna das Haupt, und Viçinia ging gemessenen Schrittes aus dem Besprechungszimmer, sorgsam darauf bedacht, keine Gefühle zu zeigen. Aber in ihren Gemächern angekommen, schlug sie mit der Faust gegen die Wand und fauchte: »Meine Pflicht! Was denkt sie, was ich tue? Wie kann sie es wagen …«

Ein Klopfen an der Tür unterbrach ihren Wutausbruch, und sie strich sich mit einer herrischen Geste die Haare aus dem Gesicht.

»Herein!«

Vorsichtig wurde die Tür geöffnet, und Flores spähte durch den Spalt. Mit fragender Miene schritt sie in den Raum und sah Viçinia an. Ohne etwas zu sagen, warf sie sich auf einen niedrigen Diwan und betrachtete angelegentlich ihre Hände.

»Ionna!«, empörte sich Viçinia. »Sie will mich an irgendwen verheiraten, um ein Bündnis zu schaffen!«

»Was? An wen?«, fragte Flores nach, aber Viçinia zuckte mit den Schultern.

»An den Herrn des Valedoara. An Laszlár Szilas.«

Flores pfiff durch die Zähne. »Eine Bündnisheirat, ja? Und wirst du zustimmen? Oder verkauft Ionna den Pelz eines Bären, der noch im Wald ist?«, erkundigte sich Flores.

Viçinia sah die Kriegerin verwirrt an: »Was?«

»So sagt man im Čireva. Kennst du den Ausdruck nicht?«, fragte Flores, und als Viçinia den Kopf schüttelte, erklärte sie: »Etwas versprechen, was man gar nicht hat. Einen Bärenpelz eben, den man noch nicht erjagt hat.«

»Ich verstehe, schon gut«, erwiderte Viçinia ärgerlich. »Was soll ich schon tun? Du weißt so gut wie ich, dass wir Verbündete brauchen.«

»Möglich. Aber es gibt immer andere Möglichkeiten.«

»Und welche?«

»Ich gehe fort. Kein Krieg, kein Land, keine Verpflichtungen«, erläuterte Flores ruhig. Für ein paar Herzschläge stellte sich Viçinia vor, wie sie mit Şten einfach weglief, alles hinter sich ließ und ein neues Leben begann. Doch dann holte die Wirklichkeit sie wieder ein. *Ich habe meine Verantwortung und er auch. Keiner von uns würde unsere Freunde und Familie im Stich lassen. Nein, das wird niemals geschehen*, gestand sich die Wlachakin traurig ein.

»Nein, du wirst nicht gehen«, sprach Flores ihre Gedanken aus. »Ich kann es in deinen Augen sehen.«

»Es geht nicht. Zu viel steht auf dem Spiel«, erwiderte Viçinia leise.

»Vielleicht. Es ist gleich, Viçinia. Du lebst dein Leben und ich das meine.«

»Ja«, erwiderte die Wlachakin und fragte: »Weißt du, was mit Suhai ist? Wie geht es ihm?«

Traurig schüttelte Flores den Kopf: »Es sieht nicht gut aus. Livian wird den Arm amputieren, aber selbst so … Sie weiß nicht, ob er es schafft.«

»Er hat versucht, mir zu helfen, als Zorpad mich töten wollte.«

»Ich weiß. Die Heiler geben ihr Bestes. Wir können nur abwarten.« Damit erhob sich Flores und ging steif zur Tür. Besorgt sah ihr Viçinia nach, aber bevor ihre Freundin die Gemächer verließ, drehte sie sich noch einmal um und zwinkerte ihr zu. »Sei nicht traurig. Wer weiß schon, was die

Zukunft bringen wird? Es kann noch viel geschehen, und vielleicht gibt Ionna nach.«

»Ionna und nachgeben?«

»Stimmt. Eher wird Zorpad seine Würden niederlegen und Bettelpriester werden«, flachste Flores, und Viçinia lachte auf.

»Danke«, flüsterte die junge Adelige. Dann verließ Flores sie und schloss die Tür hinter sich.

49

Ein leiser Lufthauch fuhr Şten über das Gesicht und ließ ihn frösteln. Ungewollt wurde er von dunklen Ahnungen ergriffen, und sein Herz begann zu rasen. Die Wände schienen zu wanken, und der Tunnel kam ihm vor wie der geöffnete Rachen eines Ungeheuers, bereit, sie alle zu verschlingen. Seine Arme fühlten sich schwach und kraftlos, und beinahe wäre ihm das Schwert aus den verschwitzten Händen geglitten.

»Ich ... vielleicht warte ich besser hier«, keuchte Sargan und wischte sich mit dem Handrücken Schweiß von der Stirn.

»Ein dunkler Ort«, flüsterte Şten erstickt, und sein Blick fiel auf die Trolle, die ihn seltsam ansahen. *Was wollt ihr? Wollt ihr mich auch auffressen?*, hätte er beinahe geschrien. Doch kein Laut kam über seine Lippen.

»Was ist mit dir?«, fragte Druan besorgt und starrte Şten ins Gesicht, der den Anblick der dunklen Augen des Trolls plötzlich nicht mehr ertragen konnte und sich abwandte.

»Was?«, erkundigte sich Pard verwirrt, als er sah, wie Sargan einige Schritte zurückwich, ohne dabei den Eingang in den Tunnel aus den Augen zu lassen – gerade so als erwarte der Dyrier, dass jeden Augenblick eine Bestie daraus hervorstürmen werde.

»Spürt ihr es nicht?«, stöhnte Şten und schüttelte den Kopf, der sich anfühlte, als hätte ihm jemand enge Eisenbänder um die Stirn gelegt. Mit beträchtlicher Willensanstrengung richtete der Krieger sich auf und hob seine Klinge.

»Was spüren? Wovon redest du, Mensch?«, fragte Pard und blickte von Druan zu Şten und wieder zurück. Mit zusammengebissenen Zähnen antwortete Şten: »Ein übler Atem steigt von diesem Ort auf.«

»Menschen sind schwach«, höhnte Pard und marschierte los, ohne sich umzusehen.

Unentschlossen sah Druan zu Şten und sagte: »Wir müssen da runter.«

»Ich weiß«, presste Şten hervor und versuchte ebenfalls loszugehen, doch seine Beine schienen ihm nicht länger zu gehorchen, als weigerten sie sich, ihn in dieses finstere Loch zu tragen. Schweiß rann dem Wlachaken am ganzen Körper hinab, doch dabei war sein Leib von eisiger Kälte erfüllt, und die Gliedmaßen fühlten sich taub an. *Ich muss gehen,* wiederholte Şten im Kopf, *ich muss!*

Langsam, Schritt für Schritt mit zittrigen Knien und nach Luft ringend, folgte er Pard hinab in die Dunkelheit, die ihm die Seele selbst aus dem Leib zu saugen schien. Auch Sargan bemühte sich, seine Angst zu überwinden oder sie wenigstens zu unterdrücken, und er folgte Şten und den Trollen.

Jeder Schritt kam dem Wlachaken vor wie ein dumpfer Hall, der seinen nahen Tod ankündigte. Dennoch ging er weiter, dachte an die Menschen, die ihm vertrauten und auf ihn setzten und die er nicht enttäuschen durfte. Das Licht ihrer schwachen kleinen Laterne verlor sich in der tiefen Dunkelheit, die wie lebendig um sie herum waberte. Aus den Augenwinkeln sah Şten Bewegungen, doch immer, wenn er sich zu ihnen drehte, war nichts mehr zu erkennen. An den dunklen Wänden tanzte der Schein der Lampe, Schatten veränderten sich, flossen zusammen und schienen leise in einer Sprache zu flüstern, die Şten nicht kannte, die ihm aber auf eine unheimliche Art vertraut vorkam.

Unendlich lang war der Tunnel, doch dann schimmerte vor ihnen in der Finsternis ein Licht, das Şten vor Erleichterung seufzen ließ. Nur auf den fernen Schein konzentriert, schritt er voran, und seine Stimmung hob sich. Die Angst, die seine Eingeweide schmerzhaft verkrampft hatte, wurde zu einem bloßen Unbehagen. Inzwischen hatten die Trolle die beiden Menschen ein ganzes Stück hinter sich gelassen, und plötzlich hörte Şten einen Ruf.

Dann brüllte einer der Trolle blutrünstig auf, und ein Angstschrei ertönte, der Şten dazu brachte loszulaufen. Am Fuß des Tunnels, dort, wo zwei Feuerschalen rechts und links in Nischen in die Wand eingelassen waren und einen kleinen Vorraum mit einer festen Eichentür beleuchteten, standen zwei gerüstete Krieger, die vor den Trollen zurückwichen und ihre Waffen zückten. Bevor Şten auch nur annähernd nahe genug heran war, hatte Pard den Linken gepackt und mit einer geradezu verächtlichen Bewegung gegen die Wand geschleudert, wo der Masride mit einem dumpfen Klatschen aufschlug. Wild warf sich Anda auf den zweiten Soldaten, drängte sein Schwert achtlos mit der Pranke zur Seite und drückte ihn mit ihrem Gewicht zu Boden, wo sie ihre Fänge in seinen Hals schlug. Sein Schrei wurde zu einem entsetzten Gurgeln, das abrupt abbrach, als Anda seinen Kopf mit beiden Händen packte und ihn mit einem Ruck vom Leibe riss. Ihre grausige Trophäe schleuderte sie angewidert auf den Boden, sodass Blut in alle Richtungen spritzte, dann erhob sie sich und sah sich mit einem grausamen Lächeln um.

»Eisenmenschen aus der Stadt«, flüsterte sie kalt und leckte über ihre blutigen Lippen, »Futter.«

»Ja«, grinste Pard zurück und ließ eine gewaltige Faust auf seinen regungslosen Gegner hinabsausen.

»Für Zdam«, knurrte Anda und wischte sich das Blut des Masriden mit dem Handrücken vom Mund über die Wange.

»Weiter«, befahl Druan drängend, und die anderen beiden Trolle nickten.

Sie sind grausame Tiere, dachte Şten beim Anblick der beiden Leichen, doch er folgte den Trollen in den hell erleuchteten Raum hinter der Tür, die Pard einfach aus den Angeln gerissen hatte.

»So viel zur Heimlichkeit«, meinte Sargan hinter ihm, als er über die Überreste der Tür trat, doch dann gewöhnten sich ihre Augen an das gleißende Licht, und sie verstummten. Vor ihnen öffnete sich eine gewaltige, natürliche Kaverne, in der Stalagmiten und Stalaktiten in den wunderbarsten und seltsamsten Formen aus dem Boden und von der Decke wuchsen. Überall an diesen bizarren Felsformationen waren Feuerschalen angebracht, die in weißlichem Feuer leuchteten. Auf einer großen, geraden Fläche unter ihnen, zu der eine grobe, in den Stein gehauene Treppe führte, standen einige Männer in den Roben des Albus Sunaş und sahen erstaunt zu ihnen hoch, während die Trolle einfach wild über die Kante ihres Standortes sprangen und die schräge Felswand hinabliefen.

Fluchend folgte Şten den Ungeheuern, die zornig brüllten und fauchten, während sie die rutschige Wand hinabstürmten. Um nicht zu stürzen, musste Şten sich fast vollkommen auf das Laufen konzentrieren und hörte nur, wie einer der Magier aufschrie. Hastig sprang er über einen niedrigen Felsen hinweg und erreichte endlich den tiefer gelegenen Kavernenboden, wo er schlitternd und mit wild schlagendem Herzen zum Stehen kam. Ein kurzer Blick verschaffte ihm einen ersten Eindruck dessen, was sich hier abspielte. Vor ihm stürmten die Trolle auf das halbe Dutzend Sonnenpriester ein, welche entsetzt zurückwichen. Plötzlich flammte ein helles Licht auf, das die Trolle wutentbrannt aufbrüllen ließ. Sogleich rannte Şten ihnen zu Hilfe.

»Beim Göttlichen Licht, weichet!«, schallte eine tiefe Stimme durch die Höhle und wurde von den Wänden in einem erstaunlichen Echo zurückgeworfen. Zur Antwort lachte Pard laut und dreckig, was in der Kaverne wie das Lachen aus den Kehlen von tausend Dunkelgeistern klang.

»Zurück!«, rief der Mann mit befehlsgewohntem Ton in der Stimme, und ein weiteres Mal schoss ein blendender Strahl von Licht durch die Höhle und brandete über die Trolle hinweg. Als die hellen Flecken, die vor Ştens Augen tanzten, wieder verschwanden, sah er, dass Druan am Boden lag und sich nicht rührte, aber Pard und Anda trennten sich und schlichen wie gewaltige Raubtiere um die eng zusammenstehende Gruppe der Sonnenpriester herum, nur abgehalten von einem hellen Licht aus der Handfläche eines der Magier, das die Trolle verfolgte und sie schließlich hinter Stalagmiten in

Deckung zwang. Allerdings kümmerte das Licht Şten weit weniger als die Trolle, also sprang er hinter einem der steinernen Gebilde hervor und stürmte auf den Priester zu, der überrascht herumfuhr. Mit geschlossenen Augen prallte Şten in die Gruppe und riss irgendwen mit zu Boden. Helle Lichter explodierten vor seinen Lidern, doch damit hatte er gerechnet. Der schmerzhafte Aufprall auf den harten Fels trieb ihm die Luft aus den Lungen, aber er rappelte sich schnell wieder auf, wobei er die Augen öffnete, und verpasste dem auf allen vieren kriechenden Priester einen Tritt in die Seite, welcher den Mann auf den Rücken warf. Die anderen Priester blickten Şten erstaunt an, doch einer hob die Arme und wies auf ihn, bevor der Wlachake reagieren konnte. Da trat Pard um einen Stalagmiten herum und griff nach dem Masriden. In seinem Zorn wirkte der gewaltige Troll wie ein düsterer Rachegeist aus alten Zeiten, als er den hoch gewachsenen Mann an den Handgelenken packte, ihn emporhob und ihm mit wilder Kraft die Arme auseinander riss. Ein blutiges Knirschen und ein entsetzter, verlorener Schmerzensschrei belohnten den Troll für seine Anstrengung; dann schleuderte er den Priester mit einer Umdrehung seines Körpers in die Höhle. Hastig wichen die restlichen Sonnenmagier vor ihm zurück, wollten Gebete murmeln und Zauber sprechen, doch Anda, die sich von hinten näherte, vereitelte jede Gegenwehr. Die beiden Trolle fielen über die ungerüsteten und unbewaffneten Menschen her. Gewaltige Hiebe spalteten Schädel und brachen Knochen, Klauen gruben sich in Haut und Fleisch, und Fangzähne rissen blutige Furchen in Leiber. Obgleich der Anblick ihn mit Ekel erfüllte, war Şten sich bewusst, dass er diese Naturgewalt nicht aufhalten konnte, und er dachte nur: *Eure finstren Rituale bringen euch nun den Lohn ein. Ihr wolltet die Trolle töten, doch nun töten sie euch.* Mitleid empfand er keines mit den Sterbenden, auch wenn die Art und Weise ihres Todes Übelkeit erregend war.

Statt dem Gemetzel zuzusehen, schritt er zu Druan, der sich langsam wieder aufrichtete. »Alles in Ordnung?«

»Ja«, antwortete der Troll. »Nur dieses verfluchte Licht!«

»Pard und Anda beenden es gerade.«

»Ja. Beide haben viel verloren durch die Magier. So ist es richtig. Denkst du, dass es vorbei ist?«, erkundigte sich Druan vorsichtig.

»Wir müssen herausfinden, ob ihr alle Priester, welche die Rituale vollzogen haben, erwischt habt.«

»Ja. Und wenn? Werden sie uns in Frieden lassen?«

»Für den Augenblick, ja. Längerfristig weiß ich das nicht. Viel wird davon abhängen, wie das Kleine Volk darauf reagiert. Ob der Pakt zwischen Zorpad und den Zwergen hält. Ob wir uns gegen den Masriden behaupten können.«

»Wenn Zorpad noch mehr Waffen braucht, dann wird er den kleinen Bastarden weiter helfen«, überlegte Druan.

»Vielleicht waren dies alle Männer des Albus Sunaş, die von dem Ort wissen. Oder die das Wissen um die Rituale haben«, schlug Şten vor, aber Druan sah ihn zweifelnd an.

»Glaubst du das?«

»Nein«, erwiderte Şten niedergeschlagen. »Es gibt immer genug Menschen, die ihre Seele für Macht verkaufen, so wie diese hier. Da fällt mir ein, wo ist Sargan?«

»Hier«, antwortete eine Stimme hinter Şten, was ihn herumfahren ließ. »Ich habe die Treppe genommen.«

»Bei den Geistern! Nicht so anschleichen!«

»Entschuldigung«, antwortete der Dyrier grinsend und wies zu Pard und Anda, die blutüberströmt auf sie zukamen. »Ich glaube, sie sind fertig. War ein ziemliches Massaker, was?«

»Da vorne ist ein Loch im Boden«, rief Pard ihnen zu und zeigte mit dem Daumen über die Schulter. »Direkt neben den Schädeln dieser Sonnenärsche!«

»Gut gemacht!«, lobte ihn Druan und sah sich um. »Einer ist da vorne irgendwo gelandet.«

Gemeinsam suchten sie den Sonnenmagier, den Pard durch die Luft geschleudert hatte, und fanden ihn schließlich mit seltsam abgewinkelten Gliedmaßen hinter einem Stalagmiten liegen. Der Atem des blonden Mannes ging flach, und Sargan kniete sich neben ihn. Schon auf den ersten Blick konnte Şten erkennen, dass der Mann überall Brüche hatte, und auch ein Arm schien mindestens ausgekugelt zu sein, wenn nicht gar Schlimmeres.

»Wie heißt du?«, fragte Sargan mit sanfter Stimme, und die Augen des Sterbenden richteten sich auf ihn.

»Tamlós«, keuchte der Mann. Blut tropfte von seinen Lippen und verursachte große rote Flecken auf seinem weißen Gewand.

»Wart ihr das alle? Gibt es noch mehr, die Rituale an diesem Ort durchführen, Tamlós?«, erkundigte sich Sargan freundlich, und der Priester blinzelte verwirrt, bevor er hustend antwortete. »Wir … die Ältesten des Klosters … wir dienen hier dem Göttlichen Licht.«

»Nur sieben?«

»Sieben Älteste, ja.«

»Und was tut ihr hier?«

»Wir binden einen Dunkelgeist und treiben seine Kraft in die Erde. Unser Lángor führt uns an.«

»Er ist einer der sieben?«

»Ja«, hustete der Sonnenmagier schmerzerfüllt.

An Druan gewandt, sagte Sargan: »Sieht gut für euch aus, Troll. Das hier ist der Siebte, die anderen sechs liegen da hinten, obwohl man ihre Zahl nur noch schwer erkennen kann.«

»Wer bist du?«, wunderte sich der tödlich verletzte Sonnenpriester, und Sargan trieb ihm einen seiner dünnen Dolche in die Brust.

»Für dich: Gnade«, flüsterte der Dyrier, während der Priester sich noch einmal aufbäumte und dann leblos zurücksank. Sargan wischte die Klinge am weißen Gewand des Toten ab und erhob sich. Als er Ştens fragenden Blick bemerkte, zuckte er mit den Schultern und wandte sich ab: »Ein schneller Tod.«

»Mehr, als er verdient hat«, fauchte Anda, griff die Leiche des Priesters und schleppte sie, eine Blutspur hinter sich herziehend, zu den anderen, wo sie sie verächtlich neben ein drei Schritt breites Loch im Boden warf. Neben dem fast kreisrunden Loch lag eine hölzerne Platte, die mit goldenen Runen verziert war. Einige goldene Pokale und Feuerschalen waren dort umgefallen, wo die Priester gestorben waren. Blut war über den dunklen Fels geflossen und sammelte sich nun in großen Lachen am Boden. Bei näherem Hinsehen erkannte Şten, dass in den Pokalen auch Blut gewesen sein musste, denn sie waren innen mit einem dunkelroten Film bedeckt. Angewidert betrachtete er das Ganze, bis sein Blick auf die enthauptete Leiche eines der Sonnenpriester fiel.

»Dort, die Sonnenscheibe auf der Brust. Das wird ihr Anführer gewesen sein, der Lángor«, wies er die anderen auf seine Entdeckung hin.

»Soll er verrotten«, erwiderte Druan grimmig, beugte sich über den Schacht und sog prüfend die Luft durch die Nase ein. Nachdenklich runzelte der Troll die Stirn, während Şten um den Brunnen herumging, sorgsam darauf bedacht, nicht in die Blutlachen zu treten. Das einfache Loch im Boden ging senkrecht hinab und verlor sich bald in völliger Dunkelheit, sodass der Wlachake nicht abschätzen konnte, wie tief es eigentlich war. Irgendwo dort unten saß laut Vangeliu der Dunkelgeist, der einst der Schutzgeist der Wlachaken gewesen war und der Radu geholfen hatte, die Wlachaken zu einen. *Legenden und Geschichten,* dachte Şten erstaunt, *plötzlich treten sie in mein Leben. Als ob ich vorher nicht schon genug Probleme gehabt hätte!*

»Beeindruckend«, stellte Sargan fest und wies auf den Brunnen.

»Sieht verflucht tief aus«, stimmte ihm Şten zu und sah den Dyrier an. »Was sind deine weiteren Pläne?«

»Keine Ahnung«, gab Sargan zurück. »Ich kann schlecht zurück nach Teremi, und die Pässe werden schon zugeschneit sein. Vielleicht schaue ich, wie die Zwerge auf dieses kleine Debakel hier reagieren.«

»Vielleicht solltest du mit ins Mardew kommen«, schlug der Wlachake vor, »den Krieg abwarten und dann deiner

Wege gehen. Ich kann nicht für Ionna sprechen, aber ich denke, dass sie dir gern ihre Gastfreundschaft anbieten wird. Immerhin hast du geholfen, ihre Schwester zu retten.«

»Das ist eine Überlegung wert«, gestand Sargan. »Ein wenig Ruhe und vor allem ein Bad würden mir gut tun.«

»Dann betrachte es als Einladung.«

Während des kurzen Gespräches hatten die Trolle sich um den Brunnen versammelt. Unvermittelt sagte Druan: »Ich kenne diesen Ort!«

»Was, du kennst diese Höhle?«, erkundigte sich Şten ungläubig, aber Druan schüttelte den Kopf.

»Nein, ich kenne den Schacht da.«

»Aber ... woher?«

»Pard, du kennst ihn auch, wir waren schon hier. Riech mal, überleg mal, wo wir sein müssten. Dieser Schwefelgestank«, erklärte Druan, und Şten versuchte den Geruch zu erkennen, aber er roch nur das Blut. Auch Pard schien verwirrt und zuckte mit den Schultern.

»Ich weiß nicht. Oben kenne ich mich nicht aus, ich weiß nicht, wo wir sind.«

»Der hohe Schacht! Riech mal, da unten irgendwo sind die dampfenden Quellen!«

»Du meinst diese stinkenden Wolken? Wir sind über ihnen?«, fragte Anda erstaunt.

»Ja. Wir sind hier an der Oberfläche nur nach Süden gewandert. Unter uns ist das Gebiet des Stammes von Turk. Das hier ist der hohe Schacht!«, sagte Druan.

Şten fragte verdutzt: »Was bedeutet das?«

»Der Schacht hier führt hinab in die tiefen Eingeweide der Erde. Ich kenne ihn. Weiter unten gibt es noch mehr Höhlen, die er durchquert.«

»Oh. Und jetzt?«

»Jetzt können wir wieder in unsere Heimat zurückkehren. Durch den Schacht. Keine Sonne mehr, keine Menschen!«, erwiderte Druan begeistert, und Pard hieb in die leere Luft: »Endlich!«

»Das ist gut«, erklärte Şten. »Dann kehrt ihr zurück, und wir können auch verschwinden. Das ist sehr gut!«

»Ihr wollt da hinabsteigen?«, fragte Sargan skeptisch und blickte in den Brunnen hinunter, wich aber schnell wieder zurück. Plötzlich wurde sich auch Şten des leichten Luftzuges bewusst, der aus dem Loch aufstieg und die Flammen der Feuerschalen zum Flackern brachte. Für einen Herzschlag glaubte er in seinem Kopf eine Stimme zu hören, die leise flüsterte, doch dann war es wieder still, und der Augenblick ging vorüber.

»Ja«, sagte Pard. »Wir können gut klettern. Und ohne Sonne haben wir Zeit genug.«

»Dann trennen sich unsere Wege hier«, stellte Şten fest, und Pard nickte grimmig.

»Zeit, dich zu töten, Mensch!«

Entsetzt wich Şten einige Schritte zurück und griff nach seinem Schwert, doch Pard brach in dröhnendes Lachen aus und schlug sich auf die Schenkel.

»Ein Scherz, Şten!«, wieherte der große Troll, und die beiden anderen fielen in das Gelächter ein.

Şten musste erst einmal tief durchatmen, bevor sich sein Puls wieder beruhigte. *Er hat gerade zum ersten Mal meinen Namen gesagt,* erkannte der Wlachake, *aber ich würde es ihm immer noch zutrauen, mich anzugreifen.*

»Sehr lustig«, sagte er leicht säuerlich, und Pard lachte.

»Menschen! Schwach, klein, kein Humor!«

Der Wlachake schüttelte unwillig den Kopf, doch dann gab Pard zu: »Du hast dein Wort gehalten, Şten. Danke.«

»Nichts zu danken«, erwiderte Şten überrascht. »Ihr habt mir das Leben gerettet.«

»Stimmt, Mensch!«, bestätigte Pard grinsend. »Aber jetzt verschwinden wir! Endlich zurück nach Hause!«

»Packt schon mal zusammen«, befahl Druan und sah Şten an. Der zögerte kurz, dann aber nahm ihn der Troll zur Seite.

»Danke, Şten«, meinte Druan gemessen, als sie sich gegenüberstanden.

»Wie schon gesagt, nichts zu danken. Ich ...«
»Natürlich müssen wir dir danken«, unterbrach ihn Druan. »Aber da ist noch mehr.«
»Was meinst du?«
»Dieser Krieg ist noch nicht zu Ende. Dein Volk wird gegen Zorpad kämpfen.«
»Ja«, bestätigte Şten. »Das werden wir. Das müssen wir.«
»Vielleicht enden die Angriffe dieser Magier auf mein Volk für immer, vielleicht aber auch nur für kurze Zeit. Wir können niemals sicher sein, solange die Zwerge und Zorpad zusammenarbeiten.«
»Womöglich zerbricht ihr Pakt jetzt«, gab Şten zu bedenken. »Das Kleine Volk wird nicht erfreut darüber sein, dass Zorpad nicht mehr liefern kann.«
»Glaubst du daran?«, fragte Druan, und Şten schüttelte den Kopf.
»Ich auch nicht. Solange Zorpad kämpft, wird er Waffen wollen, und solange die Zwerge Krieg gegen uns führen, werden sie seine Hilfe fordern.«

Şten überlegte. *Konnte es sein, dass der Troll auf etwas hinauswollte, das auch ihm schon eine Weile lang im Kopf herumging?* »Aber wenn wir und ihr gemeinsam kämpfen würden ...«, begann der junge Krieger vorsichtig.

Druan fiel ihm ins Wort: »Dann wären wir stärker. Stark genug!«
»Werden die anderen Trolle denn mit uns kämpfen wollen?«
»Ich weiß nicht, noch nicht. Aber zu lange haben die Zwerge uns zurückgetrieben. Es ist an der Zeit, sich ihnen entgegenzustemmen.«
»Was ist dein Plan?«
»Ich kann nicht sagen, wie schnell wir die anderen Trolle wiederfinden werden. Aber wir müssen uns Sicherheit vor den Sonnenanbetern verschaffen, ein für alle Mal. Ich werde versuchen, die anderen davon zu überzeugen, an die Oberfläche zu kommen.«

Şten nickte nachdenklich. Die ganze Zeit hatte er geglaubt, dass die Trolle aus seinem Leben verschwinden würden, wenn sie ihr Ziel erreicht hatten, doch offenbar war das vorschnell gewesen. *Sie sind gewaltige Krieger, und sie könnten eine Schlacht durchaus entscheiden. Aber ob sich die Freien Wlachaken darauf einlassen würden? Nun, noch weiß ich ja nicht mal, wie die Trolle entscheiden werden. Vielleicht essen sie Druan auf, statt seinem Vorschlag zuzustimmen.*

Inzwischen hatten Pard und Anda auch den letzten Sonnenpriester enthauptet und seinen Kopf zu den anderen gelegt. Aus dem Augenwinkel sah Şten, wie sie sich an den Leichen zu schaffen machten, also trat er ein wenig zur Seite und suchte Sargan, der es sich hinter einem Stalagmiten bequem gemacht hatte.

»Kein schöner Anblick«, begrüßte der Dyrier ihn, und Şten nickte.

»Die Trolle verschwinden gleich. Dann sollten wir diesen Ort auch verlassen«, meinte Şten.

»Er treibt mir kalte Schauer über den Rücken«, gab Sargan zu, was ihm einen überraschten Blick von Şten einbrachte. »Ich weiß nicht, wieso.«

»Vielleicht ist es der Einfluss des Dunkelgeistes«, spekulierte der Wlachake. »Aber du hast Recht, ich spüre es auch. So als würde man beobachtet, als würde ein finsterer Geist auf einen aufmerksam.«

»Ja. Nichts wie weg von hier. Vielleicht sollten wir diese Platte wieder auf das Loch legen, wenn die Trolle fort sind. Dieser heilige Irgendwas hat sie sicher nicht nur so dort befestigt«, vermutete Sargan.

»Ja, gute Idee. Am besten wäre es aber, wenn man die Masriden vertreibt und die alten Riten wieder durchführt. Aber das wird wohl ein Traum bleiben.«

»Wieso? Wenn ihr den Krieg gewinnt …«, begann Sargan.

Şten schüttelte den Kopf. »Dieser Krieg ist nicht zu gewinnen, bestenfalls können wir den ersten Sturm überstehen. Wir sind nicht vorbereitet, und Zorpad hat ein mächtiges

Heer. Sein Angriff wird vernichtend sein. Wir werden alles tun, um die Kämpfe bis in den Winter zu ziehen, sodass wir eine Atempause haben. Dann haben wir eine Möglichkeit zu überdauern, denn Zorpads andere Feinde werden jede Schwäche seinerseits ausnutzen.«

»Werdet ihr nicht kämpfen?«, fragte Sargan erstaunt.

Şten hob die Schultern. »Natürlich kämpfen wir. Aber unser bester Verbündeter ist das Mardew selbst. Es ist unzugänglich und rau. Wenn Zorpad uns aushungern will, muss er sein Heer von außerhalb versorgen, und das wird ihm im Winter nicht leicht fallen.«

»Du siehst schwarz«, stellte der Dyrier fest.

»Nein, ich sehe die Wirklichkeit. Ionna ist eine großartige Anführerin und eine geniale Strategin. Aber Zorpad hat alle Vorteile auf seiner Seite, und er weiß, wie man Krieg führt. Nur allzu gut, leider«, erklärte Şten, lächelte dann aber und meinte: »Erst einmal abwarten. Nichts wird so heiß gegessen, wie es gekocht wird.«

Danach saßen die beiden Männer eine Weile schweigend nebeneinander und hingen ihren eigenen Gedanken nach. Erst als die unangenehmen Geräusche von den Trollen verstummten, erhoben sie sich und kehrten zu den riesigen Wesen zurück, wobei Şten vermied, Blicke auf die Leichen der Sonnenmagier zu werfen.

»Wir steigen gleich runter«, erklärte Pard.

»Ja, wir gehen auch«, antwortete Şten und sah die Trolle an. »Sichere Wege.«

»Sichere Wege«, erwiderte Druan und lächelte Sargan zu. »Dir auch, Lautmaler.«

»Gute Reise«, lachte Sargan. »Ärgert ein paar Zwerge für mich.«

»Klar! Freue mich schon drauf«, donnerte Pard, bevor er sich mit den Füßen voran in das Loch hinabgleiten ließ. Die anderen Trolle folgten ihm, und die beiden Menschen sahen ihnen nach, bis sie in der Dunkelheit verschwanden. Dann wuchteten sie die schwere Holzabdeckung wieder auf die

Öffnung des Brunnens und gingen zur Treppe, die aus der immer noch hell erleuchteten Kaverne führte. Langsam stiegen sie hinauf, bis sie den Ausgang erreichten. Einmal noch drehte sich Şten um und betrachtete das Blutbad, welches die Trolle angerichtet hatten. *Meine Verpflichtungen ihnen gegenüber sind erfüllt, jetzt ist es an der Zeit, mich um meine Aufgaben zu kümmern.* Mit diesem Gedanken wandte er sich ab und schritt mit Sargan zusammen in die Dunkelheit des Tunnels. Jeder Schritt hinauf schien ihn der Freiheit näher zu bringen, und er ging aufrechter, da er sich von der Last befreit fühlte, welche die Trolle all die Zeit über gewesen waren.

Schnell erreichten sie das Ende des Tunnels und durchquerten den Tempelraum, ohne auf dessen Schönheit zu achten. Diesmal schlich Sargan nicht vor, sondern sie huschten gemeinsam durch die Gänge, die Blendlaterne fast vollständig geschlossen und darauf achtend, möglichst keine Geräusche zu verursachen. Bald hatten sie die oberste Ebene hinter sich gelassen und auch die mittlere, und sie schlichen zu der Treppe, die sie zur Eingangshalle führen würde. *Gleich haben wir es geschafft,* fuhr es Şten durch den Kopf, doch dann hörten sie Stimmen und duckten sich in einen Türeingang.

Aus der Eingangshalle konnten sie die Stimme von Imreg vernehmen, der lauthals protestierte: »Ich habe nicht geschlafen! Und auch keine Vorräte gestohlen! Ich wurde überfallen und entführt!«

»Es stimmt«, pflichtete ihm eine andere Männerstimme bei. »Er war gefesselt und geknebelt, als ich ihn fand!«

»Und was hast du im Vorratskeller getan, Bruder Pájòs?«, erkundigte sich ein dritter Sprecher finster.

»Ich ... ich ... da war ein Geräusch«, erklärte Pájòs lahm.

»Wir werden uns noch darüber unterhalten. Aber jetzt müssen alle geweckt werden! Schlagt die Gongs, warnt unsere Brüder, dass Dunkelgeister und ihre Buhlen im Kloster sind. Eilt euch!«

»Hörst du? Du bist ein dunkler Buhle«, scherzte Sargan, aber Şten funkelte ihn böse an.

»Wir müssen hier raus. Es sind viel zu viele Vorbs in diesem Kloster.«

»In den Seitenflur dort«, schlug Sargan vor und setzte sich in Bewegung. »Die Schlafräume sind eine Ebene über uns. Wir lassen sie vorbei und spazieren einfach hinaus.«

Skeptisch sah Şten den Dyrier an, folgte ihm aber und verbarg sich ebenfalls in den Schatten des abzweigenden Korridors. Tatsächlich stürmten bald mehrere Personen an ihnen vorbei und hin zu dem Durchgang zur mittleren Ebene. Nachdem die Schritte verklungen waren, schlichen die beiden Männer vorsichtig weiter und spähten die Treppe hinab in die Vorhalle. Dort standen noch zwei Priester des Albus Sunaş und sahen sich ängstlich um. Fragend blickte Şten zu Sargan, der flüsterte: »Einfach durchrennen. Sobald wir draußen sind, sollten wir sicher sein, oder denkst du, die Priester können uns im Wald aufspüren?«

Als Şten verneinend den Kopf schüttelte, kroch Sargan weiter bis zum Absatz der Treppe, dann sprangen sie beide auf und stürmten hinunter. Überrascht drehten die Sonnenmagier sich um, aber dann war Şten schon heran und trieb dem einen die Faust ins Gesicht, während Sargan den zweiten mit einem Tritt gegen das Bein zu Boden sandte. Ohne sich weiter um ihre Gegner zu kümmern, rannten sie durch die Tür nach draußen. Ein düsterer, grauer Morgen begrüßte sie, und der Regen durchnässte sie innerhalb weniger Herzschläge, doch sie achteten nicht darauf, sondern hasteten zur Mauer, wo Şten den Dyrier hochwuchtete und dann dessen ausgestreckte Hände ergriff. Hinter ihnen ertönten laute Rufe, doch die beiden kümmerten sich nicht darum, sondern rannten weiter über den schmalen Pfad. Nur noch wenige Schritt bis zur Biegung, die erst einmal Sicherheit versprach …

Da blitzte plötzlich ein helles Licht auf. Şten riss die Hände vor die Augen und strauchelte, und er hörte Sargan einen Schrei ausstoßen, der jedoch abrupt abbrach. Mit rasendem Herzen ging Şten zu Boden und wollte sich verzweifelt an den schmalen Grat klammern. Doch er überschlug sich, und seine Beine baumelten im Nichts. Dann endlich gelang es ihm, sich festzuhalten und auf den Sims zu ziehen, wo er schwer atmend liegen blieb. Bunte Lichter tanzten vor seinen Augen, und er brüllte verzweifelt: »Sargan! Hörst du mich?«

Er bekam keine Antwort. Hinter ihm riefen die Brüder des Albus Sunaş und schienen näher zu kommen, also raffte er sich auf und blinzelte, während er sich an der Felswand entlangtastete. Jeder falsche Schritt konnte seinen Tod bedeuten, jeder kleine Stein ihn ausrutschen und in die Tiefe stürzen lassen. Endlich kehrte seine Sicht zurück, und er blickte sich nach dem Dyrier um. Aber der Pfad vor ihm war so leer, als hätte es Sargan niemals gegeben. Verzweifelt blickte Şten in den Abgrund. Ein dichter Nebel im Tal machte es ihm unmöglich, irgendetwas zu erkennen. Aus den grauen Schwaden ragten dunkle Bäume auf, deren Wurzeln im Nichts verschwanden. Ein Blick hinter sich genügte, um zu erkennen, dass die Sonnenpriester ihn verfolgten, also rannte Şten weiter. *Der Sturz die Felswand hinab ist tödlich*, dachte Şten wie betäubt, *vermutlich liegt Sargan zerschmettert irgendwo dort unten im Nebel. Verflucht, wir hätten es fast geschafft.*

Aber er hatte keine Zeit, sich zu grämen, denn die Rufe der Sonnenmagier, die sich an seine Fersen hefteten, trieben ihn weiter an, und er lief so schnell er konnte, die Schreie und Rufe seiner Verfolger im Nacken.

50

Die Tage vergingen langsam und gemächlich für Flores, auch wenn um sie herum hektische Betriebsamkeit ausgebrochen war. Boten ritten in alle Richtungen und kehrten wieder, Ionna empfing Gesandte, versammelte ihre Gefolgsleute um sich und hielt Besprechungen ab. Beinahe täglich trafen neue Trupps von Soldaten und Kriegern ein, doch stets waren es wenige, zumeist nur leicht gerüstete Wlachaken. Kaum Pferde, wenig Vorräte und Nachschub. Obgleich Ionna wie auch Viçinia den Menschen unablässig Mut machten und ihnen gut zuredeten, verbreitete sich bald eine düstere Stimmung in Stadt und Feste. Auch das Verhältnis der beiden Schwestern zueinander schien schwierig geworden zu sein. Zwar wahrten sie einen höflichen Umgangston, doch Flores wusste aus Gesprächen mit Viçinia, dass sie kaum noch ein persönliches Wort mit ihrer Schwester wechselte.

Gerüchte von neuen Kriegswaffen der Masriden machten die Runde, Veteranen erzählten Geschichten über die Brutalität und Grausamkeit von Zorpads Truppen, und jeden Tag nahm die Menge der grimmigen, ernsten Gesichter zu.

Immerhin hatte es irgendwann doch noch zu regnen aufgehört. In einem letzten Aufbäumen hatte es eines Nachts einen furchtbaren Sturm gegeben, der jedoch in den frühen Morgenstunden verebbt war und einen hellen Morgen hatte anbrechen lassen. Jetzt schien die Sonne wieder durch die Wolken, und Flores wusste, warum sie das Mardew einst so geliebt hatte. Die Jahre im Norden hatten die Erinnerungen der jungen Wlachakin verblassen lassen. Natürlich mochte es auch daran liegen, dass für sie das Mardew immer mit der Rebellion und den Kriegen verbunden war, doch das Land selbst war rau, ungezähmt und berührte Flores tief in der Seele. Zwar war das Leben hier härter als in den tieferen Regionen von Wlachkis, aber das Land hatte eine urtümliche Schönheit mit seinen weiten Grasebenen und den majestätischen Sorkaten, die bis in die Wolken hinaufragten. Neben diesen gewaltigen Zeugnissen der Natur erschienen Flores jegliche menschlichen Belange klein und unbedeutend.

Jetzt im Herbst zeigte das Mardew sich von seiner schönsten Seite, denn noch blühten auf den Wiesen Blumen aller Art, und noch vertrieb die Sonne die Kälte, die bald von den Bergen herabsinken würde, um das Land mit einer Decke aus Schnee zu überziehen.

Da sie selbst nur wenig zu tun hatte, ritt Flores häufig aus, um den Vorbereitungen für den Krieg zu entgehen. Aber dennoch konnte sie dem allgegenwärtigen Gesprächsstoff nicht vollkommen entfliehen. Die ersten Berichte der Späher waren entmutigend. Zorpad hatte damit begonnen, seine Truppen offen in Teremi zu sammeln, und sein Heer wuchs mit jedem Tag. Den Kern seiner Truppen bildete die schwere Reiterei. Dazu kamen jedoch noch schwer gerüstete Fußkämpfer mit breiten Schilden und schweren Waffen, hauptsächlich Streitkolben und Äxte. Dies waren offenbar die von Viçinia beschriebenen Rüstungen der Zwerge, und die Späher kehrten alle ebenso beeindruckt wie niedergeschlagen zurück, was der Stimmung weiteren Abbruch tat.

Obwohl Flores nicht in Kriegen gekämpft hatte, sondern immer nur in kleinen Gefechten und Scharmützeln, konnte sie Ionnas Dilemma erkennen. Der einzige Vorteil der Wlachaken waren ihre Bogenschützen, die in Präzision und Geschwindigkeit den Masriden überlegen waren. Ihre Hoffnung war also, die schweren Fußkämpfer des Feindes mit einem tödlichen Geschosshagel zu überziehen. Doch die Masriden verfügten über mehr und besser ausgerüstete Reiter und konnten so die Bogenschützen der Wlachaken bedrohen. Gegen einen Sturmangriff der schweren Kavallerie würden die Linien der wlachkischen Fußkämpfer kaum halten. Hinzu kamen die Szarken, Meister des berittenen Fernkampfes, die mittels ihres gefürchteten »szarkischen Schusses« – eines Bogenschusses nach hinten im vollen Galopp – vollendete Plänkler waren. Obwohl Flores wusste, dass es weit weniger Szarken gab, die dieses Manöver beherrschten, als noch zu Tireas und Arkas' Zeiten, so stellten sie doch eine nicht zu unterschätzende Gefahr dar.

Somit blieb den Wlachaken kaum mehr als die Möglichkeit, ihre Festungsanlagen zu verteidigen. Gegen feste Mauern war die Kavallerie nutzlos und das schwere Fußvolk weniger gefährlich als auf dem offenen Schlachtfeld. Nur das hieße auch, Zorpad das Umland zu überlassen, Dörfer und Höfe aufzugeben und sie der Gnade der Masriden auszuliefern. Niemand in Désa zweifelte daran, dass Zorpad nur verbrannte Ruinen und zerstörte Felder zurücklassen würde.

Deshalb war Flores um jeden Augenblick froh, den sie außerhalb der Stadt verbringen konnte. Ihre langen Ausritte führten sie an all die Orte zurück, die sie zusammen mit Şten, Viçinia und Natiole erkundet hatte. So auch an diesem Tag, als sie an einem kleinen, morastigen Tümpel Rast machte und die schwachen Strahlen der Herbstsonne genoss. Während ihr Pferd an einigen Blumen knabberte, legte sie sich in das hohe Gras, lauschte dem Gesang der Vögel und ließ die Gedanken treiben. Erst als ihr Ross unruhig wurde und zu tänzeln begann, sah sie sich misstrauisch um.

»Leichtsinnig«, erklang die Stimme ihres Bruders hinter einer verkrüppelten Kiefer. »Ganz allein. Und das in Kriegszeiten!«

»Mit so einem ungeschickten Burschen wie dir werde ich schon fertig«, entgegnete sie, musste dann aber lachen. »Du machst selbst Pferde nervös.«

»Ich fürchte, dass ich den Trollgestank nicht mehr loswerde, obwohl ich schon zweimal gebadet habe, seit sie weg sind«, erwiderte Şten und trat auf sie zu.

»Du siehst übel aus«, stellte Flores fest, denn Şten trug wenig mehr als Lumpen am Leib und war bis über beide Ohren verdreckt. Sein schmales Gesicht war bleich vor Erschöpfung, und er hatte dunkle Ringe unter den Augen. Aber in diesen Augen blitzte der Schalk, und auf seinen blassen Lippen lag ein Lächeln, als er an sie herantrat und sie umarmte.

»Willkommen daheim, Brüderchen«, flüsterte Flores und drückte ihn an sich, nur um ihn dann auf Armeslänge von sich zu halten und zu stöhnen: »Du stinkst!«

»Ich hätte nichts gegen ein Bad und ein wenig saubere Kleidung einzuwenden«, gestand Şten. »Das Leben als Gejagter und Vogelfreier verliert doch schnell an Reiz.«

»Wie ist es dir ergangen?«, erkundigte sich Flores, während sie ihren widerborstigen Gaul einfing. Gemeinsam gingen sie in Richtung Désa, da ihr Pferd sich weigerte, Şten auch nur in die Nähe, geschweige denn auf den Rücken zu lassen.

»Wir haben unser Ziel erreicht. Die Trolle haben die Männer des Albus Sunaş getötet und sind erst einmal sicher. Danach sind sie in die Eingeweide der Erde zurückgekehrt«, berichtete Şten kurz.

»Und der Dyrier? Wo ist er hingegangen?«

»Auf die dunklen Pfade«, sagte Şten und wischte sich müde über die Stirn. »Wir waren schon draußen, doch die Vorbs haben Magie auf uns herabgerufen. Sargan ist in eine Schlucht gestürzt. Ich konnte mit knapper Not entkommen.«

»Das tut mir Leid«, sagte Flores leise, und Şten sah sie dankbar an.

»Ich bringe meinen Gefährten kein Glück. Wer sich mit mir einlässt, stirbt. Ha!«, sagte er bitter und hustete kurz. »Selbst die Trolle! Zdam und Roch, beide tot.«

»Es ist nicht deine Schuld«, beruhigte ihn Flores.

Şten ließ den Kopf hängen und seufzte, bevor er sie ansah. »Wie geht es Suhai?«

»Er wandelt ebenfalls auf den dunklen Pfaden. Seine Wunden haben sich entzündet, und er ist am Fieber gestorben«, erzählte Flores mit leiser Stimme. »Sie haben seinen Arm amputiert, aber es war zu spät, er war schon zu sehr geschwächt.«

»Verflucht«, sagte Şten bitter.

»Kopf hoch, Şten. Wir anderen sind wohlbehalten in Désa angekommen. Es war eine harte Reise, aber wir haben es geschafft. Ionna versammelt ihre Truppen.«

»Wie geht es Viçinia?«, fragte Şten hoffnungsvoll.

Flores lachte. »Recht gut, wenn man bedenkt, dass sie bald heiraten soll. Sie bürdet sich viel auf, trifft die Anführer der Stämme, redet mit Gesandten, beruhigt die Gemüter bei Streit – du kennst sie ja.«

Immer noch grinsend wandte Flores sich zu ihrem Bruder und stellte fest, dass Şten einige Schritt hinter ihr stehen geblieben war und sie bestürzt ansah. Verwirrt hob sie die Augenbrauen und fragte: »Alles in Ordnung?«

»Was sagst du?«, erkundigte sich Şten heiser. »Viçinia heiratet? Aber ... wen?«

»Einen Fürsten aus dem Valedoara. Ionna will vermutlich ein Bündnis schmieden und ihr Haus stärken. Es schmeckt Viçinia gar nicht«, erklärte Flores und sah Şten eindringlich an, der aussah, als habe man ihm erzählt, dass Zorpad nun für Gold auf Tischen tanze.

»Eine politische Ehe?«

»So wie es scheint. Aber noch ist nichts in trockenen Tüchern, ich denke, dass der Krieg erst einmal Vorrang hat.«

Müde rieb sich ihr Bruder über die Augen, dann setzte er sich wieder in Bewegung.

»Wir sollten uns beeilen, Flores.«

Den Rest des Weges legten sie schweigend zurück, jeder in seine eigenen Gedanken versunken. Nicht einmal der Anblick Désas, ihrer zweiten Heimat, konnte Şten ein Lächeln entlocken, und so kehrten sie mit düsterer Stimmung zurück an den Ort, wo sie einst so freundlich empfangen worden waren.

Nachdem das erste Klopfen erfolglos geblieben war, hämmerte Flores mit der Faust gegen die Tür, bis von drinnen ein Ruf ertönte, den sie einfach als ein »Herein« deutete. Als sie den Raum betrat, fluchte Şten los.

»Verdammt noch mal! Ich sagte: nein!«

»Ich habe herein verstanden«, erwiderte die Wlachakin grinsend und sah sich neugierig um. Da Şten sehr viel häufiger in Désa weilte als sie selbst, bewohnte er in der Festung noch eigene Räume. Doch es gab wenig mehr zu sehen als die notwendigsten Möbelstücke. Kein Schmuck, keine Erinnerungsstücke, nichts, was einem Besucher verraten hätte, welche Persönlichkeit der Besitzer des Zimmers besaß. Im Nebenraum stand ein großer Holzzuber, in dem Şten gerade ein warmes Bad genoss. Wasser verspritzend erhob er sich und knallte die Verbindungstür zu.

»Komm später wieder!«, erklang es gedämpft durch die Tür.

»Nein! Ich warte hier einfach, bis du fertig bist!«

Wieder fluchte Şten, aber bald darauf öffnete sich die Tür, und er trat ein, noch halb nass und nur mit einer Hose bekleidet. Während er sich mit einem groben Tuch abrieb, funkelte er seine Schwester zornig an. Mehr als eine Narbe verlief über seinen muskulösen Körper; allein an der rechten Seite hatte er zwei lange, weiße Wundmale, die von der Brust bis zum Rücken liefen.

»Was willst du?«, fauchte er, und sie warf sich auf sein Bett und lächelte entwaffnend.

»Ich habe ein paar Flaschen vor den gierigen Schlünden der Krieger gerettet. Ich dachte, wir nehmen heute unseren Abschied.«

»Ich muss erst zu Ionna«, erklärte Şten. »Außerdem bin ich verdammt müde.«

»Was kannst du Ionna schon sagen, was nicht bis morgen warten kann? Und *müde*? Şten, das ist die schlechteste Ausrede, die du je vorgebracht hast!«

»Aber ...«

»Kein Aber«, unterbrach sie ihn, »Viçinia wird auch zu uns stoßen. Und vielleicht einige andere.«

»Viçinia«, flüsterte ihr Bruder, und sein Blick verlor sich in der Ferne.

»Ja. Was ist zwischen euch?«, fragte Flores, die sich über die Reaktion ihres Bruders auf die Neuigkeiten von Viçinias geplanter Vermählung den einen oder anderen Gedanken gemacht hatte.

»Nichts«, wehrte Şten ab und schüttelte wegwerfend die Hand.

»Brüderchen, für einen weithin gesuchten Schurken bist du ein verdammt schlechter Lügner!«

Wütend fixierte Şten sie, dann seufzte er und ließ die Schultern hängen: »Ich weiß nicht. Ich hatte gehofft ... ich dachte ...«

»Ja?«, fragte Flores, als er verstummte.

»Ich wollte sie fragen, also Ionna, ob ...«, druckste er herum und kratzte sich verschämt am Hals.

»Was? Du und Viçinia?«, entfuhr es Flores, die trotz ihrer Ahnungen von dem Geständnis überrascht war. »Weiß sie davon?«

»Wer, Ionna?«

»Nein, Viçinia, du Hornochse.«

»Nein, noch nicht. Ich wollte es ihr sagen, aber dann musste sie nach der Herbstschlacht nach Teremi gehen. Und jetzt hatte ich keine Gelegenheit, mit ihr zu sprechen – da waren die Trolle und Nati und ...«

»Du fürchtest dich!«, erkannte Flores erstaunt und musste lachen. »Du freundest dich mit Menschenfressern an, du überfällst Zorpad in seiner eigenen Feste, aber du traust dich nicht, Viçinia deine Gefühle zu gestehen!«

»Nein!«, widersprach ihr Bruder. »So ist es nicht! Ich wollte ihr einfach nicht noch mehr aufbürden.«

»Sicherlich«, bestätigte Flores ironisch und zwinkerte ihm zu. »Was ist mit ihr? Denkst du ...«

»Ich weiß nicht«, erwiderte Şten verzweifelt, »wir haben uns fast ein Sonnenjahr lang nicht gesehen. Als ich nach der Herbstschlacht schwer verwundet war, saß sie jeden Tag an meinem Krankenlager. Ich dachte, vielleicht empfindet sie auch etwas für mich.« Mit einem Kopfschütteln fügte er hinzu: »Aber vermutlich war das nur Einbildung, weil ich es mir wünsche. Sie sieht in mir den Freund aus Jugendtagen, mehr nicht!«

»Şten, du bist wirklich ein großer Hornochse!«, behauptete Flores.

»Das sagtest du schon«, fuhr er sie an. »Verrätst du mir auch den Grund dafür?«

»Frag sie doch einfach. Was kann schon passieren?«

»Ich kann nicht«, erwiderte Şten grimmig. »Sie wird einem anderen versprochen. Was soll ich ihr sagen? Wieso ihr das Leben schwerer machen, als es schon ist? Aber du hast in einem Punkt Recht, erst einmal kommt der Krieg. Wer weiß, ob wir die Schlachten überhaupt überleben.«

»Wenn sie dich liebt, Brüderchen, denkst du, sie wäre glücklicher, wenn sie deine Gefühle kennt? Oder wenn sie es niemals erfährt?«, fragte Flores sanft.

Verzweifelt lehnte sich Şten gegen die Wand und sah zur Decke empor.

»Keine Ahnung. Lass uns was zusammen trinken, ja? Ich bin zu müde und erschöpft, um darüber nachzudenken.«

Schulterzuckend stand Flores auf und streckte sich, während Şten ein dunkles Hemd anzog und sich einen Gürtel umschnallte. Als er in die Stiefel geschlüpft war, folgte er seiner Schwester, und sie gingen zum Westflügel, wo die Gastgemächer lagen und der Wein auf sie wartete.

Lachend schüttete Flores mehr von dem herben Weißwein aus dem irdenen Krug in ihren Becher. Noch immer stand ihr Bruder in der Mitte des Raumes und erzählte seine Geschichte: »... er sagte zu mir: Halt still. Dann zog er den Bolzen raus. Bei den Geistern, ihr glaubt nicht, wie man an der Stelle blutet! Ich dachte, ich würde noch in dieser Nacht auslaufen und sterben!«

»Wie habt ihr das verbunden?«, fragte Costin grölend.

»Na, hier durch«, erklärte Şten und griff sich zwischen die Beine, »dann hinten wieder hoch und um die Hüfte. Ich habe die Narbe noch nie gesehen, aber man sagte mir, sie sei recht schmückend!«

»Zeigen!«, rief Flores und lachte, als ihr Bruder rot wurde. Abwehrend hob er die Hände und antwortete: »Ihr schätzt doch alle euer Augenlicht, da lasse ich meine Beinkleider besser oben!«

Lauthals lachend nickte Flores und warf einen Blick auf Viçinia, die auf der Bettstatt saß und hustete. Offenbar hatte die junge Adlige sich gerade eben verschluckt. Jetzt sah sie zu Şten, der sich schwer neben Costin auf die Kissen fallen ließ und hinter sich nach der Weinflasche griff. Der Blick der Wlachakin folgte den Bewegungen von Flores' Bruder und verweilte lange Zeit auf ihm. *Was empfindest du für ihn, Viçinia?*, fragte sich Flores und trank nachdenklich einen Schluck Wein. *Erwiderst du seine Gefühle?*

»Noch eine Geschichte«, rief Costin und sah aufmunternd in die Runde. »Erzählt uns mehr von Natiole Târgusi!«

»Also gut«, erwiderte Flores mit leicht schwerer Zunge und erhob sich mühsam, »eine Geschichte von Nati!«

Unter dem Beifall der Anwesenden verbeugte sie sich ungelenk und begann, ihre Geschichte zu erzählen: »Einst kamen zwei Kinder nach Désa, allein, gejagt und verängstigt. Alles war ihnen fremd, und schlechte Menschen hatten ihnen Familie und Heimat genommen!«

Das Lachen der Wlachaken verstummte, als sie der Erzählung lauschten. Nach einem tiefen Schluck Wein fuhr Flores fort: »Diese Kinder hatten alles verloren, und sie fürchteten sich in der Fremde unter all den unbekannten Menschen. Man gab ihnen Zimmer und Essen und beruhigte sie, doch in der Nacht schmiegten sie sich aneinander und weinten um all das, was sie verloren hatten. Einer kam am Morgen zu ihnen, er erzählte Geschichten, und er lachte, und er hörte ihnen zu. So erreichte er ihre Herzen und vermochte sie zu trösten. Das war Natiole: ein wahrer Freund. Einer, der in jeder Not zu einem steht. Ein Freund!«

Als sie sich setzte, herrschte Schweigen unter den gut zwei

Dutzend Wlachaken, die gekommen waren, um Abschied von Natiole zu nehmen. Einige von ihnen hatten schon Geschichten über ihn erzählt, lustige und traurige, heldenhafte und peinliche – Geschichten aller Art, um sich an ihn zu erinnern. Es war ein alter Brauch ihres Volkes, dem sie folgten und mit dem sie Natioles Andenken ehrten. Ihre Erlebnisse mit Natiole würden nicht vergessen werden, und man würde seiner stets gedenken.

»Auf Natiole!«, rief Şten einen Trinkspruch, und alle erhoben ihre Gläser und antworteten ihm: »Auf Natiole!«

»Möge er uns von den dunklen Pfaden aus zusehen, wenn wir seinen Kampf siegreich beenden!«

Während die anderen laut in den Spruch einfielen, schwieg Flores und nippte an ihrem Wein. *Es tut mir Leid, Nati, aber es ist noch immer nicht mein Kampf.*

»Auf Nati!«, ertönte der Ruf wieder, und diesmal stimmte auch Flores ein. Danach kam Şten leicht schwankend zu ihr herübergelaufen und nahm neben ihr Platz.

»Du hast ein Geschick für Worte, das mir abgeht«, flüsterte er ihr ins Ohr. »Er war ein guter Freund.« Mit einem wehmütigen Lächeln hielt er den hölzernen Pokal hoch, und Flores stieß mit ihrem an, dann kippten sie den Wein hinunter.

»Weißt du, wie Nati dieses Gesöff nennen würde?«, fragte sie lachend.

Şten grinste: »Katzenpisse. Schmeckt so, und morgens hat man einen Kater!«

»Genau!«, lachte sie belustigt, als sie sich an ihr letztes Trinkgelage mit Natiole in Teremi erinnerte. »Er mochte nur dieses süße Gesöff.«

»Das hat ihn nicht daran gehindert, alles runterzuschütten, was er nur kriegen konnte«, warf Şten ein. »Einmal haben wir einen Frachtkahn abgefangen, der kam aus dem Osten, Turduj vielleicht. Da waren vier dicke, bauchige Fässer voll von schwerem Wein drauf, aus Kersakien.«

»Kersakien?«, fragte Flores mit gerunzelter Stirn. »Liegt das nicht in Dyrien?«

»Genau! In die Fässer haben wir Löcher gemacht, denn sie waren für Zorpad bestimmt«, erzählte Şten weiter und kicherte bei der Erinnerung. »Aber vorher haben wir unsere Schläuche mit dem Zeug gefüllt. Und dann kamen Reiter, und wir mussten in den Wald und hatten nichts außer Wein zu trinken. Schande, beinah hätten die uns erwischt, weil wir uns zu früh besoffen haben.«

»Ihr seid entkommen«, stellte Flores unnötigerweise fest, da ihr der Wein zu Kopf stieg und ihre Gedanken schwerfällig werden ließ.

»Ja. Nati hat einen mit dem Bogen vom Pferd geholt, und dann sind sie abgehauen. Er hat den Wein danach immer Zielwasser genannt und gesagt, mit Wein aus dem Imperium schießt man umso treffsicherer.«

Gemeinsam lachten sie bei der Erinnerung an die Späße ihres alten Freundes. Auch Şten hatte bereits reichlich getrunken; bald rief er nach Musik, und dann stimmten sie zum Klang der dreisaitigen Fideln und einem als Trommel dienenden Eimer die alten Weisen an. Gemeinsam sangen sie von den Bergen und Tälern ihrer Heimat, von den tiefen Wäldern und gurgelnden Wassern, von verwunschenen Weihern und magischen Höhlen. Viçinia trug die Ballade von Radu dem Heiligen und seinem Kampf um die Einheit der Wlachaken vor, die selbst Flores rührte. Es folgten ein paar rüde Trinklieder, an denen Natiole sicherlich seinen Spaß gehabt hätte und zu denen einige ausgelassen tanzten und umherhüpften. Selbst Flores verspürte ein Zucken in den Beinen, war aber noch nüchtern genug, um sich zu beherrschen. Nicht jedoch Şten, der mit Costin einen wilden Tanz vorführte, an dessen Ende die beiden Wlachaken prustend und lachend vornüberkippten und zwei halb volle Tonkrüge mit Wein umwarfen. Zu diesem Zeitpunkt war ein Großteil der Feiernden schon so betrunken, dass sie dem Geschehen kaum noch folgen konnten, und selbst Viçinia, die weniger als die meisten getrunken hatte, bekam einen Lachanfall beim Anblick von Şten und Costin, die versuchten, ihre

Gliedmaßen zu ordnen und wieder auf die Beine zu kommen. Mehr stolpernd als gehend, gesellte sich Flores zu ihr und prostete ihr zu.

»Auf Nati.«

»Auf Nati, Flores, und auf seine Freunde!«

»Ja. Er wäre sicherlich stolz zu sehen, wie Şten tanzt«, scherzte Flores.

»Unbedingt«, bestätigte Viçinia lachend. »Es ist ein Anblick ganz besonderer Art. Er ist so ein geschickter Kämpfer, und ich frage mich, wie er so schlecht tanzen kann.«

»Übung, alles Übung. Und ein paar Becher Wein. Eigentlich kann er tanzen, wir haben es beide als Kinder gelernt. Aber in seinem Zustand sollte er nur noch sitzen.«

»Ich habe ihn niemals tanzen gesehen«, sinnierte Viçinia leise. »Nur kämpfen.«

»So ist sein Leben«, erklärte Flores. »Wann hat er sich jemals die Zeit genommen?«

»Wofür?«

»Zum Leben, Viçinia. Seit er eine Waffe führen kann, rennt er quer durch Wlachkis und kämpft. Für deine Schwester, für die Wlachaken, für die Freiheit, für was-weiß-ich.«

»Du klingst so bitter«, sagte Viçinia sacht und sah Flores an, die soeben einen weiteren tiefen Schluck Wein trank, dann aber den Becher angewidert abstellte.

»Das Zeug schmeckt furchtbar«, stellte sie fest und betrachtete Şten, der mit Costin über irgendeinen Witz lachte, den sie verpasst hatte.

»Wann willst du gehen?«, erkundigte sich Viçinia unvermittelt.

Rasch sammelte Flores ihre Gedanken, bevor sie antwortete: »Morgen. Mich hält hier nichts mehr. Entweder kommt der Krieg hierher, oder ihr zieht ihm entgegen.«

»Wir werden uns wohl einmauern und versuchen, den Sturm so zu überstehen.«

»Das wird ihm nicht gefallen«, scherzte Flores mit einem Nicken zu ihrem Bruder.

»Vermutlich nicht, aber es ist der einzig gangbare Weg für uns. Wohin wirst du gehen?«

»Weiß ich nicht. In den Osten. Oder ganz fort. Weg aus dem Land, in dem jeder Fußbreit Boden mit Blut getränkt ist.«

»Du willst deine Heimat verlassen? Deine Freunde, deine Familie?«, fragte Viçinia bestürzt.

»Gleich, wie die Schlachten auch ausgehen, wer von denen, die jetzt feiern, wird sterben?«, fragte Flores bitter. »Jeder zweite, jeder dritte? Şten? Costin? Du? Was soll ich tun? Warten und die Toten begraben?«

»Kämpfe mit uns«, erwiderte Viçinia beinahe flehentlich. »Wir brauchen Krieger wie dich.«

»Wie Nati?«, entgegnete Flores kalt.

»Er hat für seine Träume gekämpft.«

»Ja, das hat er. Dankt ihm das Volk? Wie viele Wlachaken werden für Zorpad kämpfen? Wie viele werden sich verstecken und abwarten, wer der Sieger ist?«

»Menschen haben Angst, Flores.«

»Lass mich in Ruhe, Viçinia. Ich habe meine Entscheidung getroffen. Ich habe Nati begraben. Ich werde nicht da sein, wenn euer Grab ausgehoben wird.«

»Du hast Angst«, stellte Viçinia fest und sah Flores erstaunt an. »Du hast Angst, deine Freunde zu verlieren. Stattdessen verlässt du sie, damit du nicht riskieren musst, sie zu verlieren. Damit die Schmerzen …«

»Ich sagte, lass mich!«, fauchte Flores wütend und stand unsicher auf. »Was weißt du schon? Meine Eltern …«

Unfähig, weiterzusprechen, wandte sie sich ab und ging aus dem Zimmer. *Hier drinnen ist es so verdammt stickig,* dachte sie und wischte sich den Schweiß von der Stirn. Auf der Suche nach ein wenig frischer Luft lief sie dicht an den Wänden der Korridore entlang, die mit kostbaren Wandteppichen bedeckt waren, und fand schließlich eine Tür, die in einen kleinen Innenhof führte. Dort atmete sie tief durch und versuchte sich zu beruhigen. *Sie versteht mich nicht,* dachte sie hart, *und hat es niemals getan.*

Die Nächte wurden inzwischen kälter, und Flores' dünne Kleidung bot wenig Schutz vor der Kühle. Über ihr funkelten tausende von Sternen am klaren Himmel, und der große, helle Mond erleuchtete den kleinen Garten mit den wenigen Bäumen und Sträuchern. Leise drang schiefer Gesang von der Abschiedsfeier an ihr Ohr, doch ansonsten lag die Feste von Désa still da. Es mochte weit über die dunkelste Stunde der Nacht hinaus sein. Flores hatte während des Singens, Trinkens und Redens jegliches Zeitgefühl verloren. Doch die Lust an Gesang und Trank war ihr vergangen, und sie bereute es, ihr Gemach für die Feier zur Verfügung gestellt zu haben. *Es wird sich schon irgendwo ein Bett für mich finden,* überlegte sie und schlang die Arme um den Leib. *Morgen breche ich bei Anbruch des Tages auf und lasse das alles hinter mir.*

»Es ist scheußlich warm da drin«, erklang plötzlich Ştens Stimme hinter ihr, und sie drehte sich um. Ihr Bruder sah ein wenig zerzaust aus, das Haar hing ihm in Strähnen in das schmale Gesicht, und sein Hemd hatte dunkle Weinflecken, aber er wirkte weitaus nüchterner als noch vor wenigen Augenblicken auf der Feier.

»Ja«, antwortete Flores knapp und senkte den Blick.

»Kommst du wieder mit rein?«, erkundigte er sich und legte den Arm um ihre Schultern.

»Nein, ich denke nicht. Ich bin müde, und mir schmeckt der Wein nicht mehr«, erklärte Flores ihrem Zwillingsbruder.

»Gut. Wirst du dich noch verabschieden?«, fragte Şten unvermittelt und sah sie eindringlich an.

»Was? Natürlich wollte ich mich verabschieden«, log Flores und wand sich aus der Umarmung ihres Bruders. »Ich reite morgen.«

»Verstehe. Wohin?«

»Das weiß ich nicht. Erst einmal raus aus dem Mardew. Dann wohl nach Osten, in den Norden kann ich wohl erst mal nicht. Was wirst du tun?«

»Na, was wohl?«, fragte Şten erstaunt. »Hier bleiben und kämpfen.«

»Ich meinte Viçinia«, erklärte Flores.

Şten zuckte zusammen. »Ich kann nichts tun«, antwortete er zögerlich.

»Unsinn. Rede mit ihr.«

»Nun gut«, sagte er zögerlich. »Ich rede mit ihr. Sehen wir uns morgen?«

»Ich reite früh los«, antwortete Flores diesmal wahrheitsgemäß. »Vielleicht ist es besser, wenn wir uns jetzt schon Lebwohl sagen.«

Stumm blickte Şten ihr in die Augen, und Flores konnte die Trauer in ihnen sehen, die von ihrem Bruder Besitz ergriffen hatte. Dennoch lächelte sie und sagte: »Sichere Wege, Şten.«

»Sichere Wege, Flores«, antwortete Şten mit brüchiger Stimme. Er schien noch etwas sagen zu wollen, doch dann wandte er sich abrupt ab und ging mit festem Schritt zurück in die Feste.

Allein blieb Flores unter dem gewaltigen Sternenhimmel zurück, in der Kälte zitternd, und dachte: *Sichere Wege, Şten. Pass auf dich auf.* Dann folgte sie ihrem Bruder, doch schon bald würden ihre Lebenspfade sich trennen und vielleicht nie wieder zueinander finden.

51

ie konnte das geschehen?«, donnerte Hrodgard, Sohn des Haldigis voll ungebändigtem Zorn. »Das ist unfassbar!«

Die Zwergenkrieger, welche vor ihm knieten, schwiegen und ließen den Wutausbruch mit unbewegter Miene über sich ergehen. Keiner von ihnen war ohne Wunden, und der Schlachtenmeister Ansprand hatte sichtlich Schwierigkeiten, sich aufrecht zu halten. Zu Füßen des Kriegers bildete sich langsam eine dunkle Blutlache, die Hrodgard mit Befriedigung zur Kenntnis nahm. *Er hat in vorderster Front gekämpft, um jeden Verdacht auszuräumen, dass er ein Feigling sei. Er hat seine Krieger in der Schlacht geführt, wie es einem Schlachtenmeister gebührt.*

»Report, Ansprand«, forderte er seinen Untergebenen auf, der mit zusammengebissenen Zähnen berichtete: »Wir waren auf Patrouille in den tiefen Schächten, Kriegsmeister. Unsere Späher hatten von Trollspuren berichtet, also waren wir aufmerksam und für einen Kampf gewappnet.«

Mit einem Brummen gab Hrodgard zu verstehen, dass ihn dies erfreue. Offensichtlich verlangte das Reden viel von Ansprand, der dennoch fortfuhr.

»Tatsächlich trafen wir auf Trolle, nordwestlich unserer Binge. Ich sandte sofort Läufer zurück, um Verstärkung zu holen, und stellte unsere Feinde, damit sie nicht fliehen konnten.«

»Sehr gut, sehr gut«, erwiderte der Kriegsmeister. »Wie viele der Ausgeburten waren es?«

»Zunächst kein Dutzend, Herr. Wir drängten sie zurück und töteten einen, doch dann tauchten mehr von ihnen auf, und wir mussten nachgeben und uns zurückziehen. Es waren einige Dutzend. Sie verfolgten uns, und wir erlitten Verluste. Als ersichtlich war, dass uns die Verstärkung nicht rechtzeitig erreichen würde, stellte ich einen Trupp Freiwillige zusammen, die den Trollen den Weg versperrten. Der Rest sammelte sich, und wir kehrten hierher zurück.«

»Freiwillige?«, fragte Hrodgard gefährlich leise.

»Ja, Herr. Siebzehn, eine gute Zahl. Sie erkauften uns die Zeit, die wir benötigten, um hier Bericht zu erstatten.«

»Also bist du gemeinsam mit dem Rest geflohen?«

»Geflohen? Nein, Herr, ich ...«, begann Ansprand verzweifelt.

Hrodgard schnitt ihm das Wort ab: »Keine Ausflüchte, Schlachtenmeister! Bist du vom Schlachtfeld geflohen?«

»Ja, Herr«, erwiderte Ansprand und ließ den Kopf sinken. Damit hatte er vor seinen Kriegern und vielen Zeugen zugegeben, dass er seine Krieger im Stich gelassen hatte. *Seine Träume von meiner Position sind mit den siebzehn Helden gestorben, die er zurückließ, um die eigene Haut zu retten. Welcher wahre Zwerg würde einem Kriegsmeister folgen, der nicht bereit ist, sein Leben für seine Krieger zu geben? Er hätte sterben sollen, aber dafür ist er zu ehrgeizig!*

»Das wäre alles, Schlachtenmeister. Lass deine Wunden versorgen und kümmere dich um deine Männer«, befahl Hrodgard großzügig und wandte sich an die beiden Späher, die dem Wortwechsel schweigend gefolgt waren. »Was wisst ihr von diesen Trollen?«

»Herr, sie sind nach Nordosten gezogen, zunächst in die tiefen Schächte, dann aber näher an die Oberfläche. Unsere Männer verfolgen sie, aber es wird dauern, bis wieder Meldungen eintreffen.«

»Sehr gut. Unterrichtet mich sofort, wenn es Neuigkeiten gibt«, wies der Kriegsmeister an, »egal, wann und wo.«

Als die beiden sich mit einer Verbeugung zurückgezogen hatten, versuchte Hrodgard sich ein Bild über die Pläne der Trolle zu machen. *Im Nordwesten gibt es keine Zwergenhallen, doch ist dort auch das Wasser rar. Wenn sie nicht neue*

Quellen gefunden haben, werden sie nicht lange überleben können. Was suchen sie also dort? Noch dazu in solcher Zahl!

Bevor er jedoch zu einem Schluss kommen konnte, trat Reccard unangekündigt in die Kartenräume ein und sagte knapp: »Der König unter dem Berge wünscht Eure Anwesenheit, Kriegsmeister.«

»Worum geht es?«, erkundigte sich Hrodgard unwirsch, nur um versöhnlicher hinzuzufügen: »Es gab ein Gefecht mit den Trollen. Dies erfordert ebenfalls meine Aufmerksamkeit.«

»Es gab auch Zwischenfälle an der Oberfläche. Anscheinend soll ein neuer Weg eingeschlagen werden, bei dem unsere Krieger benötigt werden.«

»Ein neuer Weg?«

»So wie es aussieht«, erklärte Reccard, »werden wir unserem Verbündeten an der Oberfläche helfen müssen. Dort sind ebenfalls Trolle aufgetaucht!«

Unfähig, auf diese unglaubliche Nachricht zu antworten, nickte der Kriegsmeister nur und folgte dem Gesandten. *Trolle an der Oberfläche? Zwischenfälle? Das ist kein Zufall!*, fuhr es ihm durch den Kopf. *Die Kreaturen haben einen Plan, und sie wollen uns vernichten! Wir sind auf allen Seiten von Feinden umgeben!*

Doch dann beruhigten sich seine Gedanken ein wenig, und seine Siegesgewissheit kehrte zurück. *Ich werde ihre Pläne durchkreuzen und ihre Schädel als Warnung an jeden Baum der Oberfläche nageln!*

52

Obwohl er sich bemühte, gelang es Şten nicht, den endlosen Ausführungen von Istran Ohanescu über die Versorgungslage der Wlachaken in Désa im Besonderen und im Mardew im Allgemeinen zu folgen. Zwar war ihm unbedingt daran gelegen zu erfahren, welche Vorbereitungen bereits getroffen worden waren, aber sein schmerzender Schädel störte seine Konzentration, und die Übelkeit in seinem Magen tat ihr Übriges, um ihm das Leben zu erschweren.

Immer wieder wanderte sein Blick zu Viçinia, die zwar ein wenig blass zu sein schien und nur an einem Becher Wasser nippte, während der Rest des Kriegsrates verdünnten Wein trank, aber ansonsten frisch und erholt aussah. *Das ist nicht gerecht,* dachte Şten neidisch, *sie hat gestern ebenso viel getrunken wie wir alle. Hat sie nicht auch gesungen und getanzt?* Doch auf diese Frage wusste er keine Antwort mehr, denn der spätere Teil des Abends verschwamm vor seinem inneren Auge, und irgendwo endeten seine Erinnerungen einfach abrupt und setzten erst wieder mit dem Ruf zum Erscheinen beim Rate ein. Ein schneller Blick in Flores' Gemächer hatte bestätigt, was er schon vermutet hatte: Seine Schwester war früh aufgebrochen und hatte Désa schon lange verlassen. Durch den Umweg über den Gästeflügel hatte er nicht genug Zeit gehabt, um sich richtig frisch zu machen. Natürlich wusste der Krieger, dass er nicht im Entferntesten so würdevoll aussah wie Viçinia, sondern zerknitterte, nicht eben saubere Kleidung trug, unrasiert und nur notdürftig gewaschen war, und dass man ihm das Elend seines Katers wohl vom Gesicht ablesen konnte. Ionna hatte ihn höflich und sogar freundlich begrüßt und ihm für seine Hilfe und seinen Einsatz gedankt, aber an den Mienen der anderen Anwesenden konnte er ablesen, dass sie sein Aussehen für unpassend hielten.

Tatsächlich bestand der Kriegsrat aus erlauchten Persönlichkeiten. Viele der mächtigen Freien Wlachaken waren Ionnas Ruf gefolgt und hatten sich in Désa eingefunden. Es waren Männer und Frauen, denen viele Krieger folgten und die Ionna den Treueid geleistet hatten. Unter ihnen waren Adlige aus Familien, die ihre Linie noch bis zu jenen zurückverfolgen konnten, die Radu der Heilige zu seinen Kriegern erhoben hatte. Auch Ionna und Viçinia schauten auf eine solch lange und ruhmreiche Ahnenreihe zurück. Langsam ließ Şten seinen Blick über die Gesichter der versammelten Edlen wandern, von Ionna über Viçinia und Istran bis hin zu Eregiu Amânaş, dem Voivoden von Zalşani, der seine Tochter Mihaleta bei der Befreiung der Geiseln aus Zorpads Hand verloren hatte. Der grauhaarige Mann saß mit zusammengekniffenem Mund da und folgte Istrans Ausführungen mit unbewegter Miene. Einen Augenblick lang beobachtete Şten den älteren Mann, dann versuchte er eine etwas bequemere Sitzposition zu finden und lauschte wieder Istrans Worten, der gerade sagte: »... denke ich, dass wir einer Belagerung unter diesen Umständen bis weit ins nächste Frühjahr standhalten können.«

»Belagerung?«, entfuhr es Şten, und alle Anwesenden sahen ihn an.

»Belagerung«, bestätigte Istran und nickte Şten lächelnd zu.

»Ist das der Plan?«, fragte Şten konsterniert und suchte Ionnas Blick. Ihre grauen Augen zeigten keine Regung, als sie ihm antwortete.

»Das ist der Plan, Şten cal Dabrân. Wir lassen Zorpad kommen, zwingen ihn, seine Nachschublinien zu strecken, und überwintern im Schutz unserer festen Mauern.«

»Wir sollen uns verstecken?«

»Was würdest du vorschlagen, Şten?«, warf Neagaş ein und sah ihn durchdringend an.

»Wir stellen Zorpad auf seinem Vormarsch in das Mardew

an einer von uns gewählten Stelle. Wir halten ihn auf, bevor er unser Land verwüsten kann«, erklärte Şten bestimmt.

Istran schüttelte den Kopf und winkte ab: »Zorpads Truppen versammeln sich in Teremi. Sein Heer wird uns an Köpfen weit überlegen sein. Zudem ist eine offene Feldschlacht gegen die Masriden mit ihrer Reiterei töricht. Lasst ihn gegen unsere Festen anrennen, sage ich! Soll Zorpad sich an ihnen die Zähne ausbeißen! Wir werden mit kleinen Trupps seinen Nachschub stören und den Soldaten die Lust nehmen, im kalten Winter unseren fröhlichen Gesängen zu lauschen!«

»Zorpad wird nicht einfach unsere Burgen belagern«, warf Şten ein, und sein schmerzender Kopf ließ ihn schärfer sprechen, als er es eigentlich wollte. »Er wird das Land verwüsten, die Dörfer und Höfe niederbrennen und die Felder zerstören. Wie lange reichen unsere Vorräte, sagtet Ihr, edler Istran?«

»Bis weit in das Frühjahr. Dann können wir die Felder neu bestellen und …«

»Während Zorpad unsere Festungen belagert?«, unterbrach ihn Şten. »Wer soll das tun? Unsere Krieger und Kriegerinnen, die sich seinem Ansturm entgegenstemmen?«

»Es wird eine harte Zeit, Şten«, erwiderte Neagaş grimmig. »Aber Zorpads Feinde werden nicht untätig bleiben. Wenn sie erfahren, dass er seine ganze Macht gegen uns wirft, werden sie handeln. Denn sie wissen genau, dass sie die nächsten Ziele des Marczegs sind, wenn er erst einmal die Rebellion niedergeschlagen hat.«

»Wir wollen uns also darauf verlassen, dass uns die Masriden zu Hilfe eilen?«, höhnte Şten und schüttelte den Kopf. »Als ob man ihnen trauen könnte. Haben wir Zusagen von ihnen?«

Niemand antwortete, und Şten bohrte weiter: »Woher wissen wir, dass sie nicht ihr Schicksal mit dem von Zorpad verknüpfen, statt sich ihm entgegenzustellen?«

»Sie wollen den Thron, genau wie er auch«, erwiderte Viçinia, ohne ihn anzusehen. »Noch haben sie diesen Traum nicht aufgegeben.«

»Wissen wir das mit Gewissheit?«, fragte Şten. »Mit so sicherer Gewissheit, dass wir das Leben unseres Volkes darauf verwetten?«

»Das Leben unseres Volkes, also bitte, Şten, das ist doch …«, empörte sich Istran, aber der junge Krieger sah ihn finster an und ließ ihn verstummen.

»Das Leben unseres Volkes. Denn sollte es uns nicht gelingen, Zorpad bis zum Frühjahr zum Abzug aus dem Mardew zu bewegen, sei es mit Hilfe seiner masridischen Widersacher oder nicht, dann wird er uns aushungern. Es wird keine Saat im Frühjahr geben, wenn Zorpad das Mardew mit seinen Truppen beherrscht, und keine Ernte. Hunger wird Einzug halten in unseren Hallen und wird den Tod als Begleiter haben. Wenn uns die Vorräte ausgehen, werden wir uns ergeben müssen oder zusehen, wie die Wlachaken, für die wir kämpfen, zugrunde gehen«, prophezeite Şten düster und ließ einen auffordernden Blick über die Runde wandern.

»Wir werden Zorpads Belagerung mit Angriffen auf seine Versorgungslinien stören, und aus dem Land kann er sich im Winter nicht ernähren«, stellte Neagaş fest.

»Meint ihr nicht, dass der Marczeg seinen Feldzug bestens geplant hat und vielleicht sein Heer weit länger versorgen kann, als wir dazu in der Lage sind?«, fragte Şten. »In seinem Rücken hat er den gesamten Sadat, und seine Untertanen müssen sich nicht hinter Mauern verkriechen. Wie schwer müssen unsere Angriffe auf seinen Nachschub sein, damit wir ihn zum Abzug zwingen können?«

»Spätestens im Frühjahr, wenn die beiden anderen Marczegs Zorpad angreifen, muss er abziehen!«, zischte Istran.

Şten schüttelte wiederum den Kopf: »Ich sage, wir dürfen uns nicht auf Masriden verlassen, um uns vor Masriden zu schützen!«

»Wir haben kaum eine andere Wahl!«

»Doch! Denkt einmal nach: Zorpad kennt unsere Stärken und Schwächen so gut wie wir die seinen. Er weiß, dass eine Belagerung des Mardew langwierig und mühsam wäre. Er muss einen Plan haben, wie er diesen Krieg schnell gewinnen kann. Wir spielen ihm in die Hände, wenn wir uns genau so verhalten, wie er es wünscht! Was ist mit Barsaî? Auch dort fühlten die Verteidiger der Burg sich sicher!«

»Es war Verrat«, wehrte Istran verächtlich ab. »Das wird hier sicherlich nicht geschehen.«

»Ich hörte anderes. Das Torhaus ...«, begann Şten, doch Istran unterbrach ihn.

»Verrat in den eigenen Reihen. Alles andere sind Gerüchte.«

»Dennoch, Zorpad kennt unsere Festungen, er wird einen Plan haben, um sie zu stürmen!«

»Und dein Vorschlag ...«, ließ Neagaş seine Frage unvollendet.

Mit einer Hand rieb sich Şten über die schmerzende Schläfe und antwortete: »Wir stellen Zorpad und führen eine entscheidende Schlacht. Entweder wir besiegen den Marczeg und beenden seinen Krieg so, bevor er angefangen hat, oder wir verlieren.« Er machte eine kurze Pause und suchte den Blick der Anwesenden. »Gewinnen wir, so ist das Mardew sicher, denn die Zurschaustellung seiner Schwäche wird Zorpad zwingen, sich zurückzuziehen und seine eigenen Lande zu verteidigen«, fuhr er fort. »Verlieren wir, dann endet unser Aufstand mit uns, aber wenigstens wird unser Volk nicht verhungern.«

»Wenn wir besiegt werden, wird Zorpad blutige Rache an den Bewohnern des Mardew nehmen«, warf Istran ein. »Er wird mit seinem Heer über das Land herfallen wie ein Zraikas über seine Beute.«

»Nein, er wird den Schwung seines Sieges nutzen, um den Thron zu erringen. Und das kann er nur, indem er die anderen Anwärter unterwirft. Und danach ist das Mardew wenig mehr als eine Provinz seines Reiches, die ihm Macht und Ressourcen liefert. Die Aussichten unseres Volkes stehen dann besser, seinem Zorn zu entgehen, als wenn wir ihn bis vor unsere Haustür ziehen lassen.«

Hilfe suchend sah Şten sich um, und er sah in mehr als einem Gesicht Zweifel. Auch Ionna hatte sich zurückgelehnt und den Vorschlägen gelauscht. Nun hielt sie die aneinander gelegten Finger vor die Lippen, und Sorgenfalten furchten ihre Stirn.

»Vielleicht hat Şten cal Dabrân Recht«, nuschelte Eregiu cal Zalşani nachdenklich, dessen Sprache nach einem Schlag ins Gesicht vor einigen Sonnenjahren schwer zu verstehen war. »Es wurmt mich ebenfalls, mich vor dem Bastard zu verkriechen wie ein Hund, der Angst vor Schlägen hat!«

»Eine offene Feldschlacht wäre Wahnsinn!«, eiferte sich Istran. »Die Masriden sind uns zahlenmäßig überlegen. Ihr habt selbst gesehen, welchen Vorteil die neuen Waffen und Rüstungen bieten, Şten, oder wollt Ihr der Schilderung der Herrin Viçinia widersprechen?«

»Keineswegs«, erwiderte Şten und lächelte Viçinia an. »Und ich behaupte nicht, dass der Sieg uns gewiss oder gar einfach wäre. Aber Zorpad wird nicht mit einem Gegenangriff rechnen. Wir haben ihn einmal geschlagen, wir können es wieder schaffen!«

»Vielleicht«, murmelte Neagaş und fuhr dann lauter fort: »Aber Istran hat Recht. In einer einfachen, offenen Feldschlacht liegen alle Vorteile auf Seiten des Marczegs.« An den Fingern zählte der Veteran die einzelnen Punkte ab: »Sein Heer ist größer als das unsrige und besser ausgerüstet. Dies gilt selbst für die einfachsten Soldaten, ganz zu schweigen von den neuen Waffen aus den Schmieden des Kleinen Volkes. Seine Kavallerie ist sogar um ein Vielfaches größer als die meine und – auch wenn es schmerzt, das zu sagen – weitaus schlagkräftiger. Wir haben keine Krieger, die einem Ansturm von Zorpads Leibgarde standhalten könnten.«

Die Trolle könnten das, dachte Şten wehmütig. *Ich habe selbst gesehen, wie Druan einen Reiter vom Ross gerissen hat!* Laut sagte er: »Dann müssen wir Zorpad dazu zwingen, dort zu kämpfen, wo seine Vorteile nicht so gravierend sind. Ich vertraue darauf, dass die Löwin von Désa Zorpad Dîmminu ein zweites Mal ausmanövrieren und besiegen kann!« Lächelnd sah er zu Ionna, die ihn immer noch nachdenklich betrachtete.

Die Herrin der Freien Wlachaken schwieg einige Augenblicke lang, dann erhob sie sich und sagte: »Ihr habt alle gut gesprochen und eure Positionen im Einzelnen dargelegt. Jede dieser Vorgehensweisen hat ihre Vorteile. Doch bleibe ich bei meinem Entschluss: Wir werden die Burgen befestigen und den Sturm in ihnen überstehen. Zugleich werden wir Gesandte an die Höfe von Laszlár Szilas und Gyula Békésar entsenden und sie dazu bewegen, gegen Zorpad vorzugehen, denn wir müssen uns ihrer Beweggründe sicher sein. Für diesen Einwurf danke ich dir, Şten cal Dabrân. Ich danke euch allen für eure Zeit und Aufmerksamkeit.«

Damit drehte sie sich um und verließ den Beratungsraum, dicht gefolgt von Viçinia, während Şten wie betäubt mit den anderen Anführern zurückblieb. *Es ist ein Fehler,* zuckte es durch seinen Kopf, und zum ersten Mal in seinem Leben zweifelte er an der Richtigkeit einer Entscheidung Ionnas. *Zorpad kennt das Mardew, er weiß, was ihn erwartet, und er ist kein Narr. Er wird sich darauf vorbereitet haben, und er wird uns hart und gnadenlos treffen!*

»Danke für Euren Versuch, meine Tochter zu retten«, riss Eregiu Şten aus seinen Gedanken. Der ältere Voivode war an Şten herangetreten und sah ihn nun aus seinen dunklen, traurigen Augen an. »Die Dame Viçinia hat mir von Eurem Heldenmut berichtet und von Zorpads heimtückischem, grausamem Mord an meinem Kind. Meine arme, kleine Miha ...«, fuhr der Adlige nuschelnd fort. Er schien den Tränen nahe zu sein, doch dann straffte er sich und sah Şten in die Augen: »Ihr habt Recht, wir sollten uns nicht verkriechen. Wir sollten Zorpad niederstrecken wie ein wildes Tier, denn er ist nur wenig mehr als das!«

»Ja, vermutlich«, erwiderte Şten zögerlich. »Aber die Herrin Ionna hat anders entschieden. Und nun müssen wir sie mit aller Kraft unterstützen.«

»Das ist wahr«, bestätigte Eregiu. »Ich bin ein alter Mann und habe wenig zu verlieren. Mein einziges Kind ist tot, und mich treibt die Lust nach Rache. Ionna aber versucht, unser Volk zu schützen.«

»Ja«, entgegnete Şten und wunderte sich selbst über seine Verteidigung der Löwin von Désa, die gegen seinen Vorschlag entschieden hatte. Bevor er jedoch weiter darüber nachdenken konnte, öffnete sich die Tür, durch die Ionna verschwunden war, und Viçinia winkte Şten zu: »Kommst du bitte, Şten? Meine Schwester möchte mit dir sprechen.«

Mit einem Nicken verabschiedete der junge Wlachake sich von Eregiu und folgte Viçinia durch einen kurzen Flur. Verwirrt betrachtete er das Profil der jungen Wlachakin, die mit unbewegter Miene einen Schritt vor ihm ging. *Sie sieht unglücklich aus*, erkannte Şten. *Was plagt dich, Viçinia, und wie kann ich dir helfen?*

Gemeinsam schritten sie bis zu einem kleineren Arbeitsraum, in dem Ionna an einem Schreibtisch saß und ein Schriftstück studierte. Als Şten mit Viçinia eintrat, sah die hoch gewachsene Adlige auf und lächelte freundlich.

»Şten! Schön, dich zu sehen. Ich hatte noch gar keine Zeit, dir persönlich zu danken, dass du dein Leben für Viçinia und die anderen Geiseln riskiert hast. Ohne dich würden wir uns womöglich immer noch in Sicherheit wiegen und hätten Zorpad nichts entgegenzusetzen, wenn er kommt.«

»Ich habe nur getan, was ich für richtig hielt«, erklärte Şten. »Zudem hatte ich Glück. In letzter Zeit waren meine Pfade verflucht verschlungen. Verzeiht meine Worte.«

»Nein, nein, schon gut«, lachte Ionna. »Diese Geschichte mit den Trollen ist wirklich seltsam und klingt mehr nach einer Erzählung am abendlichen Feuer als nach einer wahren Begebenheit.«

Verlegen zuckte Şten mit den Achseln. Es gelüstete ihn nicht wirklich danach, anderen Menschen von seinen Erlebnissen mit den blutgierigen Trollen zu berichten.

»Deiner Meinung nach sollten wir Zorpad im offenen Kampf

entgegentreten. Ich kann deine Beweggründe nachvollziehen. Verstehst du auch die meinen?«, erkundigte sich Ionna.

»Ja, Herrin. Ihr wollt die Wlachaken schonen, in der Hoffnung, dass mit dem nächsten Sonnenjahr Veränderungen eintreten, die Zorpads Pläne durchkreuzen. Das wäre eine gute Lösung, wenn denn diese Umstände einträten.«

»Aber daran glaubst du nicht?«

»Ich weiß es nicht«, gestand Şten. »Aber ich weiß eines ganz sicher: Zorpad ist ein gerissener Hund. Er hat diesen Angriff langfristig geplant, und er weiß, dass er im Winter auf feindlichem Gebiet im Nachteil ist. Also gehe ich davon aus, dass er eine Möglichkeit sieht, uns dennoch zu bezwingen.«

»Das ist auch meine Sorge. Nur kann ich nicht aufgrund von Vermutungen handeln. Ich brauche Hinweise, einen konkreten Grund, um die sicheren Mauern zu verlassen. Diese Festung gibt den Menschen Hoffnung, Şten. Sie fürchten Zorpad und sein Heer, und sie vertrauen auf die Kraft unserer Burgen. Es wäre ein harter Schlag für die Moral, wenn wir sie verlassen müssten.«

»Für mich ist es schlimmer, in ihnen eingesperrt zu sein«, gestand Şten lächelnd. »Ihr sagt, Ihr benötigt mehr Wissen über Zorpads Pläne?«

»Und über sein Heer. Ich habe Späher ausgesandt, aber ... Nein, wir müssen noch mehr erfahren.«

»Ich soll nach Teremi gehen?«, vermutete Şten, und Ionna nickte.

»Nimm eine Hand voll Männer und Frauen mit, denen du vertraust. Reite schnell und erkunde das Lager unseres Feindes. Wenn du mehr erfährst, dann ändern sich unsere Pläne vielleicht, doch im Augenblick ...«

»Natürlich, Herrin«, erwiderte Şten und grinste. »Wie gesagt, ich bin sowieso lieber unter freiem Himmel als hier eingesperrt!«

»Gut. Danke, Şten. Du erweist mir einen großen Dienst, wie stets. Sichere Wege.«

»Danke, Herrin. Sichere Wege«, verabschiedete sich der

junge Wlachake und warf einen Blick auf Viçinia, die ihn nachdenklich betrachtete.

Nun werden wir wieder getrennt, überlegte Şten düster. *Der Krieg raubt uns alles, Zeit, Freunde, Leben!*

Leise klopfte der Wlachake an die Tür und lauschte. Tatsächlich ertönte nach einem kurzen Augenblick des Wartens ein »Herein«, und er betrat Viçinias Gemächer. Die Einrichtung sah immer noch genau so aus, wie er sie in Erinnerung hatte, schlichte, schöne Holzmöbel – ein breites Bett, ein schwerer Tisch, auf dem einige persönliche Habseligkeiten verstreut lagen – und dicke, warme Wandteppiche. Viçinia selbst stand am Fenster und blickte hinaus in das Désa-Tal. Durch das Öffnen der Tür war ein leichter Durchzug entstanden, und ihr rotes Haar umwehte ihr Gesicht, als sie sich ihm zuwandte. Ihre Schönheit wollte ihm schier das Herz in der Brust zerspringen lassen, und als sie ihn anblickte und lächelte, spürte er seine Liebe zu ihr heiß in seinem Leib.

»Şten, schön, dich zu sehen. Kommst du, um dich zu verabschieden?«

»Ja«, erwiderte er heiser und räusperte sich. »Wir brechen noch heute auf.«

»Hast du genug Leute gefunden?«, erkundigte sie sich, und er lachte.

»Mehr als genug. Man könnte meinen, ich wolle einen Spaziergang machen und nicht ein feindliches Heerlager auskundschaften!«

»Sie vertrauen dir«, stellte Viçinia fest. »Du gibst ihnen Mut, und sie würden dir bis vor die Tore der Dunkelhöllen selbst folgen.«

Verlegen zuckte Şten mit den Schultern. Sein Blick wanderte über das dunkelgrüne Kleid, das Viçinia trug. Das Herz schlug ihm bis zum Halse, doch dann erinnerte er sich wieder, weshalb er gekommen war. *Sie wird einen anderen heiraten,* dachte der Wlachake. *Vermutlich empfindet sie nichts für mich.*

»Ich wollte dir auch schon zu deiner Hochzeit gratulieren, Viçinia. Flores hat mir davon erzählt.«

Für einen Augenblick schien die Wlachakin die Sprache verloren zu haben, dann kniff sie die Augen zusammen. »Es ist Ionnas Idee.«

»Vernünftig«, erklärte Şten, obwohl alles in ihm vor Trauer schrie. »Die beste Möglichkeit für ein dauerhaftes Bündnis mit dem Osten.«

»Bündnis«, fauchte Viçinia. »Du findest das also gut?«

»Ja, natürlich«, log Şten verzweifelt. »Wir brauchen jeden Verbündeten für unseren Kampf, den wir gewinnen können.«

»Für unseren Kampf«, echote die Wlachakin. »Selbstverständlich, unser Kampf hat Vorrang vor allem anderen.«

»Ja«, erwiderte Şten fest. »Das hat er.«

»Und was ist mit mir? Mit meinen Wünschen?«, fragte Viçinia, doch bevor der verdutzte Şten antworten konnte, wandte sie sich ab, sah wieder aus dem Fenster und sagte kalt: »Wie dumm von mir, meine Wünsche sind natürlich dem Wohl von Wlachkis untergeordnet. Es war schön, Euch noch einmal zu sehen, Şten cal Dabrân. Sichere Wege.«

Unfähig zu antworten, starrte Şten ihren Rücken an. Als er nichts sagte, drehte sie sich noch einmal zu ihm um: »Gibt es noch etwas, Herr Şten?«

Zorn erfüllte den jungen Wlachaken, Zorn und Trauer, und er biss die Zähne zusammen und presste hervor: »Nein, nichts. Danke für Eure freundlichen Worte, edle Viçinia. Sichere Wege!«

Dann wandte er sich abrupt ab und stürmte aus der Tür hinaus. Im Hof der Burg warteten bereits seine Späher, mit denen er sich nach Teremi begeben würde. Hastig schritt er durch die Korridore der Feste und dachte: *Es ist besser so. Ich ziehe in den Krieg, und sie heiratet einen anderen. Aber wenn es das Beste für uns beide ist, warum fühle ich mich dann im Herzen tot?*

53

Die Schmerzen erschienen ihm mittlerweile wie ein ständiger Begleiter und dienten ihm als Erkennungsmerkmal für die Zeiten, in denen er wach war und nicht träumte. Inzwischen hatte er sich an die immer währende Pein gewöhnt, akzeptierte sie als Teil seines Seins und begrüßte beinahe ihr dumpfes Dröhnen in seinem Leib, das ihn davon überzeugte, dass er noch am Leben war.

Die Welt um ihn herum nahm er wie durch viele Lagen von Stoff wahr, gedämpft, fern, so als ob sie keinen Einfluss auf ihn und sein Schicksal hätte. Nur er und sein Schmerz schienen von Bedeutung zu sein. Manchmal fragte er sich müßig, wer er sei, wie sein Name lautete, doch stets verblassten die Fragen wieder und versickerten in seinen Träumen.

Ohne ein Gefühl für Zeit dämmerte er vor sich hin, übergangslos in wirre Träume abgleitend, in denen riesige Ungeheuer Menschen fraßen und Ströme von Blut vergossen. Selbst wenn er erwachte und die Augen öffnete, blieb seine Welt dunkel und schwarz. *Bin ich blind?*, fragte er sich schläfrig, doch nicht einmal der mögliche Verlust seines Augenlichtes konnte Gefühle in ihm wecken.

Manchmal spürte er andere Wesen um sich herum, vernahm ihre Stimmen, doch konnte er ihren Worten keinen Sinn entnehmen. Kalte, bittere Flüssigkeiten wurden ihm eingeflößt, manchmal auch warme, würzige, die er gleichgültig hinunterschluckte. Häufig zitterte seine Welt, ein Rumpeln drang an sein Ohr, und er spürte kühle Luft an seinem Gesicht oder die zart wärmenden Finger der Sonne. Dann dachte ein Teil seines Geistes: *Du bist draußen, das sind Wind und Sonne.* Aber auch dieser Gedanke berührte ihn nicht wirklich, und schon bald fand er sich in seinen Traumgesichten wieder, in denen ebenfalls Dunkelheit herrschte. So trieb er vor sich hin wie in einem dunklen, farblosen Meer von Gleichgültigkeit, tief unter der Oberfläche, fern von allem.

Mit der Zeit aber begann sein Geist emporzusteigen, näherte sich dem Licht, und die Schmerzen drangen scharf in sein Bewusstsein ein und entrangen seiner Kehle ein Ächzen. Höher und höher stieg er auf, und seine Erinnerungen kehrten zurück. *Sargan, mein Name ist Sargan,* zuckte es urplötzlich durch seine Gedanken, dann brach er durch die Oberfläche, und ein Licht drang an seine Augen, hell, strahlend, schmerzhaft. Schwach versuchte er, die Augen mit den Händen zu bedecken, doch seine Arme gehorchten ihm nicht richtig. Verzweifelt legte er den Kopf zur Seite und stöhnte, und wie zur Antwort wurde ein Streifen leichten Stoffs über seine Augen gelegt, welcher das Licht dämpfte und erträglicher machte.

»Ganz ruhig, mein Freund. Du hast lange geschlafen«, ertönte eine tiefe, angenehme Frauenstimme an seinem Ohr. Verwirrt versuchte Sargan zu verstehen, was mit ihm vorging und wo er sich befand. Doch seine letzten Erinnerungen kreisten um Trolle und Rebellen, ein plötzliches, grausam helles Licht und schließlich Finsternis. Er wollte die Stimme fragen, aber seine Kehle war trocken und der Mund wie ausgedörrt. Mit großer Anstrengung brachte er ein Wort hervor: »Wasser!«

Kühles Nass rann über seine Lippen und drang in seine schmerzende Kehle. Gierig trank er, doch war er zu hastig und verschluckte sich. Der Husten trieb glühende Wellen des Schmerzes durch seinen Körper, seine Brust verkrampfte sich, und er fürchtete zu ersticken.

Eine starke Hand hob seinen Kopf und den Oberkörper an, bis der Husten nachließ. Sanft wurde er wieder auf sein Lager gebettet. Schwer atmend lag Sargan auf dem Rücken und zwinkerte die Tränen aus seinen Augen. Langsam kehrten Formen in sein Gesichtsfeld zurück; wo er vorher nur helles

Licht gesehen hatte, bewegten sich nun Schatten und dunkle Felder.

»Mehr?«, fragte die Stimme, und Sargan nickte schwach. Diesmal trank er vorsichtiger, in kleinen Schlucken, von denen jeder seine Lebensgeister mehr und mehr zu beleben schien.

»Genug, genug«, lachte die Stimme melodiös. »Nicht, dass du deinen Magen verkühlst.«

Immer noch nicht sicher, in welcher Lage er sich gerade befand, gab Sargan nach. Zunächst musste er herausfinden, wo und in wessen Gesellschaft er war.

»Wer seid Ihr?«, fragte Sargan krächzend. »Welcher Gott sendet mir einen solchen Boten?«

Wieder lachte die Frau auf, doch dann sagte sie ernst: »Keine Götterbotin, nur eine einfache Frau. Mein Name ist Szàrbed.«

»Szàrbed?«, fragte der Dyrier schwach. »Ich danke Euch für Eure Güte, Szàrbed.«

»Warte mit deinem Dank, Freund«, erwiderte die Frau rätselhaft, und Sargan runzelte verwirrt die Stirn.

»Wo bin ich?«, fragte er.

»In einem Gasthof. Wir rasten hier die Nacht über, und morgen fahren wir weiter.«

»Fahren? Kutsche oder Schiff?«

»Mit einem Karren, Freund, wir sind doch keine reichen Geldsäcke! Die Fähre kommt später.«

Eine Fähre, überlegte Sargan. *Wir überqueren einen Fluss. Wo ist Şten? Bin ich im Mardew?* Laut fragte er: »Wohin führt unsere Reise?«

»Teremi, Freund«, erklang die leise Antwort, und ein Schreck fuhr in Sargans Glieder. *Teremi? Bei der Göttin, dann bin ich in Händen der Masriden? Oder haben die Wlachaken es erobert? Wie lange war ich ohne Bewusstsein?*

»Wie heißt du?«, riss ihn die Frau aus seinen unheilschwangeren Überlegungen.

»Sargan. Sargan Vulpon.«

»Nun denn, Sargan Vulpon, noch etwas Wasser?«, fragte Szàrbed, und Sargan nickte. Diesmal trank er in großen Zügen, bis sie ihm den Wasserschlauch wieder von den Lippen nahm.

»Wie geht es deinen Augen? Sollen wir das Tuch wegnehmen?«

»Ja, bitte«, antwortete Sargan und schloss seine Lider. Mit einem kühlen Hauch verschwand das Tuch, und Sargan blinzelte vorsichtig. Durch die Tränen hindurch, die ihm das Licht in die Augen trieb, konnte er verschwommene Schemen erkennen, ein helles Rechteck und eine dunkle Gestalt über ihm, die mit einem Arm winkte.

»Und? Erkennst du etwas?«

»Nur verschwommen«, erklärte Sargan verzweifelt, doch die Frau legte ihm beruhigend eine Hand auf die Schulter und sagte: »Kein Grund zur Sorge, ich hatte schon befürchtet, du wärest ganz erblindet. Vermutlich wird dein Augenlicht langsam zurückkehren.«

»Was ist mit mir geschehen?«, erkundigte sich Sargan verzweifelt, der sich keinen Reim auf seine undeutlichen Erinnerungen machen konnte.

»Du bist einen Berg hinuntergestürzt. Außerdem haben die Brüder vom Albus Sunaş dich mit einem Sonnenzauber belegt, der deine Augen geschädigt hat.«

»Wie lange war ich ...«

»Bewusstlos? Fünfzehn Tage. Ich habe dir viel Traummilch gegeben, um deine Schmerzen zu lindern. Außerdem hilft sie bei der Heilung und verhindert, dass man sich zu heftig bewegt.«

»Wie schlimm ist es?«, fragte Sargan leise.

»Du hast einige Brüche und mehr blaue Flecken, als ich zählen kann. Soweit man mir erzählt hat, bist du durch Astwerk gestürzt und dann in Sträucher. Zwar hast du davon sicherlich einige Verletzungen davongetragen, aber es hätte schlimmer kommen können.«

»Wieso hilfst du mir?«

»Das ist meine Profession, ich bin Heilerin.«

»Im Kloster?«, fragte Sargan verwirrt, und Szàrbed lachte wieder. »Um des Göttlichen Lichtes willen, nein! Die Brüder kämen ja aus dem Stottern gar nicht mehr heraus!«

»Aber ...«

»Ich stamme aus Baça Mare. Die Brüder haben mich um Hilfe gebeten. Es heißt ...«, erklärte sie, brach den Satz aber dann unvermittelt ab.

»Was heißt es?«, erkundigte sich Sargan.

»Sie sagten mir, dass der Herr dich lebendig haben will. Deswegen habe ich auch die Traummilch abgesetzt, damit dein Geist klar ist, wenn wir Teremi erreichen«, erklärte sie mit belegter Stimme, und Sargans Gedanken arbeiteten fieberhaft. Er beugte sich vor und fragte sie aufgewühlt: »Der Herr? Zorpad?«

»Ja«, sagte sie leise. »Deswegen sagte ich ja, dass du mir nicht danken sollst. Vielleicht wäre es besser gewesen, du hättest den Sturz nicht überlebt!«

Verzweifelt sank der Dyrier zurück. Er konnte Szàrbeds Schritte auf den hölzernen Bohlen des Fußbodens hören, dann ging eine Tür, und es war still. *Der Fluss, den wir überqueren werden, ist der Magy. Und in Teremi wird Zorpad mich erwarten und sicherlich sehr ungehalten über meine Einmischung in seine Angelegenheiten sein. Verflucht, warum bin ich nicht einfach verschwunden? Ich habe mich von Şten und den verdammten Wlachaken in etwas hineinziehen lassen, das mir nur den Tod bringt. Einen langsamen Tod, wenn ich Zorpad richtig einschätze,* dachte Sargan grimmig und beschloss, möglichst bald zu fliehen.

Die Überfahrt über den Magy verlief ruhig und ohne Probleme. Die ganze Reise über blieb Szàrbed an Sargans Seite und kümmerte sich um seine Verletzungen. Wie er erfuhr, war sie eine Szarkin, die am Hof in Baça Mare dem dortigen Csiró diente. Ihr Lachen ließ Sargan so manches Mal die Schmerzen vergessen, die ihm seine gebrochenen Knochen bereiteten, aber er konnte in ihren Augen erkennen, dass sie ihn schon für so gut wie tot hielt. Womöglich hatte sie sogar Recht, denn selbst wenn die drei Brüder vom Orden des Albus Sunaş nicht gewesen wären, die ihn schweigsam begleiteten und bewachten, dann hätten Sargans Verletzungen ihn wohl an einer Flucht gehindert. Zwar kehrte seine Sicht langsam zurück, und er konnte schon wieder Einzelheiten erkennen, aber sein linkes Bein war gebrochen und von Szàrbed fachkundig geschient worden, was es ihm schwer machte, mehr als nur ein paar Schritte zu humpeln. Dazu kamen einige angeknackste Rippen, ein mehrfacher Bruch des linken Armes und Quetschungen und Abschürfungen am ganzen Leib. Alles in allem hätte er froh sein können, dass nicht mehr bei seinem Absturz geschehen war. Die Aussicht darauf, bald in Zorpads Hände zu geraten, war jedoch nicht gerade erquicklich. Das schien auch die Szarkin zu denken.

»Stimmt es, was die Brüder erzählt haben?«, fragte sie ihn unvermittelt auf der Fähre, als die Sonnenpriester sich außer Hörweite am Bug versammelten und beteten.

»Was erzählen sie denn?«, fragte Sargan.

»Dass du mit Dunkelgeistern im Bunde bist. Dass du mit ihnen die Ältesten des Klosters getötet hast. Nicht nur einfach getötet, sie geradezu zerrissen und an ihnen *gefressen* hast. Bist du ein Vranolác? Oder ein Stryak?«

»Ein was?«, lachte Sargan. »Strig?«

»Stryak. Ein lebendiger Toter, der das Fleisch der Menschen frisst!«, erklärte die Szarkin und sah Sargan mit ihren großen grünen Augen an.

»Und das andere?«

»Vranolác sind Blutsäufer, die nichts als ausgetrocknete Leichen zurücklassen.«

»Ich fürchte, ich muss dich enttäuschen, Szàrbed«, erklärte Sargan schmunzelnd. »Weder noch. Ich bin ein einfacher Mensch.«

»Aber dein Haar ist so rot, so etwas habe ich noch nie gesehen!«

»Dort, wo ich herkomme, haben manche Menschen solche Haare.«

»Willst du sagen, dass die Brüder lügen? Du hast niemanden getötet?«

»Nein, habe ich nicht. Aber ich war dabei, als sie starben!«, erzählte Sargan. »Sie beschworen dunkle Mächte, um Zorpad zu Diensten zu sein. Doch auf ihren Ruf antworteten auch furchtbare Ungeheuer: Trolle!«

»Trolle? Menschenfresser?«, hauchte Szàrbed entsetzt.

»Ja. Gewaltige Ungetüme, die das Licht des Tages fürchten und am liebsten Menschenfleisch speisen«, übertrieb Sargan ein wenig. »Die Sonnenpriester haben sie aus Versehen gerufen, und das war ihr Untergang!«

»Aber was ...«, wollte die Heilerin fragen, doch ein knapper Befehl der zurückkehrenden Brüder ließ sie verstummen und hastig zurückweichen.

»Halte dich von ihm fern, Kind«, mahnte einer der Sonnenpriester und warf Sargan einen bösen Blick zu. »Jener dort ist ein Ketzer und wird den Flammen übergeben werden!«

Die Augen verdrehend, legte sich Sargan zurück und versuchte eine bequemere Position zu finden, um ein wenig zu schlafen, doch wie er sich auch legte, irgendwo in seinem geschundenen Leib schmerzte es immer.

Nach der Überfahrt ließen die Priester Sargan nicht mehr allein mit Szàrbed, und die junge Szarkin schwieg in seiner Gegenwart und verrichtete nur noch die nötigsten Handlungen, um ihn weiterhin zu versorgen. Im Geiste verfluchte Sargan die knöchernen Priester und ihren Glauben. Nach einem halben Tag Reise erreichten sie Teremi, und schon bei der Anfahrt sah Sargan, dass vor den Toren der Stadt ein ganzes Lager errichtet worden war. Ihr Karren rumpelte auf den matschigen Wegen zwischen den Zelten hindurch, um das Stadttor zu erreichen, und der Dyrier erkannte, dass es Soldaten waren, welche hier lagerten. Überall sah er den Adler von Zorpad Dîmminu auf Schilden und Waffenröcken, auf

Bannern und Standarten. *Şten hatte Recht: Zorpad hat einen Krieg geplant,* erkannte Sargan.

Dann passierten sie die Tore, fuhren durch einige Gassen und erreichten schließlich die Feste Remis, die Sargan schon mehr als einmal besucht hatte, wenn auch nicht als willkommener Gast. *Obwohl ich diesmal eingeladen bin, würde ich gern auf diese Ehre verzichten,* dachte er sarkastisch, als der Karren im Burghof anhielt und grobe Männer ihn von der Pritsche zerrten.

»Kennt Ihr die Traditionen dieses Landes?«, fragte der breitschultrige, muskulöse Mann mit einem freundlichen Lächeln und wies auf die tiefe Grube zu ihren Füßen.

»Nur bedingt«, erwiderte Sargan und verlagerte sein Gewicht ein wenig, was feurige Schmerzen durch sein linkes Bein sandte und ihn das Gesicht verziehen ließ.

»Bärenkämpfe sind ein wunderbares Vergnügen, Sargan«, versicherte ihm der Marczeg. »Aber manchmal kämpfen auch Krieger gegeneinander. Oder gegen andere Wesen, die Wälder sind voll mit guter Beute. Es ist ein reiches, wenn auch wildes Land.«

»Vermutlich«, gestand Sargan. »Aber unerschlossener Reichtum ist wenig wert. Ein Apfel in der Hand ist besser als zwei am Baum. Vor allem, wenn der Baum von Zraikas bewacht wird.«

»Ha!«, rief Zorpad und lachte. Der Marczeg trug dunkle Lederhosen und ein ebensolches Hemd, darüber einen blutroten Umhang mit einem schwarzen Adler auf dem Rücken. Neben ihm stand wie ein schweigsamer Schatten seine schwarzhaarige Bedienstete, deren Namen Sargan nicht kannte, aber die er schon auf den ersten Blick als gefährlich eingeschätzt hatte.

»Ihr habt Recht, Sargan«, fuhr Zorpad fort und nickte dem Dyrier zu. »All die Kriege und Rebellionen laugen das Land aus und verhindern, dass man sich seiner Reichtümer ermächtigt. Es bedarf einer starken Hand, um sie zu ergreifen und zu bewahren.«

»Eurer Hand?«, fragte Sargan, und der Marczeg nickte selbstzufrieden.

»Ja«, sagte er mit einem Blick, der die Mauern des Burgkellers zu durchdringen und über die Weiten des Landes zu schweifen schien. Dann richteten sich seine hellen Augen auf Sargan, und er lächelte breit. »Aber genug von mir. Fragen wir uns lieber, was Ihr hier tut, Sargan. Warum seid Ihr in Ardoly?«

»Ihr wollt die Wahrheit hören, nehme ich an?«, fragte Sargan und lächelte entwaffnend. Mit der behandschuhten Linken winkte Zorpad ab. »Das werde ich, das werde ich ganz sicher. Die einzige Frage ist, wann.«

Auf einen Blick des Marczegs setzte seine Untergebene sich in Bewegung und trat an Sargan heran. Sie bewegte sich sicher und grazil, jede ihrer Bewegungen schien genau abgemessen zu sein, keine unnötige Energie wurde verschwendet. Unbewusst glitten Sargans Hände dorthin, wo er gewöhnlich seine Dolche verborgen hatte, doch natürlich griffen sie ins Leere. *Diese Frau bringt den Tod,* dachte der Dyrier respektvoll und nickte ihr zu.

Ein kaum wahrnehmbares Lächeln umspielte ihre Mundwinkel, als sie seinen Gruß erwiderte.

»Das ist Sciloi Kaszón. Sollten Eure Antworten mir nicht gefallen, Sargan, überlasse ich Euch ihr. Es ist erstaunlich, welche Kraft eine so kleine Person wie sie entwickeln kann«, scherzte Zorpad. »Also: wieso seid Ihr in Ardoly?«

»Ich stamme aus Colchas und bin im Auftrag des Goldenen Triumvirates hier«, sagte der Dyrier, und diesmal sprach er die Wahrheit. »Ich soll die Geheimnisse des Kleinen Volkes erkunden und Möglichkeiten finden, direkten Handel mit Ardoly zu betreiben.«

Dieses Geständnis hatte eine beeindruckende Wirkung. Zorpad, der sich abgewandt hatte, wirbelte herum und fixierte Sargan eindringlich, während Sciloi einen langen, dünnen Dolch zog und kalt lächelte.

»Was? Du verhöhnst mich, Hund, aber das wird dir

schlecht bekommen!«, schnaubte der Marczeg und gab der Szarkin einen Wink, die schnell wie eine zuschlagende Schlange direkt neben Sargan stand und die Spitze ihres Dolches auf den Knochen unterhalb seines linken Auges drückte. Die Klinge war tödlich scharf, und der Dyrier konnte spüren, wie ein erster Blutstropfen seine Wange hinablief.

»Seit Jahrzehnten beherrschen die Zwerge den Handel mit Ardoly. Ihre Händler bringen selbst im Winter, wenn alle Pässe zugeschneit sind, ihre Waren in das Imperium zu Preisen, welche unsere Handelshäuser nicht unterbieten können. Das ist vielen ein Dorn im Auge, und so entschied man herauszufinden, wie das Kleine Volk dieses Wunder vollbringt«, fuhr Sargan ungeachtet der drohenden Klinge vor seinem Auge fort. *Nur die Wahrheit wird mich retten können,* überlegte er zum tausendsten Male. *Ich muss in Zorpads Augen einen Wert bekommen, sonst wird er nicht zögern, mich zu Tode zu foltern.*

»So?«, fragte Zorpad gefährlich leise. »Das Goldene Triumvirat persönlich hat dich gesandt?«

»Nicht persönlich, aber die Befehle, die ich erhalte, stammen vom Herrn des Goldes«, führte Sargan aus. Tatsächlich stimmte dies vermutlich, auch wenn er es nie überprüft hatte, denn dieses Wissen wäre gefährlich gewesen, und er hatte nie auch nur einen Gedanken daran gehegt, seine Stellung in der Hierarchie des Imperiums durch zu viel Wissen zu gefährden. Die Position des Herrn des Goldes, des Schatzmeisters, war eine der mächtigsten im ganzen Imperium, neben dem Herrn der Waffen, der über Truppen und Flotte befehligte, und dem Herrn der Ordnung, welcher der mächtigen und gewaltigen Bürokratie des Imperiums vorstand. Gemeinsam nannte man diese drei engsten Berater und Vertrauten des Imperators das Goldene Triumvirat, und so mancher munkelte, dass sie es in Wirklichkeit waren, die über das Geschick des Imperiums bestimmten.

»Belüg mich nicht, Dyrier«, zischte Zorpad. »Ich kann deinen Tod schlimmer machen, als du es dir vorzustellen vermagst!«

»Das ist mir vollkommen bewusst, Herr«, erwiderte Sargan wahrheitsgemäß. »Aber ich lüge nicht. Ich habe bereits erfahren können, wie das Kleine Volk Waren aus und nach Ardoly transportiert, und ich hatte mich den Trollen angeschlossen, da sie Feinde der Zwerge sind und ich hoffte, noch mehr von ihnen zu erfahren.«

»Was ist mit diesen Trollen? Und was ist mit Şten cal Dabrân?«

»Eine Zufallsbegegnung. Er zog mit den Trollen umher, die ihn aus irgendeinem Käfig gerettet hatten. Mich interessierten vor allem die Geheimnisse, welche die Trolle von den Zwergen kennen.«

»Und hast du genug erfahren?«, fragte Zorpad.

»Ich habe viel erfahren, aber es gibt immer mehr zu wissen«, antwortete der Dyrier.

»Dann kannst du ja in Frieden sterben«, feixte Zorpad, und Sciloi zog ihre Klinge zurück und hob sie zum Todesstoß.

»Ihr wollt König über Ardoly werden?«, fragte Sargan schnell, was Zorpad veranlasste, die Szarkin mit einem kurzen Kopfschütteln aufzuhalten. Dann drehte der muskulöse Masride sich um und sagte: »Ich werde mein Geburtsrecht antreten und König werden, ja.«

»Ich weiß, dass Ihr mit den Zwergen handelt und ein Abkommen mit ihnen habt«, erklärte Sargan ruhig. »Aber ich kann Euch versichern, dass es im Imperium viele Mächtige gibt, die ein großes Interesse hätten, mit Euch zu handeln. Unsere Flotte braucht stets Holz.«

»Du denkst, ich würde mein Abkommen mit den Zwergen für deine leeren Versprechungen brechen, mit denen du um dein Leben winselst?«

»Nein, natürlich nicht. Aber für einen Herrscher ist es immer gut, Einkünfte aus mehr als einer Quelle zu beziehen. Ardoly ist von der Außenwelt abgeschnitten, aber das wird nicht auf ewig so bleiben«, erklärte Sargan und hoffte, dass Zorpad seinen Einwänden und Spekulationen Gewicht beimaß.

»Möglich«, räumte der Marczeg ein, drehte sich um und sah Sargan durchdringend an. »Was schlägst du vor?«

»Ihr verschont mein Leben. Mein Tod würde Euch wenig nützen. Sobald die Pässe im nächsten Sonnenjahr wieder frei sind, schickt Ihr eine Gesandtschaft ins Imperium, die mich begleitet.«

»Und dann?«

»Sollte ich gelogen haben und keinerlei Kontakte besitzen, können Eure Untergebenen mich problemlos töten und selbst versuchen, bei Hof Gehör zu finden. Sollte ich die Wahrheit sagen, habt Ihr gleich mächtige Freunde im Imperium«, übertrieb Sargan seinen Einfluss.

»Du verkaufst mich für dumm. Du willst Zeit schinden, mehr nicht«, warf der Marczeg ihm mit einem bösen Funkeln in den Augen vor.

»Selbst wenn, was hättet Ihr zu verlieren?«

»Wenig«, gestand Zorpad nachdenklich, dann befahl er: »Sciloi, behalte ihn gut im Auge, diesen imperialen Meisterspäher!«

Mit diesen Worten schritt Zorpad durch eine niedrige Tür und ließ die beiden allein.

»Gut gespielt«, lächelte Sciloi, und Sargan neigte das Haupt erneut vor ihr.

»Danke.«

»Er wird Euch vermutlich dennoch die Haut vom Leibe ziehen lassen und Euch in kochendes Öl werfen«, sprach die Szarkin im Plauderton.

Sargan antwortete ernst: »Mit dieser Möglichkeit rechne ich durchaus.«

Kühl nickte sie ihm zu und behielt ihn die ganze Zeit genau im Auge, was er in Anbetracht seiner Verletzungen als ein Kompliment nahm. Nach einiger Zeit kehrte Zorpad in Begleitung von zwei Kriegern wieder, die einen Gefangenen zwischen sich schleppten. Auf einen Befehl des Marczegs schleuderten die Soldaten den kahl geschorenen Mann zu Boden. Als er verzweifelt den Kopf hob, erkannte Sargan mit

Entsetzen, dass man ihm die Augen ausgestochen hatte. Weiße Brandnarben umgaben die schwarzen Augenhöhlen wie Sterne, und auch die Nase war wie zerschnitten.

»Das ist einer der Rebellen«, erklärte Zorpad und wies auf den Verstümmelten. »Er hat seine Nützlichkeit überlebt.«

Als er die Stimme hörte, wandte sich der Geblendete ihr zu und schien etwas sagen zu wollen, doch nur unverständliches Lallen entsprang seinen Lippen. *Sie haben dem armen Kerl die Zunge rausgeschnitten,* dachte Sargan angeekelt. *Vermutlich war es ganz gut, dass dieser Natiole sauber gestorben ist und nicht gefangen genommen wurde!*

»Dieser Mann hier hat mir viele Lügen erzählt«, fuhr Zorpad fort und fügte an den Kriechenden gewandt hinzu: »Nicht wahr, Octeiu?«

Bei der Nennung seines Namens schüttelte der Mann wild den Kopf, sodass Geifer überallhin flog. Schließlich begann er zu schluchzen. *Octeiu, das war der Name des Verräters,* erinnerte sich Sargan. *Dieser hier hat Şten in die Falle gelockt. So viel zur Dankbarkeit des Marczegs!*

»Töte ihn«, sagte Zorpad schlicht und nickte Sciloi zu, die daraufhin Sargan ihren Dolch mit dem Knauf nach vorn entgegenstreckte.

»Was?«, erwiderte der Dyrier verwirrt.

Zorpad zog die Augenbrauen zusammen und wiederholte scharf: »Töte ihn. Oder stirb selbst auf der Stelle. Es ist deine Wahl.«

Mit einem bestürzten Blick zu Sciloi, deren Miene unbewegt blieb, nahm Sargan den Dolch in die Hand und sah Zorpad an.

»Wenn du ein Spion aus dem Imperium bist, dann wirst du wohl kaum Probleme haben, dieses Wrack zu töten, oder?«, erkundigte sich Zorpad mit gespieltem Erstaunen.

»Nein, Herr«, erwiderte der Dyrier und ging zu dem Verstümmelten, der verzweifelt auf allen vieren über den kalten Boden kroch. Der Kopf von Octeiu zuckte von links nach rechts, als wolle er seinen Mörder mit den leeren Augenhöhlen erkennen, doch Sargan kniete bereits neben ihm, auch wenn sein geschientes Bein ihm dabei Schmerzen bereitete. *Entweder du oder ich, Freund,* dachte Sargan und trieb dem Wehrlosen den Dolch in den Hals. Die lange dünne Klinge glitt verräterisch leicht durch Haut und Fleisch und drang von oben in den Brustkorb ein, kratzte über die Wirbel und schnitt schließlich ins Herz.

Ein Zucken lief durch Octeius geschundenen Leib. Er stöhnte laut auf, stammelte etwas und sank dann still zu Boden. Einen Herzschlag lang blieb Sargan neben seinem Opfer knien, dann zog er den Dolch heraus und machte einen Schritt zurück, während das Blut in einem fingerbreiten Strahl aus der Wunde schoss und in einem immer größer werdenden Rinnsal über die Steine des Bodens floss.

»Ausgezeichnet!«, rief Zorpad. »Ein guter Stich, nicht wahr, Sciloi?«

»Ja, Herr«, erwiderte die Szarkin, trat an Sargan heran und streckte auffordernd die Hand aus. In ihren Augen glaubte der Dyrier kurz eine Regung zu erkennen, Mitleid vielleicht oder Anerkennung, doch bevor er sich sicher sein konnte, war sie wieder verschwunden, und er reichte ihr wortlos den blutigen Dolch.

»Ihr seid nun ein willkommener Gast an meinem Hofe, Sargan«, erklärte Zorpad gut gelaunt. »Seid mir treu, und ich belohne Euch reich. Verratet mich, und Ihr werdet Euch wünschen, Euer Schicksal wäre so gnädig wie das jener Kreatur dort!«

Damit wandte der Marczeg sich ab und ließ einen verwirrten Sargan zurück. Sciloi aber berührte ihn am Arm. »Folgt mir, ich zeige Euch Eure Gemächer.«

Welch ein Wahnsinn, dachte der Dyrier abgestoßen, *Ardoly ist ein Land von Irrsinn und Blut!*

54

»Wie sieht es aus?«, fragte Şten flüsternd, und die beiden Späher rückten ein wenig näher.

»Sie lagern vor Dabrân«, erklärte Danae. »In der Dunkelheit konnten wir ihre Zahl nicht erkennen, aber es sind viele Feuer und Zelte.«

»Verflucht!«, entfuhr es Şten. »Schon bei Dabrân? Sie legen ein rasches Tempo vor. Uns bleibt wenig Zeit.«

»Ja«, stimmte Costin zu. »Wenn Zorpad weiter so schnell marschiert, steht er vor Désa, bevor überhaupt eine Entscheidung gefallen ist!«

Rasch überlegte Şten, dann teilte er den anderen Kundschaftern seine Pläne mit: »Wir teilen uns auf: Tamoş und Danae, ihr schlagt euch im Osten an der Stadt vorbei und nähert euch in einem Bogen von Norden, Costin und ich decken den Süden ab. Wir gehen rein, ihr beobachtet bei Tag und zählt.«

»Pferde?«, fragte Costin.

»Lassen wir hier versteckt. Ihr beide nehmt eure mit.«

»Gut«, bestätigte Danae, die sich die langen, dunklen Locken nach hinten gebunden hatte, und überprüfte ihre Waffen. Auch Tamoş nickte. Er war ein schweigsamer Mann mit einer furchtbaren Narbe im Gesicht, die von der Stirn über die Nase bis hinab zum Kinn lief. Beide waren von Şten wegen ihrer Erfahrung ausgesucht worden, denn sie hatten Ionna schon während der Herbstschlacht als Späher gedient, und Şten war sich ihres Könnens sicher. Sie waren bestens aufeinander eingespielt, weswegen Şten ihre kleine Gruppe auf diese Weise aufgeteilt hatte.

»Ihr wisst, worauf ihr achten müsst. Wichtig ist Belagerungsgerät. Am besten wäre es, wenn wir einen Soldaten abfangen und befragen könnten, noch besser wäre einer ihrer Anführer«, fuhr Şten fort und blickte in die Runde der grimmig entschlossenen Gesichter.

»Aber geht kein unnötiges Risiko ein, Ionna benötigt vor allem Informationen über die Stärke und Zusammensetzung von Zorpads Heer. Es nützt ihr wenig, wenn wir gefangen genommen oder getötet werden!«

»Unnötiges Risiko?«, fragte Costin schelmisch. »Das klingt großartig. Als ob der Auftrag, um das Lager der Masriden zu schleichen, ein ungefährlicher wäre.«

»Ihr wisst schon, was ich meine«, erwiderte Şten und knuffte den kleineren Wlachaken in die Schulter.

»Ja, Şten. Es ist nicht das erste Mal, dass wir so etwas tun«, warf Danae ein, und ihr Begleiter nickte stumm.

»Fein«, erklärte Şten. »Dann los. Wir treffen uns morgen Nacht wieder an der Hütte im Norden, wo wir schon vorher gelagert haben. Wenn es Ärger gibt, schlägt sich jede Gruppe allein nach Désa durch. Sichere Wege!«

Mit diesen Worten drehte er sich um und warf sich den Rucksack über die Schulter. Auch die anderen packten ihre Ausrüstung; mit einem knappen Nicken verabschiedeten sich Danae und Tamoş und tauchten, die Pferde an den Zügeln führend, in der Dunkelheit der Nacht unter.

Sie wissen, was sie tun, überlegte Şten. *Es sind die besten Kundschafter, die wir haben. Ich sollte mir eher Sorgen um mich und Costin machen.*

»Mein Hintern tut weh«, erklärte der kleine Wlachake wie zur Antwort auf Şten's Gedanken. »Ich bin es nicht gewohnt, so lange zu reiten.«

»Wir hatten keine Wahl«, erklärte Şten ruhig und setzte sich in Bewegung. »Zeit ist von höchster Bedeutung im Krieg. Und gewöhn dich schon einmal dran, bald reiten wir die gleiche Strecke zurück ins Mardew.«

»Darauf freue ich mich schon«, gestand Costin mit einem gequälten Grinsen.

»Weißt du, was gegen die Schmerzen hilft?«, fragte der

Krieger, und als Costin den Kopf schüttelte, erklärte Şten: »Bewegung! Also: los!«

Stöhnend verfiel der kleine Wlachake neben Şten in einen Laufschritt, der sie auf einen wenig benutzten Pfad führte, welchen Şten noch aus seiner Jugend kannte. *Vielleicht sitzt Zorpad jetzt in Burg Rabenstein und lässt sich von Házy bewirten,* fuhr es Şten durch den Kopf, und er knirschte wütend mit den Zähnen. *Wahrscheinlich feiern sie auf den Gräbern meiner Familie!*

Im leichten Dauerlauf erreichten die beiden Wlachaken den Rand des Waldes und sahen in die sanfte Senke hinab, in der die Stadt lag. Die beiden Kundschafter hatten nicht gelogen, vor den Mauern von Dabrân breitete sich ein wahres Meer von einem Heerlager aus, in dem die heruntergebrannten Lagerfeuer wie die Sterne am Firmament leuchteten. Um das Lager herum war eine Reihe von hell scheinenden Feuern entzündet, an denen vermutlich Wachposten aufgestellt waren. Auch in der Mitte des Lagers brannten noch einige hellere Feuer, während Stadt und Burg in Dunkelheit gehüllt dalagen.

»Wie viele sind es?«, fragte Costin leise und riss damit Şten aus den Gedanken, der den dunklen Umriss der Festung betrachtet hatte, die sich auf dem Hügel über der Stadt erhob.

»Schwer zu sagen in der Nacht«, erklärte Şten. »Sicherlich einige tausend.«

»Und wie viele sind Ionnas Ruf gefolgt? Zwei- oder dreitausend Schwerter höchstens«, murmelte der kleine Wlachake düster.

»Abwarten, Freund Costin, noch ist nichts verloren«, beruhigte Şten ihn. *Unsere Moral bröckelt, bevor auch nur ein Schwertstreich geführt wurde,* erkannte Şten plötzlich. *Wenn das so weitergeht, besiegt Zorpad uns bereits in unseren Köpfen, und dann ist kein Krieg mehr zu gewinnen.*

»Gehen wir mal schauen, was sich so in Erfahrung bringen lässt«, schlug Şten deshalb fröhlich vor. »Ich denke, es ist mal wieder an der Zeit, Zorpad wütend zu machen!«

»Arbeiten, arbeiten«, stöhnte Costin lachend und schloss sich Şten an, der vorsichtig den Hügel hinabschlich. Geschickt huschten sie im Sichtschatten der Anhöhe hinab und wandten sich Richtung Heerlager und Stadt. Mit äußerster Konzentration näherten sich die beiden Wlachaken der Wachpostenlinie. Ohne zu wissen, wann die Wachen jeweils abgelöst wurden, war es zu riskant, einen Posten auszuschalten, und für eine längere Beobachtung der Routine blieb ihnen nicht genug Zeit. Dementsprechend versuchte Şten eine Möglichkeit zu finden, zwischen zwei Feuern hindurchzuschleichen, was natürlich heikel war. Bäuchlings arbeiteten sie sich Stück für Stück vor, die Nerven zum Bersten gespannt und jeden Handbreit Boden überprüfend, bevor sie weiter krochen. Zu beiden Seiten sahen sie den Lichtschein der Feuer und am rechten eine Gestalt, die auf und ab schritt. Doch schienen die Blicke des Soldaten sich mehr auf den finsteren Rand des Waldes zu konzentrieren. So leise wie möglich robbten sie weiter, bis sie den Feuerschein hinter sich gelassen hatten.

In einer kleinen Kuhle machte Şten Halt und wischte sich den Schweiß von der Stirn.

»Alles klar?«, fragte er Costin, der stumm nickte. Jetzt galt es, in das Lager selbst einzudringen und so viel wie nur möglich über die Stärke und Zusammensetzung von Zorpads Heer herauszufinden. Nach einer kurzen Pause liefen sie geduckt zu den ersten Zelten und knieten sich hinter eines. Das Lager lag ruhig da, der größte Teil der Krieger schien zu schlafen, was kaum verwunderlich war, wenn man bedachte, wie sehr Zorpad seine Untergebenen antreiben musste, um ein solches Marschtempo vorzulegen. Mit einem Wink zeigte Şten Costin die Richtung an, dann schlich er auch schon weiter. Ohne größere Probleme gelangten sie an den ersten Zeltreihen vorbei, stets darauf bedacht, einen Bogen um die heruntergebrannten, aber noch glimmenden Feuer zu schlagen. Die wichtigeren Anführer der Masriden würden natürlich in Dabrân übernachten, in einem weichen Bett und mit einem

Dach über dem Kopf, und waren somit sicher vor Übergriffen durch die Kundschafter. Aber auch hier draußen, vor den Toren der Stadt, musste es irgendwelche Hinweise auf Zorpads Pläne geben. Sich auf seinen Orientierungssinn verlassend, schlich Şten zwischen den Zelten umher und versuchte, in die Nähe des Herzens dieses Heerlagers zu gelangen. Im Geiste schätzte er die Größe der Zelte und die ungefähre Menge der darin untergebrachten Krieger ab, und sein Mut sank mit jeder langen Reihe von Zelten, an denen sie vorbeikamen. *So verflucht viele,* fuhr es ihm durch den Sinn. *Der Marczeg hat alles zusammengekratzt, was er nur auftreiben konnte!*

Schließlich mussten sie anhalten, denn vor ihnen lag ein schmaler Streifen ohne Zelte, hinter dem wieder Feuer brannten und Wachen umherschritten. Das Erdreich, vermutlich einst eine satte Wiese, war durch Hufe und Stiefel aufgewühlt und schlammig, dennoch glitten die beiden Wlachaken zu Boden und legten sich hinter das letzte Zelt in Deckung.

»Wachen«, flüsterte Costin unnötigerweise, und Şten nickte. Hinter den Feuern erhoben sich weitere Zelte, größer und prunkvoller als die der einfachen Soldaten, und daneben sah der junge Krieger dunkle Schatten wie von Karren stehen. Ein kleines Grüppchen Soldaten, etwa eine Hand voll, hatte sich um eines der Feuer versammelt und redete leise miteinander. Verständlicherweise waren sie nicht besonders aufmerksam, befanden sie sich doch mitten unter mehreren tausend Verbündeten.

»Warte hier«, zischte Şten. »Ich komme gleich zurück. Wenn nicht, verschwinde.«

Ohne auf eine Antwort zu warten, erhob er sich und huschte davon, an der Rückseite des Zeltes entlang bis zu dessen anderem Ende, von wo aus er noch einen Blick auf die Gruppe der Wachen warf, bevor er das freie Stück überquerte. Mit hämmerndem Herzen erreichte er ein großes, dunkles Zelt, in dessen Schatten er sich duckte. Erst einmal blieb er einige Herzschläge lang dort, bis seine Atmung sich wieder beruhigt hatte, dann spähte er um das Zelt herum. Zu seiner Linken konnte er leises Wiehern hören, während die Wagen nur ein, zwei Dutzend Schritt vor ihm standen. Vorsichtig schlich er weiter und näherte sich den Fahrzeugen, die sauber aufgereiht abgestellt worden waren. *Mal sehen, was der Marczeg so an Nachschub dabeihat.* Şten grinste. Auf den Ladeflächen waren Güter, über die jeweils eine Plane gespannt war, um sie vor Regen zu schützen. Leise hob Şten den festen Stoff an und fand auf dem ersten Wagen ein gutes Dutzend Fässer. Ein kurzes Rütteln zeigte ihm, dass diese gefüllt waren, also schlich er zum nächsten Karren, auf dem sich ebenfalls Fässer befanden. *Nichts Besonderes,* dachte der Wlachake. Sodann fiel sein Blick auf einen mächtigen, dreiachsigen Karren, dessen Ladefläche mit dunklem Stoff bedeckt war.

Mit einem Blick über die Schulter schlich Şten zu dem Karren und wollte einen Blick hineinwerfen. Doch die Plane war gut befestigt, und so zog er seinen Dolch, trennte zwei der dicken Seile ab und hob den schweren Stoff an. In der Dunkelheit war es fast unmöglich, Einzelheiten zu erkennen, doch befanden sich dort auf jeden Fall dicke, schwere Balken mit mächtigen Eisennägeln und metallenen Beschlägen. *Belagerungsgerät,* erkannte Şten und sah, dass hinter diesem Karren noch weitere mit ähnlich schwerer Last standen. Dann fiel sein Blick auf eines der Feuer, in dessen schwachem Lichtschein ein kleines, flaches Zelt stand, vor dem ein Kriegszeichen in den Boden gerammt war. Erschreckt erkannte der Wlachake, dass auf dem Stab ein Trollschädel thronte, dessen bleiche Knochen im Licht schimmerten.

Zdam?, fragte sich Şten, war sich aber nicht sicher. Auch das Kriegszeichen selbst, zwei geschmiedete, gekreuzte Äxte, sagte ihm nichts. Bevor er jedoch das Rätsel lösen konnte, trat eine Gestalt aus dem Zelt und sah sich misstrauisch um. Schnell duckte sich Şten hinter den Karren, doch immerhin hatte er einen Blick auf den in Eisen gehüllten Krieger werfen können, dessen dichter Bart bis auf die Brust hinabhing.

Zwerge!, zuckte es durch Ştens Kopf, *Zorpad hat Krieger vom Kleinen Volk bei seinen Truppen! Ionna muss davon erfahren; das ändert alles!*

Im Sichtschutz des Karrens hastete Şten zurück, während seine Gedanken um die jüngste Entdeckung kreisten. Um ein Haar wäre er aus den Schatten der Zelte und Wagen getreten, so sehr lenkten ihn seine Befürchtungen ab, doch dann riss er sich zusammen. *Es nützt nichts, wenn sie dich erwischen, du Narr!*, wies er sich selbst zurecht und besann sich auf seine augenblickliche Lage.

Noch immer standen die Wachen am Feuer, und wieder nutzte Şten die Gelegenheit, um die offene Fläche ohne Deckung zu überqueren und zu Costin zurückzukehren, der überrascht zusammenzuckte, als Şten sich neben ihn fallen ließ.

»Bei den Geistern, erschrick mich doch nicht so«, seufzte der kleine Wlachake.

Şten packte ihn an der Schulter und raunte: »Zwerge. Hier im Lager. Wir müssen es Ionna berichten!«

Gemeinsam schlichen sie zurück zum Rand des Heerlagers und duckten sich in den Schatten. Mit einem Blick zu Costin nickte Şten und robbte auf die dunkle Fläche zwischen zwei Wachfeuern zu. Hinter sich hörte er Costin, der ihm leise folgte, doch sein Blick war auf die beiden hellen Flecken fixiert, die ihr Entkommen noch verhindern konnten. Vorsichtig näherten sie sich den Wachfeuern, bis sie schließlich auf einer Höhe mit ihnen waren. Dann hasteten sie vorbei, und Şten atmete erleichtert auf. Ein Ruf ließ ihn erstarren.

»Wer da?«, erklang eine Stimme vom linken Wachfeuer und brachte Şten und Costin dazu, sich flach an den Boden zu pressen und regungslos zu verharren.

»Was ist los?«, fragte eine andere Wache laut.

Die erste Stimme antwortete: »Da vorn hat sich was bewegt!«

Stille folgte, dann die Stimme der zweiten Wache. »Ich seh nichts. Vermutlich ein Dachs oder so.«

Ein Dachs, mein Freund, nichts weiter als ein Dachs. Setz dich wieder hin und lass es gut sein, dachte Şten.

Stattdessen rief der Wachposten: »Vermutlich. Ich schaue trotzdem nach.«

Wütend fletschte Şten die Zähne und sah sich nach Costin um, der ihn fragend anblickte. Ohne den Kopf zu sehr zu bewegen, versuchte der junge Krieger einen Blick auf das Wachfeuer hinter ihnen zu erhaschen. Tatsächlich hatte der Soldat dort ein brennendes Scheit aus dem Feuer gezogen und schritt nun mit blanker Klinge in ihre Richtung.

»Zu den Pferden!«, befahl Şten seinem Begleiter leise und sprang dann abrupt auf. Mit hochgerissenen Armen schrie er laut, was den Masriden überrascht einige Schritte zurückweichen ließ, dann warf sich Şten herum und rannte hinter Costin her, der seinem Befehl folgte und den Hang des Hügels hinaufstürmte. Hinter sich hörte der Krieger Schreie und Alarmrufe, aber er achtete nicht darauf, sondern rannte einfach weiter. Selbst die sanfte Steigung des Hügels kostete viel Kraft, aber dann erreichten sie den Waldrand und huschten zwischen den Bäumen hindurch ins Unterholz. Einen Herzschlag lang war Şten verwirrt und wusste nicht, wo sie die Pferde zurückgelassen hatten, doch Costin führte ihn in der Dunkelheit, und schnell waren sie bei ihren Reittieren angelangt. Japsend löste Şten die Zügel vom Ast und führte sein Pferd zurück auf den Pfad, über den sie gekommen waren. An Reiten war in dem dunklen Wald nicht zu denken, zu gefährlich und uneben war der Boden hier. Aber als sie endlich den Weg erreichten, schwangen sie sich auf die Rücken ihrer Tiere.

»Für Tirea!«, brüllte Şten laut und trieb sein Pferd an.

»Du hast echt ein Händchen dafür, mit Menschen umzugehen!«, rief Costin hinter ihm, und Şten musste grinsen. Da vernahm er unten im Tal über dem Aufruhr das Geräusch von Hufen und lautes Jaulen und Kläffen. Das Lachen blieb ihm im Halse stecken.

Verfluchte Vrasya, dachte der Krieger. *Die Bluthunde werden unsere Fährte finden!*

»Sie sind hinter uns her!«, rief er Costin zu. »Beeilung!«

Das ließ sich der kleine Wlachake nicht zweimal sagen, und schon bald überholte er Şten auf dem schmalen Waldpfad. In der Nacht würde es ihren Verfolgern schwer fallen, ihnen auf den Fersen zu bleiben, da sie wegen der Hindernisse und Erdlöcher nur langsam ihren Spuren folgen konnten. Aber Şten war sich sicher, dass die Masriden am Tage aufholen konnten. Wie wahnsinnig ritten sie deshalb durch den nächtlichen Wald, bis sich am östlichen Himmel grau der Tag ankündigte. Immer wieder mussten sie langsamer reiten und ihren Pferden ein wenig Erholung gönnen, doch dann legten sie wieder Tempo zu.

Mit dem ersten Licht der Sonne wurde der Ritt weniger waghalsig, andererseits konnten ihre Verfolger jetzt auch einfacher der Fährte folgen, und die meisten Masriden waren ausgezeichnete Reiter, mit schnellen und ausdauernden Pferden. Als die beiden Wlachaken wieder langsamer ritten, setzte sich Şten neben Costin und sagte: »Reite voraus. Ionna muss von den Zwergen und ihrem Belagerungsgerät erfahren. Du bist leichter als ich, und dein Pferd kann dich länger tragen.«

»Und du?«, fragte der kleine Wlachake überrascht.

»Ich komme nach. Zur Not versuche ich sie abzulenken und schlage mich in die Wälder.«

»Aber ...«

»Keine Sorge, ich bin Zorpads Häschern schon mehr als einmal entkommen. Und bis zum Mardew ist es nicht weit.«

»Du machst doch keinen Unsinn, damit sie nur dir folgen, oder so?«, erkundigte sich Costin misstrauisch.

Şten winkte lachend ab: »Nur, wenn es nicht anders geht. Ich schätze meinen Kopf und möchte ihn nur ungern verlieren. Ganz zu schweigen von all den anderen Körperteilen, die Zorpad mir wohl abschneiden würde!«

Ein Schauder lief über den Körper des kleineren Wlachaken, aber er lächelte tapfer und sagte dann: »Sichere Wege, Şten.«

»Sichere Wege, Costin! Auf, auf!«, trieb Şten ihn an, und Costin galoppierte los. *Er ist der schnellere Reiter,* gestand sich Şten ein, dachte dann aber mit einem bösartigen Lächeln: *Nur bin ich der bessere Waldläufer!*

Noch war von seinen Verfolgern nichts zu hören, also schonte er sein Pferd ein wenig und ließ es langsamer laufen. Durch den langen Kampf gegen Csiró Házy kannte er die Umgebung von Dabrân und die geheimen Schleichpfade ins Mardew wie seine Westentasche. Der Pfad, den er nun entlangritt und dem Costin noch ein ganzes Stück folgen würde, führte direkt in das Hochland. Aber es gab weitere Wege, die durch weniger bewohntes Gebiet führten, und Şten plante, diesen zu folgen. In den Tiefen der Wälder würde es ihm leichter fallen, die Masriden abzuhängen, und mit etwas Glück konnte er sie so von Costins Fährte weglocken.

Als die Sonne schon den Zenit überschritten hatte, fand er zur Linken die Öffnung im Wald, nach der er Ausschau gehalten hatte. Hier führte ein alter Holzfällerpfad tiefer in den Forst. Şten stieg ab und führte das Pferd am Zügel hinter sich her, wobei er darauf achtete, möglichst viele Äste und Büsche zu streifen, damit die Hunde seiner Fährte gut folgen konnten. Kurz nach der Abzweigung hielt er inne und trennte ein Stück Stoff aus seinem Mantel, das er wie zufällig abgerissen in einen Dornenstrauch steckte. *Hoffentlich bemerken sie das,* dachte der Krieger und zog den Bogen aus der Lederhülle am Sattel. Es war ein schöner, langer Bogen aus bestem Eibenholz, wie ihn die Wlachaken bevorzugten – im Gegensatz zu den Masriden und den Szarken, die kleinere, doppelt geschwungene Bögen verwendeten. Eine Sehne hängte Şten sich in den Gürtel, damit er den Bogen im Zweifelsfall schnell spannen konnte, während er sich den Köcher über die Schulter warf. *Es ist verflucht lange her, dass ich einen Bogen gebraucht habe,* fiel dem Wlachaken plötzlich ein. *In letzter Zeit habe ich nur mit Schwertern gekämpft.* Aber dennoch war er sich seiner Fertigkeiten sicher und lächelte erwartungsvoll, während er das Pferd tiefer und tiefer auf dem fast vollständig zugewucherten Pfad in den Forst führte.

Kurz vor Sonnenuntergang hörte Şten das Hufgetrappel seiner Verfolger, die trotz des schwierigen Pfades im gestreckten Galopp zu reiten schienen. Inzwischen war er von dem Holzfällerpfad auf einen älteren, verborgenen Weg gewechselt, stets darauf bedacht, seinen Verfolgern deutliche Hinweise zu hinterlassen. Schnell sprang er in den Sattel und preschte ebenfalls los, den ungespannten Bogen in der rechten, die Zügel in der linken Hand. *Hoffentlich verfolgen sie nur mich, und Costin bleibt unbehelligt,* ging es Şten durch den Kopf, als er sich ducken musste, um nicht von einem niedrigen Ast vom Pferderücken geschleudert zu werden.

Der Weg führte deutlich aufwärts, in die Berge hinauf, um dann an ihrer Flanke ins Mardew abzubiegen. Aber noch ging es durch dichten Wald, und die niedrig hängenden Äste und der unebene Boden machten schnelles Reiten zu einem Glücksspiel. *Sie haben schneller aufgeholt, als ich gedacht hätte,* stellte der Wlachake fest. *Sie müssen ihre Pferde wirklich zuschanden geritten haben.* Aber auch wenn sein Tier leidlich ausgeruht war, konnte Şten es in der einsetzenden Dunkelheit auf dem gefährlichen Untergrund nicht allzu sehr antreiben, und der Lärm, den seine Verfolger machten, kam immer näher. Mit einem Blick über die Schulter überzeugte sich Şten davon, dass sie noch nicht in Sichtweite waren, zog an den Zügeln und brachte sein Ross zum Stillstand. Schnell sprang er ab und hob den Rucksack vom Rücken des Pferdes. Wild schnaubend stand es da, als er den Sattel öffnete, ihn herunterhob und in das Strauchwerk warf. Dann tätschelte er den schweißfeuchten Hals seines Pferdes und flüsterte: »Ganz ruhig, Dansa. Du hast mich weit getragen, aber jetzt muss ich allein weiter. Lauf!«

Damit schlug er dem Rappen, den er nach Peres dem Tänzer benannt hatte, auf die Flanke, was diesen erschrocken losstürmen ließ. Ohne sich umzudrehen, warf sich Şten den

Rucksack über die Schulter und trat ins Unterholz. Selbst hier, in den etwas höheren Lagen, war der Wald noch dicht genug, um Reittiere so sehr zu behindern, dass man zu Fuß vermutlich schneller war. Ab jetzt bemühte er sich auch, die Spuren zu verwischen und es seinen Verfolgern möglichst schwer zu machen, ihm zu folgen. *Dank ihrer Bluthunde werden sie wohl an meinen Fersen kleben,* dachte Şten verärgert. *Ohne die Mistviecher wäre das Entkommen einfacher.*

Schnell und leise huschte Şten durch den Wald, immer das Gebell in den Ohren, das ihm anzeigte, dass er seine Verfolger noch keineswegs abgeschüttelt hatte. Also rannte er weiter, ungeachtet der Tatsache, dass die Sonne langsam hinter den Bergen versank und die Nacht sich über Wlachkis herabsenkte. Zum Glück bedeckten nur wenige Wolken den Himmel, und der Mond beschien den Wald. Zweimal stürzte er über Wurzeln und Steine, doch zum Glück verletzte er sich dabei nicht. Das Kläffen und Rufen aber kam näher und näher, und schließlich konnte er trotz seines heftig gehenden Atems das Knacken und Bersten von Ästen und Sträuchern hören. *Verflucht, sie sind zu schnell,* zuckte es ihm durch den Kopf. *Diese verdammten Köter!*

Einige Dutzend Schritt lief er noch, dann blieb er abrupt stehen und spannte mit vor Erschöpfung zittrigen Fingern den Bogen. Zuerst glitt ihm die Sehne wieder aus den Fingern, doch dann hakte er sie ein. Mit einer fließenden Bewegung zog er einen Pfeil aus dem Köcher, legte ihn ein und zog die Sehne bis zur Wange zurück. Sein Blick glitt suchend durch den düsteren Wald, während sein Atem sich wieder beruhigte. Dann sah er einen dunklen, flachen Schatten durch das Unterholz brechen und hörte tierisches Japsen. In dem Bruchteil eines Augenblicks ließ Şten die Sehne los und sandte dem Vrasya den Pfeil entgegen. Ohne auf das Ergebnis seines Schusses zu schauen, ergriff er den nächsten Pfeil und legte an. Ein jämmerliches Jaulen kündete von seinem ersten Treffer, doch weitere der großen, kurzhaarigen Hunde mit den mächtigen Schädeln rasten auf den Wlachaken zu und ließen ihm keine Zeit, sich über seinen Erfolg zu freuen. Zwei weitere Pfeile fanden ihre Ziele, dann ließ Şten den Bogen fallen und zog die Klinge, gerade noch rechtzeitig, um eines der großen Tiere, das ihn ansprang, mit einem beidhändigen Schlag in die Flanke zu treffen. Vom Gewicht des Bluthundes wurde er zu Boden gerissen und schlug schmerzhaft mit der Schulter auf einen Stein. Hektisch suchten seine Finger nach der Klinge, die ihm entglitten war, dann gruben sich starke Fänge in seinen Oberarm und ließen ihn vor Schmerzen aufschreien. Hastig griff er nach dem Kopf des Hundes und kratzte über dessen Haut, doch der Vrasya ließ nicht los, im Gegenteil, er warf den Schädel herum, als wolle er Şten den Arm brechen. Mit aller Kraft drehte Şten sich herum und packte ihn an der Nase. Diesmal jaulte der Bluthund vor Schmerz auf, ließ aber nicht von Ştens Arm ab. Zugleich spürte Şten einen weiteren Bluthund zu seiner Linken, doch bevor dieser ihn anspringen konnte, wimmerte er plötzlich verängstigt auf und rannte davon. Auch der Vrasya, mit dem Şten rang, öffnete urplötzlich sein Maul und wand sich frenetisch kratzend aus dem Griff des Wlachaken, nur um mit eingezogenem Schwanz davonzurennen.

Schwer atmend lag Şten auf dem Rücken; sein Arm pochte mit jedem Herzschlag, und Blut färbte sein Wams rot. Dann rappelte er sich auf und griff nach seinem Schwert. Was auch immer die Bluthunde vertrieben hatte, Şten war sich sicher, dass es ihm ebenso gefährlich werden konnte.

Da ertönte eine Stimme, die Şten herumwirbeln ließ: »Ihr Menschen tragt schon wieder Krieg in den Wald, Şten.«

Verwirrt sah Şten sich um und suchte die Schatten zwischen den Bäumen ab. Zögerlich fragte er: »Ruvon?«

Doch aus der Dunkelheit schälten sich keine schlanken Elfen, sondern riesige Gestalten, die durch das Unterholz brachen. *Trolle,* erkannte Şten entgeistert, *Dutzende von Trollen!*

»Şten«, rief einer der Trolle erfreut aus, und zu seinem grenzenlosen Erstaunen erkannte der Wlachake Druan, der auf ihn zugestürmt kam.

»Druan? Was, bei den Dunkelgeistern, tust du hier?«, entfuhr es dem Krieger, als sich der Troll breit grinsend vor ihm aufbaute.

»Wir ziehen in den Krieg!«, erklärte Pard, der hinter Druan auftauchte und sich vergnügt die Hände rieb. »Wo sind die Eisenmenschen aus der Stadt?«

Immer noch verwirrt, wies Şten mit dem Daumen über die Schulter: »Da hinten sind welche.«

»Oh, fein, fein«, freute sich Pard und rief laut: »Mir nach!«

»Nein«, schrie ein anderer, fast genauso großer Troll wie Pard. »Mir nach!«

Brüllend rannten Dutzende der Trolle an Şten und Druan vorbei. Der Boden selbst schien unter ihren schweren Tritten zu beben, als sie mit viel Getöse im Wald verschwunden waren.

Şten hatte Mühe, die Lage zu begreifen. »Wer ... wieso?«, stammelte er, und Druan grinste breit.

»Das ist Turk, er führt seinen Stamm im Krieg an.«

»Deinen Stamm?«

»Nein, wir folgen Pard«, erklärte Druan.

»Pard? Pard ist euer Anführer?«, erkundigte sich Şten ungläubig.

»Im Krieg, ja.«

»Krieg?«, fragte Şten Druan.

»Krieg«, bestätigte dieser. »Wir Trolle sind nicht sicher, solange die kleinen Bastarde mit Zorpad gemeinsame Sache machen.«

»Das stimmt, aber ...«, begann Şten.

Doch Druan unterbrach ihn: »Solange Zorpad hier oben an der Oberfläche herrscht, können die Sonnenmagier wieder Zauber gegen uns wirken.«

»Auch das stimmt. Deswegen wollt ihr gegen ihn kämpfen?«

»Du sagtest, dass es Krieg geben würde. Zwischen deinem Volk und Zorpad. Ich habe die Krieger der Trolle überzeugt, dass wir euch helfen müssen. Denn wenn ihr euer Land wieder beherrscht, werdet ihr uns in Ruhe lassen, nicht wahr?«

»Ich wüsste nicht, warum nicht«, stimmte Şten dem Troll zu. »Verzeih, wenn ich etwas überrumpelt bin, aber ich habe nicht damit gerechnet, euch jemals wiederzusehen. Selbst Pard ...«

»Pard freut sich darüber, ein paar Menschenschädel einzuschlagen«, erklärte Druan grinsend.

»Das glaube ich gern«, erwiderte Şten düster. »Aber die anderen Trolle? So viele! Wie viele seid ihr?«

»Genug, Şten, fast alle Krieger von zwei Stämmen. Zumindest alle, die noch leben. Viele sind gestorben in den dunklen Gängen und Stollen, getötet durch Zwergenaxt und Menschenzauber. Aber der Rest ist da, Marcok, Chuck, Norrt, Exyna, Trok, Drak, Thran, Förs, Cas, der Schleicher ...«

Şten, dem vor lauter Troll-Namen der Kopf schwirrte, unterbrach ihn: »Genug, genug.«

»Es sind die übelsten, härtesten Trolle, die ich finden konnte, und jeder brennt darauf, gegen die Menschen zu kämpfen!«

»Ihr wollt Rache«, stellte Şten fest, und Druan nickte grimmig.

»Rache an den Menschen, deren Magie unsere Krieger und Jungtrolle tötete, als sie schliefen!«

Von den Neuigkeiten leicht benommen, überlegte Şten, was diese Ereignisse für die Zukunft der Wlachaken bedeuteten, doch sein erschöpfter Geist konnte sich nicht vorstellen, was geschehen würde. Einerseits hoffte er, dass Ionna die Hilfe der Trolle annehmen und sich Zorpad nun entgegenstellen würde, andererseits war der Gedanke, Seite an Seite mit den Trollen in die Schlacht zu ziehen, so absonderlich, dass Şten sich fragte, ob so etwas tatsächlich geschehen konnte.

Statt sich um diese Dinge Sorgen zu machen, lächelte er jedoch Druan an und sagte: »Ich habe mich noch gar nicht bedankt für die Rettung hier.«

»Keine Ursache. Ruvon hat uns hierher geführt.«

»Ruvon? Hatte ich doch richtig gehört! Was hat der Elf mit der ganzen Sache zu tun?«, erkundigte sich Şten neugierig.

»Meine Brüder und Schwestern haben die großen, stinkenden Trolle aus den Höhlen steigen sehen und mich gerufen, weil sie wussten, dass ich schon einmal mit ihnen geredet habe«, erklang die Antwort aus dem Wald. »Also kam ich und sprach mit Druan. Er erzählte mir von euren Abenteuern, und ich beschloss, ihnen zu helfen. Immerhin sind sie am Tage so hilflos wie frisch geschlüpfte Vögelchen!«

»Das hat er zu uns auch gesagt, du hättest da mal Pards Gesicht sehen sollen!«, flüsterte Druan Şten zu, der grinsen musste.

»Warum? Wieso hilft ein Vînak einem Troll?«, rief Şten fragend.

»Weil es Krieg geben und viel Blut von euch Menschen vergossen werden wird. Weil du verstehst, was mit dem Land geschieht, Şten, und die Eisenmänner nicht. Und weil ich es so wollte«, ertönte die rätselhafte Antwort.

»Werdet ihr uns auch helfen?«, fragte Şten den Vînak.

»Nein, Şten, dies ist euer Krieg, nicht der unsere.«

»Wohin wolltet ihr?«, wandte sich Şten wieder an Druan.

Der Elf antwortete stattdessen: »Zu euch Menschen. Aber ich wusste, dass du im Norden bist, bei den baumlosen, hohen Ebenen. Da habe ich Späher ausgesandt, um dich zu suchen.«

»Du wusstest, dass ich nicht im Mardew ... woher?«

»Du bist durch den Wald geritten, Şten, und wenig geschieht im Wald, ohne dass ich davon erfahre!«

»Ich war in Zorpads Heerlager«, erklärte Şten. »Dort waren Zwerge!«

»Hier? An der Oberfläche?«, fragte Druan erstaunt, und Şten nickte bestätigend.

»Wir mussten kämpfen. Die kleinen Bastarde haben uns den Weg versperrt. Vielleicht sind sie uns gefolgt«, erklärte Druan nachdenklich.

»Wir sollten uns auf den Weg nach Süden machen, und ich sollte mein Pferd suchen«, befand Şten.

In diesem Augenblick kehrte Pard zu ihnen zurück, der

laut lachte: »Sie sind gerannt wie die Karnickel! Einige waren zu langsam, aber zwei sind auf Pferden entkommen! Aber heute Abend gibt es leckeres Fleisch!«

Zuerst erschrak Şten, doch dann erkannte er, dass Pard zwei Hundekadaver an den Schwänzen gepackt hielt. *Keine Menschen,* dachte er erleichtert. *Aber trotzdem: wie soll ich das Ionna und den anderen erklären? Mit den Trollen haben wir eine Möglichkeit, Zorpad zu schlagen, aber ist der Preis dafür nicht zu hoch?*

55

Die Sitzung des Kriegsrates zog sich in die Länge. Auch heute würde er allem Anschein nach wieder bis spät in die Nacht andauern. Erschöpft unterdrückte Viçinia ein Gähnen und sah sich um. Die Nachrichten von Costin, der vor einigen Tagen wie ein Wahnsinniger in den Hof der Burg geritten war, hatten den Rat, in dem schon vorher Uneinigkeit geherrscht hatte, weiter gespalten. Einige der anwesenden Adeligen sprachen sich für einen Auszug des Heeres und eine offene, entscheidende Feldschlacht gegen Zorpad aus, die anderen bevorzugten es, auf die Sicherheit der Festungen zu vertrauen und sich auf eine Belagerung vorzubereiten. Bislang hatte Ionna ihre Meinung noch nicht geändert, sondern zog es vor, den Einwänden beider Seiten zu lauschen, auch wenn die Diskussionen sich in den letzten Tagen im Kreise drehten.

Die ständigen Wiederholungen raubten Viçinia den letzten Nerv und ermüdeten sie zusehends. *Ionna sollte ein Machtwort sprechen,* überlegte die Wlachakin, *aber noch ist sie nicht bereit, sich endgültig festzulegen. Warum?,* rätselte Viçinia und sah ihre Schwester forschend an, doch deren wie gefroren wirkendes Antlitz gab keine Gedanken preis.

»Die Zwerge sind Meister der Baukunst und sicherlich in der Lage, unsere Mauern zu brechen, so stark diese auch sein mögen!«, erklärte Eregiu Amânaș zum wiederholten Male.

Istran Ohanescu winkte ab: »Dann müssen wir uns eben darauf vorbereiten, diese Bedrohung auszuschalten, sei es durch einen Ausfall oder sonst wie. Ich bin sicher, dass die Krieger unter uns dies planen und ausführen können.«

»Es sind einige hundert Zwerge, wie uns Danae berichtet

hat«, warf der ältere Mann ein. »Und sie werden von tausenden von Soldaten des Marczegs unterstützt!«

»Umso mehr will mir ein Angriff auf ein solches Heer außerhalb der wehrhaften Mauern unserer Festungen wie Unsinn erscheinen«, gab Istran bösartig zurück.

»Wollt Ihr mir vorwerfen, dass ich Unsinn rede?«, empörte sich der Voivode von Zalşani und sprang auf. Seine Augen funkelten vor Wut, aber Istran stellte sich ihm entgegen und starrte herausfordernd zurück.

Bevor der jüngere Mann etwas sagen oder tun konnte, was den Streit vollends entflammen und außer Kontrolle geraten lassen konnte, erhob sich Viçinia und sagte mit fester Stimme: »Das lag sicherlich nicht in seiner Absicht, Voivode. Wir alle sind erschöpft, und die Lage ist schwierig. Doch müssen wir zusammenhalten und dürfen nicht zulassen, dass Worte unsere Gemeinschaft auseinander reißen. Wir alle suchen nur nach einem gangbaren Weg, um unser Volk zu schützen und zu befreien. Nicht wahr, Istran?«

Mit einer formvollendeten Verbeugung und einem leisen Lächeln auf den Lippen stimmte der junge Mann ihr zu. »Natürlich, Herrin.« An Eregiu gewandt, der sich mit zitternden Fingern über das Haar strich, fügte er hinzu: »Es tut mir Leid, wenn Euch meine unweise Wortwahl erzürnt hat, Voivode. Ich weiß, dass Eure allererste Sorge unserem Volk gilt – genau wie die meine.«

»Schon gut«, brummelte der Voivode. »Mein Fell sollte dicker sein, eigentlich wurde es mir in meinem Leben genug gegerbt.«

»Vielen Dank für Eure Einsicht«, sagte Viçinia und neigte das Haupt. Ein kurzer Blick zu ihrer Schwester zeigte ihr, dass diese ihr ein kurzes, dankbares Lächeln schenkte, fast wie früher, bevor der Streit um die Hochzeit sie entzweit hatte. *Ich wünschte, ich könnte mit jemandem reden,* ging es Viçinia durch den Kopf, *aber alle, denen ich vertraue, sind fort oder tot, und zwischen Ionna und mir ist ein Graben entstanden, so breit wie der Magy selbst.*

Die endlosen Streitereien im Kriegsrat waren nur ein Anzeichen dessen, was überall in Désa geschah, wo die Hoffnungslosigkeit um sich griff. Seit die Späher – bis auf Şten selbst – zurückgekehrt waren, hatten ihre Entdeckungen sich wie ein Lauffeuer unter den Wlachaken verbreitet. Zorpads Heer war mächtig, und er führte schweres Belagerungsgerät mit sich. Doch die Nachricht von den Kriegern des Kleinen Volkes, welche mit dem Marczeg gegen die Wlachaken zogen, hatte sich als besonders vernichtend für die Moral der Soldaten unter Ionnas Banner erwiesen. Gerüchte von finsteren Pakten des Marczegs machten die Runde, und die Legenden, welche über die Zwerge kursierten, taten ihr Übriges, um den Kriegern Angst und Schrecken einzujagen.

Natürlich bemühte sich Ionna nach Kräften, um dem entgegenzuwirken, und ihr zuversichtliches Auftreten verhinderte, dass Panik ausbrach. Auch Viçinia versuchte den Wlachaken Mut einzuflößen, sprach mit den Soldaten und sorgte für Ablenkung durch Musik und Tanz. Aber seit Costin allein zurückgekehrt war und von Ştens Verfolgern erzählt hatte, musste sie darum kämpfen, nicht selbst von Furcht übermannt zu werden.

»Wir sind zu wenige, Voivode«, sagte Istran unvermittelt und rieb sich müde über die Augen. Es war das erste Mal seit Beginn des Krieges, dass Viçinia den jungen Mann nicht kampfbereit erlebte, und es schockierte sie zutiefst, ihn so mutlos zu sehen. Auch wenn er stets für eine Verteidigungsstrategie eingetreten war, hatte er sich immer siegesgewiss gegeben. Doch jetzt wies er mit der Linken auf die schmalen Fenster des Beratungszimmers.

»Seht nach draußen. Unser Heer zittert selbst in der Festung Désa! Dank meiner Pflicht, die Vorräte und den Nachschub abzustimmen, rede ich tagtäglich mit Kriegern und Anführern. Sie fürchten sich, Eregiu. Wenn wir sie hinauszwingen, werden wir ihre Moral brechen, und mehr als nur eine Hand voll werden abtrünnig werden.«

»Niemals!«, entgegnete der Voivode. »Es sind Wlachaken ...«

»Die Angst haben, Herr«, unterbrach ihn der jüngere Mann. »Wlachaken, die allein der Glaube an die Stärke ihrer Anführerin auf ihren Posten hält. Jetzt, da wir auch noch Şten verloren haben ...«

»Was? Woher wollt Ihr wissen, dass Şten tot ist?«, warf Viçinia wütend ein.

»Tot, gefangen, vermisst, welchen Unterschied macht das schon? Er sollte längst wieder hier sein, wenn er seinen Häschern entkommen wäre. Wir müssen ihn als verloren betrachten. Ein weiterer Schlag für die einfachen Krieger, denn sie halten große Stücke auf ihn.«

»Zu Recht!«, warf Eregiu ein, und Viçinia nickte heftig, sich sehr wohl der Blicke ihrer Schwester bewusst. *Du kannst mir befehlen, die Frau eines anderen zu werden, aber nicht, ihn zu lieben,* dachte die Wlachakin hitzig und erwiderte Ionnas Blick voller Zorn. Einen Herzschlag lang hielt ihre Schwester dem Blick stand, dann sah sie zu Istran, der fortfuhr: »Das bestreite ich keineswegs, Voivode. Doch nun ist er verschwunden, und das vergrößert unsere Sorgen. Viele von uns wünschen sich einfach nur Frieden.«

»Istran spricht die Wahrheit«, meldete Ionna sich plötzlich zu Wort, und alle Köpfe fuhren zu der Fürstin herum. »Ich sehe es selbst jeden Tag, unsere Moral ist ein dünnes Band geworden. Noch hält es alles zusammen, aber es droht jeden Augenblick zu reißen.«

»Aber Herrin«, gab Eregiu zu bedenken. »Vielleicht liegt es daran, dass wir wie Ratten in der Falle sitzen und nur auf den Henker warten.«

»Mag sein, Voivode, doch ich glaube vielmehr, dass die Mauern unserer Burgen das Einzige sind, was unseren Kriegern noch Vertrauen schenkt.«

»Ihr unterschätzt Eure eigene Wirkung, Herrin«, erwiderte der alte Mann. »Eure Soldaten würden Euch durch die Dunkelhöllen selbst folgen!«

Mit einem Lächeln und einem Nicken nahm Ionna dieses Kompliment zur Kenntnis, doch Viçinia kannte ihre Schwester nur allzu gut, und sie konnte in ihren Augen lesen, was sie dachte. *Vielleicht müssen sie dies sogar,* erkannte die Wlachakin. *Zorpad wird keine Gräuel scheuen, um diesen Krieg ein für alle Mal zu gewinnen. Du fürchtest um das Überleben der Wlachaken!*

»Dennoch halte ich den bisherigen Weg für den richtigen, Voivode, auch wenn Eure freundlichen Worte mir schmeicheln. Ich …«, hub Ionna an, als ein Schrei vom Hof her sie unterbrach. Unvermittelt wurde in der Feste ein infernalisches Getöse laut, Leute schrien, ein unmenschliches Brüllen ertönte, und alle sahen verwirrt zu den schmalen, hohen Fenstern, die mit Läden verschlossen waren.

»Was, bei allen Geistern, geschieht hier?«, fragte Eregiu und trat zu einem der Fenster. Die anderen taten es ihm gleich, öffneten die Fensterläden und blickten in den Burghof, der von Fackeln erhellt wurde. Mitten auf dem Kopfsteinpflaster stand ein Pferd samt Reiter, den Viçinia herzklopfend als Şten erkannte.

Er lebt, jubelte sie innerlich, doch dann fiel ihr Blick auf Ştens Begleiter. Dort stand, mit hoch erhobenem Haupt und gefletschten Reißzähnen, einer der gewaltigen Trolle.

»Was geht hier vor?«, donnerte Ionnas Stimme über den Hof, und sofort verstummten alle Rufe, und die Blicke richteten sich auf Şten, der grinsend den Arm zum Gruß erhob.

»Ich bringe gute Kunde, Herrin Ionna! Das Volk der Wlachaken steht nicht allein gegen seine Feinde!«

»Was redest du da, Şten cal Dabrân?«, rief die Fürstin in den Hof hinab.

Şten deutete auf seinen Begleiter: »Wenn wir es wünschen, werden die Trolle an unserer Seite kämpfen!«

Für einen Augenblick schwieg Ionna, und Viçinia war sich sicher, dass eine Vielzahl von Gedanken auf ihre Schwester einstürmte. Dann antwortete die Fürstin: »Wir müssen uns bereden, Şten.«

Zur Antwort zog Şten die Klinge, wirbelte sie in einem blitzenden Kreis über dem Kopf und rief: »Tirea! Für Tirea! Kämpft für Tirea und Ionna!«

Während das Pferd des jungen Wlachaken sich aufrichtete und auf die Hinterhufe stieg, antworteten hunderte von Kehlen dem Ruf, und die Krieger der Wlachaken brüllten aus vollem Hals Ionnas Namen. Noch einige Herzschläge blieb die Fürstin am Fenster stehen, dann wandte sie sich ab und nickte Viçinia zu, ihr zu folgen.

Gerade als diese dem Befehl nachkommen wollte, rief Istran hinunter: »Was für eine Narretei ist das, Şten? Wie soll dieses Ungeheuer uns helfen?«

Ein tiefes Knurren aus der Kehle des Trolls ließ den jungen Mann verstummen, aber Şten lachte nur und sprang vom Rücken seines Rosses. Dann trat er an den Troll heran und wechselte einige kurze Worte mit diesem. Plötzlich trat das Monstrum vor und packte das Pferd. Schon glaubte Viçinia, der Troll wolle die Fänge in den Hals des Tieres schlagen, doch dann spannte er die Muskeln an und hob das Pferd empor, bis die Hufe ein gutes Dutzend Fingerbreit über dem Boden schwebten. Triumphierend blickte Şten zu Istran hoch und wies auf den Troll: »So!«

Wieder stieg Jubel auf, der noch lange in Viçinias Ohren brandete, als sie hinter Ionna her hastete, um Şten zu empfangen. Im Eingangssaal der Feste kam er ihnen entgegen, gefolgt von dem Troll, den Viçinia nun als Druan erkannte.

»Herrin«, eröffnete Şten das Gespräch und verneigte sich tief vor Ionna, »erlaubt mir, Euch Druan den Troll vorzustellen.«

Wie immer hatte sich Ionna unter Kontrolle und verzog keine Miene, als sie dem gewaltigen, Furcht einflößenden Wesen zunickte. Der Troll neigte sein Haupt kaum merklich, während Ionna bereits wieder Şten fixierte: »Folgt mir, Şten cal Dabrân, wir haben offensichtlich viel zu besprechen.«

»Was ist mit Druan?«, erwiderte der Krieger.

»Ich denke, es ist besser, er begleitet uns, nicht wahr?«

»Wie Ihr wünscht, Herrin.«

Gefolgt von dem mächtigen Troll, schritten die drei Wlachaken in den großen Saal, wo Wachen die Türen hinter ihnen verschlossen. Sobald sie allein waren, wirbelte Ionna herum und fixierte Şten mit einem finsteren Blick.

»Bist du von Sinnen, Şten?«

»Was? Aber ich …«

»So ein Auftritt! Was denkst du, was ich jetzt tun soll?«, fragte Ionna wütend und warf die Arme in die Luft.

»Das Angebot der Trolle annehmen, Herrin. Sie würden uns im Kampf beistehen und …«

»Und was? An unserer Seite kämpfen? Menschenfresser? Was denkst du dir, Şten?«

Offensichtlich fehlten dem jungen Wlachaken die Worte, doch der Troll kam ihm zur Hilfe: »Wir werden kämpfen, weil wir müssen. Ob mit euch oder ohne euch.«

»Druan, nicht wahr?«, fragte Ionna, und der Troll nickte.

»Zunächst einmal danke ich dir für deine Hilfe bei der Befreiung meiner Schwester und ihrer Begleiter.«

»Şten brauchte Hilfe, wir haben an seiner Seite gekämpft«, wehrte der Troll ab, und Ionna seufzte.

»Ich glaube gern, dass ihr nur die besten Absichten habt«, erklärte die Fürstin. »Doch das nützt uns wenig. Ihr seid bei meinem Volk nicht gerade mit dem besten Ruf gesegnet. Man fürchtet euch, und niemand wird an eurer Seite kämpfen wollen.«

»Das klang im Hof aber ganz anders«, warf Viçinia ein und fing sich einen ärgerlichen Blick ihrer Schwester ein.

»Die Menschen haben wegen Şten gejubelt, nicht wegen des Trolls.«

»Nein!«, sagte Şten bestimmt. »Sie haben gejubelt, weil sie nicht allein dastehen. Weil nicht alles verloren ist. Weil nicht Zorpad allein alle Trümpfe in der Hand hält!«

»Vielleicht«, gab die Fürstin zu. »Doch wie lange wird der Jubel halten? Wann wird die Angst zurückkehren? Wie viele werden lieber davonlaufen, als mit Trollen an ihrer Seite zu kämpfen?«

»Die Trolle sind unsere einzige Hoffnung, Ionna«, entgegnete Şten hitzig, beherrschte sich dann aber und fügte entschuldigend hinzu: »Verzeiht, Herrin. Aber das glaube ich nun einmal. Mit ihnen können wir es schaffen, Zorpad zu besiegen.«

»Şten ...«, begann Ionna, doch Druan unterbrach sie.

»Wir wollen nur die Zwerge und die Eisenmenschen besiegen. Danach kehren wir in unsere Heimat zurück. Bis dahin haben wir dieselben Feinde. Auch in den Eingeweiden der Erde sagen manche, wir sollen nicht mit euch kämpfen, weil ihr schwach und weich seid. Aber ich glaube das nicht. Unsere Feinde sind verbündet, wir sollten das auch sein.«

»Ihr wisst, dass die Zwerge mit Zorpad ziehen? Costin hat Désa erreicht?«, erkundigte sich Şten.

»Ja, das hat er. Und auch Danae und Tamoş. Diese Neuigkeiten sind in der Tat Besorgnis erregend«, gestand Ionna, »und sie werfen ein ganz neues Licht auf Zorpads Willen, uns den Garaus zu machen! Er muss dem Kleinen Volk viel versprochen haben, wenn sie für ihn kämpfen!«

»Er hat die Zwerge, aber wir haben die Trolle!«, erklärte Şten triumphierend.

Ionna sah ihn indes nur traurig an: »Er hat Zwerge und Belagerungsgerät und ist uns zahlenmäßig weit überlegen. Du kennst mich, Şten, du weißt, dass ich kaum eine Lage für hoffnungslos halte. Aber diesmal ...«

Ihre Stimme verstummte, und sowohl Şten als auch Viçinia sahen sie mit großen Augen an. *So habe ich sie noch niemals erlebt,* dachte Viçinia, *mutlos und niedergeschlagen.*

»Noch hat er uns nicht besiegt!«, widersprach Şten. »Noch kämpfen wir.«

»Vielleicht nicht mehr lange«, erwiderte die Fürstin und wandte sich ab. »Ich frage mich seit Tagen, ob es nicht besser wäre, das Knie zu beugen und ...«

»Niemals!«, schrie Şten beinahe und fuhr dann flehentlich fort: »Die Freien Wlachaken vertrauen auf Euch, Herrin. Sie werden Euch folgen, egal wohin Ihr sie führt. Aber Ihr müsst ihnen auch vertrauen. Vertraut auf ihre Stärke und ihren Glauben!«

»Ionna«, appellierte nun auch Viçinia an ihre Schwester. »Er hat Recht. Wir dürfen nicht aufgeben. Nicht nach all den Opfern. Bedenke, was Zorpads Herrschaft für uns alle bedeuten würde!«

Zweifelnd sah Ionna die beiden an, doch es war Druan, der das Wort erhob: »Die Trolle kämpfen. Ob mit oder ohne Menschen. Wir werden nicht weiter zusehen, wie Zwerge und Eisenmenschen uns jagen und töten!«

Diesmal starrte die Fürstin den mächtigen Troll an, bevor ihr Gesicht einen entschlossenen Ausdruck annahm und sie die Faust in die offene Handfläche schlug: »So sei es. Wir werden nicht kampflos aufgeben. Wir ziehen Zorpad entgegen und zwingen ihn zur Schlacht. Der Marczeg hat Wind gesät und wird Sturm ernten!«

»Ja!«, jubelte Şten und fiel Viçinia um den Hals, deren Herz plötzlich bis zum Halse schlug. Hastig trat der junge Wlachake zurück und lächelte verschämt: »Verzeih, ich wollte nicht … ich … es tut mir Leid.«

»Schon gut, Şten, ich freue mich auch!«

»Die Krieger meines Volkes warten in den Höhlen nördlich von hier«, erklärte Druan.

»Wie viele?«

»Fast sechs Dutzend«, berichtete Şten. »Jeder so groß und stark wie Druan hier.«

»Nur siebzig Köpfe?«, erkundigte sich Ionna. »Laut Danae haben die Zwerge allein fast dreihundert Äxte.«

»Dreihundert?«, lachte Druan. »Ha! Dreitausend könnten uns nicht aufhalten!«

»Du klingst dir sehr sicher«, warf Ionna mit einer hochgezogenen Augenbraue ein.

»Ich weiß es«, sagte Druan und fletschte die gefährlichen Zähne. »Sie fürchten uns nicht umsonst.«

»Sie haben Zraikas getötet, Herrin«, warf Şten ein, »mit bloßen Fäusten!«

»Es werden auch Soldaten von Zorpad mit den Zwergen kämpfen, tausende von erfahrenen Kriegern.«

»Alles müssen wir ja nicht allein machen, oder?«, erwiderte Druan, und Ionna schüttelte lächelnd den Kopf.

»Nein«, antwortete Şten an ihrer statt. »Wir werden Zorpad schon selbst genug zu schaffen machen!«

Glücklich sah Viçinia den breit grinsenden Krieger an, der ihr zuzwinkerte. Für einen Augenblick vergaß sie alles andere und lächelte ihn an. Zunächst erwiderte er ihr Lächeln, doch dann wandte er sich unvermittelt ab, während Ionna in die Eingangshalle schritt und Befehle erteilte, um die Wlachaken für einen Auszug des Heeres vorzubereiten.

»Lass uns hinaus zu den Schmieden gehen, Druan«, sagte Şten, ohne Viçinia anzusehen. »Ich habe da eine Idee.«

Während der Troll und der Mensch als ungleiches Paar aus dem Saal gingen, blickte die rothaarige Adelige ihnen nachdenklich hinterher.

56

Enttäuscht besah Hrodgard sich die Menschen, die um ihn herum versammelt waren und deren Sprache er nicht verstand. Eigentlich sollte Reccard, Sohn des Rotald, für ihn übersetzen, doch der Berater befand sich selbst in einem angeregten Gespräch mit diesem *König* der Menschen. *Er macht das absichtlich, um mich zu demütigen,* erkannte der Kriegsmeister.

»Reccard!«, rief er dementsprechend, um allen seine Macht zu demonstrieren, und wie erwartet, wandte der Berater des Königs unter dem Berge sich ihm zu.

»Frag den ... *Marczeg*, was seine Kundschafter berichten.«

»Sofort, Kriegsmeister«, erwiderte Reccard unterwürfig, was Hrodgard erfreute, und begann auf den großen Menschen in dessen kruder Sprache einzureden. Während Zorpad antwortete, blickte sich der Kriegsmeister im Zelt um, das man für die Zusammenkunft der Anführer ihrer Streitmacht hergerichtet hatte. Die langhaarigen Männer, die den Sonnengott verehrten, waren ebenso anwesend wie Soldaten des Marczegs und zwei von Hrodgards Kampfmeistern. Sein Blick fiel auf den kleinen rothaarigen Mann, der sich stets neben der dunkelhaarigen Beraterin des Marczegs hielt, und seine Miene verfinsterte sich. *Dieser Mensch aus dem Imperium ist wie falsches Gold,* dachte der Kriegsmeister, *und seine Anwesenheit ist schlecht für unsere Ziele.* Wütend bemerkte der Zwerg, dass der Mann ihm freundlich zunickte und lächelte, was Hrodgard noch mehr aufbrachte.

Plötzlich wurde ihm gewahr, dass Reccard mit ihm sprach: »Kriegsmeister?«

»Was?«, fauchte Hrodgard und funkelte den Berater wütend an.

»Der Bericht der Späher.«

»Ja?«

»Das Heer des Feindes steht knapp einen Tag von hier entfernt. Ihre Zahl ist konstant, immer noch kaum mehr als viertausend Speere. Heute Nacht werden sie vermutlich weitermarschieren und kurz vor dem Morgengrauen auf unsere Stellungen treffen, ganz wie Marczeg Zorpad und Ihr vorausgesagt habt«, erklärte Reccard und grinste breit.

»Was ist mit den Trollen?«, erkundigte sich der Kriegsmeister und dachte: *Sie sind die Pest, die wir ausrotten müssen. Deshalb wurde ich vom König unter dem Berge an die Oberfläche gesandt!*

»Die Späher zählen weniger als siebzig.«

»Viertausend nur und siebzig Trolle«, höhnte Hrodgard. »Gegen die siebentausend Menschen und unsere drei Kompanien? Lächerlich!«

Pflichtbewusst fielen seine Untergebenen in sein dröhnendes Lachen ein, und auch die Menschen lächelten höflich.

»Sag dem Marczeg, dass es ein großer Sieg werden wird, Reccard.«

»Jawohl, Kriegsmeister«, antwortete der Berater und wandte sich wieder dem Menschen zu, dessen helle, durchdringende Augen bisher auf Hrodgard geruht hatten. *Der Marczeg ist ein gefährlicher Mann,* dachte der Kriegsmeister, als sich dessen Aufmerksamkeit wieder auf Reccard konzentrierte. *Er wird sich dieses Land unterwerfen, daran zweifle ich nicht. Zorpad ist ein guter Verbündeter, ein starker Verbündeter.*

»Der Marczeg sagt, dass wir auf den Leibern unserer gemeinsamen Feinde auf den Sieg trinken werden!«, übersetzte Reccard triumphierend, und die anwesenden Zwerge rissen die Fäuste in die Luft und jubelten.

»Wir kümmern uns um die Trolle«, sagte der Kriegsmeister grimmig, »und um alle, die uns den Weg zu ihnen versperren.«

Wieder dauerte es einige Momente, in denen Reccard die Worte übersetzte, dann sprach einer der Sonnenpriester mit weit ausholenden Gesten, die sein reinweißes Gewand herumwirbeln ließen.

»Er sagt, dass die Trolle den Zorn des Göttlichen Lichtes spüren werden. Sie werden vom Licht der Sonne niedergedrückt werden, und diesmal wird niemand ihnen zu helfen vermögen.«

»Wir werden die Trolle vernichten, jeden einzelnen, ob sie sich wehren können oder nicht. Wir werden die Gefahr für unsere beiden Völker ausrotten und eine neue Ära einläuten!«, verkündete Hrodgard, Sohn des Haldigis, mit funkelnden Augen. Plötzlich rief Kampfmeister Tainelm: »Hrodgard! Auf Hrodgard den Kriegsmeister, der die Trolle vernichtet!«

Die Zwerge und selbst einige der Menschen fielen in den Ruf ein, auch wenn ihre Versuche, Kherak zu sprechen, eher kläglich waren. *Ich stehe kurz vor dem endgültigen Sieg über diesen Fluch der Zwerge*, sinnierte Hrodgard. *Wenn erst ihre Krieger vernichtet sind, wird der Rest schnell fallen und den Maden als Fraß dienen. Morgen schon wird meine Axt das Blut dieser Kreaturen kosten und ihr Schicksal besiegeln!*

57

»Bericht«, drang Ionnas Stimme durch das gedämpfte Murmeln ihrer Berater, die sich im großen, prächtigen Zelt der Fürstin eingefunden hatten. »Şten?«

Sofort stand Şten auf und verneigte sich vor Ionna, um dann den restlichen Anwesenden zuzunicken. Die Märsche der letzten Tage waren für alle anstrengend gewesen, und die Erschöpfung zeichnete sich deutlich auf den Gesichtern der Anwesenden ab. Noch immer erschien es dem jungen Wlachaken wie ein Wunder, dass die Krieger seines Volkes so schnell und voller Hoffnung aus der Feste Désa ausgezogen waren, um sich Zorpads Heer zu stellen.

»Die Kundschafter berichten, dass Zorpad weniger als einen halben Tagesmarsch von hier entfernt steht. Er hat genau den Ort als sein Lager gewählt, den Ihr vorausgesagt habt.«

»Das war keine Hexerei, sondern einfach nur gesunder Menschenverstand. Die Stellung, die er eingenommen hat, ist gut dafür geeignet. Neagaş?«

»Herrin, unsere Krieger stehen bereit. Wie befohlen haben die ... äh ... unsere Verbündeten sich auf die Fuhrwerke begeben, und wir können jederzeit das Lager abbrechen. Die Pferde sind nervös, aber wir kriegen das in den Griff.«

»Sehr gut. Istran?«, wandte sich die Fürstin an den Mann, der die Vorräte verwaltete und sich um den Nachschub kümmerte.

»Herrin«, begann der junge Offizier und erhob sich mit einer knappen Verbeugung, »die Wagen aus Désa sind gestern im Lauf des Abends im Lager eingetroffen, und wir haben die Nacht genutzt, um die nötigen Anpassungen vorzunehmen. Die Karren des Trosses wurden für die Trolle geleert, und wir werden unsere Vorräte hier lagern und das Nötigste mit uns führen.«

»Das bedeutet, dass wir nach der Schlacht unsere Soldaten nicht versorgen können«, gab Eregiu zu bedenken, und Ionna nickte.

»Ja. Was nur die Notwendigkeit unterstreicht, die Schlacht auch zu gewinnen«, sagte sie, um dann an Şten gewandt fortzufahren: »Hast du den Weg erkundet?«

»Ja, Herrin. Der Pfad ist alt, aber noch begehbar. Ich habe keinerlei Spuren von Zorpads Spähern gefunden. Wenn wir schnell und entschlossen handeln, sollten wir den Vorteil der Überraschung für uns nutzen können!«

»Also reißen wir Zorpad den Arsch bis zum Bauchnabel auf«, meldete sich plötzlich Cron zu Worte, der bärtige Anführer der Clans aus den hohen Tälern des Mardew. Wie immer verstummten alle, wenn der narbenübersäte Krieger mit dem ergrauenden Haar sprach. Nur in Felle und grob gewalkten Stoff gehüllt, mit einer mächtigen Axt auf den Knien, wirkte Cron ebenso wild wie beeindruckend. Dass die Clans aus ihren versteckten und gut zu verteidigenden Tälern gekommen waren, um ihren Brüdern und Schwestern im Mardew beizustehen, wertete Şten als großen Erfolg Ionnas.

Ihr passt nicht schlecht zu Pard, zuckte es durch Ştens Gedanken, und er musste grinsen.

»Gut. Dann zögern wir nicht länger. Gebt den Befehl zum Aufbruch. Sendet Kundschafter voraus«, befahl Ionna. »Morgen um diese Zeit wird unser Schicksal bereits entschieden sein!«

Jubel antwortete ihr, dann stürmten die versammelten Anführer hinaus, um ihren Befehlen nachzukommen. Nur Şten blieb zurück und sah die Fürstin fragend an, die sinnierend in die Flamme der kleinen Feuerschale starrte, welche das Zelt im morgendlichen Grau beleuchtete und erwärmte.

»Wie schätzt Ihr unsere Aussichten ein, Herrin?«

»Was?«, erwiderte Ionna gedankenverloren, doch dann fixierten ihre durchdringenden Augen den jungen Wlachaken.

»Willst du die Wahrheit hören, Şten? Zorpads Position ist gut, auch wenn wir ihn umgehen und seine Flanke angreifen. Wir können ihn nicht vollkommen überraschen, er wird seine Truppen bewegen und sich unserem Angriff entgegenwerfen. Er hat die größere Truppenstärke, die bessere Reiterei und die Zwerge.«

»Das stimmt alles, aber wir haben die Trolle«, gab Şten zu bedenken.

»Nur, wenn wir verhindern können, dass der Albus Sunaş sie mit seinem Licht ausschaltet.«

»Ich versichere Euch …«

»Ja, ich weiß. Du wirst dein Bestes geben. Aber sehr viel hängt von dem Gelingen deines Plans ab. Und selbst wenn alles so kommen sollte, wie wir es wünschen, bleiben Zorpads Vorteile bestehen. Ich glaube gern den Protzereien der Trolle, dass ein jeder von ihnen zehn oder mehr Mann wert ist, aber selbst so ist uns Zorpad überlegen.«

»In der Herbstschlacht war er das auch, Herrin, trotzdem habt Ihr ihn besiegt.«

»Ja. Nur diesmal ist Zorpad besser vorbereitet. Şten, du bist ein guter Mann und ein treuer Verbündeter. Deine Anwesenheit und deine Taten geben unseren Kriegern Mut und Zuversicht. Du warst uns allen eine große Hilfe, ohne dich hätten wir vielleicht nicht einmal die kleine Aussicht auf Erfolg, die wir jetzt haben. Aber wir beide wissen, dass eine harte Schlacht vor uns liegt und dass alle Zahlen gegen uns sprechen.«

»Was bedeuten schon Zahlen?«, warf Şten ein, den die düstere Stimmung seiner Fürstin überraschte.

»Im Krieg? Viel«, erklärte Ionna. »Ich sage nicht, dass wir in jedem Fall verlieren werden. Aber wenn unser Plan misslingt, wenn wir die Trolle nicht schützen können, wird schon bald Zorpads Adler von Désas Zinnen wehen.«

»Dann muss der Plan gelingen, Herrin«, sagte Şten mit Nachdruck.

Lächelnd nickte Ionna. »So ist es.«

Gerade wollte der junge Krieger sich abwenden, als Ionna ihn noch einmal zurückrief. »Şten ... Falls du Viçinia siehst, schick sie doch bitte zu mir. Ich möchte mit ihr reden.«

Mit diesen Worten entließ ihn die Fürstin, und der junge Krieger verneigte sich, bevor er in das Lager trat. Inzwischen war die Sonne ganz aufgegangen und vertrieb den nächtlichen Nebel. Überall glitzerte Tau auf den Zelten und dem Gras, aber in der morgendlichen Kühle begannen die Soldaten schon damit, das Lager abzubrechen und die Ausrüstung zu verstauen. Wohin Şten auch sah, blickte er in grimmig entschlossene Gesichter. Die Entscheidung, in den Krieg zu ziehen, schien den Soldaten neuen Auftrieb zu geben, während das Warten in den düsteren Mauern von Désa ihnen alle Hoffnung genommen hatte. *Sie glauben an Ionna, sie glauben an die Siegerin der Herbstschlacht,* ging es ihm durch den Kopf.

Sie alle hatten in der letzten Nacht kaum Schlaf gefunden, denn wegen der Trolle war das Heer der Wlachaken gezwungen gewesen, nur bei Nacht zu marschieren, was an ihren Kräften gezehrt hatte. Die letzten Tage und Nächte verschwammen in Ştens Erinnerung und ließen sich kaum noch auseinander halten. Für ihn hatte es nur wenig Ruhe gegeben, seit Ionna den Befehl zum Aufbruch gegeben hatte. Stets war Şten als Kundschafter vorausgeritten, hatte sich nur kurze Pausen gegönnt und war dann wieder aufgebrochen. Während er sich bis an die Grenzen der Erschöpfung getrieben hatte, um sicherzugehen, dass ihnen kein Hinterhalt drohte, waren Menschen und Trolle jede Nacht marschiert, von Sonnenuntergang bis Sonnenaufgang. Nur am Tage hatten die Wlachaken ihr Lager aufschlagen und ein wenig Ruhe finden können.

Die Anstrengungen waren für jeden enorm, aber so würde Zorpad davon ausgehen, dass ihre Truppen sich bei Tage nicht bewegten und demzufolge auch nicht erwarten, dass die Wlachaken ihn bei Einbruch der Nacht angreifen konnten. Dank der Idee, die Nachschubkarren zu leeren und die Trolle auf diesen zu transportieren, würde der Marczeg eine gewaltige Überraschung erleben.

Unversehens fiel Ştens Blick auf Viçinia, die unter dem Vordach eines Zeltes stand und mit Neagaş redete. Auch die Wlachakin war von Erschöpfung gezeichnet, ihr Gesicht war blass, und unter den Augen lagen dunkle Ringe, die ihre Müdigkeit zeigten. Doch ihr Blick war voller Leben, ebenso wie ihre Gesten, mit denen sie Neagaş irgendetwas erklärte.

Lächelnd sah Viçinia Şten an, und ihm wurde es warm ums Herz. Die vielfältigen Aufgaben hatten sie während des Marsches immer wieder getrennt, aber die wenigen Worte, die sie gewechselt hatten, waren wie früher voller Freundschaft und Zuneigung gewesen.

»Viçinia«, rief Şten und trat auf die beiden zu. »Deine Schwester sucht deinen Rat.«

Bei diesen Worten verfinsterte sich ihr Gesicht. »Gut«, antwortete sie knapp und strich sich eine Strähne ihres Haars aus dem Gesicht. »Ihr entschuldigt mich, Neagaş?«

»Aber natürlich, Herrin«, erwiderte der Veteran und verneigte sich, bevor er sich zackig umdrehte und zu einer Gruppe seiner berittenen Krieger schritt, die gerade die Pferde sattelten.

»Wirst du gleich aufbrechen, Şten?«, fragte Viçinia.

»Ich werde vorausreiten und mich umsehen. Wir müssen sicher sein, dass der Pfad nicht entdeckt wurde und dass man uns nicht erwartet.«

»Wann willst du zurückkehren?«

»Vor Sonnenuntergang, immerhin muss ich mich rüsten und meine Krieger vorbereiten«, erklärte Şten. »Den Rest müssen andere Späher erledigen, ich habe dann meine eigenen Aufgaben.«

»Gut, ich werde auf dich warten«, versprach Viçinia und lächelte ihm zu, bevor sie sich auf den Weg zu Ionna machte. Nachdenklich sah Şten der Wlachakin nach.

Sie wird auf mich warten? Was, im Namen der Geister, soll das bedeuten?, fragte er sich, doch dann trat Danae neben ihn und schlug ihm auf die Schulter. »Und, schon Hornhaut am Hintern?«

Lachend wehrte Şten ab: »Noch nicht.«

»Dann ab auf den Ackergaul, es gibt Arbeit für uns!«

»Gaul? Dansa ist ein edler Rappe und kein Arbeitspferd!«, sagte Şten mit gespielter Empörung.

»Dansa, wenn ich das schon höre«, entgegnete die Kundschafterin spöttisch. »Was ist denn das für ein Name für ein Streitross!«

»Lass ihn das nicht hören, er ist sehr empfindsam«, warnte Şten und verdrehte die Augen. Lachend liefen die beiden Wlachaken zu dem abgezäunten Bereich, in dem die Pferde untergebracht waren, und machten sich für einen weiteren Kundschafterritt fertig.

Es war bereits später Nachmittag, doch noch stand die herbstliche Sonne am Himmel, als Şten guten Mutes zu dem Heerlager der Wlachaken zurückkehrte. Keiner der Späher hatte Hinweise darauf gefunden, dass Zorpad von ihrem Nahen wusste. Natürlich würde es unmöglich sein, den Marczeg vollkommen zu überrumpeln, denn sein Lagerplatz bot gute Sicht über das umgebende Land, aber im Schutz der bald einsetzenden Dunkelheit und des Waldes würden die Wlachaken hoffentlich schnell genug an die Masriden herankommen, um deren Schlachtpläne zu durchkreuzen.

Es war keine Frage, Zorpad würde versuchen, ihnen einen Kampf bei Tage aufzuzwingen, während Ionna mit ihrem unvorhersehbaren Marsch am Tage genau das Gegenteil beabsichtigte. Bisher schien die Rechnung der Fürstin aufzugehen, und Şten hoffte inbrünstig, dass sich daran nichts änderte. Selbst in der Nacht würde ein Sieg gegen Zorpad schwer erkämpft sein, am Tage gab es jedoch wenig Hoffnung.

Langsam ließ Şten Dansa bis zu seinem Zelt laufen und sprang steif ab. Tatsächlich machten sich die Entbehrungen der letzten Tage deutlich bemerkbar, aber so oder so würde dies wohl morgen vorbei sein, zum Guten oder zum Schlechten.

Aus dem Zelt kam ihm Costin entgegen, der wie immer frisch und munter aussah und gerade genüsslich einen Apfel verspeiste.

»Hallo, Şten, wieder da? Was gefunden?«, fragte der kleine Wlachake und beäugte Şten neugierig.

»Nein, alles ruhig. Wir haben uns Zorpads Lager genähert, und es sieht alles gut aus, keine Bewegung. Was auch geschieht, Zorpad kann kaum noch verhindern, dass die Schlacht bei Dunkelheit stattfindet. Heute Nacht wird es Krieg geben, Costin«, berichtete Şten und streckte die verkrampften Muskeln.

»Soll ich mich um dein Pferd kümmern? Du solltest dich ausruhen. Ich bin sicher, dass der Marschbefehl nicht mehr lange auf sich warten lässt, sobald die Trolle munter werden und die Nacht anbricht.«

»Das wäre großartig. Danke«, erwiderte der junge Krieger lächelnd und schlug Costin auf die Schulter. »Viel Zeit bleibt mir wohl nicht mehr, was?«

»Nein«, pflichtete der ehemalige Maler ihm bei und nahm Dansa bei den Zügeln, während Şten das Rundzelt betrat, das von einer mannshohen Mittelstange gehalten wurde, sodass er in der Mitte aufrecht stehen konnte.

Şten wusste, dass er und sein Trupp noch vor dem Haupttross des Heeres aufbrechen mussten, um rechtzeitig ihre Stellung erreichen zu können. Und da ihr Einsatz bei der Schlacht von größter Bedeutung sein würde, gab es keinerlei Spielraum bei der Durchführung des Planes. *Keine Zeit, um zu schlafen,* überlegte Şten und beäugte die gefüllte Waschschüssel, die neben dem Eingang stand. Einige Spritzer kalten Wassers auf sein Gesicht belebten ihn so weit, dass er sein Hemd auszog und sich kurzerhand die Schüssel über den Oberkörper goss. Mit einem tiefen Seufzer genoss Şten die Kälte des Wassers auf seiner Haut, während er die Schüssel höher hob und dann auch den Kopf mit klarem Wasser übergoss.

Sobald er sich abgetrocknet und sein Hemd wieder angezogen hatte, trat er erneut vor das Zelt und begab sich auf eine ziellose Wanderung durch das Lager, zu unruhig, um sich wirklich auszuruhen.

Unterwegs kam er an mehreren Lagerfeuern vorbei, an denen die Krieger saßen und sangen. Wie in den alten Zeiten ertönten am Vorabend der Schlacht die alten Lieder aus Dutzenden von Kehlen. Manche der Männer und Frauen tanzten gar, und hier und dort sah er Paare in inniger Umarmung. *Wer von uns kann schon wissen, ob er die nächste Morgendämmerung noch erleben wird?*, dachte der junge Wlachake, während er das Treiben beobachtete. *Besser, wir feiern den heutigen Tag.* Zwischen den lauten und mitreißenden Liedern von Schlachten und Krieg vernahm Şten auch immer wieder die schwermütigen Weisen der Wlachaken, die von Helden, Königen und trauriger Liebe erzählten. Trommeln schlugen, Flöten erklangen und ein ums andere Mal hörte er Soldaten, die riefen: »Noch ein Lied!«

An einem Feuer, an dem ein bulliger Mann mit überraschend klarer Stimme eine Ballade über Léan sang, die Königin, die ausgezogen war, um ihren Geliebten aus dem Dunkelforst zu retten, hielt Şten inne. Einige der Krieger, die um den Sänger herumstanden, erkannten ihn und machten ihm respektvoll Platz in ihrer Mitte. Mit einem Lächeln stellte er sich zu ihnen und lauschte dem Lied.

Plötzlich hatte er das deutliche Gefühl, beobachtet zu werden, und als er aufblickte, sah er direkt in Viçinias Augen, die ihn von der anderen Seite des Feuers aus betrachtete. Als ihre Blicke sich trafen, lächelte sie.

Er löste sich aus dem Kreis um den Sänger und ging auf sie zu. Ihr Lächeln vertiefte sich noch, als er vor ihr stand.

»Ich habe dich gesucht«, meinte sie schlicht.

»Du hast mich gesucht? Was gibt es denn?«

Sie wies mit der Hand vom Feuer weg. »Lass uns ein paar Schritte gehen, ja?«

Şten nickte zustimmend, und schweigend liefen sie nebeneinander her, bis sie den Rand des Lichtscheins erreicht hatten, den die Feuer und Kochstellen in die anbrechende Dunkelheit warfen. Vor seinem Zelt blieb Şten stehen und blickte Viçinia fragend an. Sie nickte, und er schlug die Eingangsplane zurück. In der Mitte des Zeltes blieb Viçinia stehen. Şten trat zu ihr und versuchte in ihrem Gesicht zu lesen. Plötzlich wurde ihm klar, wie nahe sie bei ihm stand. *Ich müsste nur die Hand ausstrecken, um sie zu berühren,* schoss es ihm durch den Kopf.

»Also, du wolltest mich sprechen?«, sagte er dann, plötzlich wütend, denn die Erinnerung daran, dass Viçinia für immer unerreichbar für ihn sein sollte, kehrte mit Wucht zurück. In den letzten Tagen hatte er diesen Umstand fast ausblenden können, wenn er unterwegs gewesen war, und einer der Gründe, warum er so häufig auf Erkundung ritt, war, wie er nun erstaunt erkannte, dass er Viçinia aus dem Weg gehen konnte. *Es ist fast wie früher, wenn wir miteinander geredet haben,* dachte Şten. *Umso schlimmer der Gedanke, sie zu verlieren!*

»Ja, das wollte ich«, entgegnete sie sanft, »wegen Ionnas Plänen für meine Zukunft. Wenn es denn noch eine Zukunft gibt.«

»Ja, ich weiß«, stieß Şten zornig hervor. »Du wirst Laszlár Szilas heiraten, weil es für uns alle das Beste ist. Ist es nicht so? Ich wünsche dir jedenfalls alles Gute!«

Gerade wollte er sich abwenden und in die Dämmerung davonstapfen, als er sie leise sagen hörte: »Aber das werde ich nicht. Ich werde nicht heiraten.«

Verwirrt blieb Şten stehen. »Und was ist mit Ionnas Absichten, ein neues Bündnis zu schmieden?«, fragte er.

»Sie hat es aufgegeben. Deshalb wollte sie mich vorhin sprechen. Um mir zu sagen, dass ich frei bin. Ob dieser Krieg unser Ende bedeutet oder nicht, wird letztlich nicht von einer Bündnisheirat abhängen, meinte sie. Und …«

Şten hörte ihre Worte zwar, aber er konnte noch nicht fassen, was sie ihm sagte. *Sie ist frei?,* ging es ihm durch den Kopf. Dann endlich löste er sich aus seiner Starre und griff nach ihrer Hand.

»Viçinia, ich … ich bin …«

»Psst«, sie legte ihm einen Finger auf die Lippen. »Ich

möchte, dass du eines weißt: Auch wenn Ionna ihre Meinung nicht geändert hätte, wäre ich heute zu dir gekommen.«

Alle Farbe schien aus der Welt zu weichen, und plötzlich drangen die Rufe und Gesänge des Lagers wie aus weiter Ferne an Ştens Ohr. Ihre Nähe und ihr Duft umfingen den jungen Krieger, ließen ihn seine Schmerzen und alle Fragen einfach vergessen, und er schlang die Arme um sie und ergab sich den Gefühlen. Seine Lippen fanden die ihren, sein ganzes Sein schien sich auf ihre Berührung einzustimmen, sein Körper presste sich gegen den ihren, während seine Zunge ihre Lippen öffnete. Berauscht von ihr, grub Şten die Hände in ihr Haar und genoss das Gefühl ihres Körpers unter seinen Fingern. Niemals mehr wollte er sie loslassen, niemals den Kuss beenden. Doch ein Hüsteln vom Zelteingang her ließ die beiden herumfahren.

»Lebt ihr hier etwa in Sünde zusammen?«, fragte Flores grinsend und trat in das Zelt hinein.

Verblüfft fragte Şten: »Was tust du hier?«

»Welch eine nette Begrüßung, Bruderherz, ich freue mich auch, dich zu sehen. Und dich natürlich auch, Viçinia«, erwiderte Ştens Schwester lachend. Beschämt sah Şten erst sie und dann Viçinia an, die lächelte: »Schön, dass du hier bist. Aber falls du es nicht weißt, es wird bald eine Schlacht geben.«

»Ja, ja«, winkte Flores ab. »Ich weiß. Ich werde übrigens eine Rüstung brauchen.«

»Du willst mit uns kämpfen? Du hast deine Meinung geändert?«, entfuhr es Şten, und er trat vor und nahm seine Schwester in den Arm.

»Schon gut«, protestierte diese. »Werd nicht gleich rührselig, nur weil wir morgen vermutlich alle tot sind!«

»Warum hast du deine Meinung geändert?«, fragte Şten, dem es beinahe die Sprache verschlagen hätte.

»Ihr habt die ganze Zeit auf mich eingeredet, ihr alle. Da muss man ja genauso weich im Kopf werden, wie ihr es seid«, erklärte Flores grinsend, nur um ernst hinzuzufügen: »Nati soll nicht umsonst gestorben sein.«

»Danke, Flores«, sagte Şten leise, aber seine Schwester wehrte lachend ab.

»Dank nicht mir. So wie ich das sehe, kämpfen heute Nacht tausende von Kriegern gegeneinander, ganz zu schweigen von deinen großen hässlichen Freunden!«

»Natürlich. Aber ...«, warf Şten ein, wurde jedoch von Costin unterbrochen, der pfeifend in das Zelt kam und dann abrupt stehen blieb, als er die kleine Versammlung sah.

Mit einem Blick auf Şten und Viçinia, die Tränen in den Augen hatte, erkundigte er sich rasch: »Alles in Ordnung?«

»Klar, Freund Costin«, antwortete Flores lachend und legte dem kleinen Wlachaken einen Arm um die Schulter. »Lass uns gehen, draußen gibt es Gesang und Tanz!«

»Aber ich komme gerade ...«, begann Costin verwirrt.

Flores unterbrach ihn energisch: »Wir gehen!«

Mit einem letzten Blick auf Şten verstand Costin. »Oh! Aber sicher, wir singen und tanzen, klar!«

Lachend führte Flores ihn aus dem Zelt, und so blieben Şten und Viçinia allein zurück. Verlegen blickte Şten sie an, doch dann fasste er sich ein Herz und zog sie erneut in seine Arme. Ihre Finger glitten unter sein Hemd und über den nackten Rücken, während seine Lippen ihren Hals liebkosten.

»Ich liebe dich, Viçinia, ich liebe dich«, flüsterte Şten, während ihr Haar über sein Gesicht strich. »Ich bin ein Narr, dass ich dir das nicht schon längst gesagt habe«, murmelte er, während er ihr Gesicht mit Küssen bedeckte.

»Kein Narr. Du hast es mir ja auf deine Weise gesagt.«

Sodann ließ sie sich auf seine Bettstatt sinken, und er folgte ihr.

58

Die Dunkelheit und die Stille der Nacht wurden von den zahllosen Fackeln und Hörnern vertrieben, die den Vormarsch des Heeres begleiteten. Seitdem die Truppen der Wlachaken aus dem Wald und über den Hügel gezogen waren, gab es in Zorpads Lager hektische Betriebsamkeit. *Überrascht?*, dachte Flores hämisch. *Das ist nur der Anfang!*

Aber noch gab es ein Stück offene Fläche zu überwinden, und dies verschaffte den Masriden genug Zeit, ihre Linien auszurichten. Statt von Süden, wie eigentlich erwartet, marschierten die Wlachaken von Osten an Zorpads Lager heran, wo das Gelände dem Marczeg keinen Vorteil bot. Ionnas geschickter Marsch bei Tage über Ștens Schleichwege hatte die Truppen an Zorpads Stellung vorbei gelangen lassen, und den Großteil seiner Wachposten, die in Richtung Süden die Wege bewachten, hatten die Soldaten einfach umgangen.

Irgendwo hinter Flores sang eine Männerstimme die Ballade von Radu dem Heiligen, und schon bald wurde der Gesang von anderen aufgenommen, bis es so klang, als sänge das ganze Heer wie aus einer einzigen Kehle. Ein Schauer lief Flores über den Rücken, als die Macht der Worte über sie hinwegbrandete und ihr von den Füßen bis in die Fingerspitzen zu fahren schien.

Näher und näher marschierten sie auf die Masriden zu, deren Signalhörner immer noch lärmten, doch dann erreichte der Befehl anzuhalten die vordersten Linien, in denen auch Flores sich befand. Nur noch hundert bis hundertfünfzig Schritt trennten die beiden Streitmächte voneinander. Durch die vielen Fackeln und Feuer waren die Linien hell erleuchtet, auch wenn das eigentliche Schlachtfeld zwischen ihnen noch von dunklen Schatten umgeben war. In der flachen Senke zwischen den beiden Hügeln würden die Krieger aufeinander prallen.

In den ersten Reihen der Feinde, im Zentrum, dort wo der Kampf am heftigsten toben würde, konnte Flores die Krieger des Kleinen Volkes erkennen, in ihren funkelnden, metallenen Rüstungen und mit den breiten Schilden, auf denen verschlungene Muster prangten. An den Flanken der zwergischen Reihen standen schwer gerüstete Masriden mit Speeren und Schilden.

Hinter den eigentlichen Schlachtreihen sah Flores die Reiter, die auf dem Hang des Hügels, knapp außerhalb der Reichweite eines Bogenschusses, Stellung bezogen hatten. Auf der Kuppe des Hügels standen Zelte, und von einer mächtigen Standarte flatterte Zorpads Banner. *Du Bastard,* durchfuhr es Flores. *Heute wirst du für alles büßen!*

Aber erst einmal mussten sie die Schlacht gewinnen, und die Reihen ihrer Feinde waren geschlossen und stark. Ein junger Krieger neben Flores fasste ihrer aller Gedanken in Worte: »So viele ...«

»Ein Heer wirkt immer größer, als es eigentlich ist«, beruhigte ihn ein Veteran. »Bei der Herbstschlacht sah es vorher genauso aus, und am Ende rannten die Masriden wie die Hasen!«

Derbes Lachen folgte seinen Worten, doch Flores konnte die Angst der Männer spüren. Sie selbst wischte sich mit der behandschuhten Rechten über die Stirn und rückte ihren Helm zurecht.

Plötzlich donnerten von rechts Hufschläge heran, und Flores sah Ionna, die gefolgt von den anderen Anführern die Linie der Wlachaken entlangritt. Als sie im Zentrum angekommen war, riss die Fürstin ihre Klinge aus der Scheide und hielt sie hoch über den Kopf.

»Heute Nacht sind wir alle gleich, denn wir alle werden heute Nacht für die Freiheit streiten! Wir werden für die Freiheit töten, und mancher wird für die Freiheit sterben. Doch

Morgen wird die Sonne auf ein anderes Wlachkis scheinen, auf ein neues Wlachkis! Auf ein Land der Wlachaken!«

Ihre Stimme klang klar und kraftvoll, und Flores spürte, wie die Macht dieser Stimme sie in den Bann schlug. Und so hob sie mit allen anderen Wlachaken gemeinsam die Waffe und brüllte: »Tirea! Ionna! Wlachkis!«

Unter den Rufen ritt die Fürstin an den Reihen ihrer Krieger vorbei, ihr Schwert Leuenfang über dem Kopf schwenkend. Dann donnerten sie und ihre Begleiter zurück zu der leicht erhöhten Position, von der aus sie das Schlachtgeschick lenken wollten. Heftig atmend knirschte Flores mit den Zähnen und betrachtete die feindlichen Soldaten.

»Die Zwerge – stimmt es, was man über sie erzählt?«, fragte der junge Krieger wieder, doch bevor jemand antworten konnte, ertönte hinter ihnen ein grauenvolles Brüllen. Mit stampfenden Schritten, welche die Erde erbeben ließen, marschierten die Trolle durch die Reihen nach vorn.

Dann muss ich wohl später fragen, was man sich über Zwerge erzählt, dachte Flores belustigt. Dann fiel ihr Blick auf die Trolle, und Erstaunen vertrieb alle anderen Gedanken.

Die ersten fünf Trolle, die sich zwischen den Wlachaken hindurchschoben, trugen eiserne Helme und Metallschienen an den Ober- und Unterschenkeln. Einige hatten sogar dicke, mit Metallplatten beschlagene Lederstreifen um die Körper gewickelt. In ihren gewaltigen Pranken trugen sie mächtige, mit Eisenbändern umwickelte Knüppel, an denen brutal aussehende Dornen befestigt waren. Einer hatte eine gewaltige Stangenaxt locker mit einer Hand gepackt, während ein anderer einen Morgenstern über die Schulter geworfen trug, dessen mit Spitzen versehene Kugel größer als Flores' Kopf zu sein schien. Das Licht der Fackeln schimmerte auf dem dunklen Eisen der Rüstungsteile und verlieh den Trollen eine Aura, die sie eher wie eine fremde Naturgewalt denn wie Wesen aus Fleisch und Blut wirken ließ. *Sie haben ihnen Rüstung und Waffen gegeben,* dachte Flores staunend. *Bei den Geistern, diese Ungeheuer konnten schon vorher einen gerüs-*

teten Krieger mit einem Schlag zu Boden schleudern und ihm alle Knochen im Leib brechen. Was vermögen sie wohl jetzt anzurichten?

Einer der Trolle baute sich neben Flores auf und hob die Arme in die Luft. Sein Brüllen war wie ein Schlag in den Magen, und als der Rest der Trolle einfiel, pressten die Wlachaken die Hände auf die Ohren, um sich zu schützen.

Aber dann verebbte der Lärm, und die Zwerge begannen damit, rhythmisch ihre Waffen auf die Schilde zu schlagen, erst langsam, doch dann immer schneller und schneller, bis es ein einziger, lang gezogener Schlag zu sein schien, der wie auf ein Kommando hin abbrach. Grinsend stellte der Troll neben Flores seine Keule auf den Boden und klatschte in die Hände.

»Sie haben Angst!«, lachte das Monstrum.

»Druan?«, fragte Flores zögerlich, da sie nicht sicher war, den mächtigen Troll mit dem Helm richtig erkannt zu haben.

»Schwester von Şten«, bestätigte Druan ihre Annahme und grinste sie mit seinen mächtigen Hauern an. »Heute ist eine gute Nacht. Krieg, Blut und Tod für unsere Feinde!«

»Abwarten«, flüsterte Flores und sah sich die Linien ihrer Feinde an, die vom Auftauchen der Trolle nicht besonders eingeschüchtert wirkten. *Mir würden drei Schritt große, menschenfressende Ungeheuer auf der Gegenseite mehr Angst machen,* überlegte die Wlachakin. Irgendwo hinter den feindlichen Reihen konnte Flores eine kleine Gruppe weiß gewandeter Männer sehen, die am Fuße von Zorpads Feldherrenhügel standen. Suchend wanderte ihr Blick über den Waldrand zu ihrer Linken, doch in der Dunkelheit konnte sie nichts erkennen, außer den schattigen Umrissen der Bäume und Büsche.

»Wir vertrauen Şten«, sagte Druan unvermittelt, und Flores sah den Troll verdutzt an, doch dann begriff sie.

»Ich auch«, erwiderte die Kriegerin, und Druan nickte ihr zu.

Dann nahm er seine monströse Keule wieder in beide Hände und prüfte den Griff, bevor er sie hoch über den Kopf riss und erneut brüllte. Wieder fielen die anderen Trolle mit ein, wieder verschlang der Lärm alle Geräusche. Doch diesmal reagierten die Feinde anders, denn plötzlich brach eine kleine Gruppe Kavallerie aus der Masse der Soldaten hervor und stürmte auf die Wlachaken zu. Die berittenen Krieger waren nur leicht gerüstet, waren aber allesamt mit Bogen bewaffnet. *Szarken,* erkannte Flores und packte ihren Schild fester.

»Schilde!«, kam wie erwartet der Befehl von der Seite, und Flores riss ihren runden Holzschild hoch. Als sie weniger als fünfzig Schritt entfernt waren, rissen die Reiter ihre Pferde plötzlich herum und feuerten einen Pfeilhagel nach hinten ab, der auf die Trolle konzentriert war. Viele der Geschosse fanden ihr Ziel, einer bohrte sich mit einem dumpfen Schlag in Flores' Schild, zwei weitere drangen in Druans dicke Haut und ließen den Troll aufstöhnen. Doch keiner der Riesen stürzte oder zeigte sich auch irgendwie beeindruckt, im Gegenteil, die Trolle lachten laut und riefen den Szarken hämische Bemerkungen zu. Einer der Trolle wandte sich gar um und präsentierte den Feinden den blanken Hintern, was noch mehr Gelächter hervorrief.

Wieder wendeten die Szarken die Pferde und ritten auf die Linien der Wlachaken zu. Mit der Faust schlug sich Druan vor den Helm, schnaubte und zischte: »Dann los!«

Um ihn herum packten die Trolle plötzlich ihre Waffen fester und schienen sich bereitzumachen.

»Was tut ihr?«, fragte Flores. »Es gab noch keinen Befehl!«

»Scheiß drauf«, knurrte einer der Trolle, ein riesiges Ungeheuer, und warf sich nach vorn. Es war, als ob er der Stein wäre, der die Lawine auslöste: Alle Trolle rannten los, erhoben die Waffen und brüllten. Verzweifelt sah Flores nach hinten zu den Anführern, die am Hang des Hügels Position bezogen hatten. Sie sah Boten reiten, Menschen gestikulieren, und dann ertönte das Hornsignal: Vormarsch!

Sofort setzte sich die Kriegerin in Bewegung, doch sie sah, dass die Trolle schon viele Schritt gutgemacht hatten. *Sie sind schnell,* dachte Flores noch, dann erwischte der vorderste Troll auch schon einen der berittenen Bogenschützen, der nicht schnell genug kehrtgemacht hatte, und hieb ihn beinahe lässig mit der Keule aus dem Sattel, worauf der Krieger mit umherwirbelnden Gliedmaßen durch die Luft segelte. Weitere Szarken starben unter den Schlägen der Trolle, doch einige hatten schnell genug reagiert, um zu entkommen.

Auch die Linien ihrer Feinde setzten sich in Bewegung, allen voran die Krieger des Kleinen Volkes, die, hinter die Schilde geduckt, langsam, aber beständig vorrückten. Hinter Flores ertönte ein weiteres Signal, und plötzlich rauschten Pfeile über ihren Kopf hinweg und senkten sich auf ihre Feinde nieder. Schreie ertönten, als einige der tödlichen Geschosse trotz der erhobenen Schilde und der Rüstungen ungeschütztes Fleisch fanden, doch bevor die Wlachaken jubeln konnten, ging im Lager des Feindes die Sonne auf.

Geblendet musste Flores sich abwenden und die Augen mit dem Arm bedecken, doch schnell kehrte ihr Sehvermögen zurück. Hinter ihr erklang das lang gezogene Hornsignal, auf das sie gewartet hatte, und gemeinsam mit den anderen Kriegern stürmte sie nach vorn, wo die Trolle hilflos zusammengesunken waren. Pfeile schossen aus allen Richtungen heran, als Zorpads Schützen ebenfalls das Feuer eröffneten, bohrten sich in Schilde, Rüstung und Fleisch. Einige trafen die leblosen Trolle, doch die meisten fuhren zwischen die stürmenden Wlachaken. *Gut, dass Ionna damit gerechnet hat*, zuckte es Flores durch den Kopf, während sie mit erhobenem Schild rannte, *sonst würde jetzt Verwirrung herrschen, und alles wäre verloren!*

Wie vom Blitz getroffen, waren die Trolle zu Boden gestürzt, unfähig, sich zu bewegen oder sich gar der Zwergenkrieger zu erwehren, die auf sie zustürmten. Doch die Wlachaken waren zuerst bei den Trollen, liefen an ihnen vorbei, setzten mit Sprüngen über die leblosen Leiber hinweg und warfen sich in wildem, todesverachtendem Mut auf die gepanzerten Reihen ihrer Feinde. Mit ungebremster Wucht prallte Flores gegen den Schild eines Zwerges und hieb mit ihrer Klinge nach dem Schädel des Kriegers, der unter dem

Aufprall zurücktaumelte. Um sie herum war die Luft von Schreien erfüllt, Metall schlug auf Metall, Klingen gruben sich in Fleisch, Knochen barsten und Blut spritzte.

Wild wehrte die Kriegerin einen Schlag nach ihren Beinen mit dem Schwert ab und trieb dem Zwergenkrieger die eisenverstärkte Kante ihres Schildes in den Nacken, was ihn zu Boden warf. Ohne zu zögern, drang Flores auf den nächsten ein, parierte ohne nachzudenken einen Schlag und trat dem Zwerg vor den Schild. Dann warf sie sich herum und hielt ihren Schild in den Angriff eines weiteren Zwerges, der sonst den jungen Krieger neben ihr in die ungeschützte Flanke getroffen hätte.

»Danke«, keuchte dieser, doch ein Speer biss sich plötzlich in seiner Kehle fest und ließ ihn mit entsetzt aufgerissenen Augen gurgelnd zu Boden stürzen. Keinen Gedanken an den Anblick verschwendend, schlug Flores die blutige Speerspitze mit dem Schild zur Seite und hieb nach der Hand des Masriden. Ihre Klinge trennte die Finger ab, die den Schaft des Speeres umklammerten, und ihr Rückhandschlag beendete den Schmerzensschrei des Kriegers, als sie ihm den Kopf spaltete.

Aber trotz ihrer Anstrengungen wurde sie zurückgetrieben, als zwei Zwergenkrieger auf sie eindrangen. Nur mit Mühe und Not konnte sie sich ihrer Äxte erwehren und musste Schritt für Schritt zurückweichen. Die schiere Anzahl ihrer Feinde trieb die gesamte Schlachtlinie der Wlachaken zurück, so sehr sie sich auch gegen die Flut stemmten. Ungeachtet der massiven Überzahl drang Flores nun auf die Zwerge ein, wich einer Axt aus und trieb dem Zwerg die Spitze ihrer Klinge ins ungeschützte Gesicht. Ihr Triumph währte nicht lange, denn schon sprang ein anderer Krieger des Kleinen Volkes über die Leiche seines Kameraden und griff Flores an. Die Zwerge bildeten eine lange Reihe von Schilden, die wirkungsvoll die Angriffe der Wlachaken bremsten.

In dem Kampfgetümmel, dem Chaos und Lärm konnte Flores nicht erkennen, ob ihr Bruder seinen Plan umsetzen konnte, doch sie spürte, dass die Wlachaken nicht mehr lange standhalten konnten. Um sie herum fielen Ionnas Krieger durch Zwergen- und Menschenhand, und immer wieder musste Flores zurückweichen, um nicht eingeschlossen und niedergemacht zu werden.

Wo bleibst du, Şten? Wieso dauert das so lange?, fragte sie sich verzweifelt und schrie vor Schmerzen auf, als sich ein Speer in ihre Seite bohrte. Die Rüstung verhinderte, dass die eiserne Spitze ihr die Lunge aufriss, und ihr wütender, blitzschneller Gegenangriff nahm einem Masriden das Leben, aber sie spürte Blut an ihrer Seite hinablaufen. Mit einer schnellen Serie von Schlägen gegen einen ihrer Angreifer erkaufte sie sich ein wenig Zeit, drehte sich aus dem Überkopfschlag eines Zwerges und sprang zwei, drei Schritte zurück, wobei sie beinahe über die Leiche eines Wlachaken gestürzt wäre, der mit toten Augen in den Nachthimmel starrte.

Plötzlich sprang ein Masride in ihr Blickfeld, der einen schweren Streitkolben schwang und nach ihr schlug. Schnell wich Flores aus, musste aber zurückweichen, als der Masride ihr den Schild vor die Brust schlug. Der Krieger, offensichtlich ein Veteran vieler Schlachten, trug eine Klappe über dem einen Auge und grinste sie bösartig an.

»Stirb, Wlachaken-Hure!«, zischte er und griff wieder an. Nur mit Mühe konnte Flores seine schnellen Schläge abwehren. Ihre Wunde pochte mit jedem Herzschlag schmerzhaft, aber dann sah sie eine Öffnung, und ihre Klinge zuckte nach vorn. Der Stoß kratzte lediglich über die dicke Rüstung des Masriden, deren glänzende Schuppen ihn beschützten. Sein Gegenschlag traf sie an der Schulter, und obwohl sie sich aus dem Hieb herausdrehte und so dessen Wucht abmilderte, spürte sie, wie ihr linker Arm taub wurde. Mit einem Wutschrei warf sie sich auf den Masriden und deckte ihn mit wirbelnden Schlägen ein, die er nur knapp mit Schild und Streitkolben parieren konnte. Links täuschte sie einen Stoß an, doch ihre Klinge fuhr nach rechts, ein Manöver, das schon so manchen Gegner überrascht hatte. Zwar ahnte der Veteran die Finte, doch seine Ausweichbewegung war zu langsam, und Flores' Klinge zog eine blutige Linie über sein Gesicht und nahm ihm sein zweites Auge. Sein entsetzter Schmerzensschrei endete abrupt, als sie ihm die Spitze ihres Schwertes in die entblößte Kehle trieb.

Hastig wischte sie sich den Schweiß aus den Augen und sah sich um. Nur wenige Schritte hinter ihr lagen die Trolle reg- und hilflos auf dem kalten Boden, und an allen Seiten der Kampflinie wurden die Wlachaken zurückgedrängt. Noch immer erstrahlte das Licht aus der Stellung der Masriden und hielt die Trolle gefangen. Vielleicht waren die Schreie, die sie aus dieser Richtung hörte, Kampfeslärm, doch sicher konnte sie nicht sein.

Şten, Şten, wo bist du?, dachte sie verzweifelt, holte tief Luft und warf sich mit einem Schrei nach vorn.

»Tirea! Ionna!«, kam es über ihre Lippen. Der Kriegsschrei der Rebellen wurde von vielen erwidert, und noch einmal drangen die Wlachaken auf ihre Feinde ein, trieben sie mit wilder Wut zurück, hackten und stachen und töteten. *Ein letztes Aufbäumen, ein wenig mehr Zeit,* dachte Flores, die wusste, dass die Reihen nicht mehr lange halten würden.

Dann traf sie eine Axt, die sie nicht hatte kommen sehen, an der Hüfte und wirbelte sie herum. Seltsamerweise verspürte sie keine Schmerzen, obwohl die Klinge sich in ihre Knochen grub. Sie wunderte sich nur über die an ihrem Sichtfeld vorbeifliegenden Gesichter, die grimmigen Mienen der Zwerge, fast verborgen hinter den dichten Bärten, die blassen Gesichter der Wlachaken um sie herum, die kämpften und starben. Dann schlug sie auf dem Boden auf, und alle Luft wurde ihr aus den Lungen getrieben. Benommen wälzte sie sich auf den Rücken, als unvermittelt ein Schatten über ihr auftauchte und das künstliche Sonnenlicht des Albus Sunaş verdeckte. Eine hoch erhobene Axt glänzte im strahlenden Licht. Fasziniert sah Flores, wie sich Blutstropfen vom Blatt der Waffe lösten. *Warte auf mich, Nati,* dachte sie ohne Angst, *ich folge dir bald auf die dunklen Pfade.*

59

Abschätzend sah Şten zum Himmel hoch, an dem einige Wolkenbänder hingen, die von der untergehenden Sonne in einem dunklen Rot eingefärbt wurden. Nicht mehr lange, und die letzten Lichtstrahlen würden hinter den Bergen verschwinden, und die Nacht würde sich über Wlachkis senken. *Die Nacht der Entscheidung*, dachte Şten, musste dann aber über sein eigenes Pathos lachen. Nichtsdestotrotz war es die Wahrheit, denn die heutige Schlacht würde über das Schicksal der Wlachaken entscheiden.

Ein Leben unter Zorpads Knute, unfrei, unterdrückt, gejagt und verfolgt, überlegte der junge Krieger, *oder die Freiheit auch außerhalb des Mardews, zum ersten Mal seit so vielen Jahren.* Eines war jedenfalls sicher: Şten würde alles geben, um seinem Volk endlich diese Freiheit zu erkämpfen. *Und nicht nur ich,* dachte er stolz und besah sich die Gruppe von Kriegern, die ihn begleitete.

»Macht euch bereit«, befahl er leise und wies auf den blutroten Himmel. »Bald beginnt der Tanz.«

»Tanz?«, fragte Costin. »Habe ich was verpasst? Ist die Schlacht vorüber, und wir sind schon auf dem Weg zur Siegesfeier?«

Lachend schlug Şten dem kleinen Wlachaken auf die Schulter: »Nur Geduld, Freund Costin, bald ist es so weit.« Dann wandte er sich an seine restlichen Begleiter: »Und für jene, für die morgen keine Sonne mehr aufgeht: Fürchtet euch nicht, ihr wandelt dann bereits auf den dunklen Pfaden!«

Raues Lachen antwortete seinem Scherz, dann trat ein junger Krieger zu Şten und sagte: »Es ist uns eine Ehre, mit dir zu kämpfen, Şten. Jeder von uns hat immer gehofft, in der Schlacht an deiner Seite zu stehen!«

»Danke«, erwiderte Şten, den die Worte berührten. »Aber das ist zu viel der Ehre.«

»Nein«, warf eine Frau ein, die gerade die Riemen ihrer Rüstung prüfte und fester zog. »Jeder, der von deinen Taten gehört hat, wusste, dass du uns den Sieg über Zorpad bringen wirst!«

»Ich habe nur getan, was jeder von euch an meiner Stelle auch getan hätte«, gab Şten zu bedenken, »und viele andere haben weitaus mehr als ich geleistet – und verloren.«

Als er die skeptischen Gesichter seiner Mitkämpfer sah, fügte Şten hinzu: »Vergesst die Geschichten! Morgen schon werden die Lieder von euch allen künden, und in hundert Jahren noch wird man von euren Heldentaten erzählen!«

Das weichende Licht ließ die Welt düster und grau zurück, doch in den grimmigen Gesichtern der Krieger und Kriegerinnen konnte Şten Hoffnung sehen und Entschlossenheit. Als sein Blick über die Männer und Frauen in ihren dunklen Rüstungen und Gewändern wanderte, nickten sie ihm zu. *Nein, nicht ihr müsst stolz sein, an meiner Seite zu kämpfen*, ging es dem Wlachaken durch den Kopf. *Ich muss stolz darauf sein, an eurer Seite kämpfen zu dürfen.*

Bevor er seine Gedanken in Worte kleiden konnte, erkundigte sich Costin: »Denkst du, unser Plan geht auf?«

»Würde ich sonst hier stehen?«, hielt Şten dagegen. »Jetzt schon wird das Heer weiter vorrücken, und sobald die Dunkelheit vollständig ist, erwachen die Trolle auf ihren Wagen. Kurz darauf erreichen unsere Krieger das Schlachtfeld. Selbst wenn Zorpad kurz vorher von seinen Kundschaftern gewarnt wurde, hat er keine Möglichkeit mehr, einer Schlacht bei Nacht aus dem Wege zu gehen.«

»Und wir sind dann auch da«, erwiderte Costin grinsend, und Şten nickte.

»Sobald die Nacht vollständig hereingebrochen ist, gehen wir los«, sagte der Krieger mit einem weiteren Blick zum Himmel, der merklich dunkler geworden war. »Also bald ...«

Gespannt starrte Şten aus seiner versteckten Position am Waldrand hinab. Zwischen den beiden Hügeln hatten sich die Heere versammelt, und auch wenn Şten kaum mehr als Lichtpunkte von Fackeln und dunkle Massen von Kriegern sehen konnte, stellte er sich vor, dass irgendwo dort unten Viçinia und Flores standen und vielleicht zu ihm heraufsahen. *Passt auf euch auf,* dachte Şten. Genau in diesem Moment hallte ein urtümliches Brüllen durch die Nacht.

»Die Trolle sind da«, flüsterte der Wlachake, und neben ihm kicherte Costin.

»Siehst du die weißen Gestalten da, hinter den Linien der Masriden?«, fragte der kleine Wlachake, und Şten nickte. »Vermutlich sind sie das. Es geht gleich los. Gib den Befehl weiter: Bereithalten und leise sein. Wenn ich losrenne, folgen, aber ohne Geschrei!«

Mit einem Nicken wandte Costin sich ab und flüsterte die Befehle seinem Nebenmann zu. Nicht, dass es wirklich nötig gewesen wäre, denn Şten hatte seinen Kriegern den Plan bis in alle Einzelheiten erklärt; aber er fühlte sich besser, wenn er noch einmal jedem deutlich machte, dass sie schnell und leise zuschlagen mussten.

Unter ihnen in der kleinen Senke begann die Schlacht. Reiter lösten sich von der Stellung der Masriden, Pfeile flogen, Hörner tönten, und dann setzten sich die Wlachaken in Bewegung. Erwartungsvoll zog Şten die Klinge und spannte seinen Körper an. Dann geschah es – von einem Augenblick auf den nächsten war das Schlachtfeld in strahlendes Licht gehüllt, das seinen Ursprung hinter den Reihen der Masriden und Zwerge nahm.

»Auf!«, zischte Şten und rannte los. Ohne sich umzudrehen, verließ er sich darauf, dass seine dunkel gewandeten Krieger ihm folgten. Schweigend rannte er aus dem Wald und stürmte den sanften Hang des Hügels hinab. Noch schien niemand aus dem Lager der Masriden die neue Gefahr bemerkt zu haben, immer näher kam Şten den Sonnenpriestern des Albus Sunaş, die im Zentrum des magischen Lichts standen.

Aber dann ertönten Signalhörner, und eine Truppe von Masriden bewegte sich vom Lager auf dem Hügel hinab zu dem Ort des Rituals, um Şten und seinen Soldaten den Weg abzuschneiden. Noch einmal erhöhte Şten sein Tempo, flog geradezu über das Gras, doch die Masriden erreichten den Ritualplatz zuerst und stellten sich schützend vor die Priester vom Albus Sunaş. *Wir müssen durchbrechen, wir müssen!*, dachte Şten wütend und rief: »Tirea! Für Tirea!«

Hinter ihm brüllten die Wlachaken ihren alten Kriegsruf, während die Masriden mit einem lauten »Zorpad!« antworteten. Der Anführer dieses Trupps von Masriden saß auf einem mächtigen Pferd und schrie Befehle an seine Untergebenen. Sein Banner wehte neben ihm, und Şten durchzuckte es wie ein Blitzschlag, als er den schwarzen Eberkopf auf dem flatternden Tuch erkannte. *Csiró Házy!*, dachte er noch, dann war er an den Masriden heran, duckte sich unter einem Speer weg und trieb dem Krieger die Klinge mit einem beidhändigen Schlag in die Seite.

Innerhalb weniger Herzschläge verwandelte sich die hell erleuchtete Nacht in ein Chaos von Schreien und Schlägen, als die heranstürmenden Wlachaken mit voller Wucht auf die Masriden prallten. Frenetisch hieb Şten nach links und rechts, trieb seine Feinde zurück, schrie auf, hieb einen Masriden zu Boden und spaltete einem zweiten den Schild. Seine Krieger taten es ihm gleich, und die bloße Wucht ihres ersten Ansturms trug sie mitten in die Reihen ihrer Feinde. Zu seinem Schrecken erkannte Şten, dass ihre Feinde die neuen, festen Rüstungen trugen, welche die Zwerge an Zorpad geliefert hatten. Dagegen waren die Wlachaken nur leicht gerüstet, da ihr Angriff auf Geschwindigkeit und Überraschung gründen sollte.

Nach dem ersten Erfolg gelang es den Masriden, ihre Linien zu schließen und die Wlachaken zurückzuwerfen, auch wenn diese sich unablässig gegen ihre Feinde stemmten. Inmitten des Getümmels versuchte Şten eine Öffnung zu finden. Er trieb seine Krieger an, fiel wie mit einem tödlichen

Wirbel von Schlägen über seine Feinde her, doch der Durchbruch gelang ihm nicht. Zu geschlossen waren die Reihen der Masriden, zu viele verteidigten die Priester und ihren verfluchten Sonnenzauber. Zwar drängte er die Masriden Schritt um Schritt zurück, doch war ihr Vormarsch zu langsam. *Wir müssen durchbrechen,* dachte Şten erneut verzweifelt. *Sonst ist alles verloren. Wie lange können Flores und die anderen die Trolle beschützen?*

Trotz all seiner Anstrengung hatte es ganz den Anschein, als werde es Házy gelingen, Şten lange genug aufzuhalten und somit das Schicksal der Wlachaken zu besiegeln. *Ich schaffe es nicht!,* erkannte Şten verzweifelt. *Das ist das Ende!*

60

Auf dem Hügel herrschte eine sonderbare Ruhe, während nur wenige hundert Schritt entfernt die Schlacht ihren Lauf nahm. Ein hell erstrahlendes Licht lenkte Viçinias Aufmerksamkeit auf das Schlachtfeld, wo die Trolle innerhalb weniger Herzschläge leblos zu Boden sanken.

»Jetzt«, flüsterte Viçinia, und Ionna sah sie mit einem schwer zu deutenden Ausdruck in den Augen an. Dann prallten die beiden Heere mit urtümlicher Wucht aufeinander, und ein finsterer Lärm erfüllte die Nacht. *Wo bist du?*, fragte sich Viçinia, aber dann sah sie dunkle Gestalten über die von künstlichem Sonnenlicht erleuchtete Wiese stürmen, und sie seufzte.

Als Ionna neben ihr einen Fluch ausstieß, folgte sie ihrem Blick. Aus Zorpads Lager lösten sich Soldaten und stürmten den Hügel hinab, um den Albus Sunaş vor Ştens Trupp zu beschützen!

»Die Trolle sind durch ihren Vorsturm zu nah an den feindlichen Linien«, erkannte Ionna, »Şten bleibt nicht viel Zeit!«

Angespannt beobachtete Viçinia, wie Şten und seine Krieger auf die Verteidiger stießen. Das grelle Licht des Albus Sunaş beleuchtete die Schlacht taghell, auch wenn es seltsame lange Schatten warf, und so sahen die beiden Schwestern, wie Wlachaken und Masriden miteinander fochten. Für Viçinia war das Hauptschlachtfeld mit einem Mal vergessen, ihre ganze Aufmerksamkeit richtete sich auf den erbitterten Kampf um das Ritual der Sonnenmagier. *Du schaffst es, Şten,* dachte die junge Frau. *Du schaffst es!*

Aber Ionna sagte: »Wir können uns auf dem Schlachtfeld nicht halten. Gleich erreichen die Zwerge die Trolle!«

Tatsächlich, als Viçinias Blick zurück zum Schlachtgeschehen wanderte, erkannte sie, dass ihre Schwester Recht hatte. Langsam, aber sicher wurden die Wlachaken unter den methodischen Angriffen der Zwerge und Masriden zurückgetrieben; die hintersten Reihen hatten schon die Position der Trolle erreicht. Und noch immer schien das Licht des Albus Sunaş und schaltete somit die Trolle und damit die größte Hoffnung der Wlachaken aus.

»Wir müssen etwas unternehmen!«, drängte Viçinia ihre Schwester. »Setz die Kavallerie ein, erkauf Şten mehr Zeit!«

»Schwester«, sagte die Fürstin ruhig. »Hinter Zorpads Linien wartet noch seine schwere Reiterei darauf, dass der Marczeg sie in die Schlacht ziehen lässt. Wenn wir jetzt unsere Reserven einsetzen, wird Zorpad den Angriff überstehen und sodann unseren schwächsten Punkt treffen.«

»Aber so werden die Trolle getötet! Ştens Einsatz wäre umsonst! Und die Masriden reiben unsere Schlachtreihe auf!«, erwiderte Viçinia flehentlich.

»Vertrau mir, Viçinia, vertrau unseren Kriegern. Wir warten ab!«

»Unsere Flanken werden überrollt, lange wird es nicht mehr dauern, bis sie nachgeben!« Verzweifelt blickte Viçinia hinab in die Senke, wo die Linien der Wlachaken langsam brachen, während Ştens Krieger nicht mehr die Kraft zu haben schienen, zu den Sonnenmagiern vorzudringen.

61

Lauthals brüllend scharte Hrodgard, Sohn des Haldigis, seine Leibgarde um sich. Mit einem Ruck schlossen sich die Reihen wieder und bildeten einen Schildwall, an dem die Flut der schwächlichen Menschen einfach abprallte. Der erste Ansturm war brutal gewesen, doch jetzt würde die Standhaftigkeit und Kampfeskraft seiner Krieger die Feinde einfach hinwegfegen.

»Schilde vor!«, brüllte der Kriegsmeister, und seine Krieger rückten einen gemessenen Schritt vor, drückten die Menschen dabei nach hinten und hieben mit ihren Äxten nach ihnen. Gegenschläge prasselten auf Hrodgards Schild nieder, ohne ihn durchdringen zu können; wie zur Antwort schlug der Veteran mit seiner Axt nach dem Standbein seines Gegners, der schreiend zu Boden stürzte. Mit einem schnellen Hieb spaltete Hrodgard dem Feind den Schädel und reihte sich wieder in den Schildwall ein.

»Zusammenbleiben!«, drangen der Ruf von Kampfmeister Tainelm an sein Ohr, und ihre linke Flanke rückte geschlossen vor, wie ein einzelner Krieger und unaufhaltsam.

Rechts von ihm gellten Goldulfs Befehle durch die Reihen, und auch dort festigten sich die Linien zu einer undurchdringlichen Mauer aus Schilden und Waffen. *Die Menschen werden weichen oder sterben,* dachte Hrodgard triumphierend, *und dann machen wir die Trolle nieder.*

Der Marczeg hatte ihnen nicht zu viel versprochen. Zunächst hatte der Kriegsmeister Zorpads Behauptungen, dass die Trolle unwichtig seien, keinen Glauben geschenkt und sich insgeheim darauf vorbereitet, die Monstren bekämpfen zu müssen. Aber das Licht, welches die Sonnenmagier auf das Schlachtfeld herniedergerufen hatten, wirkte wie das

Licht der Sonne selbst und nahm den Trollen Leben und Bewusstsein.

»Schilde vor!«, befahl er wieder, und erneut drangen die Zwerge geordnet vor und drückten die Menschen zurück. *Bald haben wir es geschafft, dann löschen wir diese verdammten Trolle ein für alle Mal aus!*

Auch seine menschlichen Verbündeten rückten an den Flanken der Zwerge vor, übten stetigen Druck auf die Feinde aus und zwangen die Aufständischen in einer Flügelbewegung zur Mitte. *Man soll seinem Herrn dienen,* dachte der Kriegsmeister höhnisch. *Wer sich gegen seine Herren auflehnt, verdient nichts Besseres als den Tod.*

Wieder und wieder fand seine Axt ihr Ziel, trennte Füße und Hände ab, grub sich in Schilde und Rüstungen, versprühte Blut und tötete.

Die Feinde wichen vor dem geordneten Vormarsch seiner Krieger zurück, und Hrodgard hätte fast laut aufgelacht, so sehr erfreute ihn der bevorstehende Sieg.

»Tod allen Feinden der Zwerge!«, brüllte er, und seine Krieger antworteten: »Tod allen Feinden!«

62

Eigentlich sollte es während eines Heerzuges doch recht einfach sein zu verschwinden, dachte Sargan säuerlich und lächelte Sciloi zu, die sich wieder zu ihm gesellt hatte, *nur habe ich das zweifelhafte Glück, mit einem gebrochenen Bein und einer aufmerksamen Aufpasserin versehen zu sein.*

»Man sagt, dass es in Eurer Heimat Paläste mit goldenen Dächern gibt«, sagte die Szarkin und lächelte zurück. »Welch ein Anblick muss das sein!«

»Tatsächlich, solche Paläste und Tempel habe ich schon gesehen«, erklärte Sargan. »Es ist manchmal gerade so, als ob die Sonne Konkurrenz bekommen hätte, so hell erstrahlt ihr Glanz!«

Mit großen Augen flüsterte Sciloi: »Das muss wunderschön sein!«

»Beeindruckend«, pflichtete ihr der Dyrier bei. »Ein Anblick für die Göttin.«

Die Sonne war bereits untergegangen, und Sargan hatte sich auf eine weitere ereignislose Nacht eingestellt. Zwar standen die Rebellen nur einen Tagesmarsch entfernt, doch konnte der Dyrier sich nicht vorstellen, dass sie Zorpads Stellung noch in dieser Nacht angreifen würden. Selbst bei schnellem Marschtempo würden sie erst kurz vor Morgengrauen das Lager erreichen und somit den geringen Vorteil der Trolle in ihren Reihen verlieren, da die Schlacht dann wohl bis in den Tag hinein andauern würde. Also hatte sich Sargan unter dem Vordach eines prächtigen Zeltes einen Stuhl hingestellt und trank von dem wohlschmeckenden Wein, den sie im Südosten des Landes anbauten. *Der Rebensaft ist gar nicht so übel,* überlegte der Dyrier gelangweilt, aber sonst lässt die Gastfreundschaft ein wenig zu wünschen übrig. Wenigstens bin ich halbwegs sicher, solange Zorpad mich für nützlich hält.

Plötzlich jedoch preschte ein Reiter mitten in das Zeltlager, in dem Zorpads Heer lagerte, seit sie Nachricht vom Auszug der Wlachaken aus Désa erhalten hatten.

»Die Wlachaken sind fort!«, rief der junge Mann aufgeregt und sprang von seinem Pferd. Sofort stürmten Offiziere aus den Zelten und umringten den schwer atmenden Krieger, der Bericht erstattete: »Wir haben das Lager heute Nachmittag verlassen gefunden, keine Spur von den Wlachaken!«

Diese Nachricht löste Verwirrung aus, aber dann ertönte eine tiefe Stimme: »Dann ist es so weit! Sendet Späher in alle Himmelsrichtungen aus, die Bastarde planen ...«

Bevor der Marczeg zu Ende sprechen konnte, ertönten Alarmsignale aus dem Osten des Lagers, und alle Augen richteten sich auf den dunklen Waldrand, aus dem plötzlich ein Meer von Lichtern strömte. Fluchend riefen die Masriden durcheinander, doch Zorpad lächelte nur kalt, während er den Vormarsch der Wlachaken beobachtete. Dann durchdrang die befehlsgewohnte Stimme des Marczegs das Durcheinander und gab seinen Untergebenen Ruhe und Vertrauen: »Lasst zum Sammeln blasen! Richtet die Linien aus, so wie es besprochen wurde, aber Richtung Osten!«

Sofort folgten die Offiziere seinen Befehlen, und eine Vielzahl von Hörnersignalen zerriss die Nacht. Auch Sargan lächelte, als er die Wlachaken betrachtete, die über die Kuppe eines Hügels marschierten und sich den Stellungen der Masriden näherten, die hastig eine Schlachtlinie formten. *Auf dieser Seite des Lagers ist das Gelände weitaus weniger vorteilhaft für Zorpad, und in der Nacht vermögen die Trolle zu kämpfen,* bemerkte der Dyrier anerkennend. *Diese Voivodin ist ein schlauer Fuchs – oder steckt Şten dahinter? Wundern würde mich das nicht.*

»Endlich!«, rief Zorpad mit boshaftem Lachen, während er beobachtete, wie die Zwerge ihre Position inmitten der Linien der Masriden einnahmen. Dann wandte er sich an einen hellblonden Mann in den Roben des Albus Sunaş: »Ihr wisst, was ihr zu tun habt.«

»Ja, Herr. Wir werden das Gezücht der Dunkelheit dorthin zurücktreiben, wo es hergekommen ist!«

»Gut«, erwiderte Zorpad und winkte huldvoll mit der Rechten, als der Sonnenmagier sich mit einer Verbeugung zurückzog. An Sargan gewandt, sagte der breitschultrige Masride: »Ihr entschuldigt mich, Dyrier? Ich habe eine Schlacht zu gewinnen und eine Rebellion zu zerschlagen!«

Mit einem gekünstelten Lächeln neigte Sargan das Haupt, während Zorpad mit einem breiten Grinsen zurück in sein Zelt ging.

»Euer Herr hat gute Laune«, stellte der Dyrier trocken fest.

Sciloi nickte: »Die Freien Wlachaken sind ihm schon immer ein Dorn im Auge. Zudem ist er ein großer Krieger und erfreut sich an der Schlacht.«

»Das glaube ich gern«, murmelte Sargan, der sich plötzlich wieder daran erinnerte, wie Zorpad einen der Trolle im Hof der Feste Remis eigenhändig getötet hatte.

»Entschuldigt, das habe ich nicht verstanden«, erwiderte die Szarkin, aber Sargan schüttelte den Kopf: »Unwichtig, werte Sciloi, unwichtig.«

»Sollen wir ein wenig zu der Seite laufen?«, fragte die Frau. »Von dort haben wir eine bessere Sicht.«

Mit einem Nicken willigte Sargan in den Vorschlag ein, stellte seinen Pokal mit dem Wein ab und erhob sich vorsichtig. Noch immer schmerzten seine Verletzungen, die er beim Sturz von den Felsen davongetragen hatte, aber die Heiler erschienen zuversichtlich, dass seine Brüche ohne große Folgeschäden abheilen würden. *Aber davonlaufen kann ich nicht*, dachte Sargan verärgert, *schon gar nicht unter Scilois wachsamen Augen.* Mit einem zuckersüßen Lächeln für die Szarkin bot Sargan ihr den Arm an, in den sie sich bereitwillig einhakte.

»Eigentlich sollte ich Euch stützen«, bemerkte sie trocken, und Sargan verzog säuerlich das Gesicht.

»Mir geht es bereits viel besser, danke«, erwiderte er dennoch höflich.

»Vielleicht kann ich Euch begleiten, wenn Ihr in das Imperium zurückkehrt«, wechselte die Szarkin abrupt das Thema. »Ich würde gern einmal die Wunder der Welt mit eigenen Augen sehen.«

»Möglich«, antwortete Sargan, »aber das wird wohl von Eurem Herrn abhängen. Noch bin ich wenig mehr als ein Gefangener.«

»Wenn Marczeg Zorpad erst einmal zum König gekrönt ist, wird ihm an guten Beziehungen zum Imperium sehr gelegen sein, vor allem an guten Handelsbeziehungen.«

»Das klingt äußerst vernünftig. Und Ihr scheint sehr sicher zu sein, dass Euer Herr König wird.«

»Er würde das gesamte Land niederbrennen, wenn er es müsste, um König zu werden«, sagte Sciloi düster, und Sargan horchte auf.

»Ist dem tatsächlich so?«, fragte der Dyrier nach.

»Die Frage stellt sich nicht«, wich Sciloi aus. »Heute Nacht werden die Wlachaken fallen, und die anderen Marczegs werden die Knie beugen, wenn dem Marczeg im Westen kein Widerstand mehr entgegengesetzt wird.«

»Vermutlich«, stimmte Sargan ihr zu und sah auf das Schlachtfeld hinab, wo die beiden Heere sich versammelt hatten. Im Zentrum der Wlachaken standen die Trolle und veranstalteten ein furchtbares Gebrüll.

»Stimmt es, dass die Trolle …«, begann Sciloi, doch nahendes Hufgetrappel ließ sie verstummen. Auf seinem mächtigen, nachtschwarzen Schlachtross donnerte Zorpad heran, von Kopf bis Fuß in seine Metallrüstung gekleidet. Der lange, blutrote Mantel wehte wie ein Banner hinter ihm her, und die Lippen waren zu einem grausamen Lächeln voller Vorfreude verzogen. Für Sargans Augen wirkte der Marczeg wie der finstere Gesandte eines Kriegsgottes höchstselbst.

»Sciloi! An meine Seite!«, bellte der Marczeg und wendete den Rappen, dessen Flanken ebenfalls von Metall geschützt wurden. Mit einem entschuldigenden Lächeln verabschiedete sich die Szarkin von Sargan: »Genießt die Aussicht, Sargan, so ein Anblick wird einem nicht alle Tage geboten!«

Während er ihrer Gestalt nachsah, die zurück zur Mitte des Lagers lief, fragte sich Sargan, was sie gemeint hatte: die Schlacht oder Marczeg Zorpad in vollem Kriegsornat.

Dann brüllten die Trolle wieder auf, und Sargans Aufmerksamkeit wurde von dem brutalen Schauspiel der Schlacht in Anspruch genommen, das sich vor seinen Augen entfaltete. Reiter preschten vor, Pfeile flogen, die Trolle stürmten über das offene Feld, gefolgt von den zögerlichen Wlachaken, als plötzlich der Lángor Lájos, Nachfolger des von den Trollen ermordeten Lángors von Starig Jazek, die Sonne aufgehen ließ.

Unvermittelt brachen die Trolle zusammen, doch die Wlachaken schienen damit gerechnet zu haben, denn ihre Soldaten stürmten sofort vor und deckten die reglosen Giganten. Angespannt blickte Sargan in die Senke hinab und versuchte zu erkennen, was genau dort geschah. So sehr er sich auch bemühte, er konnte kein bekanntes Gesicht erspähen.

Kämpfst du dort unten, Şten, fragte sich der Dyrier, *für die Freiheit? Oder bist du schon gefallen, gestorben wie so viele heute Nacht?*

Dann aber erregte eine Bewegung zu seiner Rechten seine Aufmerksamkeit, und er sah eine Horde dunkel gekleideter Gestalten fast lautlos auf die Gruppe des Albus Sunaş zustürmen. *Nein, du bist dort, nicht wahr? Immer da, wo es am gefährlichsten ist.*

Bevor die Wlachaken die Priester erreichen konnten, lösten sich masridische Soldaten aus dem Lager und fingen sie ab. *Das hat Zorpad also geplant, deshalb standen seine schwer gepanzerten Fußkämpfer nicht in der Schlachtreihe,* erkannte Sargan anerkennend. *Und er hat es vor mir geheim gehalten, denn er traut mir nicht. Natürlich. Ich kann es ihm auch nicht wirklich verübeln.*

Seine Blicke wanderten zwischen den beiden Kampfschauplätzen hin und her; er beobachtete, wie die Wlachaken auf dem Schlachtfeld zurückgedrängt wurden, während Şten sich langsam immer weiter zum Albus Sunaş vorarbeitete. Schon bald war es für den Dyrier offensichtlich, dass Şten es nicht schnell genug schaffen würde. Das systematische Vorrücken der Zwerge führte sie näher und näher an die Trolle heran, und ein letztes Aufbäumen der Wlachaken brandete an ihrem Schildwall ab, während Şten im tödlichen Nahkampf mit den schweren Fußtruppen der Masriden gefangen war. *Denkst du jetzt immer noch, dass es all die Opfer wert war?*, wunderte sich Sargan. *Verzweifelst du? All deine Ideale helfen dir jetzt nicht, Şten, Zorpad siegt, dein Volk verliert alles, und ich ziehe daraus sogar noch einen Gewinn. Für meine Familie würde ich auch kämpfen, aber für Fremde?*

Gewissensbisse nagten an Sargan, als er sich an seinen Streit mit dem Wlachaken erinnerte und daran, wie er Şten von seinem Auftrag erzählt hatte. *Ich habe nicht gelogen, ich habe euch geholfen, solange es den Zwergen schadete, aber in meiner jetzigen Position kann ich meinen Herren mehr nützen,* überlegte Sargan, während unten am Hang Menschen und Zwerge starben und sich das Geschick der Schlacht immer mehr zu Zorpads Gunsten neigte. *Du wusstest das, ich habe keinen Hehl daraus gemacht! Warum rechtfertige ich mich überhaupt?*, dachte Sargan wütend. *Ich habe niemanden in eine ausweglose Schlacht geführt. Du hast mir eine Klinge an den Hals gehalten!*

Eine andere, leise Stimme sagte: *Aber er hat nicht zugestoßen.*

Verdammt!, fluchte Sargan innerlich, *verdammt!*

Während seiner unerwarteten Gedanken war er nervös umhergewandert und in die Nähe der Wagen gekommen. Ein junger Soldat, ein Szarke, wie es schien, stellte sich ihm in den Weg: »Halt, Herr, Ihr dürft nicht ...«

Ohne nachzudenken, schlug Sargan mit den angewinkelten Fingern der Rechten nach der Kehle des jungen Burschen, der überrascht zu Boden ging. Und bevor der Junge reagieren konnte, hatte Sargan ihm den Streitkolben aus der Hand gerissen und humpelte zu dem vordersten Karren. *Was tue ich hier?*, fragte sich der Dyrier verzweifelt, doch sein Schlag traf den ersten Bremskeil und schlug ihn weg. Hinter sich hörte er den Szarken röcheln: »A-a-alarm!«

Zwei, drei Schritte brachten Sargan auf die andere Seite des Fuhrwerks, und ein weiterer Schlag löste den letzten Keil. Unaufhaltsam setzte sich der Karren in Bewegung und polterte den Abhang hinunter. *Wenn ich das überlebe, schuldest du mir was!*

Dann ließ er die Waffe fallen und humpelte zwischen den Wagen hindurch, ohne auf das Ergebnis seiner Tat und die Schreie hinter sich zu achten. *Ich muss zum westlichen Rand kommen, vielleicht kann ich ein Pferd stehlen. Die Schlacht wird sie noch beschäftigen,* überlegte der Dyrier, als er so schnell er konnte zwischen den Zelten entlanglief. *Vielleicht funktioniert es, vielleicht ...*

Der Aufprall des Pfeils in seine Schulter schleuderte ihn herum und warf ihn zu Boden. Schmerzen zuckten durch seinen Leib, schlugen feurige Bahnen in seinen Schädel. Benommen wälzte er sich auf den Bauch; als der Pfeil über den Boden strich und in seinem Leib vibrierte, stieg Übelkeit in ihm auf. Ein Donnern kam näher; ohne zu verstehen, sah er auf und blickte zu der schwarzen, mächtigen Gestalt, die über ihm thronte.

»Verflucht! Der Kriegsmeister hatte Recht, ich hätte dir nicht vertrauen sollen.«

Verwirrt versuchte Sargan, den Worten einen Sinn zu entnehmen, doch dann legte sich plötzlich Dunkelheit über die Welt. *Das Licht,* dachte der Dyrier, *das Licht ist fort!*

Wieder fluchte die Gestalt, und jetzt erkannte Sargan sie und konnte ihr einen Namen zuordnen: Zorpad.

»Schaff ihn in mein Zelt und sorg dafür, dass er noch lebt, wenn ich wiederkehre!«, befahl der Marczeg einer zweiten Gestalt, die sich langsam näherte. Dann setzte er einen dunklen Helm auf und brüllte: »Macht euch fertig zum Angriff! Wir reiten!«

So schnell, wie er in Sargans Sichtfeld aufgetaucht war, verschwand Zorpad auch wieder und wurde von Sciloi Kaszón ersetzt, die sich kopfschüttelnd neben ihn kniete und ihren Bogen auf die zerwühlte Erde legte.

»Das war nicht sehr klug, Sargan. Euer Tod wird lang und qualvoll sein«, erklärte sie, als sie den Dyrier unter den Armen packte und auf die Füße stellte.

»Immerhin weiß ich jetzt, wofür ich sterbe«, keuchte Sargan und zuckte zusammen, als ihn ein kurzer Hustenanfall schüttelte. Zwei weitere Soldaten gesellten sich zu Sciloi und trugen Sargan mehr, als dass er lief. Im Zelt angekommen, legten sie ihn bäuchlings auf den Boden, und Sciloi zog an dem Geschoss, sodass Sargan schwarz vor Augen wurde. Mit aller Kraft kämpfte er die beginnende Ohnmacht nieder, auch wenn er vor Schmerzen schrie, als Sciloi den Pfeil mit einem Messer herausschnitt.

Vielleicht war er doch bewusstlos geworden, denn als er die Augen wieder aufschlug, war die Wunde verbunden und die Hände gefesselt, und er war allein im Zelt. Hastig sah er sich um, doch er fand keine Möglichkeit, seine Fesseln zu lösen. Plötzlich fiel ein Schatten auf ihn, und er sah Sciloi, die über ihm stand. Ihre Miene war finster, und in der rechten Hand hielt sie einen von Sargans eigenen, dünnen Dolchen. *Immerhin, der Tod könnte schlimmer aussehen,* fuhr es Sargan durch den Kopf. *Und im Gegensatz zu ihrem Meister wird sie es schnell hinter uns bringen.*

Mit entschlossener Miene kniete Sciloi neben dem Dyrier nieder und hob die Waffe.

»Erzählt mir mehr von den goldenen Kuppeln der Paläste«, bat sie, während sie Sargans Fesseln durchtrennte.

»Das werde ich!«, meinte Sargan grinsend, als er ihr humpelnd in die dunkle Nacht folgte.

63

»Vorwärts! Vorwärts!«, schrie Șten, und seine Stimme übertönte selbst den Kampfeslärm. Um ihn herum warfen sich die Wlachaken mit dem Mut der Verzweiflung gegen die Masriden, trieben diese mit bloßer Willenskraft zurück, schlugen sich einen blutigen Pfad durch ihre Reihen. Aber selbst diese geradezu übermenschliche Anstrengung reichte nicht aus; noch immer waren die Sonnenmagier Dutzende Schritt entfernt, sicher und geschützt durch die Soldaten des Csiró Házy. Neben ihm stürzte Costin schwer getroffen zu Boden, tot oder verwundet, und verschwand aus Ștens Blickfeld. *Nein!*, schrie Șten in Gedanken. *So soll es nicht enden, so darf es nicht enden!*

Aber alle ihre Anstrengungen, ihre Opfer schienen umsonst zu sein. Die Masriden wichen zwar zurück, aber viel zu langsam, und ihre Linien hielten stand, trotz des furiosen Ansturms der Wlachaken.

Erschöpft wischte sich Șten einige Tropfen Blut aus den Augen. Er konnte nicht sagen, ob es das seine oder das eines Feindes war. Aus dem Augenwinkel sah er eine Bewegung auf dem Hügel. Ein schneller Blick zeigte ihm, dass einer der schweren Karren mit den Belagerungswaffen sich gelöst zu haben schien und nun langsam den Hang hinabrollte. Eine kleine, geduckte Gestalt humpelte von dannen. Kurz glaubte Șten, ihre roten Haare im hellen Licht des Rituals aufleuchten zu sehen. *Sargan?*, fragte er sich verwundert, doch dann erkannte er, dass der Wagen genau auf ihre Position zusteuerte.

»Rückzug!«, befahl er, während neue Hoffnung wie Feuer durch seine Glieder kreiste und in seine Stimme strömte. Verwirrt folgten seine Krieger dem Befehl, sammelten sich um ihn und schritten unter den Angriff der Masriden weiter zurück.

»Şten cal Dabrân!«, schallte Házys Stimme über den Schlachtenlärm. »Du räudiger Hund! Lauf nur, Feigling, bettle um Gnade, so wie schon deine Mutter es tat!«

Ein tierischer Schrei entrang sich Ştens Kehle, doch die Reihen der Masriden hielten ihn davon ab, sich auf den Csiró zu stürzen, der nur wenige Schritt entfernt auf seinem Ross thronte.

»Dreckiger Rebell«, verhöhnte der Szarke ihn. »Heute Nacht vollende ich, was ich bei der Herbstschlacht begonnen habe. Du wirst krepieren wie die Ratte, die du bist!«

Mit seiner Klinge parierte Şten den Hieb eines Masriden nach seiner Kehle, dann warf er einen Blick zum Feldherrenhügel der Masriden und sah das Fuhrwerk ungebremst herandonnern. Plötzlich wurden die Masriden an der rechten Flanke sich der Gefahr bewusst und sprangen schreiend aus dem Weg des Gefährtes, doch für viele war es zu spät. Unaufhaltsam pflügte der schwere Karren durch die Reihen der Feinde, zermalmte Muskeln und Knochen, brach Schild und Speer.

»Vorwärts!«, schrie Şten, »Tirea! Ionna!«

Durch den Aufprall des Wagens waren die Reihen der Masriden in Unordnung geraten, und diese Lücken nutzten die Wlachaken nun, drangen vor, hieben mit wilder Wut nach ihren Gegnern, brandeten über sie hinweg und begruben sie unter sich. Unablässig griff Şten an, wirbelte durch die Linien der Masriden, duckte sich unter einem Schlag hinweg, trat dem Angreifer vor das Knie, rammte einem anderen das Heft seiner Klinge ins Gesicht, nur um sich gegen den Schild eines dritten zu werfen und diesen in den aufgewühlten Boden zu stoßen. In den Gesichtern der Masriden konnte Şten Angst erkennen, einige blickten sich um, suchten nach Fluchtmöglichkeiten. Ihre Moral brach, und die Siegesgewissheit schwand unter den Schwertern der Wlachaken.

Inmitten des Getümmels rief Házy seine Krieger zu sich, versuchte sie zu sammeln, um den Zusammenbruch seiner Linien aufzuhalten, doch dann war Şten bei ihm und hieb mit der Klinge nach dem Bein seines Erzfeindes. Fluchend riss dieser sein Ross herum und blockte den Schlag mit seinem Schild, aber Şten packte die Kante des Schildes und riss daran. Wild schlug der Szarke nach Şten, doch der junge Krieger ließ sich fallen, wobei er den Schild mit dem Eberkopf fest umklammert hielt. Schreiend stürzte Házy aus dem Sattel und prallte auf Şten, während das Pferd laut wiehernd scheute. Ein mächtiger Huf schlug neben Ştens Kopf auf dem Boden auf, ein anderer traf ihn an der Schulter, doch gefährlicher war der Csiró, der sich aufrappelte und auf Şten eindrang.

Zunächst konnte Şten nur ausweichen und über den Boden rollen, um den wütenden Hieben zu entgehen. Einer traf ihn am Bein, ein zweiter erwischte ihn am Unterarm, doch dann kam er wieder auf die Beine und parierte den harten Überkopfschlag des Csiró mit der Klinge.

Mit einem Mal war Şten im Vorteil. All sein Zorn und seine Wut über den Verlust seiner Eltern, all die ausgestandene Angst und Verzweiflung lag in seinen Schlägen, die gnadenlos auf Csiró Házy niederprasselten. Schneller und härter als je zuvor kämpfte Şten, und die Klinge prallte laut dröhnend gegen den Schild, wieder und wieder, bis der Eberkopf verbeult und nicht mehr zu erkennen war. Dann durchdrang er Házys Deckung und fuhr durch dessen Rüstung an der Hüfte in den Leib. Mit einem Schrei riss Şten das Schwert heraus und führte es mit einem beidhändigen Schlag gegen die Brust des Szarken. Der halbherzige Versuch, den Schild zu heben, war viel zu langsam, und Ştens Klinge grub sich in den Hals seines Gegners, durchtrennte Sehnen und Muskeln und blieb im Knochen stecken. Mit ungläubigen Augen sank Házy auf die Knie, während sein Lebenssaft aus der furchtbaren Wunde sprudelte. Şten aber hieb wieder zu, trennte den Kopf des Szarken ab und verpasste dem Leib einen Tritt, sodass er nach hinten in den blutigen Dreck fiel.

Schwer atmend sah sich der junge Krieger um. Seine Gedanken waren von dem Tod seines Feindes verwirrt, doch um ihn herum kämpften die Wlachaken erbittert, während die Masriden zurückwichen und flohen. Weiter, fuhr es ihm durch den Kopf, *wir müssen weiter!* Die blutige Klinge über dem Kopf schwenkend, sprang Şten über Házys Leiche hinweg und schrie: »Zu mir! Vorwärts!«

Ein Masride mit nackter Furcht in den Augen stand Şten im Weg, doch dieser schlug fast nachlässig dessen Speer zur Seite und rammte dem Soldaten die Faust ins Gesicht, bevor er weiterstürmte, mitten unter die Sonnenpriester, die in ihrem Ritual gefangen schienen. So konzentriert waren die Männer des Albus Sunaş, dass sie nicht einmal bemerkten, wie Şten zwischen ihnen auftauchte und den ersten mit einem harten Schlag niederstreckte. An dem jungen Krieger vorbei stürmten die Wlachaken und fielen über die hilflosen Magier her wie Wölfe über leichte Beute. Mit einem Mal herrschte Dunkelheit, und die Nacht kehrte zurück.

Erschöpft sank Şten auf die Knie und presste die Stirn gegen den Knauf seines Schwertes. *Ihr Geister,* betete er inbrünstig, *lasst es nicht zu spät sein! Beschützt jene, die ich liebe!*

64

Wild drang Hrodgard im Zentrum des Schlachtgetümmels weiter vor, umgeben von seinen treuen Soldaten. Der Sieg war zum Greifen nah. Hinter den bröckelnden Reihen der Menschen konnte er schon die massigen Leiber der Trolle auf der kalten Erde liegen sehen. Er war bereit, sie ein für alle Mal auszulöschen.

»Vorwärts!«, schrie er, und wieder rückten seine Krieger vor wie ein einzelner Zwerg.

Nichts kann uns aufhalten!, triumphierte er. *Unsere Äxte beherrschen die Schlacht!*

Unversehens formierten sich seine Feinde neu, sammelten sich um eine Frau und drangen aufs Neue gegen die Zwerge vor, die nur noch wenige Schritt von den regungslosen Trollen entfernt waren.

»Drängt sie zurück!«, brüllte Hrodgard. »Tötet die Anführerin!«

Wieder hielten die Zwerge der Attacke stand, wieder fingen ihre festen Schilde und starken Rüstungen die Schläge auf, und wieder waren die Menschen wie ein Sturm, der über die Berge wehte, mächtig vielleicht, doch unfähig, dem Gestein selbst Schaden zuzufügen.

Wir sind Zwerge, sagte sich Hrodgard. *Wir sind wie der Fels selbst!*

Seine Krieger erwiderten den Angriff. Sie schlugen zu und töteten, und Schreie durchschnitten die Nacht. Vor sich sah Hrodgard die Kriegerin der Menschen, wie sie von allen Seiten angegriffen wurde und dann endlich zu Boden ging. Mit einem triumphierenden Schrei stellte er sich über sie und hob die Axt seiner Ahnen.

Innerhalb eines Herzschlags verlosch das Licht der Menschen, und Dunkelheit ergoss sich über das Schlachtfeld. *Nein!*, fuhr es durch Hrodgards Geist. *Verrat?*

Mit einem Mal wuchsen hinter den ungeordneten Linien der Menschen die massigen Gestalten der Trolle in die Luft. Ihr Gebrüll ließ die Erde erbeben, und dann brachen sie nach vorne durch und stürmten auf die Reihen der Zwerge zu. Alle Gedanken an die Menschen waren vergessen, als Hrodgard seine Erzfeinde heranstürmen sah.

»Schildwall!«, schrie der Kriegsmeister, und die Kampfmeister an den Flanken wiederholten den Befehl. *Dann eben so,* dachte Hrodgard grimmig und duckte sich hinter seinen Schild. *Kommt nur, kommt nur!*

Mit einer urtümlichen Wucht prallten die Trolle auf die geschlossenen Linien der Zwerge. Eine Keule schlug auf den Schild des Kriegsmeisters, und zu seinem Entsetzen spürte der Zwerg, wie sein Schild zerbrach und ein Knochen splitterte. Schmerzen zuckten durch seinen Arm, als er zurücktaumelte. Um sich herum sah er Zwerge, die unter den gewaltigen Hieben der Trolle zu Boden gingen, sah, wie einzelne Schläge Helme und Schädel spalteten und Rüstungen zermalmten. *Ein Albtraum, das muss ein finsterer Albtraum sein,* dachte der Kriegsmeister benommen.

Dann traf ihn ein weiterer Schlag vor die Brust und schleuderte ihn durch die Luft. Hrodgard kam es so vor, als schwebe er eine Ewigkeit lang, als wären der Lärm, die Schreie und das Sterben seiner Krieger gar nicht von Belang für ihn. Dann schlug er auf den Boden auf, und seine gebrochenen Rippen sandten einen heftigen Schmerz durch seinen Leib. Keuchend lag der Kriegsmeister auf dem Rücken, jeder Atemzug kostete unendlich viel Kraft, dann schob sich ein Schatten vor das Firmament, und Hrodgard erkannte einen Troll, der mit einem gewaltigen Morgenstern ausholte. *Nein, das ist unmöglich,* dachte der Kriegsmeister verwirrt, *das ist ...*

Dann schlug die schwere Waffe gegen seinen Schädel, und Hrodgards Welt endete.

65

Verzweifelt betrachtete Viçinia das Schlachtfeld, wo die Wlachaken auf verlorenem Posten fochten, und dann wieder den Kampf, der vor dem Ritualplatz wogte. Er war zu weit entfernt, um Einzelheiten zu erkennen, aber sie konnte sich gut vorstellen, wie Şten seine Krieger anspornte, ihnen Mut gab und um ihrer aller Leben kämpfte. *Du schaffst es, Şten,* dachte die Wlachakin. *Gib nicht auf!*

An ihrer Seite klopfte Ionna ihrem nervösen Pferd beruhigend mit der Hand auf den Hals. Wie immer schien ihre Schwester vollkommen Herrin der Lage zu sein, aber Viçinia ahnte, dass die Gefühle der Fürstin ebenso in Aufruhr waren wie ihre eigenen.

»Vertrau ihm«, sagte Ionna unvermittelt und riss Viçinia damit aus ihren Gedanken. »Er weiß, was er tut. Wenn es jemand schafft, dann Şten. Die Krieger unseres Volkes würden ihm überallhin folgen.«

»So wie dir«, erwiderte Viçinia und sah ihre Schwester an. »Die Wlachaken können froh und stolz sein, dass du uns führst.«

»Dieses Erbe ist mir zugefallen, und ich versuche stets, mich ihm würdig zu erweisen. Aber ...« Ionnas Stimme verlor sich in dem allgegenwärtigen Lärm.

»Du bist würdig, Ionna, du hast uns durch dunkle Zeiten geführt, und unser Volk vertraut dir.«

Für einen Augenblick lächelte ihre Schwester, aber dann verhärtete sich ihre Miene. Mit einem Mal waren die Unsicherheit und die Sorge aus Ionnas Antlitz verschwunden.

»Zorpad ahnt nicht, was er angerichtet hat«, sagte sie. »Er wähnt sich schon als Sieger der Schlacht und sieht sich in seinem Geiste als König gekrönt. Er glaubt, dass es sein Recht ist, und versteht nicht, dass man sich diese Krone verdienen muss!«

Verwundert sah Viçinia Ionna an.

»Unser Volk wird immer gegen den Tyrannen kämpfen«, fuhr Ionna fort. »Er hat uns gejagt, getötet, wie Tiere behandelt, doch unseren Willen hat er nicht gebrochen. In den Feuern, mit denen er unser Land überzog, sind Klingen geschmiedet worden, Kämpfer wie Şten und all die anderen, die dort unten ihr Blut für unseren Traum von Freiheit vergießen. Wie kann Zorpad glauben, dass er diesen Willen, ja, dieses Volk jemals endgültig besiegen kann?«

»Denkst du das wirklich?«, fragte Viçinia.

»Ja. Wir sind alle nur Kerzen, die kurze Zeit in der Dunkelheit brennen. Zorpad ist überzeugt, dass sein Licht wichtiger ist als das aller anderen, dass er jeden auslöschen muss, um als Einziger zu erstrahlen. Aber am Ende kommt es nur darauf an, wie viele Leben anderer Menschen man erhellt. In hundert Jahren wird Zorpad vergessen sein, und sein Name wird nur mehr in staubigen alten Büchern stehen. An Şten jedoch werden die Menschen sich erinnern, seinen Namen werden sie in Liedern besingen! Er ist ein guter Mann, Schwester. Ich wäre froh darüber, wenn wir eine Familie würden.«

Staunend blickte Viçinia ihre Schwester an. Sie strahlte eine geradezu überirdische Ruhe aus, die Viçinia tief im Herzen berührte. Wo sie vorher Verzweiflung und Angst gespürt hatte, waren jetzt Zuversicht und Hoffnung.

Sie hat Recht, dachte Viçinia, und in diesem Augenblick erlosch das Licht des Albus Sunaş.

Ein Brüllen erschallte, als die Trolle erwachten und sich erhoben, schwarze Gestalten in der nur noch von Fackeln erhellten Masse der Wlachaken, riesige, urzeitliche Ungetüme, deren Schreie von Blutdurst kündeten und die einem das Blut in den Adern gefrieren ließen.

Wie eine Lawine brachen sie über die Zwerge herein, und selbst in dem Getümmel der Schlacht konnte Viçinia sehen, wie die Linien des Kleinen Volkes schon im ersten Ansturm brachen. Die Wlachaken stürmten in die Lücken, welche die Trolle rissen und schlugen, und die mannigfaltigen Schreie kündeten vom Blutzoll, den alle entrichteten.

Vom Hügel, auf dem Zorpads Lager lag, ertönten Hörner, und Viçinia erblickte die Reiterei des Marczegs, die mit voller Wucht den Hang hinabstürmte.

»Neagaş!«, rief Ionna unvermittelt. »Wir reiten!«

An ihre Schwester gewandt, sagte die Fürstin leise: »Nun ist der Zeitpunkt gekommen. Zorpad setzt die letzten Reserven ein, um den Durchbruch zu erzielen, und wir stoßen in seine Schwachstellen vor.«

»Viel Glück, Schwester. Sichere Wege«, antwortete Viçinia gepresst.

»Dir auch viel Glück. Unser Geschick liegt nun in deinen Händen. Ich bin stolz auf dich und war es stets.«

Mit diesen Worten riss Ionna ihr Streitross herum und ergriff die Lanze, die ihr ein Krieger reichte. Mit einer schnellen Bewegung setzte sie den Helm auf und gab dem Pferd die Sporen, während sich die Reiter der Wlachaken, geführt von Neagaş, hinter ihr einreihten und ihr folgten. Das Banner mit dem Raben flatterte stolz im Wind, und für einen Augenblick hatte Viçinia das Gefühl, dass sie ihre Schwester niemals wiedersehen würde. Dann aber biss sie die Zähne zusammen und sah wieder hinab in die Senke, wo Zorpads schwere Reiterei gnadenlos durch die flüchtenden hinteren Ränge seines eigenen Heeres brach und auf die Trolle zuhielt. Atemlos verfolgte Viçinia den Ritt der Masriden, die mit gesenkten Lanzen durch die kümmerlichen Reste der Zwergenkrieger stießen und nun auf die Trolle prallten. Es war eine Flutwelle, ein unbändiger Sturm, eine breite Linie des Todes, die auf die Trolle einstürmte. *Haltet stand,* dachte sie flehentlich. *Haltet stand!*

Selbst von ihrer entfernten Position aus konnte Viçinia den Schlag des ersten Ansturms vernehmen, und sie sah Lanzen durch Trollkörper fahren, splittern, sah Giganten wanken und stürzen. Aber sie sah auch die zu Boden gerissenen Pferde, die Keulen, welche Ross und Reiter zermalmten, die Trolle, die Masriden packten und in der Luft zerfetzten. Schmerzerfüllte Schreie, panisches Wiehern, infernalisches Brüllen, all das vereinte sich zu einer grauenvollen Kakophonie.

Aber die Trolle hielten stand, sie hielten den Sturmangriff der Masriden auf und zwangen die Reiter brüllend in den Nahkampf. Von der Flanke her donnerte Ionnas Reiterei heran, allen voran die Fürstin mit ihrem weißen Mantel, mit gesenkten Lanzen und dem alten Schrei der Wlachaken auf den Lippen.

»Tirea!«

Die Flanke der Masriden brach zusammen, die Krieger rannten davon, flohen vor den blitzenden Schwertern der Wlachaken, den tödlichen Keulen der Trolle. Immer weiter führte Ionnas Sturmritt sie, durchbrach Reihe um Reihe, schleuderte Soldaten zu Boden, zermalmte sie unter Hufen, spießte sie auf. Irgendwann schien Ionna ihre Lanze verloren zu haben, denn sie zog Leuenfang, ihr Schwert, und trieb ihr Pferd weiter, hinein in das dichteste Getümmel, wo die Reiterei der Masriden erbittert mit den Trollen focht. Dann wurde Ionna von den sich auftürmenden Gestalten verschluckt, und Viçinia verlor sie aus den Augen. Verzweifelt spähte sie nach ihrer Schwester. Linker Hand tauchte eine helle Gestalt auf, beritten. Vielleicht war es Ionna, denn eine blitzende Klinge fuhr auf und nieder, trieb Feinde vor sich her, grub sich in Rüstung und Fleisch, verletzte und tötete.

Hinter den Linien der Masriden, die in völliger Auflösung begriffen waren, stürmten die Überlebenden von Ştens kleiner Gruppe heran, warfen sich in den Rücken der wenigen Masriden, die noch kämpften, und ließen deren geringen Widerstand zusammenbrechen.

»Tirea! Ionna!«, ertönten die jubelnden Schreie aus der Senke, und dazu gesellte sich das animalische Brüllen der Trolle.

Auf dem Feldherrenhügel ließ Viçinia die Zügel ihres Pferdes los, die sie krampfhaft in den Händen gehalten hatte. Wie betäubt dachte die junge Frau: *Das Feld ist unser, wir haben gesiegt!*

66

Noch immer war das Land von Schnee bedeckt, wenn auch bereits ein milder Ostwind wehte und die Tage wieder wärmer wurden. An den steilen Dächern, die der Last der Schneemassen allesamt standhielten, tauten die Eiszapfen, und hin und wieder löste sich nasser Schnee von den Dächern und fiel mit lautem Klatschen auf die Straßen. Die Nächte waren nach wie vor kalt und ließen Schnee und Tauwasser gefrieren, aber der Frühling kehrte mit Macht nach Wlachkis zurück.

Hastig lief Şten durch die Gassen von Teremi, während die Sonne langsam hinter den Bergen versank. Wenn er sich nicht beeilte, würde er unweigerlich zu spät kommen, was ihm ganz sicher Ärger mit Viçinia einbringen würde. Als er auf das Tor der Feste zulief, erblickte er Flores, die in ihre hohlen Hände blies, um diese aufzuwärmen. Als seine Schwester ihn sah, grinste sie breit und rief: »Ho, Şten! Beeil dich, es geht gleich los!«

»Ich weiß, ich weiß«, erwiderte der junge Krieger und umarmte sie. »Wie geht es dir?«

»Gut«, erwiderte sie lachend. »Es waren ja die ersten Schnitte, die ich abbekommen habe.«

»Und, wie hat dir Désa im Winter gefallen?«

»Reza, Ionnas Verwalter, hat sich gut um mich gekümmert und mir häufig Gesellschaft geleistet«, erwiderte Flores mit einem Zwinkern. »Und abgesehen von Livian, die mir dauernd Vorträge darüber hielt, was meiner Gesundheit zu- und abträglich sei, waren alle sehr freundlich zu mir.«

»Ha! Jetzt weißt du, wie ich mich damals nach der Herbstschlacht in Cartareus Händen gefühlt habe!«

»Na ja, da waren aber immerhin noch andere Hände, die

dich zärtlich umsorgt haben«, gab Flores mit einem anzüglichen Grinsen zu bedenken, »oder nicht?« Sie winkte lachend ab, als sie sah, wie ihr Zwillingsbruder tatsächlich rot wurde: »Schon gut, Brüderchen. Auf dem Schlachtfeld magst du ein Held sein, aber in der Liebe ...«

»Was weißt du schon davon«, erwiderte Şten grummelnd, nur um mit einem Blick zum sich verdunkelnden Himmel hinzuzufügen: »Wir sollten hineingehen.«

Noch immer grinsend, folgte ihm Flores in den Eingangssaal der Burg Remis, der festlich geschmückt worden war. In den Nischen standen Krieger, auf deren Waffenröcken stolz Ionnas Rabe prangte.

All die Wandteppiche der Masriden waren verschwunden, und dahinter waren die alten Mosaiken wieder zum Vorschein gekommen. Unter Zorpads Herrschaft waren sie zu großen Teilen zerstört und abgeschlagen worden, doch inzwischen hatten Handwerker damit begonnen, sie wieder in Stand zu setzen. Über dem Eingang zu dem großen Saal entstand ein neues Bildnis, dessen Umrisse Ionna zeigten, wie sie auf ihrem Ross saß, Leuenfang über den Kopf erhoben, den erschlagenen Zorpad zu ihren Füßen. Grimmig blickte der junge Krieger auf die noch gesichtslose Gestalt des Marczegs. *Wenigstens hattest du den Anstand, in der Schlacht zu sterben,* dachte er.

»Sieht schon recht gut aus, nicht wahr?«, riss Flores ihn aus seinen Gedanken. »*Ionna triumphiert über Zorpad,* ist doch ein wohlklingender Titel.«

»Ja«, stimmte ihr Şten zu. »Arkas erschlägt Tirea, und Ionna erschlägt Zorpad. Nach zweihundert Jahren ist unser Volk wieder frei!«

»Zum Teil. Noch ist der Osten von Wlachkis im Besitz der Masriden«, erinnerte ihn seine Schwester.

»Ja«, stimmte Şten zu. Dann fragte er vorsichtig: »Weißt du, ob es noch weitere Ausschreitungen gab?«

»In Teremi?«, fragte Flores und fuhr fort, als Şten nickte. »Es gab Übergriffe auf Masriden und Szarken. Aber Ionna hat rasch wieder für Ordnung gesorgt, und seitdem ist es verhältnismäßig friedlich.«

»Wir leben noch immer in unsicheren Zeiten«, stellte Şten fest. Dann grinste er: »Aber heute ist ein Tag zum Feiern!«

Gemeinsam gingen die Zwillinge in den großen Saal, der von hunderten von Personen gefüllt war. Es herrschte eine feierliche Stimmung, ein leises Murmeln von gedämpften Stimmen hing in der Luft, und es schien, als hätten alle Anwesenden ihre besten Kleider angezogen.

Rasch warf Şten einen Blick an sich herunter. Auch er trug, dem Anlass angemessen, ein gutes, dunkles Leinenhemd und ebensolche Hosen, und sein Umhang war aus grauer Wolle und mit Pelz verbrämt. Hinten im Saal, in der Nähe des Thrones, entdeckte er Viçinia, die in einer kleinen Gruppe stand und sich unterhielt.

Ştens Herz machte einen Satz, als er sie sah. Zur Feier des Tages hatte sie ein dunkelgrünes Kleid angezogen, das wundervoll zu ihren langen roten Haaren passte. Als die junge Frau Şten und seine Schwester sah, lächelte sie erfreut, löste sich aus dem Gespräch und kam zu ihnen herüber. Einen Augenblick stand für Şten die Zeit still, während er sie betrachtete und jede Kleinigkeit in sich aufnahm, ihr Lächeln, ihre Augen und ihren Gang. Plötzlich stand sie vor ihm, und er nahm sie in die Arme. Noch immer verwirrte ihn ihr Duft, und ihre Nähe machte ihn atemlos.

»Liebster«, flüsterte sie in sein Ohr. »Schön, dass du wieder bei mir bist!«

»Mein Herz«, antwortete Şten und küsste sie sanft auf die Stirn.

Noch einmal drückte er sie an sich, dann trat Viçinia einen Schritt zurück, maß ihn mit Blicken und sagte mit einem Lächeln: »Ihr seht gut aus, Baron Şten! Wie geht es in Dabrân?«

»Ich habe Costin dort zurückgelassen, damit er sich um alles kümmert. Burg Rabenstein wird bestens vorbereitet sein für unsere Ankunft. Und die Leute in der Stadt freuen sich auf die Bojarin«, gab er strahlend zurück.

Bevor Viçinia etwas erwidern konnte, flogen die Türflügel auf, und Druan betrat den Saal. Er musste sich ein wenig bücken, um einzutreten, doch dann richtete er sich zu seiner ganzen beeindruckenden Größe auf, und die Gespräche im Saal verstummten, als sich alle Blicke auf den Troll richteten. Ungeachtet der Aufmerksamkeit, die man ihm zollte, und der Angst, die sich auf vielen Mienen widerspiegelte, schritt Druan quer durch den Saal und gesellte sich zu Şten, Flores und Viçinia.

»Şten«, sagte der Troll erfreut. »Wann bist du angekommen?«

»Gerade eben erst, die Schneeschmelze hat den Fluss anschwellen lassen und eine Fähre davongespült, weswegen ich auf die Rückkehr der zweiten warten musste.«

»Ist in deiner Heimat alles in Ordnung?«

»Es gibt viel zu tun in Dabrân, aber das war zu erwarten. Ansonsten ist alles friedlich.«

»Es war sehr weise von Ionna, den Masriden freies Geleit und Abzug in den Osten zu gewähren«, warf Flores ein. »Das hat uns so manchen Kampf erspart.«

»Ja«, pflichtete ihr Şten bei und warf einen Blick auf Viçinia, die sacht lächelte. Der Vorschlag, den Masriden in Teremi und den anderen Städten und Dörfern im Sadat nach der Schlacht freien Abzug zu gewähren, war von ihr gekommen und hatte sich als kluger Plan erwiesen.

Nach dem Tode Zorpads und der Zerschlagung seines Heeres herrschte Angst unter den Masriden und Szarken. Zwar saßen viele noch in ihren Häusern und Burgen, aber die Soldaten waren verstreut, und zu viele von ihnen hatten ihr Leben gelassen, sodass es kaum Hoffnung für sie gab, die Bollwerke längere Zeit halten zu können. Als Ionna ihnen einen Ausweg zeigte, kamen viele dem Angebot nach, und so fiel im Laufe des Winters fast das gesamte ehemalige Herrschaftsgebiet Zorpads kampflos an Ionna, bis auf einige Widerstandsnester.

»Wie steht es unter der Erde?«, erkundigte sich Şten, der Druan schon längere Zeit nicht mehr gesehen hatte, seit er selbst nach Dabrân und der Troll zurück in die Gebeine der Erde gegangen war.

»Es herrscht Krieg«, erwiderte Druan lakonisch. »Aber jetzt kämpft nicht mehr der Stein selbst gegen uns. Zwerge kann man töten.«

»Das wohl«, pflichtete Flores ihm bei und rieb sich die Hüfte, an der sie schwer verwundet worden war. »Auch wenn sie verflucht harte kleine Bastarde sind.«

»Pard ist da anderer Meinung«, entgegnete Druan, »er sagt, sie werden immer weicher!«

Lächelnd nickte Şten, der sich Pards Gesichtsausdruck gut vorstellen konnte, die verächtlich hochgezogene Oberlippe, die zusammengezogenen Brauen, das bösartige Funkeln in den Augen. *Bei den Geistern, ich bin so froh, dass der Troll wieder unter den Bergen ist, dort, wo er hingehört,* dachte Şten erleichtert.

»Voivodin Ionna!«, kündigte Istran mit einem lauten Ruf das Erscheinen der Herrscherin an, und tatsächlich schritt die Fürstin in einem hellen Gewand durch die kleine Tür hinter dem Thron und trat vor die versammelte Menge. Einige Herzschläge lang ließ sie den Blick über die Anwesenden wandern, die sich eingefunden hatten, um ihren Worten zu lauschen, dann erhob sie die Stimme.

»Ich weiß, viele von euch erwarten, dass ich auf diesem Thron dort Platz nehme. Viele wollen, dass ich mich zur Königin ausrufe und dass ich Tireas Erbe antrete.«

Ein wohlgefälliges Murmeln lief durch den Saal, aber Ionna schnitt es mit einer knappen Handbewegung ab.

»Aber das werde ich nicht tun! Dieser Thron dort steht für das geeinte Land unserer Vorfahren! Auf diesem Thron hat Radu der Heilige gesessen, als er unser Volk vereinigt hatte! Von diesem Thron aus konnte er herrschen, weil das gesamte Volk der Wlachaken es so wollte!«

Verwundert blickte Şten Viçinia an, die ein ernstes Gesicht machte und ihm zunickte. Wie alle anderen hatte auch Şten vermutet, dass Ionna sich nun, da Zorpad besiegt war, zur

Kralja ausrufen würde. Und es bestand kein Zweifel daran, dass sie die Unterstützung aller Freien Wlachaken besaß. Niemand hätte ihren Anspruch angezweifelt. Diese plötzliche Wendung überraschte den jungen Krieger, aber er konnte in Viçinias Augen erkennen, dass sie es gewusst hatte.

»Wenn Wlachkis wieder ein Land der Wlachaken ist, wenn kein Wlachake mehr unfrei ist und unter fremder Herrschaft lebt, dann werden wir eine Versammlung einberufen und unseren Kralj wählen! So wie einst Radu von seinem Volk gewählt wurde!«

Donnernder Applaus brandete auf, manche riefen Ionnas Namen, andere Tireas, doch die Fürstin verzog keine Miene, bis der Lärm sich wieder legte und Ruhe eingekehrt war.

»Deshalb sind wir auch nicht zusammengekommen, um einen Sieg zu feiern. Wir sind hier, um jene zu ehren, die gewaltige Opfer gebracht haben, damit wir heute hier stehen können. Und um jener zu gedenken, welche ihr Leben für uns ließen! Männer und Frauen wie Natiole Târgusi und Linorel cal Doleorman und viele andere, die stets für die Freiheit gekämpft haben und dafür gestorben sind!«

Hörst du das, Nati?, dachte Şten. *Du hast es geschafft, es gibt wieder Hoffnung und ein Land, in dem Wlachaken frei leben können. Wo immer du auch bist, wir denken an dich!*

»Ich vermisse ihn noch immer«, flüsterte Flores neben Şten, und der junge Krieger griff nach ihrer Hand und drückte sie.

»Viel verdanken wir unseren Verbündeten, die in der Stunde größter Not an unserer Seite standen. Mögen künftig die Geschichten über die Trolle neu erzählt werden, um ihnen gerecht zu werden!«

Wieder wanderten alle Blicke zu Druan, der ungerührt zu Ionna schaute. Der mächtige Troll ballte die Fäuste und nickte der Fürstin zu, die fortfuhr: »Unsere Feinde sollen wissen, dass wir auch künftig bereitstehen! Jeder soll wissen, dass die Wlachaken erneut Herren in ihrem eigenen Lande sind, dass wir niemals wieder das Knie beugen werden!«

Diesmal war die Begeisterung ohrenbetäubend. Auf einen

Wink hin brachte Istran einen mit Schnitzereien verzierten Stuhl, den er zu Füßen des Thrones aufstellte und auf dem Ionna würdevoll Platz nahm. Nun begann der zweite Teil der Versammlung, die Audienzen, in denen sich Ionna die Sorgen und Nöte ihres Volkes anhörte. Stolz blickte Şten die Schwester der Fürstin an, die seinen Blick lächelnd erwiderte. »Und?«

»Überraschend«, erwiderte der Wlachake. »Aber es entspricht Ionnas Natur. Jeder hat angenommen, dass sie Kralja werden würde.«

»Sie hätte es nicht als richtig empfunden. Außerdem stärkt es unsere Verhandlungsposition mit den beiden Marczegs.«

»Inwiefern?«, wunderte sich Şten.

»Wenn Ionna sich zur Königin über ganz Wlachkis ausrufen lässt, müssen sie reagieren, oder sie verlieren in den Augen der Masriden ihren eigenen Anspruch. Aber so können sie Ionnas Herrschaft über das Mardew und den Sadat akzeptieren«, erklärte Viçinia. »Zumindest fürs Erste.«

»Außerdem liegt immer die Drohung in der Luft, dass Ionna einen Feldzug beginnen könnte«, ergänzte Şten.

»Ja. Nach unserem Sieg über Zorpad sind die Machtverhältnisse plötzlich offen, und der brüchige Friede zwischen Gyula und Laszlár wird immer unsicherer. Müssen sie uns fürchten, weil wir stark sind und die Hilfe der Trolle genießen? Oder haben wir uns im Krieg verausgabt? Sie können uns nicht einschätzen, das macht uns gefährlich.«

»Ich nehme an, dass die Boten viel Arbeit haben?«

»O ja. Es gibt viele Botschaften, sowohl geheimer Natur als auch öffentliche, die überbracht werden müssen. Im Augenblick haben die Burlai gut zu tun. Flores sollte wieder ihrer Profession nachgehen. Ich bin sicher, Söldner sind sehr gefragt, immerhin sind die Straßen dank der zahlreichen heimatlosen Krieger sehr gefährlich«, meinte Viçinia.

Flores schüttelte den Kopf: »Nein, danke. Ich bleibe vorerst in Teremi, ich bin sicher, Ionna braucht jeden vernünftigen Menschen, den sie bekommen kann. Mein Brüderchen soll Bojar von Dabrân sein, ich mag Teremi.«

»Natürlich«, stimmte Viçinia zu. »Lass uns nach vorne gehen, ich bin sicher, dass Ionna dir auch noch persönlich danken möchte. Kommst du mit, Druan? Auch dir wird sie öffentlich danken.«

Mit einem zustimmenden Brummen folgte der Troll den beiden Frauen und ließ Şten allein zurück, der sich von einem kleinen Tischchen einen Pokal mit Rotwein nahm.

»Ist die Hochzeit inzwischen beschlossene Sache?«, zischte plötzlich eine Stimme an seinem Ohr und ließ ihn zusammenfahren, sodass er sich Wein über die Hand und den Ärmel seines Hemdes goss.

Fluchend fuhr der Wlachake herum: »Nicht immer so anschleichen!«

»Verzeihung«, erwiderte Sargan schelmisch grinsend. »Und?«

»Was, und?«

»Die Hochzeit?«

»Ja, natürlich. Sobald das Frühjahr kommt, werden Viçinia und ich uns vermählen. Wieso?«, fragte Şten misstrauisch.

»Oh, mir ist nur wieder aufgefallen, wie hübsch sie ist. Ich dachte mir, wenn du dich nicht entschließen kannst, sie zu fragen, dann könnte ich vielleicht ...«

»Untersteh dich!«, fuhr Şten den kleinen Mann an, doch dann sah er dessen spöttisches Lächeln und beruhigte sich.

»Ich weiß nicht, ob ich zu eurer Hochzeit noch hier sein werde. Eigentlich will ich ins Imperium zurückkehren, sobald die Pässe frei sind.«

»Keine Sorge, die Sorkaten kannst du erst im Sommer überqueren«, erklärte Şten. »Bis dahin dauert es noch.«

»Ja«, sagte Sargan kummervoll. »Ich werde wohl noch einige Zeit die Gastfreundschaft dieses Landes genießen dürfen. Deshalb auch meine Frage, man will seine Nächte bei dieser Kälte ja nicht allein verbringen!«

Lachend pflichtete Şten dem Dyrier bei: »Das stimmt. Aber hast du nicht ...?« Er ließ die Frage unvollendet.

»Was?«, hakte Sargan nach.

»Man sagte mir, Sciloi Kaszón sei zum letzten Mal bei dir gesehen worden. Man hat ihre Leiche nie gefunden.«

»Tut mir Leid«, erwiderte Sargan ernsthaft. »Ich weiß nicht, was aus ihr geworden ist. Vermutlich hat ein Troll sie gefressen, oder sie ist geflohen.«

»Vermutlich«, sagte Şten nachdenklich und beäugte den Dyrier, dessen Miene reine Unschuld ausdrückte. *Er hat uns gerettet. Ohne ihn hätte Zorpad wohl gesiegt,* dachte Şten plötzlich beschämt. *Wie kann ich ihm da misstrauen?*

»Wenn du willst, die Tore von Dabrân werden immer offen für dich sein«, lud er Sargan ein.

»Auf dieses großzügige Angebot komme ich sicherlich noch zurück«, erklärte der Dyrier mit einer kleinen Verbeugung.

»Du wirst in Dyrien für uns sprechen?«, fragte Şten plötzlich ernst.

»Meine Herren kümmert es wenig, ob hier Masriden herrschen oder Wlachaken. Ich bin sicher, dass sie gern mit euch Handel treiben werden.«

»Das ist gut, denn die Zwerge ...«

»Die Zwerge haben ihre eigenen Sorgen. Ich vermute, dass meine Herren auch im Gebirge etwas unternehmen werden. Immerhin war das der Grund meiner ganzen Reise.« Sargan hielt inne und betrachtete Şten. Dann fuhr er nachdenklich fort: »Vielleicht gibt es doch einen Weg für uns und euch, Freunde zu werden, wie unterschiedlich wir auch sind.«

Fröhlich schlug Şten dem Dyrier auf die Schulter: »Das ist gut. Dann kann ich vielleicht eines Tages mit meiner Frau in eure goldenen Städte reisen und dich besuchen.«

Sargan erwiderte sein Lächeln. »Die Hochzeit findet in Teremi statt?«

»Ja, so ist es geplant.«

»Spätestens dann sehen wir uns ja wieder. Entschuldigst du mich?«, fragte Sargan. »Ich will mich von Druan verabschieden.«

Noch immer humpelte Sargan leicht, obwohl Şten fast vermutete, dass der Dyrier damit in der Öffentlichkeit gern übertrieb, um Mitleid und Anerkennung einzuheimsen. Als Şten dieser Gedanke kam, wurde er sogleich wieder von Gewissensbissen geplagt, denn die Verletzungen hatte Sargan erlitten, als er den Wlachaken geholfen hatte. *Ich bin ein schlechter Mensch, dass ich so denke,* überlegte Şten, *aber irgendwie vermute ich bei Sargan immer das Ärgste!*

Während all die Anwesenden sich auf Ionna konzentrierten, trat Şten aus der Tür hinaus, warf noch einen Blick auf die Mosaiken und trat dann in die Nacht, die von einigen Feuern im Burghof erhellt wurde. Tief atmend sog er die kühle, klare Luft ein und blickte durch das offene Burgtor auf Teremis Straßen. *Wir haben erreicht, was wir uns immer gewünscht haben, und mehr, als ich je zu hoffen gewagt habe,* ging es ihm durch den Kopf. *Auch wenn wir nicht das ganze Land befreit haben, können die Wlachaken doch wieder in Freiheit leben. Ich habe Viçinia an meiner Seite, und gemeinsam werden wir Dabrân neu aufbauen. Wir werden es wieder zu der Stadt machen, die es einst war.* Nachdenklich betrachtete Şten die funkelnden Sterne am schwarzen Firmament. *Wir haben viel gewonnen und viel verloren. Es ist an der Zeit, in die Zukunft zu schauen.*

Mit knirschenden Schritten trat Druan von hinten an den Wlachaken heran.

»Bist du zufrieden, Şten cal Dabrân?«, fragte der Troll und überraschte den Krieger wieder einmal mit seiner Einsicht.

»Ich weiß es nicht. Ich bin glücklich über viele Dinge. Aber erfüllt von Trauer über andere«, gestand er dem Troll.

»Man kommt niemals ans Ende«, stellte Druan fest. »Die Wege führen immer weiter.«

»Ja. Und mein Weg ist jetzt klar«, pflichtete Şten ihm bei.

»Der Krieg ist für dich vorbei. Du hast dein Land und deine Familie.«

»Fürs Erste, ja. Wir haben andere Aufgaben, als immer weiter zu kämpfen. Wir müssen Frieden schaffen, und wir müssen vieles wieder aufbauen, das der Krieg zerstört hat.

Wir haben zahlreiche Verpflichtungen«, erklärte Şten, und Druan brummte zustimmend. Schweigend blickten beide eine Weile in den dunklen Himmel.

»Du verlässt uns?«, fragte der Wlachake den Troll schließlich.

»Dies ist kein Platz für Trolle«, erklärte Druan. »Wir gehören in die Gebeine der Erde. Unsere Suche hier ist zu Ende, meine Heimat wartet auf mich.«

»Wir werden uns wohl nicht wiedersehen?«

»Wohl nicht«, antwortete Druan. »Aber das ist gut so. Menschen und Trolle gehören nicht zusammen.«

»Wir haben unsere eigenen Welten und unsere eigenen Wege, die wir beschreiten müssen«, erkannte Şten. »Eine Weile waren es die gleichen Wege, aber nun trennen sie sich wieder.«

»Genau. Sichere Wege, Şten.«

»Sichere Wege, Druan«, erwiderte der Krieger und sah dem Troll nach, der langsam auf das Tor zuschritt. Als er es fast erreicht hatte, rief Şten: »Was ist mit eurem Krieg? Was ist mit den Zwergen?«

Mit einem breiten, bösartigen Grinsen wandte sich der Troll um und rief zurück: »Wir werden unsere Feinde töten, Şten! Wir sind Trolle!«

Epilog

Das schlagende Herz in den Gebeinen der Erde wurde langsamer und langsamer, sein Pochen, das durch die Ewigkeit drang, beruhigte sich, ohne gänzlich zu verstummen. Die glühenden Finger waren verschwunden, und die Wunden, die sie hinterlassen hatten, wurden zu Narben, die in dem Geflecht älterer Wundmale untergingen. Der Dunkelgeist genoss die Stille und die Einsamkeit, und seine Träume wurden friedvoller und heller, ungestört von außen und nur behelligt von den eigenen qualvollen Erinnerungen.

Über ihm bedeckte der letzte Schnee des Winters das Land, Pflanzen und Tiere erwachten allmählich aus dem langen Schlaf, und auch die Menschen kamen aus ihren kleinen Behausungen. Mit der wiederkehrenden Ruhe wurde auch sein Atem leiser, und nicht länger plagten Unwetter und Stürme das Land. Zwar war der Winter lang und kalt gewesen, aber dies war nicht ungewöhnlich in dem Lande zwischen den Bergen. Blut war geflossen, vergossen von Menschen-, Troll- und Zwergenhand, doch nun ruhten die Waffen, und die Schreie der Sterbenden durchdrangen nicht länger die Traumgesichte des Dunkelgeistes. Oder durchdrangen seine Traumgesichte nun nicht länger die Schreie der Sterbenden?

Während der volle Mond am Himmel stand, dessen kaltes Licht er durch den Fels und die Erde hindurch spürte, erklangen Töne, und sein Herz stockte vor Angst, denn er erwartete die Schmerzen, die ihn wieder zwangen, sein Leid in die Erde zu schreien und sie so erbeben zu lassen.

Doch diese Gesänge waren anders. Ihre alten Worte legten sich beruhigend um seine Gedanken, glitten sanft über seine Wunden, alt wie neu, liebkosten seinen geschundenen Körper, und für eine Weile war er wieder eins mit der Welt. Tiefer und tiefer sank der Dunkelgeist in seine Träume hinab, ergab sich den schmerzstillenden Klängen und erinnerte sich an frühere Tage, in denen die alten Menschen ihm huldigten und er über sie wachte.

Dann verstummten die Lieder, und die Schatten kehrten an den Rand seines Bewusstseins zurück, düster und drohend, Schatten der Erinnerung an den Verrat, den Schmerz, die unerträgliche Qual und seine Flucht in die schützenden Gebeine der Erde. Aber trotz der bedrohlichen Schatten sank er aufs Neue in äonenlangen Schlaf und schenkte dem Land Ruhe.

Lesen Sie weiter in:

CHRISTOPH HARDEBUSCH: Die Schlacht der Trolle

Danksagung

Selbstverständlich entsteht ein Werk wie »Die Trolle« nicht im Alleingang, im Gegenteil. Viele Menschen begleiten und helfen dem Autor, und all diesen möchte ich nun meinen Dank aussprechen. Zuerst zu nennen wären meine Agentinnen Natalja Schmidt und Julia Abrahams. Ohne ihren unerschütterlichen Glauben an mein Talent hätte ich wohl niemals den Mut gefunden, eine solche Aufgabe anzugehen.

Besonders in der Frühphase haben mir einige Freunde geholfen, die meine Entwürfe kritisch kommentierten. Mein besonderer Dank geht an Andreas, Daniel, Uwe und Familie Euler. Natürlich möchte ich auch dem Team bei Heyne danken, das mich mit Kritik und Anregungen dazu brachte, ein weitaus besseres Buch zu schreiben: Martina Vogl, Sascha Mamczak, Bernd Kronsbein und Angela Kuepper.

Christoph Hardebusch

Peter V. Brett

Manchmal gibt es gute Gründe, sich vor der Dunkelheit zu fürchten ...

... denn in der Dunkelheit lauert die Gefahr! Das muss der junge Arlen auf bittere Weise selbst erfahren: Als seine Mutter bei einem Angriff der Dämonen der Nacht ums Leben kommt, flieht er aus seinem Dorf und macht sich auf in die freien Städte. Er sucht nach Verbündeten, die den Mut nicht aufgegeben und das Geheimnis um die alten Runen, die einzig vor den Dämonen zu schützen vermögen, noch nicht vergessen haben.

978-3-453-52476-7

Peter V. Bretts gewaltiges Epos vom Weltrang des »Herrn der Ringe«

Das Lied der Dunkelheit
978-3-453-52476-7

Das Flüstern der Nacht
978-3-453-52611-2

Erzählungen aus Arlens Welt

Der große Bazar
978-3-453-52708-9

Leseproben unter: **www.heyne.de**

HEYNE ‹